HEYNE <

Das Buch

Während Leandra in Savalgor um ihr Leben kämpft, macht sich Victor auf die Suche nach dem Pakt – jenem verhängnisvollen Schriftstück, das vor 2000 Jahren einen Handel zwischen der Bruderschaft von Yoor und einer Gruppe von geheimnisvollen fremden Wesen, den Drakken, besiegelte. In einem Wettlauf gegen die Zeit will Victor der alten Festung von Hammagor ihr Jahrtausende altes Geheimnis entreißen …

»Eine großartige Saga voller Magie und Abenteuer. Deutsche Fantasy at its best!« *Bernhard Hennen*

Der Autor

Harald Evers, 1957 in München geboren, arbeitete erfolgreich an der Entwicklung von Computerspielen, bevor er sich mit seiner großangelegten und farbenprächtigen *Höhlenwelt*-Saga als deutscher Fantasy-Autor einen Namen machte. Der Autor lebt und arbeitet im bayerischen Kirchdorf.

Mehr zu Autor und Werk unter:
www.hoehlenwelt-saga.de und *www.trivocum.de*

HARALD EVERS

Der dunkle Pakt

Dritter Roman
der
HÖHLENWELT-Saga

WILHELM HEYNE VERLAG
MÜNCHEN

Umwelthinweis:
Dieses Buch wurde auf chlor- und
säurefreiem Papier gedruckt.

Taschenbuchausgabe 03/2006
Redaktion: Angela Kuepper

Printed in Germany 2006
Umschlagbild: Hans-Werner Sahm/Galeria Andreas S.L., Spanien
Umschlaggestaltung: Nele Schütz Design, München
Satz: C. Schaber Datentechnik, Wels
Druck und Bindung: GGP Media GmbH, Pößneck

ISBN-10: 3-453-72120-9
ISBN-13: 978-3-453-72120-3

www.heyne.de

Inhalt

1 • Victor

Stille lag über dem Land von Noor.

Die Geröllwüste erstreckte sich weit im trüben Licht des Morgens – Felsbrocken über Felsbrocken, vom kleinen Steinchen bis hin zum turmhohen Trümmerstück und nur unterbrochen von den gewaltig in den Himmel aufragenden Felspfeilern; irgendwo, weit oberhalb der lastenden grauen Wolkendecke, in drei oder vier Meilen Höhe, gingen sie in den Felsenhimmel über. Diese abgelegene, vergessene Welt aus kaltem Fels und Stein bot nichts als dunkle Farbtöne in Grau und Rot, hier und dort verhangen von milchigen Nebelschleiern, die wie Leichentücher über den flachen Weiten des Gerölls hingen, so als wollten sie alles, was unter ihnen kroch und wuchs, erstarren lassen. Wenn es irgendwo einen Ort auf dieser Welt gab, zu dem der Begriff ›Zeitlosigkeit‹ passte, dann war es dieser hier.

Victor sog langsam Luft durch die Nase ein.

Es war nicht leicht, einen neuen Tag mit einem so trüben Anblick zu beginnen. Immerhin – die Morgenkühle war angenehm, sie erfrischte die Haut und das Hirn. Wachheit, ja, die konnte er jetzt gebrauchen. Eine schwierige und vermutlich auch gefährliche Aufgabe lag vor ihm.

Victor riss den Blick von dieser seltsam faszinierenden Weite los und wandte ihn langsam nach links, wo sich ein gewaltiges steinernes Bauwerk befand. Er holte unwillkürlich tief und langsam Luft. Voller Vorahnungen betrachtete er die zyklopische Mauer, die in

Hammagor
Hochebene von Noor
Ob. Ishmar
Ishmar-Fälle
Unifar
Mogell See
Ramakorum
Der Land-bruch
Mirnor
Palimbaan
Ruine von Thoo
Skyx
Ikaal
Westwacht
Turliss
Abtei von Hegmafor
Weißwasser
Wasserstein
Ikaal
Soligor
Takarta-Inseln
Boddna
Thelur
Akeanos
Kambrumer Küstenberge

Nordakranische Steppen
Festg. Laarbon
Savau
Felsengebirge
Nogellwald
Morne
Wyk
Akranisches
Blaue Ishmar
Tharul
Lemsoor
Morne
Angadoor
Iser
Savau
Gasthaus an der Morne-schlucht
Schmiede
Tulanbaar
ittelweg
Lakkamor
Waldenbruch
Südakr. Hügelland
Savalgor
Villtal
Bucht von Savalgor
Südfeste
nburg
Thuq
Usmar
Evers

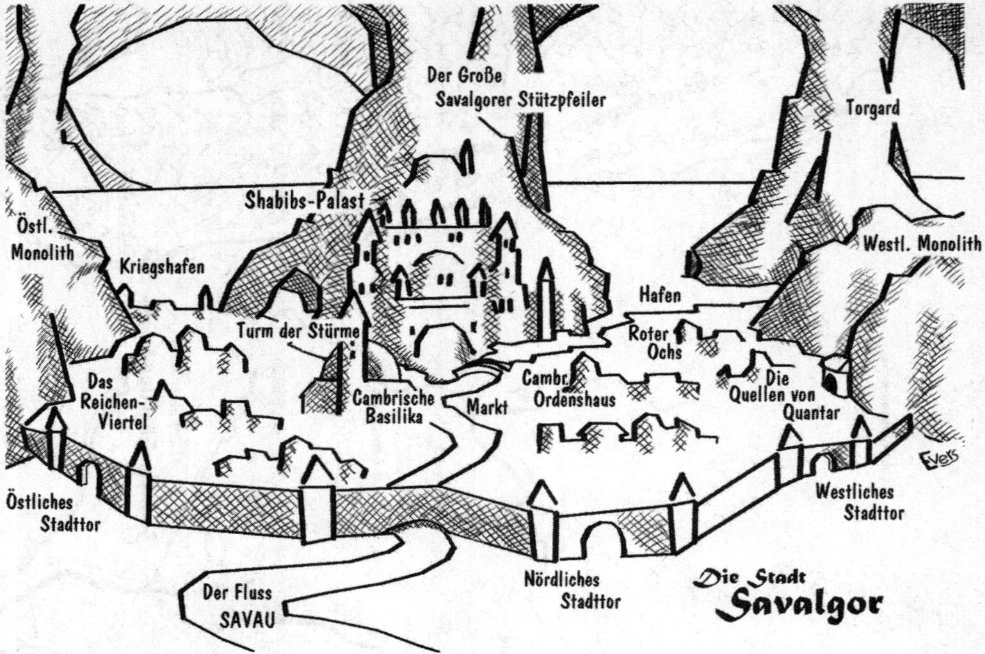

Die Stadt
Savalgor

der Morgendämmerung vor ihm aufragte; sie mochte an die zweihundert Ellen hoch sein. Sie verlief unregelmäßig – mal schräg, mal senkrecht und mit unterschiedlich hoher Mauerkrone, eine besondere Form schien der Baumeister nicht im Sinn gehabt zu haben.

Victor versuchte einzuschätzen, ob der grob behauene Stein vielleicht so hart war, dass man ihn nicht feiner hatte bearbeiten können. Man hätte leicht an dieser ›Festungsmauer‹ hinaufklettern können – sie bot genügend Tritte und Griffe. Aber ein solcher Versuch erübrigte sich – gab es doch mitten in der Ostseite der Mauer einen riesigen, leeren Torbogen, der sich wie ein dunkler Rachen über der Ebene jenseits der Festung öffnete. Victor dachte, dass dieser grausige Schlund allein schon Abschreckung genug war. Er verlieh der Festung ein Aussehen, als wäre sie der Kopf eines verzweifelt nach Luft schnappenden Riesen, der in irgendeinem namenlosen Morast versank.

Er fröstelte. Ob es wegen der Kälte oder mehr wegen des Furcht einflößenden und fremdartigen Anblicks dieses jahrtausendealten Bauwerks war, vermochte er nicht zu sagen. Alles lag in schweigendem rötlichem Grau vor ihm; hier über der Hochebene von Noor gab es nur wenige Sonnenfenster im Felsenhimmel.

Er war noch nie in einer so lichtlosen Gegend gewesen. Unten im Salmland, in Akrania oder in den Westreichen herrschte fast überall eine Flut von Helligkeit, die durch tausende von meilengroßen Sonnenfenstern in die Höhlenwelt strömte. Dort war auch der lichte Raum zwischen dem Erdboden und dem Felsenhimmel von befreiender Höhe; meist waren es sechs oder sieben Meilen bis hinauf, wo sich der Fels schützend über die Welt spannte. Nein, es war kein gutes Land hier – dunkel und drohend, kalt und ohne Leben.

Er zog sich die Felljacke enger um den Leib und

schritt voran, auf den großen Torbogen zu. Er würde den Mut aufbringen müssen, dort hindurchzugehen.

»Victor?«

Er blieb stehen, wandte sich um.

Zwanzig Schritte hinter ihm, unterhalb eines schützenden Felsblocks, hatte sich Roya aus den Decken ihres Nachtlagers geschält. Ihre glatten schwarzen Haare waren nur ein dunkler Fleck im Schatten unter dem Felsen. Sie blickte betroffen zu ihm herüber, so als fürchtete sie, er wollte sie zurücklassen, schutzlos und ganz allein an diesem wohl verlassensten Flecken der Welt.

Er ging zu ihr zurück.

Sie wirkte wie eine zarte Blume in dieser trostlosen, düsteren Welt, und Victor huschte ein Lächeln übers Gesicht, als er sich zu ihr niederkniete.

»Ich wollte mich nur umsehen«, sagte er sanft.

Sie blickte sich verstört um. »Wo sind die Drachen?« Die Anzeichen dafür, dass sie schlecht geträumt hatte, waren allzu deutlich.

Er hob den Kopf und starrte in den Himmel hinauf. »Weiß nicht. Sie werden nach Futter suchen.«

Roya seufzte angespannt. »Hier gibt es doch ohnehin nichts.«

Er nickte. Vielleicht mussten sie es tun, irgendeinem Instinkt gehorchend, auch wenn ihr Verstand ihnen sagte, dass jegliche Suche vergebens sein würde.

Roya stöhnte leise, rieb sich dann mit beiden Händen heftig übers Gesicht, als wollte sie irgendetwas Ungutes loswerden.

Er legte ihr eine Hand auf die Schulter. »Schlecht geschlafen?«

Sie nickte matt, ließ sich zurücksinken und zog sich die Decke wieder bis zum Hals hinauf. Sie schien zu frieren, obwohl sie in ihrer Felljacke und unter zwei wollenen Decken geschlafen hatte. Zum Glück besaßen sie genügend Ausrüstung für die kalten Nächte hier in

Noor, denn die Sachen von Scolar, ihrem einstigen Begleiter und Aufpasser, waren ihnen geblieben.

Roya hatte große braune Augen, sehr schöne Augen – aber an diesem Morgen drückten sie eine unbestimmte Furcht aus. Ihm kam ein Gedanke. »Hast du etwas gespürt? Ich meine… heute Nacht, im Traum?«

»Das frage ich mich auch schon die ganze Zeit.« Ihr sanftes Gesicht, das er so gern lächeln sah, zeigte Sorge und Befangenheit. »Ich weiß nicht mehr, was ich geträumt habe. Aber es war irgendwie… furchtbar.« Missmutig sah sie sich um. »Eine schreckliche Gegend. Hoffentlich kommen wir hier bald wieder weg.«

»Vielleicht heute Abend schon, wenn wir Glück haben«, sagte er und lächelte sie an. Aber sie reagierte nicht auf seinen Versuch der Aufmunterung. So kannte er sie gar nicht.

Er deutete auf den riesigen, steinernen Klotz, der vor ihnen aufragte – die Festung von Hammagor. »Willst du mitkommen?«

Sie schüttelte heftig den Kopf. »Nein.«

Er blickte sie ratlos an.

»Ja, ich weiß«, fügte sie seufzend hinzu, »…ich *muss*!« Sie starrte zu den drohenden, rötlich grauen Festungsmauern hinüber, die ein paar Steinwürfe entfernt von ihnen in die Höhe ragten. »Große Lust hab ich nicht. Aber ich kann auch nicht allein hier bleiben.«

Er nickte. Ihm ging es ähnlich.

»Komm«, sagte er und reichte ihr die Hand. »Vielleicht haben wir es schnell hinter uns. Dann können wir wieder weg von hier.«

Ihre Blicke waren voller Zweifel, dennoch reichte sie ihm die Hand und ließ sich von ihm hochziehen.

»Ich glaube kaum, dass der *Pakt* einfach irgendwo da drin herumliegt. Auf einem Tisch oder so.«

Er schüttelte bestätigend den Kopf. »Nein, das wird er sicher nicht.«

»Wie sieht dieses Ding eigentlich aus?«, wollte sie wissen.

Er hob die Schultern, während sie sich einen ihrer Stiefel anzog. »Ein Stück Pergament, nehme ich an. Zusammengerollt, wie es damals üblich war. Und mit einem großen Siegel versehen. Einem magischen Siegel.«

Sie sah kurz zu ihm auf, hüpfte dann auf einem Bein herum und kramte in ihren Sachen nach dem zweiten Stiefel.

»Wäre möglich, dass du das Ding schon von weitem spüren kannst«, fügte er hinzu. »Ehrlich gesagt – ich hoffe darauf. Es muss eine ziemlich mächtige Magie in dem Siegel stecken. Der Kryptus!« Der *Kryptus*… Eine Magie, die so gewaltig sein musste, dass nichts anderes in der Höhlenwelt an sie heranreichte.

Roya fand endlich ihren zweiten Stiefel, ließ sich auf den Boden nieder und zog ihn an.

Victor starrte versonnen auf den kleinen Teich hinab, den er am Morgen gleich neben ihrem Lager entdeckt hatte. Er lag versteckt in einer Spalte hinter dem großen Felsen. Auf der anderen Seite stieg eine steile Felswand auf, die sich bald mit der Flanke eines Stützpfeilers vereinte. Nebelschwaden hingen über dem stillen Wasser – es war ziemlich warm, das hatte er schon ausprobiert. Ein stiller, fast idyllischer Fleck, der nicht recht in diese graue Landschaft passen wollte.

Bisher hatten sie eine Menge Glück gehabt. Allein die Tatsache, bis hierher nach Hammagor zu gelangen, war schon mehr, als sie eigentlich hätten erwarten dürfen. Vor sechs Tagen, als sie aus Savalgor geflohen waren – in der Hoffnung, hier den *Pakt* zu finden –, hatte er nicht weiter nachgedacht; er hatte einfach die unwiederbringliche Gelegenheit beim Schopf gepackt.

»Was ist, Victor?«

Er wandte ihr den Blick zu. »Oh, nichts. Ich hab nur

nachgedacht«, sagte er und erhob sich mit einem leisen Ächzen. Sein rechtes Bein war ihm während des langen Kniens eingeschlafen. »Komm, lass uns gehen!«

Roya deutete in die Luft. »Was ist mit den Drachen? Werden sie uns nicht vermissen?«

Er sah hinauf und nickte. »Du hast Recht. Kannst du Tirao eine Botschaft senden?«

»Ja, sicher.« Sie wandte sich um und blickte in den grauen Himmel hinauf.

Die Wolkendecke war noch immer geschlossen; im Nordwesten war sie heller, dort musste sich ein großes Sonnenfenster befinden. Vom Felsenhimmel aber war nichts zu sehen. Rechts schwang sich die gewaltige Wand eines Pfeilers in den Himmel hinein, während sich auf der anderen Seite der Hochebene, in vielleicht zehn oder zwölf Meilen Entfernung, im Dämmerlicht eine breite Felsbarriere abzeichnete.

Victor berührte das *Trivocum*.

Wie er es erwartet hatte, klang dort ein sanfter, heller Ton auf, wie der eines kleinen Glöckchens. Innerlich seufzte er – Roya war, wenn es so etwas gab, die Personifizierung der Sanftmut. Allein die Art, wie sie mit dem Trivocum umging, sagte mehr über ihre Wesensart aus, als man auf ein großes Blatt Papier hätte schreiben können. Der Gedanke war ihm unerträglich, dass sie vielleicht ein Schicksal wie Jasmin erleiden sollte, ihre arme Schwester. Sie war eines der ersten Opfer dieses schrecklichen Konflikts geworden. Aber das schien bereits eine Ewigkeit her zu sein.

»Sie sind ein paar Meilen fort von hier«, berichtete Roya. »Haben sogar Nahrung gefunden.«

Victor nickte befriedigt und nahm ihre Hand. »Gut. Dann lass uns gehen.«

»Warte«, sagte sie und wandte sich um. Sie kramte in Scolars Rucksack. »Hier – da ist noch was zu essen drin. Hoffentlich schmeckt das nicht nach ihm!« Sie richtete sich wieder auf und reichte Victor ein Stück Hartwurst. Sie selbst hatte eine große rote Murgobeere in der Hand.

Beide betrachteten das Zeug mit misstrauischen Blicken. Roya schnaubte und biss dann zaghaft in die Murgobeere. »Ich hab Hunger«, sagte sie entschuldigend.

Ihm ging es ähnlich. Sie hatten den Kerl getötet – nein, Tirao war es gewesen – und irgendwie *konnte* das, was er bei sich hatte, nicht gut schmecken. Dennoch, für den Augenblick mussten sie sich damit begnügen. Sie selber hatten nur noch Zutaten für eine Suppe oder Tee, das Brot war ihnen längst ausgegangen. Und sie wollten fort.

Während Victor unlustig auf seiner Wurst herumkaute, nahm er Roya wieder an der Hand. Sie ließ sich – wenn auch widerstrebend – von ihm in Richtung des riesigen Tores in der Festungsmauer mitziehen.

»Er hat noch mehr dabei«, sagte sie und deutete mit dem Daumen über die Schulter. »Irgendwelche Töpfe, Tiegel, Kräuter und so. Keine Ahnung, was das ist. Vermutlich irgendwelche Zutaten, um Gift zu brauen oder so.«

Er versuchte sich mit einem Grinsen, während sie über das Geröll hinwegstiegen. »Ja. Ich wette, Leute wie er ernähren sich von Schimmel, Moder und vergifteter Nahrung.«

Sie grinste leicht. Doch das trostlose Land und die graue Festung, die sich vor ihnen erhob, verhinderten, dass eine bessere Stimmung zwischen ihnen aufkam.

Es gab wohl keinen geeigneteren Landstrich, um ein Bauwerk wie dieses zu errichten. Hammagor war keine im typischen Sinn ›erbaute‹ Festungsanlage, sondern eher eine Anhäufung von riesigen Felsblöcken, die offenbar so günstig beieinander gelegen hatten, dass man sich einst entschlossen hatte, diesen Ort im Sinne einer Festung auszubauen. Die riesige Mauer bestand nur zum Teil aus gefügten Felsquadern – das meiste war natürlichen Ursprungs. Und das, was sich im Inneren der Mauer befand, konnte man eigentlich nicht als *Gebäude* bezeichnen. Soweit Victor das von seinem Blickwinkel aus ermessen konnte, hatte man die monolithischen Felsen ausgehöhlt, Spalten und Einschnitte zugemauert, knorrige Türme darauf errichtet und wahrscheinlich auch den felsigen Grund darunter ausgehöhlt – genau konnte er das noch nicht sagen. Er hatte die Festung nur einmal aus der Luft gesehen, und das war am vergangenen Abend in der Dämmerung gewesen, als sie mit den Drachen hier angekommen waren. Nichts an ihr war im Sinne einer *Ordnung* errichtet worden – so wie man Bauwerke dieser Art gewöhnlich entwarf. Sie war im Grunde eine Ansammlung grotesker Formen, aus dunklem, rötlich schimmerndem und grobem Gestein zusammengefügt. Hammagor wirkte so urzeitlich alt, so primitiv und gleichermaßen auch so erschreckend abweisend, dass man glaubte, es stammte aus einer anderen Zeit und einer anderen Welt.

Sie stiegen über die Brocken eines Geröllfeldes und erreichten so etwas wie einen Weg, der in Richtung des Festungstores führte.

Roya blieb plötzlich stehen und deutete voraus. »Sieh mal«, rief sie.

Victor blickte auf und stieß einen Laut der Überraschung aus. »Ulfa!«

Es konnte nur ihr Freund, der kleine Baumdrache, sein, der sie dort, auf einem Felsbrocken sitzend, erwartete. Victor und Roya beeilten sich, zu ihm zu gelangen.

In für ihn typischer Weise hatte Ulfa den langen Schwanz um seinen Sitzplatz auf dem Felsbrocken geringelt. Mit seiner im Licht schimmernden, schwarzgrünen Hautfarbe stellte er hier in dieser grauen Welt einen ungewöhnlichen Farbtupfer dar.

Als Victor und Roya ihn erreicht hatten, knieten sie sich neben ihm nieder. Ulfa war vom Kopf bis zur Schwanzspitze kaum drei Ellen lang und wirkte so, wie er im Augenblick dasaß, nicht viel größer als eine Katze. Ansonsten aber sah er typisch wie ein Drache aus: Er besaß einen schlanken Leib, auf dem Rücken zusammengefaltete Schwingen und einen S-förmig gebogenen Hals. Seine klugen kleinen Augen starrten ihnen entgegen.

»Es ist schön, dich zu sehen«, sagte Victor, dann aber wiederholte er seinen Satz auf der mentalen Ebene. Nur so konnten sie sich verständigen.

Ich bin ebenfalls froh, euch zu sehen, erwiderte der Baumdrache. *Und ich bin auch froh, dass ihr es wohlbehalten bis hierher geschafft habt.*

Kanntest du diesen Ort denn?, hörte Victor Roya übers Trivocum fragen.

Nein, Roya. Ihr habt ihn für mich gefunden. Ich wusste, dass es ihn gibt, aber es erging mir ebenso wie euch – seine genaue Lage war mir unbekannt. Ihr habt einen wichtigen Schritt getan, um den Gefahren zu begegnen, die uns drohen.

Victor nahm einen tiefen Atemzug. *Denkst du, wir sind auf dem richtigen Weg, den Pakt zu finden?*

Ja. Wenn er irgendwo zu finden ist, dann hier. Aber ich fürchte, es wird nicht gerade leicht werden. Sardin wird den Pakt *damals, vor zweitausend Jahren, sehr gut versteckt haben. Er war sein wichtigstes Unterpfand, um seine Pläne zu verwirklichen.*

Kannst du uns nicht helfen, ihn zu finden, Ulfa?, fragte Roya hoffnungsvoll.

Ulfas Antwort über das Trivocum trug die Andeutung eines bedauernden Lächelns in sich. *Schon wieder überschätzt du meine Möglichkeiten, Roya. Ich bin weder allwissend noch allmächtig. Und leider muss ich mich auch an gewisse Spielregeln halten. Den Pakt zu finden ist eure Aufgabe. Ich bin aus einem anderen Grund hergekommen. Wichtige Dinge sind geschehen, die ihr erfahren müsst.*

Victor und Roya sahen sich an. Sie wussten beide nicht, auf welche Weise der Baumdrache diese riesigen Entfernungen überbrücken konnte, für die sie selbst Tage benötigt hatten. Aber dennoch: Er war von weit her gekommen und demnach musste etwas sehr Bedeutsames geschehen sein.

Chast ist tot, eröffnete ihnen Ulfa. *Ich…*

Er kam nicht dazu weiterzusprechen, denn seine beiden Zuhörer stießen einen Laut ungläubiger Überraschung aus. Victor sprang sogar auf.

»Was sagst du da?«, rief er, und Ulfa musste nicht einmal seine magischen Sinne bemühen, um zu verstehen, was Victor gesagt hatte.

Chast ist tot?, wiederholte Roya. *Bist du sicher? Ich meine…*

Ja, er ist tot. Aber beruhigt euch wieder. Die ganze Sache wird dadurch nicht eben leichter. Ihr habt zwar euren wichtigsten und mächtigsten Gegner verloren, aber dafür erschwert sich alles Weitere. Es gibt jetzt…

Abermals kam Ulfa nicht dazu, zu Ende zu sprechen. Die Nachricht vom Tod dieses Mannes, der nicht nur für Victor und Roya, sondern auch für Akrania und die gesamte Höhlenwelt eine so schreckliche Gefahr bedeutet hatte, überwog alles andere.

Aber… wie ist das geschehen?, fragte Victor atemlos.

Ulfa, der für gewöhnlich stets sachlich blieb und kaum jemals einen Scherz oder eine Zweideutigkeit äußerte, erlaubte sich, Victor ein wenig zu necken. *Nun, was glaubst du wohl?,* fragte er.

Es dauerte nur eine Sekunde, dann erschien ein erleichtertes Lächeln in Victors Zügen. *Leandra!,* sagte er leise und nickte verstehend. *Ja. Das kann nur Leandra gewesen sein!*

Das stimmt, bestätigte Ulfa. *Nicht Leandra allein – nein, sie wäre Chast nicht gewachsen gewesen. Aber ihre Freunde waren bei ihr. Sie haben Chast gemeinsam bezwungen.*

Victor ließ sich auf einen kleinen Felsblock sinken. Er spürte Royas Hand, die nach der seinen tastete, ergriff sie und drückte sie voller Erleichterung und neuer Zuversicht.

Freut euch nicht zu früh, warnte Ulfa. *Wie ich schon sagte: Alles wird jetzt nur noch schwieriger. Die Bruderschaft ist ohne Führung. Und es drängen schon jetzt neue Leute nach oben, die Chasts Nachfolge antreten wollen. Leandra hat Alina befreit, aber der Hierokratische Rat in Savalgor ist von Mitgliedern der Bruderschaft unterwandert. Bisher haben sie verhindern können, dass Alina den Thron der Shaba besteigt. Im Augenblick gibt es in Savalgor niemanden, der die Ordnung wiederherstellen könnte. Die ganze Stadt verfällt im Chaos.*

Victor und Roya sahen sich betroffen an.

Und nun haben die Drakken mit Chast auch ihren wichtigsten Garanten verloren, an den Pakt zu gelangen. Ich fürchte, dass sie nun selbst versuchen werden, das Dokument zu finden und es zu vernichten. Außerdem sind da noch eure Verfolger.

Victor schluckte. *Unsere Verfolger?*

Natürlich, erwiderte Ulfa. *Sie wissen nichts von Chasts Tod und sind euch beiden nach wie vor auf den Fersen, um euch den Pakt abzujagen. Oder um ihn selbst zu finden, falls euch das nicht gelingen sollte.*

Roya ächzte leise. Ihr Griff um Victors Hand wurde fester, so als könnte er ihr den nötigen Halt geben. Dabei wusste er selbst nicht, was sie jetzt tun sollten. *Wie viel Zeit haben wir noch?*, fragte er.

Ich kann es leider nicht genau sagen. Zwei oder drei Tage.

Sie sind nicht mehr fern. Ich weiß nicht, wie lange sie brauchen werden, um Hammagor zu finden. Es kommt darauf an, wie gut die Hinweise sind, die sie über die Lage dieser Festung gefunden haben.

Victor schnaufte. *Verdammt! Ich hätte das ganze Zeug vernichten sollen! Wenn sie sich auf meinem Schreibtisch gut genug umgesehen haben, dann können sie Hammagor ebenso leicht finden wie wir!*

Der kleine Drache erwiderte nichts, starrte Victor nur an.

Weißt du, wie viele Leute es sind, die uns verfolgen? Und wer es ist? Hat Chast uns Kampfmagier hinterhergeschickt?

Genaues kann ich dir nicht sagen, Victor. Ich habe sie einmal kurz beobachtet, es müssen fünf oder sechs Männer sein. Aber es ist wohl zu erwarten, dass Magier unter ihnen sind. Ihr müsst euch sehr beeilen, hier in Hammagor zum Erfolg zu kommen. Erst wenn ihr den Pakt in Händen habt und fliehen könnt, ehe sie hier eintreffen, habt ihr einen nennenswerten Vorteil. Wie ich schon sagte: In der Hauptstadt gibt es zurzeit niemanden, der Ordnung schaffen könnte, keiner hat genug Macht dazu. Und manche sind froh darum und versuchen ihren Vorteil daraus zu ziehen.

Aber… was ist mit Leandra?, fragte Roya. *Kann sie denn nicht…?*

Ulfa zögerte. *Das ist leider eine weitere der schlechten Nachrichten*, sagte er. *Leandra und ihre Freunde wurden von der Palastgarde festgenommen. Man beschuldigt sie, ein Ratsmitglied ermordet zu haben.*

2 ♦ Anklage

So hatte Leandra es sich nicht vorgestellt. Sie saßen wie auf einer Anklagebank nebeneinander: Meister Fujima, Gildenmeister Xarbas, Jacko, Hellami und sie selbst. Alina saß etwas abseits auf einem Stuhl. Das Grüpplein der Mutigen, die aufgestanden waren, um Chast und der Bruderschaft von Yoor entgegenzutreten und das Land aus der Unterdrückung zu befreien. Und sie hatten gesiegt.

Aber statt dass man sie auf Podeste gestellt und ihnen zugejubelt hätte, saßen sie nun hier hinter etwas, das man eine Absperrung hätte nennen können, während sich vor ihnen, im Sitzungssaal, zwölf höchst wichtige Herren die Köpfe heiß redeten, wie man mit ihnen zu verfahren hätte.

»Mag sein«, rief Hennan, ein dicklicher kleiner Mann, der in einen rot schimmernden Priestertalar gekleidet war, »dass dieser… *Chast* ein Mann von… nun, sagen wir: etwas zweifelhafter Ehre war. Dennoch, er war Mitglied des Rates! Das ist keinesfalls abzuleugnen. Und *die da…*«, damit deutete er mit seinem speckigen Zeigefinger, an dem ein riesiger, juwelenbesetzter Ring wie eine überreife Frucht prangte, auf Leandra und ihre Gefährten, »…haben ihn *umgebracht*!«

Für Augenblicke hallte das letzte, anklagende Wort Hennans durch das Rund dieses ehrwürdigen Saales. Schon seit einigen hunderten von Jahren pflegte hier ein Rat von hohen Würdenträgern im Zusammenwirken mit dem Shabib, dem Herrscher des Landes Akrania, Entscheidungen zu fällen. Aber dieses Attribut *ehrwürdig*, so dachte Leandra missmutig, gehörte nun wohl der Vergangenheit an. Der Rat, der heute hier tagte, war korrupt bis ins Mark. Und einen Shabib oder eine Shaba gab es derzeit nicht. Alina, die diesen Rang hätte bekleiden sollen, saß ebenso machtlos wie Leandra und ihre Freunde abseits der hohen Herren und hatte zu schweigen.

»Jawohl«, rief ein anderer in dunkelbrauner Kutte und erhob sich schwungvoll von seinem thronähnlichen Stuhl. Er hieß Cicon, und es war ihm schon von weitem anzusehen, dass er keiner derjenigen war, die allzu nachsichtig mit Leuten verfuhren, die seiner Meinung nach *schuldig* waren. »Das können wir nicht hinnehmen!«, rief er. »Wo kämen wir hin, wenn sich das einfache Volk nach Belieben seiner Herrscher entledigen würde – wenn nur *irgendein* Verdachtsmoment besteht? Fälle dieser Art müssen von uns, dem Hierokratischen Rat, entschieden werden! Nur wir selbst dürfen eines unserer Mitglieder ausschließen, niemand sonst!«

»Aber Chast hatte den Rat unterwandert! Mit Leuten aus seiner verruchten *Bruderschaft* – woher soll denn da die *Gerechtigkeit* kommen?«

Eisiges Schweigen legte sich über die Versammlung – wie schon einige Male zuvor, als dieser Verdacht geäußert worden war. Der Rufer war ebenfalls aufgestanden – ein hagerer Mann fortgeschrittenen Alters in weißer Robe; Leandra hatte ihn als Ulkan kennen gelernt. Immerhin schien es innerhalb dieser erlauchten Versammlung noch ein paar Aufrechte zu geben.

Ulkan trat in die Mitte des schlichten, kreisrunden Sitzungssaales und hob einen anklagenden Finger. »Wer, frage ich Euch, meine Brüder – wer sind die Untreuen unter uns, die diesem finsteren Mann den Weg in unsere Reihen eröffnet haben? Es besteht kein Zweifel mehr, dass sich Chast mit bösen Absichten trug –

dass *er* es war, der hinter dem feigen Mord an der Shabibsfamilie steckte!«

»Hört, hört«, hieß es spöttisch von irgendwoher.

»Jawohl«, rief Ulkan ärgerlich und wandte sich in die Richtung des Rufers. »Ich sage es noch einmal: dass *er* der Urheber der Meuchelmorde war… und dass *er* diese junge Frau…«, und damit deutete Ulkan auf Alina, »…die erwiesenermaßen eine leibliche Tochter des ermordeten Shabibs Geramon ist, zur Heirat zwingen wollte, um sich so auf den Thron von Akrania zu schleichen!«

»Das ist nichts als eine *Geschichte*, die sie uns erzählt hat«, warf Cicon geringschätzig ein.

»Wir haben Zeugen«, rief Ulkan wütend und wies auf die Reihe, in der Leandra und ihre Gefährten saßen und mit betroffenen Mienen die Entwicklung dieser Sitzung verfolgten.

»Das sollen *Zeugen* sein?«, brauste Primas Oppen auf, ein sehenswert beleibter Prälat in der purpurfarbenen Robe der Thescaler. »Ich glaube eher«, rief er, »die Glaubwürdigkeit dieser Leute ist das, worüber wir hier gerade verhandeln! Und so, wie es aussieht, ist es sehr schlecht darum bestellt!«

Ulkan stemmte die Fäuste in die Hüften, richtete sich auf und hob das Kinn.

»Mir scheint«, rief er wütend, »als versuchten verschiedene Mitglieder unserer Runde immer wieder, den wahren Vorwurf, der uns trifft, zu verwässern und einfach beiseite zu schieben. Er lautet: ›Wer sind diejenigen unter uns, die Chasts verräterischer Gruppe und seiner *Bruderschaft von Yoor* angehörten?‹ Oder sollte ich besser fragen: *noch immer* angehören?«

Empörtes Gemurmel erhob sich. Ein weiterer Würdenträger trat in die Mitte zu seinem Amtsbruder. Er war noch älter als Ulkan, ging gebückt und auf einen verzierten Stock gestützt. Sein Name war Fellmar – die

Leute, die sie auf ihrer Seite stehend vermutete, kannte Leandra mittlerweile alle namentlich.

»Unser Hoher Rat ist geschändet worden«, wetterte er mit brüchiger Stimme und hob seinen Stock. »Üble Schurken sind eingedrungen und haben unser Urteil verfälscht. Der Shabib wurde ermordet, und unter uns weilte einer der schlimmsten Verbrecher, die Akrania je gesehen hat! Das Land ist im Aufruhr, unserer Wirtschaft geht es schlecht und das Volk hat keinen Herrscher! Und nun wollt *ihr Gesindel,* jetzt, da wir endlich Aussicht auf eine neue Shaba haben, alles hintertreiben und das Land weiterhin in diesem Zustand belassen?«

Seine anklagenden Worte hallten noch sekundenlang durch die hohe, weiß getünchte Kuppel des Saales. Fellmar hatte seine Worte an die Adresse der unsichtbaren, verbliebenen Mitglieder der Bruderschaft von Yoor gerichtet – an die Leute, deren Identität hier niemand zweifelsfrei bestimmen konnte. Abstimmungen wurden in geheimer Wahl durchgeführt, und so konnte man niemanden aufgrund eines Urteils, das er über irgendeine Sache abgab, einem der beiden Lager innerhalb des Rates zurechnen. Jeder von ihnen konnte ein verbliebener Bruderschaftler sein.

Leandra peilte nach links, wo Altmeister Ötzli saß – ebenfalls Mitglied des Rates – und die Sitzung schweigend mitverfolgte. Er war der Einzige, den sie persönlich kannte. Sie mochte ihn zwar nicht sonderlich, was auf Gegenseitigkeit beruhte, aber sie setzte gewisse Hoffnungen in diesen alten Weggefährten von Meister Fujima und Hochmeister Jockum. Wenn man zu Ötzli noch Fellmar und Ulkan hinzurechnete, waren es schon drei, die sicher auf ihrer Seite standen. Sie glaubte, noch drei weitere Ratsmitglieder zu wissen, die nicht gegen sie waren – falls das zutraf, dann stünde es sechs gegen sechs. Immerhin ein Gleichstand, der ein Urteil gegen sie aussetzen würde. Den

Gedanken, dass der Rat durchaus auch Todesurteile aussprechen konnte, verdrängte sie verbissen.

Leandra sah zu Alina hinüber, die steif und mit ernstem Gesicht die zwölf Ratsmitglieder beobachtete. Sie sah fabelhaft aus – schlicht und einfach wunderschön. Alina war noch sehr jung, gerade zwanzig Jahre alt, und besaß einen schlanken, hoch gewachsenen Körper, glatte rehbraune Haare und sanfte, doch auch markante Gesichtszüge. Leandra hatte zuerst gehofft, dass Alina mit ihrer Schönheit und ihrem einnehmenden Wesen diese Männer im Fluge für sich gewinnen würde – aber sie hatte die miesen alten Kerle unterschätzt. Nein, die Macht, die sie erlangt hatten, würden sie nicht mehr hergeben wollen, egal, ob die Bruderschaft nun zerschlagen war oder nicht. Sie schalt sich für ihre Naivität, geglaubt zu haben, dass ein Land sogleich wieder in sonnigen Frieden zurückfallen würde, wenn man es nur von seinem bösen Tyrannen befreite. Nein – in solchen Konflikten wurden unzählige Gräueltaten begangen und großes Unrecht verübt; es gab Gewinner, die ihre Macht behalten, und Verlierer, die Rache üben wollten, und *nach* einem solchen Kampf gingen die eigentlichen Probleme erst richtig los.

»Es sind Leute unter uns«, rief der erzürnte Fellmar aus, der noch immer stockschwingend neben Ulkan stand, »die nichts als ihren persönlichen Nutzen im Sinn haben. Es ist eine Schande! Mir ist nicht bekannt, dass in früheren Jahrhunderten der Rat schon jemals zuvor so verrottet war wie heute. Man hat hier schlichtweg vergessen, dass wir zum Wohl der Bürger von Akrania zu handeln haben! Ich sehe hier *zu viele* hohe Herren mit fetten Bäuchen, denen ihre Besitztümer und Macht wichtiger sind als das Wohlergehen der Menschen im Lande!«

Seine Worte riefen nur wenig Betroffenheit hervor – so wahr sie auch sein mochten. Leandra hatte das Gefühl, als würden sich gewisse Ratsmitglieder nur noch umso behaglicher in ihrer Unredlichkeit suhlen und sich dabei im Kopf zusammenrechnen, wie viele Goldstücke sie heute wieder trickreich an sich gebracht hatten – auf Kosten anderer selbstverständlich.

»Wenn ich es könnte«, fuhr Fellmar fort, der noch immer nicht fertig war, »dann würde ich diese junge Frau auf der Stelle zur Shaba machen und sie das Urteil sprechen lassen! Seht sie euch an, meine Brüder! Sie hat das Herz am rechten Fleck, sie ist gut und gerecht. Aber... hier scheint es mir Leute zu geben, welche diese Gerechtigkeit fürchten müssen, wie die Nacht den Morgen! Mögen *die Kräfte* euch Pack verfluchen!«

Damit wandte sich Fellmar schwungvoll um und stapfte zu seinem Stuhl zurück. Aufgrund seines Alters schien man ihm solche barschen Worte durchgehen zu lassen.

Ötzli erhob sich und breitete die Arme aus. »Ich bitte Euch, meine Brüder«, sagte er, an alle gewandt. »Wir sollten uns unserer Aufgaben wieder bewusst werden und kluge Entscheidungen fällen. Fellmars Worte waren grob, aber gewiss nicht völlig unberechtigt. Ich schlage vor, dass wir abstimmen, und rufe jeden von uns auf, dass er sich auf seine Pflichten gegenüber dem Land besinnen möge.«

Allgemein zustimmendes Gemurmel erhob sich. Leandra registrierte, dass Altmeister Ötzli hier offenbar so etwas wie eine gehobene Stellung innehatte. Sie schöpfte ein wenig Hoffnung und blickte zu Meister Fujima, dem listigen kleinen Meistermagier, der neben ihr saß.

»Was ist, wenn sie uns als Mörder hinstellen?«, flüsterte sie.

Meister Fujima schnaufte. »Das mögen die Kräfte verhüten«, sagte er nur.

Sie schluckte. »Werden wir dann eingesperrt? Oder gar… hingerichtet?«

Er sah sie mit einem Blick an, der verriet, dass er im Augenblick so ziemlich alles für möglich hielt.

»Als Erstes«, hob Ötzli erneut und mit lauter Stimme an, »steht zur Abstimmung, ob der Rat weiterhin der Shabibstochter Alina das Anrecht auf den Thron verweigern wird. Die Forderung der Ratsmitglieder Zelko und Vandris lautet, dass sie zuerst den wahren Vater ihres Sohnes Maric vorweisen muss.«

»Jawohl«, bekräftigte daraufhin Zelko, der sich von seinem Platz erhob. »Wir können keine Frau zur Herrscherin ernennen, die nicht einmal den Vater ihres Kindes kennt! Wenn schon unsere Shaba eine Vertreterin der Unmoral ist – was soll da aus der Moral unserer Bürger werden!«

Mehrere beipflichtende Rufe ertönten.

»Es ist überhaupt nicht Sache des Rates«, rief Ulkan wütend dazwischen, »einen Shabib oder eine Shaba für das Amt zuzulassen oder zu bestätigen! Das wisst Ihr alle! Es ist eine Frage der Erbfolge…«

»Falsch«, donnerte die Stimme von Oppen, dem dicken Prälaten, dazwischen. Der Mann erhob sich von seinem Stuhl und deutete anklagend auf Ulkan. »Unsere Verfassung verlangt eine *unstrittige* Erbfolge! Das bedeutet, dass nur ein Kind des Shabibs und seiner rechtmäßig angetrauten Ehefrau tatsächlich in der Erbfolge stehen kann!«

Ulkan stand ebenfalls auf. »Aber das *ist* sie!«, rief er. »Sie ist eine Tochter des Shabibs Geramon und seiner Ehefrau Hegmira!«

Der Dicke schüttelte entschieden den Kopf. »Wieder falsch! Als diese junge Frau zur Welt kam, war Hegmira nicht mehr die rechtmäßig angetraute Ehefrau des Shabibs! Die Trennung zwischen den beiden war bereits vollzogen!«

»Das sind doch Spitzfindigkeiten«, beschwerte sich ein unauffälliger Mann, der sich bisher kaum zu Wort gemeldet hatte. Er war mittelgroß, braunhaarig und wies keine besonderen äußeren Merkmale auf – ganz im Gegensatz zu den meisten anderen hier. Leandra fragte Meister Fujima nach dem Namen des Mannes – Uddrich – und prägte sich sein Gesicht ein. Vielleicht war er ein weiterer derer, die auf ihrer Seite standen.

Der Mann erhob sich. »Uns ist bekannt, dass der Zeitpunkt ihrer Geburt nicht dem Wortlaut unserer Verfassung entspricht«, sagte er ruhig und blickte in die Runde. »Aber wir stehen hier vor einem Ausnahmefall. In den vielen vergangenen Jahrhunderten ist es nie vorgekommen, dass ein verstorbener Shabib oder eine Shaba zu wenig Nachkommen hinterlassen hätten, als dass die Erbfolge strittig gewesen wäre. Deswegen ergab sich auch nie eine Notwendigkeit, unsere Gesetze daraufhin abzuklopfen, ob sie auch für den Fall der Fälle eine Regelung bereithalten.«

Beifälliges Gemurmel erhob sich hier und da. Die Rede des Mannes war besonnen, klar und überzeugend. Leandra schöpfte weitere Hoffnung.

»Nun aber«, fuhr der Mann fort, »stehen wir erstmals vor einem solchen Problem. Zweifelsfrei ist die junge Dame Alina die einzige uns zur Verfügung stehende Shaba-Anwärterin. In diesem Fall, so meine ich, haben wir die Pflicht, den Inhalt der Verfassung so auszulegen, dass keine Fehlentscheidung im Sinne des Gesetzes entstehen kann. Wir müssen sicherstellen, dass eine Shaba ihre Aufgabe angemessen erfüllen kann. Da Alina keine Erziehung und Vorbereitung auf das Amt bei Hofe genossen hat, erscheint es mir als das Mindeste, dass sie den Vater ihres Kindes vorweist und ihn ehelicht, um im Volk und vor dem Rat den erforderlichen Respekt als Herrscherin des Landes zu erlangen.«

Leandra wurde bleich. Die Rede des Mannes, den sie

eben noch als auf ihrer Seite stehend wähnte, hatte sich ins genaue Gegenteil verkehrt. Ein verteufelt gerissener Kerl! Mit seinen Worten hatte er das Bestreben jener Ratsmitglieder, die die Ernennung von Alina zur Shaba verhindern wollten, nur untermauert. Sie strich ihn eilig von der Liste ihrer Freunde.

»Ein Trick«, rief Fellmar dazwischen. »Ein Trick von Euch hinterlistigen *Bruderschaftlern*! Ihr wisst, dass sie das nicht kann! Sie *kennt* den Vater ihres Sohnes nicht und wird ihn auch niemals vorweisen können! Damit wollt Ihr ein für alle Mal verhindern, dass sie auf den Thron kommt…!«

Nun wurde es laut im Saal und Leandras Hoffnung sank mit jeder Sekunde. Liebend gern wäre sie aufgesprungen und hätte dazwischen gebrüllt, hätte den Männern Dutzende von Einzelheiten berichtet und die Wahrheit in ihre erlauchten Gesichter geschrieen – aber Ötzli hatte sie gewarnt. Sie durfte nur sprechen, wenn sie gefragt wurde. Jeder unaufgeforderte Zwischenruf von ihr oder einem ihrer Gefährten würde ihre Lage drastisch verschlechtern.

Nun donnerte wieder Ötzlis gewichtige Stimme durch den Saal. »Haltet ein, Ihr Herren! Das führt zu nichts, wir müssen die Würde unserer Versammlung wahren!«

Die lauten Stimmen verebbten wieder.

»Wie ich schon sagte«, fuhr Ötzli fort, »haben wir darüber zu entscheiden, ob der Shabibstochter Alina weiterhin der Anspruch auf den Thron verwehrt wird, bis dass sie den Vater ihres Sohnes Maric vorweisen kann und ihn ehelicht.«

Leandra versuchte, aus dem Gemurmel der Hierokraten herauszuhören, wie viele der Männer für beziehungsweise gegen den Antrag waren. Es gelang ihr nicht.

»Zweiter Punkt: Wir müssen abstimmen, ob die hier

anwesenden Personen – die Gefolgschaft der Adeptin Leandra – des Mordes an einem Ratsmitglied angeklagt werden sollen…«

»Natürlich!«, riefen wieder zwei, drei Personen.

»…eines Ratsmitgliedes«, fuhr Ötzli mit erhobener Stimme fort, »das nach allem, was wir wissen, den Rat in böswilliger Absicht unterwandert und den Meuchelmord an neun Mitgliedern der Shabibsfamile befohlen hat!«

»Das ist noch lange nicht bewiesen«, rief Hennan, der kleine dickliche Mann im roten Talar.

»Ich bitte um Ruhe«, herrschte Ötzli den Mann an. »Ich bin der Ratsvorsitzende, ich habe hier über die Ordnung zu wachen und werde keine weiteren Störungen mehr dulden!«

Leandra verzog erstaunt das Gesicht. »Er ist der Ratsvorsitzende?«, flüsterte sie. »Tatsächlich?«

Meister Fujima winkte ab. »Das heißt nicht viel«, meinte er. »Er wacht hier lediglich über Ruhe und Ordnung und achtet auf die Einhaltung bestimmter Formen und Verfahrensweisen.«

»Kann er auch… Mitglieder hinausweisen? Solche, die sich schlecht benehmen?«

Meister Fujima schüttelte den Kopf. »Glaube ich nicht. Er wird allenfalls die Sitzung vertagen können.«

Leandra seufzte und blickte wieder zu den Männern, die die Geschicke des Landes in Händen hielten.

»Der Ratsdiener«, fuhr Ötzli fort, »wird nun die Abstimmungsmarken verteilen. Rote und blaue. Ihr alle kennt das Verfahren.«

Der Ratsdiener war schon unterwegs, während zwei andere Bedienstete eilig einen schwarzen Vorhang um ein Gestell herum aufhängten, das auf einem kleinen Podest bereitstand. Ein Tisch wurde herbeigeschafft, dazu zwei metallene Urnen. All dies verschwand hinter dem schwarzen Vorhang.

»Seid Ihr bereit, meine Brüder?«, fragte Ötzli schließlich in die Runde.

Niemand meldete sich, der noch nicht so weit war. Damit nahm die Abstimmung ihren Lauf. Leandra beobachtete befangen und voller böser Vorahnungen das Verfahren. Der Reihe nach schritt jedes der Ratsmitglieder hinter den Vorhang. Dort hörte man dann zwei hell klingende Geräusche – das Zeichen dafür, dass die beiden Marken in jeweils eine der Urnen gefallen waren. Anschließend trat das Ratsmitglied wieder hervor. Auf diese Weise war ein Betrug unmöglich, jeder verbrachte nur Sekunden hinter dem Vorhang und die Geräusche der fallenden Marken waren gut zu hören.

Dann war es soweit: Alle Ratsmitglieder hatten abgestimmt, einschließlich des Vorsitzenden. Die Helfer nahmen den Vorhang wieder ab, die Urnen wurden zu Ötzli gebracht. Leandra warf Alina einen nervösen Seitenblick zu.

Schnell hatte Altmeister Ötzli unter Aufsicht seiner Mitbrüder das Ergebnis ermittelt. Er trat einen Schritt vom Tisch zurück und hob die Arme in verkündender Geste.

»Gleichstand«, sagte er, »in beiden Fragen! Jeweils sechs Für- und sechs Gegenstimmen.«

Das Aufatmen der Gruppe um Leandra war leise, aber gewaltig. Sie hatten zwar nicht gewonnen, aber im Augenblick konnte ihnen niemand etwas Schlimmeres antun. Sie hatte sich schon gefragt, was sie tun könnte, würde man sie zu Gefängnis oder gar zum Tode verurteilen. Innerhalb des Hierokratischen Rates hingegen war die Unzufriedenheit beinahe mit Händen zu greifen.

»Eine Schande!«, rief jemand, »Neuabstimmung!« ein anderer; lautstarkes und empörtes Gemurmel erhob sich. Man warf sich gegenseitig Verzögerungstaktiken vor, Verleumdung, Rücksichtslosigkeit und mangelndes Verantwortungsbewusstsein. In aller Deutlichkeit war zu sehen, dass dieser Rat zerstritten war bis ins Mark und beschlussunfähig hinsichtlich jeglicher wichtiger Fragen.

»Was nun?«, rief jemand laut. »Was tun wir jetzt?«

»Noch einmal abstimmen!«, lautete eine Forderung.

»Wir brauchen ein neues, dreizehntes Mitglied!«, warf ein anderer ein.

Letzteres wurde von den meisten heftig abgelehnt; offenbar befürchtete man, dass jeweils die Gegenseite dann versuchen würde, ein Mitglied nach ihren Vorstellungen einzuschleusen.

»Einen Augenblick«, ertönte plötzlich eine neue Stimme. Leandra registrierte verwundert, dass es eine Frauenstimme war. Alle wandten sich um, und dann hatte schließlich jeder begriffen, dass es Alina war, die gesprochen hatte. Sie stand vor ihrem Stuhl, hatte die Hände in die Hüften gestemmt und blickte trotzig um sich.

»Gibt es hier jemanden«, rief sie mit ihrer klaren Stimme in den Saal hinaus, »der bestreitet, dass ich die Tochter Geramons bin – des ermordeten Shabibs von Akrania?«

Schweigen breitete sich aus. Ob es wegen dieser nicht zu widerlegenden Tatsache war oder wegen der allgemeinen Verblüffung über ihr Eingreifen, war im Augenblick nicht zu sagen.

»Gut«, meinte sie und trat einen weiteren Schritt vor. »Dies wäre also geklärt.« Sie verschränkte die Arme vor der Brust.

»Ich habe mir jetzt lange genug angehört, wie hier über mein Schicksal und das meiner Freunde befunden wird. Ich selbst betrachte mich durchaus als Shaba dieses Landes. Auch wenn es nicht in meiner Macht zu liegen scheint, das durchzusetzen.« Sie machte eine kurze Pause.

»Ich habe dem Rat mehrfach erklärt, aus welchen Gründen es dazu kam, dass ich heute den Vater meines Sohnes Maric nicht kenne. Ich habe mich nicht unehrenhaft oder in irgendeiner Weise anstößig verhalten. Chast wollte mich dazu zwingen, die Mutter seines Kindes zu werden. Was ich tat, geschah aus reiner Verzweiflung. Ich kann nicht erkennen, dass ich damit mein Anrecht auf den Thron verwirkt hätte! Da der Rat zerstritten und uneinig ist«, fuhr sie fort, »verlange ich, als Tochter des Shabibs und eure zukünftige Shaba, ein Zugeständnis!«

Es folgte eine gewisse Empörung, denn niemand durfte es wagen, etwas vom Rat zu *verlangen* – nicht einmal eine Shaba. Dennoch, manch einer zeigte sich ob ihrer Dreistigkeit und ihres Mutes angetan. Ötzli trat vor. »Du verlangst ein Zugeständnis, junge Dame?«, fragte er ruhig. »Nun, welches denn?«

»Einen Zeitaufschub!«

»Einen… Zeitaufschub?«

»Ja. Ich erwarte, nach dem wirklichen Vater meines Sohnes Maric suchen zu können. Ich verlange eine Frist von… zwölf Wochen. Wenn ich bis dahin den wahren Vater tatsächlich finden kann – dann *muss* mein Anspruch auf den Thron anerkannt werden!«

Das verschlug so manchem die Sprache.

»Wie willst du den Mann denn finden?«, rief jemand auflachend. »Du hast dich dem Erstbesten hingegeben! Da könnte jeder der Vater sein! Sogar… *ich!* Haha!«

Spöttisches Gelächter erhob sich in den hinteren Reihen, aber Alina setzte sich sofort in Bewegung und marschierte auf den Lästerer zu.

»Du findest das zum Lachen, ja?«, fuhr sie den Mann an, der sofort verstummte. Es war Vandris, der große Mann in der braunen Robe. Alina reichte ihm nur bis zum Kinn, aber das machte ihr nichts aus. Ihre Kühnheit, ihn in der ersten Person anzureden, war ein geschickter Zug. »Nun, vielleicht landest du ja auch eines Tages mal in einem Verlies, so wie ich, wohl wissend, dass man dich zu etwas zwingen will, das für dich gleichbedeutend mit dem *Tod* ist!«, sagte sie scharf. »Ich wäre gespannt zu erfahren, was *du* alles tun würdest, um *deine* Haut zu retten!«

»Mäßige dich, junge Frau«, sagte Vandris kalt. »Du sprichst mit einem Ratsmitglied!«

»Und du mit deiner künftigen Shaba«, herrschte sie ihn an. »Ich schlage vor, du sagst mir das noch einmal ins Gesicht, wenn ich es bin. Einverstanden?«

Leises Ächzen war hier und da zu hören und Vandris wusste darauf keine Erwiderung. Er schnaufte nur ärgerlich. Ein leichtes Hochgefühl kam in Leandra auf.

Ötzli bahnte sich den Weg zu Alina. »Deine Forderung ist nicht unbillig«, sagte er streng. »Aber sag: Wo willst du ihn suchen? In Unifar? Dort, wo damals der Kampf stattfand? Die Möglichkeiten, dass er dort umkam, wer immer es auch war, sind beträchtlich.«

Alina blitzte ihn an. »Das glaube ich kaum. Ich habe nämlich eine sehr genaue Vorstellung, wer es ist!«

Das ließ die Umstehenden aufhorchen. »Tatsächlich?«, rief Fellmar aufgeregt und trat zu ihr. »Du weißt es? Dann heraus damit!«

Alina schüttelte den Kopf. »Ihr müsst verstehen, verehrter Primas Fellmar, dass ich seinen Namen nicht preisgeben kann.« Sie wandte sich in Vandris' Richtung, ohne ihn jedoch ins Auge zu fassen. »Wie auch Euch ist mir klar, dass es hier im Rat Leute gibt, die alles tun würden, um mir den Thron zu verweigern. Ich müsste fürchten, dass man mir zuvorzukommen versuchte, um ihn, den Vater meines Sohnes Maric, zu… *ermorden*!«

Das letzte Wort ließ die Versammlung erstarren.

»Wie man auch meinen eigenen Vater und meine gesamte Familie *ermordet* hat!«, fügte sie scharf hinzu.

Ötzli trat vor sie und starrte sie wütend an. »Noch eine solche Bemerkung, die die Würde des Rates derartig untergräbt«, stieß er hervor, »und ich werde dich unter Arrest stellen lassen! Egal, ob du eine Tochter des Geramon bist oder nicht! Hast du das verstanden?«

Die beiden starrten sich lange und zornig an, dann holte Alina Luft und entspannte sich. »Gut«, sagte sie. »Ich entschuldige mich. Trotzdem: Ich *will* den Zeitaufschub!«

»Warum zwölf Wochen – wenn du ihn doch kennst?«, fragte Cicon.

»Ich weiß nicht genau, wo er sich aufhält«, erwiderte Alina. »Sicherheitshalber benötige ich die zwölf Wochen – um ihn zu finden.«

»Ha! Das klingt mir sehr nach einer Verzögerungstaktik!«, rief Hennan, der kleine Dicke. »Zwölf Wochen! Da kann man einiges mehr ausrichten, als nur nach einem verschollenen Mann zu suchen!« Er wandte sich an die anderen. »Wenn sie weiß, wer es ist, dann findet sie ihn auch! Eine Woche, sage ich – mehr nicht!«

Mehrere Ratsmitglieder schnappten nach Luft, als sie vernahmen, wie sehr Hennan die Forderung Alinas zu kürzen versuchte. »Warum *überhaupt* eine Frist?«, rief Fellmar wütend. »Wird der Mann etwa zum Vater eines *anderen* Kindes, wenn irgendeine lächerliche Frist verstreicht?«

Lautstarkes Gemurmel erhob sich.

Schließlich hob Ötzli die Arme. »Ruhe!«, rief er. »Ich bitte Euch, seid wieder ruhig!«

Langsam legte sich der Tumult.

Ötzli senkte die Stimme. »Der Rat muss wieder handlungsfähig werden, deswegen können wir nicht ewig warten, bis vielleicht einmal ein Vater von Maric gefunden wird. Hennan hat Recht – zwölf Wochen sind zu viel. In zwölf Wochen könnte man einen Aufstand anzetteln!« Er wandte sich mit strenger Miene an Alina.

»So wie *du* fürchtest, dass irgendwer… den Vater von Maric ermordet, könnte *der Rat* fürchten, dass du versuchst, seine Macht umzustoßen!«

Alina stieß einen spöttischen Laut aus. »Die Macht des Rates umstoßen? Wie soll das gehen? Was habe ich denn schon in der Hand?«

Ötzli starrte sie nur unbeteiligt an.

Alina bekam große Augen. »Eine Woche? Ihr wollt mir wirklich nur *eine* Woche geben?«

Wieder erhoben sich Stimmen. Hennan, Vandris und Zelko riefen, dass dies wahrhaft genug sei, während andere laut dagegen schrieen. Ötzli sah in die Runde seiner Mitbrüder. Abermals hob er die Arme. »Ruhe«, rief er. »Seid doch ruhig!«

Widerstrebend legte sich der Lärm.

»Da der Rat derzeit gespalten ist«, sagte Ötzli, »mache ich als Ratsvorsitzender von meinem Verfügungsrecht Gebrauch!«

Sofort erhob sich neuerlicher Protest. Zwei der Ratsmitglieder zerrten gegenseitig an den Roben. Sie wurden von den anderen getrennt. Leandra schüttelte verständnislos den Kopf. Der Hierokratische Rat war zu einem großen Teil nichts anderes als eine Versammlung eitler Dummköpfe.

Nachdem sich der Tumult gelegt hatte, wandte sich Ötzli erneut an Alina. »Sechs Wochen«, sagte er. »Sechs Wochen Zeit sollst du haben, den Vater deines Jungen vorzuweisen. Andernfalls werden wir davon ausgehen, dass er tot ist. Umgekommen während der Kämpfe in Unifar.«

Während Leandra und ihre Freunde erleichtert aufatmeten und einige Ratsmitglieder laut protestierten, warf Alina die Arme in die Luft. »Sechs Wochen nur«, rief sie. »Das wird niemals ausreichen! Ich… wie soll ich nur…?« Sie verstummte.

»Nach diesen sechs Wochen werden wir ein neues

Ratsmitglied benennen, das nach einer Frist eingeführt wird. Wir können das Land nicht länger in der jetzigen Entscheidungsunfähigkeit belassen – nicht in einer Zeit, da so viel zu tun ist! Ist das neue Mitglied erst im Rat, wird es zwangsläufig eine Entscheidung geben!«

Alina stöhnte leise auf. Sie sah hilfesuchend zu Leandra, aber nur für einen kurzen Augenblick. »Also gut«, seufzte sie dann.

Leandra drängte sich von der Seite her an Meister Fujima. »Sie ist klasse!«, flüsterte sie dem Meister zu. »Bei den Kräften, das ist sie! Ich werde für sie kämpfen! Ich würde *alles* für sie geben – ja, das würde ich!«

Alina nickte Leandra zu. »Sechs Wochen!«, sagte sie leise. »Das werden wir schaffen!«

Hennan hatte ihre Worte gehört. »*Wir?* Was meinst du damit?«

Alina wies auf die Bank, auf der ihre Gefährten saßen. »Nun – Leandra, ich und meine Freunde natürlich!«

Hennan schüttelte den Kopf und wandte sich an Ötzli. »Das geht nicht! Laut der Abstimmung und der Gesetze ist die Unschuld der hier Anwesenden nicht anerkannt!«

Alinas Stimme überschlug sich fast. »Was soll das heißen?«

Ötzli sah sie ernst an. »Das heißt«, sagte er seufzend, »dass deine Freunde, solange die Frist andauert und noch keine Entscheidung gefällt ist, unter Arrest bleiben müssen!«

3 ♦ Hammagor

Ulfa hatte sie wieder verlassen. Die Nachrichten, die der geheimnisvolle kleine Baumdrache überbracht hatte, waren erleichternd und beängstigend zugleich gewesen. Bei genauerer Betrachtung überwog jedoch leider das Letztere und die Erleichterung über Chasts Tod war im Angesicht der neuen Bedrohung, die nun über ihnen schwebte, schnell wieder verflogen. Bisher hatten sie nur ihn als Gegner gehabt, aber jetzt waren es gleich drei: ihre unbekannten Verfolger, die Drakken und schließlich noch jene Personen in Savalgor, die nach der Macht in der Bruderschaft strebten. Und alle wollten das, wonach er und Roya suchten: den *Pakt*. Jenes geheimnisvolle, magische Dokument aus uralten Zeiten, das die Macht besitzen sollte, die Drakken wieder zu vertreiben – den *Kryptus*. Zu all dem kam noch die Sorge um Leandra hinzu.

Ulfa hatte Tirao gebeten, zusammen mit ihm nach Savalgor zurückzukehren, damit sie sich dort nützlich machen konnten. Victor erschien das zuerst recht seltsam, denn die beiden Drachen besaßen wohl kaum die Möglichkeit, einfach in die Stadt zu spazieren und dort irgendetwas zu bewerkstelligen. Aber Ulfa gab ihm zu verstehen, dass sie durchaus noch andere Freunde hatten. Victor beschied sich darauf, Ulfa zu vertrauen. Der kleine Baumdrache, in dem der Geist des *Urdrachen Ulfa* steckte, verfügte über Möglichkeiten, die weit jenseits dessen lagen, was er, Victor, sich vorzustellen vermochte.

Nun waren sie wieder auf sich gestellt und nur noch Faiona war bei ihnen. Mit einem unguten Gefühl im Magen hatten sie Ulfa hinterhergestarrt, wie er mit Tirao davongeflogen war. Faiona versprach, nach den Verfolgern Ausschau zu halten, während sie die Festung durchsuchten, und stieg in die Lüfte auf. Sie dort oben kreisen zu sehen war zumindest etwas beruhigend.

Victor und Roya wandten sich um und marschierten auf die gewaltige, drohende Festung zu, die vor ihnen in den Himmel ragte. Wer wusste schon, dachte Victor missmutig, welche Gefahren sie dort noch zusätzlich erwarteten?

Schließlich hatten sie das Tor erreicht.

Es war riesig – wohl an die 30 bis 40 Ellen hoch und fast ebenso breit. Rechts und links ragten fette Türme auf, kaum höher als die Festungsmauer, aber mit allerlei Schießscharten, und einem verwitterten Zinnenring versehen. Irgendwelche Torflügel oder Fallgitter gab es nicht mehr; die riesige, gähnende Öffnung führte geradewegs in einen düsteren Innenhof.

Sie waren stehen geblieben, sich wie kleine Kinder an den Händen haltend. Befangen starrten sie ins Innere der Festung. Der Boden im Festungshof war mit großen, rauen Kopfsteinen gepflastert und achtzig oder hundert Schritt weiter im Innenhof führten breite, flache Stufen zu einem wuchtigen Gebäude hinauf. Seitlich davon lagen steinerne Arkaden unter gedrungenen Steingebäuden, die einstmals kleine Tempelanlagen oder Wohnhäuser gewesen sein mochten. Abbilder fremdartiger Kreaturen waren in die dunklen Säulenstümpfe der Arkaden gehauen. Roya stöhnte leise auf.

Victor setzte sich langsam in Bewegung und zog sie an der Hand hinter sich her. Sie folgte ihm nur unwillig. »Wir haben vielleicht nicht mehr allzu viel Zeit«, erinnerte er sie. »Heute, vielleicht noch morgen. Bis dahin müssen wir es geschafft haben.«

Sie durchschritten das Tor und die Festung hieß sie auf ihre Weise willkommen.

Es war beinahe, als schwebte ein unhörbarer Ton über ihnen – ein dunkles Grollen, abgründig tief und drohend, das die Luft, die Steine auf dem Boden und selbst die dicken Mauern zu durchdringen schien. Es erinnerte Victor an das Tosen der gewaltigen Ishmarfälle, das man schon aus einer Entfernung von vielen Meilen vernehmen konnte, noch lange, bevor man die gewaltigen Wasserfälle überhaupt sah. Aber dieses Geräusch hier war dennoch anders. Es war nicht wirklich hörbar. Kalt und böse drang es durch Haut und Knochen, schien sogar von der Seele eines Besuchers Besitz ergreifen zu wollen.

Er hatte sich vorgenommen, unverzagt ans Werk zu gehen, sich durch nichts beirren zu lassen. Aber er konnte deutlich spüren, wie ihm der Mut sank. Er wusste nicht, was für eine Sorte Unheil es war, die sie hier erwarten mochte, aber es gab da etwas innerhalb dieser uralten Mauern, etwas zutiefst Böses. Etwas, das *lebte.* Zögernd traten sie weiter auf den Innenhof der Festung. Hier wirkte alles noch viel monströser und fremdartiger, als es sich, von außen betrachtet, abgezeichnet hatte. Roya berührte Victors Arm.

»Spürst du es auch?«, fragte sie.

Victor verzog den Mund ein wenig und konzentrierte sich. Noch immer lag es fernab seiner Gewohnheiten, am Trivocum zu lauschen – wahrscheinlich ging das nur einem echten Magier in Fleisch und Blut über, und ein solcher war er nicht.

Unbeholfen machte er sich daran, diesen hauchfeinen, blassrötlichen Schleier zu erspüren, den er mit Hilfe seines *Inneren Auges* sehen konnte – wenn er sich sehr anstrengte. Er erinnerte sich daran, wie Leandra ihm damals, in Bor Akramoria, den Weg dorthin gezeigt hatte. Er seufzte leise. Leandra. Er hatte sie so lange nicht gesehen.

Langsam schälte sich aus dem Nichts der Dunkelheit in seinem Kopf das Bild des Trivocums heraus, jener magischen Grenzlinie zwischen den Sphären der Ordnung und des Chaos. Helles Rot deutete auf lebendige Dinge hin, tote Objekte wie Stein und Fels glichen grauen Schatten. Bereiche, die sich ins Dunkelrote hin verfärbt hatten, wiesen auf verletztes, krankes oder in Zersetzung begriffenes Leben hin, während ein gelbliches Hellrot oder ein helles Orange jene Dinge markierten, die im Wachsen oder Entstehen begriffen waren.

Und dann gab es da noch die ganz dunklen Farben: Blau, Dunkelblau und vor allem Violett. Während die tiefen Blautöne jene Zonen markierten, die unter dem Einfluss stygischer Kräfte lagen, war die Farbe Violett ein Alarmzeichen höchster Kategorie. An solchen Stellen breiteten sich stygische Kräfte aus – vornehmlich solche, die willentlich durch *Rohe Magie* herbeigerufen waren. Es waren die massiven Kräfte des Jenseits, die im ewigen Widerstreit mit dem Diesseits lagen – zerstörerische Kräfte, die aus der Sphäre des Chaos stammten.

Und hier, in Hammagor, war das ganze Trivocum voll davon.

Erschrocken schloss Victor sein Inneres Auge. Er war unwillkürlich einen Schritt zurückgetreten. Er sah Roya an und stieß ein leises Keuchen aus.

Sie nickte nur befangen.

»Also…«, stammelte er, »ich… ich kenne mich mit dem Trivocum ja nicht sonderlich gut aus, aber das… das sieht *schlimm* aus!«

Roya nickte wieder, sah ihn dabei aber nicht an. Ihre Blicke schweiften beunruhigt durch den Innenhof.

Victor öffnete abermals zaghaft den Blick aufs Trivocum. Damals in Unifar hatte er gelernt, die Farbe Violett zu fürchten. Und hier, in Hammagor, schien in jedem Stück Fels, in jeder Säule und jedem Mauerstein etwas davon zu stecken. Bang löste er sich wieder vom Trivocum und sein Blick fiel auf die dunkle, drohende Festung. Langsam wusste er nicht mehr zu sagen, von woher der Schrecken Hammagors deutlicher auf ihn eindrang – aus dem Trivocum oder vom bloßen Anblick dieses finsteren Ortes.

Mit einem Seitenblick gewahrte er, dass Roya die Arme um den Leib geschlungen hatte und leise zitterte, so als ob sie fröre. Er trat zu ihr und legte ihr in dem Versuch, sie zu beruhigen, den Arm über die Schulter. Am liebsten hätte er vorgeschlagen, dass sie erst einmal wieder gehen sollten – irgendwohin, bloß fort von hier. Aber dann würden sie später zurückkehren müssen – und ob es dann einfacher wäre, wagte er zu bezweifeln.

Inzwischen war es heller geworden. Man konnte nun die gesamte Anlage der Festung erkennen, sie war einfach riesig, eine gewaltige Ansammlung von urzeitlichen Formen. Hier von Gebäuden oder auch nur von Bauwerken zu sprechen wäre einer Verspottung jeglicher Baukunst gleichgekommen. In der Mitte der Anlage erhob sich der ungeschlachte Klotz jenes Mittelbaus – aus einer Gruppe gigantischer Felsblöcke bestehend, die sich wie Betrunkene aneinander lehnten. Sie waren so massig, dass man beinahe einen kleinen Berg vor sich hatte – der in kaum zu beschreibender Weise von Menschenhand zu einem Gebäude gestaltet worden war. Dort links, wo die Rundung eines gedrungenen Felsklotzes nicht mehr ausgereicht hatte, um die Form eines Seitenturmes zu vollenden, hatten die Baumeister den Felsen von innen durchstoßen, an der Außenseite drei Strebepfeiler hinaufgezogen und oben aus massiven Quadern den Rest aufgesetzt. Darüber thronte eine grauschwarze Felsnadel, offensichtlich aus einer anderen Gesteinsart bestehend, die von seltsam silbrigen Flechten bewachsen war. Obenauf thronte ein seltsamer kleiner Balkon, dessen Bedeutung nicht zu erraten war. In die schräge Wand eines anderen, zerfurchten Klotzes waren Fensteröffnungen hineingehauen worden; wo der Fels zu zerspellt war, hatte man hier und da kleine Mauern, Erker und Vorbauten eingezogen. Und überall waren nach längerem Hinsehen seltsame und fremdartige Muster zu erkennen: in sich verschachtelte Ornamente – keines davon rund, sondern stets mit Kanten und Spitzen versehen, dass sie wie Schneiden oder Klingen von blutigen Waffen wirkten; dazwischen fratzenhafte Symbole, in ihrer wahren Form kaum zu erfassen, und immer und immer wieder eingemeißelte oder erhabene Objekte, die wie Klauen, Tatzen und Reißzähne aussahen. Es war erschreckend und abartig.

In der Mitte des Ganzen ragte drohend und unnahbar ein massiger Turm auf, der wie aus Fetzen gemacht schien: aufstrebende Felspfeiler, monströs eingeschlossene Klötze und primitiv aufgeschichtete Mauern. Überall gab es Fenster, Erker, Scharten, Vorbauten, Simse, Nischen und Einbuchtungen. Der Baumeister dieses Turmes schien eine widersinnige Freude am Durcheinander und am Chaos gehabt zu haben.

»Es ist überall«, hauchte Roya, und es war ihr leicht anzumerken, dass sie, ebenso wie Victor, am liebsten schnell wieder von hier verschwunden wäre. Sie befreite sich von seinem Arm, der noch immer beruhigend auf ihrer Schulter lag, und hakte sich stattdessen schutzsuchend bei ihm unter, die Umgebung nicht aus den Augen lassend.

Victor wusste nicht, was er tun sollte. Er hätte sie gern wieder zurückgeschickt – allein ihrer Sicherheit wegen –, aber er brauchte sie. Innerhalb der letzten

Stunde war ihm eines klar geworden: Wenn sich Sardins Pakt tatsächlich hier befand, und davon ging er aus, so war damit zu rechnen, dass er durch irgendeine hochgradige Magie geschützt war. Roya hatte mehrfach bewiesen, dass sie in der Lage war, höchst komplexe Verwebungen zu entschlüsseln und aufzuknacken. Victor brauchte sie – ohne Roya würde er hier nicht weit kommen.

»Roya...«, begann er. »Wir müssen uns das hier mal ein bisschen genauer ansehen.« Er zog sie mit sich.

Zuerst hielt er auf eine der Arkaden rechts des Mittelbaus zu. Der breite Treppenaufgang und das dortige Portal lagen direkt vor ihnen, aber im Augenblick brachte er noch nicht den Mut auf, geradenwegs dort hineinzumarschieren.

Die Arkaden entpuppten sich als ein mit schweren Felsplatten überdachter kurzer Säulengang, an dessen hinterer Wand sich eine Reihe von in den Stein gehauenen Szenen befand. Daran schloss sich ein flaches Gebäude an, dessen Zweck Victor nicht kannte. Aber allein die Säulen ließen ihn seine Schritte verlangsamen.

Es schien sich um eine seltsame, tote Wachmannschaft von steinernen Kreaturen zu handeln. Neun Stück an der Zahl, im Abstand von je sieben oder acht Schritt errichtet und in den Innenhof hinaus gewandt. Victor betrachtete die steinernen Wesen mit wachsender Beunruhigung. Sie hatten etwas an sich, das ihm einzuflüstern schien, dass sie auf ein Stichwort oder ein bestimmtes Ereignis hin sofort lebendig würden, um in den Innenhof hinaus zu treten. Ihre Feindseligkeit war nicht einmal gegen Roya und ihn gerichtet – nein, es schien einen unsichtbaren Punkt in der Mitte des Festungshofes zu geben, den sie unverwandt mit ihren steinernen Blicken anstarrten. Unwillkürlich sah Victor in diese Richtung, konnte dort aber nichts erkennen – außer der gegenüberliegenden Arkade, von wo aus ebenfalls neun steinerne Kreaturen herüberstarrten.

Sie waren groß, etwa anderthalb Mannslängen hoch, und wirkten wie übermäßig muskulöse Kriegerwesen in harten Rüstungen. Ihre Köpfe waren winzig und ihre Augen und die strichschmalen Münder deuteten einen insektenhaften Verstand an, der nur auf ein einziges Ziel gerichtet war. Welches das jedoch sein mochte, konnte Victor nicht einmal erahnen. Sie alle hatten die Fäuste geballt und die Glieder ihrer Finger und Hände waren hart und kantig.

Roya stieß einen Laut aus und Victor blickte zu ihr.

»Sie… leben«, sagte sie – so leise, dass er es fast nicht verstanden hätte.

Er erschauerte. »Sie *leben*?«

»Ja…«, hauchte sie und starrte die Wesen dabei mit angstvoller Faszination an. »Nicht direkt… ich meine… sie *haben* einmal gelebt. Aber vielleicht können sie es *wieder*…?«

Victor spürte ein ungutes Kribbeln im Nacken. Furchtsam berührte er das Trivocum… und dann sah er es. In tiefsten Violett leuchteten diese neun Gestalten inmitten des dunkelroten und blauen Spektrums des Innenhofes, und als er den Blick des Inneren Auges auf die andere Seite des Hofes wandte, sah er auch die anderen neun. Und es gab noch weitere – man konnte sie ganz leicht erkennen: je drei links und rechts der Innenseite des Festungstores und weitere drei, sehr große, an der Vorderfront des riesigen Mittelbaus. Siebenundzwanzig an der Zahl; siebenundzwanzig grimmige steinerne Wächter, allesamt einem unerfindlichen Punkt in der Mitte des Innenhofes zugewandt.

Victor atmete langsam und tief ein und aus. Es kostete ihn einiges an Beherrschung, angesichts dieser erdrückenden stygischen Bedrohung hier nicht den Kopf zu verlieren. Roya blieb verkrampft bei ihm untergehakt, aber sie zog regelrecht an seinem Arm; er musste sie halten wie ein furchtsames Tier an der Leine.

»Verdammt – hier lebt einfach *alles*!«, ächzte er.

Sie standen eine Weile da, lauschten und beobachteten, wann sich die siebenundzwanzig Wächter wohl in Bewegung setzten. Aber nichts geschah.

Dieses unnennbare Geräusch in der Luft, das sie bis in die Knochen und die Seele hinein durchdringen wollte, war zu einer pulslosen Stille erstarrt – wie der Augenblick vor dem Losbrechen eines entsetzlichen Unheils. Victors Nackenhaare stellten sich auf. Er wagte nicht, sich zu rühren. Furchtsam blickte er über die Schulter nach oben – in die steinerne Fratze eines der Wesen – und wartete förmlich, dass Leben in es hineinkam, dass es sich bewegte, um ihn, Victor, in den Blick seiner grausamen und blutgierigen Augen zu nehmen.

Aber immer noch geschah nichts.

Victor und Roya standen ebenso erstarrt, wie das ganze Hammagor um sie herum erstarrt schien, und je mehr Sekunden und schließlich Minuten verstrichen, desto befremdlicher wurde die Lage. Es verstrich so viel Zeit, dass ihnen schließlich klar wurde, dass einfach nichts weiter geschehen würde. Egal, wie lange sie hier auch stehen mochten.

Victor, der flach geatmet und verkrampft dagestanden hatte, wagte eine kleine Bewegung, ein tieferes Luftholen. Die Verkrampfung war schon fast schmerzhaft geworden. Woher rührte das alles? Er gelangte zu dem unsicheren Schluss, dass es an der seltsamen Bewegungslosigkeit der Situation liegen musste. Alles und jedes trug hier – wenn man das Trivocum betrachtete – den Eindruck in sich, als wolle es sogleich aufspringen, losbrechen oder sich in wildeste Bewegung versetzen. Es war wie ein höllischer Tumult, der für einen letzten gnadenvollen Augenblick zu Stein erstarrt war. Wie eine einzelne Szene eines Kampfgetümmels, die ein Maler von unerhörter Vorstellungskraft im wildesten Augenblick eingefroren und auf seine Leinwand gebannt hatte. Auch Roya schien etwas Ähnliches wahrzunehmen, wiewohl sich ihre verkrampfte, angstvolle Haltung nun langsam zu lösen schien. Victor hingegen war noch viel zu verwirrt, um sich auf alles einen Reim machen zu können.

Roya fuhr sich mit der Hand durch ihre glatten schwarzen Haare. Ihre Blicke schweiften durch den Innenhof, über die schrecklichen Fratzen, Figuren und Symbole hinweg und wohl auch durchs Trivocum. »Da stimmt was nicht«, sagte sie leise.

Victor musterte sie unschlüssig von der Seite her.

»Noch nach zweitausend Jahren?«, fuhr sie fort und schüttelte langsam den Kopf. »Das würde keinen Sinn ergeben. Es sei denn…«

»Was?«

»Du hast vollkommen Recht«, stieß sie plötzlich aufgeregt hervor. »Der Pakt *muss* hier sein! Sonst würde das alles überhaupt keinen Sinn machen.«

»Das alles? Was meinst du damit?«

»Na, all diese Biester hier! Diese Wachmannschaft!«

Victor schluckte. »Denkst du, es gibt Dämonen hier? Ich meine – richtige lebendige Dämonen?«

»Nein!« Sie schüttelte mit Entschiedenheit den Kopf. »Nein… Das ist alles nur ein Spuk. Ein Riesentheater!«

»Ein… *Theater*?«

»Überleg doch mal«, sagte sie aufgeregt, ließ ihn plötzlich los und wies in die Runde. »Dieser Ort ist seit zweitausend Jahren vergessen! Nicht einmal Chast ahnte etwas von seiner Existenz! Hier lebt niemand und hier gibt es nichts als kalten, toten Stein. Wovon sollte sich ein Dämon ernähren? Es gibt nichts Lebendiges, was er zerstören könnte – und seit zwei Jahrtausenden keine lebende Seele, die in der Lage wäre, ihn mit Magie im Diesseits zu halten!«

Plötzlich begriff Victor. Er hatte genug über die Natur des Stygiums gelesen, um zu verstehen, wovon sie sprach. »Du meinst – das alles hier ist nur ein Schauspiel? Um Eindringlinge fern zu halten?«

Sie nickte heftig und machte ein paar Schritte weg von ihm. »Darauf kannst du wetten! Die Bedrohlichkeit ist so übertrieben deutlich, dass sie schon wieder ein Witz ist. Derjenige, der das hier so eingerichtet hat, ist ein bisschen *zu* eifrig gewesen. Er hat sich selbst verraten!«

Victor griff sich an den Kopf – ihn schwindelte ein wenig. Das, was Roya da sagte, klang einleuchtend, sogar logisch – aber er wäre nicht in tausend Jahren darauf gekommen.

»Und… du meinst«, fragte er vorsichtig, »dass damals jemand diesen Ort so… *erschuf,* dass er bis heute diese Ausstrahlung beibehalten hat?«

Roya nickte. »Ja – so etwas ist möglich! Kennst du nicht das Totenfeld bei Tulanbaar? Oder den Asgard, in der Nähe von Angadoor, wo Leandra herkommt? Das sind Orte, an denen seit hunderten von Jahren magische Auren existieren. Auren von furchtbaren Kämpfen, die einst dort stattgefunden haben. Ich wette, dass ein Magier von hohen Graden so etwas wie dies hier hinkriegt.«

Victor stieß einen Luftschwall aus. Er versuchte, sich ein wenig zu lockern. Die Atmosphäre der Bedrohlichkeit wich zwar nicht, aber er spürte, dass seine Anspannung tatsächlich etwas nachließ. »Und du denkst, das alles ist wegen des Paktes so eingerichtet worden? Dass jeder, der jemals hierher kommen sollte, nur noch die Beine in die Hände nimmt und zusieht, wie er wieder davonkommt?«

»Weißt du einen besseren Grund?«

Er sah sich um und schnaufte. Schließlich zuckte er die Schultern.

»Wenn es hier etwas gibt, das lebensbedrohlich ist, dann ist es von einer anderen Art«, sagte Roya zuversichtlich. »Fallgruben oder so. Rotierende Messer, die einem den Kopf absägen, Mauerblöcke, die einen zerquetschen, oder zusammenbrechende Brücken über meilentiefen Abgründen.« Sie grinste schief.

Victor lachte leise auf, empfand eine grimmige Belustigung angesichts dieser Verharmlosung all ihrer Befürchtungen. Sein Verstand sagte ihm, dass Roya verdammt nahe an der Wahrheit sein musste, aber sein Gefühl wollte es nicht recht glauben. Er spürte, dass sein Herz noch immer wummerte.

Roya fuhr plötzlich herum, marschierte auf eine der Steinkreaturen zu, versetzte ihr einen Tritt und machte dann auf die kindlich-albernste Weise ›Buh!‹ zu ihr. Nichts geschah. Sie drehte sich zu ihm um und hob fragend Schultern und Hände. Sie sah zwar nicht gerade so aus, als wäre sie völlig *sicher* gewesen, dass die Kreatur nicht im nächsten Augenblick zum Leben erwacht wäre und sie zerrissen hätte – aber nun lächelte sie erleichtert und sagte: »Siehst du? Alles nur Schein und Trug!«

Victor starrte ungläubig die steinerne Kreatur an – und dann war es plötzlich vorbei. Von einem Augenblick auf den anderen fiel alles in sich zusammen, wich alle Bedrohung von diesem gespenstischen Ort – so als hätte es sie nie gegeben. Er stieß einen unartikulierten Schrei aus, stürzte auf die Steinkreatur zu und trat so heftig gegen ihren Sockel, dass ein scharfer Schmerz durch seinen Fuß zuckte, der ihm die Tränen in die Augen trieb.

»Verdammt!«, rief er. »Dämliches Steinmonster! Du Drecksack!«

Roya kicherte, er wandte sich humpelnd um, nahm

sie in die Arme und drückte ihr einen schmatzenden Kuss auf die Stirn. »Du bist genial«, sagte er begeistert. »Einfach genial! Weißt du, wie kurz ich davor stand, einfach wegzulaufen und nie mehr wieder zu kommen? Ich hab mir fast in die Hosen gemacht!«

Sie seufzte. »Ich auch«, erwiderte sie.

Mit einer Art Todesverachtung waren sie geradenwegs in das riesige Hauptgebäude der Festung von Hammagor hineinmarschiert. Immer noch mit einer gewissen Vorsicht, denn Royas Verdacht hinsichtlich nicht-magischer Fallen war durchaus ernst zu nehmen. Aber dem Ansturm stygischer Angstmacherei begegneten sie nun mit herablassender Verächtlichkeit.

»Siehst du den Dicken da oben«, rief sie und deutete auf eine vielarmige steinerne Scheußlichkeit, die im Kopfstück über einem Portaldurchgang eingemeißelt war. Victor blickte hinauf.

Roya warf mit einer heftigen Bewegung einen Stein nach ihm. »Ich wette, der hat zu viel Leichen gefressen. Und nun furzt er sich zu Tode!« Sie imitierte mit aufgeblasenen Backen und herausgestreckter Zunge einen knatternden Furz. Victor lachte auf. Sie hatte Recht behalten. Wenn man das Trivocum, das einem allerhöchste Gefahren einflüstern wollte, einfach ignorierte, dann gab es an diesem Hammagor eigentlich nichts, was man wirklich fürchten musste. Es war bloß ein uralter, hässlicher und verfallener Steinhaufen – vollgestopft mit einem Possenspiel der Drohungen und Trugbilder. Und sah man es einmal anders herum, dann war dies zugleich der allerbeste Hinweis darauf, dass es hier tatsächlich etwas zu holen gab!

»Fallgruben, meinst du? Und rotierende Messer?«, fragte Victor.

Sie hob entschuldigend die Achseln. »Hab ich aus Geschichten, die mir mein Großvater erzählt hat. Mit so was kenn ich mich selber nicht aus. Wir sollten lieber aufpassen.«

Victor sah sich in der großen steinernen Halle um. »Und… der Pakt? Wo meinst du, könnte er sein?«

»Wir sollten nach einem Tisch Ausschau halten«, schlug sie vor.

Wieder lachte er leise auf. Er hatte seinen Spaß an witzigen Leuten. Leandra war auch so. Vielleicht war das eines der Merkmale, das die Guten von den Bösen unterschied, dachte er hoffnungsvoll. Er konnte sich nicht erinnern, dass Chast jemals einen Witz gemacht hätte. Oder irgendwer sonst von dieser verruchten Bruderschaft.

Die Halle hier in diesem Mittelbau war hoch und weitläufig, Licht fiel durch allerlei unregelmäßig geformte Fensteröffnungen in der Höhe herein. Alles bestand aus rötlich-grauem Fels, und keine der Wände hätte es gestattet, ein Bild oder einen Wandteppich an ihr aufzuhängen. Der Fels war roh behauen, und die Frage, warum sich nie jemand die Mühe gemacht hatte, diesen Ort ein wenig wohnlicher zu gestalten, stand förmlich in der Luft. Selbst wenn nichts von der Bedrohung existiert hätte, die man auf der magischen Ebene wahrnehmen konnte, hätte es kein Mensch hier lange ausgehalten: Es war kalt, hässlich und bedrückend.

Einige Durchgänge führten von der Halle aus in verschiedene angrenzende Räume oder Gänge und am Ende der Halle strebte ein breiter, aber ungewöhnlich steiler Treppenaufgang aufwärts und mündete ziemlich weit oben unter der Hallendecke in einen niedrigen, breiten Gang. Der Gang schien weiter Richtung Westen zu führen, doch dort oben war es zu dunkel, um Genaueres zu erkennen.

»Ein Tisch?«, fragte Victor. »Ich schätze, so etwas gibt's hier nicht.«

Roya verschränkte die Arme vor der Brust und

kratzte sich dann nachdenklich an ihrer süßen kleinen Nase. »Also, entweder im tiefsten Keller oder im höchsten Turm. So was muss eine gewisse... *Dramatik* haben, meinst du nicht?«

»Dramatik?«

»Klar. Oder würdest du, als Sardin, eine solche Festung erbauen, um deinen Pakt dann in der Küche zu verstecken? Oder im Stall?«

Wieder lachte er vergnügt. »Du hast völlig Recht. Wo fangen wir also an? Im Turm?« Er deutete auf den Treppenaufgang am anderen Ende der Halle.

»Ja, warum nicht?« Roya nickte und marschierte los.

Sie kam nicht weit.

Victor, der in diesem Augenblick in der Mitte der Halle auf dem Steinboden eine Art Schwarzweißmuster aus Kachelsteinen entdeckte, überkam eine plötzliche, heiße Vorahnung. Die Kachelsteine, jeder davon etwa einen Schritt im Quadrat groß, waren in einem viereckig-konzentrischen Muster angelegt, über dem, in der Mitte der Halle, weit oben ein gewaltiger Hängelüster schwebte. Er war gänzlich aus Metall und an einer riesigen Kette befestigt. Ein Wunder, dass er diese lange Zeit, mehr als zweitausend Jahre, dort überdauert hatte. Aber es gab in der Magie, wie Victor wusste, verschiedene Möglichkeiten, Metall, Holz oder gar Leder für sehr lange Zeit haltbar zu machen. Und er begriff, dass genau *dies* mit dem Metall des Lüsters oder zumindest mit seiner Kette gemacht worden sein musste. Und das konnte nur einen Grund haben.

»Roya!«, schrie er und rannte los.

Roya blieb wie angewurzelt stehen. Doch sie hatte schon die zweite Reihe des konzentrischen Musters betreten, und Victor sah im gleichen Augenblick, wie sich der Lüster über ihr löste. Verzweifelt stürzte er nach vorn, aber er sah schon, dass er viel zu spät kommen würde, um sie wegstoßen zu können.

Die folgenden Sekunden gehörten zu den wenigen, aber dennoch viel zu zahlreichen in seinem Leben, die dazu geeignet waren, ihm vor Entsetzen den Verstand zu rauben. Die Hilflosigkeit, als er sich ihr nur um eine viel zu kleine Strecke nähern konnte und dabei den mörderisch schweren und mit zahllosen Spitzen und Kanten besetzten Hängelüster nach unten rasen sah, war so schrecklich, dass er glaubte, an der eigenen Verzweiflung ersticken zu müssen. Später, wenn er Albträume hatte, was hin und wieder vorkam, kehrte regelmäßig diese Szene wieder. Er sah Roya ahnungslos und hinreißend lächelnd voranmarschieren und über ihr raste der tödliche Lüster herab. Und er schrie, winkte und versuchte vorwärts zu kommen. Der Lüster brauchte Stunden, bis er unten war – währenddessen er selbst sich verzweifelt abmühte, zu Roya zu gelangen. Aber er steckte wie in einem klebrigen Brei, schaffte in jeder dieser Stunden gerade mal zwei Schritte – und erkannte, dass er einfach zu spät kommen würde. Bevor der Lüster auf Roya stürzte, wachte er regelmäßig auf.

Dass Roya indes wegen seines Schreis erschrocken stehen blieb und sich keinen Fingerbreit mehr rührte, rettete ihr das Leben. Kaum, dass Victor drei Schritte gemacht hatte, krachte keine halbe Elle vor ihr der monströse Hängelüster auf den Kachelboden – sie hätte es niemals überlebt, wäre sie auch nur einen einzigen Schritt weiter gegangen. Während der Aufprall des Lüsters noch wie ein Donnerschlag durch den riesigen Saal hallte, stieß Roya einen entsetzten Schrei aus und kippte nach hinten um. Augenblicke später war Victor bei ihr und hielt sie fest im Arm.

Sie keuchten beide; Royas Augen waren vor Schreck geweitet und starrten den Lüster an, der sich unter metallisch rasselnden Geräuschen langsam wieder nach oben in Bewegung setzte. Mit einer Mischung aus Entsetzen und Faszination konnten sie mitverfolgen, wie sich die ineinander geschobenen metallenen Ringe und Verbindungsketten ordentlich auseinander falteten, als der Lüster weiter nach oben stieg. Wundersamerweise war der großen Steinfliese, auf die er heruntergekracht war, nicht der kleinste Kratzer anzusehen.

Ein verflucht sorgfältig konstruiertes Mordwerkzeug, dachte Victor.

Als Roya wieder einigermaßen zu Atem gekommen war, sah sie ihn verschreckt an. Sie hatte Tränen in den Augen. »Fallende Hängelüster hatte ich vergessen«, flüsterte sie.

Victor schnaufte. Plötzliche Wut schäumte in ihm hoch. »Verdammt«, fuhr er sie an. »Du passt ab jetzt auf, verstanden?« Er ließ sie los und stand abrupt auf. Im gleichen Moment wusste er aber auch, dass er ihr Unrecht tat. Seine Wut bezog sich auf die Erbauer dieser mörderischen Falle, nicht auf Roya.

Sie senkte den Blick wie ein schuldbewusstes Kind und umschlang sitzend ihre Knie mit den Armen, als wollte sie sich in sich selbst verkriechen. Victor hörte sie leise schluchzen. Er holte Luft, beschloss dann aber, sie jetzt nicht weiter zu trösten. Dieser Schock sollte ihr bis ins Mark gehen und sie vorsichtig machen. Er zog sie langsam auf die Beine. »Komm jetzt«, sagte er knapp. Sie schniefte noch ein bisschen, aber dann ging es wieder.

Victor versuchte, seinen Gefühlstumult zu dämpfen. Er biss die Zähne aufeinander, während er beobachtete, wie der Lüster mit einem lauten *Klack* in seiner Ausgangsposition unter der Decke einrastete. Irgendein geheimnisvoller Mechanismus hatte ihn für sein nächstes Opfer wieder nach oben gezogen. Aber anscheinend hatte es nie zuvor eines gegeben, denn sonst hätten hier die Überreste liegen müssen. Ausgebleichte Knochen – ganz wie es sich für einen so grausigen Ort wie diesen hier gehörte.

Sie umrundeten vorsichtig die mörderische Falle und hielten nun ständig Ausschau nach weiteren. Immerhin waren sie jetzt vorgewarnt. Der Spuk dort draußen im Innenhof, den sie aufgedeckt hatten, war zwar unecht, aber das hieß nicht, dass es hier nicht eine Menge tödlicher Fallen geben konnte. Und vielleicht auch solche, die mittels Magie funktionierten. Mit höchster Aufmerksamkeit musterten sie ihre Umgebung und erreichten schließlich den Fuß der steilen Treppe.

4 ♦ Ein Schritt ins Dunkel

Es gibt Dinge, die mehr wehtun als die schlimmsten Wunden, die man bei einem Kampf davonträgt. Es sind die Verletzungen der Seele, die einem entgegen dem, was man verdient hat, von den eigenen Freunden zugefügt werden.

Bisher hatte Leandra im Lauf all der gefährlichen Begebenheiten noch nie Verletzungen dieser Art einstecken müssen. Es waren immer nur die *Bösen* gewesen, die ihr etwas hatten antun wollen, die Ungerechten und Skrupellosen. Von ihnen hätte sie auch nie etwas anderes erwartet. Dass ihr jetzt aber die *Guten* etwas Böses zufügen wollten, konnte sie einfach nicht begreifen.

Sie waren abgeführt worden, um in den Verliesen des Palastes von Savalgor eingesperrt zu werden. Alles in ihr bäumte sich auf. Meister Fujima hatte beide Hände voll zu tun, sie daran zu hindern, sich in ihrem ohnmächtigen Zorn mit einem magischen Schlag aus der Gewalt ihrer Peiniger zu befreien. Sie war in der rechten Stimmung, den halben Palast in Trümmer zu legen. Und dass sie inzwischen gar nicht mehr so weit davon entfernt war, etwas dergleichen zu schaffen, wussten sowohl sie selbst als auch Meister Fujima und sogar die Wachleute, die sie abführten.

Die Soldaten machten alles andere als glückliche Gesichter, während sie mit den Gefangenen – Leandra, Meister Fujima, Gildenmeister Xarbas, Hellami und Jacko – die schmalen Treppenstufen zu den Kerkern hinabstiegen. Leandra und ihre Freunde waren womöglich eine der schlagkräftigsten Gruppen in ganz Akrania. Die Soldaten verhielten sich leise und unauffällig, wohl wissend, dass der kleinste Funke genügte, um Leandra endgültig explodieren zu lassen – und das wäre für jeden Gegner in ihrer Reichweite übel ausgegangen.

»Du *musst* dich fügen!«, drang Meister Fujima leise, aber mit allem Nachdruck auf sie ein. Sie liefen nebeneinander her und er hielt sie am Ellbogen fest. »Gerade haben wir dem Land den ersten Ansatz einer neuen Ordnung zurückgebracht! Das *können* wir nicht gleich wieder zunichte machen! Der Rat hat uns durch eine ordentliche Abstimmung unter Arrest gestellt. Es ist rechtens. Wir *müssen* gehorchen!«

Leandra knirschte mit den Zähnen. »Zur Hölle mit diesem Rat«, fluchte sie voll heißem Zorn. Sie gab sich keine Mühe, leise zu sein. »Was ist das nur für eine Bande von dummen, bestechlichen Mistkerlen! Da steckt noch immer die verdammte Bruderschaft dahinter! Auch wenn Chast tot ist…«

»Ja, ich weiß«, lamentierte Meister Fujima mit erhobenen Händen. »Dennoch – wir müssen einfach darauf hoffen, dass sich die Zustände in den nächsten Wochen von selbst bessern. Wenn wir jetzt ausbrechen, so zerstören wir die Ordnung, die sich wieder bilden soll, von Grund auf!«

Leandra wollte sich noch immer nicht beruhigen. »Das ist nichts als ein verfluchter Verrat! Wir haben das Land befreit – und der Dank dafür ist der Kerker!«

»Es wird sich alles fügen«, sagte Meister Fujima zuversichtlich. »Wir haben den Primas Jockum draußen in der Stadt, der sich mit aller Kraft für uns einsetzen wird, und auch Alina steht nicht unter Arrest. Hast du nicht gesehen, wie mutig sie den Ratsmitgliedern begegnet ist? Nur ein paar Tage, dann sind wir wieder frei! Du wirst sehen…«

Leandra sah sich Hilfe suchend nach den anderen um.

Gildenmeister Xarbas blickte dumpf zu Boden. Dieses unverständliche Urteil war nur ein weiterer Mosaikstein in seinem persönlichen Unglück – es schien ihn nicht weiter zu bewegen. Er hatte seine geliebte Gablina im Kampf gegen Chast verloren, eine tapfere Magierin, die einfach nur im falschen Augenblick am falschen Ort gestanden hatte. Genauso gut hätte es Leandra oder Meister Fujima erwischen können.

Ganz hinten stapften Jacko und Hellami die Treppenstufen hinab, er hatte seinen Arm um ihre Schulter gelegt. Jacko zeigte eine Miene, als brütete er einen Plan aus, wie er jedem Ratsmitglied einzeln die Haut in kleinen Streifen abziehen würde, wenn er nur erst wieder aus dem Kerker heraus war. Und Hellami sah Leandra von unten her mit einem Blick an, als hielte sie ihre Freundin für die allein Schuldige an allem.

Leandra stöhnte innerlich. Nein, *Freundin* war nicht mehr das richtige Wort. Sie blickte wieder nach vorne, auf die Felswände des Treppenschachtes, durch den sie in die Tiefe unter dem Palast von Savalgor hinabstiegen. Es hatte Zeiten gegeben, da hätte sie ihr Leben darauf verwettet, dass niemals etwas die Freundschaft zwischen ihr und Hellami gefährden könnte. Aber dennoch war sie zerbrochen. Leandra hatte in jener Nacht, als sie draußen bei der Hütte im Wald gegen Usbalor gekämpft hatten, einen Fehler gemacht. Sie hatte Hellami für tot gehalten und der Nachbildung der *Jambala,* dem magischen Schwert, mit Hellamis Blut übernatürliche Kräfte eingegeben. Diese Art Fehler schien für Hellami unverzeihlich zu sein. Obwohl sie jetzt, in diesem Augenblick, allein deswegen überhaupt noch am Leben war. Leandra seufzte schwer.

Leandra spielte weiterhin mit dem Gedanken, sich mit Gewalt zu befreien – selbst wenn Meister Fujima da bliebe. Jacko und Hellami würden sicher mit ihr kommen. Hier gab es im Umkreis von einer halben Meile niemanden, der sie daran hätte hindern können: Im Palast durfte laut Kodex und einem jahrhundertealten Ratschluss der Prälaten keine Magie ausgeübt werden und deswegen stand ihr hier auch kein Magier gegenüber. So gesehen war es ein Witz, dass man sie einsperrte – sie hätte sich jederzeit selbst befreien können. Einem Magier war nur ein anderer Magier gewachsen und im Palast gab es nun mal so gut wie keine.

Allein aus diesem Grund schluckte Leandra ihren Zorn herunter und verschob ihren möglichen Ausbruch auf später, wenn sie sich sicher war, wie sie vorgehen sollte. Vielleicht hatte Meister Fujima doch Recht. Falls aber nicht, dann würde sie mit einem ordentlichen Paukenschlag von hier verschwinden, so viel war sicher.

Sie erreichten das Ende der Treppe und wurden unten von Altmeister Ötzli und ein paar weiteren Soldaten erwartet. Ötzli trug nicht eben eine freundliche Miene zur Schau, aber Leandra hatte sich schon beinahe daran gewöhnt, ihn so zu sehen. Er achtete gar nicht auf sie, sondern wandte sich gleich an Meister Fujima.

»Es tut mir Leid, dass es so gekommen ist«, raunte er seinem alten Gefährten zu und umarmte ihn kurz.

»Schon gut«, sagte Fujima. »Ich bin zuversichtlich, dass wir in Kürze wieder frei sein werden.«

»Sei dir da nicht so sicher«, erwiderte Ötzli. »Ich kann zwar verhindern, dass innerhalb der nächsten sechs Wochen eine neue Abstimmung durchgeführt wird, aber wenn Alina bis dahin den Vater ihres Kindes nicht vorweisen kann, wird auf jeden Fall ein neues Ratsmitglied benannt. Nur die Kräfte wissen, was dann geschieht.«

Meister Fujima winkte ab. »Du und Jockum – ihr werdet das schon hinkriegen.«

Ötzli schüttelte den Kopf. »Der Rat ist korrupt, das weißt du so gut wie ich. Es ist leichter, ein Ratsmitglied mit Geld oder Drohungen *gegen* euch einzustimmen als umgekehrt. Wenn der Teufel es will, könntet ihr gar zum Tode verurteilt werden! Wegen Mordes an einem Ratsmitglied …«

Leandra spürte, wie namenloser Zorn in ihr hochstieg. »Zum *Tode* verurteilen? Uns?«, rief sie aus. »Ha – den möchte ich sehen, der uns etwas antun will! Die ganze Palastgarde könnte uns hier nicht halten!«

Ötzli sah sie kopfschüttelnd an. »Du hast noch immer kaum etwas dazugelernt, oder? Hast du dir das Trivocum nicht angesehen?«

Leandra stutzte. »Das Trivocum …?«

Instinktiv baute sie die Verbindung auf, öffnete das Innere Auge… und prallte entsetzt zurück.

»Das ist…«, keuchte sie und Ötzli nickte ihr mit beißend spöttischen Blicken zu.

Leandra konnte fast nicht glauben, was sie da sah. Das Trivocum war kalt und grau, war sozusagen gar nicht sichtbar; es gab nur einen unbestimmbaren Schleier von dumpfen Konturen, kein bisschen Leben, keine rötlichen Farbtöne, einfach nichts. Leandra hatte so etwas noch nie gesehen, aber sie wusste instinktiv, was es zu bedeuten hatte.

»Das ist schon seit Jahrhunderten hier in diesem Gefängniskeller so«, sagte Ötzli. »Hast du etwa geglaubt, man hätte sich niemals darauf vorbereitet, auch magisch begabte Personen hier einsperren zu müssen? Der *schreckliche Minuu* hat dreißig Jahre lang hier unten eingesessen, das solltest du während deiner Novizenschaft doch gelernt haben!«

Leandra hatte eigentlich genug damit zu tun, ihren Schock über diese Tatsache zu verdauen, dennoch biss sie plötzlich etwas anderes noch viel mehr. Forsch schritt sie auf Ötzli zu, packte ihn am Arm und zerrte ihn ein paar Schritte mit zur Seite, in einen angrenzenden Gang hinein.

»Verdammt – was habe ich Euch nur getan, Altmeister, dass Ihr mich wie ein dummes Kind behandelt?«, zischte sie ihn mit vor Zorn gerötetem Gesicht an. »Ist es immer noch diese alberne Geschichte mit der *Jambala*? Könnt Ihr das nicht irgendwann mal vergessen?«

Er starrte sie nur mit blitzenden Augen an.

»Was ist?«, knirschte sie, die Fäuste geballt und kurz davor, ihn packen zu wollen, um eine ehrliche Antwort aus ihm herauszuschütteln. Diese unerklärliche, abweisende Kälte, mit der ihr Ötzli stets begegnet war und die er offenbar für alle Zeiten beizubehalten beabsichtigte, raubte ihr nun den letzten Nerv.

»Du bist mir immer noch ein gutes Stück zu neunmalklug«, gab Ötzli zurück, offenbar selbst kurz davor, in Wut auszubrechen. »Du hast die Geschicke des Landes verändert, aber auf welche Weise! Das war unverantwortlich. So etwas hätte in den Händen eines klugen, erfahrenen Mannes liegen sollen, wie Munuel oder Jockum, aber gewiss nicht in deinen!«

»Wie wäre es… mit den *Euren*, Altmeister?«, fragte sie herausfordernd.

Er nickte wütend. »Ja, allerdings! Auch meine wären dazu sicher geeigneter gewesen!«

Leandra biss die Zähne zusammen, dass es knackte. »So? Und wo wart Ihr, als sich alles zum Schlechten veränderte? Als sich Chast zum Anführer der Duuma aufschwang, als er einen Sitz im Rat übernahm, als er Kommandant der Stadtwache wurde? Ich nehme an, da hatte Ihr gerade zu tun, Altmeister! Da habt Ihr Euch nicht um solche Nebensächlichkeiten wie die Übernahme der Macht durch einen Erzfeind der Gilde kümmern können…«

Ötzli verlor die Beherrschung. Er trat auf sie zu und packte sie am Kragen. »Was weißt denn du, *du Göre*«, knirschte er, »was in dieser Zeit hier in Savalgor alles passiert ist…!«

In diesem Augenblick trat Meister Fujima heran und drängte sich barsch zwischen sie. Ötzli war gezwungen, Leandra loszulassen. »Seid ihr von Sinnen!«, rief der kleine Meistermagier und warf die Arme in die Luft. »Wir stehen auf ein und derselben Seite! Und nichts haben wir jetzt nötiger, als dass wir an *einem* Strang ziehen! Beherrscht euch – alle beide!«

»Dann soll mich dieser eingebildete Mistkerl nicht ständig wie einen Haufen Dreck behandeln!«, schrie Leandra. Sie hatte vor Verzweiflung und Zorn Tränen in den Augen. Die Gefährten wie auch die Soldaten waren allesamt einen Schritt zurückgewichen und beobachteten die Szene mit wachsender Verblüffung und Ratlosigkeit. Hier schien es gar nicht mehr darum zu gehen, dass eine Gruppe Gefangener in den Kerker gebracht werden sollte, sondern vielmehr um das Austragen eines persönlichen Streits, bei dem die Wachleute nichts als Zuschauer waren.

Meister Fujima wandte sich an Ötzli. »Ich kann dich verstehen, alter Freund«, sagte er, »aber ich glaube, du tust Leandra Unrecht! Sie ist eine mutige junge Frau, die mehrfach ihr Leben für das Land aufs Spiel gesetzt hat. Die Dinge laufen nicht immer so, wie es am besten wäre – das weißt du so gut wie ich. Sie hat viel für uns getan und hat etwas anderes als deinen Zorn und deine Zurückweisung verdient!«

Bei diesen Worten trat Jacko heran und legte Leandra in einer Geste der Unterstützung und Anteilnahme den Arm um die Schulter. Er starrte Ötzli vorwurfsvoll an. Selbst Hellami kam und tat das Gleiche von der anderen Seite her.

Wiewohl Leandra unendlich dankbar für diese Gesten der Freundschaft war, so brachten sie nun ihre hilflose Verzweiflung vollends zum Ausbruch. Schluchzend wandte sie sich ab und verkroch sich an Jackos Seite, der beschützend auch seinen anderen Arm um sie legte.

Öltzi schnaufte, wandte sich um und winkte ab. »Jaja, schon gut!«, meinte er. »Das alles ist auch für mich nicht leicht! Ihr ahnt nicht, wie erniedrigend es ist, der Vorsitzende dieses Dreckhaufens von einem Hierokratischen Rat zu sein! Es tut mir Leid.« Damit nickte er dem Sergeanten der Wachgruppe zu und wandte sich zum Gehen. »Wenn ich etwas Neues erfahre, so lasse ich es euch wissen. Und ich werde dafür sorgen, dass ihr wenigstens anständiges Essen bekommt. Ansonsten…«, er hob missmutig die Schultern, »müsst ihr einfach Geduld haben.« Damit wandte er sich um, ging den Treppengang hinauf und war bald darauf verschwunden.

Für eine Weile herrschte unentschlossenes Schweigen. Schließlich trat der Wachsergeant vor. »Also… wir müssten dann…«, sagte er.

Leandra seufzte und sah ihm ins Gesicht. Immerhin war er keiner von der gemeinen Sorte – es schien fast, als wisse er um die Ungerechtigkeit dieser ganzen leidigen Angelegenheit und würde seine Pflicht nur erfüllen, weil ihm nichts anderes übrig blieb.

Sie setzten sich in Bewegung und wurden noch ein Stück tiefer in den Gefängniskeller hinabgeführt. Hier gab es nur enge Gänge und Korridore, tief im Fels unter dem Palast, mit rußenden Fackeln an den Wänden.

»Was meinte Ötzli denn mit dem… Trivocum?«, fragte Hellami leise von der Seite her.

Leandra wischte sich die letzten Tränen aus den Augen, blickte Hellami an und fragte sich, ob ihre Freundschaft vielleicht doch nicht ganz zerstört war.

»Hier ist keine Magie möglich«, erklärte sie, sah zur Felsdecke auf und hob die Schultern. »Ich weiß nicht, wie sie das bewerkstelligt haben – aber das Trivocum ist grau und kalt. Wir können nicht ausbrechen. Zumindest nicht mit Hilfe von Magie.«

Hellami ließ ein leises Ächzen hören und sah Jacko Hilfe suchend an.

»Du meinst«, fragte Jacko, »... *überhaupt* keine Magie? Du nicht und auch Meister Fujima nicht? Oder Xarbas?«

Leandra schüttelte den Kopf. »Nein. Wir sind ihnen ausgeliefert. Wenn sie uns verurteilen, sind wir machtlos.«

Jacko holte tief Luft. Leandra wusste, dass man ihm eigentlich nur ein Schwert geben müsste, dann würde er sie schon irgendwie hier heraushauen. Nun ja – vermutlich doch nicht so leicht. Denn hier unten hatte die Palastgarde das Sagen – und das war eine Kampftruppe von legendärem Ruf.

»Was machen wir jetzt?«, flüsterte Hellami, während sie weitergingen. »Wir können doch nicht so einfach aufgeben?«

Leandra schüttelte ratlos den Kopf. »Ich weiß es nicht, Hellami. Ich weiß es wirklich nicht.«

Altmeister Ötzli kochte.

Er marschierte die Treppen zum Palast hinauf und sein alter, heißer Zorn über diese vorlaute und maßlos überhebliche Leandra brodelte wie Lava in seinem Magen.

Er erinnerte sich wieder, wie damals alles angefangen hatte – in den südakranischen Hügeln, als er und Hochmeister Jockum seinem alten Freund Munuel hinterhergeritten waren. Munuel war damals wie von Dämonen gejagt aufs nächste Pferd gesprungen, hatte es mit Hilfe von Magie zu Höchstleistungen angetrieben, nur um seiner Schülerin Leandra zur Hilfe zu eilen, deren verzweifelten Ruf er über das Trivocum gehört hatte.

Zugegeben, sie war ein recht hübsches Mädchen, aber das war auch alles, was Ötzli an ihr als anerkennenswert empfand. Munuel hingegen schien regelrecht vernarrt in sie gewesen zu sein. Was hatte er nicht alles über ihre außergewöhnlichen Fähigkeiten, ihren Verstand und ihre Klugheit erzählt! Ötzli aber hatte nichts als ein heißblütiges, unbedachtes und vorlautes Weibsbild kennen gelernt, die sich seit jenem Tag angemaßt hatte, in die Geschicke der Welt eingreifen zu wollen. Angefangen hatte es damit, dass sie zur Trägerin der *Jambala* wurde, dieses magischen, angeblich *lebenden* Schwertes, das sich so kapriziös seinen Träger *aussuchte* und von niemand anderem berühren ließ!

Munuel war ebenfalls Träger eines ähnlichen Artefaktes gewesen, und wenn es in dieser Welt noch Maß, Sinn und Gerechtigkeit gegeben hätte, dann hätte er, Ötzli, der Träger der *Jambala* werden müssen! Sein ganzes Leben lang hatte er sich um das Wohl des Landes, des Cambrischen Ordens und des Hierokratischen Rates verdient gemacht. Er hatte, zusammen mit Munuel und Jockum, damals den schrecklichen Dämon von Hegmafor vernichtet, und noch zahllose andere, gefährliche Kämpfe ausgefochten. Er, und nicht diese Leandra, hätte geehrt werden müssen! Damals hatte er zum ersten Mal… *Hass* auf sie in seinem Herzen verspürt.

Schnaufend erreichte er das obere Ende der Treppe, nickte zwei Wachleuten zu und bog nach links ab, in Richtung des Sitzungssaales des Hierokratischen Rates. Mit zornigen Schritten marschierte er voran und seine heftigen Bewegungen wollten gar nicht zu der Stille passen, die in den Hallen des Palastes herrschte – es war weit weniger betriebsam als zu früheren Zeiten, als hier noch Shabib Geramon geherrscht hatte. Es hatte sich eben viel verändert. Und nicht zuletzt, weil diese Leandra nicht aufgehört hatte, sich einzumischen.

Sie war jung, unerfahren und trug eine überdrehte Idee von Freiheit in ihrem Kopf herum. Sie wollte Freiheit für sich und alle anderen, ungeachtet dessen, dass es wohl kaum etwas Schlimmeres gab als eine Horde von Menschen, die nichts als ihre Freiheit besaßen. Man konnte ja im Augenblick nur zu gut sehen, was daraus folgte! Niemand hatte zurzeit die Macht inne und Savalgor stand förmlich auf dem Kopf. Gauner und Ganoven kontrollierten den Handel, die Stadtwache gab es im Grunde nicht mehr, der Cambrische Orden war aufgelöst worden und dieser schwächliche Hierokratische Rat bestand aus selbstsüchtigen Wirrköpfen und einer Anzahl von übrig gebliebenen Bruderschaftlern, die sich ihre soeben gewonnenen Reichtümer sichern wollten. Wenn man den Leuten Freiheit gewährte, wenn man die Zügel einer straffen staatlichen Ordnung losließ, dann hielt das Chaos Einzug. Und ausgerechnet jetzt, da diese… *Drakken* die Welt bedrohten! Eine Situation voller Gefahren und niemand weit und breit, der ihnen Einhalt gebieten konnte.

Ötzlis Schritt verlangsamte sich, als er den Sitzungssaal erreichte. Seine heiße Wut war zwar verraucht, aber Unmut und Ärger rumorten in seinem Bauch. Unschlüssig stand er vor dem Portal, das in den Saal führte. Warum war er überhaupt hierher gekommen? Er seufzte und öffnete den schweren, rechten Türflügel.

Natürlich war jetzt niemand mehr hier. Mehrere kleine Öllampen tauchten den Saal in eine drohende Düsternis, die durchaus zu dem passte, was derzeit von hier ausging. Ötzli schloss das Portal leise hinter sich und trat in die Mitte des Halbkreises aus schweren, geschnitzten Holzstühlen – den Plätzen der dreizehn Hierokraten. Man nannte sie noch immer so, obwohl die Zeiten der Priesterherrschaft lange vorbei waren. Heutzutage bestand der Rat aus Würdenträgern der verschiedenen Orden und Kirchen sowie aus Vertretern der Gilden und einigen Provinzkommissaren. Ötzli schüttelte den Kopf. Nein, auch das stimmte nicht mehr.

Er drehte sich langsam im Kreis und musterte die leeren Stühle. Dort, auf diesem Platz, saß für gewöhnlich Primas Ulkan, jener aufrechte Mann, der für die Belange des Phygrischen Ordens eintrat und der heute so unerschrocken die Bruderschaftler angegriffen hatte. Leute, die Chast im Laufe des letzten Jahres in den Rat eingeschleust hatte. Neben ihm war der Platz des schweigsamen, hoch gewachsenen Parenios, der wohl ebenfalls nicht zur Bruderschaft zählte. Er war Vertreter der Schiffsbauergilde und das schon seit vielen Jahren.

Neben Parenios saß Vandris und der war ganz sicher einer der verbliebenen Leute Chasts. Man hatte ihn vor etwa einem halben Jahr erstmals hier gesehen, nachdem sein Vorgänger, Primas Jarodh, überraschenderweise seinen Rücktritt bekannt gegeben hatte. Zweifellos war das ebenfalls ein Werk Chasts gewesen. Auf den nächsten Plätzen saßen Fellmar, der alte, unbeirrbare Streiter, und Oppen, der dicke, eigennützige Kerl, beides alt gediente, unbestechliche Ratsmitglieder. Dann aber folgten die Stühle von Uddrich und Zelko, die wiederum neu hinzugekommen waren. Uddrich, dieser gewiefte Redner, hatte den Platz des verstorbenen Kandher eingenommen, und Zelko, dessen Hintergrund völlig undurchsichtig war, ersetzte einen weiteren Primas, der abgedankt hatte. Zelko war wohl derjenige, der am wenigsten ein Hehl daraus machte, wes Vaters Kind er war.

Daneben kam der Platz von Therbus, einem Mann mittleren Alters, der fast nie etwas sagte und immerzu verträumt vor sich hin starrte. Neben ihm saß Lormas, ein großer Mann mit hartem Gesicht, über den Ötzli nichts wusste; er sagte fast nie etwas. Er war ebenfalls kein altes Ratsmitglied, aber er besaß schon seit gut zweieinhalb Jahren seinen Sitz im Rat und zu dieser Zeit hatte Chast hier noch keinen Einfluss gehabt. Nun ja, ganz genau wusste Ötzli auch nicht, was dieser finstere Mann alles angezettelt und wie lange er schon an seinen Plänen gearbeitet hatte. Jedenfalls war Lormas der Nachfolger von Zunftmeister Jammer, der wegen fortschreitender geistiger Verwirrung vom Rat abgesetzt worden war. Neben Lormas war der Platz von Hennan, und obgleich dieser wohl nicht der Bruderschaft zuzurechnen war, gehörte er mit seinem vorlauten Mundwerk zu den unangenehmsten Leuten hier. Dann, als Vorletzter, neben dem nunmehr freien Platz von Chast, kam Cicon, ein sehr undurchsichtiger, gefährlicher und gewalttätiger Mann. Allein die räumliche Nähe zum ehemaligen Platz des Oberhauptes der Bruderschaft sagte schon deutlich genug, wohin er gehörte.

Schließlich kam der letzte Platz, und das war sein eigener, gleich rechts vom offenen Ende dieses Kreises, an dem, ein wenig abgesetzt, der Ratsthron des Shabibs stand. Zwölf Stimmen vereinte der Shabib in einer Person, er konnte nur dann überstimmt werden, wenn sich der gesamte, dreizehnköpfige Rat geschlossen gegen ihn stellte.

Ötzli versuchte, sich das Mädchen Alina auf diesem Platz vorzustellen, als eine Person, die so gut wie immer die Entscheidungsgewalt inne hatte, denn es kam nur sehr selten vor, dass sich die dreizehn Prälaten des Rates geschlossen gegen den Shabib – oder in diesem Fall die *Shaba* – aussprachen.

Sie war wirklich eine faszinierende Persönlichkeit, diese Alina, wohl in der Tat die schönste Frau, die dieser Palast je erblickt hatte. Und sie schien durchaus

Kraft, Klugheit und Besonnenheit zu besitzen. Dennoch – Ötzli misstraute ihr. Sie war eine Freundin dieser widerborstigen Göre Leandra, und sie würde tun, was Leandra ihr sagte. Und wenn es eine Person gab, vor der die Kräfte – gleich nach den Drakken – diese Welt behüten mochten, dann war es Leandra. Eine persönliche Freundin von ihr auf dem Thron… nein, das war ein Ding der Unmöglichkeit!

Ja – er, Ötzli, hatte in der Versammlung *gegen* sie gestimmt! Gegen Leandra und ihre Gefährten. Und dafür, dass Leandra und ihre Freunde – bedauerlicherweise befand sich sein alter Kamerad Meister Fujima unter ihnen – des Mordes an einem Ratsmitglied angeklagt werden sollten! Ötzli war zwar kein Bruderschaftler, aber in dieser Abstimmung hatte er sich wahrhaftig so verhalten.

Er holte langsam und tief Luft und musterte noch einmal die leeren Stühle. Durch *seine* Stimme saß Alina nicht auf diesem Thron und dafür Leandra im Kerker. Er nickte leicht, als ihm klar wurde, dass *er* das Zünglein an der Waage gewesen war – von den derzeit zwölf Ratsmitgliedern gehörten fünf zur Bruderschaft und sechs von ihnen waren freie, unabhängige Männer. Trotzdem war die Sache in der Schwebe – dank *seiner* Stimme.

Ihm wurde plötzlich klar, welche Macht er besaß. Das Stimmenverhältnis würde in den kommenden Zeiten bei diesen *fünf zu sechs* bleiben, denn es stand nicht zu erwarten, dass eine Partei die Mittel besaß, Angehörige der jeweils anderen Partei auf ihre Seite zu ziehen. Ohne einen Shabib oder eine Shaba war keine Seite zu durchgreifenden Maßnahmen oder Entscheidungen in der Lage.

Ötzli schnaufte.

Seine Gedanken kreisten um diese Situation wie ein Kreuzdrache über der Beute, auf die er gleich herabstoßen würde, und ihm wurde mit jedem Augenblick klarer, dass sich ihm eine gewaltige Chance auftat, wenn der jetzt klug handelte.

Fünf Bruderschaftler, sechs Freie, keine Shaba – und *er* als der Mann, der den Ausschlag geben konnte! Für Minuten stand er bewegungslos da und ein verwegener Gedanke formte sich in seinem Kopf.

Wenn die Situation anhielt, besaß er eine ebenso hohe Macht wie ein Shabib – der jederzeit eine Situation drehen konnte. Der alte Geramon hatte damals von seinen *zwölf* Stimmen so gut wie nie Gebrauch gemacht, hatte immer nur mit einfacher Stimme votiert und sich in den mehrheitlichen Ratschluss eingefügt. Allein die Tatsache, dass jeder wusste, dass Geramon seine zwölf Stimmen hätte ausspielen können, machte ihn zum geheimen Machthaber der Runde. Meist war die Mehrheit der Ratsmitglieder seiner Meinung gewesen und so hatte er den Hierokratischen Rat mit *sanfter* Gewalt beherrscht.

Ötzlis Position war nun ganz ähnlich. Allerdings wusste niemand, dass *er* der Ausschlaggebende war. Er überlegte angestrengt, ob ihm diese erstaunliche Konstellation dabei helfen könnte, wenn er sich entschloss, etwas gegen die drohenden Gefahren zu unternehmen. Die Drakken bereiteten ihm Kopfzerbrechen. Angeblich wollten sie der Höhlenwelt die Geheimnisse der Magie entreißen, und nach allem, was er gehört hatte, besaßen sie gewaltige Macht. Er wusste viel zu wenig über sie.

Altmeister Ötzli schnaufte.

Jetzt, da er sich in einer so bevorzugten Stellung befand, trug er auch Verantwortung. Und da war es gewiss gut, etwas über diese seltsamen Wesen herauszufinden. Er massierte sich das Kinn. Ja, er sollte Genaueres in Erfahrung bringen. Und niemand, so überlegte er, dürfte zum gegenwärtigen Zeitpunkt mehr über die Drakken wissen als die Leute von der Bruderschaft. Die waren mit ihnen schon in Berührung gekommen, und wenn er in dieser Sache etwas unternehmen wollte, dann sollte er zu ihnen gehen und sie fragen.

Plötzlich ballte er entschlossen seine Fäuste. Ja – jetzt wusste er, was er zu tun hatte!

5 ♦ Fallen

Manchmal fragte sich Victor, ob Roya vorhatte, ihn zu verführen, oder ob er sie nur missverstand – ob es einfach ihre natürliche Ausstrahlung und ihre Anmut waren, mit der sie sich bewegte, sprach oder Gesten vollführte – sich mit der rechten Hand durchs Haar fuhr oder sich selbst nachdenklich gegen die Nasenspitze tippte, was eine ihrer Lieblingsgesten war. Er mochte sie sehr und oft genug war sie einfach hinreißend.

Aber gedanklich von Roya zu Leandra zu gelangen war kein weiter Weg. Die beiden kannten sich, hatten zusammen ein gefährliches Abenteuer durchstanden. Lange Zeit hatte er Leandra für tot gehalten. Aber seit er erfahren hatte, dass sie lebte – und zwar von Chast persönlich! –, verzehrte er sich förmlich danach, sie wieder zu sehen. Ulfas Nachricht, dass man sie wegen Mordes an einem Ratsmitglied festgenommen hatte, lag ihm wie ein schwerer Stein im Magen – er wäre am liebsten auf der Stelle mit Faiona zurück nach Savalgor geflogen.

Aber er hatte nicht gewagt, Ulfa zu fragen. Er konnte weder Roya allein nach dem Pakt suchen lassen noch sie mitnehmen und diese Aufgabe auf später verschieben. Nein, sie mussten das vermaledeite Ding finden, und zwar schnell! Alles andere musste er Ulfa überlassen.

»Was ist mit dir?«, fragte Roya. »Du stöhnst und ächzst schon den ganzen Tag!«

Er betrachtete sie, wie sie mit verschränkten Armen

vor ihm stand, so bildschön, taufrisch und munter, und verspürte plötzlich Lust, sie zu umarmen und fest an sich zu drücken. Aus einem ihm nicht ganz begreiflichen Grund erinnerte sie ihn immer wieder an Leandra.

»Nichts, lass nur«, sagte er, winkte ab und sah sich um. »Hier draußen ist nichts. Ich glaube, es bleibt uns nicht erspart, das Hauptgebäude weiter zu erforschen.«

Sie hatten eine Runde durch die Festung gemacht und alle weiteren Gebäude durchsucht. Es gab eine Anzahl von Wachtürmen, in die man hineingehen und deren Treppen man hinaufsteigen konnte. Aber sie waren unwichtig, außer den Treppen und den Wachplattformen gab es dort nichts. Auf der Rückseite des Hauptgebäudes befanden sich mehrere flache Steinbauten, die einst als Quartiere für das Personal oder für eine Wachmannschaft gedient haben mochten. Aber auch sie fielen durch ihre außergewöhnliche Schlichtheit auf: In wenigen Minuten hatten sie sie durchsucht und nicht einmal mehr einen alten Stuhl vorgefunden. Victor hatte manchmal den Eindruck gehabt, als wären sie nie benutzt worden.

Das einzige Bauwerk, das ihnen vielversprechend erschienen war, war eine Art Gebetstempel oder Grabmal, eine kleine Pyramide mit einem runden Turm auf der Spitze, die in zentraler Lage auf dem weiten Innenhof hinter dem Hauptgebäude stand. Sie hatten dort einen Eingang entdeckt, der aus einer schweren, schrägen Steinplatte bestand, die sich jedoch ohne weiteres öffnen ließ, wenn man am Kopf einer kleinen Katzenfigur links neben dem Eingang drehte. Aber ihre Freude über die Entdeckung dieses vermeintlich geheimen Eingangs hatte sich rasch in Enttäuschung verwandelt, als sie im Inneren der Pyramide nichts als einen leeren Sarkophag auf einem Sockel vorgefunden hatten. Roya hatte hartnäckig sämtliche Ritzen, Ecken und Nischen durchsucht, aber nirgends gab es irgendeinen weiteren Geheimmechanismus, der eine verborgene Tür öffnete oder Ähnliches. Nach einer Weile hatten sie aufgegeben.

Sie untersuchten noch einmal die steinernen Arkaden mit den jeweils neun Wächtern im vorderen Innenhof und fanden sogar die Zugänge zu den dahinter liegenden Gebäuden. Dort aber warteten nur zwei große leere Hallen auf sie, die wie die meisten anderen Räume seit Anbeginn der Zeiten unbenutzt schienen. Schließlich standen sie wieder mitten vor dem großen Hauptgebäude und hatten rein gar nichts entdeckt.

Roya maß den massigen Bau mit befangenen Blicken. »Mir steckt noch immer dieser Hängelüster in den Knochen«, bekannte sie. »Ich wette, da drinnen gibt es noch andere Fallen.«

Victor war schon seit einer geraumen Weile klar, dass sie den Rest der Festungsanlage nur deswegen so genau durchforstet hatten, um nicht weiter im Hauptgebäude suchen zu müssen.

»Ja. Das wäre nur logisch«, bestätigte er. »Der Pakt muss da drin sein und deswegen gibt es dort auch diese Fallen.«

»Fragt sich nur, ob wir sie alle umgehen können. Der nächste Fehler kann tödlich enden.«

Er nickte. Das war keine erhebende Aussicht. »Kannst du sie nicht mithilfe von Magie aufspüren?«

»Wenn irgendeine Magie drinsteckt, dann vielleicht. Aber das ist fraglich. Außerdem herrscht hier überall so ein Chaos im Trivocum, dass man leicht etwas übersehen kann.«

Victor sagte nur »Tja...« und setzte sich widerwillig in Bewegung. Roya folgte ihm.

Die unteren Räume hatten sie bereits mit aller Vorsicht erforscht; es handelte sich um zwei größere, aber ebenfalls vollkommen leere Hallen und eine weitere, die man als eine Art Thronsaal hätte bezeichnen können. Dort befand sich ein großes Stufenpodest, auf dem ein riesiger, steinerner Thron stand. Ansonsten war auch dieser Raum völlig leer. Daneben gab es noch eine Reihe kleinerer Räume, die vielleicht einmal als Küchen, Vorratsräume, Abstellkammern und Aufenthaltsräume für Wachsoldaten gedient haben mochten. Ihnen allen gemein war, dass sie völlig leer waren. Nirgends fand sich auch nur das kleinste Objekt; weder Tische, Stühle, Bänke noch sonstiges Mobiliar. Das ganze Hammagor war offenbar vollständig leer geräumt worden. Oder Räuber hatten es im Laufe der letzten zweitausend Jahre bis auf den letzten Nagel ausgeplündert. Auch einen Zugang zu irgendwelchen tiefer gelegenen Räumen hatten sie nirgends entdecken können.

Nur jene steile Treppe hatten sie sich noch nicht hinaufgewagt. Nun stand Victor erneut davor und betrachtete sie mit misstrauischen Blicken. Irgendetwas Seltsames war an dieser Treppe, und das war der Grund, warum sie sie bisher gemieden hatten.

»Sie ist so seltsam steil«, meinte Roya.

»Stimmt, das ist eigentümlich«, bestätigte er nickend. »So steile Treppen gibt es höchstens in klitzekleinen Häusern, in denen kein Platz ist. Und diese Löcher da machen mich nervös.«

Er deutete auf eine doppelte Reihe von Löchern, jedes etwa vom Durchmesser einer großen Münze, die auf dem Hallenboden parallel zur untersten Stufe verliefen.

»Ich wette, das ist eine Falle!«, raunte Roya. »Ich weiß bloß nicht, wie sie funktioniert. Ob da irgendwelche Spitzen drin sind? Die herausschnappen und einen aufspießen?«

Victor nickte langsam. Sie hatten die Löcher schon

vor einer Weile entdeckt und bisher einen Bogen um sie gemacht. »Bleib lieber weg davon«, sagte er. »Vielleicht kommen sie hochgeschossen, wenn man dort irgendwo auf den Boden tritt.«

»Denkst du, wir könnten die Falle auslösen«, schlug Roya vor, »wenn wir einen dicken Stein draufrollen?«

»Gute Idee«, sagte er. »Warte hier!«

Damit wandte er sich um und verschwand durch den Ausgang, natürlich nicht, ohne einen großen Bogen um die Hallenmitte und den darüber hängenden Lüster zu machen. Nach einigen Minuten kam er ächzend wieder und schleppte einen großen, ziemlich runden Felsbrocken heran. Roya eilte ihm entgegen, um ihm zu helfen.

»Hätte es ein kleinerer nicht auch getan?«, fragte sie.

»Schon«, schnaufte Victor und ließ den Brocken ein paar Schritte vor den Löchern zu Boden sinken. »Aber ich hab da draußen keinen gefunden, der einigermaßen rund war. Ich möchte möglichst weit weg von den Löchern bleiben und das Ding da draufrollen.«

Er setzte seinen Fuß auf den Felsbrocken. »Aufgepasst jetzt!«, rief er, gab dem Stein mit dem Fuß einen kräftigen Stoß und brachte rasch ein paar Schritte zwischen sich und die Löcherreihe.

Polternd rollte der Stein auf die Löcher zu und blieb dann mitten darauf liegen. Nichts geschah.

»Hm«, machte Victor und verzog den Mund. »Das war's also nicht.«

»Vielleicht funktioniert es nach all der Zeit nicht mehr«, schlug Roya vor.

»Das mit dem Lüster funktionierte jedenfalls noch!«, meinte Victor missmutig. Er sah sich eine Weile unschlüssig um. »Also… gib Acht – ich werde jetzt Folgendes machen: Ich gehe vorsichtig dort hinauf, und du passt ganz genau auf, ob du irgendwas siehst. Achte auch auf die Hallendecke, die Treppe, die Wände –

einfach alles. Wenn irgendetwas passiert, dann warnst du mich auf der Stelle. Auch, wenn du was *hörst*. In Ordnung?«

Roya schluckte und hakte sich bei ihm unter, so als könnte sie ihn dadurch hindern, seine Absicht zu vollführen. Sie schnitt eine Grimasse. »Willst du nicht lieber hier bleiben? Das ist mir nicht geheuer.«

Er tätschelte ihren Arm. »Wir müssen etwas wagen. Sonst sind wir völlig umsonst hierher gekommen. Du weißt, worum es geht.«

Roya ließ ihn widerstrebend los. Er umrundete die Löcherreihe und betrat die unterste Stufe vorsichtig von der linken Seite her.

Vor ihm erstreckte sich die Treppe, zehn Schritt breit, gute dreißig Schritt weit hinaufführend und beunruhigend steil. Oben befand sich eine steinerne Balustrade und dahinter der dunkle, niedrige Gang; wohin er führte, das beabsichtigte Victor nun herauszufinden. Roya war angespannt stehen geblieben und beobachtete ihn.

Langsam stieg er Stufe um Stufe hinauf, genauestens auf seine Umgebung und die Treppenstufen achtend, ob sich dort vielleicht irgendein lockerer Stein befand, den man auf keinen Fall betreten sollte. Aber da war nichts, die Stufen waren durchgehend aus einem Stück und hart wie Fels.

Er blickte zurück zu Roya, die ein wenig zur Seite gegangen war. »Pass auf, wo du hintrittst«, rief er ihr zu und deutete auf den Boden vor ihr. »Vielleicht wird der tödliche Mechanismus von demjenigen ausgelöst, der unten unvorsichtig herumspaziert!«

Victor sah, wie sie blass wurde, erschrocken stehen blieb und zu Boden blickte. Er lachte leise und grimmig. Dann schritt er wieder die Stufen hinauf. Nun konnte er erkennen, dass die Wände weiter oben glatter bearbeitet waren. Es schien dort Wandbilder zu geben, eingemeißelte Reliefs, doch Einzelheiten konnte er noch keine erkennen. Er ging vorsichtig weiter.

»Die Stufen hier sind so komisch«, sagte er nach einigen Augenblicken.

»Was?«, rief sie herauf.

»Die Stufen! Wenn ich eine Treppe baute, würde ich Steinplatten nehmen und sie *auf*einander legen – jede ein Stück weiter nach hinten, sodass sich daraus eine Treppe ergibt. Diese hier scheinen *hinter*einander zu liegen, verstehst du? Aufrecht stehende Platten, jede ein Stück höher, und hintereinander aufgestellt.«

»Woran siehst du das?«, fragte sie.

»An den Fugen«, sagte er und peilte dann prüfend nach rechts und links, wo die Stufen von einem durchgehenden Steingeländer begrenzt wurden. »Sie verschwinden nach unten, nicht nach vorn. Eine wirklich komische Treppe.«

Er hörte sie schnaufen.

»Zähl die Stufen«, rief sie.

»Ich soll sie zählen?«

»Ja. Wenn irgendwas passiert, dann weißt du, bei welcher Stufe es war.« Ihre Stimme klang äußerst nervös. Er atmete angespannt aus. Es gelang ihr fabelhaft, ihn ebenso nervös zu machen.

»Ja, gut«, sagte er. Er blickte hinab zum Treppenbeginn und zählte die Stufen bis herauf. Er merkte schon, wie er sich innerlich immer mehr verkrampfte – sicherlich keine gute Sache in solch einer Situation.

»Siebzehn«, sagte er.

»Was?«

»Siebzehn Stufen, bis hierhin. Ich geh jetzt weiter.«

Vor ihm lagen etwa noch einmal so viele Stufen. Angespannt setzte er sich wieder in Bewegung. Er suchte die Fugen zwischen den Stufen ab, ob dort vielleicht Klingen hervorschießen konnten, ob es unsichtbare Ritzen gab, die eine verborgene Falltür verrieten, oder ob oben am Ende der Treppe vielleicht etwas wartete, das herunterpoltern und ihn platt walzen würde. Er spürte, wie ihm kalter Schweiß auf die Stirn trat.

Aber es geschah nichts. Stufe um Stufe kam er voran, alles schien sicher, alles schien ganz gewöhnlich.

Plötzlich hörte er ein leises Geräusch. Abrupt blieb er stehen.

»Es hat geklickt«, sagte er. Laut genug, dass Roya es mitbekommen musste.

»Was?«

»Es hat geklickt!«, rief er ärgerlich hinunter. Es nervte ihn, dass sie nichts verstand, und dieses ständige ›Was?‹ machte ihn nur noch unruhiger. Er schnaufte. »Ich habe eben irgendein Klicken gehört«, rief er über die Schulter hinunter.

»Pass bloß auf!«, riet sie ihm.

Schon wieder kochte Zorn in ihm hoch. Ein solcher Ratschlag war in dieser Situation völlig überflüssig. Er biss die Zähne aufeinander und mahnte sich, nicht die Nerven zu verlieren. Irgendwie fühlte er sich plötzlich so, als wäre sein Tod eine längst besiegelte Sache und er hätte nur noch die letzten fälligen Schritte zu erledigen.

Vorsichtig belastete er die Stufe. Er hatte nicht gespürt, dass sie irgendwie nachgegeben hätte, nur dieses Klicken war zu hören gewesen. Vielleicht hatte er es sich aber auch nur eingebildet. Er stemmte sich höher und betrat vorsichtig die nächste Stufe.

Klick.

Der Blitz, der ihn bei diesem Geräusch durchfuhr, wäre nicht heftiger gewesen, hätte jemand direkt neben ihm mit aller Kraft auf einen riesigen Gong geschlagen. Victor hatte das Gefühl, als wäre ihm für Sekunden das Herz stehen geblieben.

»Wieder ein Klick«, sagte er leise.

Diesmal schien ihn Roya sofort zu verstehen. Er

blickte vorsichtig über die Schulter hinab und sah, wie sie herbeigeeilt kam, die Löcherreihe von rechts her umrundete und auf der ersten Stufe stehen blieb.

»Wirklich? Noch ein Klicken?«

Er versuchte, ruhiger zu atmen. »Ja, verdammt. Wenn ich nur wüsste, was hier vor sich geht.«

»Das ist ein Mechanismus, der über mehrere Stufen hinweg ausgelöst wird«, behauptete sie.

»Was?« Diesmal war er derjenige, der nicht verstand.

»Ja, klar! Die nächste Stufe wird auch klicken! Da wette ich! Man muss die Treppe schließlich auch benutzen können! Nur, wer genau weiß, welche Stufen man nicht betreten darf, kann hinauf. Oder …«

»Was?«

»Nun, vielleicht darf man nicht *drei* heikle Stufen betreten. Dreimal ›klick‹ machen, sozusagen.«

»Wie kommst du auf das alles?«, krächzte er. »Bist du so verdammt schlau oder …?«

Roya ignorierte seine Unbeherrschtheit – zum Glück. »Berühre die nächste Stufe nicht, hörst du? Steig über sie hinweg, nimm die übernächste!«

Er stöhnte leise. Langsam verlor er die Geduld. Er fühlte sich wie ein Jahrmarktskünstler auf dem Seil, der, nur noch zwei Schritte von der anderen Seite entfernt, das Gleichgewicht verlor. Er hatte Lust, einfach dort hinaufzustürmen, in der Hoffnung, schneller oben zu sein, als die Falle zuschnappen konnte.

Er blickte hinauf. Das war schlechterdings unmöglich, denn es lagen noch etwa fünfzehn steile Stufen vor ihm.

»Gut, ich lass die nächste aus«, rief er hinunter.

Dann streckte er sich, die Treppe war so steil, dass man sich beim Überschreiten einer Stufe recken musste. *Zwei* Stufen zu übersteigen würde schwierig werden.

Probeweise belastete er den auf die übernächste Stufe gestellten Fuß ein wenig. Sofort machte es *klick!*

»Verdammt«, sagte er und nahm den Fuß wieder herunter. »Da klickt es auch«, rief er.

»Komm wieder runter!«

»Fragt sich, ob mich das noch rettet«, gab Victor zurück. Schweißperlen sammelten sich auf seiner Stirn.

Er hörte, wie Roya ächzte. »Dann… dann nimm die andere Stufe. Die du überspringen wolltest! Vielleicht macht sie es wieder rückgängig. Ich… ach, verdammt! Ich weiß es auch nicht!« Ihre Stimme klang verzweifelt.

»Vielleicht ist das auch nur wieder so ein *Beschiss*, wie dieses Theater da draußen im Trivocum!«, rief er wütend und deutete in Richtung des Innenhofes. »Ich geh jetzt da rauf! Was soll ich sonst schon machen? Vielleicht schlägt die beschissene Falle erst zu, wenn man später wieder herunterkommt!«

»Tu es nicht!«, schrie sie.

Fast hätte sie ihn damit noch aufgehalten.

Er zögerte kurz, betrat dann aber die Stufe, die er hatte überspringen wollen. Er war nicht unachtsam – die Nerven und die Sinne bis zum Zerreißen gespannt. Die Stufe klickte tatsächlich *nicht*, also überstieg er die folgende, die ja bereits geklickt hatte, aber umsonst. Danach übersprang er noch eine weitere Stufe, doch erst die übernächste klickte ebenfalls nicht. Ein Hauch Erleichterung überkam ihn. Er überlegte, trat dann auf die nächste Stufe, lauschte dabei angestrengt – und da war es wieder, das Klicken.

Er stieß einen Fluch aus, hielt aber nicht inne. Das obere Ende der Treppe kam näher. Langsam wurde er schneller, ging jetzt wahllos voran, nur wenige Stufen waren es noch, mal klickte eine, mal nicht. Als er auf der drittletzten anlangte, geschah es.

Es war, als hielte die Zeit für einen Moment an, einen endlosen und doch allzu kurzen Moment, und als er es spürte, schoss ein Gedankenstrom durch sein Hirn, ein verzweifelter, letzter Gedankenstrom, in dem irgendwo die Lösung verborgen lag, das spürte er, aber er konnte sie nicht greifen. Außerdem blieb ihm keine Zeit mehr.

Es ertönte ein Knall, wie Stein auf Stein, dann klappte die Stufe unter ihm weg.

Er verlor das Gleichgewicht, ruderte noch kurz mit den Armen, dann kippte er hinten über. Sein reaktionsschneller Verstand rechnete sogleich mit dem Auftreffen auf den harten Kanten der unteren Stufen, aber da war nichts. Er begriff es noch, während er abwärts rutschte und sich überschlug. Die Treppenstufen unter ihm waren allesamt weggeklappt, und als er Augenblicke später einen zweiten Knall von unten hörte, wusste er instinktiv, wozu die Löcher gut waren.

Er kugelte hilflos die steile Rutschbahn nach unten, krallte verzweifelt nach irgendeinem Halt – aber die Rutsche war viel zu steil und die schmalen Ritzen boten ihm keine Möglichkeit, sich festzuhalten, selbst wenn er eine davon erwischt hätte. Sein Verstand arbeitete in diesen wenigen Augenblicken fieberhaft und rasend. Aber auch wenn ihm noch etwas Kluges in den Sinn gekommen wäre – es mangelte einfach an Zeit. Gleich war es aus mit ihm. Ebenso unwiderruflich, wie der herabstürzende Hängelüster Roya getötet hätte, wenn sie unter ihn geraten wäre.

Einen Wimpernschlag, bevor er aufgab, bevor er sich sagen wollte, es wäre nun an der Zeit, sich auf den Tod einzustellen, geschah etwas.

Es war, als wäre er in einen Brei hineingerollt, einen dicken, klebrigen Brei, zäh wie Melasse, erstickend wie ein Sumpf. Er bekam keine Luft mehr. Dann spürte er noch, wie etwas Schweres auf ihn fiel, und lag still da.

Und er lebte noch.

Für Sekunden kämpfte er um Atem, wusste nicht

mehr, wie man wieder Luft in die Lungen bekam. Dann hörte er ein leises Wimmern und das Gewicht über ihm löste sich zum Teil. Endlich wurde ihm klar, dass es Roya sein musste. Sie war über ihn gestürzt.

Mit dröhnendem Schädel, schmerzenden Knochen und Schwindelgefühlen versuchte er sich unter ihr hervorzuwinden, hörte aber bei jeder seiner Bewegungen ihre Schmerzenslaute. Ihm wurde klar, dass er sich erst orientieren musste, wollte er ihr nicht noch mehr wehtun. Er versuchte, seinen Atem zu beruhigen, den Schwindel loszuwerden und sich umzusehen.

Er lag längs am unteren Ende der Treppe. In einer Armlänge Entfernung erblickte er eine Reihe von seltsam gebogenen Klingen, die aus dem Boden herausragten – aus den Löchern. Die Klingen der hinteren Reihe waren größer und höher als die vorderen und bogen sich ihm stärker entgegen. Jemand, der über sie hinwegrollte, würde in kleine Scheiben geschnitten werden.

Dann spürte er plötzlich, wie sich unter ihm die unterste Treppenstufe zu heben begann. Aufgrund eines glücklichen Umstandes lag er so darauf, dass er sich nur ein wenig zurückrollen musste, um von ihr mit hochgehoben zu werden. Er hielt die schluchzende Roya fest und zog sie fort von den Reihen der Klingen, die sich nun im gleichen Maß in den Boden zurückzogen, wie sich die Stufen der Treppe hoben. Nach einer Minute war der Spuk vorbei.

Er hielt Roya, die vor Schmerzen weinte, in den Armen. Seine Hände auf ihrem Rücken spürten Blut, doch er seufzte erleichtert, als er merkte, dass es nicht viel war. Sie war verletzt, aber nicht lebensgefährlich. Er zog sie zu sich heran und küsste sie auf die Stirn.

»Du hast mir das Leben gerettet«, sagte er leise. »Geht's?«

Sie nickte wimmernd und verkroch sich in seinen

Armen. Er blieb, wo er war, und bemühte sich ruhiger zu atmen. Schließlich erhob er sich langsam und zog sie mit sich hoch. Sie sah ihn mit tränenüberströmtem Gesicht an.

»Du bist verletzt«, sagte er besorgt. Sie ließ sich wieder herabsinken.

Er zupfte an ihrer Felljacke und sah sechs blutige Flecken, wo Klingen durchgestoßen waren. Hätte sie die zähe Jacke nicht getragen, hätte sie sich wesentlich schlimmer verletzen können. Dann erkannte er, dass hinter ihnen der große Steinbrocken noch immer auf den Löchern lag, und er stieß ein Stöhnen aus. Wenn dieser Brocken nicht dort gelegen hätte, wären sie beide über die Klingen hinweggerollt und schwer verletzt oder gar getötet worden.

Roya kam in die Höhe, mit verweintem, vom Elend gezeichnetem Gesicht. Sie tat Victor unendlich Leid. Es war nicht recht, dass ein so zartes Geschöpf wie sie von solch einem barbarischen Mechanismus verletzt wurde.

»Du musst deine Jacke ausziehen«, sagte er sanft und half ihr, sich aus ihrer Jacke, ihrem Hemd und auch aus dem blutigen Unterhemd zu schälen. Mit nackten Brüsten saß sie vor ihm, halb von ihm abgewandt, damit er ihren verletzten Rücken untersuchen konnte.

Es handelte sich um sechs Schnitte – sie waren zum Glück nicht allzu schlimm, aber er konnte ihren Schmerz deutlich genug spüren. Dieses verfluchte Hammagor schien alles daran zu setzen, sie umzubringen.

Er nahm ihre Felljacke, hängte sie ihr sanft um die Schultern, stand auf und sagte: »Warte hier. Ich muss zu unserem Lager. Irgendwas zum Verbinden holen.«

Sie schnaufte nur.

Er eilte los, verließ das Gebäude und den Festungshof im Laufschritt und bog, nachdem er das riesige, offene Festungstor passiert hatte, nach rechts ab. Wenige Minuten später hatte er das Lager erreicht.

Faiona war nicht da. Er wühlte in den Sachen und fand unter Scolars Hinterlassenschaft ein weißes Leinenhemd. Unschlüssig spielte er mit dem Gedanken, die Sachen dieses widerlichen Kerls einfach wegzuwerfen, aber er brauchte zumindest dieses Hemd – als Verbandsmaterial. Auch Scolars Decken und Proviant hatten sie bitter nötig, hatte sich ihre Reise doch wesentlich verlängert. Dann fiel ihm ein, dass Roya etwas von Töpfen und Tiegeln erzählt hatte.

Er durchsuchte Scolars Sachen genauer und fand einen leinenen Beutel, in dem sich einige kleine Gefäße aus Ton befanden. Er öffnete sie vorsichtig und fand verschiedene Pulver sowie zwei Tiegel mit einer wachsartigen Substanz darin. Die eine hatte einen sehr vertrauten Arzneigeruch, er konnte sich allerdings nicht entsinnen, was es war. Den anderen Geruch kannte er nicht. Er nahm beide Tiegel an sich. In Royas Gepäck fand er noch ein wollenes Leibchen und schnürte aus allem ein kleines Bündel. Dann machte er sich wieder auf den Rückweg zu ihr.

6 ♦ Gegenspieler

Er mochte die anderen nicht.

Er war hier der Anführer, aber niemand zollte ihm Respekt. Sie gehorchten ihm, aber er fand keine Anerkennung. Wenn sie abends, nach einem ganzen Tag auf den Rücken der Flugdrachen, durchgefroren und mit windzerzausten Haaren abstiegen und ihr Nachtlager aufschlugen, dann ließen sie ihn allein, diese hochmütigen *Kampfmagier*, gaben ihm zu verstehen, dass sie ihn nicht respektierten… ihn, den kleinen Emporkömmling, der aus Gründen, die ihnen nicht verständlich waren, bei Chast, dem Hohen Meister der Bruderschaft, in bestem Ansehen stand.

Rasnor brummte missmutig, peilte verstohlen nach den anderen, die um das Feuer herum saßen, und zog sich die Decke enger um die Schultern. Es war kalt hier im Hochland von Noor, zwischen all den endlosen Steinen, Felsen, Bergen und Stützpfeilern, und wenn das Licht aus den Sonnenfenstern der Welt schwand, wurde es mit einem Schlag doppelt so kalt. Aber diesen Kerlen schien das nichts auszumachen – sie saßen ja auch um das wärmende Feuer herum.

Für ihn hatten sie natürlich keinen Platz gelassen. *Er* war der Erzquästor des *Ordens von Yoor* und nicht etwa einer von ihnen – wo sie doch sicher alle dachten, so ein Posten stünde ihnen zu.

Erzquästor des Ordens von Yoor, echote es in Rasnors Kopf.

Anfangs war ihm dieser Titel gewaltig vorgekommen, inzwischen erschien er ihm jedoch nur noch wie ein schlechter Witz. Niemand scherte sich um ihn, und aus diesem Blickwinkel gesehen, klang er geradezu lächerlich. Rasnor glaubte sogar, dass sie sich darüber lustig machten, wenn er nicht hinsah oder nicht zuhörte.

Dann war da noch dieser Quendras und den *hasste* er geradezu. Er war der Einzige, der hier nicht seinem Befehl unterstand, denn seine Position in der Bruderschaft war noch höher einzustufen: Er war so etwas wie der oberste Forscher und Wissenschaftler in Sachen Magie. Ein direkter Vertrauter und persönlicher Freund von Chast. Obwohl man niemals hätte sagen können, ob Quendras überhaupt irgend jemandes Freund war. Sein Markenzeichen war eine finstere, zweifelnde Miene, und seine hoch gewachsene, kräftige Gestalt zusammen mit dem Bass seiner Stimme war Ehrfurcht gebietend – wie die eines Altmeisters. Dennoch war er ziemlich jung, kaum über dreißig, schätzte Rasnor.

Das wohl hervorstechendste Merkmal an Quendras war allerdings seine Abscheu und Verachtung, die er ganz offen für ihn, Rasnor, zeigte. Daraus hatte Quendras weder in Gegenwart von Chast einen Hehl gemacht, noch tat er es hier, innerhalb ihrer Gruppe. Quendras hielt Rasnor für einen dummen Wichtigtuer, und er ließ keine Gelegenheit aus, ihm das auch zu zeigen, obgleich auch *er* sich abseits der vier anderen hielt, mit denen sie hier waren. Quendras war, so behauptete er jedenfalls, auf eigenen Wunsch mitgekommen, um sich um diese kleine Hure Roya zu kümmern, die angeblich über irgendwelche besonderen magischen Tricks verfügte.

Ha – das war zum Lachen… Ein kleines Mädchen, eine Novizin! Als ob nicht er, Rasnor, oder einer seiner Kampfmagier ausgereicht hätten, diese kleine Laus zu Mus zu zerquetschen! Nein, Rasnor war sicher, dass

Quendras *ihn* im Auge behalten sollte, wahrscheinlich war er sogar von Chast höchstpersönlich mitgeschickt worden, um den Pakt in seine Obhut zu nehmen, sobald sie ihn gefunden hatten. Chast schien Quendras in dieser Hinsicht mehr zu vertrauen als seinem *Erzquästor des Ordens von Yoor*. Er lachte leise.

Sie waren wahrlich eine verrückte Truppe: vier Kampfmagier der Bruderschaft, die zusammensteckten, als wären sie im Sandkasten miteinander aufgewachsen, ein hochgradig abweisender Quendras mit einer geheimnisvollen Aufgabe und zuletzt er selbst, der von niemandem gemocht wurde und der wiederum keinen der anderen ausstehen konnte. Hätten sie es nicht mit so lächerlich schwachen Gegnern zu tun gehabt wie diesem Victor und seiner kleinen Göre, dann hätte man ernstliche Zweifel hegen können, ob diese Truppe genügend Zusammenhalt aufbringen würde, um auch nur einen einzelnen, stärkeren Gegner wie beispielsweise diese Leandra zu bezwingen. Aber so – nun ja, da war es fast egal. Sie würden Victor und Roya kriegen, sie töten, den Pakt holen und wieder nach Savalgor zurückkehren. Je eher das Ganze vorüber war, desto besser. Rasnor würde sich von den anderen fern halten und es war ihm sogar lieber so.

Ja – in diesem Fall konnte er sich nämlich ungestört seinen Studien widmen.

Er langte nach seinem Rucksack, der vor ihm auf dem Boden stand, und zog ein kleines, in altes Leder gebundenes Buch hervor. Er schloss die Augen, konzentrierte sich kurz und suchte mit Hilfe der Kräfte seines Geistes eine geeignete Stelle im Trivocum. Er fand eine… und im selben Augenblick blickte Quendras auf, der jenseits des Feuers an einen Stein gelehnt dasaß und ebenfalls las. Der verflixte Kerl hatte unglaublich feine Sinne – er schien es auf der Stelle zu merken, wenn jemand in seiner Nähe nach dem Trivocum tastete.

Rasnor unterdrückte einen Fluch, dass er nicht die Fähigkeit besaß, sich der magischen Grenzlinie zwischen dem Diesseits und dem Stygium so sanft zu nähern, dass Quendras es nicht bemerkte. Aber er würde es schon noch schaffen. Unbeirrt machte er weiter. Quendras sah schon wieder weg.

Mit einer kleinen Kraftanstrengung riss er das Trivocum auf und suchte dann in der herüberströmenden stygischen Energie nach Hitze. Er filterte das Licht aus der Hitze heraus, lenkte es zu seinem Zielpunkt, und im nächsten Augenblick flammte, etwas oberhalb seines Gesichts, ein glühender Punkt in der Luft auf. Einer Eingebung folgend, schwächte er den Hitzefilter ein wenig ab und hatte dann ein Licht, das auch noch eine gewisse Wärme verstrahlte.

Er beglückwünschte sich. Um es warm und hell zu haben, brauchte er die eingebildeten Mistkerle dort drüben nicht. Einer sah kurz zu ihm herüber, wandte sich dann aber wieder seinen Kameraden zu. Rasnor zog ein weiteres Mal die Decke über seinen Schultern zurecht und legte sich dann das Buch auf die Knie. An einer markierten Stelle schlug er es auf und begann zu lesen.

Während seiner Zeit, da er noch Skriptor und Bibliothekar von Torgard war, hatte er unbemerkt einige äußerst interessante Werke über Magie auf die Seite geschafft. Damals, als Chast ihn zum Erzquästor ernannt hatte, hatte er plötzlich gewusst, dass die Zeit gekommen war, die eigenen Fähigkeiten in Sachen Magie aufzubessern. Als Oberhaupt des Ordens von Yoor, einer Art Geheimpolizei innerhalb der Bruderschaft, tat er gut daran, selbst über mächtige Magie zu verfügen. Allein jetzt, in dieser Situation, wäre es von Nutzen gewesen. Es hätte ihm Respekt verschafft.

So hatte er damals begonnen, sich genauer mit dem Inhalt seiner Bücher zu beschäftigen. Die Magien, die dort beschrieben waren, zählten beileibe nicht zu denen, die einfach zu handhaben waren; nein, es waren geradezu experimentelle Formen von beachtlicher Kraft. Aber eine gute Konzentrationsfähigkeit hatte schon immer zu seinen Stärken gezählt. Quendras, der Forscher in Sachen Magie, hätte sich sicher die Finger nach seinen Schätzen geleckt.

Doch Rasnor hatte nicht vor, ihn oder irgendjemanden sonst daran teilhaben zu lassen. Er wollte eine Waffe haben, etwas, womit er auch gegen starke Magier bestehen konnte. Wenn er weiterhin das Oberhaupt des Ordens bleiben wollte, musste er sich Respekt verschaffen. Mit diesen hier beschriebenen Magien könnte ihm das gelingen, sofern er lernte, sie zu beherrschen. Einfache Gebrauchsmagien, wie Licht und Wärme zu erzeugen, waren kein Problem für ihn. Allein die Schutz- und Kampfmagien waren sein Problem. Sein Traum bestand darin, irgendetwas zu finden, mit dem er Quendras oder gar Chast beeindrucken könnte. Quendras würde er sogar töten wollen, um ihn zu beeindrucken, haha!

Er begann die uralten Schriftzeichen zu studieren; als Skriptor war ihm das ein Leichtes. Ein paar dieser Magien verstand er schon recht gut. Sie konnten jetzt nicht mehr weit von Hammagor entfernt sein, und vielleicht ergab sich dort ja die Gelegenheit, eine neue Technik auszuprobieren. Ah ja – natürlich würde er das an *Victor* tun. Dass dieser auf der Liste seiner Lieblingsfeinde ganz oben stand, hatte er beinahe vergessen.

Es war Magie gewesen, mit der sie ihn gerettet hatte.

Sie hatte die blanke Luft um ihn herum so sehr verdichtet, dass er darin hätte ersticken können, aber es hatte ja nur Sekunden gedauert. Dadurch war es ihr möglich gewesen, seinen Sturz zu verlangsamen – allerdings war er immer noch mit einem gehörigen Tempo unten angekommen. Dort hatte sie sich über ihn geworfen, um ihn mit ihrem eigenen Körper zu bremsen, und war dabei um ein Haar von den tödlichen Klingen aufgespießt worden.

Es war Lebensrettung im tiefsten Sinn des Wortes gewesen – unter Einsatz des eigenen Lebens. Das war viel – verdammt viel. Er hätte es für sie sicher auch getan, aber es war ein Unterschied, ob der Lebensretter ein erwachsener Mann und erfahrener Kämpfer war oder ob es sich um ein junges Mädchen handelte, kaum achtzehn Jahre alt, die einen Mann zu retten versuchte, der fast doppelt so viel wie sie wog. Victor kniete sich neben sie und überlegte verzweifelt, wie er ihr zeigen konnte, wie viel Respekt und Dankbarkeit er in diesem Augenblick empfand. Inzwischen verband sie weit mehr als nur ihre bisherige Freundschaft und ihr gemeinsames Ziel.

»Sieh mal!«, sagte er und hielt ihr die beiden Tiegel hin. »Hab ich aus Scolars Gepäck. Das hier riecht irgendwie nach einer Heilsalbe, aber ich weiß nicht, was es für eine ist.«

Roya wandte sich um und roch an dem Tiegel, den er geöffnet hatte. Sie machte ein nachdenkliches Gesicht und roch dann noch mal. »Riecht nach Ringelblumen«, sagte sie und sah ihn an.

»Ja, du hast Recht. Ringelblumen… Ist das nicht eine Wundsalbe?«

Sie nickte. »Eigentlich schon.«

Er blickte misstrauisch in den Tiegel.

Sie nickte ihm aufmunternd zu. »Es tut weh«, sagte sie. »Ich glaube, die Salbe würde mir gut tun.«

»Bist du sicher?«

Sie zuckte mit den Schultern. »Ist wohl nichts Ungewöhnliches dran, wenn ein Magier ein paar solcher Sachen im Gepäck hat. Magier heilen ja auch. Und... na ja, ich glaube kaum, dass er sich wirklich von Moder und Gift ernährte.« Nun lächelte sie ihn wieder schwach an und er atmete auf.

Er schnüffelte noch einmal an dem Tiegel. »Also gut. Wenn es sich irgendwie komisch anfühlt oder brennt, sagst du Bescheid, ja?«

»Keine Sorge.«

Er begann vorsichtig, mit einem Stück sauberen Stoff das Blut um die Wunden wegzuwischen und dann dünn die Salbe aufzutragen. Als er ihre unglaublich zarte Haut unter seinen Fingern spürte, überkam ihn plötzlich Sehnsucht. Er sehnte sich danach, einen solchen Körper, eine solche Haut wieder einmal berühren zu dürfen.

Sie war ein unglaublich schönes Mädchen, zierlich und weich und doch so stark und mutig. Für einen Augenblick meinte er sogar, einen schwachen Duft von ihr vernommen zu haben, aber er konnte sich nicht vorstellen, wie sie den herbeigezaubert haben sollte. Er mochte sie sehr, fand sie witzig, intelligent und letztlich auch so aufregend, dass ihm ein bisschen schwindlig wurde. Seine Sehnsucht war nicht allein die nach Leandra, sondern auch nach dem Körper einer Frau, nach ihrer Wärme und Zartheit; und Roya war mehr als nur eine Verlockung. Jetzt sah er zwar nur ihren verletzten Rücken, aber zuvor hatte er einen Blick auf ihre wunderschönen, mädchenhaften Brüste erhascht und allein bei dem Gedanken daran spürte er seinen Puls hämmern. Sie war eine wirkliche Schönheit. Victor hatte keine Ahnung, ob Roya ihn gewollt hätte, aber er wusste, dass er sie nur missbraucht hätte. An dem Tag, da er Leandra wieder sah, würde er alle anderen Frauen der Welt vergessen, mochten sie auch noch so schön und anmutig sein.

Als er mit dem Verbinden fertig war, half er ihr, das

frische Leibchen überzustreifen, und ein wehmütiges Lächeln strich über seine Züge, als ihr Körper unter dem Stoff verschwand. Fast hätte er geseufzt, hätte seinem Bedürfnis nachgegeben, ihr Komplimente zu machen. Aber er hütete seine Zunge. Er erhob sich und nahm sie sanft in den Arm. »Danke«, sagte er. »Du hast mich gerettet. Du bist einfach großartig.«

Sie schenkte ihm ein Lächeln. »Ich möchte mich ein bisschen ausruhen«, seufzte sie und setzte sich auf die unterste Stufe der Treppe. Alle Stufen hatten sich inzwischen wieder aufgerichtet und nichts deutete mehr auf die tödliche Falle hin. Sie hängte sich ihre Felljacke um die Schultern und blickte dann zu ihm auf. »Wärst du so lieb, mir noch ein frisches Hemd zu holen?«, fragte sie. Sie deutete auf das blutige Kleiderbündel am Boden.

»Ja, natürlich«, sagte er, winkte kurz und machte sich abermals in Richtung des Lagers auf.

Diesmal benötigte er etwas länger, er sparte es sich, wieder so zu rennen. Roya würde dankbar sein, wenn sie sich noch ein wenig erholen konnte, bevor sie sich wieder auf die Suche machten. Als er jedoch zurückkam, stand sie zehn Stufen weit oben auf der Treppe.

Er schnappte erschrocken nach Luft und eilte zu ihr, aber da kam sie schon wieder herunter. Sie grinste ihn an. »Ich weiß jetzt, wie wir da hochkommen«, erklärte sie.

Victor stieß einen Laut des Erstaunens aus. »Du hast einen Weg gefunden? Wirklich?«

Sie nickte lächelnd. Er reichte ihr das frische Hemd, das er in ihrem Gepäck gefunden hatte, und sie legte ihre Felljacke ab, um es anzuziehen. Sie verzog schmerzvoll das Gesicht, als sie die Arme nach hinten strecken musste, und er trat hinzu, um ihr zu helfen. Als sie wieder angezogen war, fiel alles Vergangene von ihr ab und sie schien wieder ganz die Alte zu sein.

Sie deutete die Treppe hinauf. »Ich hab mich da seitlich am Steingeländer festgehalten und es noch ein paarmal ausprobiert. Ich…«

»Waas?«, keuchte er und starrte sie ungläubig an.

Sie hob entschuldigend die Schultern. »Es ist ganz leicht! Wenn man erst mal weiß, was passiert, ist es nicht mehr schwierig. Du kannst es selbst probieren!«

Er ächzte und sah wieder hinauf.

»Es darf nicht mehr als *fünfmal* Klick machen«, erklärte sie. »Ich weiß auch nicht, wie sie darauf kamen, aber das ist die heikle Zahl. Die Stufen sind immer so angeordnet: zwei, die klick machen, dann eine sichere, dann wieder zwei mit klick, eine sichere und so weiter. Es sind insgesamt zehn Stufen, die klicken. Es fängt an der Stufe Nummer siebzehn an.« Sie grinste. »Hast du ja selbst schon rausgefunden. Wenn du ab der siebzehnten immer eine Stufe überspringst, dann macht es insgesamt nur fünfmal klick und du kommst wohlbehalten oben an. Wenn du ab der sechzehnten immer zwei überspringst, was ein bisschen schwierig ist, macht es überhaupt nicht klick.«

»Uh!«, machte Victor. »Hättest du nicht warten können, bis ich wieder da bin?«

Sie zuckte die Schultern. »Du warst so lange weg. Was hast du getrieben?«

Er hob entschuldigend die Hand. »Nun ja… du hast Recht. Faiona war wieder da. Ich hab kurz mit ihr geredet. Sie hat sich Sorgen um dich gemacht.«

Sie trat wieder zu ihm und hakte sich bei ihm unter. »Ich bin ja noch heil«, sagte sie. »Komm mit.« Sie zog ihn mit sich und nach kurzer Zeit gab er seinen Widerstand auf und ließ sich die Treppe hinaufführen. Als es dann das erste Mal klickte, spürte er einen dicken Klumpen in der Kehle.

Roya lächelte nur und führte ihn weiter. Es machte tatsächlich fünfmal Klick, ohne dass etwas passierte, aber er hielt sich ständig nahe am Steingeländer und geriet trotzdem fast in Panik. Roya hingegen schien es zu genießen.

»Und nun?«, fragte er beunruhigt und sah nach unten. »Dann wird die Falle doch ausgelöst, wenn wir wieder herunter gehen!«

Roya deutete nach vorn. »Da oben. Du musst auf die letzte Stufe treten, dann macht es noch mal klick und die Falle ist wieder im Ursprungszustand.« Sie zog ihn mit sich, ließ ihm bei der letzten Stufe den Vortritt und tatsächlich machte es wieder klick, diesmal ein wenig lauter und mit einem anderen Geräusch als bei den anderen Stufen.

»Die unterste Stufe hat den gleichen Effekt«, erklärte sie und deutete nach unten. »Also kann man zu zweit problemlos hoch und runter gehen, wenn sich jeweils einer auf die obere beziehungsweise die untere Stufe stellt.«

Victor starrte ungläubig auf die Treppe. Was Roya da herausgefunden hatte, und auch noch in so kurzer Zeit, grenzte schon beinahe ans Unglaubliche. Und an gefährlichen Übermut. Er hatte gute Lust, sie zurechtzuweisen, aber er hielt sich zurück. »Warte… du hast doch auf der untersten Stufe gestanden, als ich hinaufgegangen bin…«

Sie schüttelte den Kopf. »Zu früh und zu kurz. Du bist da oben vor Angst herumgetrampelt wie ein Mullooh. Ich muss schon wieder ganz unten gewesen sein, als du auf die letzte Stufe gestiegen bist.«

Victor schüttelte nur ungläubig den Kopf.

»Und außerdem«, erklärte Roya und marschierte, oben auf der Balustrade angekommen, auf ein Wandrelief zu, »ist hier ein Schalter, mit dem man das ganze Ding abschalten kann.« Sie steckte die Hand in einen Hohlraum hinter dem Kopf einer kleinen Steinfratze, in dem man hineingreifen konnte. Victor beobachtete ihr Tun mit gemischten Gefühlen, aber gleich darauf ertönte von irgendwoher aus der Tiefe des Felsgesteins eine Anzahl von weiteren, leise klickenden Geräuschen, so als würde ein geheimer Mechanismus ein- oder ausrasten.

Victor holte tief Luft und sah die Treppe hinab. Sie lag nach wie vor friedlich und unverdächtig da. Er setzte sich in Bewegung und ging vorsichtig, einfach nur, um ihren Rückzug zu sichern, probehalber soweit hinab, dass er sicher war, mindestens zwei oder drei der Stufen betreten zu haben, die eigentlich hätten klicken müssen. Nichts war zu hören. Er stieg wieder hinauf, stellte sich auf die Zehenspitzen und untersuchte den geheimnisvollen Hohlraum hinter der Steinfratze. Er streckte die Hand hinein und fand einen Widerstand. Was immer dort drin war, es war kalt, offenbar aus Metall, und er drückte die Hand weiter hinein. Das Ding gab nach und es klang tatsächlich so, als würden verschiedene metallene oder steinerne Teile ineinander greifen. Er drückte abermals und schaltete das Ding wieder aus.

»Unglaublich. Das alles hast du in der Viertelstunde herausgefunden, als ich weg war?«

»Es war mindestens eine halbe Stunde.«

Er starrte ratlos die Treppe hinab. »Viertel- oder halbe Stunde – ich hätte das nicht in einem Jahr herausgefunden!«

Sie grinste ihn nur an.

Er lachte leise auf und fragte sich, ob er sich wohl in Roya verlieben könnte, wenn er Leandra nicht kennen gelernt hätte. Plötzlich setzte sie eine Miene auf, als ob sie durchaus wisse, was ihm gerade durch den Kopf ging. Sie nahm ihn beim Arm und zog ihn weiter. »Ich muss dir unbedingt noch was zeigen. Komm mit…«

Ötzli verfluchte sich für seine verrückte Idee.

Das Herz schlug ihm bis zum Hals, als er, mit nichts

als einer Fackel und einem Plan bewaffnet, durch die verwirrenden, unterirdischen Gänge unterhalb von Savalgor schritt. Nur noch wenige Minuten, und er würde womöglich genau den Wesen direkt in die Augen blicken, die er bisher für kaum mehr als den schlechten Albtraum irgendeines Übergeschnappten gehalten hatte – den *Drakken*!

Sich vermummt an ein paar Bruderschaftler heranzumachen hatte sich als erstaunlich einfach erwiesen. Sie bevölkerten noch immer in erstaunlicher Zahl die ausgedehnten Katakomben unterhalb der Stadt. Seit sie Torgard verloren hatten, trieben sich die Überlebenden aus Chasts Anhängerschaft fast nur hier unten oder in irgendwelchen dunklen Ecken von Savalgor herum – offenbar ohne Ziel und Plan. Ötzli fühlte sich abgestoßen von diesem tumben Haufen zerstörerischer Gesellen, die nichts mehr mit sich anzufangen wussten, seit ihr tyrannischer Anführer nicht mehr unter ihnen weilte.

Aber dennoch, hatte Ötzli sich gesagt, irgendeine Ordnung musste es unter ihnen geben. Irgendwelche neuen Anführer, die sich anschickten, in Chasts Fußstapfen zu treten. Zumindest die fünf, die noch im Hierokratischen Rat waren, mussten irgendwelche wichtigen Ränge bekleiden. Und so war es auch.

Seiner Eingebung folgend, war Ötzli, in eine graue Kutte mit großer Kapuze gehüllt, herabgestiegen, hatte sich den nächstbesten Kerl geschnappt, den er nach kurzem Suchen gefunden hatte, und ihm eine kleine Kostprobe seiner Magie zu schmecken gegeben. Mit so etwas konnte man einen Bruderschaftler jederzeit einschüchtern, das wusste er schon. An Fähigkeiten als Magier mangelte es ihm dazu nicht. Und die geheimnisvolle dunkle Kutte, unter deren Kapuze man sein Gesicht nicht sehen konnte, tat ihr Übriges. Rätselhafte, finstere Gestalten waren etwas, wovor jeder Bruderschaftler Ehrfurcht empfand. Schließlich kleideten sie sich selbst so, um andere einzuschüchtern.

Der Mann hatte ihn bereitwillig an einen geheimnisvollen unterirdischen Versammlungsort geführt, und Ötzli war nicht eben überrascht gewesen, dort Vandris und Cicon anzutreffen. Natürlich hatte er sich ihnen nicht zu erkennen gegeben. Er hatte mit Hilfe eines magischen Tricks seine Stimme verstellt und einfach nur das Gleiche getan wie bei dem anderen Mann kurz zuvor: Er hatte die beiden mit einer gefährlich wirkenden Magie erschreckt und ihnen unschöne Dinge angedroht, wenn sie ihm nicht gehorchen sollten. Es hatte nicht lange gedauert, bis sie ihm ihre vollständige Zusammenarbeit zugesichert hatten. Dann hatte er sie gefragt, was sie über diese Drakken wussten.

Im Rat gaben sich Vandris und Cicon wie Draufgänger und Kämpfer, aber er hatte schon geahnt, dass in Wahrheit nicht viel dahinter steckte. Wie sehr sie auf seine Fragen hin jedoch in sich zusammengefallen waren, hatte sogar Ötzli in Erstaunen versetzt. Er hatte sich genötigt gesehen, sie mit einem weiteren Magieangriff unter Druck zu setzen. Vandris hatte ziemliche Brandblasen an beiden Händen davongetragen und darauf waren er und Cicon gefügig geworden.

Anschließend hatte Ötzli Dinge erfahren, die ihm die Nackenhaare aufstellten. Dinge, von denen er nicht das Geringste geahnt hatte und die seine Vorstellungswelt so sehr auf den Kopf gestellt hatten, dass sein Verstand sich hatte weigern wollen, den beiden Glauben zu schenken. Aber die Einzelheiten, die sie berichtet hatten, waren so unglaublich und beantworteten doch wieder all die offenen Fragen, dass er sich zuletzt der Schlüssigkeit ihres Berichts nicht mehr hatte verschließen können. Diese Geschichte musste einen wahren Kern haben. *Wie* wahr, das musste er noch herausfinden.

Und nun, Stunden später, marschierte er mit einer Fackel und einem rasch gezeichneten Plan in der Hand in Richtung dieser Drakken. Und er verfluchte sich, denn es ging ihm alles einfach viel zu schnell. Vandris hatte ihm zuletzt erklärt, dass er und Cicon bereits mit den Drakken in Verhandlung standen. Sie waren sogar schon *hier*!

Ötlzi schnaufte.

Nach seiner großspurigen Machtdemonstration – die er zugleich auch als Chance erkannt hatte, die Kontrolle über die Bruderschaft zu erlangen –, hätte er sofort wieder sein Gesicht verloren, wenn er gekniffen hätte. Sie hatten gemeint, es wäre sicher am besten, wenn er *persönlich* mit ihnen redete – jetzt, da er doch ihr neuer *Anführer* wäre.

In diesem Augenblick war Ötzli klar geworden, dass sie regelrecht *froh* waren, dass er gekommen war! Ja, sie waren froh und erleichtert. Bei den Kämpfen war nicht nur Chast umgekommen, sondern offenbar auch all die anderen, die in der Bruderschaft etwas zu sagen und zudem ein bisschen Mumm in den Knochen hatten. Cicon und Vandris waren nichts als verschreckte Speichellecker, die sich in der dummen Lage sahen, ihren Sitz im Rat und damit ihre Privilegien halten zu wollen, dadurch aber gleichzeitig auch die Verantwortung für die zerstreuten Reste der Bruderschaft tragen zu müssen. Und sie hatten sich infolgedessen in der Zwangslage wiedergefunden, mit den Drakken *reden zu müssen*.

Diese geheimnisvollen Wesen hatten nämlich keinesfalls ihren Plan aufgegeben – so jedenfalls hatten sich Vandris und Cicon ausgedrückt. Die Drakken wollten nach wie vor das, was sie seit zweitausend Jahren haben wollten – und zwar mehr denn je: die Magie. Sie hatten einst mit Sardin paktiert, doch Sardins Versagen und das Dunkle Zeitalter, das daraufhin angebrochen war und das die Höhlenwelt fast vollständig vernichtet hatte, hatte sie damals ihren Plan aufgeben lassen. Vandris hatte die Vermutung geäußert, die Drakken hätten damals angenommen, die Höhlenwelt wäre vollständig vernichtet worden. Und viel hatte ja auch nicht mehr gefehlt, als das Trivocum vollständig zusammengebrochen war. Die Welt war von einer urzeitlichen Flut von vernichtenden stygischen Kräften überspült worden. Nun aber, zwanzig Jahrhunderte später, waren die Drakken wiedergekehrt und hatten festgestellt, dass sich die Höhlenwelt erholt hatte. Und auch Sardin hatte noch gelebt – wenn auch nur als eine Art Geistwesen. So konnten sie die Erfüllung des Paktes noch immer von ihm einfordern.

Cicon hatte, inzwischen aufgeregt lamentierend, Ötzli erklärt, dass die Drakken kurz davor stünden, den Antikryptus auszulösen, jene furchtbare Magie, die in dem magischen Siegel des Paktes steckte, um damit alle Bruderschaftler zu töten. Und dann würden sie die ganze Höhlenwelt in ihre Gewalt bringen, selbst wenn sie auf diese Weise die Magie nicht zu beherrschen lernten. Die Magie war ein uralter, über Jahrtausende gewachsener Wissensschatz, und den würden sie nur in sehr lückenhafter und unvollständiger Weise erlangen, wenn sie die Höhlenwelt unterjochten und sich alle Menschen zum Feind machten. Aber sie verloren langsam die Geduld, hatte Cicon gemeint.

Für Ötzli war all dies ein Schock. Doch was hätte er tun sollen? Sagen, dass es ihm zu gefährlich wäre, mit den Drakken zu verhandeln, und wieder gehen? Abgesehen davon, dass sie ihn ausgelacht hätten, konnte er diese Angelegenheit gar nicht auf sich beruhen lassen. Wenn es stimmte, was die beiden da erzählten, stand ein Überfall dieser Wesen auf die Höhlenwelt kurz bevor, und das ging ihn sehr wohl etwas an. Er war mit der Absicht losgezogen, mehr über die Drakken zu erfahren, um mit dieser rätselhaften Geschichte aufzuräumen und sich die Bruderschaft irgendwie zunutze zu machen. Oder sie endgültig auszulöschen. Dass es aber so herum ausgehen würde, hätte er nie für möglich gehalten. Und nun würde er sie treffen. Die *Drakken*. Angeblich irgendwelche grausigen Echsenwesen mit langen Schwänzen und grässlichen Gesichtern, die völlig gefühlskalt und skrupellos waren. Dass sie von außerhalb dieser Welt stammen sollten, mit *Sternenschiffen* aus der Großen Leere jenseits des Felsenhimmels hierher gekommen waren, weigerte sich Ötzli immer noch zu glauben, auch wenn Vandris und Cicon geschworen hatten, dass alles wahr sei. Vandris hatte ihm den Plan aufgezeichnet, der ihn an einen Ort führen sollte, an dem sich irgendein seltsames *Ding* befand, mit dem er Kontakt zu ihnen aufnehmen konnte. Er würde zu ihnen *versetzt*, hatte Vandris gesagt. Das klang, so überlegte Ötzli, doch sehr nach Magie, obwohl nicht einmal er eine Magie kannte, die so etwas bewerkstelligen konnte.

Ötzli war mehr als mulmig zumute. Hier ging etwas vor, das er nicht im Mindesten begriff. Nur jemand wie er, ein kluger Mann mit Erfahrung und Verstand, konnte jetzt vielleicht noch etwas retten. Kein aufbrausendes, halbgares Weibsstück wie diese Leandra!

Er schritt grimmig entschlossen voran, voll von neu empfundenem Hass auf Leandra, die an all dem eine gehörige Mitschuld trug. Anstatt ihn oder andere wichtige Leute einzuweihen, war sie einfach gegen Sardin und Chast vorgegangen, hatte sie vernichtet, und nun standen sie vor diesen grässlichen Problemen. Nein, berichtigte er sich, sie hatte es gar nicht verschwiegen – Munuel, Hochmeister Jockum und auch Meister Fujima hatten davon gewusst! Nur *ihn* hatten sie ausgeklammert. So als ob er nicht einer der wichtigsten und verdientesten Altmeister wäre, der durchaus das Anrecht besaß, in einer solch wichtigen Angelegenheit unterrichtet und um Rat ersucht zu werden!

Nun denn – jetzt würde er die Sache in die Hand nehmen. Leandra und Meister Fujima saßen im Kerker, Munuel war tot und Hochmeister Jockum – nun, der hielt sich sonst wo auf. Ötzli empfand zwar eine unbestimmte Furcht vor dem, was auf ihn zukam, doch er freute sich geradezu über die Gelegenheit, all diesen oberschlauen und eigensinnigen Leuten um Leandra zeigen zu können, wie man so etwas anpackte!

Mochten die Drakken tatsächlich skrupellos und gewaltbereit sein – so dumm, dass sie auf seinen Vorschlag nicht eingingen, konnten sie gar nicht sein. Was half es ihnen schon, wenn sie ein paar alte, verstaubte Bücher erbeuteten und aus einer Anzahl von Magiern ein paar Tricks herauspressten? Die Magie war ein so weites Feld und stellte so hohe Anforderungen an Geist und Erfahrung, dass sie nur von Leuten angewendet werden konnte, die sie wirklich *erlernt* hatten! Über viele Jahre hinweg, durch eine demütige Zeit der Novizenschaft und des Jungmagiertums hindurch bis hin zur Meisterschaft. Niemand, auch nicht der beste Magier der Höhlenwelt, beherrschte auch nur ein Zehntel aller Spielarten der Magie und das musste diesen Drakken klar gemacht werden. Wenn sie die Magie haben wollten, mussten sie sich den Umständen beugen. Und darin lag seine Chance: ihnen die Magie zu *verkaufen*! Wofür sie sie haben wollten, war ihm gleichgültig. Er betrachtete die Geheimnisse der Magie nicht als Eigentum der Menschheit oder der Höhlenwelt. Sollten sie damit Kriege führen, wo sie wollten – die Kriege würden sie sicher auch ohne Magie führen. Die Höhlenwelt hingegen musste nicht auf der Verliererseite stehen, im Gegenteil, sie konnte sogar gewinnen, wenn man einen klugen Handel mit diesen Wesen einging! Wenn alles so klappte, wie er es sich vorstellte, dann hatte er gute Chancen, eines Tages als ein großer Held und Wohltäter in die Geschichte der Höhlenwelt einzugehen. Er würde die Drakken besänftigen, ihnen geben, was sie wollten, dafür die Freiheit und vielleicht sogar noch einiges an Gewinn für die Höhlenwelt erstreiten und diese verachtenswerte Bruderschaft zerschlagen. Und er würde die Höhlenwelt zusätzlich noch von ihrer schlimmsten Plage befreien – nämlich dieser verfluchten Leandra!

Mit neuer Entschlossenheit marschierte er weiter, mit hoch erhobener Fackel und immer dem Weg folgend, den Vandris ihm aufgezeichnet hatte. Ötzli hatte nie geahnt, dass die Katakomben so weitläufig waren. Wo genau er sich im Augenblick befand, hätte er unmöglich sagen können.

Er erreichte eine kleine Halle, in der, wie auf seiner Karte verzeichnet, ein kleiner Wasserfall über Felsen in einen unterirdischen See rauschte. Er hob die Fackel höher, balancierte über ein paar Steine hinweg, die einen Weg durch einen flachen Wasserlauf markierten, und erreichte einen Spalt in der Felswand gegenüber dem Wasserfall. Er leuchtete mit seiner Fackel in den Hohlraum dahinter – und da war tatsächlich etwas!

Auf einem Stein stand ein kleines Objekt, offenbar so etwas wie ein Ei aus Metall, auf einem Dreibein. Man müsse es berühren, hatte sie gesagt, dann würde man auf direktem Weg zu den Drakken gelangen.

Ötzlis dumpfer Herzschlag hatte sich wieder in ein lautes Pochen verwandelt. Er zwängte sich durch den Spalt in die Nische hinein und stand dann vor dem rätselhaften Ei. Es war so groß wie der Kopf eines Kindes und schimmerte metallisch im Licht seiner Fackel. Ein feines Gespinst aus winzigen, bläulichen Funken umlief das Ei unablässig entlang einer Struktur aus feinen Rissen oder Kanten. Ötzli kniff die Lider zusammen. Kein Zweifel, das Objekt wirkte bedeutungsvoll, obwohl es sich auch nur um einen billigen Trick hätte handeln können. Ötzli holte tief Luft.

Er steckte die Fackel in eine Spalte zwischen zwei Steinen und begann tief und ruhig zu atmen. Er verfluchte sich – aber die Furcht vor dem Unbekannten drohte ihn zu übermannen. Er war seinem Ziel jetzt so nahe – wenn er überhaupt irgendetwas erreichen wollte, dann musste er es *jetzt* wagen. Langsam und mit heftig klopfendem Herzen streckte er die Hand nach dem Ei aus.

7 ♦ Falsche Fährten

Roya führte Victor ein Stück geradeaus in den dunklen Gang hinein, der sich an das obere Ende der Treppe anschloss. Ein paar flache Stufen führten bald abwärts, dann wurde der Gang wieder heller. Sie erreichten einen kleinen Felsendom, der weit in die Höhe reichte. Von hier aus verzweigten sich mehrere Gänge in unterschiedliche Richtungen.

Victor blieb stehen und blickte in die Höhe. Er konnte im einfallenden Licht der Öffnung, die weiter oben im Fels lag, erkennen, dass das Felsgestein unterschiedliche Strukturen aufwies. Sie mussten sich in einem zentralen Ort im Mittelbau befinden – dort, wo sich die großen Felsblöcke aneinander lehnten. Der Boden war eben und mit Steinplatten gedeckt und überhaupt stach dieser Ort wohltuend aus dem Chaos des gesamten Bauwerkes hervor. Man konnte zwar nicht direkt von einer *Ordnung* sprechen, die hier herrschte – aber die Wände waren einigermaßen glatt, die Durchgänge ausgebaut und teilweise sogar gemauert und der Boden verlief einladend gerade und wies sogar, wenn sich eine Erhöhung ergab, hier und da ein paar Stufen auf.

»Da geht's in den Keller«, sagte Roya leise und deutete nach links auf eine Treppenflucht, die durch einen breiten, gewölbten Tunnel hinab in dunklere Gefilde führte.

»Warst du schon unten?«, flüsterte er. Er sprach leise, denn der Felsendom besaß einen starken, natürlichen Hall. Jedes kleinste Geräusch vervielfachte sich und verhallte in der Höhe.

Sie schüttelte heftig den Kopf. »Wo denkst du hin? Allein trau ich mich da nicht runter!«

Er schenkte ihr ein wissendes Lächeln und wandte sich den anderen Durchgängen zu. »Und die hier?«

»Ich war noch nirgends«, bekannte sie. »Bin bloß einmal kurz bis hierher gekommen.«

Er tätschelte wieder ihren Arm. »Braves Mädchen«, sagte er und untersuchte weiter ihre Umgebung. Plötzlich war er ganz gefangen von diesem wundersamen Ort und ließ seine Blicke durch die einzigartige Geometrie des Felsendomes schweifen. Es gab, abgesehen von der finsteren Kellertreppe und dem Gang, durch den sie gekommen waren, noch zwei weitere Durchgänge und eine steile Treppe. Sie führte entlang der Rundung des Felsendomes hinauf und dann, ziemlich weit oben, seitlich in ein finsteres Loch hinein. Fünf Wege also. Victor wandte sich nach links, einem der Durchgänge zu, durch den helles Tageslicht zu sehen war.

»Vorsicht!«, warnte sie ihn.

Unwillkürlich verlangsamte er seinen Schritt. Ja, beinahe hätte er vergessen, was ihnen unten in der Halle alles widerfahren war. Die Neugierde wollte ihn vorantreiben, aber er mahnte sich, aufmerksam seine Umgebung zu beobachten.

Hier oben, in diesem Teil des Gebäudes, erschien alles völlig harmlos. Wie in den anderen Räumen der Festung war auch hier nirgends eine Hinterlassenschaft der ehemaligen Bewohner zu entdecken. Er trat mit Roya an der Hand in den Durchgang und erreichte einen lichten kleinen Saal mit niedriger Decke, aber lang gestreckt, in dem es gut ein halbes Dutzend Fenster gab. Genau genommen handelte es sich eigentlich nur um fensterartige Wanddurchbrüche, die nach draußen auf den Innenhof hinausgingen.

Sie durchschritten den Saal, der ein paar natürliche Stützsäulen besaß, marschierten in einen angrenzenden Raum und erlebten eine Schrecksekunde, als sie in einem weiteren Durchgang ein bodenloses Loch entdeckten, das sich im tiefen Schatten zwischen zwei lichtdurchfluteten Räumen versteckte.

»Huh«, machte Roya und schob sich an dem Loch vorbei. Der Steg war breit genug, aber jeder, der hier unachtsam war, würde eine tödliche Reise in die Tiefe machen.

Danach erreichten sie einen dritten Raum, ähnlich dem ersten und dem zweiten, von dem aus ein Durchgang zurück in den Felsendom führte. Dort wieder angekommen, hatten sie eine ungefähre Vorstellung von der Anlage der Räume in diesem Stockwerk erlangt und überlegten, was sie als Nächstes tun sollten.

»Heben wir uns den Keller für zuletzt auf«, schlug Roya vor. »Ich habe so ein Gefühl, dass es da unten ernst wird. Wenn das stimmt, so ist es sicher gut, vorher alles andere zu kennen. Was meinst du?«

Er nickte bedächtig. »Ja«, sagte er. »In Ordnung. Gehen wir zuerst hinauf.« Er deutete auf die steile Treppe, die sich entlang der Innenwand des Felsendomes hinaufzog, bis sie in etwa zwanzig Ellen Höhe in einen Gang mündete, der an einer sehr dunklen und engen Stelle ostwärts in der Wand verschwand.

Victor ließ Royas Hand los und ging langsam auf den Fuß der Treppe zu. Sie blieb stehen, studierte die Szene und sagte: »Warte mal.«

Er hielt inne und sah sie fragend an. Sie eilte unterhalb der Treppe in den östlichen Teil des Felsendomes, wo es keinen weiteren Zugang gab und es entsprechend dunkel war. Dort untersuchte sie den Boden. Dann hob sie den Kopf.

»Löcher«, sagte sie.

Victor trat zu ihr und betrachtete ihre Entdeckung. Der nächste Blick führte naturgemäß in die Höhe, wo über ihnen die Treppe entlang führte.

»Wer von da oben runterstürzt«, stellte Victor fest, »wird sich hier unten den Schädel einschlagen…«

»…und wer dann noch immer nicht tot ist, wird von den Klingen erledigt«, beendete Roya seinen Satz. Er nickte beipflichtend.

»Aber warum sollte jemand von dort runterstürzen?«, wollte er wissen.

»Aus dem gleichen Grund, aus dem hier die Klingen herausschnappen werden«, antwortete Roya. »Ich tippe auf klickende Treppenstufen. Komm mal mit – ich hab da an den Wänden was gesehen…«

Sie ging voran, und Victor stellte fest, dass er ihren Sinnen und ihrem Verstand inzwischen sehr weit traute. Sie hatte das Possenspiel des Trivocums aufgedeckt, das Rätsel der anderen Treppe entschlüsselt und das dunkle Loch da drüben in dem Durchgang erspäht. Nun schien sie schon wieder eine Falle entdeckt zu haben. Er musterte sie kurz von der Seite her. Sie war nicht nur bildschön, sondern auch noch außergewöhnlich klug. Eine wahrhaft unwiderstehliche Mischung.

Diesmal nahm sie ihn an der Hand und ging voran; er folgte ihr bereitwillig. Wenn sie die Augen aufhielt, dann standen ihre Chancen eindeutig besser.

»Da! Siehst du?«, fragte sie und deutete auf die Wand bei der Treppe. Dort waren in regelmäßigen Abständen seltsame Steingesichter auf quadratischen Platten zu sehen, die in die Wand eingelassen waren.

»Wandschmuck«, stellte Victor fest. »Das ist eher selten hier in Hammagor. Warum ausgerechnet bei dieser dunklen Treppe?«

Sie gab ihm einen Schubs, sodass er ein, zwei Schritte machen musste, um sich wieder zu fangen. »Deswegen«, sagte sie bedeutungsvoll.

Er nickte. »Du meinst, die Treppenstufen lösen diese Dinger aus? Sie schnellen aus der Wand hervor, geben dir einen Stoß, und…« Er stieß ein Zischen aus und imitierte mit einer Geste einen herabstürzenden Mann.

»Genau«, sagte sie und schnitt eine Grimasse. Ihr junges Gesicht trug plötzlich einen abenteuerlustigen Ausdruck. So als wäre sie dem Lebensalter noch nicht allzu lange entwachsen, in dem einen solche Dinge zu einer gewissen Begeisterung hinreißen mochten. Er grinste.

»Zack«, fügte er noch hinzu, nickte und sah die Treppe hinauf. »Meinst du, wir überleben das?«

»Klar«, sagte sie und hüpfte plötzlich flink einige Stufen hinauf.

Vor kurzem noch hätte Victor einen Entsetzenslaut ausgestoßen – nun aber, nach einer Schrecksekunde, beruhigte er sich gleich wieder. Er folgte ihr langsam und beobachtete sie.

Als sie sich einer der Platten in der Wand näherte, verlangsamte sie ihren Schritt und blieb kurz davor stehen. Sie nahm Maß, sowohl durch einen Blick in die Tiefe als auch durch einen auf die Steinplatte, und setzte einen Fuß auf die nächste Treppenstufe, über der die Platte in der Wand eingelassen war. Sie lehnte sich dabei weit zurück, sodass sie außerhalb der Reichweite der Steinfratze blieb.

Und tatsächlich – es machte leise *Klick*! Eine, zwei Sekunden lang geschah gar nichts und dann schoss plötzlich das Steingesicht selbst mit einem Knall aus der Wand hervor.

Natürlich durchzuckte Victor ein gehöriger Schreck, aber Roya war dem Mechanismus weit genug fern geblieben, dass sie nicht getroffen wurde. Das nächste Geräusch war ein metallisches Schnappen, das seitlich unterhalb der Treppe ertönte und durchdringend durch den Felsendom hallte. Victor sah in Richtung der Bodenlöcher – und auch hier behielt Roya Recht. Nur waren es diesmal metallene Speerspitzen von etwa einer Elle Länge, die hervorgeschossen waren.

Roya stieß einen Laut aus, als wäre sie nun *doch* überrascht, und sah hinab.

Victor trat auf die Speerspitzen zu und beobachtete, wie sie sich langsam wieder zurückzogen. »Wie funktioniert denn so was?«, fragte er kopfschüttelnd. »Ich meine… dass sich die Falle nachher von selbst wieder spannt? Ohne dass jemand sie… aufzieht?«

Roya kam herab, schmiegte sich plötzlich an ihn und sagte ganz sanft: »Mit Wasserkraft.«

Er nahm sie seufzend in die Arme und fragte: »Mit Wasserkraft?«

Sie nickte und hob dann einen Finger. »Hörst du's?«

Er lauschte – und tatsächlich: Er glaubte in der Ferne ein leises Gurgeln zu vernehmen.

»Es muss so etwas wie ein Wasserbecken sein«, erklärte sie. »Irgendwo oben, dort, wo Regenwasser gesammelt werden kann.«

Er nickte langsam und verstehend. »Ja, das leuchtet mir ein. Wenn das Becken groß genug ist, dann reicht der Wasserdruck sicher, um die Falle ein paar Dutzend Mal neu zu spannen, was?«

»Bis es wieder regnet«, fügte sie hinzu.

»Stimmt. Beim Felsenhimmel, du wirst mir langsam unheimlich! Woher weißt du das nur alles?«

Sie lehnte noch immer an ihm, ganz vertraut und doch mit schelmischem Ausdruck im Gesicht, und sagte sanft: »Unten bei der Treppe hab ich es auch immer leise gurgeln hören, als ich sie untersuchte.«

»Soso?«, fragte er.

Roya sah zu ihm auf und ließ ihn plötzlich los, als wäre ihr eben erst aufgefallen, dass sie sich umarmt hielten. »Komm, wir gehen rauf!«, rief sie munter und marschierte los.

Er folgte ihr. Vorsichtig passierte sie die Stelle, an der zuvor das Steingesicht aus der Wand hervorgeschossen war. »Warte!«, rief er plötzlich aufgeregt.

Sie wandte sich um. »Was ist?«

Er schüttelte misstrauisch den Kopf. »Zu durchsichtig«, erklärte er. »Wenn man mit mehreren Leuten hier eindringt und es bis hier herauf geschafft hat, möglicherweise unter Verlusten, dann wäre dieser Mechanismus viel zu leicht zu durchschauen. Man muss nur dort, wo die Steingesichter sind...«, er zählte sie rasch, »...hm, sechsmal eine Stufe überschreiten. Das wäre doch irgendwie zu einfach, meinst du nicht?«

Sie blickte nach vorn und studierte die Wand. Schließlich nickte sie. »Du hast Recht. Ein Punkt für dich.«

Sie eilte die Treppe wieder hinab und begann unten im Felsendom kleine Steinchen aufzusammeln. Er wusste gleich, was sie vorhatte. Sie kam zurück und drückte ihm ein paar Steine in die Hand. »Du bist dran«, sagte sie und nickte ihm zu.

Er zog eine Grimasse, nickte dann aber und ging voran.

Es dauerte eine Viertelstunde, bis er alle gefährlichen Stellen gefunden und die zugehörigen Treppenstufen markiert hatte. Es gab zwei Stufen, die nur wegklappten, aber für einen Sturz ausreichen mochten, zwei weitere, deren Fallen nicht mit den darüber liegenden Steingesichtern zusammenhingen, und abermals zwei, wo es so war wie bei der ersten Falle. Sieben tödliche Fallen insgesamt. Es war eine nervenzermürbende Aufgabe. Roya hielt ihn vorsichtig am Gürtel fest – in der Hoffnung, ihn halten zu können, wenn er von einem der Mechanismen trotz aller Vorsicht überlistet würde. Sechsmal noch hallten die scharfen Geräusche der zuschnappenden Fallen durch den Felsendom, dann endlich hatten sie es bis nach oben geschafft. Victor zitterte und schwitzte vor Aufregung. Sie markierten die entsprechenden Stufen ein weiteres Mal. Dann endlich wandten sie sich dem oberen Teil des Gebäudes zu.

Sie waren nun eindringlich vor den Fallen von Hammagor gewarnt. Aber bis auf eine weitere, schwarze Fallgrube in einem schlecht beleuchteten Durchgang und einen allzu offensichtlichen Mechanismus mit einem Fallgitter auf einer weiteren kurzen Treppe war im oberen Teil des Gebäudes nichts zu entdecken.

Als Nächstes erforschten sie die Türme des Gebäudes; auch hier gab es keine Ordnung – nur scheinbar wahllos in den Fels gehauene Kammern. Die Räume waren fast alle sehr klein, und niemand hatte sich die Mühe gemacht, auch nur einen von ihnen annähernd quadratisch oder rechteckig zu gestalten. Nicht einmal die Böden waren sonderlich eben. Immer wieder schüttelten Victor und Roya die Köpfe. Es war wirklich rätselhaft, wie hier jemand hatte leben können.

Möbel gab es natürlich längst nicht mehr, und wenn hier je welche gestanden hatten, so mussten sie von höchst seltsamer Form gewesen sein. Es gab kaum einen geeigneten Fleck, wo man einen Tisch, einen Schrank, einen Stuhl oder ein Bett hätte aufstellen können. Fußböden, Wände und Decken waren viel zu uneben. Es fanden sich nicht einmal rechteckige Durchgänge, in die man Türen hätte einpassen können – nur grobe Wanddurchbrüche, schmale Felsspalten oder roh behauene Tunnel, die durch den Fels führten. Im Grunde war es nicht mehr als ein notdürftig bewohnbar gemachtes Höhlensystem. Und es bestand überall nur aus jenem rauen, rötlich-grauen Felsgestein, das an Kälte und Trostlosigkeit kaum zu überbieten war. Unvorstellbar, dass dies einst Haus und Hof des Fürsten von Noor gewesen war. Der Mann musste ein Gemüt wie aus Eis besessen haben – oder wie aus dem Stein, aus dem hier einfach alles bestand. Es war einfach schrecklich.

Sie drangen bis ganz oben vor, bis zu dem Turm mit dem seltsamen ovalen Stein obenauf, fanden aber nichts von Besonderheit. Allenfalls dieser Stein auf der Turmspitze hatte etwas Ungewöhnliches an sich.

Was es aber genau war, vermochten sie nicht herauszufinden. Durchs Trivocum betrachtet, besaß er einen höchst ungewöhnlichen, grünlich grauen Stich; eine Färbung, die weder Roya noch Victor im Trivocum je erblickt hatten. Nach einigem Herumrätseln gaben sie es auf und stiegen wieder nach unten.

Auf eine Eingebung Royas hin fanden sie in einem weiteren Steingesicht oberhalb der Treppe einen Mechanismus, mit dem man offenbar die sieben Fallen der zweiten Treppe abschalten konnte. Dennoch betraten sie keine der mit einem Steinchen markierten Stufen. Nach einer guten Stunde der Suche in den oberen Gefilden des Hauptgebäudes standen sie wieder im Felsendom.

»So«, sagte Roya.

Victor schnaufte, versuchte die Anspannung der letzten Stunden abzuschütteln. Es gelang ihm nur mäßig. Vor ihnen lag jetzt nur noch der dunkle Tunnel, der in die Kellergefilde hinabführte, und sie hatten beide eine Menge an Befürchtungen, was diesen Weg anbelangte. »Tja«, machte er ebenso unentschlossen.

»Gehen wir?«

»Wir müssen wohl.«

Roya trat ein Stück vor und spähte in die Dunkelheit hinab. »Es scheint gar nicht so weit nach unten zu gehen«, sagte sie, als ihre Augen sich an die Dunkelheit gewöhnt hatten. »Ich kann ein Stück vom Boden dort unten sehen. Aber es ist dunkel.«

Victor war nicht gerade begeistert. »Ich kann die Falle schon riechen.« Es war nun wieder an ihm, voranzugehen. Als er sich dann vorsichtig, und jeden Winkel genau untersuchend, auf die Treppe begab, war Roya jedoch bei ihm. Auch sie nahm jede Stufe genau in Augenschein, hielt sich dabei aber auf der anderen Seite der Treppe. Gemeinsam tasteten sie sich in die Dunkelheit hinab.

Tatsächlich endete die Treppe schon nach zwölf Stufen. Das von oben herabfallende Licht beleuchtete diesen Raum noch ausreichend, sodass sie sich umsehen konnten. Er erstreckte sich etwa fünfzehn Schritt nach vorn und maß an die zwölf Schritt in der Breite. Die Höhe mochte acht oder neun Ellen betragen. Der Boden bestand aus grauen Steinplatten und die Decke war rau und grob behauen. Vor ihnen, in fünfzehn Schritt Entfernung, befand sich ein großes Portal in der Dunkelheit, zweiflügelig und mit Türen aus Stein.

Sie standen beide stumm da und betrachteten es. Allein sein Aussehen – groß, dunkel und unnahbar – flüsterte einem ein, dass hinter ihm viele oder gar sämtliche Antworten auf ihre Fragen lagen. Aber es vermittelte auf geheimnisvolle Weise auch den Eindruck, dass sie sich die Zähne daran ausbeißen würden, wenn sie es zu öffnen versuchten.

»Das wird es wohl sein«, sagte er leise und nickte in Richtung des Tores.

»Gib lieber Acht«, riet sie ihm und deutete auf die dunklen Steinquader des Bodens. »Da – siehst du das Viereck? Sieht wie eine Falltür aus.«

Er nahm den Boden in Augenschein und erkannte, was sie entdeckt hatte. »Ohne dich wäre ich schon lange tot«, meinte er.

Sie klopfte ihm mitfühlend auf die Schulter. »Denk nur an all die Leute, die schon gestorben sind, weil *ich* nicht bei ihnen war…«

Er nickte beipflichtend. »Ja, all die tausende…«

Sie nahmen den Raum ausgiebig in Augenschein, mieden das Viereck in der Mitte und studierten das große, steinerne Portal, das gegenüber der Treppe am anderen Kopfende des Raumes lag. Es war knapp sieben Ellen hoch und wohl um die acht Ellen breit; die beiden Türflügel bestanden aus grauem Felsgestein, den Bodenplatten nicht unähnlich. Auf beiden Flügeln waren steinerne Gesichter der gleichen Art eingemeißelt, wie man sie hier bisweilen fand; ansonsten besaß das Portal nichts, was darauf schließen ließ, wie man es öffnen konnte. Allein das schien schon bedeutungsvoll genug zu sein.

»Was ist denn das hier?«, fragte Roya und deutete in die Nische rechts neben dem Portal.

Victor trat zu ihr. »Hab ich auch gerade entdeckt«, sagte er. »Eine Spalte im Fels. Ob die irgendwohin führt?«

Roya trat näher und stellte fest, dass zwischen zwei Felsstrukturen eine etwas mehr als mannshohe, aber sehr schmale Spalte in die Dunkelheit führte. Sie wagte sich ein, zwei Schritte hinein, kam aber gleich wieder zurück.

»Uuh… gruselig«, sagte sie leise. Sie wandte sich wieder dem Portal zu. »Wie kommen wir nun da rein?«

Er hob die Schultern. »Weiß ich nicht. Es gibt kein Schlüsselloch und keinen Türgriff. Und auch keinen lockeren Mauerstein, den man hineindrücken kann, damit sich das Ding wie von Zauberhand öffnet.«

Unschlüssig standen sie vor dem Tor. Sie suchten noch einmal alles ab, versuchten, bei den Steinfratzen verborgene Schalter zu finden, entdeckten aber nichts. »Vielleicht muss man sich auf das Viereck stellen«, schlug Roya vor und deutete in die Raummitte.

»Hab ich mir auch schon überlegt. Lust dazu hab ich allerdings keine.«

»Ich werd's versuchen«, sagte sie mutig. »Ich bin leichter als du – du kannst mich festhalten, falls das Ding nachgibt.«

Victor war sehr dagegen. Seiner Ansicht nach hatten sie ihr Glück an diesem Tag schon über Gebühr strapaziert, aber Roya beharrte mit sanftem Nachdruck auf ihrer Idee. Schließlich gab er nach. Sie untersuchten alles noch einmal genau, sahen nach verborgenen Fallgittern oder sonst welchen Gemeinheiten, konnten aber nichts entdecken. Schließlich setzte Roya sich auf den Boden, und während Victor sie an der Hand festhielt, kroch sie vorsichtig, Stück um Stück, in sitzender Haltung auf das Viereck zu. Nichts geschah. Nach einer Weile gaben sie es auf.

Inzwischen suchten sie schon seit vielen Stunden, aber es war außer den Fallen einfach nichts zu entdecken. Der Mut sank ihnen zusehends. Noch einmal durchstöberten sie den unteren Bereich des Felsendomes und später die Räume im Erdgeschoss. Aber es blieb dabei, sie konnten nichts entdecken. Roya schlug vor, sich noch einmal draußen genau umzusehen; Victor willigte ein und sie begaben sich abermals hinaus auf den Innenhof der Festung. Als sie wieder im Freien standen, stürmten die stygischen Empfindungen so stark auf sie ein, dass sie selbst Victor berührten, der das Trivocum gar nicht bewusst untersuchte.

»Warum ist das hier draußen so stark?«, fragte Roya, die furchtsam zu den steinernen Wächtern aufblickte. »Drinnen ist es längst nicht so schlimm.«

Victor nickte nachdenklich. »Ja. Man könnte meinen, dass es hier etwas Besonderes zu bewachen gibt.«

Er nahm noch einmal die Mitte des Innenhofes in Augenschein, den Ort, auf den sich die stygischen Kräfte zu konzentrieren schienen. Vielleicht hatten sie sich ja doch getäuscht, als sie zu dem Schluss gekommen waren, alles wäre bloß ein Spuk. Möglicherweise gab es hier eine Kraft – vielleicht dort in der Mitte des Platzes, unter den Pflastersteinen, die in der Lage war, all die steinernen Wächter wieder zum Leben zu erwecken? Langsam schritt er, den rechten Arm um Royas Schultern gelegt und sie mit sich ziehend, auf das Zentrum des Innenhofes zu. Während er lief, meinte er etwas zu verspüren; was es aber war, konnte er nicht sagen. Als sie in der Mitte angelangt waren, sahen sie beide unwillkürlich zu dem großen, ovalen Stein auf der Turmspitze auf. Er wirkte wie ein Monument. Erst Sekunden später blickten sie sich an und merkten, dass sie zur selben Zeit dasselbe getan hatten.

»Irgendwie hat es mit dem Ding dort oben zu tun«, flüsterte Roya.

Victor nickte ernst, sah wieder hinauf und versuchte, an dem Stein irgendetwas zu erkennen. Er war oval und ein wenig unregelmäßig geformt, saß wie ein zu kleines Ei im Eierbecher auf der Spitze des Turmes, wobei er außen noch Platz ließ, sodass man auf der oberen Turmplattform um ihn herumgehen konnte – was sie zuvor ja auch getan hatten. Victor tastete sich nochmals ans Trivocum heran, konnte aber vom Innenhof aus jene seltsame, grün-graue Färbung im Trivocum nicht ausmachen, die der Stein ausgestrahlt hatte. Zu stark waren die Einflüsse hier unten.

»Wir müssen noch mal da rauf«, stellte Roya fest.

Victor nickte wieder. »Ja, du hast Recht. Ich denke, dieser Stein ist der Schlüssel!«

Er setzte sich langsam in Bewegung und zog Roya mit sich. Dann waren sie wieder aus der Mitte des Innenhofes heraus und der stygische Sturm ließ nach. Beide hatten das Gefühl, nun wieder leichter atmen zu können. Mit neuem Mut begaben sie sich in die Haupthalle, um noch einmal all die gefährlichen Stufen in den Turm hinaufzusteigen. Eine Viertelstunde später hatten sie es geschafft – Roya hatte die Stufen, ganz unten im Innenhof beginnend, mitgezählt. Zweihundertdreiundvierzig waren es.

Oben angekommen, umrundeten sie den Stein mehrmals, untersuchten das Trivocum eingehend und blickten von allen Ecken der Plattform hinunter auf den Innenhof. Sie suchten nach anderen bedeutsamen Stellen, die vielleicht von hier oben aus sichtbar wären – aber es gab nichts, was sie irgendwie weiterbrachte.

»Schau mal«, sagte Roya, und deutete auf die Zinnen der Turmplattform. »Es sind neun Stück.«

Victor drehte sich einmal im Kreis und zählte mit. »Stimmt. Neun – genauso viele Wächter stehen unten in den Arkaden.«

Sie nickte. »Ja, obwohl es eigentlich mehr sind – jeweils neun in jeder der Arkaden und dann noch mal weitere neun kreuz und quer verteilt. Siebenundzwanzig insgesamt.«

»Drei mal neun... ist siebenundzwanzig...«, murmelte Victor nachdenklich.

»Und neun mal siebenundzwanzig ist zweihundertdreiundvierzig«, fügte Roya hinzu.

»Was?«

Sie hob die Schultern. »Die Zahl der Stufen, die hier heraufführen.«

Victor spürte einen leisen Schauer auf dem Rücken. »Du meinst, dass...«

Roya erwiderte nichts und wandte sich um. Ihre Blicke schweiften über die Festung hinweg. »Neun Türme«, stellte sie nach einer Weile fest. »Da an den Festungsmauern vier, rechts und links des Portals einer und drei hier in der Mitte.« Sie deutete der Reihe nach auf die Türme. »Sieh dir mal das Trivocum an.«

Victor tat, wie ihm geheißen. Es fiel ihm immer noch nicht allzu leicht, das Trivocum zu erspähen und dort die einzelnen Dinge voneinander zu unterscheiden. Dass jedoch die Türme etwas Besonderes waren, konnte er leicht erkennen. Sie waren dunkel, besaßen aber ebenfalls diese leicht grün-graue Färbung.

Plötzlich huschte ein Schatten über ihnen vorbei. Erschreckt ließ Victor das Trivocum los, erkannte dann aber, dass es sich nur um Faiona handelte, die die Festung umrundete. Sie hatte sie beide auf der Spitze des Turmes entdeckt und näherte sich neugierig. Er hob die Hand und winkte ihr. Roya tat es ihm gleich und seufzte dabei. »Sie fragt, ob wir schon Erfolg hatten und wann wir zurückkommen.«

Victor peilte nach Westen und sah an der Färbung des Sonnenfensters, wie viel Zeit sie schon in Hammagor verbracht hatten; der Nachmittag war bereits weit fortgeschritten. Das machte ihm schmerzlich bewusst, dass sie nicht alle Zeit der Welt hatten. Sie wurden von Chasts Leuten verfolgt.

»Sag ihr, wir haben noch nicht allzu viel entdeckt. Und wir müssen weitersuchen, also werden wir uns wohl erst am Abend wieder sehen…«

Er spürte sofort, wie Roya Verbindung mit dem Trivocum aufnahm, so sanft und kristallklar wie immer. Sie war ein Naturtalent. Er war gespannt, was Leandra zu Royas Künsten sagen würde. Womöglich hatte sie in dem Zahlenspiel den Schlüssel zum Geheimnis von Hammagor entdeckt.

»Wir müssen wieder runter«, sagte er und nahm sie an der Hand. »Die Türme untersuchen. Sie haben die gleiche Färbung wie dieser Stein hier!«

Roya ließ sich von ihm mitziehen.

Sie hatten ihm zwei Wochen gegeben.

Verdammte, elende zwei Wochen! Seit Stunden schon kämpfte Ötzli mit seiner Wut, wusste nicht, ob er sein Vorhaben nicht lieber einfach vergessen sollte. *Zwei Wochen!*

Er war davon ausgegangen, dass er Jahre Zeit haben würde… oder wenigstens Monate! Sardin, diesen Irren, hatten sie zweitausend Jahre herumspielen lassen und selbst mit Chast hatten sie beinahe ein Jahr lang Geduld gehabt! Und er? Er bekam zwei verfluchte Wochen. Es war ein Witz!

Er hatte einen Wutanfall bekommen, vor ihren Augen – eine Sache, an die er zuvor nicht einmal zu denken gewagt hätte. Aber sie hatten mit ihren kalten

Echsenaugen nur unbeteiligt zugesehen, wie er herumgetobt und sie angeschrien hatte, dass sie das nicht tun könnten. Die Antwort war nur abermals ein kaltes, schnarrendes »Zwei Wochen, nicht mehr!« gewesen. Ihre hässlichen Stimmen hatten ihn an das Zermahlen von Stein erinnert. Ein Wunder, dass sie überhaupt seine Sprache so gut beherrschten.

Vierzehn Tage!

Ötzli ballte vor Wut die Fäuste, während er in seinem Zimmer wohl die hundertste Runde lief. Er wusste nicht, was er tun, wo er beginnen sollte. Er war davon ausgegangen, dass sie seine Argumente anerkennen und einsehen würden, dass sie nichts Sinnvolles erreichten, wenn sie seine Welt mit Gewalt unterjochten. Dass sie dazu in der Lage waren, war ihm schon im ersten Augenblick klar gewesen, als er diesen... *seltsamen Ort* betreten hatte, an dem sie sich aufhielten.

Das metallische Ei hatte ihn tatsächlich woanders hin versetzt, so wie Cicon und Vandris es ihm vorausgesagt hatten. Und es war keine Magie gewesen, so etwas hätte er gespürt. Wenn es jedoch keine Magie war, dann verfügten sie über Mittel, die weit jenseits dessen lagen, was er sich bisher vorgestellt hatte.

Er war in einer großen Halle angekommen, in der alles aus grünlich schwarzem Metall zu bestehen schien. Eine Art Röhre aus einem glasähnlichen Material hatte sich über ihm gespannt, riesig hoch und mindestens sieben oder acht Ellen im Durchmesser. Eine zähe, von innen heraus strahlende Masse schien durch dieses Glas zu wallen, irgendeine namenlose Substanz, bei deren Anblick einem übel werden konnte. Sie war von keiner Farbe, die er hätte beschreiben können, und sie schien voller Energie oder irgendwelcher unbegreiflicher Kräfte zu stecken.

Er hatte sich beeilt, von dieser Röhre fortzukommen,

und kaum hatte er einen Schritt getan, ging eine Art Alarm los – ein hässlich trötendes Geräusch, während überall gelb-orangefarbene Lichter aufblitzten. Und dann waren sie gekommen – so schnell und so zahlreich, dass er keine Zeit mehr gefunden hatte, noch an irgendetwas anderes zu denken. Ihm war fast das Herz stehen geblieben.

Ja, da waren sie gewesen, und sie waren echt und lebendig gewesen.

Er hatte gehofft, diese Drakken-Sache als ein geschickt aufgezogenes Schauspiel zu entlarven, als eine trickreiche Posse, die ahnungslose und verschreckte Leute in die Irre führen sollte. Aber Vandris und Cicon hatten nicht gelogen – nicht einmal ein bisschen. Mit wild wummerndem Herzen hatte er sich die Drakken angesehen, und das war wohl das, was ihm – trotz seiner Wut und Enttäuschung über diese vermaledeite Zwei-Wochen-Frist – am tiefsten in den Knochen steckte.

In der Höhlenwelt gab es allerlei seltsames Getier, man musste nur an Drachenmurgos, Felsläufer oder die seltsamen Babbu-Vögel aus Veldoor denken, ganz abgesehen von den zahllosen Drachenarten oder den Mulloohs. Aber so etwas wie diese Drakken – nein, das konnte unmöglich aus seiner Welt stammen. Er bezweifelte sogar, dass er sich in jenem Augenblick innerhalb der Höhlenwelt befand. Vielleicht hatte ihn dieses Ei in ihr Sternenschiff befördert, das draußen im Weltenall über der Höhlenwelt schwebte. Ja, sogar das hielt er inzwischen durchaus für möglich.

Sie waren große, hässliche Wesen mit schuppiger Haut und scharfen Knochengraten überall am Körper. Ihr langer Reptilienschwanz schien zugleich ein Gleichgewichtsinstrument wie auch eine Waffe zu sein. Sie trugen Kleidung, die so etwas wie ein schalenartiger Panzer war, in Verbindung mit weicherem Material, das jedoch kein Stoff sein konnte, so wie er ihn kannte. Diese Kleidungsstücke besaßen unterschiedliche Farben, die meisten Drakken waren in schmutziges Blau gekleidet, ein paar von ihnen in Braun.

Einer hingegen trug ein dunkles Rot, und das war auch derjenige, der auf ihn zukam und ihn in herablassend-fordernder Weise anredete. Er stellte sich als *Liin-Saay* vor und wollte nicht einmal wissen, wer er, Ötzli, war – er kannte seinen Namen bereits. Ötzli erschrak regelrecht, es war ihm vollkommen schleierhaft, woher der Drakken das wissen konnte. Er selbst war zuvor noch nie in Verbindung mit der Bruderschaft getreten. Ein Dutzend anderer dieser Wesen standen im Halbkreis vor ihm und hielten irgendwelche länglichen Objekte auf ihn gerichtet. Es fiel ihm nicht schwer zu erraten, dass es sich um Waffen handelte. Sein Herz pochte wild, als er seine Chancen abzuschätzen versuchte, ihnen mit Hilfe von Magie begegnen zu können… und dann setzte sein Herzschlag für einen Augenblick aus, als er erkannte, dass an diesem Ort das Trivocum *kalt und grau* war! Ebenso leblos wie in den Verliesen unterhalb des Palastes, wo nun Leandra und ihre Freunde einsaßen!

Ötzli schnappte nach Luft. Zum ersten Mal seit vielen, vielen Jahren, genau genommen seit seiner Jugendzeit, als er Novize geworden war, fühlte er sich so hilflos wie ein kleines Kind – und augenblicklich wurde ihm klar, *warum* die Drakken keine Magie kannten: Hier, wo sie sich befanden, war gar keine *möglich*! Diese Erkenntnis verschlug ihm die Sprache ebenso sehr wie der Anblick der fremden Wesen. Er kämpfte um seine Beherrschung.

»Was willst du hier… *Ötzli*?«, fragte ihn die rot gekleidete Drakken-Monstrosität. Ötzlis Namen hatte dieses Wesen wie einen Makel, wie die Bezeichnung einer Krankheit ausgesprochen.

»Ihr…«, keuchte er, »…hier ist gar keine Magie *möglich*!«, rief er. »Das Trivocum ist kalt und leer!« Einen Augenblick später schoss ihm der Gedanke durch den Kopf, dass er ihnen gerade etwas verraten hatte, das er besser für sich behalten hätte – dann aber schüttelte er unwillkürlich den Kopf. Nein, sie *mussten* es erfahren! Sie würden sich tödlich rächen, wenn sie erkannten, dass all ihre Anstrengungen völlig umsonst gewesen waren. Dass sie seit zweitausend Jahren vergeblich auf etwas hofften, das sie nie haben würden!

Er hob beschwörend die Hände. »Versteht ihr?«, rief er aus. »Die Magie… ich weiß nicht, was für ein Ort das hier ist… aber hier kann es gar keine Magie *geben*! Für die Magie… braucht man ein lebendiges Trivocum… und…«

»Das lass unsere Sorge sein… *Mensch*«, entgegnete der Drakken mit seiner hässlichen, gefühllosen Stimme. »Was willst du?«

Ötzli musste ein paarmal tief Luft holen. Er verstand nicht, was der Drakken meinte. Sollten diese Wesen etwa in der Lage sein, das Trivocum hier zu… *öffnen*? Wie konnte das sein? Ötzli hatte nicht die geringste Vorstellung davon, wie die alten Meister es damals geschafft hatten, die Verliese unterhalb des Palastes zu versiegeln – niemand wusste das mehr. Wie sollten die Drakken, die gar keine Magie kannten, dann das Umgekehrte schaffen?

Er versuchte sich zu beruhigen, sah sich um, betrachtete die bewaffneten Echsenwesen, die unmissverständlich auf ihn zielten, und ließ gleichzeitig seine Blicke durch die hohe Halle schweifen. Alles schien aus Metall zu bestehen, zahllose fremdartige Apparaturen waren hier versammelt: riesige, unregelmäßig geformte Kästen mit Farbstreifen, die übereinander gestapelt waren, Bündel von Rohrleitungen, die in alle Richtungen strebten; in der Höhe ein Geflecht aus metallenen Trägern, die wie das Balkenwerk unter dem Dach eines Hauses aussahen, und zahllose andere Dinge mehr. Und natürlich diese beängstigende gläserne Röhre über ihm, durch die jene zähe, grau leuchtende Substanz pulste, die ihn irgendwie an das Stygium erinnerte, wenn das Trivocum durch Rohe Magie aufgerissen worden war. Alles war so verwirrend und fremdartig; er hatte Mühe, sich auf das zu besinnen, weswegen er eigentlich hierher gekommen war.

»Ich…«, stammelte er.

Der Drakken kam ihm zuvor. »Du bist keiner von der *Bruderschaft*!«, stellte er fest, und seine Stimme klang so, als habe er vor, ihn deswegen in den nächsten Augenblicken zur Hölle zu schicken.

Ötzli hob beschwörend die Hände. »Nein, bin ich nicht!«, rief er. »Aber… wartet! Lasst mich reden!«

Die Drakken blieben reglos stehen und Ötzli suchte nach Worten. Dann sprudelte es aus ihm hervor. All das, was er sich zurechtgelegt hatte. Er stotterte mehr, als dass er flüssig sprach, und erst nach und nach gewann er eine gewisse Ruhe zurück. Als er jedoch merkte, dass seine Rede diesen *LiinSaay* keineswegs beeindruckte, wurde er wieder unsicher. Er wollte ihm klar machen, dass niemand in der Höhlenwelt die Magie als einen Schatz betrachtete, der *nur* ihrer Welt gehörte, und dass man bereit wäre zu teilen. Er glaubte das sogar ehrlichen Herzens. Es käme einem Selbstmord gleich, sagte er, die Magie als ein Eigentum zu betrachten, besonders angesichts der augenscheinlichen Überlegenheit der Drakken, und er erklärte dem *LiinSaay*, dass er sich wünschte, jeder Bewohner der Höhlenwelt könnte dies hier sehen – diese Halle und die Macht, die die Drakken besaßen. Man würde es gewiss für beeindruckend halten, für einen Segen und zugleich eine Ehre, mit so mächtigen Wesen in Berührung zu kommen…

Dass er sich indes fragte, wozu die Drakken überhaupt die *Magie* brauchten, äußerte er nicht. Allein sein Wissen über ihre zweitausendjährige Gegenwart und der Eindruck, den er nun über sie gewann, sagten ihm, dass die Magie eine vergleichsweise geringe Macht für sie darstellen müsste. Aber das behielt er für sich. Er dachte an den Kryptus, der im Pakt schlummerte, und überlegte, ob die Magie die Macht der Drakken auf eine gewisse Art ergänzen würde, und ob sie mit der Magie Dinge erreichen konnten, die ihnen bisher verschlossen waren.

Er ließ nicht nach, den *LiinSaay* mit Argumenten und Erklärungen zu überschütten, aber das seltsame Wesen reagierte nicht. Dann versuchte es Ötzli mit einer Frist. Er schlug vor, den Pakt aufzutreiben, dieses magische Dokument, das sie als einziges Ding in der Höhlenwelt fürchten mussten. Aber der *LiinSaay* ging auch darauf nicht ein. Als der Drakken ihm zuletzt den Zeitraum von vierzehn Tagen zugestand, hatte Ötzli den Eindruck, als täte man ihm damit einen kleinen, nebensächlichen Gefallen, der nicht weiter ins Gewicht fiel. Vielleicht brauchten sie diese zwei Wochen ohnehin noch, um ihren Überfall auf die Höhlenwelt vorzubereiten. Da war es schließlich egal, ob sie ihm diesen Köder hinwarfen oder nicht.

Er tobte und schrie den reglos dastehenden *LiinSaay* an, dass eine solche Frist lächerlich sei. Aber das Echsenwesen ließ ihn nur wissen, dass die Frist endgültig sei und dass er nun wieder gehen solle. Wenn er in zwei Wochen den Pakt habe, wären sie zu Verhandlungen bereit, andernfalls würden sie handeln. Sie hätten lange genug gewartet. Dann verblasste der seltsame Ort vor seinen Augen, ohne dass er etwas dagegen tun konnte, und er fand sich in der kleinen Nische mit dem rätselhaften metallischen Ei wieder.

Ötzli war für gewöhnlich ein hartnäckiger Mann, aber er hatte keine Sekunde lang mit dem Gedanken gespielt, das Ei noch einmal zu benutzen, um mit ihnen weiter zu diskutieren. Ihm war klar, dass hier das letzte Wort gesprochen war.

Vierzehn Tage! Und einen halben davon hatte er in seiner Wut bereits vertrödelt.

Wenn nicht ein Wunder geschah, würde seine Welt bald in Schutt und Asche liegen. Die Drakken würden nicht länger warten. Sie hatten Angst vor dem Pakt. Während seiner langen Rede hatte er dem *LiinSaay* zu erklären versucht, dass die Magie des Paktes, sollte er tatsächlich innerhalb dieser Frist noch gefunden werden, nicht so einfach entfesselt werden konnte. Das Papier mit seinem eingebauten Fluch war zweitausend Jahre alt, und dieser war vermutlich nicht entworfen worden, um noch nach so langer Zeit zu funktionieren. Zumindest würde man sich Wochen damit beschäftigen müssen, diese uralten magischen Schlüssel zu erforschen, um herauszufinden, wie man den Kryptus überhaupt auslösen konnte.

Aber der Drakken hatte nichts davon hören wollen.

Ötzli war klar geworden, dass der *LiinSay* ihm misstraute, dass er fürchtete, er, Ötzli, würde den Kryptus auslösen, wenn der Pakt in seine Hände geriet. Die Gegenwaffe, der *Antikryptus,* hatte inzwischen allem Anschein nach an Glaubwürdigkeit verloren. Damit konnten die Drakken zwar – wenn die Legenden stimmten – die gesamte Bruderschaft auslöschen, aber dies würde sie von ihrem eigentlichen Ziel noch viel weiter wegbringen. Inzwischen handelte es sich nämlich nicht mehr eine Abmachung zwischen *zwei* Seiten, der Bruderschaft und den Drakken, denn eine dritte war hinzugekommen: die Menschen der Höhlenwelt. Durch Leandra und ihre Freunde hatten sie ebenfalls von dem Pakt erfahren und stemmten sich nun mit aller Macht gegen das, was man ihnen antun wollte. Und das veränderte die Lage gewaltig.

Er hatte sich gehütet, dies den Drakken gegenüber zu erwähnen. Sie wussten es zwar mit großer Wahrscheinlichkeit selber, aber hätte er es ausgesprochen, wäre es einer finsteren Drohung gleichgekommen. Die einzige Chance, die ihm noch blieb, war die, den Pakt tatsächlich zu finden und ihnen auszuhändigen.

Allerdings fragte er sich, ob das eigentlich alles war, was sie wollten: die Magie. Um die Magie zu erlangen, benötigten sie nicht unbedingt die *Macht* über die Höhlenwelt. Warum waren sie nie offen aufgetreten und hatten *alle Menschen* vor die Wahl gestellt: Gebt uns die Magie, dann lassen wir euch in Ruhe! Ja, sie hätten einfach kommen und einen Handel vorschlagen können; zweifellos besaßen sie Dinge, für die jeder Mensch der Höhlenwelt seinen rechten Arm hergegeben hätte! Ein unguter Verdacht regte sich in Ötzli – dass er längst nicht alles wusste, was diese Wesen im Schilde führten! Vielleicht gab es *noch* etwas, das sie haben wollten. Etwas, das sie der Höhlenwelt entreißen mussten, um Herr über die Magie zu werden.

Zwei Wochen, um den Pakt zu finden und so viel an Macht in der Höhlenwelt zu übernehmen, dass die Drakken ihn als Verhandlungspartner anerkennen würden. Es war ein Ding der Unmöglichkeit.

Er hatte durchaus einen Plan gehabt, aber der war nicht auf vierzehn Tage ausgelegt. Wenn er es dennoch schaffen wollte, dann musste er werden wie *sie*. Rücksichtslos und brutal bis zum Äußersten. Und selbst dann standen seine Chancen mehr als schlecht.

8 ♦ Die Verliese von Savalgor

Das Verlies war kalt und leer.

Leandra kämpfte lange Zeit mit ihrer Fassungslosigkeit darüber, dass man sie tatsächlich eingesperrt hatte, und Tränen der Verzweiflung standen in ihren Augen. Erst die grauen, rohen Wände dieses zu einem Verlies umgebauten Höhlenraumes hatten ihr klar gemacht, dass sie nun wirklich und wahrhaftig eine Gefangene war, und zwar nicht in der Gewalt eines Chast oder Guldor, sondern rechtmäßig und offiziell durch Beschluss der Prälaten des Hierokratischen Rates. Wie eine miese, skrupellose Verbrecherin hatte man sie hier eingekerkert – sie, die ungezählte Male ihr Leben riskiert hatte, um unter anderem die Haut derjenigen zu retten, die sie nun gefangen hielten.

Sie war sicher, dass sie auf der Stelle hier ausgebrochen wäre, hätte sie noch immer über die Möglichkeit verfügt, ihre Magie einzusetzen. Innerhalb eines knappen Jahres war sie von einer blutigen Anfängerin zu einer beachtlichen Magierin aufgestiegen. Natürlich fehlte ihr noch Etliches bis zur Klasse eines Meister Fujima und auch Gildenmeister Xarbas war ihr zweifellos deutlich überlegen. Aber um hier auszubrechen und dabei die halbe Wachmannschaft in die Ewigkeit zu schicken, hätten ihre Fähigkeiten mit Sicherheit gereicht. Immer wieder tastete sie wütend und verzweifelt nach dem Trivocum, ob sich dort nicht vielleicht doch ein Ansatzpunkt zeigte, aber da war nichts. Es war so kalt und leer und grau wie ihr Verlies.

Sie versuchte das Trivocum auch aus jenem *anderen Blickwinkel* zu erfassen, der ihr bei ihrem Kampf in Torgard so überraschend weitergeholfen hatte. Es war ein ganz elementarer Hinweis von Meister Fujima gewesen, der sie darauf gebracht hatte – Meister Fujima, der sich als ebenso großer Kodex-Brecher wie sie selbst und viele andere Magier der ehemaligen Gilde erwiesen hatte. Aber auch aus diesem Blickwinkel war das Trivocum leblos und kalt. Hier hatte ein Magier einst ganze Arbeit geleistet, als er die Palastkerker magisch versiegelt hatte.

In dumpfer Verzweiflung marschierte sie hin und her, versuchte den Kerkerraum zu erfassen und irgendeinen Ausweg zu finden. Er war recht groß, etwa zehn mal fünfzehn Schritt, unregelmäßig geformt und ziemlich hoch. Licht gab es wenig; nur durch ein vergittertes Guckloch, das immerhin eine halbe Elle im Quadrat maß, fiel der Schein einer Öllampe herein, die draußen, gegenüber an der Gangwand, befestigt war.

Der Boden des Verlieses bestand aus gefügten Pflastersteinen; verschiedene Nischen und Spalten in den Wänden waren mit schweren Quadern zugemauert worden. Leandra wusste noch von Torgard her, dass die natürlichen Höhlen, die den Untergrund und die Felspfeiler von Savalgor wie einen Ameisenbau durchzogen, zum Bau des Palastes und vieler anderer Örtlichkeiten genutzt worden waren. Man hatte überflüssige Teile der Höhlen einfach abgetrennt und zugemauert. Eine kleine Hoffnung keimte in ihr auf, dass vielleicht eine dieser Mauern so schwach oder dünn wäre, dass sie hindurchstoßen und entkommen könnte – aber das war eine dumme Idee. Nirgends würde man sorgfältiger auf solide und dicke Mauern geachtet haben als in einem Kerker.

Später entdeckte sie eine Bodenplatte mit einem Loch – in der Mitte des Raumes, groß genug, dass sie die Hand hineinstecken konnte. Es war dunkel dort unten und widerstrebend probierte sie, wie tief sie kam. Ihr Arm verschwand bis zum Ellbogen in dem Loch, ehe er stecken blieb. Mit den Fingerspitzen ertastete sie dort unten Sand, mehr nicht; es schien ein Hohlraum zu sein. Seufzend zog sie ihren Arm wieder heraus. Womöglich war es so etwas wie ein Abflusskanal. Savalgor verfügte über ein unterirdisches Abwassersystem – als einzige ihr bekannte Stadt von Akrania, was wohl so etwas wie ein kleines Wunder der Zivilisation darstellte. In ihrem prunkvollen Zimmer im dritten Stockwerk, in dem sie die vergangene Nacht verbracht hatte, hatte es sogar fließendes heißes Wasser gegeben.

Doch das Vorhandensein einer Abwasserleitung half ihr auch nicht weiter. Durch ein solches, wahrscheinlich sehr enges Rohr würde sie kaum entkommen können. Außerdem wog der Stein mit dem Loch bestimmt zwei Zentner und war passgenau in den Boden eingefügt. Seufzend ließ sie sich an einer der Wände niedersinken und starrte mutlos in die Düsternis ihres Gefängnisses.

Nach einer Stunde, vielleicht waren es auch zwei, öffnete sich die Verliestür und zwei Wachleute schleppten eine Pritsche herein. Leandra verfolgte teilnahmslos ihr Tun. Sie war den Männern dankbar, dass sie sich höflich gaben und dass ein gewisses Bedauern über Leandras Schicksal in ihren Gesichtern abzulesen war. Offenbar begrüßte hier niemand die Entscheidung des Rates, aber die Wachleute waren machtlos dagegen – die Palastgarde hatte sich in unbedingtem Gehorsam zu üben.

Anschließend brachte man ihr etwas zum Essen; eine heiße Suppe mit Brot und eine Schale Murgobeeren. Kein Festmahl, aber wenigstens eine einigermaßen anständige Mahlzeit. Das versöhnte sie ein wenig;

nicht gerade mit dem Hierokratischen Rat, der sie hier eingekerkert hatte, aber sie glaubte, dass sie mit den Wachleuten zurechtkommen würde. Sie bekam noch einen kleinen Holzeimer mit Wasser und einer hölzernen Schöpfkelle, um ihren Durst stillen zu können. Man sagte ihr, dass sie für ihre Notdurft an die Tür klopfen sollte, um dann zu einem Abort geführt zu werden.

Als sie wieder allein war, seufzte sie. Immerhin gab sich jemand ein wenig Mühe mit ihnen. Sie versuchte sich vorzustellen, dass Altmeister Ötzli ihr Wohltäter war, aber es fiel ihr schwer. Obwohl er zuletzt, nach ihrem Streit, ein wenig eingelenkt hatte, wusste sie, dass er zeitlebens kein herzliches Wort mit ihr tauschen würde.

Leandra legte sich irgendwann auf die Pritsche – sie war sogar einigermaßen bequem – und deckte sich mit einer sehr weichen Wolldecke zu, die man aus dem Stockwerk für höhere Gäste geholt haben musste. Dann fiel sie in einen unruhigen Schlummer.

Als sie später wieder aufwachte, erfuhr sie, wer sich um sie kümmerte. Alina war gekommen.

Leandra staunte, dass man sie vorgelassen hatte. Alina hatte ihren kleinen Sohn Maric dabei, der in weiche weiße Tücher gehüllt war. Sie legte ihn kurz auf die Pritsche und umarmte Leandra mit aller Herzlichkeit. Leandra nutzte seufzend die Gelegenheit, jedes Quäntchen Wärme und Zuneigung in sich aufzusaugen, das in Alinas Umarmung lag. Es war eine unsägliche Erleichterung, dass sich Alina als eine Frau erwies, für die zu kämpfen es sich gelohnt hatte. Damals, als sie von Chast entführt worden war, hatte Leandra nicht wirklich wissen können, ob sie nicht am Ende ein unbedarftes, flatterhaftes Wesen besaß, das von Chast gebrochen und zu seinen Zwecken missbraucht worden war.

Aber Alina war stark, sie hatte Kraft und ein klares Gefühl für Gerechtigkeit. Sie wusste sehr genau, wer ihre Freunde waren, zeigte Dankbarkeit und hatte den Mut, sich auch gegen den Widerstand des Rates für sie einzusetzen.

Sie saßen nebeneinander auf der Kante der Pritsche und Alina wiegte liebevoll den kleinen, schlafenden Maric im Arm.

»Schön, dass du kommen konntest!« Leandra warf einen Blick zur Kerkertür, die nur angelehnt war. Draußen stand ein Soldat, aber er schien ihnen eine gewisse Ungestörtheit gewähren zu wollen. Sie klopfte auf die Wolldecke, die man ihr überlassen hatte. »Ist die von dir?«

Alina lächelte. »Ich habe inzwischen schon ein paar Freunde im Palast«, sagte sie. »Die meisten hier sind gar nicht gegen mich. Offenbar sind es nur diese geheimnisvollen sechs Mitglieder im Rat.«

»Wenn wir das hier hinter uns haben und du Shaba bist«, meinte Leandra zuversichtlich, »dann werden sie dich alle *lieben*. Vom kleinsten Botenjungen bis zum Ratsvorsitzenden!«

Alina verzog zweifelnd das Gesicht.

Maric wimmerte leise und Alina entblößte eine Brust, um ihren hungrigen Sohn zu stillen.

Leandra saß schweigend daneben und beobachtete die beiden. Sie deutete mit dem Daumen in Richtung der anderen Zellen: »Hast du etwas von den anderen gehört?«

Alina blickte auf und schüttelte den Kopf. »Noch nicht. Ich bin zuerst zu dir gekommen. Zu den anderen will ich anschließend gehen. Der Wachkommandant hat es mir erlaubt.«

Leandra nickte. »Du bist wirklich beliebt hier. Ich hätte nicht erwartet, dass sie dich zu uns lassen.«

»Ich glaube, sie haben alle ein bisschen Angst vor

mir. Dass ich sie in den Kerker werfen lasse, wenn ich erst Shaba bin.« Sie grinste schief.

Leandra musste leise lachen. Alinas Zuversicht war wohltuend.

Dann war sie mit dem Stillen fertig, knöpfte ihre Bluse zu und wiegte Maric wieder in den Schlaf. Er war ein süßer kleiner Kerl – er schien so etwas wie Besonnenheit zu besitzen und war gleichzeitig aufgeweckt; Leandra hatte längst eine kleine Schwäche für ihn entwickelt. Sie mochte Kinder sehr. Sie wünschte, Maric wäre *ihr* Kind.

»Darf ich ihn mal halten?«, fragte sie.

Das schien Alina zu freuen und sie gab ihn ihr. Leandra hielt das kleine Wesen und studierte sein inzwischen schlafendes Gesicht.

Noch immer nagten Zweifel an ihr, ob Chast *nicht doch* der Vater dieses Jungen war, und sie forschte in Marics Gesicht. Schon etliche Male hatte sie dies getan, mit sehr gemischten Gefühlen, aber sie konnte einfach nichts von Chasts Zügen darin entdecken. Auch von Chasts Aura, die so charakteristisch gewesen war und die Leandra vielleicht besser spüren konnte als irgendjemand sonst, hatte der kleine Junge nichts an sich. Nein – Chast konnte, *durfte* einfach nicht der Vater sein! Aber den wirklichen Vater kannte Alina nicht.

Sie hatte sich unter der drohenden Vergewaltigung durch Chast einem Fremden hingegeben, einem Gefangenen in einem dunklen Verlies in den Katakomben von Yoor, den sie mit einem magischen Duftöl betäubt und liebesbereit gemacht hatte – mit genau der Substanz, die von Chast eigentlich dazu gedacht war, sie selbst gefügig zu machen.

Das war Chasts teuflischer Plan gewesen: sie gewaltsam zu schwängern, um sie dann zur Heirat zwingen zu können, was ihn auf den Thron von Akrania gebracht hätte. Offenbar hatte er sie tatsächlich auch mit

Gewalt genommen – gnädigerweise hatte Alina wegen der Wirkung des Duftöls nichts davon mitbekommen. Neun Monate lang hatte sie gehofft und gebangt, dass sie zu diesem Zeitpunkt von dem Fremden bereits schwanger gewesen war.

Nun, nachdem Maric zur Welt gekommen war, schien Alina vollkommen sicher, dass dieses Baby unmöglich von Chast stammen konnte. Den Beweis dafür konnte man nun nicht mehr erbringen, denn Chast war tot. Hätte er noch gelebt, hätte ein geübter Magier seine persönliche Aura mit der des Kindes vergleichen können. Sogar Leandra wäre dazu in der Lage gewesen. Ja, sie hätte selbst jetzt, nach Chasts Tod, diese Aussage noch treffen können. Aber erstens wäre ihre Aussage vor dem Hierokratischen Rat nichts wert gewesen und zweitens nagte an Leandra noch immer dieser lästige Zweifel – entgegen dem, was ihr Verstand und ihre magischen Sinne ihr im Grunde genommen klar belegten. Sie wusste es: Chast war *nicht* der Vater. Es musste dieser Fremde sein.

»Du siehst nie ganz glücklich aus, wenn du Maric hältst, Leandra«, sagte Alina. »Du magst den Kleinen, aber irgendwie zweifelst du auch an ihm.«

Leandra sah Alina betroffen an. Sie zuckte die Achseln und schüttelte entschuldigend den Kopf. »Es tut mir Leid. Irgendwie weiß ich, dass mit ihm alles in Ordnung ist. Aber… es ist so viel geschehen – so viel Seltsames…«

Alina nahm ihr den Kleinen aus dem Arm. »Trau einer Mutter«, sagte sie. »Ich weiß, dass ich mich nicht täusche.« Leandra nickte, mehr pflichtschuldig als überzeugt.

Sie deutete auf Maric. »Wenn du Shaba werden willst, dann musst du seinen richtigen Vater vorweisen.«

Alinas Zuversicht fiel plötzlich von ihr ab wie ein Mantel, den sie sich übergeworfen hatte. Sie seufzte schwer. »Ja. Ich hatte gehofft, wir könnten uns gemeinsam auf die Suche machen. Aber da ihr alle eingesperrt seid…«

Leandra nickte, blickte zur Tür und sagte leise: »Ich dachte mir schon, dass es nur ein Trick von dir war, als du sagtest, dass du den Vater von Maric kennst.«

Alina nickte ebenfalls. »Altmeister Ötzli sagte mir, er habe eine Gruppe von ehemaligen Gildenleuten mit der Suche beauftragt«, sagte sie. »Es ist nett von ihm, aber ich habe nicht viel Hoffnung. Ich habe ihm nur ungefähr beschreiben können wie… *er* aussieht.« Sie sprach das ›er‹ mit einer gewissen Scheu aus. »Sie suchen nach Hinweisen, ob damals vielleicht irgendjemand in der Gegend um Tharul aufgetaucht ist.« Alina ließ einen resignierten Laut hören. »Heute Abend treffe ich Hochmeister Jockum und Yo. Sie wollen zu mir kommen. Das ist vielleicht ein bisschen aussichtsreicher.«

Leandra kaute auf der Lippe. »Ich wünschte, ich könnte ebenfalls nach ihm suchen… aber wie soll ich hier herauskommen?«

Alina überging ihre Bemerkung. »Ich glaube, die einzige Person, die *wirklich* nach ihm suchen könnte, bin ich.« Sie starrte abwesend ins Leere. »Ich kenne immerhin sein Gesicht. Das werde ich wohl auch niemals vergessen.«

Leandra zögerte. »Liebst… du ihn?«, fragte sie vorsichtig.

Alina sah sie an, als hätte Leandra gefragt, ob sie fliegen könnte. Aber sie sagte nichts, studierte nur verwirrt Leandras Gesicht. Dann entspannten sich ihre Züge wieder, sie schien den Hintergedanken Leandras erraten zu haben.

»Lieben…? Nein – ich kenne ihn ja gar nicht.« Als sie aber weitersprach, war ihre Stimme einen Hauch weicher geworden. »Allerdings… nun, vielleicht könnte ich es. Sein Gesicht gefiel mir. Ein komischer Zufall. Hätte ja auch irgendein hässlicher Strolch sein können.«

Leandra antwortete abermals nicht, sah Alina nur von der Seite her an.

Alina seufzte wieder. »Aber ihn zu finden... wenn er überhaupt noch lebt...« Dann verfestigte sich ihr Blick und sie blickte Leandra offen an. »Das sind alles fromme Wünsche. Ich fürchte, ich werde ihn niemals finden. Ich muss einfach auf andere Weise Shaba werden.«

»Aber wie?«

Alina nickte entschlossen. »Deswegen bin ich hier. Ich muss mit dir über etwas reden. Ich...«

Draußen auf dem Gang war ein Geräusch zu hören und beide blickten zu dem kleinen Fenster in der Tür. Aber das Gesicht des Wächters war nicht zu sehen. Leandra stand leise auf und schlich zur Tür. Sie peilte hinaus, konnte aber nichts entdecken. Sie kam zurück und setzte sich wieder.

»Reden?«, fragte sie leise und setzte sich nahe zu Alina. »Was ist denn los?«

»Es geht um diese Sache mit den Drakken«, erklärte Alina. »Mir ist da Verschiedenes durch den Kopf gegangen.«

Leandra nickte. »Ja, diese... seltsamen Drakken. Was sind das für Wesen? Du hast mir von ihnen erzählt, aber so ganz verstehe ich es noch nicht.«

Ötzli hatte es nicht mehr in seinem Zimmer ausgehalten.

So aussichtslos die Sache auch schien, er würde es nicht fertig bringen, für die nächsten zwei Wochen untätig zu bleiben. Obwohl er keinerlei Vorstellung hatte, was er tun sollte, um an den Pakt zu gelangen. Doch dann half ihm das Glück weiter.

In seiner Ratlosigkeit hatte er sich, unter seiner Kapuze vermummt, wieder hinab in die Katakomben unter der Stadt begeben. Immerhin besaß er jetzt einigen Einfluss auf die Bruderschaft, und wenn es überhaupt jemanden gab, der wissen könnte, wo sich der Pakt befand, dann waren es diese Leute. Also hatte er abermals den Ort aufgesucht, an dem er auf Cicon und Vandris gestoßen war. Diesmal war nur Vandris da. Ötzli nahm ihn beiseite und verlangte von ihm alles über den Pakt zu wissen. Vandris, der gehörig eingeschüchtert war, gab ihm bereitwillig Auskunft, und so erfuhr Ötzli alles über Chasts verzweifelte Suche nach dem Pakt und auch darüber, dass es eine heiße Spur gab – einen Verräter offenbar, der nun selbst nach dem Pakt suchte. Und dass ein Mann namens Rasnor, *Erzquästor des Ordens von Yoor*, diesem Verräter auf den Fersen war. Ötzli nickte und gratulierte sich im Stillen, dass er auf die Idee gekommen war, noch einmal in die Katakomben zu gehen. Man brauchte hier offenbar nur zu fragen, und schon erfuhr man, was man wissen wollte. Allerdings – *wo* man den Pakt vermutete, wusste Vandris nicht.

»Soll das heißen«, schnaufte Ötzli ärgerlich, »dieser Rasnor sucht den Pakt, aber niemand weiß, wohin er unterwegs ist?«

Vandris schüttelte den Kopf. »Das war eine Sache, die Chast persönlich geleitet hat. Niemand hat je davon erfahren. Es heißt nur, dass dieser Ort sehr weit von hier entfernt liegen soll.« Er hob entschuldigend die Schultern. »Das jedenfalls erzählt man sich hier.«

»Sehr weit entfernt? Was heißt das?«

Vandris hob die Schultern. »Das weiß ich leider nicht… Meister. Nur Magister Quendras dürfte eingeweiht sein, aber der ist auch fort – er begleitet den Erzquästor.«

Ötzli stöhnte. Nun hatte er einen ersten Anknüpfungspunkt, aber der verlor sich sogleich wieder im

Nichts. »Irgendwie«, stieß er ärgerlich hervor, »muss Chast doch verlangt haben, über den Fortschritt dieses Rasnor informiert zu werden, oder? Schließlich stand er unter Zeitdruck. Die Drakken wollten, dass er die Abmachung erfüllt!«

»Ja... Meister. Das... liegt eigentlich auf der Hand.« Vandris nickte beflissen. Ötzli wusste nicht, ob er geehrt sein sollte, dass ihn Vandris so unterwürfig mit *Meister* betitelte. Es mochte sein, dass das eher ein Fluch als ein Vorzug war.

»Und wie hätten Chast und Rasnor das angestellt?«, verlangte Ötzli zu wissen. »Übers Trivocum? Je größer die Entfernung zueinander, desto mehr... Energie ist vonnöten und desto größer ist auch die Wahrscheinlichkeit, dass irgendjemand eine solche Botschaft mithört!«

Ötzli wurde klar, dass er damit verraten hatte, kein Bruderschaftler zu sein und sich nicht der Rohen Magie zu bedienen. In der Elementarmagie hätte er statt des Wortes *Energie* das Wort Iteration gebrauchen müssen – wie jedoch die Entsprechung in der Rohen Magie lautete, das wusste er nicht. Wahrscheinlich hatten die Bruderschaftler eigene Methoden, sich über das Trivocum Botschaften zukommen zu lassen. Aber bis auf ein kurzes, überraschtes Aufblicken von Vandris hielt sich dieser zurück.

»Wir haben Artefakte, um solche Botschaften übermitteln zu können«, sagte er.

»Artefakte?«

Vandris nickte. Seine Erleichterung, all seine Verantwortung auf Ötzli abwälzen zu können, schien jegliche Vorbehalte zu überwiegen. »Ja. Es sind Amulette aus einem geheimen Metall. Sie verwenden eine besondere Magie, um Botschaften durch das Trivocum zu schicken. Man muss allerdings die Rohe Magie beherrschen, um sie verstehen zu können.«

»Und dieser Rasnor hat so etwas dabei?«

Vandris hob die Schultern. »Das weiß ich nicht, Meister. Aber…« Dann hellte sich sein Gesicht auf. »Jetzt verstehe ich, worauf Ihr hinauswollt! Seine Verbindung nach Savalgor!«

»Sieh an – du merkst es auch schon«, brummte Ötzli verdrossen. »Ja, stimmt. Aber jetzt, wo ich darüber nachdenke, vermute ich, dass wir kein großes Glück haben werden. Wenn es eine solche Verbindung gab, dann wird sie direkt zu Chast bestanden haben. Damit er sofort erfährt, wenn sich irgendetwas Wichtiges ereignet. Aber Chast ist tot.«

Vandris schüttelte den Kopf. »Nein, nein, Meister! Das muss nicht sein. Ich glaube nicht, dass Chast Zeit für solche Dinge hatte. Es erfordert eine gewisse Mühe und Aufmerksamkeit, mit solchen Artefakten umzugehen. Es gab jemanden in Torgard, der sich um solche Dinge kümmerte. Er heißt… äh… Polmar. Ja, richtig, Polmar! Allerdings…«

Ötzli verzog das Gesicht. »Na?«

Vandris wirkte hilflos. »Ich… nun, ich…«

»Was ist? Wo steckt dieser Kerl?«

Vandris schnaufte jämmerlich und hob die Arme. »Ich weiß es nicht. Es tut mir Leid – ich habe ihn nur selten gesehen und seit den Kämpfen…« Er blickte sich suchend in der von einigen Fackeln erleuchteten Halle um. Mehrere andere Bruderschaftler hielten sich hier auf. »Terkhas!«, rief er barsch. »Komm her zu mir!«

Ein Mönch, der mit ein paar anderen damit beschäftigt war, Bücher in Holzkisten einzuräumen, drehte sich um und eilte dann herbei. »Meister Vandris?«

»Polmar! Hast du Bruder Polmar in letzter Zeit gesehen?«

Terkhas verzog nachdenklich das Gesicht und schüttelte dann langsam den Kopf. »Nein, Magister. Polmar… das war doch der Dickliche mit der Halbglatze, nicht? Der sich um unsere Leute in den anderen Städten kümmerte. In Usmar und…«

»Ja«, fuhr Vandris ungeduldig dazwischen. »Genau der! Du hast ihn nicht mehr gesehen? Seit wann?«

Terkhas hob die Schultern. »Schon eine Weile nicht. Nach den Kämpfen… nein, nach den Kämpfen gewiss nicht mehr.«

Ötzli brummte. »Wie viele von euch sind da umgekommen?« Im selben Atemzug schalt er sich, denn er hatte abermals einem Mann gegenüber preisgegeben, dass er kein Bruderschaftler war.

Terkhas schüttelte den Kopf. »Ich glaube eigentlich nicht, dass ihm etwas zugestoßen ist. Polmar beschäftigt sich mit besonderen Gebieten der Magie. Der hat keine Ahnung von Kampfmagien.«

»Und wo könnte er dann stecken?«

Terkhas hob wieder die Schultern. »Das weiß ich nicht. Es sind damals auch viele geflohen.«

»Geflohen?«, herrschte Vandris den Mönch an. Es war ihm sichtlich peinlich, dass Leute aus *seiner* Bruderschaft die Flucht ergreifen könnten. »Wohin soll er denn *geflohen* sein?«

»Nun ja, kann sein, dass er noch in der Stadt ist«, räumte Terkhas ein. »Manche haben sich nur zurückgezogen.«

Ötzli dachte nach. »Wer könnte wissen, wo er sich aufhält? Wenn er noch lebt?«

»Wer es wissen könnte?« Vandris schien über die Frage verblüfft zu sein.

»Ja doch! Wer könnte es wissen?« Ötzli verlor langsam die Geduld. Nun wurde er laut. »Es wird doch *irgendwen* in euer verdammten Bruderschaft geben, der die Leute organisiert hat! Oder hat das etwa Chast *alles selbst* getan?«

Vandris sah ihn von unten her unsicher an. »Nun…«,

sagte er, »das stimmt schon. Das meiste hat der Hohe Meister selbst in der Hand gehabt.«

Ötzli nickte. Hätte er sich denken können. Dieser ganze, verfluchte Haufen hatte unter der gewaltsamen Herrschaft dieses rätselhaften Tyrannen gestanden. Ötzli bedauerte, dass er ihn nicht wenigstens einmal zu Gesicht bekommen hatte.

»Der Glatzkopf könnte vielleicht etwas wissen«, meinte Terkhas.

»Der… Glatzkopf?«

Terkhas nickte. »Ja, ein hässlicher alter Kerl. Aber er kennt sich gut in der Stadt aus. Er hat uns schon oft geholfen.«

Ötzli runzelte die Stirn. »Was ist? Dieser Glatzkopf scheint dir nicht geheuer zu sein, oder?«

Vandris hob die Schultern. »Nun ja, er ist niemand aus der Bruderschaft. Nur irgendein Herumtreiber. Lebt im Hafenviertel von Savalgor. Oder besser: Er lungert da herum. Ich weiß nicht, wer ihn aufgetan hat – Chast hätte es nicht wissen dürfen, dass einige von uns Kontakte zu Außenstehenden hatten.«

Ötzli spitzte die Lippen. »Und *der* könnte wissen, wo sich dieser Polmar aufhält?«

Terkhas schüttelte den Kopf. »Nein – aber es ist gut möglich, dass er es herausfinden kann. Wie gesagt, er kennt ziemlich viele Leute hier in der Stadt.«

Ötzli zögerte nicht. »Wo finde ich den Mann?«

»Wahrscheinlich im Hafenviertel. Ich bin ihm einmal begegnet. Er hat einen ganz verschrumpelten Schädel und nur noch ein paar einzelne Haare. Er muss von irgendetwas Brandwunden davongetragen haben.«

Ötzli nickte bedächtig. »Na schön.« Er dachte kurz nach und bedeutete dann Terkhas zu gehen. Als der Mönch außer Hörweite war, wandte er sich wieder an Vandris. »Hör mir zu, Vandris! Weiß noch jemand außer Cicon von mir? Dass du und Cicon – dass ihr mich… sozusagen zu eurem *Meister* gemacht habt?«

Vandris schüttelte den Kopf. »Nein, Meister. Wir wussten schließlich nicht, ob Ihr…«

»Was?«

»Nun, ob Ihr von den Drakken zurückkehren würdet. Ehrlich gesagt, wir hatten kaum Hoffnung.«

Ötzli musste unter seiner Kapuze leise grinsen. Es schmeichelte ihm, dass man ihn in dieser Hinsicht unterschätzt hatte – und dass er sogar eine *Hoffnung* darstellte! Aber er verzichtete lieber darauf, Vandris zu erzählen, wie seine Begegnung mit den Drakken tatsächlich verlaufen war. Er nickte. »Ich will morgen Abend hier eine Versammlung abhalten. Ruf mir alle Leute von der Bruderschaft zusammen, die derzeit noch im Hierokratischen Rat sitzen. Hast du verstanden?«

Vandris nickte.

»Und erzähle niemandem von mir. Ich möchte die Leute… ein wenig überraschen!«

Als Alina mit ihrem Bericht geendet hatte, fühlte Leandra sich nicht unbedingt besser.

»Woher weißt du das alles?«, fragte sie.

»Wie ich schon sagte – ich habe gelauscht. Wo ich nur konnte. Chast war eigentlich immer froh, wenn ich in seiner Nähe war. Ich glaube… er mochte mich sogar.«

Leandra verzog das Gesicht. »Dieses Scheusal? Hatte der überhaupt eine Seele?«

Alina seufzte. »Ja, natürlich. Allerdings zumeist eine ziemlich schwarze. Trotzdem – hin und wieder hat er sich sogar ein bisschen bemüht, nett zu mir zu sein.« Alina schüttelte den Kopf und starrte ins Leere. »Aber meistens hat er nur seine gemeine Seite gezeigt – ich hab das manchmal gar nicht glauben können. Er war so… unglaublich grausam! So kalt und skrupellos. Ich hab versucht, dahinter zu kommen, wie ein Mensch überhaupt existieren kann, der alles andere so sehr verachtet...« Sie schüttelte wieder den Kopf.

Leandra ließ Alina Zeit, sich von diesen Gedanken zu lösen, auch wenn die Drakken sie im Augenblick sehr viel mehr beschäftigten.

»Hast du je einen dieser Drakken gesehen?«, fragte sie nach einer Weile.

Alina sah auf und irgendetwas Seltsames trat in ihren Blick. Dann nickte sie langsam. »Einmal – ja.«

Leandra forschte in Alinas Miene. »Du siehst nicht so aus, als würdest du dich gern daran erinnern.«

Alina blinzelte und fuhr sich dann mit der Hand durchs Haar. Maric war wieder erwacht und brabbelte leise vor sich hin. Alina schüttelte den Kopf. »Nein, das war alles andere als schön. Ich wünschte, ich könnte es jemals vergessen.«

Leandra war neugierig geworden. »Und?«, fragte sie. »Was sind das für Wesen? Wie sehen sie aus?«

»Es waren vier«, sprach Alina weiter, so als hätte sie Leandras Frage gar nicht gehört. »Sie waren zu Chast gekommen, um ihn unter Druck zu setzen. Er war wahnsinnig wütend.«

»Und?«

»Er hat sie getötet. Einfach so – mit einer Magie.« Um zu untermalen, was sie meinte, schnippte sie mit den Fingern in die Luft. Maric gluckste.

»Er hat die Drakken... *getötet*?«, fragte Leandra verblüfft.

Alina nickte. »Ja. Eine grässliche Szene. Sie wurden einfach zerquetscht, alle vier. Wie zwischen riesigen Mühlsteinen. Obwohl sie bewaffnet waren, konnten sie ihm nichts anhaben.«

Leandra verzog das Gesicht. So etwas hatte sie selbst schon einmal erlebt – ganz zu Beginn ihres Abenteuers, damals im Asgard, jenem uralten magischen

Steinkreis bei Angadoor, in dem alles anfing. Das war ganz klar die Handschrift der Rohen Magie.

»Hast du sie davor denn noch gesehen, diese Drakken?«

Alina nickte. »Ja. Sie sehen aus wie Eidechsen auf Beinen. Ziemlich groß, größer noch als Jacko. Sie haben überall scharfe Zacken, an den Knien, den Ellbogen, den Schultern, einfach überall. Solche Knochengrate – wie es manche Drachenarten haben.«

Leandras Herz pochte dumpf. »Wirklich? Und was noch?«

Alina legte die Stirn in Falten. »Sie sind schwarzgrün und schuppig, mit einem Schwanz, wie ein Tier. Und ihre Gesichter… einfach widerlich! Runtergezogene Mundwinkel, verächtlich, riesige Tränensäcke unter den Augen – einfach ekelhaft. Und sie stinken. Von denen haben wir nichts Gutes zu erwarten.«

»Und sie kommen… tatsächlich nicht von *dieser Welt*?«

»Chast sagte mal, er glaube, sie kämen von außerhalb – aus dem *Weltenall*.« Sie deutete schulterzuckend nach oben.

Das Weltenall.

Munuel hatte Leandra davon erzählt; offenbar hatte er schon damals geahnt, was für ein neugieriges Wesen sie war. Er hatte ihr erklärt, dass es dort oben, außerhalb der Höhlenwelt und jenseits der Sonnenfenster, ein großes *Nichts* gab, unendlich groß, mit nichts als offener Weite in allen Richtungen, und dass die Sterne, die man nachts durch die Sonnenfenster sehen konnte, nichts anderes als weitere Sonnen wären, nur unendlich weit entfernt, ebenfalls umkreist von Welten wie ihrer eigenen. Leandra war sehr befremdet gewesen, als Munuel ihr einmal erklärt hatte, dass es nicht unbedingt sein musste, dass man auf anderen Welten ebenfalls *unter* der Oberfläche, in riesigen, meilenhohen Höhlen lebte. Vielmehr, so hatte er gesagt, war es wahrscheinlich, dass sogar die Menschen der Höhlenwelt früher einmal auf der Oberfläche dieser Welt gelebt hätten.

Mit diesen Gedanken hatte Leandra lange Zeit überhaupt nichts anfangen können. Leben in einer Welt mit *nichts* am Himmel? Nichts als einer unendlichen Leere? Kein Felsenhimmel? Nirgends der kühle Schatten der Felspfeiler – den ganzen Tag lang die brennende Sonne über dem Kopf – und das dunkle Weltenall? Die Vorstellung allein hatte Leandra über die Maßen verwirrt. Später dann, im Laufe ihres Heranwachsens, war diese Frage für sie immer wichtiger geworden. Mit vierzehn Jahren schließlich, und nachdem sie von Munuel noch etliches mehr an wundersamen Dingen erfahren hatte, hatte sie sich dazu entschlossen, Magierin zu werden. Sie war bei Munuel in die Novizenschaft eingetreten. Leandra hatte erfahren, dass man als Magier Zugang zu vielen Geheimnissen der Welt erhielt – allein die riesigen Bibliotheken des Cambrischen Ordens waren eine Legende für sich. Und sie hatte ihren Spaß am Forschen. Ja, sie wollte die Geheimnisse der Welt ergründen, vielleicht sogar selbst einmal eine wichtige Entdeckung machen.

»Wirklich aus dem Weltall?«, wiederholte Leandra ihre Frage sinnierend. »Und sie wollen die Magie von uns?«

Alina nickte. »Von Sardin, vor zweitausend Jahren. Aber die Sache klappte nicht. Ihr Cambrier habt sie daran gehindert, bis heute. Sogar Chast habt ihr daran gehindert. Oder besser gesagt: Du!« Sie deutete auf Leandras Nase.

Leandra kratzte sich unwillkürlich an der Nasenspitze.

»Das ist der wahre Hintergrund der ganzen Sache. Warum Sardin damals den Krieg gegen die Gilde begann, bis hin zu Chast, den du persönlich in die Hölle geschickt hast.«

»Das war Jacko«, sagte Leandra tonlos.

»Ach ja.« Alina nickte bestätigend. »Stimmt. Aber es ist ja auch egal. Hauptsache, er ist tot. Allerdings…«

»Was?«

»Nun ja, wie gesagt: Die Drakken wollen immer noch das, was ihnen der Pakt versprach.«

Leandra saß aufrecht da und starrte Alina zweifelnd an. »Ist das denn sicher? Ich meine… hat sie mal jemand gefragt – diese Drakken? Woher soll man wissen, ob es wirklich die Magie ist? Schließlich ist dieser Pakt seit zweitausend Jahren verschollen.«

Alina holte Luft. »Nun, das ist es, worüber ich mit dir sprechen will. Ich hab diese Sache mit der Magie natürlich nicht herausgefunden. Das war ein anderer – um den geht es.«

»Ein anderer?« Leandra legte den Kopf schief. »Wer?«

Alina machte wieder eine Pause und holte abermals tief Luft. Es schien, als besäße ihre Geschichte einiges an Tragweite. Leandra beobachtete sie gespannt.

»Nun, ich habe neulich einen Hinweis erhalten. Eine seltsame Geschichte.«

»Einen Hinweis?«

»Ja. Eigentlich wollte ich gar nicht darüber sprechen. Aber dann fügten sich einige Dinge zusammen…«

Leandra legte die Stirn in Falten. »Also?«

Alina schnaubte leise. »Du hast mir doch mal von Victor erzählt, deinem Freund. Mit dem du zusammen in Unifar warst.«

Leandra nickte.

»Nun, in Torgard gab es einen Valerian, einen Mann, von dem Chast oft redete. Einer der Skriptoren. Kein bedeutender Mann, eigentlich nur ein Niemand aus dem Skriptorium, aber offenbar ein ziemlich kluger Kopf. Er war derjenige, der auf diese Idee mit der

Magie kam. Er hat mit seinen Leuten für Chast in den Bibliotheken herumgesucht. Sie waren auf der Suche nach der Ausfertigung des Paktes, die der Bruderschaft gehörte. Sie fanden, glaube ich, eine ganze Menge heraus.«

Leandra warf wieder einen unruhigen Blick zur Tür des Verlieses. Niemand war zu sehen und auch nicht zu hören. Erstaunlich, dass man sie so lange ungestört ließ.

»Dieser Valerian«, fuhr Alina leise fort, »war aber ein Verräter. Er haute irgendwann ab, mit einem Drachen. Er floh zu einem Ort, wo er glaubte, den *Pakt* finden zu können. Chast war außer sich vor Wut. Er setzte Himmel und Hölle in Bewegung, um diesen Valerian zu erwischen. Er hetzte ihm Rasnor hinterher, den Erzquästor des Ordens von Yoor. Das ist ein ganz gemeiner Hund.«

Leandra hob die Brauen. Ihr Interesse war geweckt, aber sie verstand den Zusammenhang noch nicht. »Ein Verräter – in der Bruderschaft? Aber… was hat das mit Victor zu tun?«

Alina kaute auf der Unterlippe. »Victor und Valerian – es muss ein und derselbe sein!«

Leandra richtete sich auf. »Wie kommst du denn *darauf*?«

Alina schnaubte wieder. »Es ist komisch, ich weiß. Aber…«

Leandra wurde ungeduldig. »Nun erzähl schon«, forderte sie.

Alina setzte ein Lächeln auf. »Also… zunächst einmal weiß ich, dass der Name Valerian falsch war. Das bekam ich einmal mit, als Chast mit Rasnor redete. Wie er allerdings richtig hieß, weiß ich nicht. Immerhin… Valerian beginnt auch mit einem V.«

Leandra verzog ungeduldig das Gesicht. Dies schien ihr als Beweis wenig schlagkräftig zu sein.

Alina beeilte sich fortzufahren. »Zweitens: Dieser Valerian war doch ein Verräter, oder? Aber wie kommt ein einfacher, kleiner Skriptor darauf, so ein Wagnis einzugehen – die gesamte Bruderschaft austricksen zu wollen? Was macht er mit dem Pakt, wenn er ihn hat – ohne die Hilfe seiner Brüder? Das ergibt doch keinen Sinn!«

»Worauf willst du hinaus?«, fragte Leandra streng.

Alina warf wieder einen kurzen Blick zur Tür, ehe sie weitersprach. »Nun, ich möchte wetten, dass Valerian kein Bruderschaftler war. Nur jemand von außerhalb, der einen klaren Plan hat, würde sich so verhalten. Ein Verräter, der sich mit einer festen Absicht eingeschlichen hat. Aber – ein kleiner Skriptor, der mal eben auf die Idee kommt, das wichtigste Dokument der Welt zu erbeuten, um dann Chast damit zu erpressen oder was auch immer? Nein, das ist Unsinn!«

Leandra nickte langsam. »Ja. Du hast nicht Unrecht. Das wäre ein paar Nummern zu groß für so jemanden. Aber…«

»Warte!«, sagte Alina. »Es gibt noch einen anderen Hinweis. Der brachte mich erst auf die Spur. Dieser Valerian hatte eine junge Magierin bei sich. Er ist zusammen mir ihr geflohen. Sie hieß Roya. Genau wie… nun, du weißt ja, *unsere* Roya! Die Schwester von Jasmin. Nicht sehr häufig, dieser Name.«

Nun fuhr es Leandra eiskalt den Rücken hinunter. Sie starrte Alina an.

Alina hingegen wirkte verlegen. »Klingt alles ein bisschen blöde, was?«

Leandra schüttelte den Kopf. »Nein, nein«, sagte sie aufgeregt. »Sprich weiter! Was für ein Mann ist Valerian gewesen? Bist du ihm je begegnet? Hast du ihn gesehen?«

Alina hob verneinend eine Hand. »Nein. Aber… weißt du, wenn dieser Valerian schon einen falschen Namen verwendet hat, einen, der mit V beginnt…

also, wer außer dir oder deinen Freunden käme auf so eine Idee? Wer hätte den Mut – und vor allem das Wissen? Es gibt doch kaum jemanden, der überhaupt etwas von der Bruderschaft weiß – von der *wahren* Bruderschaft, von ihren Zielen, dem Pakt und von Chast!« Sie sah Leandra beschwörend an, so als könnte sie ihre Vermutung durch einen flehentlichen Gesichtsausdruck Wirklichkeit werden lassen. »Wer würde sich wagen«, fuhr sie fort, »in die Bruderschaft einzudringen und Chast zu hintergehen? So etwas *Irrsinniges* würde doch nur jemand tun, der… nun ja, der *Rache* zu üben gedenkt, oder?«

»Rache?«

Alina nickte. »Ja. Roya, die ihre Schwester verloren hat, und Victor, der glaubte, du wärest tot.«

Leandra machte große Augen. »Ich? *Tot?*«

»Ja, allerdings. Bis vor etwa zwei Wochen ahnte niemand, dass du noch lebst. Ich nicht, Chast nicht und sicher auch nicht Victor.«

Leandra stieß einen verblüfften Laut aus. Sie starrte Alina aufgeregt an. Könnte es tatsächlich Victor sein, der hinter dieser aberwitzigen Sache steckte: todesmutig in die Bruderschaft einzudringen, um den Pakt zu erbeuten?

»Wäre es nicht möglich, dass Victor und Roya das gemeinsam geplant haben? Dass er zu ihr ging, in dieses Dorf…«

Leandra schüttelte den Kopf. »Victor kannte sie gar nicht.«

Alina blickte Leandra ratlos an, aber Leandra konnte sich die Antwort selbst geben. »Ich habe ihm von Minoor erzählt!«, sagte sie aufgeregt. »Verdammt! Er war ja auch dort – hat mit Hellami rumgeknutscht! Da hat er todsicher auch Roya kennen gelernt!«

»Er hat mit… Hellami rumgeknutscht?«, fragte Alina belustigt.

Leandra winkte ab. »Ach, vergiss es! Ich…« Sie zog kopfschüttelnd die Augenbrauen zusammen, mit ihrer Verwirrung und neuer Hoffnung kämpfend.

»Und nun ist er auch noch mit Roya unterwegs«, sagte Alina grinsend.

Leandra strafte sie mit einem finsteren Blick.

Sie dachte angestrengt nach. Dann hieb sie sich plötzlich mit der Faust aufs Knie. »Verdammt! Das *war* Victor«, zischte sie. »Da möchte ich wetten! Wer sonst sollte Chast verraten? Zusammen mit einer *Roya*!«

Alina fing leise an zu lächeln.

»Victor hat früher Bücher restauriert«, erinnerte sich Leandra und nickte entschlossen. »Er kennt sich bestens damit aus. Skriptor – das passt zu ihm! Und diese Sache mit dem falschen Namen – einem, der mit V beginnt, das hat er schon mal gemacht! In Minoor. Da nannte er sich… *Vincent*.« Sie lächelte verbissen. »Dieser Höllenhund!«

Alina wollte Gewissheit erlangen. »Trotzdem… eine Sache ist seltsam. Wie soll *unsere* Roya in die Bruderschaft eingedrungen sein? Sie ist doch gar keine Magierin!«

Leandras Kopf fuhr herum. »Sie *war* es nicht – damals«, sagte sie aufgeregt. »Aber sie ist bei einem Einsiedler in die Novizenschaft gegangen, Hellami hat mir davon erzählt! Es passt wirklich alles zusammen!«

Alina schnaubte leise. »Dann… könnte es also wirklich stimmen? Dein Victor war dieser Valerian? Und er hat Chast ausgetrickst?«

Leandra lächelte. »Ja, das könnte wirklich sein! Nein, ich wette darauf!« Sie blickte Alina offen an. »Und… du hast ihn wirklich *nie* gesehen?«

Alina schüttelte den Kopf. »Nein, nie. Leider auch diese Roya nicht. Sonst wüsste ich ja, ob es *unsere* Roya ist. Chast erzählte nur von ihnen. Später bekam ich dann mit, dass er von Anfang an gewusst hatte, dass

Valerian ein Verräter war. Und Roya auch. Er wollte das irgendwie ausnutzen. Wie, hat er nicht gesagt. Aber ich weiß, dass Valerian oder Victor, wenn er es wirklich ist, so ziemlich alles über diesen Pakt und die Drakken herausgefunden hatte. Er selbst kam auf die wichtigsten Ideen. Chast war wütend, dass Valerian ihm dauernd mit seinen Ideen zuvorkam.«

Leandra lächelte immer noch. Allein etwas von Victor zu hören machte sie froh. Sie stand auf, musterte kurz die angelehnte Kerkertür und kniete dann neben Alina nieder. »Und nun?«, fragte sie leise.

Alina blitzte sie aus entschlossenen Augen an. »Frag dich selbst. Eines wissen wir nun: Wir haben einen Verbündeten, der möglicherweise nahe daran ist, den Pakt zu finden!«

Leandra nickte. »Schön und gut. Allerdings… wozu soll er gut sein, dieser Pakt? Um beweisen zu können, dass Chast Übles im Sinn hatte? Ich glaube nicht, dass sich der Rat davon beeindrucken ließe…«

Alina schlug sich die flache Hand vor die Stirn. »Verdammt. Das Wichtigste weißt du ja noch gar nicht!« Sie schüttelte den Kopf. »Der Pakt enthält eine Magie! Den *Kryptus*! Damit band man sich früher an Verträge, so dass niemand seine Leistung verweigern konnte.«

»Eine Magie?« Leandras Blick zeigte Erstaunen. »Und… was tut sie, diese Magie?«

»Nichts. Jedenfalls *noch* nichts. Aber wenn man sie auslöst, dann kann man… ich weiß es auch nicht genau. Offenbar kann man die Drakken damit umbringen. Oder verjagen. Deswegen fürchten sie den Pakt so.«

Leandra fuhr in die Höhe. »*Was* sagst du da?«

Alina zog die Schultern hoch. »Ja, es stimmt! Es ist *die* Waffe gegen die Drakken.«

Leandra ächzte. Alina starrte sie erwartungsvoll an.

Leandra griff nach Alinas rechter Hand. Maric schnaufte leise.

»Und wo ist er nun hin, unser Victor?«, fragte Leandra. Ihr Herz klopfte wild. »Um nach diesem Pakt zu suchen?«

Alina schüttelte den Kopf und seufzte. »Das weiß ich leider nicht. Wirklich nicht.«

Leandra verengte die Augen zu Schlitzen. Sie holte Luft und dann sagte sie leise: »Ich muss hier raus! Und zwar bald!«

Alina sah zur Tür und hob einen Finger vor dem Mund. »Nicht so laut…!«

»Ich muss Victor finden«, fuhr Leandra fort, ohne auf Alinas Worte zu achten. »Erstens scheint *er* alles zu wissen, was *wir* wissen müssen, und zweitens müssen wir diesen Pakt haben!«

Alina nickte bekräftigend.

»Und drittens…«, fuhr Leandra fort und setzte einen grimmigen Gesichtsausdruck auf, »hätte ich da noch was mit ihm zu *besprechen*!«

»Wegen Hellami?« Alina lachte leise auf. »Vergiss nicht… *jetzt* ist er mit Roya unterwegs. Sie ist ein verdammt süßes Mädchen!«

Leandra zeigte eine ziemlich bissige Miene. »Ich weiß. Hab ich schon mal gehört, den Ausdruck. *Süßes Mädchen!*«

Alina zog die Brauen hoch. »So? Wann denn?«

Leandra winkte entschlossen ab. »Erzähl ich dir ein andermal.« Sie schnaufte. »Sagte ich schon, dass ich hier raus muss?«

Alina nickte eifrig. »Ja. Und zwar sehr bald!«

Leandra erhob sich und schüttelte den Kopf. »Nicht bald, sondern sofort!«

9 ♦ Der Turm

Victor schlief tief in dieser Nacht, wachte aber am nächsten Morgen schon zeitig auf. Roya hatte sich eng an ihn geschmiegt; ihr Kopf lag auf seinem rechten Oberarm, und der war schon so sehr eingeschlafen, dass er ihn fast nicht mehr spürte. Aber Victor blieb noch eine kleine Weile liegen und atmete ihren Duft und ihre Nähe ein. Sie war ein außergewöhnliches Mädchen, und er ertappte sich bei der sehnsüchtigen Erinnerung an ihren zarten Körper, den er tags zuvor gesehen hatte. Er würde sich sehr zusammennehmen müssen, um nicht auf dumme Gedanken zu kommen.

Sie regte sich leise, so als spürte sie, dass er wach war, schlug aber noch nicht die Augen auf. Er vertrieb seine Gedanken an sie mit neuerlichem Grübeln über den Sinn dieses vermaledeiten Zahlenspiels. Drei – neun – siebenundzwanzig. Immer wieder waren sie auf diese Zahlen gestoßen, hatten aber ihr Geheimnis nicht enträtseln können. Immerhin war er im Verlauf seiner Grübeleien auf ein paar Ideen gekommen – Dinge, denen er heute Morgen nachgehen wollte.

Victor verspürte er das Bedürfnis, sich gründlich zu waschen. Roya trug einen schwachen, lieblichen Duft an sich und genau das war bei ihm nicht der Fall. Während er sich vorsichtig von ihr befreite und sich erhob, fragte er sich, wie, bei den Kräften, sie es schaffte, nach so vielen Tagen einer anstrengenden Reise mit zahlreichen Entbehrungen und einer Menge an schweißtreibenden Tätigkeiten und Gefahren nicht nur frisch auszusehen, sondern auch immer noch so gut zu *riechen*! Er kam sich vor wie ein Flohbeutel und suchte in seinem Gepäck nach Seife und Rasiermesser.

Dann begab er sich zu dem kleinen Teich, entkleidete sich und nahm ein so gründliches Bad, dass zuletzt die halbe Wasseroberfläche von einer Mischung aus weißlicher Seifenbrühe und Schaumblasen überzogen war. Er rasierte sich so gut es ging; seinen kleinen Spiegel aus poliertem Metall hatte er nicht dabei. Dann zog er sich wieder an und marschierte, schon in besserer Laune, zum Lager zurück.

Als Erstes erblickte er den hoch erhobenen Drachenschädel von Faiona, und dann sah er, dass Roya nicht da war. Seine Blicke flogen durch die Umgebung, aber er konnte sie nirgends entdecken.

Faiona! Wo ist Roya?, stieß er hervor.

Du brauchst dir keine Sorgen zu machen, antwortete sie. *Roya ist in der Festung. Sie wollte einer Idee nachgehen.*

Victor stieß einen gurgelnden Laut aus und schlüpfte in höchster Eile in seine Stiefel. »Dieser Teufelsbraten!«, rief er, sprang auf und rannte mit Riesenschritten über das Geröllfeld in Richtung des großen, offenen Festungstores von Hammagor. Als er näher kam, begann er laut Royas Namen zu rufen. Dann erreichte er den Weg und hastete auf den riesigen Durchgang zu, noch immer ihren Namen rufend.

Als er in den Innenhof einbog, stieß er beinahe mit ihr zusammen.

»Roya!«, schrie er sie an und warf die Arme in die Luft. »Bist du verrückt geworden? Du kannst doch nicht einfach…!«

»Hee!«, rief sie zurück, die Fäuste geballt und nach vorn gebeugt, um gegen die Macht seines Ausbruchs aufzubegehren. Victor verstummte.

»Nun hör mal«, beschwerte sie sich. »Ich dachte, du

hältst mich inzwischen nicht mehr für ein kleines Mädchen, das keinen Schritt allein machen darf!«

Victor schnaufte und versuchte dann, sich zu entspannen. Sie hatte Recht. Er sollte sie nicht auf diese Weise behandeln. »Entschuldige«, sagte er. »Ich… ich hab mir nur Sorgen gemacht. Wegen all der Fallen und so. Wo, bei den Kräften, warst du?«

Schon schenkte sie ihm wieder ein freundliches Lächeln. »Ich hab's gefunden!«, verkündete sie und zog kurz die rechte Augenbraue hoch.

»Du hast… *was*?«

»Gefunden«, wiederholte sie. »Ich hab's gefunden. Das Geheimnis von Hammagor! Ich weiß, wo der Pakt liegt.«

Victor sah sich irritiert um, so als erwartete er, ihn zu sehen, hier auf dem Boden des Innenhofes. Roya trat einen Schritt auf ihn zu, hakte sich bei ihm unter und zog ihn quer über den Platz mit sich. »Ich hatte einmal mehr Recht«, erklärte sie. »Das alles hier ist nur ein Spuk!«

Er nickte unsicher. »Ja… wissen wir doch. Die Lösung muss in diesen Zahlen…«

»…ganz besonders *das* ist ein Spuk!«, fuhr sie fort und schüttelte den Kopf. »Ein netter Trick, um die Aufmerksamkeit vom Wesentlichen abzulenken. Drei, neun, siebenundzwanzig – an jeder Ecke in diesem verdammten Gemäuer, ohne Sinn und ohne Zweck! Nein, das Ganze kam mir schon gestern komisch vor.«

Victor starrte sie nur an. Er bemerkte zwar, dass sie Eindruck auf ihn machen wollte, konnte aber nicht leugnen, dass ihr das bestens gelang.

»Eigentlich war der Baumeister dieser Festung gar nicht so dumm, wie wir dachten.« Sie grinste. »Nur hat er nicht damit gerechnet, dass ausgerechnet Roya aus Minoor hier aufkreuzen würde!« Sie tippte sich an die Nase.

Victor lächelte schon wieder. Sie hatte einfach eine unwiderstehliche Art.

»Diese ganze Festung strotzt nur so vor … *Bedeutungen*! Das kann nicht echt sein. Keiner, der etwas verbergen wollte, hätte über sein Geheimnis so viele Farbtupfer gesetzt!«

Das hatte sie gut formuliert, fand Victor. Er verstand sie sofort.

»Wo hättest *du* dein wichtigstes Dokument versteckt?«, fragte sie weiter. »An einem Ort, auf den tausend Schilder weisen? Oder eher an einem, an den keiner denkt?«

»Letzteres natürlich.«

Sie nickte. »Klar, das täte jeder. Noch ein bisschen besser wäre es, anschließend ein paar falsche Spuren zu legen.« Damit deutete sie in die Runde. »Was unser Baumeister ja auch getan hat. Und noch viel schlauer wäre es, wenn man dem Sucher dann zusätzlich noch Angst machte, nämlich, dass er ernstlich mit seinem Leben spielt, wenn er dem Geheimnis auf die Spur zu kommen versucht. Was er ja ebenfalls getan hat. Damit wird die *falsche* Fährte nur umso glaubwürdiger.«

Victor nickte wieder, hatte aber dennoch keine Idee, wo sie den Pakt vermutete.

»Wo aber ist das *allerbeste* Versteck?«, fragte sie.

Victor zuckte die Schultern und sah sich um.

»Natürlich dort, wo man *wirklich* Furcht empfindet! An einem Ort, von dem einen die *natürliche* Angst fern hält, nicht die *herbeigeführte*! An einem Ort, der aber gleichzeitig so nebensächlich wirkt, dass man ihn bereitwillig außer Acht lässt!«

Victor dachte eine Weile nach, dann ging ihm schlagartig ein Licht auf.

»Die Spalte!«, rief Roya aus und deutete hinter sich, in Richtung des Mittelbaus. »Die dunkle Spalte da unten. Direkt neben diesem ach so bedeutungsvollen Portal!«

Victor nickte langsam. »Ja. Diese Idee kam mir gerade auch. Allerdings… na ja, wir haben doch…«

Roya schüttelte den Kopf. »…*gar* nichts getan!«, rief sie aus und warf die Arme in die Luft. Dann drohte sie ihm mit dem Finger. »Wenn du ehrlich bist, weißt du es, genau wie ich. Wir haben uns nur gewünscht, wir hätten dort richtig nachgesehen! Ich bin gerade mal zwei Schritte hineingegangen – es ist völlig finster dort, nicht wahr? In Finstere geht keiner gern. Besonders, wenn er sich denkt – nein, weil er sich *wünscht*, dass da ohnehin nichts sein kann, weil es ja bloß eine dunkle Spalte ist, und viel, viel schlimmere Dinge *anderswo* warten. Orte, die zehnmal wichtiger erscheinen. Ist es dir nicht aufgefallen? Um diese Spalte herum gibt es rein gar nichts. Das Trivocum ist leblos, diese stygischen Energien sind überall sonst in Hammagor – nur dort ist nichts. Die Spalte ist ein bisschen dunkel und sonst nichts.«

»Wie weit bist du drin gewesen?«

Roya schnitt eine Grimasse. »Nicht weit«, gab sie seufzend zu. »Ich hab mich nicht *getraut*!«

Victor musste lachen. Es gelang ihr vorzüglich, ihre Angst bildhaft darzustellen. Aber ihre Schlussfolgerungen waren klug. In dem vor stygischen Kräften tobenden Hammagor war alles sehr viel unheimlicher als diese Spalte, aber in Wahrheit war sie dennoch das Unheimlichste von allem. Alles andere konnte man über das Trivocum beobachten und untersuchen, einen Gang durch den Felsen, in dem es finster war, jedoch nicht. Bei der Atmosphäre, die hier vorherrschte, würde jeder einen solchen Ort instinktiv meiden. Victor wusste, dass er sich gestern selbst etwas vorgemacht hatte, als er leichtfertig vorgegeben hatte, dort bereits nachgesehen zu haben.

Dann verzog er aber leicht den Mund. Royas Beweisführung war wirklich gut – aber nur dann, wenn sie auch zutraf. Und das mussten sie erst überprüfen. Er hoffte, dass sie Recht behalten würde. Außerdem war sie einfach hinreißend, wenn sie die Rolle der oberklugen Spürnase spielte. Er nahm sie an der Hand und marschierte entschlossen mit ihr in Richtung des Mittelbaus.

»Kannst du so ein Licht machen?«, fragte Victor. »Mit Magie?«

Roya starrte ihn an. »Äh… nein«, sagte sie unschuldig und hob die Schultern.

Er war verblüfft. »Wirklich nicht? Ich dachte, so was lernen Novizen als Erstes.«

Sie schenkte ihm ein verlegenes Lächeln. »Da muss ich gefehlt haben.«

Er tippte gegen ihre süße Nase. »Dann lass dir was einfallen, Goldstück. Hier gibt es im Umkreis von hundert Meilen keinen einzigen Scheit Holz. Und eine Lampe haben wir auch nicht.«

Sie verzog das Gesicht, offenbar durchaus mit dem leisen Schuldgefühl, ein ganz elementares Grundwissen der Magie außer Acht gelassen zu haben. Victor hatte in seiner früheren Tätigkeit als Bücher-Restaurator viel gelesen, auch Bücher über Magie, was ihm gar nicht zustand. Es stimmte – gewöhnlich war es eines der ersten Dinge, die ein Novize erlernte, mittels Magie ein Licht zu erzeugen.

Roya stand da, klopfte sich mit dem Fingerknöchel gegen das Kinn und dachte scharf nach. »Eine Kerze hast du auch nicht dabei, was?«, fragte sie. »Die könnte ich vielleicht ankriegen.«

Er grinste leise, hatte seinen Spaß daran, dass sie sich jetzt plötzlich so unbeholfen gab. Sie hatte eine große komödiantische Begabung. Er sah ihr an, dass sie längst schon etwas im Sinn hatte.

»Ich wüsste eine Erdmagie«, sagte sie dann, »mit der

man Metall erhitzen kann. Vielleicht leuchtet das ein bisschen.«

»Aha«, machte er und nickte. »Dann fehlt uns nur noch ein Stück Metall!«

Roya deutete die Treppe hinauf. »Da oben – im Treppenaufgang zum Turm. Da war eine alte Fackelhalterung an der Wand.«

Langsam brachte sie ihn aus der Fassung. Er nickte und sie machten sich auf den Weg. In der Tat fanden sie bald die Fackelhalterung, mussten aber noch einen großen Stein finden, um sie von der Wand herunterhauen zu können. Das Eisen war dunkel, speckig und verhältnismäßig weich, aber zum Glück vom Rost verschont.

Roya holte aus der großen Halle ihre Bluse, die sie tags zuvor dort zurückgelassen hatte. Sie riss den blutverschmierten Teil weg, nicht ohne dabei ein gewisses Bedauern zu äußern. Die übrigen Stofffetzen verwendete sie, um das Eisen zu umwickeln, damit man es halten konnte, sobald es heiß wurde.

Damit besaßen sie eine kuriose Fackel – ein etwa zwei Fuß langes, verbogenes Eisenstück, das an einem Ende mit Leinen umwickelt war. Sie begaben sich in den Kellerraum und Roya legte es dort auf den Boden.

»Geh ein bisschen zurück«, forderte sie Victor auf. »Ich weiß nicht genau, was gleich passiert.«

Victor tat, wie ihm geheißen, und beobachtete sie, als sie sich konzentrierte.

Ein scharfer Knall ließ ihn zurückfahren. Das Metallstück war in die Höhe gesprungen; einige beißende Funken waren aufgestoben und hatten kleine, weiße Qualmwölkchen hinterlassen. Jetzt lag das Stück Eisen am Boden und das eine Ende glühte gelb und rot.

Roya trat schnell hin, hob das Metallstück am umwickelten Ende auf und hielt es in die Höhe. Sie starrte das glühende Eisen an; einen Augenblick später leuchtete es auf und abermals stoben knisternd kleine Funken davon.

»Klasse, was?«, fragte sie.

Er klopfte ihr auf die Schulter. »Aus dir wird noch was«, meinte er.

Sie schenkte ihm einen tadelnden Blick und wandte sich dann um.

Vor ihnen lag die dunkle Spalte. Sie war nicht viel mehr als schulterbreit und mannshoch und führte geradenwegs in die Dunkelheit hinein. Victor, der noch einmal das Trivocum untersuchte und dabei Royas Fackel als gleißend hellblauen Fleck darin wahrnahm, konnte an oder in der Spalte rein gar nichts erkennen. Das Ding war kalt und tot und wohl besonders *deswegen* sehr unheimlich.

»Ich gehe voran«, erklärte Roya. »Wenn ein Dämon kommt und mich frisst, nimmst du die Fackel und machst allein weiter.«

Victor schüttelte ungläubig den Kopf. »Du solltest ein bisschen ernster an die Sache herangehen«, empfahl er ihr. »Sonst erlebst du noch mehr unangenehme Überraschungen!«

Im nächsten Augenblick tat es ihm schon wieder Leid, sie zurechtgewiesen zu haben. Royas Frohsinn war eigentlich eine Wohltat, nicht nur hier, in Hammagor. Er klopfte ihr freundlich auf die Schulter, drehte sie herum und schob sie voran – direkt in den Eingang des dunklen Tunnels. Dabei fiel ihm wieder einmal auf, wie wehrlos sie im Grunde waren. Außer einem kleinen Messer besaß er keinerlei Waffe – und Roya ebenfalls nicht. Das bisschen Magie, über das sie verfügte, und vielleicht noch das glühende Eisen waren das Einzige, womit sie sich zur Wehr setzen konnten. Er nahm sich vor, sich bei der nächsten Gelegenheit wenigstens wieder ein Schwert zu besorgen. Damals, in Unifar, war er nicht einmal ungeschickt damit umgegangen.

Der schmale Tunnel, der sich an die Spalte anschloss, führte zunächst ein wenig abwärts. Roya hielt das glühende Eisenstück weit von sich und versorgte es offenbar stetig mit stygischen Energien. Es strahlte hell und gleichmäßig und war beileibe kein schlechter Ersatz für eine Fackel. Victor bemühte sich, über Royas Schulter hinwegzusehen; es störte ihn mehr und mehr, dass er sie wie ein Schild vor sich herschob. Der Gang wurde immer länger – und wenn tatsächlich eine Gefahr auftauchte, würde es Roya unweigerlich zuerst erwischen.

»Bleib mal stehen und lass mich vorbei«, sagte er und hielt sie an der Schulter. Er zog sein kleines Messer vom Gürtel, so lächerlich es als Waffe auch wirken mochte. Völlig verteidigungslos hier durch diesen engen Tunnel zu marschieren kam ihm einfach zu waghalsig vor. Er nahm Roya, als er sich an ihr vorbeidrängte, das Eisen aus der Hand. Dann war er vor ihr und sah über die Schulter. »Du schaffst es doch bestimmt, das Ding am Glühen zu halten, oder?«

»Welches der beiden?«, fragte sie unschuldig.

Er lachte auf und gab ihr einen Klaps. »Du wirst mir langsam zu frech!«, erwiderte er.

»Nun geh schon!«, forderte sie ihn auf und schubste ihn leicht nach vorn. »Was soll der Dämon noch von uns denken?«

Victor spürte die Unruhe in ihrer Stimme. »Ja, ja«, sagte er und ging voran. Sie hielt sich an seinem Gürtel fest und irgendwie gab ihm das Mut. Er spürte nur zu deutlich, dass sie am Ende dieses Tunnels irgendetwas Ungutes erwartete.

Der Tunnel indes wollte nicht so bald enden. Ein schwacher Luftzug wehte ihnen mitunter von vorn entgegen – was ein halbwegs beruhigender Hinweis darauf war, dass der Tunnel trotz allem irgendwo ein Ende haben *musste*.

»Ich glaube, er führt aus der Festung heraus«, sagte Roya leise von hinten. »Ein Fluchttunnel. Früher gab es so etwas in jeder Festung.«

Er nickte nur, hielt das glühende Eisenstück weit von sich und tappte weiter. Der Boden war einigermaßen eben, aber er musste dennoch darauf achten, nicht zu stolpern. Es gab hier kein bisschen Feuchtigkeit; er fragte sich, ob er sich nicht gründlich getäuscht hatte, das Hochland für eine regnerische Gegend gehalten zu haben. Sie marschierten weiter, Minute um Minute, aber der Gang wollte nicht enden. Er blieb auch weiterhin so eng wie bisher.

Victor verlangsamte seinen Schritt. Schließlich blieb er zögernd stehen. »Wir müssen längst außerhalb der Festung sein«, flüsterte er. »Wo soll dieser Tunnel nur hinführen?«

»Ich wette… zum *Pakt*!«, antwortete sie.

»Zum Pakt? Spürst du etwas?«

Sie schüttelte den Kopf. »Nein. Aber ich habe so ein Gefühl. Diesem Hammagor würde etwas fehlen, wenn es hier nicht noch irgendwas ganz Großes, Gemeines gäbe. Findest du nicht?«

Sie schien es ernst zu meinen. Nüchtern wie ein erfahrener Kämpfer, dachte er; wie Jacko es vielleicht ausgedrückt hätte, dieser mit allen Wassern gewaschene Riesenkerl. Wo er wohl steckte? Victor hatte seit Unifar nichts mehr von ihm gehört.

»Los, weiter«, sagte Roya entschlossen und stieß Victor von hinten leicht an.

Er setzte sich wieder in Bewegung. Der Weg durch die Dunkelheit zog sich scheinbar endlos dahin. Nichts veränderte sich. Ihr Mut sank. Sie blieben in immer kürzeren Abständen stehen und beratschlagten, ob sie nicht besser umkehren sollten. Die ganze Sache wurde unheimlich. Ihnen taten langsam die Füße weh. Doch es war Roya, die Victor immer wieder antrieb – ohne sie hätte er diese beängstigende Tour längst aufgegeben. Aber da war noch etwas – und das wurde ihm jetzt erst klar. Würden sie umkehren, dann mussten sie dem Unbekannten, das sie *nicht* erkundet hatten, den Rücken zuwenden, für die ganze, elend lange Zeit des Rückweges. Allein diese Vorstellung versetzte Victor in ein Gefühl leiser Panik.

Es ging wahrhaftig noch für mehr als eine ganze Stunde durch den kalten, dunklen Felstunnel. Dann endlich – den Kräften sei Dank – veränderte sich etwas. Der Luftzug wurde langsam ein wenig stärker. Schließlich machte der Gang einen scharfen Knick nach oben und bald darauf wurde er ein wenig breiter. Plötzlich befanden sie sich am Fuß einer Treppe. Victor zögerte kurz und warf Roya einen fragenden Blick zu. Er hatte kein gutes Gefühl – aber diesem verfluchten Tunnel entfliehen zu können war allein schon eine Erleichterung.

Noch immer war ihre Reise nicht zu Ende. Der Treppengang verlief stetig leicht nach links und führte für eine wiederum endlos erscheinende Zeit aufwärts. Victor versuchte zu ermessen, wann sie eine komplette Wende beschrieben hatten, aber das war hoffnungslos. Allein der stetig anwachsende Luftstrom hatte etwas Tröstliches. Es wurde anstrengend und wieder mussten sie Pausen einlegen, um sich vom endlosen Treppensteigen zu erholen.

Dann plötzlich drang Helligkeit zu ihnen herab und ein Stück über ihnen, am Ende des Tunnels, war ein helles Rechteck zu sehen. Victor spürte, wie das Glühen des Eisenstücks in seiner Hand langsam verebbte – Roya hatte das *Norikel* für ihre Magie gesetzt. Kurz darauf traten sie ins Freie.

Sie standen staunend auf einem schmalen Sims an der Außenwand eines gewaltigen runden Steinturmes, der hoch über das Land aufragte. Roya deutete auf das Land hinab. »Schau mal«, sagte sie, »da ist Hammagor!«

10 ♦ Der Glatzkopf

Ötzli hatte für seinen Gang ins Hafenviertel wohlweislich seine schwarzgraue Kutte abgelegt.

Diesmal trat er als ein anderer auf, nicht als der vermummte Mönch, der unfreiwillig zu so etwas wie dem neuen Meister der Bruderschaft von Yoor geworden war – oder welcher Titel auch immer angemessen erschien. Wenn es ihm tatsächlich noch gelingen sollte, die Spur dieses Verräters oder wenigstens die von Rasnor zu finden, dann hatte er die Möglichkeit, die Reste von Chasts Haufen unter sich zu einen. Er wusste noch nicht recht, was er mit dieser Macht anfangen sollte, aber schließlich gab es da noch den unbesetzten Thron der Shaba. Oder des… *Shabibs*!

Ötzli seufzte leise. Dass diese Alina den Vater ihres Kindes fand, hielt er für ausgeschlossen. Ihm war klar gewesen, dass sie nur einen Zeitaufschub hatte herausschinden wollen, wohl um irgendwie zu erreichen, dass Leandra wieder freikam und sich gegen den Rat erhob.

Aber das würde er zu verhindern wissen. Mit seinem neu gewonnenen Einfluss im Rat konnte er erreichen, dass sie auf ewig im Verlieskeller schmachtete, und wenn er es geschickt anstellte, dann schaffte er es vielleicht, währenddessen selbst den Thron zu ergattern. Er war schließlich ein verdienter Mann und genoss die Unterstützung der verbliebenen Bruderschaftler.

Nun ja, das waren ferne Pläne, verlockende Pläne zwar, aber zunächst einmal musste er die Gefahr, die von den Drakken ausging, überwinden. Er musste den Pakt finden, erst dann würde er sich Gedanken über den Shabibsthron machen können.

Kurz hatte er überlegt, ob es ihm vielleicht gelingen könnte, mit Hilfe des Kryptus die Drakken zu verjagen – aber das ging nicht. Er wusste etwas, was sonst niemand wusste. Nämlich dass die Drakken die gesamte Höhlenwelt vernichten würden, sollte der Kryptus tatsächlich ausgelöst werden. Dort, wo sie sich derzeit aufhielten, würde sie keine Magie des Paktes je erreichen können – denn dort war, wie er selbst festgestellt hatte, keine Magie möglich. Aber er zweifelte nicht daran, dass sie von genau diesem Ort aus, wahrscheinlich dem Sternenschiff, die Höhlenwelt würden vernichten können. Also *musste* er mit ihnen zusammenarbeiten.

Natürlich würde er nicht wirklich die Macht besitzen, nein – die Drakken würden das Sagen haben. Aber das war im Grunde nicht wichtig. Ohne Zweifel würde er zu den Privilegierten gehören, und man würde sich bei ihm bedanken müssen, dass er die Höhlenwelt vor der Vernichtung bewahrt hatte. Dies würde er als ungeheure Genugtuung empfinden, besonders gegenüber dieser verfluchten Leandra. Der Wunsch, sie zu vernichten, wurde in ihm immer drängender. Die Macht dazu besaß er in jedem Fall, und von ihr würde er gewiss Gebrauch machen, ganz egal, ob er den Pakt noch fand oder nicht.

Aber bis dahin war noch einiges zu tun. Zunächst einmal musste er diesen Glatzkopf finden und mit seiner Hilfe herausbekommen, wo sich Polmar aufhielt.

Ötzli streifte schon seit einer Weile durch das Hafenviertel von Savalgor, durch eine der verrufensten Ecken, aber niemand wollte hier diesen Glatzkopf kennen. Er hatte sich in unauffällige Kleider gewandet, trug eine braune Hose, Stiefel und eine schwarze Lederweste über einem ockerfarbenen Leinenhemd. Er hatte gar nicht erst versucht vorzugeben, er wäre irgendeiner der hier heimischen Straßenganoven. Mit Sicherheit hätte man ihn entlarvt und er wäre nicht weit gekommen.

Allerdings war er im Augenblick auch nicht gerade mit Erfolg gesegnet. Er stand mitten auf einer kleinen gepflasterten Straßenkreuzung. Um ihn herum herrschte das tägliche Treiben des Hafenviertels und über ihm ragten die grotesken, turmgleichen Häuser von Savalgor auf – abenteuerlich wirkende Bauwerke, die im Lauf der Jahrhunderte immer mehr in die Höhe gewachsen waren, weil es in der Breite an Platz mangelte. Savalgor lag in einem engen Kessel zwischen zwei mächtigen Steinmonolithen und musste sich den Raum auch noch mit der Savau und dem mächtigen Savalgorer Stützpfeiler teilen, der auf der Savauinsel in den Himmel aufstrebte.

Von links polterte ein Mullooh-Karren heran und Ötzli musste sich ganz an die Wand eines Hauses drücken, um dem riesigen Biest aus dem Weg zu gehen. Auf dem schildkrötenartigen Rückpanzer des Tieres saß im Schneidersitz ein missgelaunter Treiber, der die Leute anschnauzte, sie sollten ihm gefälligst Platz machen, er habe nicht den ganzen Tag Zeit. Das Mullooh zog mit wiegendem Stummelschwanz einen breiten Karren über das Pflaster, der mit langen Brettern und Kanthölzern beladen war; zweifellos Bauholz, das irgendwo benötigt wurde, um ein Haus abzustützen. Kaum eines der Häuser in Savalgor stand noch aus eigener Kraft. Aber es war nicht die Bausubstanz, die Probleme bereitete, denn hier bestand fast alles aus Granit, sondern die simple Schwerkraft. Die meisten Häuser waren inzwischen über vier Stockwerke hoch, manche sogar bis zu sieben, und dafür waren ihre Fundamente einst nicht erbaut worden.

Der Wagen polterte vorbei und er sah drei Kinder, die sich hinten an die herausragenden Bretter gehängt hatten und sich einen Spaß daraus machten, dass der Mullooh-Treiber sie nicht sehen konnte.

Kinder! Plötzlich ging ihm ein Licht auf.

Kinder gab es hier genug und sie würden sich nicht so misstrauisch geben wie die Erwachsenen. Außerdem würde ein Kind mit einem Goldfolint weit mehr zu beeindrucken sein.

»He!«, rief er leise und hob die Hand.

Die Kinder, die hinten an dem Wagen hingen, blickten zu ihm; offenbar hatten sie seinen Tonfall sogleich als Quell für ein gutes Geschäft erkannt. Augenblicke später standen die drei vor ihm.

Der Größte der Jungen war vielleicht zwölf, aber er war nicht der Anführer. Das war der Kleinste – ein untersetzter, vierschrötig aussehender Kerl, dessen Gesichtsausdruck allein schon sagte, dass man aufpassen musste, von ihm nicht übers Ohr gehauen zu werden. Die drei versuchten sogleich den Eindruck zu erwecken, als wären sie unerhört gerissen, durchtrieben und zu allem bereit.

Ötzli entschied sich für den direkten Weg, ohne Erklärungen und Drumherum. Er ging in die Hocke und überließ dem Kleinen den Vorteil, der ›größere‹ Verhandlungspartner zu sein. »Wie heißt du, großer Krieger?«, fragte er mit scharfem Blick und gespielt respektvollem Gesichtsausdruck.

»Rasnor. Und wer bist du, Alter?«

»*Rasnor?* Tatsächlich?«

»Klar, Alter. Was dagegen?«

Ötzli lächelte unwillkürlich. Das war dann schon der zweite Rasnor. Er fragte sich, ob das irgendein Omen sein mochte. Er schüttelte den Kopf. »Nicht im Geringsten, Rasnor.«

»Und? Wer bist du?«, fragte der Kleine.

»Ich bin… hm, nenn mich den ›Großen Meister‹. Ich suche den Glatzkopf! Wisst ihr, wo ich ihn finden kann?«

»Der Große Meister?« Der Mittlere der drei, ein sommersprossiger Rothaariger mit lustigen Augen, verzog das Gesicht. »Das klingt aber ganz schön wichtig!«

»Ich bin auch wichtig. Was ist nun? Kennt ihr den Glatzkopf?«

»Den Glatzkopf?«

»Richtig!«

Rasnor verzog die Mundwinkel. »Nie gehört.« Er machte eine Pause und sagte dann gedehnt: »Allerdings…«

Ötzli seufzte. »Verschone mich! Ich hab's eilig!« Er langte nach seinem Geldbeutel, zog einen Silberfolint heraus und zeigte ihn dem Jungen. »Na? Fällt dir was ein?«

Rasnor war ein gewiefter Kerl. Er hatte mitbekommen, dass sich in dem Geldbeutel noch einiges mehr befand, und griff sich an die Stirn. »Also, ich muss nachdenken… äh… im Augenblick kommt mir noch nichts in den Sinn…«

Ötzli erhob sich und steckte sein Geld weg. »Schade. Also dann…«

»Warte! Gerade ist mir was eingefallen, Großer Meister. Ein Glatzkopf, sagst du?«

»Richtig.«

»So ein breiter Kerl, schon uralt…«

Ötzli horchte auf. »Ja, könnte sein. Erzähl weiter.«

»Erzählt immer von seiner Zeit beim Militär…«

»Beim Militär?« Ötzli verzog das Gesicht. »Wohl kaum. Übrigens: Was nennst du denn eigentlich ›uralt‹?«

Der Kleine verzog nachdenklich den Mund. »Na ja, dreißig oder fünfzig…«

Ötzli seufzte. »Und für wie alt würdest du mich halten?«

Rasnor trat einen Schritt zurück und musterte ihn mit zusammengekniffenen Augen. Seine beiden Kumpane taten es ihm gleich, woraufhin eine kurze, flüsternde Beratung folgte. Dann verkündete Rasnor die offizielle Schätzung. »Also, so um die Mitte hundert. Aber… du könntest auch ein paar Jahre jünger sein. Oder älter.«

Ötzli stieß einen Laut der Verzweiflung aus. »Ich glaube, ich suche mir lieber jemand anderen…«

Rasnor sprang ihm fast in die Arme. »Nein, nein, Großer Meister!«, rief er eindringlich und zog ihn an der Jacke. »Wir finden ihn, du wirst sehen! Was hat er denn noch? Ich meine…« Er zögerte, wandte sich dann um und sah fragend seine Kameraden an.

»Einen Bart?«, schlug der Große aus dem Hintergrund vor.

»Quatsch. Glatzköpfe haben *gar keine* Haare im Gesicht!« Rasnor klatschte dem Großen mit der flachen Hand vor die Stirn.

»Er muss tatsächlich alt sein«, erklärte Ötzli. »Sehr alt!«

Die drei starrten ihn ratlos an.

Dann endlich fiel es ihm wieder ein. »Und er ist hässlich! Sehr hässlich. Angeblich ist er verbrannt!«

Nun tat sich etwas. Die Blicke der drei schärften sich. »Ja!«, rief der Große. »Das könnte Petir sein! Der von den Docks…«

»Blödsinn!«, sagte Rasnor derb. »Der hat doch Haare bis zum Arsch! Aber… wie wär's mit dem Krämer? Dieser Kerl mit dem Bauchladen? Der ist doch…«

»Na, eine Glatze hat der auch nicht gerade!«, wandte der Rothaarige ein.

»Aber kurze Haare! Und keinen Bart!«

Ötzli seufzte wieder. So klug schien seine Idee mit den Kindern doch nicht gewesen zu sein.

Der Rothaarige fasste sich nachdenklich ans Kinn.

»Aber wie wär's denn mit… ach, ich weiß nicht, wie der heißt. Dieser Kerl, der morgens manchmal an der alten Wache hockt. Der ist doch alt und hat 'ne Glatze.«

Rasnor schien nicht zu wissen, um wen es sich handelte. Der Große jedoch fragte: »Aber ist der denn auch hässlich?«

»Ich bin nicht sicher. Er hat immer ein Tuch um den Kopf und eine Kapuze drüber. Kann aber sein, dass er's deswegen macht, weil er so hässlich ist!«

Ötzli blickte zum Felsenhimmel auf. »Morgens? Denkst du, er ist jetzt noch da?«

Der Junge hob die Schultern. »Weiß nicht. Aber es wär möglich.«

Ötzli holte seinen Silberfolint wieder aus dem Geldbeutel und warf ihn dem Rothaarigen zu. »Den hast du dir verdient, Junge. Los, zeig mir, wo der Mann sitzt!«

Der Junge fing die Münze geschickt auf und nickte eifrig, während Rasnor, der Kleine, ihm einen giftigen Blick zuwarf. Hier war offenbar nicht der Klügste der Anführer, sondern derjenige, der das größere Mundwerk hatte.

Ötzli marschierte hinter den drei Jungen her, die ihn durch ein Labyrinth von Gassen und Häuserdurchgängen führten.

»Hier, Großer Meister!«, zischte der Rothaarige, der offenbar zeitweilig zum Anführer der Kinderbande geworden war. Der Junge deutete die Straße hinab, an deren Ende sich ein alter Wachturm erhob. Seltsamerweise war er niedriger als die meisten umliegenden Gebäude – hatte man ihn doch vor hunderten von Jahren erbaut, als hier die Häuser noch wesentlich niedriger gewesen waren. Wachtürme dieser Art gab es Dutzende in der Stadt und sie dienten zumeist als Wachstuben und Quartiere für die Trupps der Stadtwache. Aber inzwischen waren die meisten davon verlassen und leer, besonders jetzt, nachdem in Savalgor für einige Tage offener Krieg geherrscht hatte und das Land keinen Shabib mehr besaß. Die Stadtwache war arg dezimiert worden und hatte sich vorerst in ihre Quartiere im Palast zurückgezogen. Ötzli wusste, dass diese Wachtürme frühestens dann besetzt sein würden, wenn die Ordnung wiederhergestellt war und eine neue Shaba – oder besser: ein *Shabib* – auf dem Thron saß.

Sie näherten sich dem schlichten Wachturm. Weiter oben, in den Mauern, gab es mehrere schmale Schießscharten und ganz obenauf ein paar Zinnen. Auf der Höhe der Gasse führten zwei Treppenstufen zu einem breiteren Eingang, der früher einmal eine zweiflügelige Tür besessen haben mochte. In diesem Augenblick ließ sich ein älterer, grau und braun gekleideter Mann auf den Stufen nieder.

Ötzli blieb abrupt stehen, denn er glaubte, den Mann schon einmal gesehen zu haben, doch der Eindruck verflog wieder. Der Alte hatte eine Kapuze übergezogen, und das Gesicht, das sich darunter befand, war zum Teil von Streifen zerlumpten Stoffes umhüllt. Es war gut möglich, dass er der gesuchte Glatzkopf war, denn wer sonst hatte Grund, seinen Kopf derart zu verhüllen, wenn er nicht vollkommen entstellt war? Er fragte sich, ob er den Burschen nachher würde umbringen müssen, um sein Geheimnis zu wahren. Aber so einen alten hilflosen Kerl wie den da zu töten war ein schmutziges Geschäft.

Ötzli schnaufte langsam und nachdenklich und verengte die Augen zu Schlitzen. Unsinn! Was notwendig war, musste getan werden. Andere Dinge waren wichtiger und die Welt würde den Verlust dieses alten Taugenichts hier gewiss verkraften!

Ötzli ging weiter und ging schließlich vor dem auf den Stufen sitzenden Alten in die Hocke. Er sah wirklich schrecklich entstellt aus. Ein paar dünne Haarbüschel hingen hier und dort unter seinem Kopfverband hervor und seine Augen wirkten stumpf und wie von einer Krankheit zerfressen. Viel konnte er gewiss nicht mehr sehen. Ein wirklich armer Teufel. Als der Alte ihn bemerkte, hob er den Kopf.

Ötzli erschauerte vor Abscheu. »Bist du der Glatzkopf?«, fragte er.

Der Alte lachte leise auf und legte sich die Hand auf den Schädel. »Wär möglich, was? Wer will das wissen?«

Ötzli erhob sich, holte einen weiteren Silberfolint aus seinem Geldbeutel und warf ihn dem Rothaarigen zu. »Danke Jungs. Ihr könnt jetzt gehen!«

Er hatte seine Worte wie einen Befehl klingen lassen und die drei gehorchten zögernd. Ihnen war anzusehen, dass sie viel darum gegeben hätten zu erfahren, was er von dem Alten wollte. Aber er starrte die drei so fordernd an, dass sie sich nach einigen Augenblicken umwandten und trollten.

Er wandte sich dem Alten wieder zu und ging abermals vor ihm in die Hocke. »Wo können wir uns ungestört unterhalten?«, raunte er ihm zu.

»Wer bist du?«, verlangte der Alte abermals zu wissen.

»Dein Schicksal«, sagte Ötzli mit kalter Stimme.

Kaum hatte er die Worte ausgesprochen, bedauerte er sie schon wieder. Er hatte sich von seiner Entschlossenheit hinreißen lassen, gegenüber dem wehrlosen Alten den Herrn über Leben und Tod spielen zu wollen. Eine dumme Idee.

Zudem erwies sich der Alte als dieser Drohung gewachsen. »Ich weiß nicht, was ich dir getan habe, der du dich… *Schicksal* nennst«, erklärte er mit überraschend klarer und selbstbewusster Stimme. »Offenbar willst du mich beseitigen. Aber du glaubst doch wohl nicht, dass ich jetzt freiwillig mit dir in irgendeine dunkle Ecke gehe, damit du ungestört deine Bluttat begehen kannst. Wenn du mich auch nur anrührst, schreie ich!«

Ötzli verfluchte sich ob seiner Dummheit. »Beim Felsenhimmel, ich will dir doch nichts tun«, sagte er mit verstellt milder Stimme. »Ich will mit dir reden. Ich habe gehört, du weißt viel. Kennst dich gut aus… hier, in diesem Viertel.«

»Reden können wir auch hier!«, sagte der Glatzkopf.

»Nun gut«, seufzte Ötzli. »Ich…«

»Du bist es, nicht wahr?«

»Ich? Wer denn?«

»Der neue ›Hohe Meister‹! Der, von dem Terkhas geredet hat, als hätte ihn eine Hornisse gestochen. Dass da einer die alten Seilschaften der Bruderschaft zusammentreiben würde, um ihr neuer Meister zu werden. Nicht wahr?«

Ötzli schluckte.

Sein Herz hatte dumpf zu pochen begonnen. Er verspürte eine leise Wut, dass dieser verfluchte Terkhas sofort losgerannt war, um alles herauszuposaunen. Ötzli hatte eigentlich gedacht, dass Terkhas mit dem Glatzkopf nichts zu tun hatte, dass er ihn, diesen *Außenstehenden*, ablehnte. Diesen Bruder würde er sich noch vorknöpfen! »Ich… wie kommst du denn *darauf*?«, stammelte er.

Ein verzerrtes Grinsen zog über das entstellte Gesicht des Glatzkopfs. »Mag sein, du bist ein mächtiger Magier!«, zischte er Ötzli zu. »Aber du bist ziemlich dumm! Wenn du tatsächlich solche Pläne hast, wie Terkhas erzählte, dann fehlt es dir an Gerissenheit. Mit jedem Wort, das du äußerst, verrätst du dich mehr! Wie willst du da jemals Erfolg haben, hä? Drohst mir offen, hier auf der Straße, wo mich jeder kennt und meine Dienste schätzt. Ich brauche nur einen kleinen Ruf auszustoßen und jeder hier im Umkreis von zwei

Dutzend Schritt wird dich sehen und sich an dein Gesicht erinnern!«

Ötzli hatte sich erhoben. Sein Gesicht war vor Zorn gerötet, aber er wusste ebenso gut wie der Glatzkopf, dass es der Zorn über sich selbst, über die eigene Dummheit war. »Halt dein Maul, du Missgeburt!«, knirschte er den Alten an. »Oder ich zerreiße dich hier mitten auf der Straße, egal, wie viele Leute dabei zusehen!«

Der Alte lachte meckernd. Dann erhob er sich, wandte sich um und trat in den Schatten der hinter ihm liegenden, verlassenen Wachstube. »Komm mit!«, sagte er.

Ötzli, hin und her gerissen zwischen seiner Wut über sich selbst und über die Frechheit des Alten, stieß ein giftiges Schnauben aus. Am liebsten hätte er den Glatzkopf da drin auf der Stelle fertig gemacht. Aber dann rief er sich mühsam wieder zur Ruhe. Es würde genau das Gegenteil dessen bewirken, was er gebrauchen konnte. Ein Blick in die Umgebung sagte ihm, dass einzelne Personen bereits von ihm Notiz genommen hatten – da drüben stand irgendeine Hure, die ihn anglotzte; auf der anderen Straßenseite fegte ein Kerl den Bürgersteig und sah unentwegt zu ihm herüber, und dann entdeckte er auch noch die drei Jungs, die in einiger Entfernung stehen geblieben waren und ihn beobachteten. Würde er jetzt dem Alten das Licht ausblasen, wüsste in fünf Minuten die ganze Stadt, wer es gewesen war.

Seine vor Wut aufeinandergebissenen Zähne knirschten. Die Wahrheit war: er benötigte die Dienste dieses Mannes. Zumindest um Bruder Polmar zu finden. Er folgte ihm in die Dunkelheit der verlassenen Wachstube.

Der Glatzkopf war nicht weit gegangen, nur ein paar Schritte in den Raum hinein, um abseits des Treibens der Straße reden zu können. Dort wartete er.

Ötzli baute sich vor ihm auf, verschränkte die Arme vor der Brust, so als hätte ihm diese Geste irgendwie Respekt verschaffen können. Der Glatzkopf starrte ihn mit kalten Augen aus seinem entstellten Gesicht an.

»Entschuldigung«, sagte der Kerl und Ötzli glaubte zuerst, sich verhört zu haben. Der Alte lachte leise auf. »Ja, ich entschuldige mich. Für meine rüden Worte.« Er senkte die Stimme. »Ich wollte Euch, Hoher Meister, nicht beleidigen. Nur auf ein paar Fehler aufmerksam machen. Haha.«

»Was willst du, Kerl?«

»Was ich will? Nun, ich habe lange auf einen wie Euch gewartet, Herr. Auf einen Mann mit Macht und Einfluss, dem ich dienen kann. Seht, ich bin nur ein alter Narr, ein Gestrandeter, der sich in irgendwelchen dunklen Ecken herumtreibt und sich mit ein paar lumpigen Kupferfolint durchzuschlagen versucht. Aber ich werde älter und meine Knochen halten es nicht mehr aus, draußen auf der Straße. All die kalten Nächte und der harte Stein, auf dem ich sitzen muss. Ich sehne mich nach einer warmen Stube mit einem kleinen Ofen, regelmäßigem Essen und einem weichen Bett. Na ja, und vielleicht nach etwas Geld.«

Ötzli lachte ungläubig auf. »Du willst mir dienen, du Flohsack? Du hässliche Missgeburt? Mit was willst denn du mir *dienen*?«

Der Glatzkopf setzte sein verzerrtes Grinsen wieder auf. »Unterschätzt mich nicht, Meister. Natürlich kann ich Euch keine Suppe auftragen oder Eure Wäsche waschen. Aber nach allem, was ich über Euch weiß, braucht Ihr jemanden, der für Euch… sagen wir: bestimmte Dinge in Bewegung setzen kann. Deswegen seid Ihr doch gekommen, oder? Ich kenne Leute, von denen Ihr bis heute nur Legenden vernommen habt! Ich weiß Orte, an denen sich Dinge auftreiben lassen, von denen keiner zu sprechen wagt! Ich kann Euch verlässliche Leute besorgen und Euch vor denen warnen, die Euch betrügen werden!«

»Ha! Ich glaube kaum, dass du irgendwas weißt, was ausgerechnet mir nützen könnte!«, spottete Ötzli.

»Sagt das nicht, Hoher Meister!« Der Glatzkopf trat einen Schritt an ihn heran und sprach ganz leise weiter. »Fragt Ihr Euch nicht, *wo* sich die Drakken herumtreiben? Was sie alles schon in die Wege geleitet haben…?«

Ötzli ließ die Arme fallen und trat erschrocken einen Schritt zurück. »Die Drakken? Was weißt du von den *Drakken*?«

Der Glatzkopf kicherte leise. »Da staunt Ihr, was? Aber ich weiß noch mehr! Zum Beispiel, wo sich der alte Guldor herumtreibt und was er so alles im Sinn hat! Oder was der ehemalige Primas des Cambrischen Ordens gerade tut. Ich habe Gerüchte über eine Hinterlassenschaft Chasts gehört, und ich weiß, dass die Shaba über hundert Leute aus der Gefolgschaft des Bandenführers Jacaire angeheuert hat, die nun überallhin ausgeschwärmt sind. In die umliegenden Hauptstädte und sogar bis nach Tharul, um nach ihrem *geliebten* Kindsvater zu suchen! Haha!«

Nun war Ötzli wirklich erstaunt. Der alte Kerl schien tatsächlich eine Fundgrube an Neuigkeiten zu sein. Dass die ›Shaba‹, wie der Bursche sie nannte, Jackos Leute ausgeschickt hatte, war in der Tat eine interessante Information. Und zu wissen, was der Primas der Cambrier tat, war für ihn gleichfalls von Bedeutung. »Du weißt, wo die Drakken sind?«, fragte Ötzli leise. »Ich meine… wo sie sich aufhalten? Haben sie ein… eine Art Hauptquartier?«

Wieder kicherte der Alte.

Ötzli versteifte sich. »Woher soll ich wissen, ob ich dir trauen kann?«

»Kennt Ihr nicht das alte Sprichwort: *Des' Brot ich fress, des' Lied ich sing?* Ha! Ihr braucht mir nichts über Euch zu erzählen, Hoher Meister. Und Euren wahren Namen kenne ich ebenfalls nicht. Es gibt keine Notwendigkeit, sich mir gegenüber zu offenbaren. Alles, was ich will, ist eine warme Stube, irgendwo in einem netten kleinen Gasthaus oder bei einem freundlichen Mütterchen, und ein wenig Geld…«

Ötzli schnaufte. »Du wirst durch das, was ich an Informationen von dir haben will, Wissen über mich und meine Ziele erlangen!«, stellte er fest.

»Ihr lernt schnell, Meister! Das ist gut. Wisst Ihr, es mag sein, dass Ihr ein würdiger Herr seid. Ja, wahrscheinlich seid Ihr klug und gebildet und auch angesehen, obwohl Ihr dunkle Pläne habt. Aber das ist Eure Sache. Was Ihr jedoch offensichtlich nicht habt, ist die Erfahrung, sich unerkannt in den Straßen dieses Viertels zu bewegen und das an Kenntnissen oder Neuigkeiten zu erfahren, was Ihr benötigt, ohne dabei aufzufallen, als wäret Ihr ein bunt geschmücktes Festtags-Mullooh! Für solche Dinge braucht Ihr jemanden wie mich, versteht Ihr? Ihr habt ja keine Ahnung, wem Ihr auf dem Weg hierher alles aufgefallen seid! Den Beutelschneidern, Taschendieben, Mädchenhändlern… ja, sogar den Wachen, die sich hier unerkannt im Auftrag des Rates herumtreiben! Das Beste, was Ihr tun könnt, ist zu verschwinden und nie wieder hier in diesem Viertel aufzutauchen. Um alles Weitere kümmere ich mich.«

Unwillkürlich tastete Ötzli nach seinem Geldbeutel, aber er war noch da. Unsicher peilte er hinaus auf die Straße, wo sich all die zwielichtigen Gestalten herumtrieben. Plötzlich hatte er das Gefühl, dass ihn zahllose Seitenblicke musterten, selbst hier im Halbdunkel, wo er von der Straße aus kaum zu sehen war. Und plötzlich wurde ihm ganz flau und er sah sich im Dunkel des Raumes um. Hier hätten sich ein halbes Dutzend Leute verstecken und sie belauschen können, ohne dass er es gemerkt hätte.

»Keine Angst, Meister. Wir sind hier allein.«

Ötzli überlegte. Der Alte hatte ihm ziemlich klar bewiesen, dass es ihm an grundlegenden Fähigkeiten mangelte, sich in einer solchen Welt wie dieser hier zu bewegen. Und auch, dass er aus einer solchen Verbindung unerhörten Nutzen ziehen konnte. Wichtige Informationen, Leute, notfalls einen Unterschlupf und natürlich das, was ihn im Augenblick am meisten interessierte: der Aufenthaltsort von Polmar. Hoffentlich war dieser tatsächlich noch am Leben, denn nur mit seiner Hilfe konnte er erfahren, wo sich Rasnor aufhielt. »Und du verlangst bloß eine warme Stube? Und ein bisschen Geld?«, fragte er misstrauisch.

Der Alte hob die Schultern. »Nun ja, ein *bisschen* ist nicht unbedingt das richtige Wort…«

»Aha!«

Wieder kicherte der Alte. »Keine Sorge, Meister! Nichts, was Ihr Euch nicht leisten könntet. Um reich zu werden, ist es für mich schon zu spät, und außerdem würde es gar nicht zu mir passen. Ich möchte einfach nur statt der paar Kupferfolint in meiner Tasche ein paar Goldfolint haben. Dass ich mir täglich ein anständiges Essen leisten kann, ab und an ein Fläschchen Rebenländer und ein paar bessere Kleider. Und eine warme Stube. Das könnt Ihr doch sicher für mich in die Wege leiten, oder? Dafür verspreche ich Euch meine Ergebenheit. Sagt mir nur, was ich für Euch auftreiben soll. Neuigkeiten, verlässliche Leute, ein freundliches Mädchen, das nachts Euer Bett wärmt… oder vielleicht ein besonders gutes Schwert aus Tharul? Zu einem guten Preis? Ach, nein, das dürfte Euch nicht interessieren. Aber ich könnte Euch Bücher aus der Cambrischen Basilika beschaffen. Bücher über alte Magien und vergessenes Wissen! Das würde Euch doch gewiss gefallen, oder?«

»Gut, gut«, Ötzli winkte ab. »Ich will es mit dir probieren.« Er langte nach seinem Geldbeutel.

Dann stutzte er. »Was…?«

Der Alte kicherte wieder. Im nächsten Augenblick hielt er Ötzlis Beutel in die Höhe. »Ihr müsst besser Acht geben, Meister, wenn Ihr jemandem nahe kommt, haha!«

Ötzli riss ihm den Geldbeutel aus der Hand. »Du wirst mir langsam unheimlich, Glatzkopf!« Er holte fünf Goldfolint aus seinem Geldbeutel, ein Betrag, mit dem der Alte mehr als nur ein paar Tage gut essen und trinken konnte. Er dachte nach und nahm noch zwei weitere Goldfolint. »Mir ist es lieber, du suchst dir selbst eine Unterkunft. Das wirst du doch schaffen, oder?« Er händigte dem Alten das Geld aus.

Der grinste breit. »Aber ja, Meister. Ist es Euch recht, wenn wir es dabei belassen, dass ich Euch ›Meister‹ nenne?«

Ötzli nickte. »Soll mir recht sein.«

Der Glatzkopf nickte. »Wie Ihr wünscht, Meister!«

»Gut. Und ich habe auch schon einen ersten Auftrag für dich.«

»Das dachte ich mir«, sagte der Glatzkopf, während er mit den Münzen in der Hand klimperte.

Ötzli blickte nach draußen und sah, dass sich die Mittagsstunde näherte. Jede einzelne Stunde war kostbar, aber der heutige Tag versprach zu ersten Ergebnissen zu führen.

»Finde für mich einen Mann«, sagte Ötzli. »Er heißt Polmar. Ein dicklicher Bursche mit Halbglatze. Er ist – oder *war* – ein Mitglied der Bruderschaft von Yoor, ein Fachmann für das Übermitteln von Botschaften im Trivocum. Er muss sich vor etwas mehr als einer Woche, als die Kämpfe hier in der Stadt losgingen, irgendwohin verkrochen haben. Das hoffe ich jedenfalls.«

»Darf ich fragen, was Ihr von ihm wollt, Meister? Ich meine… nun, wenn Ihr ihn beseitigen wollt, dann sollte ich ihn am besten in Sicherheit wiegen und…«

Ötzli winkte ab. »Nein. Ihm wird nichts geschehen. Ich brauche seine Hilfe, und du kannst ihn damit ködern, dass ich ihn gut bezahlen werde. Genügt dir das vorerst?«

»Vollkommen. Wenn er hier irgendwo ist, werde ich ihn finden. Sehr bald.«

Ötzli nickte befriedigt über die Zielstrebigkeit des Alten. Es mochte sein, dass er einen guten Fang mit ihm gemacht hatte. Trotzdem wusste er, dass er gut daran täte, weiterhin sehr vorsichtig zu sein.

Er trat einen halben Schritt auf den Alten zu und packte ihn am Kragen. »Hör mir zu, Alter«, sagte er in gefährlich leisem Tonfall. »Mag sein, dass du einer der allerklügsten und gerissensten Kerle hier bist! Das freut mich für dich. Aber lass es dir nicht einfallen, mich zu hintergehen! Du wirst den Tag verfluchen, an dem du geboren wurdest, glaub mir! Ich werde dich finden, wo du dich auch versteckst. Und da werden dir auch keine hundert oder mehr deiner oberschlauen Freunde helfen können! Ich habe Mittel zur Verfügung, von denen du nicht zu träumen wagst, verstanden? Und ich würde sie gebrauchen, um dich wünschen zu lassen, dass du statt meiner Rache bloß noch einmal das durchmachen müsstest, was dir…«, er verzog das Gesicht, als er den Alten kurz musterte, »…dein hübsches *Gesicht* so verbrannt hat! Hast du mich verstanden?«

Der Alte zeigte sich klug und nickte verbindlich. »Ja, habe ich durchaus. Ich wusste es schon, bevor ich Euch meinen Vorschlag machte. Ihr seid ein mächtiger Magier, das spüre ich. Ihr könnt Euch unbedingt auf mich verlassen!«

Ötzli ließ den Glatzkopf wieder los, richtete sich auf, und holte langsam und befriedigt Luft. In diesem Augenblick hatte er das erfreuliche Gefühl, tatsächlich einen guten Zug getan zu haben. Es erschien ihm glaubhaft, dass sich der Alte ein bisschen Geld und eine ordentliche Unterkunft wünschte. Er war tatsächlich alt und schon ein bisschen hinfällig, und würde er weiter auf der Straße bleiben, mochte er den kommenden Winter wohl nicht mehr überleben. Er würde darauf achten, dass der Alte nicht allzu viel über ihn erfuhr. Wenn er sich ein wenig großzügig zeigte, würde ihm diese Sache vielleicht mehr nützen, als er anfangs gedacht hatte.

»Ich sage euch: Wir müssen noch weiter nach Norden!«, stieß Rasnor ärgerlich hervor.

»Ins Land Noor? Wo kein Baum und kein Strauch wächst? Wo es nur Malachista und Geröllwüsten gibt, sonst nichts? Was soll Hammagor denn *dort* verloren haben?«

Die Stimme von Teljas klang verächtlich, und nun blickten auch Heron und Ommek von der großen Landkarte auf, die sie vor sich auf dem Boden ausgebreitet hatten. Magister Quendras und Petar, der Letzte der vier Kampfmagier, waren bei den Drachen und zurrten die Ledergurte der Tragegestelle nach.

»Ich habe diesen Chet persönlich verhört!«, beharrte Rasnor. »Und Martiel auch. Sie erklärten mir, dass diese Karte das Aussehen der Welt *vor* dem Dunklen Zeitalter wiedergibt, dass sie dann aber *nachträglich* verändert wurde – zu einem Zeitpunkt, da noch niemandem klar war, dass sich die Welt in ihrem Aussehen gewandelt hatte. Und dass die Lage von Hammagor ein Geheimnis bleiben sollte.«

»Ja, aber *die* Karte haben wir nicht dabei!«, erwiderte Teljas und deutete auf den Boden. »Wir haben nur die hier!«

Obwohl es Rasnor widerstrebte, bückte er sich zu ihnen hin und deutete auf das ausgebreitete Pergament. »Ich sage euch doch: Den Landbruch hat es früher nicht gegeben! Er ist erst während des Dunklen Zeitalters entstanden!«

Unwillkürlich blickten alle auf, sogar Quendras und Petar, die mitgehört hatten, und sahen zu der gewaltigen, meilenhohen Klippe auf, die nicht weit von ihnen senkrecht in den Himmel ragte und dabei das gesamte Blickfeld durchmaß – vom äußersten Westen, bis sie sich ganz im Osten verlor. Der Landbruch war angeblich 430 Meilen lang.

»Ha!«, machte Ommek. »Das *Riesending* soll während des Dunklen Zeitalters entstanden sein? Dass ich nicht lache! Solche Kräfte hat selbst das Stygium nicht!«

Rasnor verzog das Gesicht. »Was weißt *du* schon über das Stygium?«, fragte er voller Spott, wusste aber im gleichen Augenblick, dass er verloren hatte. Ausgerechnet *dieses* Thema hätte er besser nicht anschneiden sollen!

»Mit Verlaub, verehrter *Erzquästor*!«, entgegnete Ommek. Seine Stimme triefte vor Hohn. »*Ich* habe eine Ausbildung zum Kampfmagier genossen – das entspricht einer Stellung im Meisterrang! Ich glaube nicht, dass *Ihr* über etwas dergleichen verfügt!«

Rasnor erhob sich abrupt und starrte Ommek voller Wut an. Dass die drei sich so sehr gegen ihn wandten, war ihr Prinzip – nicht, dass sie einen besseren Vorschlag hätten. Ginge es nach ihnen, dann würden sie jetzt für ein paar Tage hier im Kreis fliegen und hoffen, dass sie Hammagor *zufällig* entdeckten. Bis dahin aber hätte Victor den Pakt längst gefunden und wäre auf dem Weg zurück zu seiner Leandra! *Nein, das durfte nicht geschehen!*

»Soll ich es vielleicht befehlen?«, schrie Rasnor und

deutete Richtung Landbruch. »Ich habe die Karte gesehen – und da war *kein* Landbruch eingezeichnet! Und der Eintrag von Hammagor lag noch ein ganzes Stück nördlich von hier! Genau dort, wo ich ihn einzeichnet habe!« Damit deutete er wieder auf die Karte, die vor den dreien am Boden lag.

Teljas und Ommek erhoben sich nun auch. Es schien, als wollten sie tatsächlich nicht nachgeben, diese hirnlosen Schwachköpfe. Rasnor verspürte urzeitlichen Zorn. Die beiden waren Kampfmagier – und ihm ohne Zweifel um Meilen überlegen. Trotzdem juckte ihn die Frage ganz enorm, ob sie es schaffen könnten, dieser *einen Magie*, an deren Beherrschung er zurzeit arbeitete, widerstehen zu können, wenn er sie urplötzlich auf sie losließ. Das Recht dazu hätte er gehabt: Sie waren aufmüpfig und undiszipliniert, und sie *erhoben* sich gegen ihn, wo er doch ganz eindeutig ihr Befehlshaber war! Für Augenblicke spielte er mit dem Gedanken, sich auf diese Weise Respekt zu verschaffen.

Dann ließ er von seiner Idee wieder ab. Er wusste nicht, wie die anderen reagieren würden, insbesondere Quendras; gegen alle fünf kam er mit Sicherheit nicht an. Und er brauchte sie noch, schließlich hatte er einen entscheidend wichtigen Auftrag zu erfüllen. Wenn er versagte, und möglicherweise deswegen, weil er zwei seiner Leute getötet hatte, würde Chast ihn persönlich in kleine Stücke schneiden.

»Ich glaube, Rasnor hat Recht«, sagte Quendras plötzlich und trat hinzu.

Rasnor glaubte, nicht richtig gehört zu haben.

Quendras ging vor der Karte in die Hocke und deutete auf den Eintrag von Hammagor, der sich ein ganzes Stück nördlich des Landbruchs und in der Nähe der Westküste des Landes Noor befand. »Ich habe die alte Karte ebenfalls gesehen, von der Rasnor spricht«, erklärte er. »Es gab noch einige andere Dinge, die stark von den heutigen Karten abweichen. Hier, zum Beispiel: der Mogellsee. Er war sehr viel kleiner eingezeichnet, hatte kaum ein Viertel der heutigen Größe. Es gab dort ein riesiges Becken, aber der See an sich war viel kleiner. Und auch die Küstenverläufe… hier und hier. Im Kambrum und im Salmland. Die verliefen auf der alten Karte völlig anders.«

Teljas schnaufte. »Ihr glaubt wirklich, Magister Quendras, dass das Dunkle Zeitalter die *ganze Welt* verändert hat? Selbst das Aussehen des Landes?«

Quendras faltete, in der Hocke und auf den Fußballen balancierend, die Hände und blickte Teljas an. »Das Trivocum war vollständig niedergerissen«, erklärte er. »Die ganze Macht des Stygiums tobte im Diesseits.«

»Ja… aber können denn stygische Kräfte *solche* gewaltigen Veränderungen bewirken?«

»Es sind *immer* die stygischen Kräfte, die dafür verantwortlich sind! Sie verändern sogar in diesem Augenblick das Land. Unmerklich langsam nur, wir spüren es nicht. Aber sie tun es.«

Teljas sah unschlüssig zu Ommek und Heron. Auch Petar war nun hinzugetreten. Es war ihnen anzusehen, dass sie es nicht recht glauben wollten, aber Magister Quendras war eine zu große Autorität, als dass sie gewagt hätten, offen seine Worte anzuzweifeln. Er war körperlich der größte und kräftigste Mann von allen hier und sein grimmiger Habitus tat sein Übriges. Er hatte einen kurzen, scharf geschnittenen Vollbart und dunkle Augen, und seine magischen Kräfte waren schon beinahe legendär, obwohl er kein Kampfmagier war. Dass ausgerechnet Quendras ihm zu Hilfe kam, konnte Rasnor fast nicht glauben.

Quendras erhob sich. »Wir fliegen nach Norden«, stellte er fest, drehte sich um und ging davon.

Während sich die vier Kampfmagier vielsagende Blicke zuwarfen, tobte in Rasnor ein Zwiespalt der Gefühle. Hatte er eben noch einen winzigen Anflug von Dankbarkeit für diese Unterstützung verspürt, so hasste er Quendras nun umso mehr, denn *er* war es gewesen, der gerade den Befehl erteilt hatte – und die vier Kampfmagier fügten sich widerspruchslos. Rasnor kam sich vor, als wäre er ein Narr, der zur Belustigung der anderen mitgekommen war. Sie zerstreuten sich jetzt, natürlich nicht, ohne ihm mehrdeutige Blicke zuzuwerfen.

Doch dann geschah etwas, das Rasnors Aufmerksamkeit in eine ganz andere Richtung lenkte.

Das Amulett, das er um seinen Hals trug, begann auf die vertraute Weise auf seiner nackten Brust zu kribbeln und ein Gefühl von Wärme zu verstrahlen. Er wandte sich rasch ab und begann sich zu konzentrieren. Ein paar Augenblicke später hatte er das Trivocum erfasst; es befand sich in Bewegung, warf kleine Wellen wie die Oberfläche eines stillen Teiches, in den man einen Stein geworfen hatte.

Rasch konzentrierte er sich auf die entsprechende Magie und schon begann sich im Trivocum ein blasses Gesicht aus dem rötlichen Schleier zu schälen. Die Lippen der Erscheinung bewegten sich und Worte entstanden in Rasnors Kopf.

Rasnor!, hieß es. *Ich suche dich, Rasnor!*

Polmar!, antwortete Rasnor. *Bist du es, Polmar? Wo ist der Hohe Meister? Ich habe Schwierigkeiten, ich brauche die Hilfe des Meisters! Wo steckt er? Seit Tagen versuche ich ihn zu erreichen!*

Eine kurze Pause folgte. Rasnor hatte die rechte Hand auf die Brust gedrückt, dorthin, wo das warme Metall des Amuletts seine Haut berührte.

Der Meister ist tot.

Rasnor erstarrte. Ein Dutzend verwirrender Gedanken schossen zugleich durch seinen Kopf. »Was sagst du da?«, keuchte er.

Unwillkürlich wandte er sich um, denn er hatte seine Worte nicht im Geist ausgesprochen, sondern mit dem Mund. Die anderen starrten ihn an. Rasnor drehte sich wieder weg von ihnen, starrte ins Trivocum und wiederholte dann seine Frage auf der geistigen Ebene.

Es gab Kämpfe in der Stadt, sagten Polmars Lippen. Das rötliche Gesicht, das mitten im Schleier des Trivocums stand, wirkte seltsam starr und wie aus einer zähen Masse. *Die Shaba wurde aus Torgard befreit,* sprach es weiter, *und eine Zahl von Gildenmagiern stellten Chast zum Kampf. Er wurde getötet. Vor wenigen Tagen erst.*

Rasnor keuchte.

Chast war tot! Unfassbar! Er hätte nicht gedacht, dass es überhaupt jemanden auf der Welt gab, der Chast umbringen konnte. Seine Magie war eigentlich unbezwingbar gewesen; Rasnor hatte nie jemanden kennen gelernt, der auch nur annähernd über ein so großes Potenzial verfügte. Er versuchte, so schnell es ging, seine Gedanken wieder zu ordnen. Was bedeutete das für ihn? Beinahe hätte er sich wieder umgewandt, um den anderen diese unglaubliche Neuigkeit zuzurufen. Glücklicherweise hielt er im letzten Augenblick inne. Es würde ihm kaum nützen, wenn die anderen das erfuhren. Chast war die Autorität, die hinter ihm, Rasnor, stand, und gab es Chast nicht mehr, so fühlten sich die anderen womöglich nicht mehr daran gebunden, dass er hier der Anführer war. Vielleicht übernahmen dann Quendras oder Teljas das Kommando und versuchten, auf eigene Faust an den Pakt zu gelangen. Am Ende würden sie ihn hier zurücklassen – oder ihn gar töten!

Plötzlich kam ihm in den Sinn, dass die anderen die Botschaft, die er erhielt, womöglich belauschen konnten. Sein Herzschlag begann zu rasen, als er ins Trivocum starrte, denn sie mochten bereits mitbekommen haben, was geschehen war. Gleich darauf spürte er, wie zwei, drei Öffnungen ins Trivocum gerissen wurden – die typische Art der Kampfmagier. Er atmete auf, sie waren zu spät gekommen.

Ist gut, sagte er, an Polmar gewandt. *Ich habe verstanden. Ich melde mich wieder!*

Dann ließ er rasch seine Magie los, brach die Verbindung zum Trivocum ab. Er wandte sich um.

Teljas trat auf ihn zu. »Was ist geschehen?«, verlangte er zu wissen.

»Es gab Kämpfe in Savalgor«, sagte Rasnor und versuchte dabei möglichst gelassen zu wirken. »Zuerst dachte ich, es wäre etwas geschehen – aber es ist alles wieder in Ordnung.«

»Kämpfe? In Savalgor?« Teljas sah ihn misstrauisch an.

»Ja, verdammt!«, schnauzte Rasnor ihn unvermittelt an. »Hast du keine Ohren? Chast will, dass wir uns beeilen! Los jetzt! Hast du nicht gehört, was Magister Quendras gesagt hat? Er glaubt auch, dass Hammagor noch weiter im Norden liegen muss!«

Teljas grunzte etwas und wandte sich verächtlich ab.

Mit dieser angeblichen Verbindung zu Chast im Rücken wagte Rasnor nun, ein bisschen mehr Dampf zu machen. »Bewegt euch, ihr mächtigen *Kampfmagier*!«, rief er und warf die Arme in die Luft. »Sonst überlege ich mir, was ich Chast bei unserer Rückkehr über eure unerhörte Hilfsbereitschaft berichte! Und über eure Bereitschaft zur Zusammenarbeit. Wollen wir doch mal sehen, ob ihr dann immer noch so ein großes Maul habt!«

Die Männer warfen ihm giftige Blicke zu, nur Quendras blieb unbekümmert. Ihn hatte er ja auch nicht angesprochen.

Drei der Kampfmagier kletterten auf den Rücken des einen Sturmdrachen, Petar, Quendras und er selbst auf den Rücken des anderen. In der augenblicklichen Situation war es Rasnor durchaus recht, zusammen mit

Quendras zu fliegen. Sollten die drei auf dem anderen Drachen sich ruhig ihr Maul zerreißen, Rasnor würde schon noch eine Gelegenheit finden, ihnen ihre Frechheiten heimzuzahlen.

»Los jetzt!«, rief er. »Auf nach Norden!«

Er klammerte sich an den schweren hölzernen Griff, der vor ihm aufragte, und bekam gerade noch mit, wie Petar dem Drachen den mentalen Befehl gab zu starten. Rasnor hielt sich mit aller Kraft fest, dann reckte der gewaltige Sturmdrache seine Schwingen in die Höhe und schnellte mit mörderischer Sprunggewalt in den Himmel hinauf.

Von dem ungeheuren Druck des Sprungs blieb Rasnor für kurze Zeit die Luft weg und wieder einmal knallte er mit der Brust auf den Bügel vor sich. Er stöhnte auf, kämpfte gegen den Schwindel an, und als er endlich die Augen wieder öffnete, waren sie schon hoch in der Luft. Der andere Drache war direkt neben ihnen. Rasnor schoss durch den Kopf, dass es ihn richtig glücklich machen würde, wenn beim Start oder beim Flug mal einer von diesen Drecksäcken vom Rücken seines Drachen fiele. Aber diesen Gefallen würde ihm wohl keiner tun.

Finster starrte er auf die gewaltige graue Klippe, die vor ihnen aufragte und deren Höhe sie langsam gewannen. Dahinter kamen einige gedrungene Stützpfeiler in Sicht sowie ein graues, lichtloses Land. Rasnors Stimmung war ähnlich finster. Es musste ihm gelingen, unbemerkt wieder Kontakt mit Polmar aufzunehmen. Was war nur in Savalgor geschehen? Polmar hatte von *der Shaba* gesprochen, nicht von Alina, so als säße sie bereits auf dem Thron! Und Chast sollte tot sein? Unfassbar. Rasnor empfand nicht gerade Trauer, aber im Augenblick vereinfachte der Tod des Meisters seine Lage nicht gerade. Allerdings… wenn es ihm gelang, den Pakt zu ergattern, besaß er den womöglich wichtigsten Gegenstand in der gesamten Höhlenwelt! Er musste unbedingt erfahren, wie die Dinge in Savalgor standen, um einen echten Gewinn daraus ziehen zu können. Vielleicht hatte sich schon ein anderer zum neuen Beherrscher der Bruderschaft aufgeschwungen oder die Drakken verloren die Geduld und griffen die Höhlenwelt an!

Ein unangenehmer Schauer fuhr ihm über den Rücken, als er an Quendras dachte, der hinter ihm saß. Er wusste noch nichts von Chasts Tod, aber Rasnor vermutete, dass Quendras den persönlichen Auftrag von Chast hatte, den Pakt an sich zu nehmen, sobald sie ihn fanden. Er musste nicht nur erfahren, was in Savalgor los war, sondern er musste auch Quendras loswerden.

Rasnor verfiel in dumpfes Brüten, während der Drache über die Kante des Landbruchs hinweg ins Land Noor flog. Er hatte keinen Blick übrig für die atemberaubende, wenn auch bedrohliche Landschaft, die sich unter ihnen auftat.

11 ♦ Geheimnisse

Als Alina das nächste Mal kam, war sie nicht allein.

Ein Wachsoldat war bei ihr und stellte sich, mit einer Fackel in der Hand, im Verlies direkt neben die Tür. Leandra erhob sich und baute sich mit verschränkten Armen direkt vor dem Mann auf. »Was ist?«, fragte sie ihn. »Willst du etwa hier drin bleiben, Soldat?«

Alina antwortete an seiner Stelle. »Eine Verfügung des Rates«, seufzte sie. »Ab jetzt immer in Begleitung. Zu meiner Sicherheit!«

Leandra ächzte. »Zu deiner *Sicherheit*?«

Alina nickte. »Ja. Ich bin Thronanwärterin und offenbar eine schützenswerte Person. Man hat wohl Angst… dass du mir etwas antun könntest.«

Leandras Blicke huschten zwischen Alina und dem Soldaten hin und her, der schweigend neben der Tür stand, den Blick geradeaus gerichtet. Aber aus den Augenwinkeln beobachtete er sie aufmerksam, machte kein Hehl daraus, dass er ein scharfer Aufpasser war. Er trug ein ziemlich breites Schwert auf dem Rücken. Dann wurde Leandra klar, dass er keiner von den Wächtern hier unten war. Er erweckte den Eindruck, als stünde er jenseits der mitfühlenden Höflichkeit, mit der die Verlieswache ihr und den anderen begegnete. Sie stieß ein ärgerliches Schnaufen aus.

Alina hatte Maric wieder dabei und fragte wohlgelaunt: »Willst du ihn halten?«

Leandra erschien das angesichts ihrer Situation etwas seltsam.

»Nun komm schon«, drängte Alina lächelnd. »Er mag dich!«

Seufzend willigte Leandra ein. Als sie das Baby Alina abnahm, spürte sie Alinas Hand in der ihren und gleich darauf ein kleines, weiches Ding – möglicherweise ein Papierknäuel.

Sie wiegte den Kleinen und versuchte, nicht plötzlich allzu unauffällig zu wirken. Sie warf dem Soldaten ungehaltene Blicke zu und beschwerte sich bei Alina über dies und das. Natürlich war sie begierig zu erfahren, was auf dem Zettel stand, und so bemühte sie sich, das Treffen so kurz wie möglich abzuhalten.

Alina berichtete, dass sie tags zuvor mit dem Primas gesprochen hatte. Er hatte jemanden dabei gehabt, der gut zeichnen konnte und nach ihren Angaben ein Porträt von Marics Vater angefertigt hatte. Alina jedoch war missmutig. Sie meinte, das Bildnis ähnelte ihm nicht im Geringsten, sie hätte ihn überhaupt nicht richtig beschreiben können. Dann erzählte sie Leandra, dass der Primas eine Menge Leute ausgeschickt hätte, die nun nach diesem Mann suchten. Aber sie hatte wenig Hoffnung. Sie meinte, ihre einzige wirkliche Chance läge darin, dass sie auf anderem Wege auf den Thron gelangte; die Aussichten, Marics Vater zu finden, wären im Grunde gar nicht vorhanden. Wahrscheinlich war er tot – umgekommen bei dem Einsturz der Katakomben von Unifar.

Leandra fragte sich, warum Alina all dies so offen bekannte – in Gegenwart des Wächters. Dann dämmerte ihr, dass sie davon ausging, dass der Mann es weitererzählte, an irgendwelche Leute im Hierokratischen Rat, die ihn beauftragt hatten zu lauschen. Ja, Alina wollte, dass der Mann berichtete, wie mutlos sie war. Das würde möglicherweise ihre Gegner im Rat beruhigen und sie unaufmerksam werden lassen.

Leandra war ungeduldig und signalisierte Alina, dass

sie gehen möge. Alina nahm Maric, drückte Leandra einen schwachen Kuss auf die Wange, zwinkerte ihr zu und ging. Sekunden später klappte die Verliestür hinter ihr und ihrem Begleiter zu. Leandra war wieder allein.

Sie wartete noch ein paar Sekunden, stellte sich dann in den Lichtschein des Gitterfensters der Verliestür und entrollte das kleine Papierknäuel. *Zelle wechseln!*, stand da nur.

Leandra war verwirrt. Zuerst hatte sie gedacht, Alina hätte ihr eine wichtige Nachricht zukommen lassen. Aber dies hier? Was sollte das bedeuten?

Sie sah sich um, als könnte ihr dieses kahle Verlies eine Antwort auf die Frage liefern. *Zelle wechseln!* Als dürfte sie anderswohin gehen, wenn sie wollte! Unschlüssig starrte sie durch das Gitterfenster hinaus auf den Gang. Angenommen, Alina meinte damit, dass es in einer anderen Zelle eine Besonderheit gab, die ihr zur Flucht verhelfen konnte – in *welcher* Zelle war das dann wohl der Fall?

Langsam dämmerte es ihr. Sie war schon öfter draußen auf dem Gang gewesen, immer dann, wenn sie sich zum Abort bringen ließ. Sie hatte nie sonderlich auf die anderen Zellen geachtet, da die Soldaten sie immer zügig abführten – es war ihr verboten, mit ihren Mitgefangenen Kontakt aufzunehmen. Nun aber begriff sie, dass es in diesem Teil des Gefängnisses nur sechs Zellen gab, drei links und drei rechts des Mittelganges. Wenn sie also die Zelle wechselte, dann konnte sie nur in eine weitere gelangen, nämlich die sechste. Die anderen waren durch sie selbst und ihre vier Mitgefangenen belegt. Möglicherweise hatte Alina irgendetwas herausgefunden oder vorbereitet, das diese sechste Zelle betraf. Plötzlich wurde sie ganz aufgeregt. Sie musste es schaffen, in diese *sechste* Zelle verlegt zu werden! Aber wie?

Sie marschierte in ihrem Verlies auf und ab und grübelte nach. Sie könnte behaupten, dass es hier Ratten gäbe. Aber… wo sollten die herkommen? Hier war alles so sorgsam vermauert und versiegelt worden, dass nicht einmal ein Floh von draußen hereinkommen konnte. Vielleicht durch das Abflussloch im Boden? Nein, das konnte man leicht verstopfen. Sie überlegte, ob sie einfach behaupten sollte, dass es hier stank. Ein unnennbarer – weil von niemand anderem wahrzunehmender – Geruch, der sie langsam, aber sicher verrückt machte. Frauen konnten Männern leicht etwas dergleichen vormachen. Dann aber erschien ihr das zu unsicher. Sie überlegte, dass es sicher besser wäre, wenn ihr Vorhaben gleich beim ersten Mal klappte. Wenn sie es immer wieder probierte und abgewiesen wurde, würde das verdächtig wirken. Das musste sie unbedingt vermeiden.

Plötzlich kam ihr eine Idee. Sie pochte gegen die Verliestür.

Es dauerte nicht lange, da kam ein Wachmann daher. Er spähte durch das kleine Gitterfenster herein. »Was gibt's?«, fragte er freundlich.

»Kann ich eine andere Zelle haben?«

»Eine andere Zelle? Warum?«

»Nur so.«

Er verzog fragend das Gesicht und verschwand dann. Kurze Zeit später tauchte er wieder auf und sah herein. »Wir haben nur noch eine hier unten, drüben auf der anderen Seite. Sie sieht aber genauso aus wie diese hier. Willst du da rein?«

Sie zuckte die Schultern. »Warum nicht?«

Sie hörte den Schlüssel des Wachmanns klirren und schüttelte ungläubig den Kopf. War es tatsächlich *so* leicht? Sie konnte es gar nicht glauben. Als sie aus dem Verlies trat, stand wirklich nur der eine Wachmann draußen und wies mit der Hand den Gang hinunter. »Dort entlang«, sagte er.

Sie sah ihn nur kurz an und ging dann voraus. Er

folgte ihr, überholte sie aber gleich und hob seinen Schlüssel, um die Verliestür aufzusperren. Das Schloss klickte, er stieß die Tür auf und wies hinein. »Deine Pritsche lass ich dir gleich bringen.«

Sie nickte ihm zu, konnte nicht einmal ihr Erstaunen verbergen. Er grinste sie an.

»Danke«, sagte sie schließlich und ging hinein.

Er nickte nur, schloss die Tür, sperrte sie ab und sah noch einmal durch das Gitterfenster herein. »Hoffentlich gefällt's dir da drin besser«, sagte er. Dann war sein Gesicht verschwunden.

Das Erste, was Leandra tat, war natürlich, das Trivocum zu untersuchen, und zwar sofort – kaum dass sie das Verlies betreten hatte; verstohlen, heimlich, unauffällig, so als könnte der Wachmann es vielleicht noch mitbekommen. Was aber nun wirklich nicht zu befürchten stand.

Doch er war eben erst verschwunden, da wusste sie schon, dass es *das* nicht war!

Nicht die Magie, kein zufällig offen gelassenes Loch in der magischen Versiegelung dieses Ortes. Das Trivocum war noch immer verwirrend, so leblos und erstarrt hatte sie es vor ihrer Einkerkerung nie erblickt hat. Es war wie gefroren, wie von einem grauen, eisigen Hauch überdeckt, der gleichsam etwas Äonenhaftes in sich trug. Sie hatte nicht die geringste Vorstellung davon, wie so etwas zu bewerkstelligen war.

Unschlüssig durchwanderte sie das Verlies, das ihrem alten fast genau glich, nur spiegelverkehrt angelegt war. Offenbar hatten sich die Baumeister von damals Mühe gegeben, eine gewisse Gleichförmigkeit einzuführen. Sie schritt die Wände ab, wartete, bis sich ihre Augen, die noch immer von der kurzen Zeit draußen auf dem Gang ein wenig geblendet waren, wieder an die Dunkelheit gewöhnt hatten.

Irgendetwas musste hier sein!

Wie in dem anderen Verlies auch waren große Teile der natürlichen, unregelmäßig verlaufenden Höhlenwände durch eingezogene Mauern begradigt worden. Die Decke war nicht ganz so hoch, dafür schien der Raum nach links hin, hinter einem Winkel, ein wenig länger zu sein. Sie hatte Recht gehabt, es gab hier genau sechs Verliese und fünf davon waren von jeweils einem Gefangenen belegt. Jacko und Hellami, deren Liebe zueinander noch keine Woche alt war, mussten ihre Zeit nun getrennt fristen und dafür empfand Leandra Bedauern. Sie seufzte schwermütig und dachte dabei an den Schatten, der auf ihre eigene Freundschaft mit Hellami gefallen war. Der Schmerz, der in dieser Entzweiung lag, war beinahe noch schlimmer als das, was der Rat ihnen angetan hatte. Was auch immer in der Zukunft geschehen mochte, zu Leandras wichtigsten Wünschen zählte, diesen Fluch, der über Hellami und ihr hing, wieder zu brechen. Ihre Freundschaften waren ihr stets wichtiger als die Verwirklichung irgendwelcher ›höheren Ziele‹ gewesen.

Diese Rolle, *höhere Ziele* zu erreichen, in der sie viele so gern sahen, behagte ihr bis heute nicht. Nein, sie wollte keine Heldin sein, keine strahlende Figur an der Spitze irgendeiner edlen Bewegung, sondern nichts als eine einfache junge Frau, deren Beweggründe in einem tiefen Bedürfnis nach Freundschaft, Harmonie und Geborgenheit wurzelten.

Leandra riss sich los von ihren Gedanken. Abermals schritt sie jeden Fußbreit ab, untersuchte die Wände, die Tür, die Decke und den Boden mit dem Abflussloch.

Nach einer Stunde der Suche gab sie auf. Dieses Verlies unterschied sich in nichts vom vorherigen. Es war ihr ein Rätsel, warum Alina sie hierher dirigiert hatte. Wenn sie im Sinn hatte, mit irgendwelchen Kriegern das Gefängnis zu überfallen und sie hier herauszuschlagen, dann wäre die erste Zelle ebenso gut wie diese gewesen. Eine Zeit lang vermutete Leandra, dass es hier vielleicht eine Möglichkeit gab, eine der eingezogenen Mauern von außen her zu durchbrechen. Daraufhin hatte sie jede Handbreit sämtlicher Wände abgeklopft, war aber nur zu dem Ergebnis gelangt, dass sie überall Mauern aus soliden Felsblöcken von mehreren Ellen Dicke vor sich hatte. In Torgard war es ihnen zwar gelungen, solche Wände unbemerkt abzutragen – aber so etwas war ja hier unmöglich. Leandra war völlig ratlos.

Sie würde einfach abwarten müssen – mit viel Vertrauen und Geduld. Es würde schon etwas geschehen – aber das Warten, das wusste sie, würde zermürbend werden.

Sie schlief jeweils nur für ein oder zwei Stunden, wachte dann wieder auf und lief unruhig wie ein eingesperrter Murgo in ihrem Verlies auf und ab. Leandra war der Verzweiflung nahe. Sie hatte sich solche Hoffnungen gemacht, von hier entfliehen zu können. Noch immer war die Bedrohung durch die Drakken ein zu undeutliches Gebilde in ihrem Kopf – wie sehr sie sich auch die Gefahr bewusst zu machen versuchte. Wollte sie sich ihnen entgegen stellen, so musste sie sich schleunigst auf die Suche nach Victor machen. Aber das schien in immer weitere Ferne rücken zu wollen.

Als ihre Ratlosigkeit und ihre Verzweiflung schon in Wut umzuschlagen drohten, geschah etwas. Sie hörte eine Stimme.

12 ♦ Ein alter Bekannter

Victor brauchte eine Weile, ehe er sich zurechtfand. Wie ein uralter, gewaltiger Baumstumpf erhob sich ein riesiger Felskegel unter ihnen, etwa fünf oder sechs Meilen von Hammagor entfernt, und Victor konnte fast nicht glauben, dass sie diese Strecke unterirdisch zurückgelegt hatten.

Der Sims, auf dem sie standen und der rund um den Turm zu laufen schien, befand sich in gut anderthalb Meilen Höhe über dem Land; unter ihnen ging der Fels zunächst steil, dann in einer flacher werdenden Kurve in das Land über. Nach unten hin bestand dieses Bauwerk, wenn man es so nennen mochte, aus natürlichem Felsgestein, während sich oberhalb des Simses das eigentliche Mauerwerk des monströsen Turmes in schwindelnde Höhen erhob. Die Mauern schienen, wenn man das von hier aus überhaupt beurteilen konnte, eine weitere Meile in die Höhe zu ragen. Wie das Dach dort oben beschaffen war, konnte man nicht erkennen. Möglicherweise gab es gar keines oder es bestand aus einer Kuppel.

Roya schüttelte ungläubig den Kopf. »Also... dass wir *dieses* Ding von Hammagor aus nicht gesehen haben! Es ist... gigantisch! Es überragt das ganze Land!«

Victor folgte ihren Blicken die gewaltige Turmmauer hinauf. Der Turm mochte eine Meile Durchmesser haben, und zweifellos war es ein Phänomen des Blickwinkels, warum man ihn von Hammagor aus nicht sah. Victor bezweifelte, dass sie ihn einfach nur ›übersehen‹ hatten. Ebenso, wie das ganze Hammagor mit der Geröllwüste des grauen Landes von Noor verschmolz, würde auch dieser Turm nicht zu finden sein, wenn man seine Lage nicht kannte. Vielleicht stand er, von Hammagor aus gesehen, im Vordergrund eines Stützpfeilers.

Sie starrten abwechselnd auf die Ebene hinab und die gewaltige Mauer über ihnen hinauf. Inzwischen aber hatte sich, er wusste nicht recht, woher, ein hässliches Gefühl in Victors Magengegend breitgemacht.

»Spürst du das?«, fragte er leise.

Roya starrte ihn betroffen an. Sie nickte kaum merklich.

Victor hatte sich zaghaft ans Trivocum angenähert, einfach nur um zu erkunden, was das für ein seltsames Gefühl war. Nun machte er eine Entdeckung, von der ihm flau wurde. Aus dem Inneren dieses Turmes drang eine Aura zu ihnen, die wie ein Abgrund war – ein endlos tiefes Loch, in dem eine Schwärze herrschte, die noch tausendmal tiefer als die Dunkelheit an der finstersten Stelle des langen Tunnels war, den sie eben durchwandert hatten. Es war ein schwarzes Verderben, das von diesem Abgrund ausging, etwas wie eine erstickende Lähmung, die so endgültig war, dass man sich dieser Macht gegenüber vollkommen hilflos und ausgeliefert vorkam. Auch wenn man vielleicht die magische Macht eines Munuel oder eines Chast besaß.

»Die Quellen der Rohen Magie«, flüsterte Victor leise. Als er merkte, dass Roya betroffen zu ihm aufsah, fuhr er fort. »Es heißt, dass Sardins Vater, der Fürst des Landes Noor, hier einst die Quellen der Rohen Magie erschloss. Nachdem Sardin ihn getötet hatte, soll er diese Quellen an sich gerissen und die Bruderschaft von Yoor gegründet haben. Das war vor zweitausend Jahren.«

Victor spürte, wie es ihm kalt den Rücken herunterlief. Roya nickte befangen.

»Ich weiß nicht, wie ich darauf komme, aber ich wette meine Mütze darauf, dass wir genau *das* in diesem Turm finden werden.« Er hob langsam eine Hand und pochte vorsichtig mit der Faust gegen einen der mächtigen Steinquader, aus denen die Mauer gefügt war.

»Du hast gar keine Mütze«, meinte Roya tonlos.

»Das und den Pakt«, beendete Victor seine Betrachtung. Er blickte finster drein. »Und es ist, verdammt noch mal, völlig idiotisch zu glauben, dass wir das Ding einfach hier wegholen könnten!« Er sah Roya eindringlich an. »Der Pakt war immer Sardins Sicherheit gewesen – seine Sicherheit gegen die Drakken. Er *muss* ihn so versteckt oder gesichert haben, dass ihn keine Menschenseele – und auch kein Drakken – an sich bringen kann!«

Für eine Weile herrschte Schweigen zwischen ihnen.

Roya holte tief Luft und nickte. »Du hast wahrscheinlich Recht.«

»Was tun wir jetzt?«

Wieder Schweigen. Beide spürten, dass sie sich trotz allem Gewissheit verschaffen mussten – jetzt, da sie schon so weit gekommen waren.

»Sollen wir rein?«, fragte Roya unsicher und deutete auf den Turm.

»Ich gehe auch allein«, bot Victor an und hoffte gleichzeitig, dass sie ihm widersprechen würde. »Aber einer von uns muss es rauskriegen.«

Roya tippte mit dem Zeigefinger neben ihre Schläfe. »Vielleicht halten wir gar nicht aus, was dort drin ist. Am Ende werden wir verrückt?«

Victor spürte wieder einmal diese seltsame Nüchternheit, mit der Roya all den bedrohlichen Fragen begegnete – und auch ihre Neugier. Er hatte es mit einem ganz außergewöhnlich intelligenten Mädchen zu tun; möglicherweise war sie sogar so etwas wie ein kleines Genie. Vielleicht war sie immun gegen die Schrecknisse dieser Welt, da sie mit ihrem Verstand alles überschauen und beherrschen konnte. Schwer vorstellbar, aber vielleicht war es so.

»Vielleicht können wir noch rechtzeitig abhauen, wenn es zu schlimm wird«, meinte er.

Sie nickte. »Dann lass uns gehen. Komm jetzt!«

Victor schnaufte. Roya wandte sich auf dem Absatz um, zupfte ihn am Ärmel und ging voraus. Langsam wurde sie ihm ein bisschen unheimlich. Mit ihrem Mut wirkte sie kaum verletzbar, obwohl sie ein so zartes Wesen in dieser schrecklichen Umgebung war. Ein Wesen, das mit Leichtigkeit von der mörderischen Gewalt dieser Herren von Noor zertreten werden konnte, deren Gegenwart hier noch immer in aller Deutlichkeit spürbar war.

Er folgte ihr.

Roya lief den Sims entlang. Zum Glück mussten sie gar nicht lange suchen. Schon nach etwa zweihundert Schritten öffnete sich nach rechts ein tunnelartiger Zugang ins Innere des Turmes; gemessen an der Größe dieses Bauwerks war er eher als winzig zu bezeichnen. Sie betraten zaghaft den Zugang und stellten fest, dass der Tunnel weit nach innen führte.

»Die Wand des Turms scheint gewaltig dick zu sein«, sagte Roya leise und deutete auf die Steine. Sie waren schon zwanzig Schritt in die zunehmende Dunkelheit des Ganges hineingelaufen, sahen aber vor sich noch kein Ende. »Das Trivocum färbt sich blau«, fügte sie hinzu. »Man könnte meinen, dass hier etwas gefangen gehalten wird.«

»Könnest du vielleicht mal…«, begann Victor, brach dann aber ab.

»Was?«

Er winkte ab und studierte mit Blicken die dunklen Mauersteine um ihn herum. »Tut mir Leid. Ich bin unruhig. Mir sackt der Magen immer tiefer in die Hosen.«

Roya grinste ihn schief an. »Meiner ist längst unten angekommen!«

Das tröstete ihn ein wenig. Er wandte sich um und ging wieder voran. Nach weiteren dreißig Schritten erreichten sie ein steinernes Tor.

Roya legte sacht die Hand auf den glatten Fels, aus dem das Tor bestand. Sie schloss die Augen und schien sich zu konzentrieren. Victor trat einen Schritt zurück und betrachtete das Steintor. Hier herrschte nur noch spärliches Licht, aber wenn die Augen sich daran gewöhnt hatten, reichte es aus, um die Umgebung in Augenschein zu nehmen.

Das Steintor maß um die acht Ellen in der Breite und war etwa fünf Ellen hoch. Es schien aus einem einzigen Stück zu bestehen und wirkte dabei so massiv, dass es gut sein mochte, dass ihr Weg hier zu Ende war. Victor untersuchte die umliegenden Wände, ob es eine Art Schalter oder Mechanismus gab, womit sich das Tor öffnen ließ. Aber er fand nichts.

»Das krieg ich auf«, sagte Roya.

Victor hob überrascht die Augenbrauen. »Wirklich?«

»Nicht gerade eine einfache Struktur, aber… nun ja, hier steht eben Roya aus Minoor. Verstanden?«

Er verstand inzwischen sehr gut. »Diesen Jerik, bei dem du gelernt hast, möchte ich mal kennen lernen«, sagte Victor.

»Er ist blind«, erklärte Roya. »Aber er kann trotzdem sehen. Er sieht die Welt übers Trivocum. Vielleicht kann er deswegen so viel.«

Victor schnaubte. Er deutete auf das Steintor. »Und er hat dir beigebracht, solche Tore zu öffnen?«

»Ja«, flüsterte sie, während sie das Tor weiterhin aufmerksam untersuchte. »Jeden Morgen ein paar, vor dem Frühstück. Und dann nach dem Mittagessen noch ein Dutzend.«

Er lachte wieder auf, es war ein befangenes Lachen. »Ich frage mich, ob du wirklich so gut bist – oder einfach nur unglaublich frech!«

»Frechheit siegt«, erwiderte sie und nickte ihm vielsagend zu. Wieder einmal gelang es ihr, mit ihren Sprüchen der Situation etwas von der Bedrohlichkeit zu nehmen.

»Wie ist es? Schaffst du das Ding wirklich?«

Sie nickte. »Es ist eigentlich dazu gedacht, geöffnet zu werden, verstehst du? Nicht von jedem, der hier zufällig vorbeikommt, aber dennoch von einem, der wirklich hineinwill. So jedenfalls empfinde ich es.«

Damit wusste er nicht viel anzufangen. Er trat ein paar Schritte zurück.

Roya holte Luft und starrte auf das Tor. Sie hatte die kleinen Fäuste vor der Brust erhoben und schien ganz plötzlich überhaupt nicht mehr so selbstbewusst zu sein. Sie sah ihn unsicher an. »Ich weiß nicht… dieser Abgrund da drin – mehr kann ich nicht spüren. Aber wenn es irgendwelche Kreaturen gibt… wie diese Steinernen Wächter, lebendig vielleicht, dann geht's uns schlecht. Dann sind wir dran.«

Victor musterte das Tor. Sie hatten nach wie vor keine Waffe.

»Mach es auf«, sagte er, um Sicherheit in seiner Stimme bemüht. »Ich glaube nicht, dass es da drin irgendwas Lebendes gibt. Hier ist alles tot. Nicht einmal ein Dämon würde hier Nahrung finden.«

»Außer uns«, sagte sie.

Victor schüttelte den Kopf. Er hatte eine gewisse Vorstellung von der Welt der Magie, obwohl er selbst kein Magier war. Er hatte viel gelesen. »Nein«, behauptete er. »Ein Dämon hätte hier nicht überdauern können. Er ist ein Knotenpunkt stygischer Energien, er braucht Nahrung. Er muss Strukturen der Ordnung aufzehren können, sonst löst er sich wieder auf. Hier gibt es seit zweitausend Jahren nichts, nur kalten Stein.«

Roya nickte langsam. »Gut, dann mach ich es. Geh noch ein Stück zurück.«

Victor tat, wie ihm geheißen, und bemühte sich gleichzeitig, eine Verbindung zum Trivocum aufzubauen. Es interessierte ihn, was Roya vorhatte.

Die Verbindung gelang ihm, aber von dem, was Roya tat, begriff er nichts. Er sah das *Aurikel* mit seinen hellgelben Rändern im Trivocum – wenn ihn nicht alles täuschte, abermals nur eine erste Iteration, und er sah auch die fließenden, hellgrauen Energien, die sich ins Diesseits ergossen. Er erkannte eine seltsam gleißende, netzförmige Struktur, die sich im Inneren des Aurikels befand – offenbar der oder die Filter, die Roya hineingesetzt hatte. Was das aber war, vermochte er nicht zu deuten. Die Energiefinger leckten ins Diesseits herüber und begannen in ihre Richtung zu fließen. Gleich darauf sah er das tiefrote Abbild des Steintores im Trivocum, zur Innenseite hin, von ihnen abgewandt also, dramatisch ins Dunkelblaue verfärbt. Innerhalb des roten Abbildes herrschte ebenfalls eine Struktur vor; wie aus einem Gespinst von seidenen Fäden bestehend, in vielen Farbschattierungen zwischen Rot und Blau mit hell leuchtenden Knotenpunkten und in ständiger Bewegung. Royas hellgrauer Energiefinger strömte auf die Struktur zu und floss in sie hinein wie Tinte in Wasser. Kleine, putzige Wölkchen entstanden; es war, wenn man so wollte, ein hübsches Bild. Wo sie auf die leuchtenden Knotenpunkte trafen, lösten sie sich zusammen mit ihnen zu nichts auf.

Als kurz darauf der stygische Ansturm losging, löste sich Victor eilig aus dem Trivocum und öffnete die Augen.

Er konnte es schon aus der Entfernung sehen. Keine Magie war mehr vonnöten, kein Kontakt zum Trivocum, um zu erkennen, was sich dort im Inneren des Turmes befand. Fasziniert und betroffen zugleich trat er Schritt um Schritt nach vorn, die Blicke auf dieses erschreckende Ding geheftet, das da inmitten der Dunkelheit des riesigen leeren Raumes schwebte. Wie Roya konnte er seine Blicke nicht von diesem unbeschreiblichen Anblick wenden.

Es war ein Mahlstrom, ein gewaltiger, träge um sich selbst kreisender Strudel kosmischer Energien, der da in der Mitte des schwarzen Nichts hing, welches die gewaltige Weite der Halle auszufüllen schien. Tatsächlich war keine gegenüberliegende Wand zu erkennen. Es war, als stünden sie beide auf einer winzigen Rampe inmitten des allgewaltigen Universums und betrachteten mit ihrem winzigen menschlichen Verstand das Unbegreifbare, die Tiefe des Kosmos, die Essenz alles Existierenden. Es war nicht wirklich bedrohlich, was sie da sahen, aber es war erschreckend in seiner Macht, seiner stummen Überlegenheit, seiner Gnade, sie in diesem Augenblick noch existieren zu lassen. Offenbar gab es keinen Grund für dieses *Es*, ihnen ihre kleine Existenz nehmen zu wollen, denn sie waren so schrecklich unwichtig im Vergleich zu ihm, dass die Wahrscheinlichkeit dagegen sprach, dass *Es* sie überhaupt wahrnahm, auch wenn sie ein noch so großes Geschrei anstimmten.

Victor spürte, dass er buchstäblich das Atmen vergessen hatte, und schnappte nach Luft. Voller Ehrfurcht starrte er das Ding an, wandte sich dann furchtsam um. Als er den Tunnel hinter seinem Rücken sah, atmete er auf und dachte, dass sie vielleicht sogar wieder von hier würden fliehen können. Die Masse der unbestimmbaren Eindrücke, die auf ihn einwirkten, war schädelsprengend und seltsam *beruhigend* zugleich. Er verspürte Gewissheit, dass seine Existenz einen Sinn besaß, fühlte aber dennoch eine verzweifelte Hilflosigkeit angesichts der Tatsache, dass ihm verwehrt war, diesen Sinn begreifen zu dürfen. Er spürte, dass nur ein nächsthöheres Wesen dies würde verstehen können – ihm als Mensch war es nicht gegeben, seine eigene Existenz begreifen zu können. In dieser Erkenntnis lag eine ohnmächtige Verzweiflung. Allein das Wissen über die unüberwindliche eigene Ohnmacht war etwas Schreckliches. Er starrte wie ein Blinder, der kurz vor seinem Tod das Augenlicht erlangt hatte, in die Unbegreiflichkeit des Kosmos und spürte, dass er nicht mehr die Zeit hatte, all das verstehen zu können, was da vor ihm war.

Roya war seitlich zu ihm herangetreten und berührte ihn.

»Das ist…«, stammelte er, aber es fiel ihm kein Wort ein, mit dem er es hätte beschreiben können.

»Es sieht nicht aus wie die Quellen der Rohen Magie…«, flüsterte Roya. »Es ist irgendwie nicht in diesem Sinn *böse*…«

Doch, hieß es plötzlich. *Es sind die Quellen. Es sind die Quellen von allem.*

Victor und Roya prallten entsetzt zurück, als sie die Stimme vernahmen, die wie aus einem Abgrund zu ihnen heraufschallte. Sie war tief und allmächtig gewesen, diese Stimme – wie die eines Gottes, und Victor dachte zuerst, dass ihn nun die Rache des Schöpfers treffen würde, dessen personifizierte Existenz nur von wenigen Kirchen der Welt verteidigt wurde. Die großen Orden verneigten sich vielmehr vor dem *Prinzip der Kräfte,* das von einem Wechselspiel der positiven und negativen Kräfte im Universum ausging.

Aber da war noch etwas anderes – etwas, das Victor wirklich erschreckte. Er glaubte nämlich, dass er diese furchtbare Stimme *kannte.*

»Wer… wer bist du?«, rief er zaghaft in die Dunkelheit hinaus.

In der Mitte des kosmischen Mahlstroms – oder dahinter, davor oder überall, verdichtete sich das Nichts zum nebulösen Abbild eines Gesichts, eines grinsenden Gesichts von abgrundtiefer Boshaftigkeit. Abermals prallte Victor ein paar Schritte zurück, als er es erkannte.

Victor!, hallte es. Die monströsen Lippen bewegten sich mit einer gewissen zeitlichen Verzögerung. *Wie schön, dich zu sehen! Hast du deine kleine Trommel heute gar nicht bei dir?*

Victor zitterte am ganzen Leib. Sein Herz wummerte in heftigem Protest von innen gegen seine Brust, in seinen Ohren rauschte das Blut, sein Hals fühlte sich an, als wäre er klebrig und voller Sand, und seine Knie wollten nachgeben.

»Sardin!«, stammelte er voller Entsetzen.

Nett, dass du mich noch erkennst, antwortete das Gesicht.

Victor hatte das schreckliche Gefühl, dass dieses Gesicht sich im nächsten Augenblick in eine Fratze von solcher Grausigkeit verziehen könnte, dass ihm vor Entsetzen das Herz stehen bliebe.

Du musst keine Angst vor mir haben, Victor, sagte das Gesicht. *Ich bin ein Gefangener der Unendlichkeit. Ich kann dir nichts tun. Außer vielleicht… dich ein bisschen erschrecken.* Aus dem Mund des Gesichts wuchsen Reißzähne und auf der Stirn sprossen zwei Hörner hervor. *Buh!*, machte es.

Es hätte beinahe gereicht. Victor plumpste auf den Hosenboden und riss Roya mit sich. Aber Roya rappelte sich gleich wieder auf. »Was für eine erbärmliche Schmierenkomödie!«, schrie sie dem monströsen Gesicht verächtlich entgegen.

Sardins Gesicht grinste. *Die kleine Roya. Wie nett. Ich*

schätze deinen Mut. Nichts Langweiligeres hätte mir unterkommen können als zwei angsterfüllte, feige Besucher. Lass nur Victor erst wieder zu sich kommen, dann wird auch er mir Spaß bereiten. Schon viel zu lange habe ich keine intelligente Unterhaltung mehr geführt.

Davon, dass sich Victors Herzschlag beruhigt hätte, konnte keine Rede sein, aber er schaffte es, sich wieder ein wenig zu fangen. Er kämpfte sich in die Höhe und versuchte, sich mannhaft und furchtlos vor der übermächtigen Erscheinung Sardins aufzubauen. Es gelang ihm nicht besonders gut.

»Du müsstest *tot* sein…!«, stammelte er. »Von der *Jambala* vernichtet! Ich war *dabei*!«

Sardins Gesicht verzog sich. *Was weißt du schon vom Tod, kleiner Victor? Du klammerst dich an dein winziges Fünkchen Leben und weißt gar nicht, womit du es wirklich zu tun hast. Der Tod hat Größe und ist eine Erfüllung. Du ahnst nicht, welches Geschenk er dir in Wahrheit bietet.*

Victor blickte Roya fragend an. Sie zuckte nur die Schultern. Er wandte sich wieder an das Abbild von Sardins Gesicht. Victor fiel ein, dass er Sardins wirkliches Gesicht eigentlich nie gesehen hatte. Er kannte nur das Gesicht der Thronfolgerin Limlora, von deren Körper Sardin damals Besitz ergriffen hatte. Dennoch – die diabolischen Gesichtszüge, die Limloras Gesicht verzerrt hatten, waren unverkennbar; er fand sie auch in diesem monströsen Gesicht wieder, das hier inmitten des Nichts in der Halle des Turmes schwebte.

»Und… du kannst uns wirklich nichts tun…?«, fragte Victor etwas naiv.

Sardin gab sich im Plauderton. *Nun ja – ich könnte es vielleicht. Aber dazu müsste ich größere Anstrengungen unternehmen. Doch wozu das alles?*

Victor war sehr unwohl zumute, aber er musste einfach *mehr* erfahren. »Ich bin ein alter Feind!«, sagte er unter Aufbietung all seines Mutes. »Ich habe mitgeholfen, deine Pläne zunichte zu machen. Und... ich bin ein Freund von Leandra. Sie hat dich getötet!«

Sardins Gesicht spiegelte Verächtlichkeit. *Was heißt das schon?*, erwiderte er hochmütig. *Ihr seid nichts als ein Häuflein Entschlossener gewesen, das für die eine Seite gekämpft hat, während ich auf der anderen stand.*

Victor konnte fast nicht glauben, was er da hörte. »*So*... siehst du das?«

Der Einzige, an dem ich Grund hätte, Rache zu üben, wäre Chast, erklärte Sardin. *Allein er hat mich wirklich hintertrieben, hat mir eine Falle gestellt und mich übertölpelt. Aber dazu ist es zu spät. Er ist tot, wie ihr inzwischen ebenfalls wisst.*

Nun meldete sich Roya. »Du weißt, dass wir es *erfahren* haben? Woher?«

Ha!, rief Sardins Gesicht vergnügt aus. *Das ist einer der wenigen Vorteile meiner Existenz, kleine Roya. Allwissenheit. Jedenfalls, was diese Welt betrifft. Oder besser gesagt: eines Ortes, der mich interessiert. Ich könnte auch andere Dinge wissen. Wenn sie mich interessierten.*

»Bist du ein... *Gott*?«, fragte sie ehrfurchtsvoll.

Ein Gott, ein Gott...!, echote Sardin geringschätzig. *Was, bei allen Sternen, ist ein Gott? Nenn mich von mir aus einen Gott, wenn es dir gefällt – für mich hat das keinerlei Bedeutung.*

Sie sah Victor ratlos an.

»Und... was tust du hier?«, fragte Victor zögernd.

Was ich hier tue? Sardin gab sich belustigt. *Ha! Ich* bin!

»Du *bist*?«

Natürlich. Irgendwo und irgendwie muss ich ja sein. Also bin ich hier. An einem Ort, an dem... nun, sagen wir, ein... Fenster *existiert.*

»Du meinst... diesen Mahlstrom da?«, fragte Victor und machte mit dem Finger eine kleine Kreisbewegung.

Sardin lachte wieder. *Nett, welch hübsche Bezeichnungen ihr euch für so etwas ausdenkt. Ja, nennt es Mahlstrom, wenn ihr wollt. Vielleicht ist es gar kein so schlechter Name für das, was es für euch bedeutet.* Seine Miene und sein Blick verfinsterten sich. *Es ist ein Fenster, durch das ihr schauen könnt und nichts begreift. Es gewährt euch einen kurzen Blick in die wahren Quellen der Existenz, aber ihr könnt sie nicht verstehen. Seid dankbar dafür. Für euch wäre es in der Tat ein Mahlstrom, denn er würde euch vernichten, wenn ihr auch nur versuchtet, ihm nahe zu kommen oder ihn gebrauchen zu wollen. Das wäre zweifellos das, was ihr eines Tages versuchen würdet.*

Für einen Augenblick herrschte Schweigen. Dann fragte Roya leise: »*Du*… hast es einst getan, nicht wahr?«

Sardins riesige Augen verengten sich und er starrte lange Zeit in ihre Richtung.

Du hast Verstand, kleine Roya, sagte er dann. *Gib Acht, dass er dir eines Tages nicht mehr Unheil als Nutzen bringt!*

Roya, die noch etwas hatte fragen wollen, verstummte. Ein unheilvolles Schweigen breitete sich über… diesen *Kosmos* und Sardins Gesicht blieb wie eine göttliche Verkündigung über all dem schweben. Victor war verwirrt, er fragte sich, welchen Zweck dies alles hier hatte. Sardins Auftritt hatte seine anfängliche Bedrohlichkeit verloren; Victor glaubte inzwischen daran, dass sie tatsächlich wieder würden gehen können. Sie sprachen hier mit so etwas wie einem Gott – einem übernatürlichen Wesen, das einst eine weltliche Existenz besessen hatte, bevor es in diese Gefilde aufstieg. Aber es schien, als wäre Sardin dieser Rang nicht allzu behaglich, als würde er seine Stellung als *Gott,* oder was immer er auch sein mochte, und auch seine *Allwissenheit* nicht gerade schätzen. Zuviel Spott, Hohn und Verbitterung lagen in seinen Worten und sprachen aus seinen Zügen, und Victor hätte nur zu gern gewusst, woher das kam. Aber letztlich gab es einen sehr realen Grund, warum sie hierher gekommen waren, und Victor musste die Frage einfach stellen.

Sardin kam ihm zuvor. *Ihr seid wegen des Paktes gekommen!*, stellte er fest.

Victors Verblüffung währte nur kurz. Sardin hatte bereits erklärt, dass er *allwissend* war. »Kannst du auch unsere Gedanken lesen?«, fragte er.

Das könnte ich, stellte Sardin fest. *Aber ich tue es nicht, ich habe es mir verboten. Es würde mir das letzte bisschen Überraschung und Spannung in diesem Kosmos nehmen. Ihr müsst wissen, dass ich in Wahrheit froh darüber bin, dass ihr kamt. Es verleiht meinem Dasein wenigstens etwas Abwechslung.*

Roya verzog das Gesicht. »Du klingst sehr überheblich«, sagte sie angriffslustig.

»Überheblich?«

»Ja. Was macht dich glauben, dass du einen überlegenen Geist besitzt?«, fragte sie und trat einen Schritt nach vorn. »Mag sein, dass du mehr erfahren und gesehen hast als wir, seit dem Tag, da du in diese Existenzform übergetreten bist. Aber du machst auf mich nicht den Eindruck, als wäre deine göttliche ›Allwissenheit‹ auch gleichzeitig eine all-überlegene Intelligenz!«

Victor sackte das Herz in den Magen. Der bange Gedanke blitzte durch seinen Kopf, dass Sardin nun doch jene ›Umstände‹ auf sich nahm und sich in die Lage versetzte, ihnen etwas antun zu können. Mit pochendem Herzen starrte er das riesige Gesicht an, das mit finsteren Blicken auf Roya hinabsah.

Du willst mich verspotten?

»Nein. Ich habe nicht gesagt, du wärest dumm. Aber mir kommt es so vor, als spieltest du nur dein *Wissen* gegen uns aus. Ich glaube, du könntest uns viele Dinge erklären, die uns beschäftigen, aber du willst lieber ein Orakel sein. Damit wir mit dir reden!«

Victor wurde schwindlig. Er rechnete jeden Augenblick damit, dass Sardin zu einem furchtbaren Schlag ausholte, mit dem er sie zerschmetterte.

Aber es geschah nichts. Dann, nach einer unendlich lang erscheinenden Zeitspanne, zeigte sich ein schwaches, untergründiges Lächeln auf Sardins Gesicht.

Ich schlage dir einen Handel vor, kleine Roya, sagte Sardin mit einer wahrhaftig *väterlich* klingenden Stimme. *Ich werde euch aus dem ›Schatzkästlein‹ meiner Allwissenheit hin und wieder einen kleinen Hinweis geben, der eurer Sache nutzen mag. Dafür aber erwarte ich von euch… nun, sagen wir: etwas Erbauung!*

Roya setzte ein verschmitztes Lächeln auf. »Also hatte ich Recht, nicht wahr? Du willst unser Orakel sein. Das war deine Absicht.«

Sardin schüttelte mit verächtlich heruntergezogenen Mundwinkeln den Kopf. *Nein, meine Absicht war das beileibe nicht. Ich hatte sogar vor, euch euren vermaledeiten Pakt zu geben. Jetzt aber…*

Nun verlor Victor die Fassung. »Was?«, kickste er mit sich überschlagender Stimme und trat ebenfalls vor, bis er auf gleicher Höhe mit Roya stand. »Soll das heißen, dass du ihn *hier* hast? Aber… dass du ihn uns *nicht geben* wirst?«

Sardins Gesicht zeigte ein diebisches Lächeln. *Ganz recht, tapferer Victor!*, erschallte seine Stimme laut und beherrschend. *Soeben habt ihr euer Glück verwirkt, den Pakt ganz schlicht und bedingungslos von mir zu erhalten, um euch der Drakken erwehren zu können.*

Victor ächzte. »Das… das ist nicht dein Ernst!«

Sardins Lachen hallte auf gespenstische Weise durch den Kosmos. *Nun siehst du, was ›Göttlichkeit‹ ist, du kleiner Dummkopf! Willkür! Eingebung! Launenhaftigkeit – nichts weiter! Nun bin ich doch euer Gott geworden. Zuvor wollte ich euch den Pakt einfach überlassen, da ich mir nicht das Geringste davon versprach, mit euch zu reden. Aber deine kleine Freundin da…,* und mit diesen Worten blitzten seine Augen auf, *hat all meinen Erwartungen zum Trotz durchaus etwas zu bieten! Darauf kann ich nicht verzichten! Verstehst du das nicht?*

Victor stieß einen ohnmächtigen Zornesschrei aus, was Sardin zu abgründigem Gelächter anstachelte. Für Sekunden erfüllte die groteske Dissonanz diesen unnennbaren Raum. Dann verflog das kakophonische Zwischenspiel, wie es schien, in den Tiefen des Universums.

»Das ist nicht gerecht!«, brüllte Victor in Sardins schwarzen Kosmos hinaus. »Du würdest diese Welt verbluten lassen, nur um deine Gelüste zu befriedigen? Wir sollen deine Spielzeuge sein?«

Sardin blitzte ihn aus schmalen Augen an. *Wo steht geschrieben, dass ich gerecht sein muss? Wo steht geschrieben, was ein Gott überhaupt sein muss?*

»Eben noch hatte es *überhaupt* keine Bedeutung für dich, ein Gott zu sein!«

Sardin starrte ihn an, dann begann er langsam zu grinsen. *Stimmt. Eben noch war es mir gleich. Jetzt nicht mehr!*

Victor kochte vor Wut. Die Willkür dieses Wesens war unglaublich. Eine *kosmische Frechheit*! Seine Gedanken rasten. Dann fiel ihm tatsächlich etwas ein.

Roya hatte Recht: Überlegene Intelligenz schien Sardin nicht unbedingt zu besitzen. Überlegene Intelligenz – so viel glaubte er aus all den Büchern der großen Geister dieser Welt, die er gelesen hatte, zu wissen – ging eigentlich immer mit hohen moralischen Werten einher. Davon schien Sardin gar nichts zu besitzen. Wie schrecklich: Was konnte einer Welt Schlimmeres widerfahren, als von einem *dummen* Gott regiert zu werden?

»Was stellt ein Gott mit einer toten Welt an?«,

knirschte er, um seine Beherrschung ringend. »Du hast allerlei Ideen und Vorstellungen, was passieren sollte, damit du deinen Spaß hast, nicht wahr? Wir sollen dir als Spielzeug dienen, aber du ziehst es vor, unsere Gedanken nicht zu kennen. Und du willst dich an *intelligenten* Gesprächen erfreuen! Glaubst du etwa, du wirst noch viel Freude an uns haben, wenn uns die Drakken überrannt haben?«

Warum denn nicht?, erwiderte Sardin leichthin. *Es wird spannend werden! Ihr werdet versuchen, euch zu befreien, und die Drakken werden dagegenhalten... ich glaube, das wird eine sehr amüsante Zeit werden!*

»Na, das ist ja wundervoll. Du willst dich an unserem Schmerz ergötzen!«

Ich bin nicht verantwortlich dafür, sagte er. *Es sind die Drakken, die über euch kommen werden. Nicht ich!*

»*Du* hast damals den Pakt mit ihnen abgeschlossen«, warf Roya ein. »Das war der Beginn allen Unheils!«

Sardin schüttelte den Kopf. *Mit Pakt oder ohne – es hätte keinen Unterschied gemacht. Im Gegenteil: Der Pakt stellte sogar noch eine kleine Chance für diese Welt dar! Die Drakken wollten die Magie, und irgendwie, das ist uns wohl allen klar, werden sie sich holen, was sie wollen. Wäre es mir damals – oder heute – gelungen, die Welt unter meine Herrschaft zu zwingen, wären wir noch vergleichsweise gut davongekommen. Aber ihr... ihr musstet ja unbedingt versuchen, meine Pläne zu vereiteln. Nun seht selbst, was ihr davon habt!*

»Du hast nie jemandem erzählt«, hob Victor an, »dass du ein Abkommen mit ihnen hattest! Tu doch nicht so, als hättest ausgerechnet *du* die Welt retten wollen! Du hast immer nur nach deinem eigenen Vorteil gestrebt. Was ist das eigentlich für ein Ding... dieser *Okryll?* Das, was dir die Drakken als Gegenleistung für den Pakt geben wollten?«

Der … Okryll?

»Ja. Den solltest du doch von ihnen bekommen, wenn dein Teil der Abmachung erfüllt war!«

Sardin schüttelte lächelnd seinen mächtigen Kopf. *Erstaunlich! Sogar das hast du herausbekommen. Ha! Es hat sich wirklich für mich gelohnt, dass ihr hierher gefunden habt! Ich habe nicht damit gerechnet, noch einmal so viel Erbauliches zu erleben!*

Victor holte Luft. Entweder klappte das, was er im Sinn hatte, oder alles war aus. Er hatte keine Ahnung, über welche Mittel Sardin wirklich verfügte.

»Mit dieser Erbauung ist jetzt Schluss!«, stellte er fest und spürte genügend Wut in sich, es mit diesem überheblichen Gott aufnehmen zu wollen. »Roya und ich – wir sind die einzigen Leute auf der Welt, die von dir, deinem Turm und deinem … *Fenster* hier wissen! Wenn uns die Drakken überrennen, dann werden wir weder große Lust noch Gelegenheit haben, je wieder hierher zu kommen.«

Sardins Stirn legte sich in Falten. Victor konnte es fast nicht glauben, dass man einen so billigen Handel mit einem *Gott* abschließen konnte! »Gib uns den Pakt und damit eine Chance, die Drakken loszuwerden! Dann wird es um unsere Lust und um unsere Möglichkeiten, mit dir zu sprechen, sehr viel besser bestellt sein.« Er machte eine kurze Pause. »Es könnte uns vielleicht sogar einfallen, noch anderen von dir zu erzählen. Klugen Leuten. Solchen, die dir wirkliche Erbauung bieten könnten!«

Sardins Gesicht verzog sich zu einer Fratze. *Du glaubst, kleiner Victor, du könntest mich, Sardin, mit einem solchen Kuhhandel zu etwas zwingen?*

»Mir liegt es fern, irgendwen zu irgendwas zwingen zu wollen! Nenn es, wie du willst, du Allmächtiger!« Er konnte den Spott in seiner Stimme nicht zurückhalten. »Ich habe nur ein einziges Interesse. Ich will meine

Haut retten. Und die meiner Freunde. Verstehst du? Nicht mehr.«

Sardin starrte Victor lange Zeit an und Victor konnte sich des Gefühls nicht erwehren, dass seine Drohung dieses Geistwesen tatsächlich beeindruckt hatte. Er begann sich zu fragen, ob das Gott-Sein tatsächlich eine so öde und abstoßende Daseinsform war, dass man sein einziges Vergnügen darin finden konnte, ein möglichst großes Chaos zu verursachen und dann zu beobachten, was geschah. War Sardin wirklich einfach nur *gelangweilt*? War er so einsam in seiner göttlichen Sphäre, dass es ihn nach Gesprächen mit Sterblichen dürstete und er sogar bereit war, Welten ins Unheil zu stürzen, nur um sich daran zu erlaben?

Was willst du tun, wenn du den Pakt hast?, fragte Sardin. *Den Kryptus aussprechen?*

»Natürlich«, rief Victor aus. »Wir müssen die Drakken verjagen!«

Das ist nicht so leicht!, erwiderte Sardin. *Dazu braucht ihr Magie! Mächtige Magie! Der Kryptus ist ein sehr schwieriges Konstrukt. Ich ersann ihn einst in der Absicht, nur selbst von ihm Gebrauch machen zu können!*

Victor sah Roya erschrocken an und blickte dann wieder zu Sardin. »Was sagst du da? Du kannst ihn nur selbst auslösen?«

Ja. Dafür war er ausgelegt.

Für einen Augenblick verschlug es Roya wie auch Victor die Sprache.

»Aber... kannst du ihn dann nicht für uns aussprechen?«, fragte Victor.

Ich?, donnerte Sardins Stimme in urplötzlicher Entrüstung. *Nein! Das werde ich keinesfalls tun! Ich kann doch nicht die Drakken...!*

Sardin unterbrach sich.

Schweigen breitete sich aus.

Dann, nach langen Sekunden, fragte Victor: »*Was*… kannst du die Drakken nicht?«

Sardins riesiges Gesicht antwortete nicht, es starrte ihn nur finster an.

Langsam und verstehend nickte Victor. »Sieh mal an!«, sagte er. »Du *willst* die Drakken hier haben. Du brauchst sie für irgend etwas.«

Sardins Schweigen sprach Bände.

»Deine Reden, du hättest uns den Pakt anfangs einfach geben wollen, waren gelogen!« Inzwischen war er vom Eigennutz und der Verderbtheit dieses *Gottes* Sardin regelrecht abgestoßen. »Du wollest uns nur hinhalten und beeindrucken, deine widerwärtigen Spielchen mit uns…«

Genug!, donnerte Sardin durch die riesige Halle.

Victor verstummte unter der schieren Gewalt seiner Stimme.

Ich habe nie für mich in Anspruch genommen, ein Gott zu sein!, erklärte er in lautem, herrischem Ton. *Das habt allein ihr mir angehängt! Und selbst wenn ich ein Gott wäre: Wo steht geschrieben, dass ein Gott* gut *sein muss?*

Victor sah kopfschüttelnd zu Roya. Er hatte erwartet, dass sie ebenso entrüstet war wie er, aber sie starrte das riesige Gesicht Sardins mit einer gewissen Faszination an.

Lacht nicht zu früh über mich!, sprach Sardin weiter und diesmal war ein tiefer, knurrender Unterton der Verbitterung in seiner Stimme zu hören. *Ihr wisst nichts – glaubt mir: nichts! – über die Fehler, die mir in Wahrheit unterlaufen sind. Ich bin kein Gott und ich will auch keiner sein. Ich will nur diesem Gefängnis entfliehen. Ich mache euch also einen Vorschlag! Einen, der euch – wenn ihr klug seid – wirklich helfen kann!*

»So«, höhnte Victor. »Ich bin gespannt, was er uns kosten wird!«

Bringt mir… eure Leandra her!, sagte Sardin. *Ihr werde ich den Pakt geben. Nur ihr, niemandem sonst!*

Beim Klang von Leandras Namen erschauerte Victor. Ja, so etwas hätte er sich denken können. »Das ist eine Falle!«, rief er. »Du willst dich an ihr rächen! Sie hat dich damals getötet, dich in diese Daseinsform verbannt!«

Sardin schüttelte den Kopf und starrte ins Leere. *Nein. Das ist es nicht. Diese Daseinsform habe ich schon viel länger. Aber… sie kann mich vielleicht erlösen. Sie weiß etwas über mich, das… ich selbst nicht weiß. Etwas, das ich erfahren muss.*

»Ich traue dir nicht«, rief Victor voll hilfloser Wut.

Geht jetzt. Ihr kennt mein Angebot, sagte Sardin.

Übergangslos verblasste sein Gesicht und plötzlich standen sie wieder ganz allein in der Halle – nur der träge Mahlstrom hing noch im Nichts. Von Sardin war keine Spur zurückgeblieben.

»Verdammt«, keuchte Victor. Tränen der Wut standen in seinen Augen.

Roya trat von der Seite zu ihm und hakte sich, wie es inzwischen schon ihre Gewohnheit geworden war, bei ihm unter. Seltsamerweise spiegelte ihr Gesicht das gleiche untergründige Vergnügen wie Sardins.

Victor schüttelte ihren Arm ab und schrie sie an: »Du findest das lustig, ja? Dann bleib doch hier… bei deinem *Gott*!«

Damit wandte er sich auf der Stelle um und marschierte in Richtung des hellen Rechteckes, das aus diesem Ort der Unbegreiflichkeiten hinaus ins Licht der realen Welt führte.

Roya fand Victor draußen auf dem Sims, wo er sich hingehockt hatte. Er lehnte mit dem Rücken an der Steinmauer und starrte finster in die Luft hinaus, getrocknete Tränen auf den Wangen. Von irgendwoher hatte er kleine Steinchen zusammengeklaubt und warf sie eins nach dem anderen in die Leere.

»He!«, sagte sie und kniete sich vor ihn.

Er reagierte kaum, sah sie nur kurz an.

»Es tut mir Leid«, gab sie zu. »Ich habe mich zu einem Spiel mit ihm hinreißen lassen. Die Situation ist jedoch viel zu ernst.« Sie versuchte ein Lächeln, aber es verunglückte. »Man trifft nicht jeden Tag einen Gott, weißt du? Ich war fasziniert davon, dass selbst er seine Nöte hat. Und es… nun ja, es hat mir, ehrlich gesagt…«

Er sah sie an, dieses erstaunliche und dabei so junge Mädchen. Es war nicht nur ihre Verstandesschärfe, mit der sie ihn immer wieder beeindruckte, sondern auch ihre Treffsicherheit und ihre Urteilskraft. Er schnaufte. »Was? *Was* hat es dir?«, wollte er wissen.

Diesmal gelang ihr das verlegene Lächeln ein wenig besser. »…einen Heidenspaß gemacht«, bekannte sie. »Das wir gegen ihn… anstinken konnten.«

»Anstinken?« Er geriet völlig durcheinander, wo er doch verzweifelt bemüht war, seine zerknirschte, verärgerte Rolle aufrecht zu erhalten. Verdammt, dieses kleine Biest brachte ihn immer wieder zum Lachen – selbst in den bedrohlichsten Situationen.

Sie kicherte vergnügt. »Ja. Das war genial von dir, als du ihm damit drohtest, ihn in seiner großen Langeweile allein zurückzulassen. Einfach genial! Ich hätte mich fast überschlagen!«

Victor freute sich ungemein über dieses Kompliment, obwohl ihm klar war, dass er gegen Royas Intelligenz nicht ankäme. Er war der Ansicht, dass sie Sardin bei weitem mehr Scharfsinn entgegengebracht hatte. Er zuckte die Schultern. »Ja, du hast ja Recht«, gab er zu. »Es war irgendwie auch… lustig, das stimmt schon. Aber du hast ihm noch einiges mehr zu schlucken gegeben als ich.« Er studierte ihre sanften, hübschen Gesichtszüge. Sie war wie ein kleiner Engel. »Ich fürchte aber, das alles hilft uns bei unserem eigentlichen Problem kein Stück weiter.«

Roya seufzte und ließ sich neben ihm niedersinken, lehnte sich mit dem Rücken gegen die Turmmauer und starrte wie er auf das Land hinab. »Ja, das stimmt. Er hat den Pakt und wir nicht. Und er will Leandra haben.«

»Diesem Mistkerl ist langweilig«, stellte Victor fest. »Einfach nur langweilig. Er hockt da in seinem Nichts und weiß nicht, was er mit seiner unendlichen Zeit anfangen soll.«

»Wir sollten ihn nicht *Gott* nennen«, meinte sie. Eine Weile starrte sie versonnen ins Leere. »Meine Mutter… nun, die würde wohl verrückt werden, wenn sie das mitbekommen hätte.«

»Deine Mutter?«

Roya nickte. »Ja. Sie hat ein sehr starres Weltbild. Wie die meisten in Minoor. Dort in der Nähe liegt seit alters ein Tempel der Saani.«

Victor nickte verstehend. Er hatte selbst ein paar Tage in Minoor verbracht. Die Saani waren eine der wenigen kleinen religiösen Gruppen, die an einen personifizierten Gott glaubten. Sie lehnten die Magie der Menschen als ein Eindringen in eine Sphäre ab, die Gott vorbehalten war.

»Und du? Wie kommt es, dass du nicht auch eine Saani bist?«

»Ich weiß nicht. Längst nicht alle Minoorer sind Saani, viele der jüngeren Leute nicht. Oft geht die Spaltung mitten durch eine Familie. Ich habe mich nie dafür erwärmen können. Wohl auch, weil wir früher einen Dorfmagier hatten, der sehr lieb zu uns Kindern war. Er war mein Großonkel. Als er starb, wurde er nicht auf unserem Friedhof beerdigt. Für uns Kinder war das ein Schock. Sie begruben ihn einfach irgendwo im Wald. Und seinen Novizen schickten sie fort.«

Victor war erstaunt. »Wirklich? Und wer hat sich dann um eure Kranken gekümmert? Und um all eure Problemchen?«

Roya lachte leise auf. »Natürlich die Saani-Priester. Sie waren plötzlich da. Kamen aus ihrem Tempel ins Dorf herüber und begannen zu predigen. Damals ging es uns im Dorf nicht gut. Wir hatten mehrere schlechte Ernten gehabt und viele Leute waren an Krankheiten gestorben. Die Saani-Priester verkündeten, dass dies eine Strafe Gottes wäre. Wir Kinder mochten sie nicht. Sie waren so streng. Und immer drohten sie uns.«

Victor musterte die Wand des Turmes hinter seinem Rücken. Was, wenn es nun doch so etwas wie Götter gab, wofür Sardins Existenz ja sprach, sie dabei aber so waren wie er: launenhaft, verbittert und gelangweilt. Eine schreckliche Vorstellung.

»Als Jasmin starb – da hatten sie eine *Erklärung*!«

Victor stutzte. Royas Stimme hatte vor Spott und Verachtung nur so getrieft. »Eine… *Erklärung*?«

Roya nickte. »Ja. An ihrem Grab. Hellami und ich, wir hatten Jasmin gerade zurückgebracht. Wir waren beide am Boden zerstört. Und meine Eltern natürlich auch. Aber statt einer Trauerrede gab es eine *Erklärung*.« Sie schnaufte. »Ich habe bis heute nicht genau begriffen, was dieser Saani-Priester, der ihre Grabrede hielt, genau sagen wollte. Irgendwas von Opfer, Läuterung, seinem Gott Saan und so. Aber ich schwöre dir: Ich habe während seiner ganzen Rede immer nur heraushören können, wie dieser… *Dreckskerl* den Tod meiner Schwester irgendwie so hinzudrehen versuchte, als wäre es eine Verfügung seines Gottes gewesen.« Sie holte tief Luft. Victor sah, dass ihre Augen feucht geworden waren. »Die ganze Zeit über hatte ich nur dieses eine Gefühl: Ich hätte *kotzen* können. Schließlich rannte ich weg.«

Er nahm Royas Hand. Nie hatte er sie solche derben Worte gebrauchen hören, sie nie in einer so von Verachtung und Hass erfüllten Stimmung erlebt. Zudem konnte er gut nachfühlen, was in ihr vorging. Ihre Schwester Jasmin war entführt worden und fern von Minoor durch die Hand gemeiner und brutaler Dunkelwesen umgekommen. Würde ein Gott tatsächlich eine solche Art wählen, um sein Strafgericht gegenüber einer Dorfbevölkerung an einem jungen, unschuldigen Mädchen zu statuieren, dann konnte er, und das war Victors ehrliche Meinung, nicht mehr ganz dicht sein.

»Ich bin dann zu Jerik gegangen«, sagte Roya und wischte sich die Augen trocken. »Er lebte als Einsiedler nördlich von Minoor, mitten im Wald. Er gab mir Trost. Meine Eltern wussten nichts von ihm, nur Hellami.«

Victor hatte Jasmin nicht gekannt. Aber er wusste, dass Roya ihre große Schwester sehr geliebt hatte. Sie saß neben ihm und starrte mit noch immer tränenfeuchten Augen in die Ferne. Er hielt weiterhin ihre Hand. Über ihnen schwebte dieses groteske Erlebnis, das sie erst vor wenigen Minuten mit einem so genannten *Gott* gehabt hatten. Nun, immerhin hatte Sardin diese Bezeichnung zuerst abgelehnt. Aber Victor verstand nun, warum sich Roya mit solcher Angriffslust auf ein geistiges Duell mit Sardin eingelassen hatte. Es mochte sein, dass dieser Gott Saan immer das Ziel ihres ohnmächtigen Zorns über die Grabrede gewesen war, dass sie die grausame Bedeutung der Predigt des Saani-Priesters nie als dessen ganz persönliche Schandtat betrachtet, sondern den Gott Saan im Hintergrund hämisch grinsend gesehen hatte. Nun, dem *Gott-Sein* auf diese Weise einen heftigen und verächtlichen Tritt verpasst zu haben musste für sie ein Fest gewesen sein. Victor drückte ihre Hand fester und sie blickte auf und lehnte sich dann dankbar an ihn. Sie spürte, dass er sie verstanden hatte.

Sie blieb nicht lange sitzen. »Komm, großer Krieger«, sagte sie. »Wir müssen los. So schnell es geht nach Savalgor zurück und Leandra holen. Ich fürchte, er meint es ernst. Er will den Pakt nur ihr geben.«

Auch Victor erhob sich. »Glaubst du ihm? Dass Leandra irgendwas über ihn weiß und er sie deswegen wieder sehen will?«

Roya dachte eine Weile nach. Dann schüttelte sie den Kopf. »Eigentlich nicht. Irgendetwas führt er im Schilde. Aber leider …«

Er nickte verstehend. »Ja, ich weiß. Wir haben kaum eine Wahl. Oder besser: Leandra hat keine. Immerhin können wir jetzt endlich fort von hier.«

Sie hob die Schultern. »Wir werden wiederkommen müssen. Oder willst du Leandra allein hierher schicken?«

»Nein, natürlich nicht. Komm, lass uns gehen.«

Hand in Hand marschierten sie den Sims entlang. Es waren zweihundert Schritte bis zum Eingang in den Tunnel. Victor schnaufte leise. Viele unterschiedliche Gefühle stürmten auf ihn ein. Allein Royas Hand zu halten war eines, das ihn bewegte. Was erwartete sie als Nächstes? Eine Rückreise nach Savalgor, ein Wiedersehen mit Leandra, um dann abermals mit den Drachen hierher zurückzukehren? Oder sollte es wieder eine unerwartete Wende geben? Der unangenehme Gedanke an ihre Verfolger beschlich ihn, aber wenn sie sobald wie möglich zurückflogen, hatten sie gute Aussichten, wenigstens dieser Gefahr zu entgehen.

Was dann aber tatsächlich als Nächstes geschah, damit hatte keiner von ihnen beiden gerechnet.

Sie liefen, immer noch Hand in Hand, über den Sims zurück zum Tunnel, und Victor starrte dabei nachdenklich auf den Boden vor sich, als er spürte, dass

Roya langsamer wurde und ihn an der Hand zurückhielt. Er blickte fragend zu ihr auf.

»Bei den Kräften…!«, sagte sie. »Was ist *das*?«

Sie hob den Arm und deutete ostwärts über die Ebene hinaus, in die entgegengesetzte Richtung von Hammagor, wo sich, weit in der Ferne, eine knorrige Gruppe von Stützpfeilern in den grauen Wolkenhimmel bohrte. Er starrte in die angegebene Richtung, konnte aber zuerst nichts Besonderes entdecken. Noch einmal sah er fragend zu Roya, aber ihr Gesicht spiegelte inzwischen Fassungslosigkeit. Verwirrt blickte er zu den Stützpfeilern.

Diesmal sah er etwas, aber er erkannte es zuerst nur daran, dass sich etwas *verändert* hatte. Er kniff die Augen zusammen… und dann kam es wie ein plötzlicher Schock über ihn. Dort *bewegte* sich ein riesenhaftes Gebilde zwischen den Stützpfeilern hindurch. So langsam, dass man es kaum wahrnahm. Er und Roya standen wie gebannt und starrten in die Ferne.

Es handelte sich um ein gewaltig großes Ding, flach und langgestreckt und fast so grau wie der Himmel über Noor. Zwischen den Pfeilern war nur ein Teil davon zu sehen – und kurz darauf war das ganze, riesige Ding hinter einer großen Felsbarriere verschwunden.

»Bei den Kräften – was war denn das?«, keuchte Victor.

Roya antwortete nicht. Sie starrte mit gerunzelter Stirn in die Ferne, ließ Victors Hand los und trat noch ein paar Schritte nach vorn. Aber das Objekt war verschwunden.

»Ein… Malachista?«, fragte sie unsicher.

Victor fuhr sich mit der freien Hand durchs Haar. Dann schüttelte er den Kopf. »So langsam kann kein Drache fliegen«, meinte er. »Er würde runterfallen. Außerdem… das Ding kam mir wesentlich größer vor.«

Roya nickte. »Du hast Recht.«

Victor trat zu ihr und legte ihr den Arm über die Schulter. »Verdammt. Unsere bisherigen Schwierigkeiten genügen mir für den Augenblick eigentlich. Und dieser eine Malachista, dem wir auf unserem Flug hierher begegnet sind, ebenfalls. Wer weiß, was dieses Land *noch* für Monstren zu bieten hat! Vielleicht sollten wir Faiona bitten, an der Ostküste von Noor entlang ins Salmland zu fliegen.«

»Das dauert aber länger«, meinte Roya.

»Ich weiß. Aber ich habe keine Lust auf noch mehr Schwierigkeiten!«

Sie nickte. »Gehen wir erst mal zurück nach Hammagor. Vielleicht weiß Faiona, was das für ein Biest war.«

Victor nickte und sie machten sich auf den Rückweg. Dort, wo die Treppe begann, wirkte Roya abermals ihre Magie, um das Eisenstück zum Glühen zu bringen. Bald darauf befanden sie sich wieder in dem langen Tunnel, und jetzt erst fiel Victor ein, dass sie eigentlich hätten versuchen können, Faiona über das Trivocum herbeizurufen, um sich von ihr an Sardins Turm abholen zu lassen. Aber da waren sie schon wieder ganz unten und Victor dachte, dass er lieber noch einmal durch den Tunnel ging, als diese unendlich lange Treppe wieder hinaufzusteigen.

Der Rückweg war weniger beschwerlich, sie wussten nun schon, was sie erwartete und wie lange es dauern würde. Sie redeten wenig und marschierten zügig voran, und als Roya endlich vor ihnen einen Lichtschimmer erblickte, jauchzte sie und rannte auf ihn zu. Victors Beine waren müde und er seufzte nur. Gleich würde er aus diesem vermaledeiten Tunnel endlich wieder draußen sein.

13 ♦ Seitenwechsel

Als Roya aus dem Tunnel ins Freie trat, wurde sie brutal zur Seite gerissen. Sie konnte überhaupt nicht mehr reagieren; sofort legte ihr jemand die Hand über den Mund, packte sie grob und zerrte sie davon. Sie zappelte und strampelte, versuchte in die fremde Hand zu beißen und zu schreien. Aber es half nichts. Der Griff war eisenhart.

Als Nächstes dachte sie an Magie. Sie hatte die zweite Iteration, mit der sie die Eisenstange am Glühen gehalten hatte, loslassen müssen, aber eine zweite Iteration war nichts Schlimmes. Es hatte einen kleinen Wumms getan und sie hatte einen Stich im Kopf wahrgenommen, aber das war in dem Schrecken des Überfalls untergegangen. Im Augenblick hatte sie noch immer die Struktur ihrer Magie im Kopf und beschloss, sie einfach auf ihren Peiniger anzuwenden – egal, was dann passieren mochte. Wer immer es auch war, hatte sie erst ein Dutzend Schritte davon geschleppt. Sie ließ ihr Aurikel aufschnappen und reinweiße Energiefinger leckten ins Diesseits herüber. Aber noch bevor sie ihr eine Richtung und ein Ziel geben konnte, zerplatzte ihr Aurikel wieder, löste sich in nichts auf; es hinterließ nicht einmal ein Echo.

Vor Wut und ohnmächtiger Enttäuschung wand und krümmte sie sich und wäre ihrem Entführer dabei fast aus dem Griff entkommen. Gerade noch konnte er sie halten. Sie stieß einen erstickten Schrei aus und erhielt im nächsten Augenblick dafür eine brutale Ohrfeige.

Das tat weh, verflucht weh, ihr schwirrte der Kopf.

Solche Brutalitäten waren neu für sie und brachen augenblicklich ihren Widerstand. Wimmernd krümmte sie sich im Griff ihres Entführers zusammen. Dann wurde ihr Kopf brutal hochgerissen.

»Die kleine, niedliche Roya«, vernahm sie eine gehässige, wütend flüsternde Stimme. »Sieh mal an! Wo hast du denn deinen Freund Valerian gelassen? Oder soll ich besser sagen: Victor?«

Sie hob den Kopf, und zwischen Tränen hindurch versuchte sie zu erkennen, wer da mit ihr sprach. *Rasnor!*

Roya stöhnte auf. Sie hatten zu viel Zeit verloren. Ausgerechnet diesen Dreckskerl hatte Chast ihnen hinterher geschickt – den Erzquästor des Ordens von Yoor! Er hatte Hammagor gefunden und sie nun doch noch erwischt.

»Chast ist tot«, keuchte sie. »Und der Pakt ist nicht hier!«

Sie hörte nur ein irres Kichern, dann folgte eine weitere brutale Ohrfeige, und die tat noch mehr weh als die erste. Es pfiff nur so in ihrem rechten Ohr und sie sank weinend zusammen und hielt sich den Kopf. Der Mann, der sie hierher geschleift hatte, hatte sie losgelassen.

»Ein Schrei oder auch nur ein kleines bisschen Magie, du kleine Hure, und du bist tot, verstanden?«, zischte Rasnor sie an.

Sie war viel zu sehr mit ihrem Leid und ihrem Schmerz beschäftigt, als dass sie auf die Idee gekommen wäre, irgendetwas zu unternehmen. Nach langen Sekunden hob sie endlich leise schluchzend den Kopf und sah sich um.

Sie befand sich in einem der Räume im ersten Stockwerk. Um sie herum kauerten mehrere Personen; sie schienen zu warten, dass Victor die Treppe herauf kam.

Roya erkannte Magister Quendras, der sie mit ernsten Blicken maß, und neben ihm einen der Kampfmagier aus Karras' Truppe, seinen Namen wusste sie nicht. Dann waren da noch Rasnor und drei weitere Leute. Sie fragte sich, warum sie so viel Aufhebens machten – sie mussten eigentlich wissen, dass Victor über keinerlei Magie verfügte. Mit diesem Aufgebot hätten sie hundert Victors schlagen können.

»Lasst Roya frei«, hörte sie plötzlich eine Stimme aus der Ferne. »Sonst vernichte ich den Pakt und ihr könnt euch euren Kryptus in die Haare schmieren! Dann werden die Drakken euch Scheißkerle zum Frühstück fressen!«

»Ha! Du hast den Pakt ja gar nicht«, kreischte Rasnor zurück. »Deine kleine Hure hier sagte, er wäre nicht hier!«

Roya fragte sich, warum Kerle wie dieser Rasnor Frauen ständig als Huren bezeichnen mussten. Um ihre brutalen und miesen Taten irgendwie zu rechtfertigen? Dieser Kerl war noch dreimal ekelhafter als Chast.

»Ah, Rasnor!«, schallte es zurück. »Das hätte ich mir denken können! Willst du es darauf ankommen lassen?«

»Gib uns den Pakt, dann lassen wir sie am Leben«, lautete Rasnors Erwiderung. Dabei winkte er seinen Leuten, dass sie rechts und links der Treppe Stellung beziehen sollten.

»Victor«, kreischte sie. »Pass auf…!«

Quendras war mit einem Schritt bei ihr und schmierte ihr eine.

Sie purzelte zu Boden, aber noch während sie sich überschlug, wunderte sie sich. Der Schlag hätte erfahrungsgemäß viel weher tun müssen; während sie sich aufrappelte, wurde sie gepackt und festgehalten, aber bei weitem nicht so brutal wie zuvor.

»Ich kümmere mich um sie«, hörte sie jemanden sagen. »Sie beherrscht ein paar ekelhafte kleine Magien! Geht nur und holt diesen Dreckskerl da raus!«

Sie wurde davongezerrt und begriff erst nach Sekunden, dass es Quendras war, der sie hielt. Er schleifte sie in einen anderen Raum und sie fing wieder an zu strampeln, zu weinen und sich zu wehren.

Entgegen ihrer Befürchtungen aber ließ die Härte von Quendras' Griff nach. Er hielt ihren Kopf fest zwischen beiden Händen und starrte sie mit eindringlicher Miene an.

»Hör mir zu, Mädchen, und frag nicht lange!«, zischte er. »Ich stehe auf deiner Seite! Wie kommen wir aus diesem Gebäude raus?«

Roya starrte in die Augen von Quendras und wusste nicht, was sie mehr erschreckte – die Angst und Bedrohlichkeit ihrer Lage oder Quendras' Behauptung, er stünde auf ihrer Seite. Dann blitzte eine Erinnerung durch ihren Kopf; die Erinnerung, wie sie zusammen mit diesem brummigen und unwirschen Kerl komplizierte, magische Verwebungen entschlüsselt und stygische Strukturen gepaukt hatte. Sie hatte schon damals gespürt, dass er sie irgendwie mochte, und sie hatte andere höhnen hören, dass Quendras noch nie gelächelt hätte – bis sie, Roya, in seine Nähe gekommen war.

Er stemmte sich in die Höhe, nahm sie an der Hand und eilte mit ihr durch einen Durchgang auf der anderen Seite einen Raum weiter. Dort angekommen, kauerte er hinter einer Raumecke nieder und zog sie mit hinab.

Roya atmete heftig und versuchte, ihrer Verwirrung Herr zu werden. Quendras war ein großer, kräftiger Mann mit schwarzen Haaren; er trug jetzt einen kurzen Vollbart, was ihn jünger aussehen ließ. Sie wusste, dass er erst Anfang dreißig war, wenngleich man ihn zumeist auf zehn Jahre älter schätzte. Das lag allerdings weniger an seinem Aussehen als an seinem Rang. Nicht wenige in der Bruderschaft hatten über ihn und seine hohe Stellung neidvoll gelästert. Quendras galt als verschlossen und wortkarg und man fürchtete ihn. So ganz konnte sich Roya dem nicht anschließen. Zu ihr war er immer freundlich gewesen.

Hatte er wirklich die Seiten gewechselt – sich von der Bruderschaft abgewandt, um ihr zu helfen? Ein leiser Hoffnungsfunke keimte in Roya auf. Aber was mochte einen Mann wie Quendras dazu bringen, so etwas zu tun? Sie atmete tief durch und beschloss das Wagnis einzugehen, ihm zu vertrauen. Was blieb ihr sonst schon übrig?

»Es gibt nur diese eine Treppe, die hinabführt«, flüsterte sie und wischte sich die Tränen aus dem Gesicht. »Aber wir können hier hinten herum durch die angrenzenden Räume hindurch.« Sie deutete auf einen Durchgang weiter rechts. »Da kommen wir von der anderen Seite an die Treppe heran.«

»Aber da sehen uns Rasnors Leute doch, oder?«

Sie nickte und zog leise die Nase hoch. Es fiel ihr auf, dass er von *Rasnors Leuten* sprach, so als wäre er Meilen davon entfernt, irgendwas mit ihnen gemeinsam zu haben.

»Es sind ein paar von Karras' Kampfmagiern dabei«, sagte er und sah über die Schulter in Richtung des Durchgangs, durch den sie gekommen waren. »Sonst würde ich mit denen schon fertig werden.«

Roya nickte, zog noch einmal die Nase hoch und überlegte, dass sie mit Quendras eigentlich einen äußerst fähigen Magier auf ihrer Seite hatte, vorausgesetzt es stimmte, dass er nun zu ihr hielt. Wenn sie sich recht erinnerte, stand er in dem Ruf, zu den Besten der Bruderschaft zu gehören. Allerdings – wenn er Karras' Leute fürchtete? Quendras war kein ausgebildeter

Kampfmagier, er war ein Forscher und Wissenschaftler. Aber Roya wusste, dass Karras' Kampfmagier nicht unbezwingbar waren. Sie selbst war daran beteiligt gewesen, Scolar zu besiegen, der Faiona geflogen und sie so furchtbar gequält hatte. Sie hatte ihn, obwohl seinen Künsten hoffnungslos unterlegen, mit ein paar geschickten Manövern so durcheinandergebracht und abgelenkt, dass Tirao die Gelegenheit hatte nutzen können, ihn von Faionas Rücken herunterzuwerfen. Er war über eine Meile in die Tiefe gestürzt.

»Was habt Ihr vor, Magister Quendras?«, fragte sie. »Wie sollen wir entkommen? Und da ist auch noch Victor…«

»Hat er wirklich den Pakt?«, fragte Quendras.

Da wurde Roya plötzlich wieder misstrauisch. War alles nur eine geschickte Finte, mit der Quendras dahinterkommen wollte, ob sie Victor gefahrlos angreifen konnten oder nicht?

Sie nickte. »Ja, er hat ihn. Wir haben ihn in einem großen Turm gefunden. Außerhalb von Hammagor.«

Quendras nickte. »Das ist gut. Ich hoffe, er ist so klug, sich erst mal damit aus dem Staub zu machen… Los!«, flüsterte er. »Wir gehen zur anderen Seite und sehen, wie wir dort weiterkommen!«

Er erhob sich, nahm sie wieder an der Hand und zog sie hinter sich her. »Sag, beherrschst du noch diese kleine Magie, die du mir mal gezeigt hast? Diese Druckwelle in der dritten Iteration?«

Sie nickte zögernd.

»Gut. Halte dich bereit. Wir müssen sie besiegen, sonst kommen wir hier niemals raus. Es sind vier Kampfmagier, und ich glaube, dass Rasnor noch irgendwas in der Hinterhand hat.«

Roya wurde unsicher. Auf wessen Seite stand er nun wirklich? Wenn es zum Kampf kam und er gegen Rasnors Leute antrat, musste das eigentlich ein Beweis sein, dass er zu ihr und Victor hielt. Aber… warum? Sie ließ sich von ihm mitziehen und wäre froh gewesen, wenn sie nur Victor, der zwar keinerlei Magie beherrschte, bei sich gehabt hätte. Ihnen wäre schon etwas eingefallen, sie waren ein gutes Paar. Rasnors hysterische Stimme riss sie aus ihren Gedanken.

»Quendras!«, hallte sein Geschrei durch die Gänge. »Wo steckst du, verdammt? Wo bist du mit dieser kleinen Hure hin?«

Roya sah, wie Quendras mit den Zähnen knirschte. »Dafür werde ich ihm persönlich noch eins auf die Zähne geben«, zischte er.

Irgendwie beruhigte sie das. Seine Wut war echt, das sah sie, und es tat ihr einfach gut, dass sie jemand gegen diese widerlichen Schimpfwörter Rasnors verteidigte. Gegen ihn war Quendras ein Engel, kein Wunder, dass er diesen Dreckskerl nicht ausstehen konnte. Aber dennoch – welche Beweggründe mochte er haben? Wollte Quendras vielleicht den Pakt für sich selbst? War sie für ihn bloß ein Mittel zum Zweck, und würde er sie und Victor töten, sobald er den Pakt hatte und die Gelegenheit dazu fand? Sie merkte, dass ihr wieder die Tränen kamen. Ihre Hoffnungen und Zweifel beutelten sie so sehr, dass sie keinen klaren Gedanken fassen konnte. Und sie hatte völlig versäumt, sich auf ihre Magie zu konzentrieren. Im nächsten Augenblick aber wurde ihr jede bewusste Entscheidung abgenommen – sie musste vollkommen instinktiv handeln.

»Quendras«, tönte eine Stimme durch den Raum. »Was soll das? Willst du mit der Göre abhauen?«

Zwei Magier waren da, einer stand in dem Eingang links und ein anderer erschien soeben auf der gegenüberliegenden Seite.

Sie und Quendras standen in der Mitte des Raumes, er hielt noch immer ihre Hand und bot wahrhaftig nicht den Anblick eines Mannes, der sich darum bemühte, eine widerborstige Gefangene zu bändigen. Rasnor musste die beiden Männer ausgeschickt haben, als er Quendras vermisste.

Roya bereitete sich auf die Magie vor, die Quendras ihr nahegelegt hatte. So schnell es ging, machte sie einfach weiter, ließ sie los, ohne darüber nachzudenken. Schon eine Sekunde später ploppte ihre dritte Iteration im Trivocum auf, so ziemlich das Höchste, was sie als Anfängerin überhaupt wirken konnte. Aber sie wusste um die Qualität ihrer Magien, um die komplizierten Verwebungen, die Jerik ihr beigebracht hatte, und um ihre erstaunliche Wirksamkeit. Gewöhnlich hätte sie mit einer dritten Iteration niemanden umbringen können, dazu waren die stygischen Energien viel zu schwach. Im Nachhinein hätte es ihr durchaus genügt, ihren Gegner kampfunfähig zu machen. Aber sie hatte keine Zeit zum Nachdenken.

Dass es so schnell gehen würde, hätte sie nicht für möglich gehalten. Sie sah noch den überraschten Blick des Mannes, der links von ihr aufgetaucht war, und gleich darauf schoss schon eine flimmernde Aura auf ihn zu, schneller, als er reagieren konnte. Es war wie ein Tier, eine kleine Zusammenballung, die über den Boden raste und Staub und Steinchen aufwirbelte. Ein bisschen wie Wasser sah es aus, feiner natürlich, weniger deutlich zu sehen, etwa so groß wie ein kleines Fass, das auf den Mann zukullerte. Allerdings rasend schnell. Dann hatte die Magie ihn erreicht und ihm wurden die Beine so heftig weggerissen, als hätte ein Riese mit voller Kraft seine Keule durchgezogen. Der Magier überschlug sich aus dem Stand heraus mehrfach und wurde dann gegen eine Wand geschleudert; er rutschte an ihr herab und blieb reglos liegen.

Royas erster Impuls war, zu ihm zu eilen, ihm aufzuhelfen, sich zu entschuldigen und ihm zu sagen, dass sie das eigentlich gar nicht gewollt hatte…

Im nächsten Augenblick musste sie den Kopf einziehen, als von hinten eine sengend heiße Wolke fauchend über sie hinwegfuhr. Roya hatte das Gefühl, als stünde sie in Flammen. Sie roch verkohlte Haare, kniff vor Schmerz die Augen zu und krümmte sich zusammen. Gleich darauf ertönte ein scharfer Knall und sie nahm durch ihre halb geschlossenen Augenlider einen grellen Blitz wahr. Ein stechender, ätzender Geruch wehte über sie hinweg, der sie abermals dazu veranlasste, die Lider zusammenzukneifen: Was auch immer das war, es brannte furchtbar in den Augen. Sie spürte einen übermäßig salzigen Geschmack auf der Zunge und ihre Nase protestierte. Aber dann war es schon vorbei, sie vernahm nur ein langgezogenes Gurgeln aus der Richtung des anderen Durchgangs, und da sie noch immer Quendras Hand in der ihren spürte, konnte das Opfer nur der andere Kampfmagier sein.

»Bist du in Ordnung?«, hörte sie Quendras' Stimme und sie atmete auf, war dankbar dafür, dass er sich um sie sorgte. So etwas hatte sie noch nie erlebt und sie war nahe daran, die Fassung zu verlieren. Sie blickte auf und starrte in sein Gesicht, das offene Besorgnis ausdrückte.

Sie holte tief Luft und nickte. »Ja, geht schon. Ich glaube, ich habe den Mann da…« Sie deutete auf den reglosen Körper des Kampfmagiers.

»Leute wie er leben für so etwas«, sagte Quendras. »Sie haben sich für den Kampf entschieden. Dazu gehört auch das Risiko zu scheitern.«

Roya wusste nicht, was sie darauf sagen sollte. Seltsamerweise nahmen ihr Quendras' Worte ein wenig die Bestürzung und das Gefühl, ein Verbrechen begangen zu haben.

»Quendras, du Wahnsinniger!«, hörte sie plötzlich den Erzquästor kreischen. »Was tust du eigentlich da?

Wenn du die kleine Hure vögeln willst, dann mach das nachher, wenn wir hier fertig sind!«

Quendras verlor die Beherrschung. Er ließ Roya los und rannte durch den linken Durchgang hinaus – dorthin, wo Rasnors Stimme hergekommen war.

Roya blieb betroffen stehen. Einen Augenblick später schon ertönte ein gewaltiger, alles durchdringender Schlag, der den gesamten Mittelbau erschütterte. Eine mächtige Staubfontäne schoss aus dem Nachbarraum zu ihr herein. Roya heulte angsterfüllt auf. Überall rieselten Staub und kleine Steinchen von Decken und Wänden. Gleich darauf erschütterte ein weiterer dumpfer Schlag den Bau, Roya kippte um und kroch in Richtung einer der Wände, um dort Deckung zu suchen.

Im nächsten Moment wurden sämtliche Wände, Decken und Böden von einem kreischenden Etwas durchdrungen, das kaum zu beschreiben war – wie eine mörderische Schwingung, die versuchte, die Welt in vertikale Scheiben zu zerteilen und diese Scheiben gegeneinander zu verschieben. Roya hatte den Eindruck, dass für einige Sekunden alles um sie herum wässrig blau wurde. So wirkungsvoll ihre eigene, kleine Magie eben auch gewesen war – hier tobte ein magischer Kampf von wirklichen Ausmaßen. Sie konnte von Glück sagen, dass sie nicht Teil davon war. Angstvoll wartete sie ab, wünschte sich nur, dass ihr neu gewonnener Gefährte nicht sterben musste.

Es blieb still, lange Zeit.

Roya rührte sich nicht vom Fleck, hatte schreckliche Angst, lauschte nur furchtsam in die Stille hinein. Irgendwann hörte sie Schritte. Langsam tappende Schritte, die in ihre Richtung kamen. Angstvoll wimmernd und schon wieder mit Tränen in den Augen, zog sie sich zurück, drängte sich gegen die Wand, versuchte sich so klein wie möglich zu machen.

Dann betrat der Ankömmling den Raum: eine graue, steif umhertappende Gestalt. Endlich erkannte Roya ihn: Es war Victor. Sie sprang mit einem Schluchzen auf, rannte zu ihm und warf sich ihm in die Arme. Er war über und über mit Staub bedeckt.

»Was war denn hier los, beim Felsenhimmel?«, keuchte er. »Warst *du* das? Hast du diese Kerle fertig gemacht?«

Roya sah betroffen auf. »Nein – Quendras! Hast du ihn gesehen?« Sie ließ Victor los, rannte in den Nachbarraum und dann durch den Durchgang noch weiter. Überall standen noch Staubwolken in der Luft; Roya glaubte, hier und dort, an den Wänden und auf dem Boden, kleine Funken und Entladungen zischen zu sehen. Es musste mörderisch gewesen sein, was sich hier abgespielt hatte. Endlich fand sie ihn.

Er war einer der drei Männer, die staubbedeckt auf dem Boden in dem Raum lagen, in den man sie zuerst verschleppt hatte. Die beiden anderen regten sich nicht, einer davon sah übel zugerichtet aus. Quendras selbst schien ebenfalls etwas abbekommen zu haben, doch er bewegte sich. Mit einem Aufstöhnen eilte Roya zu ihm. Doch als sie ihm nahe kam, spürte sie, dass etwas nicht stimmte.

In ähnlicher Weise, wie der ganze Raum noch Reste der stygischen Entladungen in sich zu tragen schien, befand sich Quendras selbst unter dem Einfluss dieser Kräfte.

»Nicht…«, keuchte er, als er Roya kommen sah, die Hand nach ihm ausgestreckt. »Nicht… berühren…!«

Dann sank er stöhnend wieder nach vorn.

Roya war betroffen stehen geblieben. Er lag auf dem Bauch, war über und über mit Staub und Schutt bedeckt und irgendetwas Unnennbares schien Besitz von ihm ergriffen zu haben. Es war beinahe, als existierte er nur halb in dieser Welt, während der andere Teil seiner

Erscheinung ständig zwischen dem Nichts und dem Diesseits hin und her driftete. Die Umrisse seines Körpers verschwammen mitunter, dann plötzlich war er wieder da – nur um anschließend aufs Neue zu verschwimmen.

In Roya stieg die schreckliche Befürchtung auf, dass der Mann, der sie und Victor gerettet hatte, dies hier vielleicht nicht überleben würde.

»Magister Quendras!«, rief sie verzweifelt. »Was… was kann ich für Euch tun?«

Er hob den Kopf, sah sie jedoch nicht an. »Rasnor… wo ist Rasnor?«, flüsterte er.

Roya blickte auf, sah sich eilig überall um. »Rasnor…? Er ist nicht hier!«

»Kann sein«, hörte sie plötzlich Victors schleppende Stimme, »dass er geflohen ist. Als ich hereinkam, sah ich durch das Fenster da einen Drachen davonfliegen.« Er deutete in Richtung des Fensters und tappte steif dorthin. Wie Quendras war er völlig mit Dreck und Staub bedeckt und irgendetwas schien auch ihn erwischt zu haben. Roya sah sich irritiert um. Wenn Rasnor tatsächlich hatte fliehen können, musste mehr Zeit vergangen sein, als sie dachte.

Quendras stöhnte. Er stieß einen leisen Fluch aus – er schien trotz seiner Schmerzen wütend zu sein, dass er Rasnor nicht erwischt hatte.

Roya sah befangen nach den beiden anderen. Der eine Magier lag mit verdrehten Gliedmaßen und offenbar stark verbrannter Kleidung in einer Ecke des Raumes. Der zweite war offenbar in Höhe des Brustbeins in zwei Hälften zerteilt worden. Roya wandte sich ab, das Bild war grausig. Quendras hatte den beiden Kampfmagiern offenbar doch widerstehen können. Allerdings hatte er einen hohen Preis gezahlt. Oder würde ihn noch zahlen müssen.

Victor kniete sich nun ebenfalls neben Quendras nieder – schwerfällig und steif. Er sah aus wie ein Gespenst. Seine Blicke hingen fragend an Roya.

»Er hat mir geholfen«, erklärte sie und wieder spürte sie Tränen in den Augen. »Gegen Rasnor und seine Leute. Du weißt ja, wir haben in Torgard zusammengearbeitet.« Mehr an Erklärungen für Magister Quendras' unverhofften Gesinnungswandel hatte sie auch nicht zu bieten. Sie wünschte sich, dass Quendras noch Gelegenheit erhalten würde, ihnen seine Beweggründe genauer zu beschreiben, aber so wie es im Augenblick aussah, stand es schlecht um ihn. Immer wieder verschwammen seine Umrisse und jedes Mal stöhnte er leise dabei auf.

Schwerfällig begann Victor, sich den Staub aus den Kleidern zu klopfen. Er atmete ein paarmal tief ein und aus und legte ihr dann einen Arm über die Schulter. Sie hielten Abstand zu Quendras, denn er wurde schubweise von der seltsamen blauen Erscheinung erfasst.

»Er hat etwas ganz Übles abgekriegt«, sagte Victor leise. »Ich hab's gesehen – es war Rasnor, dieser Drecksack! Ich weiß gar nicht, woher der so etwas kann!«

Sie studierte besorgt sein Gesicht.

»Dieses blaue Zeug, weißt du?« Er deutete auf Quendras und schnaufte. »Es könnte eine dieser wahnsinnigen Magien jener Leute sein, die vor achthundert Jahren nach Og ausgewandert sind.«

Roya starrte Quendras an. Von solchen Dingen hatte sie noch nie gehört.

»Sie probierten mit Magien herum«, fuhr Victor fort, »völlig abwegige und gefährliche Dinge. Um sich gegen diese furchtbaren Oga-Bestien verteidigen zu können.«

Roya nickte matt, ihre Hoffnung sank immer mehr.

»Sie versuchten, Wesen aus dem Diesseits direkt ins Stygium versetzen zu können. Ich habe mal etwas darüber gelesen.« Victor nickte in Richtung Quendras. »Ist ihnen nie vollständig gelungen. Aber immerhin halb.«

Roya schluckte. »Wird er sterben?«

Victor hob die Schultern und schüttelte schwerfällig den Kopf. »Weiß ich nicht. Ihm dürfte aber jedes einzelne Mal, das er halb hinüberrutscht, schlecht bekommen. Allzu lange wird er das nicht aushalten können.«

Wie um Victors Vermutung zu untermalen, flimmerte Quendras' Körper plötzlich stark auf und er stieß einen gequälten Laut aus. Roya sah entsetzt, dass er sich dabei ins Bläuliche verfärbte und halb durchsichtig wurde. Es musste mit dieser schrecklichen, magischen Entladung zu tun haben, die sie drüben, im anderen Raum, miterlebt hatte. Schon wieder kamen ihr Tränen. Sie fragte sich, wann sie endlich aufhören würde zu weinen. Es wäre eine verflucht ungerechte Sache, wenn ausgerechnet dieser Mann sterben müsste.

»Du weißt doch so verdammt viel, du Bücherwurm«, krächzte sie zwischen ihren Tränen hindurch. »Was können wir dagegen tun?«

14 ♦ Göttliche Hilfe

Sie stritten sich – zum ersten Mal. Erst weigerte sich Victor, Sardin um Hilfe zu bitten, und dann, als er nachgab, wollte Roya plötzlich nicht mehr. Währenddessen litt Quendras, ihr Retter, unter den furchtbaren Angriffen dieser abartigen Magie. In den kurzen Zeiten dazwischen, wo er leidlich zu sich kam und bevor ihn ein neuerlicher Schub ins Stygium zu zerren begann, hatte er nur für eine Sache den Kopf frei: wo Rasnor war. Dann packten ihn erneut die Qualen, und weder Roya noch Victor wussten, wie lange er das noch aushalten würde. Immerhin schien es sich für den Moment nicht zu verschlechtern. In unregelmäßigen Abständen von einer halben bis zu einer Stunde überkam Quendras ein neuer Anfall, und das meiste der nachfolgenden Zeit benötigte er, um sich wieder halbwegs zu erholen. Roya blieb bei ihm und versuchte ihm mit kleinen Heilmagien zu helfen, die ihn leidlich kräftigten und seinen Herzschlag in Gang hielten, wenn er gerade wieder eine seiner Höllentorturen hinter sich hatte.

Sie konnten Quendras' Qualen bald nicht mehr mit ansehen. Niemand war hier, der ihm hätte helfen können, und Royas Bemühungen vermochten ihm nur die schlimmsten Nachwirkungen zu erleichtern, was sie zusehends erschöpfte. Dann begannen sie zu diskutieren – über das, was sich als Einziges anbot: Sardins Hilfe. Wütend erklärte Roya, dass sich dieser göttliche Taugenichts nun gefällig nützlich machen sollte; sie zweifelte nicht daran, dass Sardin über die entsprechende Macht verfügte. Victor wehrte sich verbissen, diesen miesen Gesellen um Hilfe zu bitten. Dann aber sah er ein, dass Quendras litt, und Roya, die er gerettet hatte, litt mit ihm. Immer mehr ließ Victor von seiner Weigerung ab und wollte dann schließlich doch gehen. Aber plötzlich wurde Roya unsicher. Der Gedanke, dass ihr oder Quendras' Schicksal von der Launenhaftigkeit dieses *Gottes* abhängen sollte, versetzte sie in eine Stimmung, in der Victor sie überhaupt nicht wiedererkannte. Aus der sanften, zierlichen und stets zu kleinen Scherzen aufgelegten Roya wurde eine zornige Rächerin, der Victor durchaus zutraute, dass sie sich mit dem ganzen Feuer ihrer leidenschaftlichen Verachtung in einen Kampf gegen Sardin werfen würde.

Abermals verschlechterte sich Quendras' Zustand und Roya wurde so elend zumute, dass sie Victor schließlich bat zu gehen. Es hatte schon viel zu lange gedauert, dass sie sich zu diesem Entschluss durchgerungen hatte.

Victor flog mit Faiona zum Turm, aber dort erlebten sie eine Enttäuschung. Der Sims war nirgends breit genug, als dass Faiona dort hätte landen und Victor absetzen können. Er hätte es nur mit einem riskanten Sprung von ihrem Rücken versuchen können – aber wäre der daneben gegangen, hätte er anderthalb Meilen freien Fall vor sich gehabt – mit tödlichem Ausgang. So blieb ihnen nichts anderes übrig, als wieder zurückzufliegen.

Victor machte sich bereit, abermals den langen Marsch durch den Tunnel anzutreten, und wenigstens reichte ihm nun das Glück ein wenig die Hand: Im Gepäck von Rasnors Leuten fanden sich mehrere Kerzen.

Die nächste große Enttäuschung kam, als Victor den Turm erreichte. Das steinerne Portal, das Roya geöffnet hatte, war noch immer offen, und so betrat er hoffnungsvoll, wenn auch von Furcht erfüllt, den steinernen Turm. Er hatte sich unterwegs eine Menge Worte für Sardin zurechtgelegt und war trotz allem Unmut zu dem Schluss gekommen, dass er wohl am besten daran tat, ihn um Hilfe zu *bitten*. Vielleicht sogar mit einer gewissen Unterwürfigkeit. Wenn er Sardins Wut heraufbeschwor und dieser *Gott* seine Hilfe verweigerte, konnte Victor nichts dagegen tun. Diese Sache stand jenseits dessen, was die Abmachung zwischen ihm und Sardin bezüglich des Pakts und Leandra betraf, und sie waren ganz allein auf den *guten Willen* Sardins angewiesen. Victor lachte bitter auf. Bei einer Monstrosität wie Sardin so etwas wie einen *guten Willen* zu erhoffen war nicht viel mehr als ein schlechter Witz. Trotzdem musste er es versuchen.

Aber Sardin war gar nicht da.

Victor stand nun zum zweiten Mal auf der kleinen Rampe, die ins Nichts dieses unaussprechlichen Kosmos in Sardins Turm hineinragte, und starrte in die Höhe zu der nebelhaften Spirale auf, die sich träge um sich selbst drehte.

Im Innern des Turmes herrschte so vollständige Dunkelheit, dass er genauso gut mitten im *Weltenall* hätte stehen können – mit nichts als grenzenloser schwarzer Leere in allen Richtungen. Bei diesem Wort musste er an Leandra denken. Das war eines ihrer liebsten Themen; sie hatten sich oft darüber unterhalten und Victor hatte alles beigesteuert, was er aus den Büchern wusste, die er in seiner Zeit als Restaurator gelesen hatte. Aber dennoch: Es war etwas ganz anderes, hier zu stehen und tatsächlich den Eindruck dieser grenzenlose Leere um sich herum zu erleben, statt nur darüber zu *reden*.

Sardin jedoch blieb verschwunden. Victor rief seinen Namen; zuerst zaghaft, dann aber lauter und zuletzt wütend, denn er war überzeugt davon, dass dieser *Gott* ihn hörte. Angeblich litt er ja unter ewig währender Langeweile und es wäre schon sehr seltsam, wenn er ausgerechnet in dem Augenblick, da ihn einmal jemand brauchte, mit etwas anderem beschäftigt wäre. Aber so sehr Victor auch rief – Sardin zeigte sich nicht.

Victor fluchte leise in sich hinein und ließ die Blicke durch die große Leere schweifen. Inzwischen hatten sich seine Augen gut an die Dunkelheit gewöhnt, und wiewohl der Raum oberhalb seines Kopfes den Eindruck dieser unendlichen, leeren Weite beibehielt, konnte er weiter unten nun doch etwas erkennen: etwas, das ihm zuvor nicht aufgefallen war. Offenbar lief auch im Inneren des Turms ein schmaler Sims rund herum – auf der Höhe der kleinen Rampe, auf der er stand. Unten in der Dunkelheit, in die ein Schimmer von Licht von der nebligen Spirale hinabfiel, erkannte er schemenhafte Formen. Es waren nur wenige, sie zogen sich wie Linien oder Kanten unter ihm dahin, so als besäße die Halle dort unten die Form einer geöffneten Halbkugel, die von irgendwelchen Konturen durchzogen wurde.

Victor starrte angestrengt in die Dunkelheit hinab. Die Linien waren äußerst schwach und kaum zu erkennen, aber dennoch: da war etwas. Er überlegte eine Weile, ob er versuchen sollte, es zu erforschen – was immer es auch war. Vielleicht fand er einen Hinweis, wie er Sardin herbeirufen konnte. Mit gänzlich leeren Händen wollte er nicht zurückkehren.

Er wandte sich um, lief zurück in den Gang und holte seine Kerze, die noch immer brannte. Er ging wieder auf die Rampe und trat von dort vorsichtig auf den schmalen Sims, der an der Wand entlang nach links in die Dunkelheit führte. Er war zwei Ellen breit – eigentlich breit genug, um unbeschwert darauf gehen zu können, allerdings nur, wenn man nicht ständig die Angst verspürte, dass sich um einen herum das bodenlose Nichts auftat.

Victor nahm all seinen Mut zusammen. Die Kerze

hielt er in der rechten Hand, aber sie spendete nur wenig Licht. Immerhin erhellte sie die Mauer links neben ihm. Victor hielt ständig mit der linken Hand Kontakt zur Wand. Tapfer ging er den Sims entlang; er schien in einem weiten Kreis an der gesamten Innenwand des Turms entlang zu führen, offenbar, um nach einer ganzen Umrundung wieder auf die Rampe zu stoßen. Diese Erkenntnis beruhigte ihn ein wenig, denn ein Mindestmaß an Kenntnis über die Beschaffenheit dieses Ortes half ihm, das Gefühl zu bekämpfen, er würde sich hier in die vollkommene Leere hineinbewegen.

Aber ganz wollte dieser Eindruck nicht weichen. Er fluchte leise über die bedrohliche Fremdartigkeit dieses Ortes, aber er ging weiter, langsam und mit vorsichtigen Schritten. Dann endlich, nachdem er einige Minuten lang gelaufen war, entdeckte er eine Treppe, die rechts von ihm hinab in die Dunkelheit führte. Sie zweigte im rechten Winkel vom Sims ab und war auf beklemmende Weise schmal. Die Stufenhöhe war der Stufenbreite gleich, somit war sie annähernd so steil wie die Treppe in der großen Halle von Hammagor, die beinahe seinen Tod bedeutet hätte. Victor blieb unschlüssig stehen und hielt die Kerze in Richtung der Treppe – in der Hoffnung, mehr erkennen zu können. Aber sie blendete ihn mehr, als dass sie ihm den Weg erleuchtet hätte. Das einzige verwertbare Licht stammte nach wie vor von der nebligen Spirale, die in der Höhe inmitten des Nichts schwebte. Als Victor hinauf sah, erkannte er erstaunt, dass sich die Spirale offenbar mit ihm gedreht hatte. Er nahm kurz Maß, indem er zu dem Lichtfleck des Eingangs an der Rampe blickte – ja, er hatte das Innere der Turms fast zu einem Viertel umrundet, aber der Nebel, aus was auch immer er bestehen mochte, war mit ihm herumgewandert. Eigentlich hätte er ihn nun von der Seite sehen müssen.

Er schnaufte und wandte sich wieder der Treppe zu. Würde er besser sehen können, wenn er die Kerze ausblies? Es würde vielleicht schwierig werden, sie wieder zu entzünden, aber er hatte schließlich die Zunderbüchse und Holzspäne dabei. Wenn er die Kerze löschte, würden sich seine Augen vielleicht besser an die Dunkelheit gewöhnen und er würde das Licht der Nebelspirale nutzen können. Irgendwohin musste diese Treppe führen. Er nahm sich ein Herz und blies die Flamme aus.

Für einige beklemmende Augenblicke hatte er das Gefühl, als stünde er im Nichts. Die Wand neben ihm versank in der Unsichtbarkeit und selbst der Sims unter seinen Füßen war kaum mehr zu sehen. Dann aber drang immer mehr fahles Licht an seine Augen, Strukturen, die von dem Nebel schwach beleuchtet wurden, und plötzlich schnappte er voller Bestürzung nach Luft: Unter ihm offenbarte sich – nur schwach erkennbar, aber dennoch zu sehen – ein Gewirr von Strukturen, das er zuvor nur hatte erahnen können.

Es schien sich in der Tat um ein System von Wegen zu handeln, das durch die Form einer riesigen Halbkugel dort unten führte – Stege, Treppen, Simse und sogar kleine Brücken zogen sich in alle erdenklichen Richtungen, und je länger er hinabstarrte, desto mehr von ihnen konnte er erkennen. Dazwischen jedoch, in dunklen Vierecken, schien es in bodenlose, finstere Abgründe zu führen – jedenfalls sah es von oben so aus. Ganz unten in der Halbkugel, an ihrem tiefsten Punkt, gab es so etwas wie ein kleines Gebäude – ein quadratischer, offenbar flacher Bau, mit einer Anzahl von kleinen Kuppeln und Türmchen rings um ihn herum. Ein heißer Schauer durchfuhr Victor. Dieser Ort besaß eine gewisse Aura von Bedeutung; es schien fast, als wäre er errichtet worden, um etwas *Wichtiges* zu beherbergen.

Der Pakt? Konnte es sein, dass dort unten der *Pakt*

aufbewahrt wurde? Victor holte Luft. Er wusste, dass er in erster Linie hier war, um Hilfe für Quendras zu holen und dass er die Suche nach dem Pakt lieber auf später verschieben sollte. Quendras hatte sie gerettet, obgleich sich Victor noch sehr im Unklaren über die Beweggründe des Magisters war. Er kannte Quendras aus Torgard – als einen finsteren Mann, der wohl einer der engsten Vertrauten von Chast gewesen war. Dass ausgerechnet dieser die Seite gewechselt hatte, erschien ihm äußerst ungewöhnlich. Aber wie auch immer: Es stand fest, dass er sowohl Roya als auch ihm das Leben gerettet hatte. Dafür hatte er wiederum verdient, dass Victor nun alles tat, um *ihm* das Leben zu retten. Später würde man weitersehen.

Doch was sollte er tun? Auch wenn dort tatsächlich der Pakt war und er ihn sogar mitbrachte, hätte er seine Pflicht, Hilfe für Quendras zu suchen, nicht vernachlässigt. Möglicherweise fand er dort unten Sardin, dem es im Augenblick beliebte, sich nicht zu zeigen. Ja – er musste nachsehen gehen!

Als Victor sicher war, dass seine Augen so viel wie nur irgend möglich von der Umgebung wahrnehmen konnten, ging er los. Er tappte mehr, als dass er die Stufen – mit seitlich von sich gestreckten Armen – hinabstieg; die Treppe war fast um die Hälfte schmaler als der Sims. Kaum mehr als eine Elle in der Breite maß sie, und die Stufen waren so hoch, dass er bei jedem Schritt abwärts ein Stück in die Knie federn musste. Rechts und links von ihm ging es in unbekannte Tiefen. Nach einer Weile fragte er sich, welcher Teufel ihn ritt, dass er das hier tat. Es war völlig undenkbar, sich umzudrehen, um noch einmal hinaufzublicken – es hätte ihn gefährlich viel Gleichgewicht kosten können. Mit klopfendem Herzen ging er weiter. Ein Stück unter ihm kam endlich ein etwas breiterer Absatz in Sicht, von dem aus mehrere Stege weiterführten. Sie liefen in verschiedene Richtungen, keiner jedoch direkt auf das kleine Gebäude zu, das noch gute vierhundert Schritt von ihm entfernt lag.

Victor keuchte und schnaufte, als er unten ankam. Erleichtert ließ er sich auf der kleinen Fläche kalten Steins nieder, die sich vor ihm aufgetan hatte, und wischte sich über die Stirn. Seine Hand wurde nass vom Schweiß seiner Angst und seiner Konzentration, und all seine Muskeln fühlten sich verkrampft an. Wäre die Treppe nur ein wenig breiter gewesen, wäre er binnen einer halben Minute und im Laufschritt hier unten angekommen. So aber hatte er wohl an die zehn Minuten gebraucht.

Langsam stand er wieder auf und sah sich um. An manchen Stellen konnte er die gemauerten Wände der Stege erkennen, die hinab in die Tiefe führten, allerdings nur für ein kleines Stück. Wie tief es dort hinabging und was dort unten auf jemanden wartete, der abrutschte, konnte er nicht sagen. Nur über eines wurde er sich immer klarer: Es war nicht erwünscht, dass jemand hier eindrang oder gar bis zu dem kleinen Steinbau gelangte. All diese schmalen Wege und Simse waren nichts weiter als eine weitere Falle in der fremden Welt von Hammagor.

Victor maß die Wege um sich herum hinsichtlich seiner Absicht, zu dem Steinbau zu gelangen. Die meisten von ihnen verschachtelten sich nach kurzer Zeit wieder und wurden teils von anderen Wegen, Brücken oder Treppen verdeckt, sodass er nicht erkennen konnte, welcher davon sich dem Bau tatsächlich näherte. Kurz bevor er einen davon ausprobierte, fiel ihm ein, dass er besser den Weg markierte, den er nahm. Das hier sah verteufelt nach einem Irrgarten aus.

Er durchsuchte seine Taschen, fand aber nichts, was geeignet war, um es an den Stellen zu hinterlegen, an denen er abzweigte. Er probierte es mit der Kerze aus –

malte mit ihrer Unterseite einen wächsernen Strich an die Stelle, wo er abbog. Das funktionierte. Das auf dem Stein aufgetragene Wachs schimmerte leicht im Licht. Wenn er Acht gab, keinen der Striche zu verwischen, würde er den Rückweg wieder finden können. Erleichtert über die Tauglichkeit seines Einfalls ging er los.

Er wählte einen Steg nach links, der bald zu ein paar abwärts gehenden Treppenstufen führte, und erreichte dann ein kleines Podest, von dem aus drei weitere Treppen abzweigten. Er entschloss sich, zunächst die nach links gerichtete Methode beizubehalten, und wandte sich über vier Stufen einem unangenehm schmalen Steg zu, unterhalb dem er jedoch, in vielleicht zehn Ellen Tiefe, eine Fläche erkennen konnte. Das erleichterte ihm den Entschluss. Er kam wohlbehalten auf der anderen Seite an, markierte stets sorgfältig seinen Weg und wurde langsam ein wenig sicherer. Er balancierte über mehrere kleine Brücken, stemmte sich einmal einen brusthohen Absatz hinauf und überquerte danach voller Angst eine irrwitzig schmale Brücke, die über einen breiten Abgrund führte. Beinahe hätte er vor diesem Ding kapituliert. Manchmal hatte er das verrückte Gefühl, als habe er den Einflussbereich der Schwerkraft verlassen. Am Ende mancher Treppen fand er sich, so glaubte er jedenfalls, in waagrechter Lage stehend wieder, fest mit den Füßen auf dem Boden, aber in einer seitlich gekippten Welt. Die neblige Spirale schien sich dann links oder rechts von ihm und nicht über seinem Kopf zu befinden, so als hätte jemand die Halbkugel, in der er umhertappte, gekippt.

Victor ignorierte hartnäckig sämtliche Anschläge auf sein Orientierungsvermögen. Er behielt eisern nur den kleinen Steinbau im Blick und näherte sich ihm tatsächlich. Es war ein weiter Weg, den er zurücklegte, aber die Entschlossenheit, sich nicht von Sardin narren zu lassen, trieb ihn weiter voran. Dann endlich, ohne dass er in unmittelbare Lebensgefahr geraten wäre oder sich hoffnungslos verlaufen hätte, war er tatsächlich da. Vor ihm, im fahlen Licht des Nebels, erhob sich der kleine Bau, kaum höher als Victor selbst. Aber dann sah er sein Geheimnis: Treppenstufen führten zu einem Kellergeschoss hinab. Auf der steinernen Fläche um den Bau herum erhoben sich seltsame kuppel- und turmförmige Monumente. Es erinnerte ihn an einen uralten, vergessenen Friedhof aus unvordenklicher Zeit. Victor empfand jedoch nichts wirklich Bedrohliches hier und er hatte ein feines Gespür für so etwas. Er näherte sich dem Eingang, einem dunklen Rechteck ohne Gitter oder Tür. In dem Raum herrschte nichts als Dunkelheit und Victor vermochte nicht das Geringste zu erkennen.

»Sardin?«, rief er in das finstere Rechteck hinein. »Sardin? Bist du hier?«

Niemand antwortete ihm. Er maß den Stummel der Kerze in seiner Hand, sie war noch lang genug, um als Lichtspender dienen zu können. Für den Rückweg durch den langen Tunnel hatte er eine zweite Kerze dabei. Er ließ sich auf den Boden nieder, holte die Zunderbüchse hervor und brachte mit Stahl und Feuerstein einen trockenen Holzspan zum Glühen. Es dauerte eine Weile, aber dann fing er Glut und Victor blies ihn an, bis er eine kleine Flamme hervorbrachte. Damit entzündete die Kerze. Kurz darauf war er so weit, den kleinen Steinbau zu betreten. Obwohl seine Sinne und sein Verstand ihm sagten, dass hier in der Umgebung nichts Bedrohliches lauerte, begann sein Herz dumpf zu pochen, als er die Treppenstufen hinabstieg.

Victor atmete erleichtert auf, als er sah, dass der Raum keine böse Überraschung zu bieten hatte – wenigstens auf den ersten Blick.

Keine steinernen Wächter erwarteten ihn, die im Trivocum alarmierend violette Auren verstrahlten oder im nächsten Moment aufzuspringen drohten. Es schien auf den ersten Blick auch keinerlei Besonderheiten zu geben, die sich als tödliche Fallen entpuppen mochten. Seltsam war dieser Ort dennoch.

Und plötzlich entdeckte er etwas, das ihn vor Schreck leise aufschreien ließ. Die Flamme seiner Kerze war erstarrt. Sie verstrahlte nach vor Licht, aber jede Kerzenflamme in seiner Welt zitterte und flackerte – diese jedoch war völlig still und wie aus Stein gemeißelt. Victor hätte sie vor Schreck beinahe fallen lassen. Entsetzt starrte er sie an, für eine volle Minute, und konnte kaum glauben, was er sah. Es schien, als wäre die Zeit an diesem Ort stehen geblieben. Er selbst konnte sich nach wie vor bewegen, er atmete, lebte. Die Kerze aber war stumm und starr, auch wenn sie nach wie vor leuchtete. Dann sah er, dass ihr Licht von den Wänden völlig gleichmäßig reflektiert wurde, und das lenkte seinen Blick endlich auf die Umgebung, die er bislang noch nicht genauer hatte in Augenschein nehmen können.

Victor hatte einen annähernd quadratischen Raum betreten, dessen kuppelförmige Decke in gewisser Weise ein Spiegelbild des seltsamen Labyrinths der Wege, Treppen und Brückchen draußen darstellte. Die Treppe hatte ihn neun oder zehn Ellen abwärts geführt, sodass sich die Decke nun etwa zwei Manneslängen über seinem Kopf befand. In der Mitte des Raumes befand sich ein flacher Sockel, auf dem eine große hölzerne Kiste stand, aber Victor schenkte ihr im Augenblick keine Aufmerksamkeit.

Er hob seine seltsam leuchtende Kerze. Es gab in diesem Raum eine zweite Sache, die beunruhigend und rätselhaft war: Jene dunklen Vierecke, die dort draußen, in Sardins Turm in schwarze, unerfindliche Tiefen führten, fanden sich auch hier: ein unergründliches

Nichts zwischen den Strukturen an der Kuppel über ihm. Nach allem, was logisch war, hätte Victor irgendeinen Grund sehen müssen, wenn er mit seiner Kerze in eines der Vierecke hineinleuchtete – aber da war nichts. So wirkte dieser Raum wie eine originalgetreue, verkleinerte Ausgabe der verwirrenden Welt dort draußen, und Victor fühlte sich sehr ungemütlich angesichts der Tatsache, dass oberhalb seines Kopfes und dicht um ihn herum nichts als Unbegreiflichkeit herrschte. In Sardins Turm war dies auf gewisse Weise leichter zu akzeptieren als hier in diesem Raum. Von außen betrachtet, besaß dieser kleine Steinbau durchaus feste Grenzen – er hatte das flache Dach ja deutlich gesehen. Im Inneren jedoch… Victor bemühte sich, langsam und gleichmäßig zu atmen, und versuchte, das seltsame, in ihm aufkeimende Gefühl der Verlorenheit zu beherrschen. Wieder fiel sein Blick auf die erstarrte, hell leuchtende Kerzenflamme und leichte Panik beschlich ihn. Magie war nichts Neues für ihn, aber dies hier war etwas anderes. Er versuchte krampfhaft, seinen heftig pochenden Herzschlag zu beruhigen. Vielleicht gelang ihm das besser, wenn er sich vorerst etwas anderem zuwandte.

Er lenkte seinen Blick auf die hölzerne Kiste, eine Art Truhe, die in der Mitte des Raumes auf dem flachen Sockel stand. Es handelte sich um eine rechteckige, etwa zwei Ellen lange und jeweils eine Elle hohe und breite Holzkonstruktion mit einem gewölbten Deckel. Es war kein Schloss zu sehen, aber dennoch – es sprang geradezu ins Auge, dass sie etwas Wichtiges bergen musste.

War hier etwa der *Pakt* versteckt? Würde er ihn tatsächlich finden – wo Sardin sich doch geweigert hatte, ihn herauszugeben? Ihm erschien das fast zu einfach. Aber vielleicht hatte er auch nur unerhörtes Glück gehabt, den Weg hierher zu finden, vielleicht hätte er nach dem Plan der Erbauer dieses Ortes längst zerschmettert auf dem Grund irgendeines dieser namenlosen dunklen Schächte zwischen den Brücken und Treppen liegen müssen. Sein Herz wummerte immer stärker, als er sich ausmalte, Sardin ausgetrickst zu haben und den Pakt nun gegen den Willen dieses *Gottes* erbeuten zu können.

Er umrundete die Truhe und untersuchte sie genau. Natürlich war es möglich, dass sie eine Falle enthielt – aber es kam Victor nicht sehr sinnvoll vor, dass man einem Eindringling erst hier, am Ziel, ans Leder wollte. Eine echte, tödliche Falle hätte früher zuschnappen sollen, beispielsweise durch eine einstürzende Brücke oder Ähnliches. Er überlegte kurz, kniete dann nieder und stellte die Kerze neben sich auf den Sockel.

Vorsichtig öffnete er den Deckel der Truhe.

Zuerst sah er gar nichts. Dann, als der Deckel ganz oben war und er die Kerze hob, erkannte er ein wahres Durcheinander in der Truhe – und bald war ihm klar, dass es sich ausschließlich um Schriftgut handelte. Packen von zusammengeschnürten Blättern, Schriftrollen, dicke und dünne Bücher. Aber Victor sah schon auf den ersten Blick, dass es sich nicht um gewöhnliche Bücher handelte.

Alles, was sich in der Truhe befand, war steinalt. Eine dicke Schicht öligen Staubes lag darauf, so als wäre es seit Urzeiten nicht mehr berührt worden. Victor hatte früher Bücher restauriert, und er erkannte mit einem Blick, dass man all diese Bände, Rollen und Pergamente mit äußerster Vorsicht behandeln musste. Sofort tastete er nach dem Trivocum, auf der Suche nach irgendetwas Ungewöhnlichem, das vielleicht zu dem passen mochte, was er suchte: dem Pakt. Aber da war nichts. Das Trivocum war auf seine typische Weise blass rötlich und unbewegt und Victor spürte den kalten Stich der Enttäuschung: Nein, der Pakt enthielt eine sehr mächtige Magie, irgendetwas hätte er sicher spüren müssen, wenn sich das Dokument in dieser Kiste befand.

Vorsichtig steckte Victor die Hand nach einem schmalen Büchlein aus, das zuoberst lag. Es erweckte den Eindruck, einigermaßen gut erhalten zu sein, war leicht und sein Einband bestand aus braunem Leder – vom Alter an den Rändern schon fast schwarz. Er stellte die Kerze wieder ab und schlug das Büchlein vorsichtig auf.

Zu seinem Schrecken fiel als Erstes etwas heraus und landete auf dem Boden – ein gefaltetes Blatt mit bunten Bildern. Er stieß einen Laut des Bedauerns aus und hob das Blatt wieder auf. Was er dann aber sah, ließ ihm den Atem stocken.

Obwohl das Blatt verblasst war, vom Alter gelb verfärbt und mit brüchigen, grauen Rändern, erkannte er mit einem Blick, dass die Bilder darauf aus keines Künstlers Feder stammen konnten. Das Bild auf der Vorderseite zeigte eine Insel in Meer, und es war von solcher Schärfe, dass kein Pinsel dieser Welt in der Lage gewesen wäre, auf einem so kleinen Bild so viele Einzelheiten wiederzugeben. Victor erschauerte. Es sah aus, als wäre er auf dem Rücken von Tirao über diese Insel hinweg geflogen und man hätte das Bild seiner Augen direkt auf dieses Stück Papier gebracht. Und noch etwas anderes war höchst eigenartig: Der Himmel über der Insel war leuchtend hellblau – und nirgends gab es das Anzeichen eines Stützpfeilers oder gar des Felsenhimmels.

Verwirrt und ehrfürchtig starrte er auf das gefaltete Blatt. Es schimmerte schwach im erstarrten Licht seiner Kerze, so als wäre seine Oberfläche geölt. Victor sah Schriftzeichen ober- und unterhalb des Bildes; es handelte sich um Buchstaben, die er teils kannte, teils nicht. Einige waren winzig klein und andere sehr groß und fett. Dort, wo das Blatt noch gut erhalten war, waren sie außergewöhnlich scharf, aber er konnte ihren Sinn nicht erkennen. Er drehte das Blatt um und sah etwas, das er kannte. Eine Landkarte. Sie zeigte einige Inseln und die darauf liegenden Orte, dazwischen waren farbige Linien gezogen und Symbole und Beschriftungen eingetragen, die ihm Rätsel aufgaben. Aber es handelte sich eindeutig um eine kleine Landkarte – wenngleich ihm auch das Verfahren, mit dem sie in solcher Schärfe und Farbenvielfalt hier abgebildet worden war, Rätsel aufgab. Er wusste von der Buchdruckerkunst, die langsam in den großen Städten Fuß fasste und die den tausenden von Mönchen in den Abteien und den Brüdern in den Ordenshäusern die Arbeit abnehmen würde, teilweise ein ganzes Jahr für die Abschrift eines einzigen bebilderten Werkes aufzuwenden. Aber so etwas wie dies hier vermochte die Buchdruckerkunst der Höhlenwelt nicht zu vollbringen.

Vorsichtig entfaltete Victor das kleine Blatt – es war gedrittelt, sodass sich sechs hohe und schmale Seiten ergaben. Es hielt seinem Eingriff stand, wenngleich die Knickkanten schon ein wenig brüchig erschienen. Im Inneren des Blattes entdeckte Victor noch mehr Texte und Bilder. Die meisten zeigten Menschen dunkler Hautfarbe, mit breiten Gesichtern und seltsamen, bunten Kleidern. Auf anderen Abbildungen sah Victor weitere Inseln und zwei Bilder boten rätselhafte Ansichten von größeren Ortschaften – mit riesigen Häusern, so wie in Savalgor, nur sehr viel gerader und größer gebaut. Lange betrachtete Victor das Blatt von allen Seiten – es kam ihm vor wie ein Relikt aus einer anderen Welt. Besonders, weil er nirgends auch nur den Schatten eines Stützpfeilers sah – und auch keinen Felsenhimmel.

Leandra hatte ihm einmal von ihrer Theorie erzählt, dass die Menschen vielleicht einmal, vor vielen, vielen tausend Jahren, auf der Oberfläche dieser Welt gelebt haben mochten. Victor hatte mit dieser Idee nie viel anfangen können, und er wusste auch gar nicht, wozu das hätte gut sein sollen. In einer Welt mit *Nichts* über dem Kopf? Kein Felsenhimmel und keine Pfeiler? Nun, wenn es so etwas tatsächlich jemals gegeben hatte, dann konnten Bilder wie diese nur aus solch einer Welt stammen.

Unschlüssig legte er das Blatt fort und wandte sich dem Büchlein zu. Es war klein – zugeklappt etwas größer als seine geöffnete Hand und gerade mal so dick wie sein kleiner Finger. Es enthielt Texte in einer alten Sprache, die er jedoch, als Fachmann für Schriften aller Art, würde entziffern können. Offenbar stammte es aus *dieser* Welt – falls es tatsächlich zutraf, dass eben das für das bebilderte Blatt *nicht* zutraf. Victor beschloss, das Büchlein an sich zu nehmen. Er legte es auf den Boden und leuchtete mit seiner Kerze noch einmal in die Truhe hinein.

Dort gab es noch Massen an Papier, zusammengeschnürte Bündel von Blättern, ein paar Schriftrollen und weitere Bücher, aber Victor sah, dass sie nicht gut erhalten waren. Wenn er begann, in der Truhe herumzuwühlen, würde er vermutlich einiges davon zerstören. Er war mit Büchern und Papier erfahren genug, um sich darüber im Klaren zu sein, und beschloss, für den Augenblick darauf zu verzichten, der Truhe ihre tieferen Geheimnisse zu entreißen. Er kannte jetzt den Weg hierher und würde in der Lage sein, später einmal wiederzukehren, um sich genauer umzusehen. Zudem verspürte er nun immer stärker eine Last auf seinem Gewissen. Er musste versuchen, irgendetwas zu finden, womit er Quendras helfen konnte. Vorsichtig schloss er die Truhe, legte das Blatt zurück in das Büchlein und schob es in die Innentasche seiner Jacke. Es passte gerade dort hinein.

Er erhob sich, hielt die Kerze in die Höhe und sah sich noch einmal um. Am entgegengesetzten Ende des Raumes befand sich eine Art Durchgang, doch er war zugemauert. Victor trat davor und musterte unschlüssig die Mauersteine. Ob das einmal ein Eingang zur anderen Seite des Steinbaus gewesen war? Er vermochte es nicht zu sagen. Noch ein-, zweimal rief er mit verhaltener Stimme Sardins Namen in den Raum, aber er erhielt keine Antwort. Hier kam er nicht weiter.

Dieser Ort barg ein großes Rätsel, das spürte er, aber ihm war klar, dass er nicht in der Lage war, es hier und jetzt zu lösen. Er wandte sich um, um den Raum zu verlassen. Als schließlich draußen die Kerzenflamme wieder zu flackern begann, überkam ihn eine große Erleichterung. Einen Ort wie diesen hier zu erforschen war etwas für die Altmeister des Cambrischen Ordens, für Leute wie Munuel oder den Ordensprimas... oder, natürlich, für Leandra. Er nickte. Ja, Leandra würde sich mit Begeisterung auf dieses Rätsel stürzen. Vielleicht erhielt sie ja noch Gelegenheit dazu. Er hatte den Pakt nicht gefunden und war sicher, dass er sich nicht unter den Schriftstücken in der Truhe befand. Also musste er Leandra zu Sardin bringen und dann würden sie das Gebäude erforschen können.

Anschließend untersuchte Victor noch einmal die Umgebung. Er wagte nicht, sich allzu weit von dem Steinbau zu entfernen; es mochte immer noch so sein, dass er einfach nur Glück gehabt hatte, bis dorthin gelangt zu sein.

Wieder rief er Sardins Namen, aber vergeblich. Er fragte sich, ob Sardin nicht vielleicht einen triftigen Grund für sein Fernbleiben hatte. Quendras war ein Bruderschaftler und seine Beweggründe waren äußerst unklar. Vielleicht hatte er Böses im Sinn – etwas, das sowohl seine, Victors, wie auch Sardins Pläne durchkreuzen könnte. Möglicherweise wollte Quendras den

Pakt auf eigene Faust an sich bringen, weil er sich nach Chasts Tod zum Hohen Meister der Bruderschaft berufen fühlte! Ulfa hatte sie gewarnt, dass es nun einige neue Parteien in diesem Spiel gab; Leute, die versuchen würden, Kapital aus der unklaren Lage zu schlagen. Wenn Quendras an den Folgen von Rasnors Magie starb, dann gab es vielleicht eine Gefahr weniger. Die Gefahr nämlich, dass Quendras irgendwie verhindern könnte, dass Leandra in den Besitz des Paktes gelangte. Victor schnaufte. All seine Gedankengänge waren nichts als reine Vermutungen.

Nein, hier würde er für den Augenblick zu keinem weiteren Ergebnis kommen. Er konnte nur eines tun: sehr, sehr vorsichtig sein – und zwar gegenüber allen. Es gab nur eine Person, der er hier vertraute, und das war Roya. Irgendwo hielt sich noch dieser verfluchte Rasnor auf, und somit waren es allein in der Gegend um Hammagor schon drei, deren wahre Motive äußerst gefährlich sein konnten. Victor musste abwarten und die Augen offen halten. Er beschloss, nach Hammagor zurückzukehren.

Etwa zwei Stunden später erreichte Victor wohlbehalten, wenn auch ziemlich müde, Hammagor.

Quendras Zustand war unverändert. Roya saß noch immer neben ihm und beobachtete ihn, um rechtzeitig eingreifen zu können, wenn ihn die höllischen Kräfte dieser abartigen Magie ins Stygium reißen wollten. Was genau sie tat, wusste Victor nicht, aber es schien Quendras irgendwie zu helfen. Die Zeiträume zwischen den Anfällen hatten sich zum Glück auf anderthalb bis zwei Stunden erhöht, doch Roya war bald am Ende ihrer Kräfte.

Victor hatte gehofft, mit Quendras reden zu können, um vielleicht erspüren zu können, welche Absichten nun wirklich hinter seiner Rettungstat steckten. Aber in seinem jetzigen qualvollen Zustand war nicht daran zu denken. Victor verspürte ein schlechtes Gewissen, weil er keine Hilfe aus Sardins Turm hatte mitbringen können. Seinen Fund und das seltsame kleine Blatt mit den Bildern erwähnte er nicht.

»Ich werde Hilfe holen«, sagte er entschlossen.

»Hilfe?«, fragte sie matt. »Woher denn?«

»Faiona muss mich nach Süden bringen, ins Salmland.« Er wandte den Kopf und sah aus einer der Fensteröffnungen hinaus. »Leider ist es zu spät, heute können wir nicht mehr fliegen. Es wird schon dunkel. Aber gleich morgen früh, mit der Dämmerung, brechen wir auf.«

Sie seufzte nur.

Victor musterte sie. Sie hatte sich an die Wand gelehnt, war bleich und erschöpft. Quendras lag eine Armlänge entfernt von ihr, unter einer Decke auf dem Boden. Er zitterte im Schlaf. Victor hatte eben erst die beiden toten Kampfmagier fortgezerrt und ihre Leichen in den dunklen Schacht fallen lassen, der sich in dem Durchgang unweit von hier befand. Das Gleiche hatte er auch mit den beiden anderen Toten gemacht, die er in den hinteren Räumen gefunden hatte. Keine schöne Bestattung, aber die vier hatten schließlich nicht eben zu ihren engsten Freunden gezählt.

Er kniete sich zu ihr. »Werdet ihr es so lange schaffen?«, fragte er sanft. »Ich werde mindestens anderthalb Tage fort sein.«

Sie stöhnte leise. »Ich bin jetzt schon völlig erledigt.«

Er nickte. »Ich weiß. Aber es ist das Einzige, was wir tun können. Sardin will nicht helfen.«

»Zum Teufel mit ihm«, sagte Roya müde.

15 ♦ Die Röhre

Zuerst dachte Leandra an Magie, verwarf aber den Gedanken sofort wieder. Das Trivocum war so kalt und leblos wie bisher. Sie hatte mit angezogenen Beinen an einer der Wände gesessen, die Arme um sich geschlungen und niedergeschlagen das Kinn auf die Knie gestützt. Als sie dann aber eine Stimme vernahm, richtete sie sich ruckartig auf, wie ein Hase, der plötzlich die Witterung eines Raubtieres auffängt.

Sie spitzte die Ohren, wagte nicht mehr zu atmen, so als könnte sie diese Stimme, die vielleicht nur noch *einmal* nach ihr rief, versäumen und dann auf immer verlieren. Es war *ihr Name* gewesen, den sie vernommen hatte!

Dann hörte sie es wieder: eine Stimme, die leise *»Leandra!«* rief. Und eine Stimme, die sie zu kennen glaubte. Atemlos lauschte sie in die Stille.

Sie huschte zur Tür und spähte durch das vergitterte Fensterchen – in der unmittelbaren Nähe war niemand zu sehen. Wer auch immer Wache hielt, befand sich zurzeit weiter oben oder unten im Gang. Sie wandte sich um und zischte: »Ja! Ich kann dich hören! Wo bist du?« Sie wusste noch immer nicht, wessen Stimme das war, aber sie war sicher, dass es sich nur um einen Freund handeln konnte.

»Hier«, kam es zurück – leise, erstickt, undeutlich. Wie von weit her, durch eine winzige Öffnung gesprochen. »Im Boden!«

Im Boden? War der Boden etwa hohl unter einer der

Platten? Sie schritt in den Raum hinein. »Im Boden«, flüsterte sie. »Wo im Boden? Wo bist du?«

An dem *»Hier!«*, das leise an ihr Ohr drang, glaubte sie plötzlich die Stimme erkannt zu haben. »*Yo?* Bist du das? Wo steckst du, beim Felsenhimmel?«

»Hier, im Boden. Bei dem Loch. Streck die Hand durch!«

Leandra verstand endlich, wo Yo stecken musste, denn hier gab es nur ein Loch. Das Abflussloch! Ihr schoss die verrückte Frage durchs Hirn, wie es ihr gelingen sollte, sich so klein zu machen, dass sie durch dieses winzige Loch hindurchpasste – um danach in die Freiheit zu fliehen. Allerdings – sie musste raus hier!

Leandra hechtete förmlich dorthin, so als könnte ihr diese Chance im letzten Augenblick noch entwischen. Das Abflussloch lag nicht ganz in der Raummitte, zum Glück etwas außerhalb des Lichtscheins. Sie hielt das Gesicht direkt darüber, konnte aber in der Dunkelheit natürlich nichts sehen.

»Yo? Bist du da unten?«

»Ich krepier gleich«, kam es schmerzerfüllt zurück. »Deine Hand! Ich hab ein Seil.«

Ein Seil? Leandra war verwirrt, zögerte trotzdem nicht länger. Sie hatte vor nicht allzu langer Zeit gelernt, in gewissen Situationen schnell zu reagieren, ohne lange zu fragen.

Sie streckte die Hand durch das Loch nach unten, traf bald auf etwas Weiches und hörte einen leisen Schmerzenslaut. Offenbar hatte sie Yo wehgetan. Sie musste sich unmittelbar unter dem Loch befinden. Schwer vorstellbar, wie es dort unten aussah, sie ertastete nur ein Gesicht und hatte bald darauf das angekündigte Seil gefunden. Yo hielt es zwischen den Zähnen.

»Ich hab's«, zischte sie.

Nun klang Yos Stimme klarer, sie konnte den Mund wieder öffnen. »Zieh langsam an. Ganz langsam. Sonst erwürgst du mich.«

Leandras Herz klopfte – inzwischen mehr vor gespannter Aufregung. Sie spürte, dass hier etwas ganz Ausgekochtes im Gange war, und war irrsinnig nervös. Langsam zog sie an und hörte Yos Keuchen von unten.

»Am Ende des Seils ist ein Querholz«, hörte sie Yo von unten. »Du hast nur einen Versuch. Entweder es verkantet sich und du wirst frei sein, oder es flutscht durch und ich bin tot.«

Leandra schluckte. »Tot?«, flüsterte sie hinab. »Wie meinst du das?«

Yos Stimme hörte sich immer gequälter an. »Ich stecke hier in einer Röhre, die ist enger als die verdammte Muschi meiner Mutter. Wenn du den Steinblock über mir nicht hochziehen kannst, werd ich abkratzen wie eine Kanalratte.«

Ja, das war Yo. Die Sprache eines Ganovenmädchens aus den untersten Schichten der Savalgorer Gesellschaft. Trotzdem war sie eine gute, verlässliche Freundin. Leandra war klar, dass sie durchaus mehr als einen Versuch haben würde. Sie konnte selbst hinabgreifen und das Querholz wieder verkanten. Yos Worte bedeuteten, dass es ihr dort unten ziemlich dreckig gehen musste.

Leandra beeilte sich. Ohne ein weiteres Wort tastete sie hinab und fand gleich den Holzpflock am Ende des Seils. Sie verkantete ihn quer unter dem Loch, während ihr langsam klar wurde, dass sie nun einen Steinblock von gut zwei Handbreit Dicke hochhieven musste. Er maß beinahe eine Elle im Quadrat; Überschlägig war das mindestens ihr eigenes Körpergewicht, wahrscheinlich aber mehr. Sie machte sich an die Arbeit.

Noch einmal überzeugte sie sich, ob draußen im

Gang auch niemand war. Dann kehrte sie zurück und baute ihre Pritsche als Sichtschutz auf. Kam jemand, dann würde sie behaupten, mit der Pritsche ein wenig im Licht des Fensterchens schlafen zu wollen. Sie umwickelte die Hände mit einem Teil des Lakens, schlang dann das Seil darum und stellte sich spreizbeinig über den Bodenquader. Mit aller Macht zog sie an.

Es klappte schon beim ersten Mal.

Und das war ein Glück, denn sie merkte, dass sie dabei schon das meiste ihrer Kraft verbrauchte. Der Steinblock war mörderisch schwer, aber sie erlaubte sich nicht, nachzulassen. Je höher er kam, desto besser ging es, denn Yo hatte damit die Bewegungsfreiheit, von unten nachzudrücken. Dennoch war es womöglich der heftigste Einsatz roher körperlicher Kraft, den Leandra in ihrem ganzen Leben vollbracht hatte.

Einen angsterfüllten Augenblick, in dem es hässlich knirschte, dauerte es noch, bis sie mit vereinten Kräften den Block seitlich auf den Boden geschoben hatten. Möglich, dass die Wachen das mitbekommen hatten.

Leandra ließ sich schnell auf die Pritsche niedersinken, und tatsächlich bemerkte sie kurz darauf, wie sich das Lichtquadrat im Fenster verdunkelte, als ein Wachmann kurz nach dem Rechten sah. Ihre Schläfen pochten und alles drehte sich vor ihren Augen, da sie sich nach der Anstrengung so schnell niedergelegt hatte. Sie kämpfte mit einem heftigen Schwindelgefühl und rang nach Luft. Dann war der Wächter fort, die Pritsche hatte das Loch verdeckt. Leandra richtete sich keuchend auf.

Von unten her hörte sie leises Schnaufen.

Yo war in dem Loch geblieben; jetzt, da der Steinquader weg war, schien es ihr besser zu gehen. Leandra wartete noch ein paar Augenblicke, dann wälzte sie sich von ihrer Pritsche herunter und kauerte auf allen vieren über dem Loch.

Im schwachen Licht sah sie, dass Yo seltsam glänzte. Dann erkannte sie, dass Yo gar nichts anhatte. Verwundert streckte sie den Arm nach unten, um Yo aus dem engen Loch heraufzuhelfen.

Yos Hand war glitschig, sie rutschte zweimal ab. Dann war sie aus dem Loch heraus, und Leandra brachte sie in Sicherheit, an eine Stelle im Verlies, die hinter einer kleinen Ecke lag und in die man von der Tür aus nicht einsehen konnte. Yo keuchte und zitterte.

Vorsichtig half ihr Leandra, sich niederzusetzen. Yo war kalt und glitschig wie eine Bachkröte; sie war verkrampft und schien völlig entnervt zu sein. Überall auf ihrer Haut waren Kratzer, Schrammen und blau angelaufene Stellen. Leandra eilte zu ihrer Pritsche, holte die Wolldecke und wickelte Yo darin ein. Sie setzte sich zu der jungen Diebin, die sie damals so mutig mit nach Torgard begleitet hatte, und nahm sie fest in die Arme.

»Du meine Güte«, flüsterte Leandra, »du bist ja völlig erledigt!«

Yo atmete schwer und sagte nichts. Leandra ließ ihr Zeit. Sie registrierte, dass unter der Decke, in die Yo eingewickelt war, ein weiteres Seil hervorschaute und über den Boden verlief. Es verschwand in dem Loch.

»Ich dachte schon, ich muss da unten krepieren«, flüsterte Yo.

»Krepieren?«

Yo schüttelte den Kopf. Es war offensichtlich, dass der Weg durch diese Röhre sie den Großteil ihrer Nerven gekostet hatte. Sie brauchte eine Weile, ehe sie weitersprechen konnte. Noch immer zitterte sie am ganzen Leib. »So was hab ich noch nie durchgemacht«, flüsterte sie mit zitternder Stimme. »Azrani hat mich gewarnt. Ich hab nicht gedacht, dass es so schlimm werden würde.«

Leandra verstand. Yos Fähigkeiten als Diebin, sich lautlos und gewandt zu bewegen, jede Fassade erklettern und sich durch jede Spalte zwängen zu können, waren in Savalgorer Fachkreisen berühmt. Das war auch der Grund gewesen, warum sie damals zur Gruppe derer gehört hatte, die in Torgard eingedrungen waren, um Alina aus den Händen der Bruderschaft zu befreien. Aber dieser Tunnel, durch den sie nun gekommen war, schien alles, was sie bisher durchgemacht hatte, an Schwierigkeiten und Schrecken übertroffen haben.

»Du kannst nur vorwärts, verstehst du? Zurück geht nichts mehr. Ich bin los, ohne wirklich zu wissen, ob ich dich überhaupt finden würde. Wir hatten zwar einen Plan von diesen Röhren… aber hätte ich die falsche erwischt, wär ich irgendwo stecken geblieben. Bis man dann tot ist, dauert's wohl ein paar Tage.« Sie holte tief Luft. »Ich darf gar nicht mehr dran denken.«

Nun hatte sie jemanden.

Plötzlich gab es einen Menschen, der etwas für *sie*, Leandra, getan hatte – etwas Unvorstellbares, Lebensbedrohliches. Nun, vielleicht hätte Victor es sich vorstellen können. Es würde wohl ungefähr seiner Zeit in der Todeszelle von Tulanbaar gleichkommen: den unausweichlichen Tod vor Augen. Leandra wusste nicht recht, was sie sagen sollte. »Du hast was gut bei mir«, flüsterte sie und drücke Yo an sich.

Yo schüttelte den Kopf. »Umgekehrt. Wenn du diesen Block nicht hochgekriegt hättest…«

Anstelle einer Antwort küsste sie Yo auf die Stirn. Yo seufzte schwer.

»Warum hast du gar nichts an?«, fragte Leandra. »Und dieses glitschige Zeug…?«

Yo grinste schief und lachte leise auf. Es war ein bitteres Lachen. »Hast du auch noch vor dir, Zuckerpüppchen«, sagte sie und deutete auf das Loch. »Wenn du hier raus willst.«

Leandra sah unschlüssig zu der schmalen Öffnung im Boden hinüber, in die das Seil hineinlief. Yo zog langsam an dem Seil, das, wie Leandra nun sah, an ihrem linken Fußgelenk festgeknotet war.

Zuckerpüppchen... So hatte die junge Diebin Leandra damals betitelt, als diese von ihr gefordert hatte, sich nicht wahllos mordend ihren Weg nach Torgrad zu bahnen. Yo war nicht nur eine Frau der Schatten – sie war auch tödlich, wenn es sein musste. Damals war das ›Zuckerpüppchen‹ als Spott gemeint gewesen, aber nachdem sie gemeinsam ihre mörderische Tour nach Torgard hinter sich gebracht und Schrecken durchgestanden hatten, die an den Grenzen ihrer Belastbarkeit lagen, hatte sich das ›Zuckerpüppchen‹ inzwischen als spaßige Anspielung eingebürgert.

»Du meinst...«, fragte Leandra, »du hast dich damit eingeschmiert?«

Yo nickte. Langsam bekam sie sich wieder in den Griff. »Flutscht besser. War eine Idee von Azrani. Ich wollte es zuerst nicht machen, es kam mir lächerlich vor. Aber dann hab ich's ein paar Ellen weit in meinen Klamotten probiert – ohne diese Schmiere. Sie mussten mich an den Füßen wieder rausziehen. Ich bin einfach stecken geblieben.«

Leandra verzog das Gesicht.

Sie beobachtete Yos langsame Bewegungen, mit denen sie das Seil einholte. Dann erschien ein Ledersack in der Öffnung – ein Trinkschlauch – und sie verstand. Yo hatte gleich etwas für sie mitgebracht.

»Es ist ein altes Abwassersystem«, sagte Yo leise. Sie klang noch immer sehr matt und müde. »Azrani und Marina hatten Karten und Pläne von den Höhlen und Kanälen unter Savalgor und dem Palast. Wir haben uns vorgestern Abend mit Alina getroffen, der Primas war auch dabei. War übrigens meine blöde Idee, es auf diese Weise zu versuchen. Wir wollten dich eigentlich irgendwie so rausholen, wie wir es damals in Torgard gemacht haben. Mauern durchbrechen und so.«

»Blöd?« Leandra hob die Arme. »Beim Stygium… du hast mich damit gerettet!«

Yo schnaufte. Sie deutete wieder auf die Öffnung, die im Schatten der Pritsche lag. »Erst mal musst du da durch! Du wirst mich noch verfluchen, dass ich jemals auf diese Idee gekommen bin!«

»Ist es wirklich so… schlimm?«, fragte Leandra bedrückt.

Yo nickte. »Darauf kannst du wetten. Außerdem… du bist ein ganzes Stück fetter als ich.«

Leandras lächelte nicht gerade glücklich. Sie wusste, dass sie alles andere als fett war – im Gegenteil, sie war schlank, hatte eine gute Figur. Aber dennoch – hinsichtlich dieser Röhre, in der Yo beinahe steckengeblieben war, konnte man sie durchaus fett nennen. Yo war dünn, beinahe dürr zu nennen.

»Wie lang ist das Ding?«, fragte Leandra.

»Hundert Ellen würde ich sagen. Oder mehr.«

»Hundert Ellen?«, ächzte Leandra.

»Ja, verdammt. Ich sagte ja: Rückwärts geht nichts.«

»Aber… es geht doch vorwärts… oder? In Richtung des Ausgangs!«

Yo nickte. »Das ist dein Glück. Du weißt, wo das Ende ist.«

Leandra nahm die Worte nickend zur Kenntnis, stutzte dann aber. Yo hatte ›dein‹ gesagt. »Sag mal: Das klang eben… als wolltest du *nicht* mit zurückkommen!«

Yo starrte Leandra lange an. Dann wandte sie sich ab und schüttelte langsam den Kopf. »Ich… ich schaff das nicht mehr.« Leandra sah Tränen in ihren Augenwinkeln hervortreten.

Wieder wusste sie nicht, was sie sagen sollte. Yo hier zurückzulassen erschien ihr ebenso undenkbar, wie allein durch diese Röhre zu kriechen. Genauso wenig aber würde sie es über sich bringen können, von Yo zu verlangen, diese Höllentour noch einmal zu machen. Langsam erlangte sie eine Vorstellung davon, *wie* schlimm es gewesen sein musste. Und immer bestürzender erschien ihr, was Yo da für ein Wagnis für sie eingegangen war.

Sie sah sich Hilfe suchend in der Dunkelheit um. Aber da war niemand, der ihr einen guten Rat geben konnte. Sie peilte zur Tür und überlegte, wie groß die Gefahr war, dass ein Wächter hereinkam und Yo entdeckte. Es hatte vor einer Stunde Abendessen gegeben und normalerweise würden sie bis zum Abendrundgang der Wache Ruhe haben. Vielleicht fasste Yo wieder Kraft und Mut, wenn sie Zeit hatte, sich ein wenig auszuruhen.

»Komm erst mal wieder zu Kräften«, sagte Leandra und nickte Yo zu. Sie besann sich auf ihre Rolle als Anführerin dieser Bewegung der Aufständischen, die, wie sich nun herausstellte, ihren Daseinszweck noch immer nicht verloren hatte. Damals, im *Roten Ochsen*, hatten die Leute zu ihr aufgesehen, und sie hatte festgestellt, dass sie Einfluss besaß, dass sie die Moral der Leute heben und sie zu einem wild entschlossenen Haufen zusammenschmieden konnte – so zwiespältig ihr eine solche Macht auch erschienen war. Es mochte sein, dass sie damit auch Yo wieder auf die Beine helfen konnte – wenn sie erst einmal ein wenig Abstand zu ihrer grässlichen Tour durch diese Röhre gewonnen hatte.

Leandra half Yo, es sich etwas bequemer zu machen. Sie holte das strohgefüllte Kissen von ihrer Pritsche und wickelte sie fest in die Wolldecke ein. Yo benahm sich wie ein kleines, krankes Kind, ließ sich alles gefallen, wirkte beinahe fiebrig. Leandra wurde immer flauer im Magen. Sie wusste sehr gut, dass Yo sonst sehr hart im Nehmen war. Leandra starrte auf das dunkle Loch im Boden. Yos jetziger Zustand sprach Bände über diese Röhre. Sie versuchte sich vorzustellen, wie sie selbst dort hindurch kroch und wie es sich anfühlte, wenn man nicht mehr weiterkam. Es gelang ihr nicht.

Yo konnte nicht zurückbleiben. Man hätte sie irgendwann entdeckt, wahrscheinlich schon sehr bald, und Leandra wusste nicht, ob nicht am Ende irgendwer im Rat auf die Idee kam, sie wegen Hilfe zur Flucht zum Tode zu verurteilen. Das Risiko war ihr zu groß. Yo meinte schwach, man würde ihr schon nichts tun, man würde sie nur einsperren, aber Leandra ließ sich nicht darauf ein. Zuerst versuchte sie, sanft und verständnisvoll vorzugehen, später wurde sie fordernd. In Wahrheit war Yos Widerstand nur schwach – doch Leandra spürte, dass ihre Freundin regelrechte Panik davor empfand, sich dem Loch im Boden auch nur zu nähern.

Es waren zwei Stunden vergangen. Yo hatte unruhig geschlafen, während Leandra bei ihr gesessen und Pläne geschmiedet hatte. Nun wurde es höchste Zeit, von hier zu verschwinden. Sie hatten zwischen den einzelnen Wachrundgängen immer etwa zwei Stunden Zeit, und je eher sie verschwanden, desto größer waren ihre Aussichten zu entkommen. Leandra hatte vor, ihre Pritsche so herzurichten, dass einer, der durch das Fensterchen hereinsah, glauben würde, sie schliefe. Wenn das klappte, würde man erst morgen früh bemerken, dass sie fort war.

Befanden sie sich erst einmal *in* der Röhre, dann waren sie schon beinahe in Sicherheit, denn Leandra war mehrfach in den kleinen Schacht hinabgestiegen und hatte mit den Händen den Durchmesser ertastet. Kein Gedanke, dass ihnen ein Mann dort hindurch folgen konnte. Sie hatte zwar noch nicht gewagt, sich selbst hineinzuzwängen, aber sie dachte, es würde schon irgendwie gehen. Hellami, ja, die hätte besser hineingepasst. Hier ging es offenbar um wenige Fingerbreit, und je näher der Augenblick rückte, da sie aufbrechen mussten, desto mulmiger wurde ihr zumute.

Leandra hatte alle Mühe, Yo so weit zu bringen, dass sie tatsächlich mitkam. Alle Gedanken über ihr eigenes Wohl drängte sie in den Hintergrund. Dann hörte sie draußen im Gang einen Soldaten vorbeimarschieren und wusste, dass sie nun nicht länger zaudern durften. Entschlossen begann sie sich auszuziehen. Yo zitterte.

»Du wirst vorauskriechen«, flüsterte Leandra. Sie öffnete den Trinkschlauch und presste klebrigen, dicken Schleim heraus. Sie roch daran und verzog das Gesicht. »Was, bei allen Dämonen, ist das eigentlich?«

Yo bibberte regelrecht. »Ich... ich weiß nicht. Irgendeine Mischung. Aus Fischtran, Lampenöl, Kerzenwachs... keine Ahnung. Der Primas hat es zusammengemischt.«

»Der Primas?« Leandra zog die Brauen in die Höhe. »Also dann *muss* es ja etwas taugen!«

Wieder hörte sie Schritte auf dem Gang. Anscheinend hatten die Soldaten den Abendrundgang noch nicht beendet Als Leandra plötzlich hörte, wie sich jemand an der Verliestür zu schaffen machte, fuhr sie alarmiert herum. Sie hatte die Hände voller Schmiere. Schon schwang die Verliestür auf. Ein Wächter zwängte sich durch den niedrigen Zelleneingang; offenbar konnte er im Augenblick noch nichts sehen, da seine Augen sich noch nicht auf die Dunkelheit eingestellt hatten.

Leandra stieß ein leises Keuchen aus, schmierte schnell ihre Hände an Yos Schultern ab, riss ihr die Wolldecke aus der Hand und ging dem Mann ein

Stück entgegen. Ein schneller Seitenblick sagte ihr, dass Yo noch immer hinter der Mauerecke an der linken Seite der Zelle stand – der Soldat würde sie nicht sehen können, wenn er nicht weiter hereinkam. Mit pochendem Herzen trat sie ein Stück weiter in die Mitte des Verlieses, vor ihre Pritsche, und ließ geistesgegenwärtig die Wolldecke ein Stück sinken.

Der Soldat blieb wie angewurzelt stehen, als er Leandras nackte Brüste erblickte. Er murmelte »Verzeihung!«, machte auf der Stelle kehrt und war sogleich wieder verschwunden. Die Verliestür klappte hinter ihm zu.

Leandras Herz schlug bis zum Hals. Um ein Haar wäre alles aus gewesen.

Sie wartete noch ein Weilchen, musterte die Tür und beglückwünschte sich zu ihrem Einfall, die Decke vor ihren Brüsten sinken zu lassen. Der Mann musste geglaubt haben, sie hätte sich bereits zur Ruhe begeben. Leandra huschte zu Yo zurück. Sie schien gar nichts mitbekommen zu haben, starrte nur mit angstvollen Blicken auf das Loch im Boden. Tränen waren in ihren Augenwinkeln zu sehen.

Leandra wusste, dass nun der rechte Augenblick gekommen war. Die Lage war gespannt, zum Nachdenken war keine Zeit mehr, sie mussten jetzt einfach los. Sie ließ die Wolldecke fallen und begann damit, die dicke Schmiere aus dem Trinkschlauch über ihren Körper zu verteilen.

»Los«, zischte sie leise, »nun hilf mir doch!«

Yo schien ein wenig aus ihrer Starre zu erwachen. Aber sie begann zu weinen. »Ist besser, du kriechst voraus«, schluchzte sie. »Du bist dicker als ich. Notfalls kann ich dich anschieben. Sonst bleibst du noch hinter mir stecken. Dann kann ich dir nicht mehr helfen!«

Leandra war kurz davor, die Unternehmung abzubrechen. Doch dann kam ihr eine Idee. Sie holte das

Seil, band es sich selbst am rechten Fußgelenk und Yo am Handgelenk fest. Dann nickte sie. »Gut, so machen wir's! Dann kannst du mich schieben oder ich dich ziehen.« Sie nahm Yo an beiden Schultern und sah ihr fest in die Augen. »Ich schwöre dir, dass wir da durchkommen. Ich lass dich nicht zurück! Und wenn ich mich mit den Zähnen durch den Fels beißen muss!«

Yo nickte tapfer, aber ihre Miene war ein einziges Elend. Für Augenblicke standen sie sich gegenüber, im schwachen Licht vor Schmiere glänzend, und jede für sich atmete noch einmal tief durch. Dann wandte sich Leandra um. Mit ein paar Handgriffen legte sie Decke und Kissen auf ihrer Pritsche zurecht, sodass der Wächter, nichts Böses ahnend, vermuten würde, sie schliefe dort. Anschließend trat sie zu dem Loch und ließ sich davor auf den Bauch nieder. Kopfüber kroch sie voran.

Als sie zwei Ellen weit vorgedrungen war, wurde es dunkel um sie herum und jetzt erst wurde ihr klar, dass sie sich in völliger Finsternis bewegen mussten. Sie würde keine Handbreit weit sehen können. Wenn es irgendwelche glücklichen Umstände gab, dann lagen sie darin, dass der Tunnel aus gebrannten Tonröhren bestand, die innen glasiert waren. Leandra kannte sich mit solchen Dingen nicht aus, aber sie vermutete, dass dies dem Zweck diente, den Wasserfluss, den es hier irgendwann einmal gegeben haben mochte, möglichst reibungslos zu halten, sodass die Gefahr einer Verstopfung klein blieb.

Dann war sie mit dem ganzen Körper in der Röhre. Sie hatte die Arme am Körper angelegt und wand sich wie eine Schlange voran. Es war zu eng, um die Arme nach vorn zu bringen, und das wäre auch ohne Sinn gewesen – auf diese Weise hätte sie gar nicht kriechen können. Außerdem wäre das sehr schmerzhaft für ihre Brüste gewesen. Die Technik bestand darin, sich zusammenzuziehen, mit den Knien zu verkanten und sich vorwärts zu schieben – Stückchen für Stückchen. Das einzig Tröstliche war, dass Yo sich hinter ihr befand – noch immer leise schluchzend, wie Leandra bald hörte.

»Wie geht's dir?«, fragte sie nach hinten.

»Beschissen«, lautete die Antwort, zwischen Tränen hervorgepresst.

Leandra spürte, dass Yo ihre Nähe suchte. Das erschwerte Leandra das Kriechen, aber sie wagte nicht, Yo zu bitten, etwas weiter hinten zu bleiben.

Für eine Weile ging es recht gut und Leandra schöpfte Hoffnung. Die Röhre war nicht ganz so eng, wie sie befürchtet hatte; regelrecht stecken bleiben würde sie nicht. Der Trick mit der Schmiere funktionierte den Umständen entsprechend gut. Sie spürte auch, dass die Innenwände der Röhre hier und da von Yos Herweg noch immer glitschig waren, und das erleichterte das Vorankommen. So biss sie die Zähne zusammen und arbeitete sich weiter voran.

Irgendwann wurde ihr klar, dass sie nicht den mindesten Anhaltspunkt hatte, wie gut sie vorankamen. Waren es zehn Ellen oder nur drei – in der letzten Viertelstunde? Die Dunkelheit war vollkommen, und es war ein Glück, dass die Röhrenwände so glatt waren. Es gab hier und da etwas Sand, der sich mit der Schmiere vermischte und ihr über die Haut kratzte, aber zum Glück keine Steinchen – das wäre schmerzhaft geworden. Sah man einmal davon ab, dass später ihre Knie, Ellbogen, Schultern und Hüftknochen hübsch blau sein würden. Es war alles andere als ein Vergnügen, aber das Wissen, dass in dieser Richtung irgendwann das Ende des Tunnels kommen würde und dass sie nicht allein war, half ihr weiter.

Dann wurde die Röhre enger.

Leandra spürte zuerst, dass der Spielraum um ihre

Schultern herum schmaler wurde. Als sie dann mit beiden Schultern zugleich die Röhrenwände berührte, hielt sie betroffen inne.

»Yo?«

»Was ist?«, kam es hohl von hinten.

»Hier wird es enger.«

Keine Antwort.

»Yo, hast du mich gehört?«

»Ja, ich…«

Leandra schnaufte. Ein leises Gefühl der Panik beschlich sie. Sie konnte nicht das Geringste sehen, wusste nicht, ob es weiter vorn *noch* enger werden würde. Yos Schultern mochten ein ganzes Stück schmaler sein als die ihren, vielleicht hatte sie auf dem Herweg gar nicht bemerkt, dass diese Stelle enger war. Verdammt, wenn sie nur wüsste, *wie* eng! Sie spürte ihr Herz pochen und brachte nicht den Mut auf, weiterzukriechen. Wenn sie tatsächlich stecken blieb, dann würde es übel werden – verdammt übel.

Sie versuchte, sich ein wenig zurückzuschieben.

Das funktionierte so gut wie *gar nicht;* es gelang ihr nur unter äußersten Anstrengungen, sich ein paar Fingerbreit nach hinten zu quälen – und die Schmiere half auch noch dabei, das zu verhindern. Zudem hatte sie das Gefühl, dass es nach vorn leicht abwärts ging. Ihr Herzschlag war dabei, sich in ein unangenehmes Hämmern zu verwandeln.

»Yo«, sagte sie, so ruhig sie nur konnte. »Ich glaube… ich hänge ein bisschen fest!«

Von Yo kam keine Antwort. Voller Unruhe zog Leandra das Bein an, an dessen Fußgelenk das Seil festgeknotet war, aber das Seil bot keinen Widerstand.

Plötzlich spürte sie, dass sie sich in ihrer Angst eher noch ein Stück weiter nach vorn gearbeitet hatte. Sie hatte das Gefühl, als wäre der Spielraum um ihre Schultern noch enger geworden.

»Yo, verdammt! So antworte mir doch!«, rief sie.

Hinter ihr herrschte vollkommene Stille und Dunkelheit; das Seil war schlaff und von Yo nichts zu hören. Sie hatte nicht die geringste Vorstellung, wie weit sie inzwischen gekommen waren, ob sie irgendeine Aussicht hatte, noch irgendwie zurückzukriechen, auch wenn es nur eine Handbreit in der Stunde war. Und verdammt, wo steckte Yo? Hatte sie sich in ihrer Panik losgeknotet und war zurückgekrochen, um sich in Sicherheit zu bringen? War sie, Leandra, jetzt allein in dieser teuflischen Falle?

Leandra steigerte sich vor plötzlicher Ungewissheit und Verzweiflung innerhalb kürzester Zeit in eine unkontrollierte Panik hinein. Sie begann zu toben, schrie und wand und drückte sich verzweifelt hin und her, schlug ihren Kopf gegen die Röhrenwände und hatte zunehmend das Gefühl, sie müsste ersticken. Alles wurde nur noch schlimmer, weil sie sich von Yo alleingelassen fühlte. Dabei geriet sie immer weiter vorwärts, der Platz um ihre Schultern wurde immer enger, bis sie schließlich tatsächlich feststeckte, bis sie vollkommen eingeschnürt und hilflos in der Röhre festhing. Sie stieß einen langen, ohnmächtigen Schrei aus, als sie spürte, dass es an dieser Stelle tatsächlich auch noch leicht *abwärts* ging. Nein, ihre Schultern waren völlig eingeschürt, und nach allem, was sie in der letzten Stunde an Erfahrung gesammelt hatte, würde sie von hier aus nicht einmal mehr einen Fingerbreit rückwärts kommen können.

Es war wahrhaftig aus und vorbei. Sie würde hier jämmerlich sterben.

16 ♦ Lichtblicke

Der Drache war ein widerborstiges Vieh. Rasnor hatte noch nie zuvor selbst einen gelenkt, und es war ein riesiges Glück gewesen, dass er bei seiner Flucht aus Hammagor sofort den richtigen Befehl gefunden hatte, um dieses Monstrum zum Schnellstart zu veranlassen.

Nun saß er auf dem Gipfel eines kleinen Tafelberges, etwa sechs Meilen von Hammagor entfernt, und starrte mit finsteren Blicken auf die nächtliche Ebene hinab. Der Sturmdrache hockte dumpf und starr ein Stück von ihm entfernt, und Rasnor hatte ständig das Gefühl, dass ihn das Tier mit den Resten seiner Intelligenz und Persönlichkeit, die ihm trotz des mentalen Blocks noch verblieben waren, voller Hass anstarrte.

Der Hass beruhte auf Gegenseitigkeit – er mochte keine Drachen. Diese riesigen Bestien waren ihm unheimlich, und er hätte sich lieber auf irgendeine andere Weise fortbewegt. Leider aber gab es in dieser Welt nichts, was einem Drachen in Geschwindigkeit und Beweglichkeit gleichkam. Deswegen brauchte er ihn. Er kannte nicht einmal seinen Namen, aber das war ihm eigentlich auch egal. Hauptsache, der mentale Block hielt und er hatte das Tier unter seiner Kontrolle. Ohne den Drachen wäre er hier, im Lande Noor, völlig verloren. Besonders jetzt, wo sich die Dinge grundlegend geändert hatten. Zu Fuß wäre er von hier aus nirgendwohin gelangt.

Er seufzte voller Unmut. Die Lage der Festung konnte er nur erahnen, es war schon zu dunkel, um sie noch sehen zu können. Zu gern hätte er gewusst, was jetzt dort vor sich ging.

Die Brandverletzungen auf seinen Armen schmerzten, und sein Gesicht fühlte sich an, als hätte er sich viel zu lange in der Sonne aufgehalten. Seine Haut musste puterrot sein, sie war heiß und hart wie Papier. Ein Teil seiner Haare war verkohlt und bei seiner Flucht aus dem Gebäude war er zweimal gestürzt und hatte sich die Knie und Ellbogen aufgeschlagen. Am Schlimmsten aber war das ständige Pfeifen in seinem rechten Ohr, das nicht mehr weichen wollte, seit bei dem magischen Kampf irgendetwas in seiner Nähe mit einem scharfen Knall explodiert war.

Den größten Teil des Gefechtes hatten Teljas und Heron bestritten, nachdem Ommek und Petar diesen dreimal verfluchten Quendras verfolgt hatten und offenbar von ihm getötet worden waren. Als dann Quendras gekommen und auf sie losgegangen war, hatte Rasnor zunächst versucht, sich im Hintergrund zu halten. Aber als er gesehen hatte, dass die beiden Kampfmagier gegen Quendras nicht angekommen waren, hatte er kurz entschlossen seine Magie gewirkt.

Diese *eine* Magie – aus seinem Buch.

Die Wirkung war verheerend gewesen. So unglaublich es ihm zuerst erschienen war, dass Quendras tatsächlich vier höchst fähigen Kampfmagiern zu widerstehen vermocht hatte, so maßlos hatte es ihn dann verblüfft, dass seine eigene Magie diesen unglaublich starken Mann gefällt hatte. Es hatte so ausgesehen, als wäre die Welt in blau strahlendes Metall verwandelt und dann in Scheiben geschnitten worden. Er hatte keine echte Vorstellung davon gehabt, was wirklich passieren würde, und im Nachhinein war ihm klar, dass er eine Menge Glück gehabt hatte. Wenn irgendeine Magie der Bruderschaft tatsächlich die Bezeichnung ›Rohe Magie‹ verdient hatte, dann diese hier. Es hätte nicht viel gefehlt, dann wäre er das Opfer seiner eigenen Tat geworden.

Dennoch empfand er Stolz und finsteres Vergnügen über die urzeitliche Gewalt dieser Magie und sogar darüber, diese Gewalt selbst verspürt zu haben, so gefährlich es auch gewesen war. Er war dem von ihm ausgesandten Tod mit knapper Not von der Schippe gesprungen, vielleicht nur, weil er weit genug abseits gestanden hatte, und wenn es nur wenige Schritte gewesen waren. Ein herrliches Gefühl war das gewesen, aufregend und elektrisierend, voller Gewissheit über die eigene, tödliche Macht. Ein grimmiges Lächeln stand auf seinem Gesicht, als er wieder daran dachte.

Aber Rasnor war sich nicht sicher, ob Quendras wirklich tot war. Sollte er diese Magie überlebt haben, dann war er aufs Eindringlichste gewarnt, und ein Meister wie Quendras, darüber war sich Rasnor klar, würde ihm kein zweites Mal eine Gelegenheit lassen, etwas dergleichen zu entfesseln.

Was Rasnor in eine schwierige Lage versetzte.

Im Augenblick hatte er nämlich ungeahnte Möglichkeiten. Er allein wusste, dass Chast tot war, und die vier Kampfmagier, die ihn sicher bei allem behindert hätten, was ihm eingefallen wäre, waren tot. Sollte es ihm gelingen, den Pakt in die Hände zu bekommen, wäre er mit einem Schlag der mächtigste Mann in der Bruderschaft! Wenn er nur wüsste, ob Quendras noch lebte... Mit Victor und Roya würde er leicht allein fertig werden.

Der Tatendrang pulsierte förmlich in ihm. Wenn er jetzt das Richtige tat, stand er am Beginn eines ungeahnten Erfolgsweges. Dann sollte sich diesen lächerlichen Titel *Erzquästor* an den Hut stecken, wer wollte!

Wieder spürte er das seltsame Kribbeln auf der Haut, als sein magisches Amulett die transzendenten Schwingungen auffing, die über das Trivocum bei ihm eintrafen. Verdammt, schalt er sich, daran hätte er früher denken sollen! Polmar wusste sicher noch einiges über das, was in Savalgor vorgefallen war. Rasch holte er das Amulett hervor und schloss es in beide Hände. Es war ganz warm. Er begab sich in Konzentration und sah Polmars träges Gesicht wie ein Relief aus dem rötlichen Schleier des Trivocums hervorschauen.

Polmar! Endlich…, sagte er im Geiste.

Diesmal schälte sich Polmars Stimme nur zögernd aus dem Trivocum. Die Bilder und Worte, die Rasnor fühlte, waren zerrissen und undeutlich.

Ja, Rasnor, sagten die Lippen. *Wo bist du?*

In der Nähe von Hammagor, erwiderte Rasnor und bereute im nächsten Augenblick schon, dass er es gesagt hatte. Nein, er sollte besser nichts preisgeben, sondern versuchen, alles an Informationen zu sammeln, was er auftreiben konnte. *Wie stehen die Dinge in Savalgor?*, fragte er.

Wir haben ein neues Oberhaupt, lautete die Antwort. *Wir sind…*

Ein neues Oberhaupt? Rasnor hatte sich kerzengerade aufgerichtet und sein Herz wummerte vor Aufregung. *Wer? Wer ist es?*

Eine Weile blieb Polmars Gesicht starr. Dann regten sich seine Lippen wieder. *Wir wissen es nicht,* antwortete er. *Ein Unbekannter, ein Vermummter. Ein mächtiger Magier, so viel ist gewiss. Hier in Savalgor herrscht völliges Chaos. Man hat es ihm leicht gemacht, in diese Stellung zu gelangen. Niemand will hier mehr Verantwortung tragen. Die Drakken…*

Lass die Drakken meine Sorge sein!, sandte Rasnor seine Gedanken ins Trivocum und hoffte, dass sein Gesichtsausdruck entsprechend drohend bei Polmar ankam. *Und sag diesem Burschen, diesem neuen* Oberhaupt, *dass er lieber seine Siebensachen packen und verschwinden soll! Sonst geht es ihm schlecht, wenn ich zurückkomme. Ich habe den Pakt und…*

Du hast den Pakt?

Rasnor überlegte angestrengt. Wenn er behauptete, er habe ihn tatsächlich, dann würde Polmar erwarten, dass er sich sofort auf den Rückweg machte. Aber so weit war er noch nicht.

Ich weiß, wo er liegt!, behauptete Rasnor. *Ich habe nur noch ein kleines Problem zu lösen, dann gehört er mir! Ich denke, du weißt, was das bedeutet!*

Für einige Augenblicke herrschte wieder Schweigen.

Wo bist du? Wo liegt Hammagor?

Mit so etwas hatte Rasnor gerechnet. Polmar stand bereits unter dem Einfluss dieses neuen Oberhaupts. Er dachte nach. Die Gefahr, dass dieser Fremde mithörte, war beträchtlich. Aber Rasnor fühlte sich sicher, denn im Augenblick hatte er den größeren Trumpf in der Hand.

Hör mir zu, Polmar! Ich würde dir raten, mir gegenüber loyal zu bleiben. Wenn ich zurück nach Savalgor komme, werde ich nicht nur den Pakt haben, sondern auch über Magien verfügen, mit denen ich jeden ins Stygium jagen kann, der sich mir in den Weg stellt! Hast du verstanden?

Polmars Antwort kam abermals nach kurzer Verzögerung. *Beruhige dich, Rasnor. Ich stehe auf deiner Seite. Der Neue – er ist mir unheimlich! Ich glaube, dass er nicht einmal einer aus der Bruderschaft ist. Ich werde alles für deine Rückkehr vorbereiten, hörst du?*

Rasnor verzog das Gesicht. *Ja, gut,* antwortete er. *Das will ich hoffen. Du würdest es bereuen, wenn du es nicht tätest, glaub mir.* Nach einer Pause fügte er hinzu: *Ich möchte, dass du herausfindest, wer es ist. Wenn du mir gehorchst, wird das nicht zu deinem Schaden sein. Verstanden?*

Ja, ich versuche mein Bestes.

Rasnor wurde das Gespräch unangenehm. Er entschied sich, es kommentarlos abzubrechen, und löste sich aus dem Trivocum. Sein Herz pochte und er konnte das Blut durch seine Adern rauschen hören. Es war besser, er verließ sich allein auf sich selbst. Wenn er in den Besitz des Paktes gelangt war, musste er ihn verstecken, am besten auf seiner Rückreise, kurz bevor er Savalgor erreichte. Dann würde sich zeigen, wer dort klug genug war, sich unter seinen Befehl zu stellen. Er wusste ein paar Leute in der Bruderschaft, die sich ihm angesichts vorteilhafter Zukunftsaussichten auf jeden Fall anschließen würden. Nein – diese Chance würde er nicht verpassen! Er würde Hammagor geduldig beobachten und im richtigen Augenblick zuschlagen.

Leandras Gedanken waren ein einziger, vernichtender Strudel des Elends und der Verzweiflung. Ihre Schultern saßen fest im unerbittlichen Griff der steinernen Röhre, sie war wie eingeschnürt, ohnmächtig, sich zu befreien. Allein das Atmen fiel ihr immer schwerer. Ihre Gedanken kreisten um eine einzige Frage: wie sie die langen Stunden bis zu ihrem Tod überhaupt aushalten sollte. Sie hatte Angst, dass sie verrückt werden würde. Zu sterben, nur weil man sich nicht mehr bewegen konnte, war entsetzlich. Es konnte Tage dauern, bis man endlich verdurstet war. Diese unendlich langen Stunden damit beschäftigt zu sein, sein eigenes Dahinsterben mitzuverfolgen, in dem dunklen Abgrund der Trauer über all das Versäumte umherzutappen und an die Menschen zu denken, die man liebte und nie wieder sehen würde – das war das Schlimmste, was sie sich nur vorstellen konnte.

Sie wimmerte und schluchzte, schrie nach Yo, fluchte wie eine Besessene und kicherte und zeterte über dieses grausige Schicksal, das sie nicht verdient hatte.

Warmes Blut lief ihr in den Mund, das aus Kopfwunden stammte, die sie sich beim Umhertoben zugefügt hatte, und sie verfluchte die Dunkelheit, diese entsetzliche Dunkelheit um sie herum.

Sie schrie zum hundertsten Mal nach Yo, zog immer wieder ihr Bein an, in der Hoffnung, irgendeinen Widerstand am Seil zu spüren – aber da war nichts. Mehrfach versuchte sie, sich mit aller Gewalt nach vorn zu pressen, in der Hoffnung, dass der Tunnel plötzlich wieder breiter wurde, aber sie hatte kein Glück. Sie steckte an einer abschüssigen Stelle vollkommen fest, hatte keine Möglichkeit voranzukommen. Hätte sie sich irgendwo mit den Beinen abstoßen können, wäre sie mit Glück noch ein Stück weiter gerutscht, hätte sich vielleicht sogar in Sicherheit bringen können. Irgendwo musste dieser Tunnel doch wieder breiter werden. Aber sie war hilflos, fand keinen Widerstand für ihre Hände, Knie oder Füße.

Dann wurde sie still.

Sie dachte an Chast zurück, wünschte sich, sie wäre wenigstens durch seine Hand gestorben. Das wäre ein anständiger Tod gewesen, einer, der wenigstens noch einen gewissen Sinn gehabt hätte. Hier war sie nun, die kleine Adeptin – hatte Dämonen und der Bruderschaft getrotzt, magische Schwerter geschwungen und war auf Drachen durch den Himmel geritten. Sie hatte Dinge vollbracht, die andere als Heldentaten bezeichneten. Aber sie würde nicht im Kampf sterben oder zumindest durch eine heimtückische Krankheit – nein, sie würde hier unten in dieser verfluchten Röhre verfaulen. Niemand würde sie je hier finden und ihr ein anständiges Begräbnis bereiten. Das war der mieseste Tod, den sie sich nur vorstellen konnte. Sie begann wieder verzweifelt zu weinen. Hätte sie doch nur auf Yo gehört!

Es war wie damals, als sie kopfüber in dieses Abenteuer gestürzt war, zu jener Zeit noch als kleine Adeptin und kurioserweise nicht einmal in der Lage, sich mittels Magie auch nur gegen ein Eichhörnchen zu wehren. Sie war hilflos gewesen, trotz ihrer Ausbildung zur Magierin; sie hatte keinen einzigen Zauber gekannt, mit dem sie sich hätte verteidigen können, als sie damals, zusammen mit den anderen Mädchen, entführt worden war…

In diesem Augenblick flog irgendetwas Seltsames durch ihr Denken.

Sie glaubte, einen plötzlichen Lichtschein wahrgenommen zu haben, keinen der Hoffnung, sondern einen richtigen Lichtschein. Sie versuchte den Kopf zu heben, der von ihrem Panikanfall noch immer dröhnte wie eine Bronzeglocke, und durch ihre Tränen zurück in den Tunnel zu peilen. Dort irgendwohin war Yo verschwunden, aber es war nichts zu sehen, keine Fackel, mit der sie zurückkam, oder gar irgendeiner der Wachmänner, der ihr hinterhergekrochen kam. Nichts auf der Welt wäre ihr lieber gewesen, als dass man sie wieder eingefangen hätte. Auch ein Blick nach vorn zeigte ihr nur undurchdringliche Finsternis. Dennoch, sie war sich sicher, dass irgendein Lichtschein über sie gestrichen war. Sie sann verzweifelt nach.

Und schließlich kam sie darauf.

Es war beinahe ein Zufall zu nennen, eine alte Gewohnheit. Völlig unbedarft blickte sie kurz nach dem Trivocum, und als sie den Kontakt schon wieder aufgeben wollte, weil sie nichts Besonderes erkennen konnte, entfuhr ihr plötzlich ein ungläubiges Stöhnen.

Es war *rot*!

Rötlich, besser gesagt – es besaß die typische verschleierte Farbgebung, die ihr so vertraut war, die sie schon unzählige Male erblickt hatte. Sie musste bereits aus dem Bereich der magischen Versiegelung der Verliese herausgekrochen sein!

Leandra stöhnte – und wusste im selben Augenblick, dass sie *leben* würde.

Nein, sie würde hier unten nicht sterben müssen, notfalls würde sie den gesamten verfluchten Savalgorer Stützpfeiler zum Einsturz bringen, und wenn sie dazu eine zwölfte Iteration wirken musste. Sie lachte grimmig auf bei dem Gedanken, eine *Konklusion* zu entfesseln, eine magische Gewalt, die eigentlich nur auf der theoretischen Ebene existierte. Nach allem, was man wusste, hatte in den letzten tausend Jahren kein Magier dieser Welt so etwas gewirkt – wenn es überhaupt jemals geschehen war. Aber sie würde es tun, wenn es sein musste, genug Zeit und Ruhe für die Konzentration hatte sie hier unten ja. Sie würde alles tun, um hier herauszukommen.

Aber eine Konklusion war gar nicht notwendig.

Mit einer gewissen Verächtlichkeit setzte sie ein einfaches Aurikel der vierten Stufe – mit einem Schlüssel einer Erdmagie, die eine auflösende Kraft beinhaltete. Es kostete sie nicht die geringste Mühe. Das Aurikel ploppte mit seinen hellgelben Rändern im Trivocum auf und ein heller Energiestrom ergoss sich aus dem Stygium ins Diesseits. Leandra lenkte ihn mit ihrer Willenskraft auf das Material der Röhre und spreizte ihre Schultern auseinander. Der Ton der Röhre zerplatzte unter dem Druck und in Sekunden hatte sie sich wieder mehr Bewegungsspielraum verschafft. Sie atmete erleichtert auf. Was für ein Segen war die Magie! Nichts auf der Welt hätte ihr mehr helfen können.

Kurz darauf musste sie erkennen, dass ihre Idee nur mäßig gut gewesen war, denn jetzt hatte sie Schutt und Sand um sich, der ihr das Vorankommen erschwerte und ihr die Haut zerschinden würde. Aber dann lächelte sie wieder – schließlich gab es ja Magie.

Zuerst ließ sie vor sich ein schwebendes Licht aufflammen, musste aber schnell die Augen schließen, denn nach der langen Zeit in völliger Dunkelheit blendete selbst dieses winzige Licht ihre Augen schmerzhaft. Mit Hilfe einer Wassermagie kondensierte sie dann alles an Luftfeuchtigkeit um sie herum und half noch ein bisschen mit der Feuchtigkeit nach, die im blanken Fels steckte. Das Ergebnis war erstaunlich: Ein leichter Nieselregen setzte ein, ein wahrhaftiger Regen – mitten in einer Röhre, die kaum eine Elle Durchmesser besaß! Überall an den Wänden sammelte sich Wasser, es lief und tropfte herunter, und sogar in der Luft entstanden kleine Tröpfchen und fielen herab. Der Hohlraum der Röhre füllte sich rasch zu einem guten Sechstel mit Wasser.

Leandra musste noch ein wenig tricksen und herumprobieren, ehe sie sich so weit befreit hatte, dass es wieder vorwärts ging. Nach kurzer Zeit aber schwamm sie schon bäuchlings in einer schlammigen Brühe, und der Tunnel um sie herum bot ausreichend Platz, dass sie die Arme nach vorn bringen und sich voranarbeiten konnte.

Als sie mehrere Ellen auf diese Weise zurückgelegt hatte, spürte sie, dass sich das Seil an ihrem Fußgelenk straffte. Alarmiert fuhr sie herum, setzte augenblicklich eine noch kräftigere Magie ein, um sich dort, wo sie war, einen winzigen Hohlraum zu schaffen, damit sie sich aufsetzen konnte. Es gelang ihr auch und sie holte, noch während sie mit dem rechten Ellbogen das morsche Gestein um sich herum zerstieß, das Seil mit der freien Hand ein.

Natürlich war es Yo, die am anderen Ende hing, und sie war ohne Bewusstsein. Zum Glück lag sie auf dem Rücken und schien kein Wasser geschluckt zu haben. Leandra stöhnte bestürzt, zog Yo zu sich heran und nahm sie in die Arme. Yos Brustkorb hob und senkte sich flach. Nach allem, was Leandra hier eben noch durchgemacht hatte, konnte sie Yo durchaus verstehen. Als sie ihr voller Panik zugerufen hatte, dass sie stecken geblieben war, hatten Yos Nerven wohl einfach aufgegeben und sie war ohnmächtig geworden.

Leandra zog Yo noch weiter zu sich heran, ließ sich ins schlammige Wasser sinken und umarmte sie ganz fest. »Wir sind bald hier raus«, flüsterte sie. »Ich hab's dir versprochen.«

Trotz aller magischen Hilfe benötigte Leandra noch fast eine Stunde, ehe ein Ende der Röhre auszumachen war. Als sie endlich einen schwachen Lichtschimmer vor sich erblickte, schwor sie sich, nie wieder in ihrem ganzen Leben einen Tunnel oder einen Kanal zu betreten, in dem sie sich nicht mindestens umdrehen konnte. Sie hatte mit Hilfe ihrer Magie Stück für Stück die gesamte Röhre mürbe gemacht und mit Fäusten, Ellbogen und Knien das morsche Gestein zerhauen. Yo hing bewusstlos hinter ihr an dem Seil, das sie um ihren Oberkörper geschlungen hatte. Hatte sich Leandra ein, zwei Ellen vorangearbeitet, musste sie Yo mühselig hinter sich her ziehen. Sie fluchte und zeterte trotz ihres Mitgefühls für Yo und schrie sie an, sie solle endlich wieder aufwachen. Leandra kannte sich mit Bewusstlosigkeit nicht aus, mochte aber kaum glauben, dass man sich für mehr als eine ganze Stunde von der Welt verabschieden und den anderen die Arbeit überlassen konnte. Doch es half nichts. Yo blieb bis ganz zuletzt im Reich der Träume.

Leandra hatte schwere Arbeit zu leisten. Die ständigen Magien, die sie wirken musste, laugten ihren Geist aus, ihr Kopf dröhnte und fühlte sich an wie eine hohle Nuss. Ihre Knie, Hüften, Ellbogen und Schultern spürte sie schon gar nicht mehr, und überall am Körper war sie vom Sand und den Steinen zerschunden. Später dachte sie, dass sie in dieser Stunde Flüche für ein ganzes Leben ausgestoßen und wohl ebenso viele Tränen geweint hatte.

Dann endlich hörte sie eine leise, geflüsterte Stimme.

»Yo? Leandra?«

Sie warf den Kopf herum und sah, in vielleicht fünfzehn Schritt Entfernung, einen schwachen Lichtschein, der durch die Umrisse eines Kopfes abgedunkelt wurde, der sich in die Röhre hineingeschoben hatte.

»Azrani?«

»Ja, ich bin's! Leandra? Geht's dir gut? Ist Yo bei dir?«

Yo ächzte leise, und Leandra merkte, dass sie endlich wieder zu sich kam. »Uns geht's blendend«, stöhnte Leandra und wusste selbst nicht, warum sie so zynisch war. Sie fühlte sich halb tot und wollte nur schlafen, tagelang schlafen.

»Ihr müsst leise sein«, flüsterte Azrani. »Hier sind überall Soldaten. Die *Kräfte* wissen, wie die Kerle den Weg in diese Katakomben gefunden haben. Aber sie suchen uns.«

»Uns? Ist noch jemand bei dir?«

»Marina ist auch da. Wir haben euch schon vor einer Stunde gehört, ihr wart laut wie ein Ochsenkarren. Wir mussten die Röhre verstopfen, damit kein Lärm herausdrang. Und immer wieder Luft reinlassen, dann das Wasser ablassen, es umleiten, wieder zumachen und so weiter. Sonst hätten uns die Soldaten bei dem Lärm und dem vielen Wasser am Ende noch gefunden. Du hast Magie benutzt, was?«

»Ja…«

»Könnt Ihr den Rest ohne Magie schaffen?«, fragte Azrani. »Das Gebollere ist so laut!«

Leandra ließ sich zurücksinken. »Ich kann nicht mehr«, stöhnte sie.

Für eine Weile herrschte Stille. Dann hörte sie wieder etwas.

»Ich komm euch mit einem Seil entgegen«, flüsterte Azrani.

Noch eine in dieser Scheiß-Röhre, dachte Leandra. *Wir sollten einen Verein aufmachen.* Sie ließ sich zurücksinken und wartete.

Es dauerte eine ganze Weile, bis Azrani heran war, aber Leandra dachte sich, dass es nun an den anderen war zu schuften. Sie hatte die bewusstlose Yo siebzig oder achtzig Ellen durch den Tunnel geschleift und dabei das Ding noch mit Hilfe von Magie um ein Viertel erweitert.

Schließlich war Azrani heran. »Das ist ja eine Scheißarbeit«, stöhnte sie.

»Wie kommst du jetzt wieder raus?«, fragte Leandra matt, als Azrani ihr das Seil reichte.

»Ich hab noch ein Seil am Fuß angeknotet. Marina wird mich rausziehen.«

»Hast du was an?«

»Nee. Mit Klamotten geht das nicht.«

»Na, dann viel Spaß. Nachher wirst du so aussehen wie wir.«

Azrani schnaufte nur und zischte dann in Richtung des Ausgangs, dass Marina ziehen sollte.

17 • Narben

Marina und Azrani hatten klugerweise einen Fluchtweg vorbereitet und hielten sogar frische Kleider für alle bereit. Letzteres allerdings brachte nichts, da keine von ihnen, so zerschunden, blutig und schmutzig wie sie war, in Kleider schlüpfen konnte. Sie litten Schmerzen, und während Azrani und Yo noch einigermaßen bei sich waren, konnte sich Leandra kaum mehr auf den Beinen halten.

Sie ließ sich, in eine einfache Decke gehüllt, von Marina und Azrani durch ein verwirrendes System von Gängen führen; nicht selten musste sie kriechen, krabbeln oder über Hindernisse hinweg klettern, und das kostete sie die letzten Kräfte. Yo ging es ein bisschen besser als ihr, aber nicht viel. Dann schließlich, nach einem endlos erscheinenden Marsch, erreichten sie ihr Ziel. Leandra erhaschte jedoch nur einen kurzen Eindruck des Tageslichts, der an ihre Augen drang, bevor sie endgültig zusammenbrach.

Als sie wieder zu sich kam, war es warm um sie herum, sie war in weiche Decken gehüllt und fühlte sich gleich ein gutes Stück besser als zu dem Zeitpunkt, da sie das Bewusstsein verloren hatte. Als sie dann noch das besorgte Gesicht von Hilda über sich sah, überkam sie ein erleichtertes Lächeln.

Hildas Gesicht verschwand sogleich wieder.

»Meister Jockum«, hörte Leandra es flüstern. »Sie ist wieder bei sich… Meister Jockum!«

An dem leisen Schnarchen und dem plötzlichen

Schnaufen erkannte sie, dass der Primas geschlafen hatte und nun von der guten Hilda wachgerüttelt worden war.

»Meister, sie ist aufgewacht! Leandra ist wieder bei sich!«

Es folgte ein Grunzen, dann hörte Leandra ein: »Äh… was?«

Kurz darauf tauchte das Gesicht des Primas über dem ihren auf.

»Hochmeister Jockum«, hauchte sie.

»Wie geht es dir, mein Kind?«, fragte der alte Meistermagier mit erster Miene.

»Schon wieder viel besser«, antwortete sie leise. »Wie lange darf ich noch so liegen bleiben?«

»So lange du willst, Leandra. Aber ich muss nach deinen Wunden sehen.«

»Muss das jetzt sein?«, hörte Leandra Hildas empörte Stimme aus dem Hintergrund.

Leandra sah, wie der Primas die Arme in die Luft warf. »Geht das nun schon wieder los?«, stieß er hervor. »Ich bin in diesem Fall… so etwas wie der Arzt! Verstehst du das denn nicht, Frau?«

»Mit meinen Salben geht das ebenso gut«, lautete Hildas schnippische Antwort. »Ihr wollt sie doch bloß angaffen, alter Schwerenöter!«

Der Primas stieß ein entnervtes Stöhnen aus und Leandra musste leise kichern. Das war typisch für Hilda. Ihr Bruder Bert hatte genau das Gleiche zu erdulden.

»Leandra, sag selbst«, verlangte der Meistermagier und wies mit einem anklagenden Finger auf Hilda. »Diese alte Vettel bezichtigt mich der Lüsternheit, bloß weil ich dich… also… na ja, du weißt schon. Deine Wunden eben.«

Leandra war so erleichtert über das glückliche Ende ihrer Flucht, dass sie, obwohl noch matt und mit leichten Schmerzen, wieder Laune hatte, einen Spaß mitzumachen. Sie richtete sich ein wenig auf. »Und? Hat sie denn nicht Recht?«, fragte sie schwach lächelnd.

Der Primas des Cambrischen Ordens, ein hoch betagter und hoch ehrenwerter Mann, stieß einen Laut der Entrüstung aus und wandte sich um, wie um den Raum zu verlassen. Leandra schob schnell den Arm unter den Decken hervor und hielt ihn am Ärmel fest. »War nur ein Spaß, Hochmeister«, sagte sie sanft und ließ sich wieder zurücksinken. »Niemand anderem würde ich mich mit mehr Vertrauen in die Hände geben als Euch!«

Jockum hielt inne, studierte kurz ihr Gesicht und seufzte dann tief. Übergangslos wandte er sich ihrem Körper zu, schlug die Decken zurück und betrachtete ihre Verletzungen.

Leandra hob kurz den Kopf und ließ sich stöhnend wieder zurücksinken. So gesehen waren Hildas Einwände ziemlich dumm gewesen. An ihrem Körper gab es wenig Erbauliches zu sehen. Sie sah aus, als wäre sie in einen Schwarm Wespen geraten und anschließend einen Abhang hinuntergerollt. Überall Blutergüsse, Schürfwunden, blaue Flecke, Schrammen, Schnitte und Schorf. Es war ein richtiger Schock. Verzweifelte Tränen schossen ihr in die Augen.

»Na, na, mein Kind«, sagte Jockum väterlich. »Ich weiß, es sieht schlimm aus, aber wir werden dich schon wieder hinkriegen!«

Sie weinte und fragte sich dabei, wie viele Narben sie am Körper davon zurückbehalten würde. Sie würde aussehen wie eine Aussätzige.

Der Primas wandte sich um. »Hilda, lass uns allein. Ich brauche eine Stunde vollkommene Ruhe und Ungestörtheit mit Leandra. Bringst du das über dich?«

Hilda brummte irgendetwas, dann klappte die Tür zu.

»Ich weiß, was du denkst, Leandra«, sagte Jockum

ruhig. »Aber sorge dich nicht. Ich habe schon von Meister Fujima gehört, was du alles zuwege gebracht hast. Mir scheint, dass es für dich dennoch eine Menge in der Magie zu lernen gibt. Du musst keine Angst haben. Es werden keine Narben zurückbleiben.«

Sie schniefte. »Keine Narben? Wirklich?«

Er schüttelte mit Bestimmtheit den Kopf. »Nein. Allerdings – es wird schmerzhaft werden. Eine längere Behandlung mit Salben und Heilmagien, wohl eine ganze Stunde lang. Da wirst du was auszuhalten haben!«

Leandra stöhnte leise.

»Und dann wird es noch eine Weile ziemlich jucken. Wirst du das aushalten?«

Leandra, die immer noch Tränen in den Augen hatte, schüttelte erleichtert den Kopf. »Ich glaube nicht, dass mich noch irgendwas aus der Bahn werfen kann. Wie geht es Yo? Und Azrani?«

»Yo befindet sich in der Obhut von Gildenmeister Remoch. Ich glaube, du kennst ihn.«

Leandra nickte. »Ja, natürlich. Bei ihm habe ich die Adeptenprüfung abgelegt. Ich habe lange nichts von ihm gehört. Geht es ihm gut?«

»Ja. Er ist wohlauf. Remoch ist einer der besten Heiler, den wir haben.«

Leandra richtete sich auf. »Geht es Yo so schlecht?«

Der Primas seufzte. »Ihre Wunden sind weniger schlimm als deine. Aber sie hat einen Nervenzusammenbruch erlitten. Remoch bemüht sich, sie behutsam wieder auf die Beine zu kriegen.«

Leandra stöhnte leise. »Hoffentlich klappt es. Ich habe Yo viel zu verdanken. Und Azrani?«

»Um Azrani habe ich mich bereits gekümmert. Sie ist fast wieder wie neu. Ihre Verletzungen waren nicht eben gering, aber sie war nicht so erschöpft wie ihr beide. Ich habe sie gleich behandeln können.«

Leandra fühlte wieder eine bleierne Müdigkeit in sich aufsteigen. Aber immerhin war sie dem Gefängnis entkommen und hatte nun ein klares Ziel: Victor und den Pakt zu finden. Sie biss die Zähne zusammen und gestattete sich keinen Schlaf.

»Lasst uns anfangen, Hochmeister«, sagte sie.

Der Primas nickte, wandte sich ab, und kam gleich darauf mit einem tönernen Tiegel wieder. Er hatte einen kleinen Holzspatel in der Hand, tauchte ihn ein und holte ihn, mit einer durchsichtigen Salbe beschmiert, wieder heraus. »Keine Angst, das brennt nicht«, sagte er und begann, Leandras Wunden damit einzustreichen. »Es könnte dir allenfalls ein wenig kalt vorkommen…«

Als er die Salbe auf die Wunden strich, spürte Leandra erst, wie hitzig sich ihre Haut anfühlte. Die Salbe verschaffte angenehme Kühlung. Nach einer Weile war Jockum soweit. »Und nun entspanne dich – ich muss eine komplizierte Heilmagie wirken. Es wird ein bisschen wehtun.«

Leandra tat, wie ihr geheißen. Sie sah noch, wie er die Augen schloss und sich in Konzentration begab. Dann wurde ihr Körper schlagartig von einem gehörigen Hitzeschub erfasst. Sie heulte leise auf, fühlte sich, als wäre sie mit all ihren Verwundungen in einen Bottich voll dampfend heißem Wasser gestiegen. Es brannte und brodelte überall auf ihrer Haut – aber die anfänglichen Schmerzen ließen schon bald nach. Sie keuchte auf, versuchte aber sich so gut es ging zu beherrschen, denn sie wollte nicht, dass Jockum seine Magie unterbrach. Es war auszuhalten. Sie hatte keine Lust, später wie eine Aussätzige auszusehen. Nein, dazu war sie zu eitel.

»Und es bleiben wirklich keine Narben, Hochmeister?«, fragte Leandra ächzend.

Er seufzte. »Wenn du mich weiterhin mit dieser

Frage löcherst«, brummte er, »verliere ich vielleicht die Konzentration und mir unterläuft ein Fehler!«

Stunden waren vergangen. Leandra hatte nach der Sitzung mit Hochmeister Jockum wie eine Tote geschlafen. Aber nun, da sie wieder aufgewacht war, fühlte sie sich, als steckte sie in einer Backröhre. Sie schlug die Augen auf und versuchte sich von ihrer Decke zu befreien. Aber es war hell im Raum und sie war nicht allein.

»Alina!«, sagte sie, als sie zur Seite blickte, froh und überrascht zugleich.

»Oh, Leandra, es tut mir so Leid!« Alina hatte einen gequälten Gesichtsausdruck.

Leandra stemmte sich hoch. Sie schlug die Decke weiter zurück, um frische Luft an ihren glühenden Körper zu lassen. »Was ist denn?«, stöhnte sie.

Alina deutete auf ihren Bauch. »Deine Verletzungen. Was du durchgemacht hast... Es tut mir wirklich so Leid. Es war meine Idee, mit diesen Röhren.«

Leandra seufzte tief. »Deine Idee? Yo sagte, sie stamme von ihr!«

Alina setzte ein trübseliges Gesicht auf. »Ach, Yo. Die Ärmste. Sie ist so tapfer. Ich weiß nicht, was mit ihr ist. Sie nimmt mich gegen alles und jeden in Schutz.«

»Hast du sie gesehen? Wie geht es ihr?«

»Sie kommt langsam wieder auf die Beine. Zum Glück. Ich hatte schon Angst, sie würde gar nicht wieder zu sich kommen.«

Leandra legte die Stirn im Falten. »War es wirklich so schlimm?«

»Sie war völlig weggetreten«, berichtete Alina mit trauriger Stimme. »Sie zitterte, ihre rechte Gesichtshälfte war gelähmt, sie wollte nichts essen und niemanden sehen. Zum Glück geht es ihr wieder besser.

Nein – die Idee stammte wirklich von mir. Ich wünschte, mir wäre was anderes eingefallen. Oder ich wäre selbst hindurchgekrochen.«

Leandra grinste schief. »Dann hab ich was gut bei dir, oder?«

Alina, die neben Leandras Liege auf einem Stuhl saß, blickte sie nur noch unglücklicher an. Leandra setzte sich auf die Kante ihrer Liege und nahm Alinas Hand. »Es war nur ein Spaß«, meinte sie. »Ich bin ja froh, dass ich überhaupt von dort fliehen konnte.« Sie schnaufte leise. »Noch mal möchte ich das allerdings nicht durchmachen.«

Sie sah an sich herab und stellte fest, dass der Hochmeister wirklich gute Arbeit geleistet hatte. Ihre Haut fühlte sich zwar schrecklich empfindlich an und sie glühte nach wie vor, aber die Verletzungen waren fast verschwunden. Eine Menge rosiger Hautstellen zeugte von dem, was sie erlitten hatte. Die kühle Luft des Raumes tat ihr wohl.

Die Tür öffnete sich und der Primas und Hilda kamen herein.

»Ah, Leandra, du bist wieder wach!«, sagte Hochmeister Jockum. »Ich hörte euch reden. Wie geht es dir?«

Leandra sah schon Hildas unmutigen Blick und zog die Decke ein Stückchen höher, um ihre Brüste zu bedecken. »Wie nach einem Bad in einem Brennnesselfeld«, erwiderte sie seufzend. Sie lupfte die Decke ein bisschen über ihrer Brust und sah in den Spalt hinab. »Aber meine Wunden sind verheilt.« Sie blickte wieder auf. »Ihr seid wirklich ein Meister… äh… Hochmeister!«

Das rief allgemeines Grinsen hervor und der Primas lächelte stolz. »Hier, ich habe frische Heilsalbe gemischt. Die wird das Brennen der Wunden lindern und die Heilung weiter beschleunigen!« Er hielt einen tönernen Tiegel in die Höhe.

»Ja. Das wäre eine Wohltat.«

Der Hochmeister nickte und öffnete das Gefäß. Leandra ließ die Decke sinken und wandte ihm den Rücken zu.

»Na, na! Das mache ich!«, rief Hilda und langte nach dem Tiegel.

Hochmeister Jockum, der würdige alte Meistermagier und Primas des Ordens der Cambrier, fuhr auf der Stelle herum und trat in drohender Gebärde auf die Nörglerin zu. »Bei den Kräften des Trivocums und der Hölle des Stygiums!«, brüllte er und Zornesröte stieg in sein Gesicht. »Du elende Meckerziege! Du dreimal verfluchte alte Vettel! Wenn du mir nicht sofort aus den Augen gehst, dann werde ich persönlich einen Dämon aus dem Stygium herbeirufen und ihn auf dich hetzen! Ich habe Leandra in mühevoller Arbeit geheilt, ich bin ihr *Heiler*, und ich werde mir jetzt jede einzelne Stelle genau ansehen, bevor ich sie mit der Salbe behandle, und selbst wenn sie mitten auf ihrem Hintern liegt! Hast du das kapiert?«

Hilda war entsetzt einen Schritt zurückgetreten und starrte mit weit aufgerissenen Augen den Primas an. Der Redefluss der guten Frau war vollständig versiegt.

Jockums Arm schnellte in die Höhe und sein Finger deutete zur Tür. »Und jetzt *raus*!«

Hilda holte noch einmal Luft, warf dem Primas einen vernichtenden Blick zu und flüchtete dann. Die Tür krachte hinter ihr ins Schloss. Erst dann wandte sich der Primas endlich um. Sein Gesicht war gerötet und er schnaufte schwer. Alina wie auch Leandra hatten vor Schreck und auch Belustigung die Hand vor den Mund gelegt.

»Bei den Alten Göttern der Umbrier!«, ächzte Jockum. »Was für ein Glück, dass ich nie geheiratet habe!«

»Sie meint es ja nur gut«, sagte Leandra milde.

Hochmeister Jockum schnaufte. »Ja, genau *das* habe

ich befürchtet! Sie meint es *gut*! In diesem Fall danke ich den Kräften gleich dreimal, dass ich nicht geheiratet habe.«

Die beiden jungen Frauen tauschten belustigte Blicke. Leandra ließ den Hochmeister sein Werk beginnen.

»Ich habe eine wichtige Nachricht«, sagte Alina nach einer Weile. »Leider eine... ziemlich ungute Nachricht.« Alina erhob sich. »Ich habe ein paar Verbindungen geknüpft«, erklärte sie. »Es gibt etliche Leute in der Palastgarde, die mir ihre Ergebenheit signalisiert haben. Über sie habe ich von einem Gerücht erfahren, das derzeit in der Bruderschaft die Runde macht. Ich weiß nicht, ob die Information zuverlässig ist. Es heißt, dass die Drakken der Bruderschaft eine Frist gesetzt hätten. Eine Frist, innerhalb derer sie den Pakt ausgehändigt haben wollen. Sonst... greifen sie an.«

Der Primas unterbrach seine Behandlung und starrte Alina an.

Leandra runzelte die Stirn. »Eine Frist? Was soll das heißen?«

Alina zuckte nur ratlos mit den Schultern.

»Sagt mal, ihr Damen...?«

Leandra und Alina wandten sich Hochmeister Jockum zu.

Er holte Luft. »Ich habe in der letzten Woche verschiedentlich von dieser Sache gehört. Den *Drakken*. Angeblich Wesen aus einer fremden Welt, die uns überfallen und unterjochen wollen. Das ist doch wohl nur wieder irgendeine maßlos übertriebene Geschichte, oder?«

Leandra sah Alina an, und langsam wurde ihr klar, dass es bisher nur wenige gab, die überhaupt wussten, wer die Drakken waren und was es mit ihnen auf sich hatte. Chast, der womöglich größte Fachmann für diese Frage, war tot und Victor, der wohl ebenfalls einiges wusste, war irgendwo auf der Suche nach dem

Pakt. Der Rest der Welt hatte eigentlich so gut wie gar keine Ahnung von dieser Gefahr, die der Höhlenwelt drohte. Selbst der Primas der Cambrier hatte nur Gerüchte gehört.

»Denkt Ihr, Ihr könnt heute einen ordentlichen Schock verdauen, Hochmeister?«

Der Primas versteifte sich. »Das hört sich nicht gut an. Hat am Ende Chast überlebt?«

Alina seufzte. »Wenn es nur *das* wäre!«

Der Primas stellte den Salbentiegel auf einen Tisch und verschränkte die Arme vor der Brust. »Also, dann bin ich jetzt wirklich gespannt!«

Leandra zog die Decke um sich und setzte sich auf die Bettkante.

Alina suchte nach Worten. »Diese Drakken... sie sind tatsächlich Fremde, die nicht von dieser Welt stammen.« Sie erzählte die ganze Geschichte über die fremden Wesen, die einst einen Pakt mit der Bruderschaft geschlossen hatten, sprach von Sardin, der Gründung der Bruderschaft, berichtete über das Dunkle Zeitalter bis hin zu Chast und dessen Versuch, die Macht im Land zu übernehmen. Alina gab preis, was sie innerhalb der Bruderschaft darüber erfahren hatte, und Leandra untermauerte ihre Worte mit dem, was sie selbst erlebt hatte und was sich wie eine erstaunliche Reihe von Beweisen in die Geschichte einfügte.

Jockum ging unruhig im Raum auf und ab. »Aber... wo sollen sie denn herkommen, diese Drakken?«

»Wie Alina schon sagte, Hochmeister«, antwortete Leandra, »sie sind nicht von dieser Welt. Lebten sie hier, auf Og, in Maldoor oder Chjant, wären wir ihnen doch längst schon begegnet, nicht wahr? Sie müssen aus... aus dem *Weltenall* stammen.« Leandra deutete umständlich, mit einem Deckenzipfel in der Hand, in die Höhe. »Sie müssen mit irgendeinem riesigen Ding hierher gekommen sein, einem Schiff, das durchs All fliegen kann – oder so ähnlich.«

Der Primas lächelte milde. »Das sind Märchen, mein Kind«, erklärte er. »Wundersame Schiffe, die durch die große Leere jenseits des Felsenhimmels fliegen und seltsame Wesen zu uns bringen. Geschichten, die zugegebenermaßen selbst in den alten Schriften unseres Ordens immer wieder auftauchen. Aber das ist Unfug. Ich habe zeitlebens versucht, sie…«

»Ist das wahr?«, fragte Leandra verwundert. »Sogar in den Schriften des Cambrischen Ordens ist die Rede davon?«

Hochmeister Jockum seufzte. »Ja. Verblüffend oft sogar. Es muss einmal eine Irrlehre gegeben haben, vor langer Zeit, die dergleichen zum Inhalt hatte. Ich habe ich nie viel davon gehalten. Wie soll denn das gehen? Mit einem Schiff durchs… *Nichts* reisen! Ha! Jedes Wesen oder Fahrzeug benötigt irgendetwas, *worauf* oder *worin* es reisen kann. Ein Karren braucht den festen Boden, ein Schiff das Wasser und selbst ein Drache hat etwas – die Luft! Aber im *Nichts*? Wie soll das gehen?«

Leandra hob die Schultern. »Es hat ja noch nie jemand dieses *Nichts* gesehen, Hochmeister. Jedenfalls niemand von *uns*. Wer kann schon wissen, was es da gibt, worauf oder *worin* ein Schiff schwimmen kann?«

Der Hochmeister schenkte ihr einen zweifelnden Blick. »Du hast mit Meister Fujima geredet, was?«

Leandra strahlte ihn an. »Ja, stimmt. Ich muss ihn unbedingt wieder sehen. Er hat mich auf viele Gedanken gebracht…«

Jockum hob die Hand. »Ist gut, mein Kind! Tu das, wann es dir beliebt, aber nicht jetzt! Und verschone mich – ich bin kein Anhänger dieser Theorien. Für den Augenblick haben wir Wichtigeres zu tun.«

»Aber die Drakken…«

Nun hob der Hochmeister abwehrend beide Hände. »Auch das werden wir später bereden!«

»Aber Tatsache ist, dass diese Wesen hier sind«, sagte Leandra aufgeregt. Doch der Blick in Jockums Augen ließ sie innehalten. Er war der Primas ihres Ordens und sie hatte ihm zu gehorchen.

Der Hochmeister wandte sich an Alina. »Hast du sie mit eigenen Augen gesehen?«

»Ja. Sie tauchten immer wieder in Torgard auf«, erklärte Alina, »um Chast Angst einzujagen. Das spricht dafür, dass sie sogar Mittel haben, sich an andere Orte zu versetzen. Wie sollten sie sonst nachts in Chasts Schlafzimmer gelangt sein? Torgard war besser bewacht als der Palast von Savalgor.«

»Und du, Leandra? Hast du sie auch gesehen?«

Leandra schüttelte den Kopf. »Ich weiß es nur von Alina, wollte es zuerst selbst nicht glauben. Allerdings … wir – Munuel, ich und die anderen – haben damals schon, als wir nach Unifar reisten, die ersten Hinweise erhalten. Damals wussten wir nichts damit anzufangen. Munuel erzählte mir, dass er in alten Schriften seltsame Hinweise über fremdartige *Eidechsen* gefunden hatte, die die Welt beherrschen wollten. Schriften, die zweitausend Jahre alt waren. Und die Drachen wissen ebenfalls von ihnen. Meakeiok erzählte uns damals von bösen Echsenwesen, die in unsere Welt gekommen wären.«

Der Primas schien noch immer nicht sonderlich überzeugt zu sein. »Und was wollen diese Kreaturen von uns? Tatsächlich die *Magie*?«

Leandra und Alina nickten einmütig. »Ja, Chast hat das gesagt«, erklärte Alina. »Er hat sogar mit *mir* darüber gesprochen. Er sagte, sie würden keine Magie kennen und wollten der Höhlenwelt dieses Geheimnis entreißen.« Sie hob die Schultern.

Der Primas holte tief Luft. »Diese Geschichte ist so

verrückt«, sagte er mit ernster Miene, »dass sie wunderbar ins Reich der Märchen und Erfindungen passen würde.«

Leandra und Alina sagten nichts, sahen ihn nur an.

Er verschränkte die Hände auf dem Rücken und marschierte wieder nachdenklich im Raum auf und ab. »Aber… es passt alles auf höchst gespenstische Weise zusammen«, fügte er hinzu.

Leandra und Alina sahen sich erleichtert an. »Ihr glaubt uns also, Hochmeister?«

Der Primas blieb stehen und nickte verdrossen. »Und dein Victor ist nun auf der Suche nach diesem Pakt? Wohin könnte er gegangen sein?«

Leandra kaute auf der Unterlippe. »Er kann ihn eigentlich nur dort finden, wo Sardin einst gelebt hat. Sardin hat diesen Pakt abgeschlossen. Also wird er ihn dort versteckt haben, wo er gelebt und gewirkt hat.«

»In Unifar? Im Tempel von Yoor?«

»Möglich. Ich weiß es nicht. Victor muss eine sehr genaue Vorstellung davon gehabt haben.«

Hochmeister Jockum nickte. »Ja, aber welche?«

Leandra zog sich die Decke enger um den Leib. »Wir müssen es herausfinden. Und zwar schnell. Wenn diese Nachricht zutrifft, die Alina erhalten hat, dann haben wir nur noch wenig Zeit.«

»Außerdem ist da noch dieser Rasnor«, erinnerte Alina, an Leandra gewandt. »Erinnerst du dich? Der Mann, den Chast Victor hinterhergeschickt hat. Weder Victor noch dieser Rasnor dürften etwas von Chasts Tod wissen. Also wird er Victor noch immer verfolgen!«

Leandra stieß einen leisen Fluch aus. »Ja. Du hast Recht.«

Der Primas warf die Arme in die Luft. »Na, das ist ja fabelhaft! An irgendeinem Ort dieser Welt spielt sich eine Sache von entscheidender Bedeutung ab, und wir haben keine Ahnung, wo ist das ist. Wir können nichts tun!«

»Mir fällt gerade etwas ein«, sagte Alina. »Victor hat doch in Torgard gearbeitet, unten im Skriptorium. Da hat er mit seinen Leuten nach Hinweisen auf den Pakt geforscht!«

»Und?«

»Also… irgendwo dort müsste er dann ja den Hinweis gefunden haben, wo der Pakt versteckt ist. Wo sonst?«

Leandra erhob sich. »Eine gute Idee«, sagte sie begeistert. »Du hast völlig Recht! In Torgard könnten wir einen Hinweis finden, wohin er gegangen ist!«

Der Primas nickte ebenfalls. »Ja, kein schlechter Gedanke. Obwohl… nun, es sieht so aus, als habe die gesamte Bruderschaft nach diesem Geheimnis geforscht. Es wird bestens versteckt sein.«

»Aber… irgendetwas müssen wir tun!«, sagte Leandra dringlich. »Wir können nicht hier herumsitzen und einfach nur hoffen, dass Victor es schaffen wird!«

Der Primas räusperte sich. »Wir sprechen hier die ganze Zeit von diesem Victor«, wandte er ein. »Aber wenn ich euch richtig verstanden habe, hieß er eigentlich *Valerian*! Es ist gar nicht gewiss, dass es sich bei diesem Mann tatsächlich um deinen Freund Victor handelt, Leandra. Oder sehe ich das falsch?«

»Ich wette, dass er es ist, Hochmeister! Es passt alles zusammen! Eine *Roya* ist bei ihm, er arbeitete als Skriptor, hat sich gegen Chast gewandt, als Verräter entpuppt und versucht nun, der Bruderschaft den Pakt abzujagen! Es *ist* Victor, Hochmeister! Und wir müssen ihn finden! Ich werde sofort nach Torgard aufbrechen!« Demonstrativ ließ sie ihre Decke fallen und marschierte nackt und ungeniert am Primas vorbei in Richtung eines Stuhles, auf dem Kleider für sie bereitlagen.

»Gut, Leandra«, erwiderte der Hochmeister. »Aber

ich werde mit dir gehen. Erstens will ich mich selbst davon überzeugen, dass eure Geschichte der Wahrheit entspricht, und zweitens möchte ich mir dieses Torgard ansehen. Außerdem kann es nicht schaden, wenn wir zu zweit nach Hinweisen suchen. Ich beherrsche sämtliche alte Sprachen und Schriften – das wird sicher nützlich sein, wenn wir Bücher und Karten sichten müssen.«

»Ich komme auch mit!«, sagte Alina und stand auf.

Leandra hatte ein wollenes Hemd entfaltet und hielt es sich vor den Leib, als sie sich umwandte. Sie und der Primas sahen sich fragend an.

»Hältst du das für eine gute Idee, Alina?«

»Ich kenne mich in Torgard aus«, sagte sie. »Ich kann euch zeigen, wo das Skriptorium ist!«

Leandra schnaufte. »Ich war ebenfalls schon in Torgard«, erwiderte sie. »Zwar nicht im Skriptorium, aber das kann nicht so schwer zu finden sein, oder?«

»Warum… willst du mich nicht dabeihaben, Leandra?«

Leandra machte ein paar zögernde Schritte auf Alina zu und legte ihr dann die Hand auf die Schulter. »Ich kann gut verstehen, dass du etwas tun möchtest, Alina«, sagte sie. »Aber… nun, du bist die wichtigste Person von uns allen. Dir darf nichts geschehen! Abgesehen von dieser Sache mit Victor und dem Pakt gibt es noch eine andere Sache, die keinesfalls schief gehen darf. Du *musst* Shaba werden, verstehst du?«

Alina schwieg und sah fragend zwischen Hochmeister Jockum und Leandra hin und her. »Ist es denn noch immer *gefährlich*? In Torgard, meine ich?«

Leandra holte tief Luft. »Wir haben dort Vendar verloren. Einen Freund von mir – einen sehr guten Freund. Es gab grässliche Kreaturen dort in den Katakomben. Ich glaube zwar, dass sie jetzt alle tot sind, aber genau weiß ich es nicht. Und vielleicht sind noch

Leute von der Bruderschaft dort. Ja, Alina, es könnte noch immer gefährlich sein.«

Alina, der das dringende Bedürfnis ins Gesicht geschrieben stand, bei der Bewältigung aller sich auftürmenden Probleme tatkräftig mitzuhelfen, blickte Hilfe suchend zu Hochmeister Jockum. Aber auch der Primas trat zu ihr und legte ihr seine Hand auf die andere Schulter.

»Leandra hat Recht. Dir darf nichts geschehen. Sollten wir jemals diesen Pakt finden und die Drakken und die Bruderschaft überwinden, dann bist allein du diejenige, die dem Land wieder Ordnung bringen kann. Ja, du musst sogar jetzt schon damit beginnen! Pflege weiterhin deine Kontakte und bringe im Palast so viele Leute wie möglich auf deine Seite. Versuche, Einfluss zu gewinnen, und bereite dich auf den Tag vor, da du den Thron besteigen wirst.«

Sie grinste schief. »Ich würde lieber so etwas tun wie ihr, wisst ihr? Etwas anpacken. Mit meinen Händen. Meinetwegen auch kämpfen. Ich bin... nun, ich bin nicht gerade vertraut mit solchen Sachen wie Politik und so.«

Leandra schüttelte energisch den Kopf. »Ich finde, du hast schon großes Geschick bewiesen. Du hast dem Rat eine sechswöchige Frist abgetrotzt. Und wie du diesen Vandris in seine Schranken verwiesen hast – das war echt klasse!«

Alina ließ sich wieder auf ihren Stuhl sinken und seufzte. »Ja, ihr habt wohl Recht. Und ich kann auch Maric nicht so lange allein lassen. Ich muss ohnehin bald wieder zu ihm zurück.«

Nach einer kurzen Pause klatschte der Primas zum Zeichen des Themenwechsels in die Hände. »Gut, Kinder«, sagte er entschlossen. »Dann ruh dich noch ein wenig aus, Leandra. Die Nacht ist nicht mehr lang. Morgen früh werden wir gemeinsam nach Torgard gehen.«

»Morgen früh, Hochmeister?«, Leandra schüttelte den Kopf. »Nein. Lasst uns gleich aufbrechen. Ich habe genug geruht. Ich könnte für den Rest der Nacht gar nicht mehr schlafen.«

Er zog die Brauen hoch, studierte ihr Gesicht. Dann nickte er und nahm wieder seinen Tiegel zur Hand. »Also gut, wie du willst. Dann komm her.«

Leandra trat zu ihm und schweigend begann er sein Werk. Alina erhob sich bald und verabschiedete sich. Sie bat darum, dass man sie, so gut es ging, über den Fortgang informierte. Dann verschwand sie.

Nach einer Weile war der Hochmeister fertig. »Ich denke, deine Wunden sind nun ausreichend gut versorgt. Wollen wir also wirklich gleich los, nach Torgard?«

Sie nickte nur.

»Fein. Dann kleide dich an. Ich warte draußen auf dich.« Damit wandte er sich um und verließ den Raum. Die Tür klappte hinter ihm zu.

Leandra ließ sich auf die Bettkante sinken, faltete die Hände und starrte zu Boden. Sie war zwar in Aufbruchsstimmung, konnte aber eine gewisse Schwermut nicht zurückdrängen. Sie stieß ein kleines, zynisches Lachen aus, als sie sich fragte, wie hoch die Wahrscheinlichkeit war, dass sie Victor binnen eines Tages irgendwo fand, vielleicht gemütlich in einem Wirtshaus sitzend und eine heiße Suppe schlürfend. Dass er den Pakt bereits gefunden hätte und man nur noch in aller Seelenruhe jenes geheimnisvolle Etwas, das dieser Pakt enthielt, zur Anwendung bringen musste… und Schwupps! waren die Drakken weg und alles war wieder in bester Ordnung.

Nein, diese Wahrscheinlichkeit war nicht allzu hoch. Ungefähr so hoch wie die, dass jetzt die Tür aufging, der Primas hereingeflogen kam, ihren Kopf umkreiste, und die alte Volksweise vom Drachenkönig sang. Sie lachte leise auf. Ihr war, als könnte sie bereits jetzt ihr angstvolles Zittern spüren, wenn sie auf den nächsten Schrecken traf, die nächste tödliche Gefahr. Wann würde ihr Glück sich wenden? Wann ging sie den *einen Schritt* zu weit, der ihr schließlich doch den Tod brachte? Oder war sie gar immun dagegen?

Ihren Naturell gemäß stieß sie die dunklen Gedanken von sich, sprang von der Bettkante auf, ließ das Hemd, das sie die ganze Zeit in der Hand gehalten hatte, fallen und hüpfte ein paar Schritte, bis sie vor dem Spiegel stand, den man für sie gebracht hatte. Sie betrachtete sich eingehend und stellte fest, dass der Primas nicht übertrieben hatte: Sie würde tatsächlich keine Narben davontragen.

Ihre gesamte Hautoberfläche wies rosige Stellen auf, und wenn sie mit dem Finger darüber fuhr, spürte sie, dass die Haut dort so weich wie die eines kleinen Kindes war – frisch verheilte Stellen, die noch einige Zeit brauchen würden, bis sie wieder die Färbung der übrigen Haut angenommen hatten. Ihre Brüste, Knie und Schultern hatten das meiste abbekommen. Sie stellte fest, dass sich ihre Figur verbessert hatte – seit damals, da sie mit Ulfas Hilfe in Angadoor wieder das Laufen erlernt hatte. Ihr Bauch war flach, ihre Beine wieder so schlank wie eh und je, und ihre Brüste waren wieder da, wo sie hingehörten: schön weit oben und hübsch anzusehen. Ja, sie gefiel sich und das tat ihr gut – nach dieser Tortur in der Röhre.

Jetzt, da sie diese seltsame Gewissheit verspürte, Victor schon bald wieder zu sehen, wusste sie tatsächlich, dass sie gewinnen würde. Aber woher? Woher sollte so eine Gewissheit kommen? Lag es wirklich an einem selbst? Dass man mit seinem unbeugsamen Willen und seiner leidenschaftlichen Entschlossenheit Dinge herbeiführte und wahrmachte? Wenn das tatsächlich zutraf, dann hatte sie gute Aussichten, auch dieses Abenteuer zu überstehen und wieder einmal als Siegerin daraus hervorzugehen. Ja – das war kein schlechter Ansatz. Sie würde sich einfach nicht unterkriegen lassen.

»Ihr verfluchten Drakken«, knirschte sie und hob drohend die Faust gegen ihr Spiegelbild. »Ihr werdet euch wünschen, niemals hierher gekommen zu sein!« Dann ließ sie ihre kleine, entschlossene Faust sinken und lachte sich selber an. Ja, sie war wieder die Alte und sie würde gewinnen!

»Du hast gute Arbeit geleistet«, sagte der Mönch. »Brauchst du Geld?«

Der Glatzkopf lächelte matt. »Nun, wenn Ihr mich *so* fragt?«

Ötzli hatte zehn Goldfolint in der Hand und reichte sie dem Alten. »Fünf sind für dich«, sagte er. »Die anderen fünf steckst du diesem Polmar zu, damit er uns treu ergeben bleibt. Denkst du immer noch, ich sollte nicht selbst mal mit ihm sprechen?«

Der Glatzkopf schüttelte den Kopf. »Ich würde nicht dazu raten, Meister – obwohl es natürlich Eure Entscheidung ist. Er ist ein ängstlicher Bursche. Ich hatte schon Sorge, dass er mir davonläuft. Mit Geld kann man ihn halten – aber es könnte sein, dass er die Nerven verliert, wenn ihm die Sache zu groß wird.«

Ötzli nickte. »Gut, ich vertraue dir. Aber versuche herauszufinden, wo dieses Hammagor liegt! Und ob Rasnor den Pakt tatsächlich bald haben wird.«

»Ich befürchte«, erwiderte der Glatzkopf, »dass Rasnor irgendetwas merken könnte, wenn Polmar ihn zu sehr drängt. Eigentlich genügt es ja zu wissen, wann Rasnor nach Savalgor zurückkehrt. Dann können wir ihn abfangen.«

»Ja. Allerdings müssen wir zusehen, dass er den Pakt *bald* bekommt und dass er früh genug wieder hier ist. Sonst ist alle Mühe vergebens. Bist du sicher, dass Rasnor nicht mit Geld zu überzeugen ist?«

Der Glatzkopf hob die Schultern. »Nach allem, was ich über ihn erfahren habe, sind Machtgier und Hass seine Triebfeder. Da er ja leider von Chasts Tod erfahren hat, ehe wir eingreifen konnten, wird er seine Chance erkannt haben. Ich bezweifle, dass er für Geld diesen Pakt hergeben würde. Ich würde es auch nicht, wenn ich solche Beweggründe hätte wie er.«

Ötzli rümpfte die Nase und musterte sein Gegenüber. Wenigstens war der Kerl offen. Was jedoch das Problem nicht erleichterte.

Er stemmte die Arme in die Hüften und sah sich um. Es war ein seltsamer Ort, an dem sie sich hier trafen, eine alte, verlassene Seilerei an nördlichen Rand des Hafenviertels, ein riesiger Raum voller staubiger, verrotteter Werkbänke und Regale, mit Spinnweben und Mäusedreck in Massen. Obwohl in Savalgor der Wohnraum knapp war, hatte sich niemand diesen Ort zu eigen gemacht. Der Glatzkopf hatte ihm erklärt, dass die Leute glaubten, hier spuke es. Es gab eine uralte Schreckensgeschichte von einem Seiler, der irgendeinem namenlosen Kult angehört und sich mitsamt seiner Familie und noch etlichen anderen in einem gemeinsamen Akt hier erhängt hatte. Der Mönch sah zu den vielen Querbalken der Holzdecke auf und stellte sich zwei Dutzend Leiber vor, die von der Decke baumelten. Es schien ihm sehr fraglich, ob diese Geschichte der Wahrheit entsprach; vermutlich hatte es sich nur um eine einzelne Person gehandelt – den Seiler selbst –, und der Rest der Leute war im Laufe der Jahre hinzugedichtet worden. Tatsache hingegen war, dass man von hier aus bequem über eine Leiter in einem alten Brunnen in die Katakomben gelangen konnte und dass es in diesem Haus sieben Ausgänge gab, einige davon in den oberen Stockwerken. Ein idealer Ort also, um sich zu treffen und ungesehen wieder zu verschwinden.

Ötzli nickte dem Glatzkopf zu. »Ich habe eine neue Aufgabe für dich. Das ist der Grund, warum ich dich treffen wollte.«

»Jederzeit. Um was handelt es sich?«

»Ich suche jemanden«, sagte Ötzli. »Eine Person, die vor kurzem aus den Kerkern des Palastes entflohen ist.«

»Aus den Kerkern des Palastes?« Der Alte gab sich erstaunt. »Geht das überhaupt? Ich dachte, von dort gäbe es kein Entkommen!«

Ötzli schüttelte den Kopf. »Gibt es auch nicht. Aber diese Person ist etwas ganz Besonderes. Ihr gelingt immerzu das Unmögliche. Das, was niemand anderer schafft.«

»Eine Frau?« Der Glatzkopf dachte kurz nach. »Also... dann kann es sich eigentlich nur um eine handeln. Aber... sie war eingesperrt? Ich wüsste nicht, dass jemand Grund hätte, das zu tun.«

»Sprechen wir von der gleichen Frau?«

Der Alte kratzte sich am Kinn. »Nun, ich denke, Ihr meint diese Adeptin. Leandra, nicht wahr? Die, die Chast umgebracht hat. Ich dachte, sie ist eine Heldin. Was hat sie im Kerker verloren?«

Ötzli nickte befriedigt. Alles schien der Alte auch nicht zu wissen.

»Sie hat ein Ratsmitglied getötet. Sie und ihre Freunde. Deswegen wurde sie eingekerkert – allerdings nur, weil bislang noch nicht zweifelsfrei nachgewiesen ist, dass Chast tatsächlich ein Verbrecher war.«

Der Alte zeigte sich verwirrt. »Chast... ich verstehe nicht... Ihr meint, Chast war ein *Ratsmitglied*?«

Ötzli nickte. Er fragte sich, ob er schon wieder im Begriff war, zu viel preiszugeben. Es mochte sein, dass die Adeptin auch für den Alten so etwas wie eine Heldin war.

»Was hältst du von dem Mädchen?«

»Mädchen? Ihr meint diese Leandra? Nun… ich weiß nicht, ich hab sie nie gesehen. Haha.« Es war das erste Mal, dass er heute sein Kichern ausstieß. »Sie hat immerhin Euren Vorgänger umgebracht.« Er räusperte sich. »Wenn ich das so sagen darf.«

Ötzli winkte ab und spazierte ein wenig herum. »Darfst du. Allerdings solltest du mich nicht mit ihm gleichsetzen. Chast war ein Wahnsinniger, ein Machtbesessener. Ihm ging es um nichts anderes, als seine verrückten Ziele durchzusetzen. Ich hingegen… ich habe etwas anderes vor. Ich will unsere Welt vor der Vernichtung retten.«

Der Alte zögerte. »Aber habt Ihr denn die Macht, die Drakken zu vertreiben, Meister? Oder hat Eure Bruderschaft sie?«

Ötzli überlegte, ob er es sich leisten konnte, diese Frage zu beantworten. Tief in seinem Inneren, so spürte er, wollte er sich rechtfertigen. Er sehnte sich förmlich danach, jemandem erzählen zu können, warum er dies alles tat und warum es auf *diese Weise* geschah. Seine neue Rolle als Oberhaupt der Bruderschaft stellte ihn in ein Licht, in dem er eigentlich nicht stehen wollte: in das Licht eines Chast – eines Wahnsinnigen und Machtbesessenen. Nein, so war er nicht. Er hatte ein rechtschaffenes Ziel, nur führte der Weg dorthin durch die Schattenwelt. Weil es keinen anderen gab.

Für Augenblicke war er versucht, dem Alten zu erklären, um was es ging. Dass er die Drakken nicht vertreiben konnte, sondern nur eine einzige Möglichkeit sah – nämlich gemeinsame Sache mit ihnen zu machen. Aber es mochte sein, dass der Alte dem nicht zustimmte. Dass er war wie viele andere in dieser Welt und lieber für seine Freiheit kämpfen und nötigenfalls sterben würde.

Sterben? Wofür? Ein kluger Mann wusste sich auch

mit den widrigsten Umständen zu arrangieren. Die Drakken wollten die Magie? Nun, dann sollten sie sie haben! Wozu die Magie mit dem Leben verteidigen? Sollten doch die Drakken mit Hilfe der Magie ihre Feinde da draußen im All vernichten. Was ging das die Höhlenwelt an? Er selbst würde so klug sein, sich mit ihnen zu einigen. Er konnte sich nicht vorstellen, dass dies zu seinem Schaden war. Ein überlegenes Volk wie die Drakken sollte begriffen haben, dass es sehr viel mehr Mühe, Einsatz und Zeit kostete, ein Volk zu unterjochen, als es mit mildem Druck in die gewünschte Richtung zu lenken. Und er, dazu war er fest entschlossen, würde ihnen dabei helfen. Wenn das jeder in dieser Welt tun würde, dann müsste wahrscheinlich niemand sterben und niemand irgendeinen Nachteil in Kauf nehmen. Aber so waren die Menschen nicht. Immerzu mussten sie sich auflehnen – gegen jede Vernunft. Nein, es verlangte ihn nicht nach dem Rang eines Shabibs. Jedenfalls nicht, solange das Volk mit Vernunft auf die unausweichlichen Tatsachen reagierte. Aber so verhielt es sich nun mal nicht. Die Höhlenwelt würde kämpfen, allen voran diese Leandra und sicher auch die Shaba, wenn sie je diesen Posten erlangte, der Hierokratische Rat, die Gilde, die einfachen Leute in den Dörfern und Städten – einfach alle.

Und das konnte er nicht zulassen. Er würde Shabib werden, um die Menschen vor ihrer eigenen Dummheit zu bewahren! Es bedurfte schon einer gewissen Klugheit, Bildung und eines Weitblicks, das Schicksal eines Volkes gegen die unumgänglichen Folgen aufzuwiegen und einen angemessenen Schluss daraus zu ziehen.

Dann allerdings kam ihm kurz der Gedanke in den Sinn, den er schon gehabt hatte, als er sich mit den Drakken traf. Irgendetwas mochte es noch geben, das sie haben wollten, und er wusste nicht, was das war.

Aber letztlich war das nicht so wichtig. Die Sache war für ihn klar, er wusste, was er tun musste. Und es war besser, wenn niemand von seinen genauen Absichten erfuhr. Er würde die Welt vor vollendete Tatsachen stellen, und irgendwann später, vielleicht erst in hunderten von Jahren, würde man anerkennen, was er für die Welt getan hatte. Und wie wenig heldenhaft diese Leandra in Wahrheit gewesen war.

»Ja«, antwortete Ötzli, »ich kann die Drakken vertreiben. Mit der Macht einer speziellen Magie. Aber dazu muss ich diese Leandra finden. Schick deine Leute aus und such sie. Sie ist erst vor wenigen Stunden geflohen und muss noch in der Stadt sein. Finde sie und ich werde dich reich belohnen!«

18 ♦ Begegnungen

Im ersten Morgengrauen, sobald man draußen die Konturen der Landschaft erkennen konnte, weckte Roya Victor. Er schreckte hoch.

»Ich… ich bin eingeschlafen«, sagte er schuldbewusst. Obwohl er ihr Gesicht in der Dunkelheit nur schwach erkennen konnte, sah er die Müdigkeit in ihren Zügen. Durch das Fenster fiel das erste graue Licht des anbrechenden Tages herein.

»Ich wollte ja, dass du schläfst«, seufzte sie. »Was nützt es schon, wenn du mir zuliebe wach bleibst? Du kannst ohnehin nicht helfen.«

Victor wälzte sich herum und kroch näher zu Quendras. »Wie… geht es ihm?«, fragte er gähnend.

Roya erschien neben ihm. »Einigermaßen. Ich habe etwas gefunden, mit dem ich ihn hier halten kann, im Diesseits. Es ist wie ein Tauziehen zwischen mir und den Kräften, die ihn ins Stygium reißen wollen.«

Quendras lag friedlich schlafend zwischen Decken, und im Augenblick deutete nichts darauf hin, wie schlecht es ihm eigentlich ging. Victor setzte sich auf und fuhr Roya mit der Hand liebevoll über die Wange. Sie war ein so zartes Geschöpf und dabei doch so stark und mutig. »Ich wünschte, ich hätte dir irgendwie helfen können. Ich hab mich kaum getraut zu schlafen. Du Ärmste hast die ganze Nacht bei ihm gewacht!«

Sie winkte ab. »Ich hab auch ein bisschen geschlafen, aber selten mehr als eine halbe oder dreiviertel Stunde. Ihr beide habt mich wachgehalten.«

Victor schluckte. »Wir… *beide*?«

»Ja. Quendras, wenn seine Anfälle wiederkehrten, und du mit deinem Geschnarche.«

»Ich hab geschnarcht?«

»Wie ein Sägewerk. Übrigens das erste Mal. Hast du Liebeskummer?«

»Liebeskummer?« Er merkte, dass Roya nur so vor sich hin plapperte. Sie war viel zu müde für irgendein Gespräch.

»Ja, es heißt doch, dass verliebte Männer schnarchen.« Sie ließ sich gegen seine Seite sinken und schlang seufzend die Arme um die Knie.

»Heißt es das?« Er legte ihr den Arm über die Schultern. »Nun ja, *dich* liebe ich ohnehin und dann wäre da noch… Leandra.«

Sie seufzte. »Danke für die Blumen. Ich wünschte, sie wäre hier. Dann könnten wir uns wenigstens abwechseln.«

Victor gab ihr einen Kuss auf die Wange. Die tiefe Zuneigung, die er für sie empfand, wurde ihm schon fast zu einem kleinen Problem. Dann stand er auf und zog sich die Stiefel an. »Ich werde mich bemühen, so schnell es geht Hilfe für Quendras zu finden. Faiona wird schon auf mich warten. Wenn wir wieder da sind, dann darfst du drei Tage lang schlafen, und ich werde mich persönlich neben dich setzen und aufpassen, dass dich keiner stört. Einverstanden?«

Sie nickte und stand leise ächzend auf. Dann schmiegte sie sich an ihn, erwiderte seinen Kuss und sagte: »Beeil dich. Und seid vorsichtig. Ich schaffe es schon, ein bisschen schlafen kann ich ja.«

Victor packte ein paar Sachen in den Rucksack, nahm seine Felljacke und erhob sich. Er drückte Roya noch einmal kurz an sich und wandte sich dann um.

»Victor?«

Er blieb stehen. »Ja?«

»Hast du eine Ahnung, warum er es getan hat?

Warum er uns vor Rasnor und seinen Leuten gerettet hat?«

Er überlegte kurz. »In erster Linie hat er *dich* gerettet, mein Goldstück. Vielleicht liebt er dich ja auch?«

»Mich?«, fragte sie verwirrt.

Victor winkte ihr und ließ sie mit einem Lächeln und dieser Frage stehen. Es war in diesem Augenblick vielleicht das Beste, womit er sie zurücklassen konnte. Sie hatte anderthalb, womöglich zwei sehr anstrengende Tage vor sich und das Gefühl, dass man sie liebte, würde ihr die Sache leichter machen. Obwohl sich Victor nicht so recht vorstellen konnte, dass ausgerechnet Quendras jemanden *liebte.* Er kannte diesen Mann gut genug, um zu wissen, dass er nicht gerade ein Mensch war, der sich mit Liebe und Freundlichkeit durchs Leben schlug.

Kurz darauf hatte er das Hauptgebäude verlassen und wandte sich über den Innenhof nach Süden, in Richtung der Festungsmauer. Dort hatte Faiona ein neues Lager bezogen, aber im Augenblick war sie nicht da. Er sah auf und suchte den Himmel ab.

Faiona!, rief er ins Trivocum hinaus. *Wo bist du?*

Er war sich im Klaren darüber, dass seine Stimme nur ein Piepsen in der Weite des Trivocums sein konnte; hätte er sich wirklich bemerkbar machen wollen, hätte er eine Magie wirken müssen – aber die Kunst der Magie beherrschte er nicht. *Faiona!,* rief er abermals.

Doch dann kam die Antwort, mächtig und deutlich, wie es eines Felsdrachen würdig war. *Victor! Ich bin gleich bei dir!*

Victor atmete auf. Das Leben und das Wohlergehen seiner Drachenfreundin lag ihm kaum weniger am Herzen als das von Roya. Zu viel hatte er gemeinsam mit den Drachen schon erlebt und zu viel hatte er ihnen zu verdanken.

Er schlenderte im frühen Morgenlicht auf dem Innenhof herum, wartend, dass Faiona eintraf. Plötzlich sah er etwas unter den Arkaden bei den steinernen Wächtern. Er eilte dorthin und entdeckte ein paar Bündel, Rucksäcke und eine flache, breite Kiste. Es musste sich um die Ausrüstung ihrer Verfolger handeln! Aufgeregt begann Victor die Gegenstände zu durchsuchen – ja, es stimmte! In der Kiste fand er einen ganzen Vorrat an Nahrungsmitteln, ein wahrer Segen! Schnell stopfte er sich etwas in seinen Rucksack hinein – Schinken, Hartkäse und Brot, sogar einen Wasserschlauch fand er. Er erhob sich, trat in den Hof hinaus und suchte die Fensteröffnungen droben in dem trutzigen Festungsgebäude. Dann formte er mit den Händen einen Trichter vor dem Mund und rief: »Roya! Hörst du mich?«

Das Rauschen von Faionas Schwingen wurde hörbar. Während sie landete, erschien irgendwo, hoch droben, in einem seltsamen Einschnitt, den man kaum ein Fenster hätte nennen können, Royas Oberkörper. »Was ist?«, hörte er ihre Stimme.

»Hier unten sind lauter Sachen, von Rasnors Leuten!«, rief er. »Decken, Lebensmittel, Kleider!« Er deutete weit ausholend auf den Platz unter der Arkade. »Soll ich es dir hinaufbringen?«

Sie winkte. »Nein, nein, fliegt! Ich habe Zeit genug, es zu holen! Je eher ihr wieder da seid, desto lieber ist es mir!«

Er winkte zurück, nahm seinen Rucksack und seine dicke Felljacke und ging zu Faiona, die ihn mit hoch aufgerichtetem Hals in der Mitte des Innenhofs erwartete.

Los, Faiona!, sagte er und schlüpfte in seine Jacke. *Wir müssen uns beeilen.*

Nach Süden?, fragte sie. *Ins Salmland?*

Ja. Ich glaube, dort finden wir am schnellsten Hilfe. In

einem Dorf bei einem Magier oder in einer Stadt, im Ordenshaus. Wie lange werden wir brauchen?

Bis heute Nachmittag könnten wir schon den Landbruch erreicht haben und mit etwas Glück finden wir bald eine Stadt. Wenn du dort jemanden auftreiben kannst, der eurem Freund hilft, dann könnten wir schon morgen Mittag wieder zurück sein.

Morgen Mittag schon?

Ja. Wenn wir die ganze Helligkeit des Tages ausnutzen – bis spät abends – und morgen ganz früh weiterfliegen.

Na gut, dann lass uns aufbrechen.

Victor kletterte auf ihren Schwingenansatz und stemmte sich hinauf, bis er einen Platz zwischen zweien ihrer Hornzacken fand. Faiona wandte den Kopf ganz zurück.

Hast du einen guten Halt?, fragte sie.

Victor nickte. Faionas kräftiger Geruch nach heißem Kupfer war im Augenblick deutlich zu vernehmen – er schien umso stärker zu sein, wenn ein Drache gerade gelandet war. Ihr Rücken war regelrecht heiß. *Ja!*, gab er zurück. *Du kannst losfliegen.*

Faiona wandte den Kopf wieder nach vorn und hüpfte dann mit einem kleinen Sprung herum. Victor krallte sich mit den Händen in die furchige Oberfläche des Hornkamms und verkeilte seine Knie und Füße, so gut er konnte, in die Unebenheiten und Ritzen. Sie sandte ihm ein kurze Warnung zu, duckte sich dann zusammen und warf sich mit einem heftigen Sprung hoch hinauf in die Luft. Augenblicke später schon fingen ihre riesigen Schwingen den Wind, und Victor schaffte es zum ersten Mal, den Start mit halbwegs offenen Augen mitzuverfolgen. Über ihm berührten sich die Spitzen der Schwingen beinahe, wenn sie aufwärts schlugen, und von unten her hörte er in den ersten Sekunden des Fluges mehrmals ein lautes Klatschen, dort schlugen sie offenbar gegeneinander. Für jemanden, der mitflog, war der Start das Gefährlichste; war der Drache erst einmal in der Luft, wurde der Flug wesentlich ruhiger. Er konnte dabei sogar die Hände aus den Furchen nehmen – die hinter ihm aufsteigende Hornzacke war wie eine Lehne, die ihn an seinem Platz hielt.

Schon befanden sie sich hoch in der Luft, Hammagor war unter ihnen so geschrumpft, dass er es aus seinem Blickwinkel mit einer Handfläche hätte zudecken können. *Auf ins Salmland!*, rief er durchs Trivocum.

Faiona legte sich gleich darauf schräg in den Wind und wandte sich Richtung Süden. Sie beschleunigte und schlug eine erheblich schnellere Geschwindigkeit an als bei ihrem Flug hierher. Die normale Fluggeschwindigkeit eines Drachen und seine Eilgeschwindigkeit klafften weit auseinander – und dabei natürlich auch der Kraftverbrauch. Der Flugwind pfiff Victor nur so um die Ohren und bald musste er sich wieder festhalten.

Es wurde Vormittag, und je weiter sie nach Süden kamen, desto heller wurde das Licht um sie herum, denn die Sonnenfenster wurden wieder größer und zahlreicher. Schließlich, nachdem sie vier oder fünf Stunden mit hoher Geschwindigkeit entlang der westlichen Küstenlinie von Noor geflogen waren, wurde es Mittag. Victor dachte, dass Faiona bei diesem Tempo viel Kraft verbrauchen musste, und fragte sie, ob sie nicht eine Rast einlegen wollte. Sie erwiderte, dass sie bis zum Abend durchhalten würde, notfalls sogar bis zum Einbruch der Nacht. Sie würde nur irgendwann Wasser und Nahrung brauchen.

So flogen sie weiter und Victor fand selbst Gelegenheit, Durchhaltevermögen zu zeigen. Der Wind zerrte an ihm und er machte sich auf Faionas Rücken so klein wie möglich. Gegen Nachmittag erreichte er seinen moralischen Tiefstpunkt und hätte seinen rechten Arm für eine Pause gegeben. Es war ein erheblicher Unterschied, normal oder in einem solchen Tempo zu fliegen. Der ewig zerrende Wind zermürbte ihn langsam. Doch er gestattete er sich nicht zu klagen, denn Faiona gab ihr Äußerstes, das war ihm klar. Roya wie auch Quendras hatten ein Recht darauf, dass so schnell wie möglich Hilfe gefunden wurde.

Nach einer Weile ging Faiona tiefer und wurde langsamer. Sie erklärte, dass sie dieses Tempo nicht mehr halten könnte und ein wenig verschnaufen müsste. Victor fragte sich ohnehin, wie sie das durchgehalten hatte.

Leider hatten sie das Land Noor noch nicht ganz hinter sich gelassen, aber immerhin waren sie, so vermutete Victor, nicht mehr weit vom Salmland und dem Landbruch entfernt. Hier gab es vereinzelt kleine Wäldchen, und Faiona landete an einem Bach, wo sie trank und ein paar Golaanüsse verspeiste. Victor ließ sich einfach zu Boden fallen, streckte sich aus und genoss die wenigen windstillen Minuten.

Wie lange noch?, fragte er über das Trivocum.

Es ist weiter, als ich gedacht habe, gab Faiona zu. *Es wird schon langsam Abend, und dachte, dass wir es um diese Zeit schon geschafft hätten. Aber den Landbruch haben wir sicher bald erreicht.*

Kurz darauf ging es weiter. Faiona erklärte ihm, dass sie auf jeden Fall noch versuchen würde, eine Stadt zu erreichen, selbst wenn es dunkel wurde. Sie könnte für eine gewisse Zeit in der Dunkelheit fliegen – indem sie nicht mehr ihre Augen, sondern das Trivocum als Orientierung benutzte. Das war anstrengend und nicht ganz ungefährlich, und sie gestand, dass Drachen es hassten, so zu fliegen. Aber trotzdem wollte sie es tun. Victor war klar, dass sie eine große Verantwortung für die Rettung von Quendras verspürte.

Sie flogen immer weiter und es wurde kälter und

dunkler. Victor zog sich seine Felljacke enger um den Leib und wünschte sich, dass sie abermals eine Pause einlegen würden. Der vermaledeite Landbruch wollte einfach nicht in Sicht kommen. Er rief sich die Landkarte ins Gedächtnis, die er zwar dabei hatte, die er aber hier, bei diesem Wind, nicht entfalten konnte; in Gedanken korrigierte er die Lage von Hammagor, vom Landbruch aus gesehen, abermals ein Stück nach Norden. Sie waren einen anderen Weg gekommen, als sie vor einigen Tagen ins Land Noor geflogen waren, und Hammagor musste doch ein ganzes Stück nördlicher liegen, als er angenommen hatte. Anders war es nicht zu erklären, dass sie so lange brauchten.

Inzwischen war es ganz dunkel geworden und Victor erkundigte sich besorgt bei Faiona, ob sie noch immer fliegen konnte. Sie beruhigte ihn. Immerhin waren die Konturen der Landschaft einigermaßen gut zu erkennen, denn der Mond war über den Sonnenfenstern aufgegangen.

Dann, nach einer weiteren Stunde des Fluges, schätzte er die Zeit auf etwa drei Stunden vor Mitternacht. Ob sie inzwischen tatsächlich schon den Landbruch überquert hatten, wusste er nicht. Er hoffte, dass er bald unter sich das Salmland erblicken würde. Vielleicht mit ein paar leuchtenden Pünktchen, die Dörfer oder gar Städte markierten. Bei allem Vertrauen zu Faionas Flugkünsten hätte er die Nacht lieber auf sicherem Boden verbracht. Er hielt mit scharfen Blicken nach irgendeiner Lichtquelle Ausschau, und wenn es nur ein einzelnes Gehöft auf dem Land sein mochte. Er war müde und der Flugwind zerrte an den letzten Resten seines Durchhaltevermögens. Endlich sah er etwas.

Es waren vier oder fünf winzige Lichter, leicht grünlich – vielleicht, weil sie aus einer bewaldeten Gegend zu ihnen heraufschienen. Er deutete voraus.

Sieh mal, Faiona… da sind Lichter! Meinst du, wir könnten landen? Ich bin völlig erledigt!

Seltsamerweise erwiderte Faiona nichts, und Victor hatte kurz darauf den Eindruck, als würden sie langsamer. Nicht, weil sie landen wollten – Faiona befand sich noch über zwei Meilen hoch in der Luft. Sie wurde einfach langsamer und Victor zog unschlüssig die Brauen zusammen.

Plötzlich sah er, dass sie den Lichtern schon recht nahe waren. Aber sie befanden sich gar nicht am Boden, sie schwebten weit oben – *in der Luft!*

Ihm wäre beinahe ein erschreckter Aufschrei entfahren, als er erkannte, dass sie keine Viertelmeile mehr von ihnen entfernt waren. Es waren fünf und sie schwebten ganz in der Nähe, etwas unterhalb von ihnen. Sie waren oval geformt und verstrahlten hellgrünes, seltsam pulsierendes Licht.

Mit der Gewalt eines Schocks traf ihn die Erinnerung an jenes seltsame Etwas, das sie von Sardins Turm aus erblickt hatten. Völlig im Bann des furchtbaren Kampfes in Hammagor, hatte er überhaupt nicht mehr an das rätselhafte fliegende Ding gedacht. Sein Herzschlag hatte sich in ein dumpfes Hämmern verwandelt.

Im nächsten Augenblick flammte ein gleißender Lichtstrahl auf.

Faiona und er wurden in einen Kegel blendender Helligkeit getaucht. Aufstöhnend kniff er die Augen zusammen und hob schützend den Arm vor das Gesicht. Der Lichtkegel kam direkt aus dem schwebenden Ding und nun konnte Victor gar nichts mehr sehen – außer der Helligkeit. Er meinte, kurz ein tiefes Brummen vernommen zu haben, das nun leise, aber rasch zu höchsten Tonhöhen aufjaulte. Was war das nur? Vielleicht eine Drachenart, von der er nie gehört hatte – ein Tier, das nachts auf Beutesuche durch den Himmel schwebte, um mit seinen Lichtern ahnungslose Opfer anzulocken, um sie dann zu verschlingen?

Faiona!, rief er durchs Trivocum. *Was ist das?*

Halt dich fest!, hörte er ihren plötzlichen Schrei, so scharf und laut, dass er zusammenfuhr. Gleich darauf kippte sie seitlich nach links weg, legte die Schwingen an und ließ sich in die Tiefe fallen. Einen Augenblick später waren sie aus dem Lichtstrahl heraus.

Er klammerte sich mit aller Kraft an Faionas Hornzacken fest. Lange Zeit, während der ihm sein Magen in die Kehle stieg, entfaltete sie ihre Schwingen nicht, und die Geschwindigkeit, mit der sie nach unten sausten, wurde beängstigend. Der Wind begann stärker zu heulen und an ihm zu zerren und er krallte sich fest und machte sich hinter seiner Hornzacke so klein es nur ging.

Faiona fiel weiter wie ein Stein in die Tiefe und Victor wurde von der mörderischen Fallgeschwindigkeit immer übler. Zu Anfang hatte er geglaubt, das Aufjaulen noch einmal gehört zu haben, bald aber löschte das Heulen des Flugwindes sämtliche anderen Geräusche aus.

Faiona!, schrie er durchs Trivocum.

Sie antwortete nicht, er spürte nur, wie sie endlich die Schwingen langsam wieder entfaltete, um den Sturz abzufangen. Sie ging in einer flachen Kurve in einen Gleitflug über, der so rasend schnell war, dass Victor keine Atempause bekam. Faiona würde ihm nicht antworten, denn sie schoss sehr flach über das dunkle Land dahin und hatte keinen Augenblick Zeit, in ihrer Konzentration auf das Trivocum nachzulassen.

In Höchstgeschwindigkeit flog sie mehrere scharfe Wenden und er stand Höllenängste aus. Er fürchtete sowohl, vom Wind einfach davon geblasen zu werden, als auch von dem Drachengeschöpf, oder was auch immer das gewesen war, eingeholt und zusammen mit Faiona zerrissen zu werden.

Kurz darauf wurden sie langsamer, aber das ging kaum sanfter vonstatten als ihre mörderische Beschleunigung. Faiona stellte plötzlich die Schwingen in den Wind und bremste so heftig ab, dass es in ihren Knochen nur so krachte. Die ledernen Häute ihrer Schwingen flappten, als würden sie gleich zerreißen. Zum Glück war Victor die vordere Hornzacke im Weg, sonst wäre er ohne Faiona weitergeflogen. Kurz darauf hatten sie schon so viel Geschwindigkeit verloren, dass sie beinahe in der Luft stillstanden, und Victor stieg der Magen in die Kehle, als sie plötzlich nach unten durchsackten.

Zwei, drei Sekunden später krachten sie senkrecht von oben in ein Waldstück hinein, dass unter ihnen die Äste nur so barsten. Später war Victor dankbar, dass er während dieser Flugmanöver überhaupt keine Zeit zum Nachdenken gefunden hatte, denn sonst wäre ihm vor Schreck und Entsetzen womöglich das Herz stehen geblieben.

Schließlich war alles still; ein Ast hatte Victor wie eine Gabel vom Rücken Faionas heruntergehebelt, wonach er noch mehrere Ellen tief gestürzt war – glücklicherweise auf weichen Waldboden. Faiona lag heftig zitternd vor ihm auf der Seite zwischen zwei Bäumen und regte sich nicht. Sie hatte nur den Hals ganz nach oben gereckt und starrte angstvoll in den Nachthimmel hinaus. Sie stank nach heißem Kupfer; es roch, als hätte er eine Schmiede betreten, und die Hitze ihres Körpers strahlte bis zu ihm.

Beim Felsenhimmel!, stieß er hervor. *Was war das, Faiona?*

Es dauerte eine Weile, ehe sie antwortete. *Ich weiß es nicht, Victor… ich weiß es wirklich nicht!*

»Die Ghouls sind alle tot«, erklärte Leandra dem Hochmeister, der neben ihr, mit einer Fackel in der Hand, durch den weiten, natürlichen Felsengang marschierte. »Yo hat keines mehr von den Monstern hier angetroffen. Sie war kurz nach dem Sieg über die Bruderschaft noch einmal hier, mit ein paar Männern und einem Magier. Es war wegen... wegen Vendar. Und den anderen Toten.«

Der Primas nickte bedrückt. Er hatte Vendar selbst gut gekannt und die Nachricht von seinem Tod hatte ihn sehr getroffen. Leandra war dabei gewesen. Yo, damals ebenfalls Mitglied der Gruppe, hatte es auf sich genommen, seinen Leichnam zu bergen. Leandra war froh, dass ihr das erspart geblieben war.

»Also ist es hier doch nicht mehr *so* gefährlich – jedenfalls was diese Ghouls angeht. Warum wolltest du Alina nicht mitnehmen, Leandra?«

Sie sah ihn von der Seite her an, wohlwissend, dass sie ihm nichts vorzumachen brauchte. Es stimmte schon – Alina war eine außerordentlich wichtige Person, der nichts geschehen durfte, aber das waren sie irgendwie alle, auch Jockum und besonders Leandra. So gesehen hätte niemand von ihnen sich in Gefahr begeben dürfen.

»Ich habe einen ganz persönlichen Grund, Hochmeister«, gab Leandra zu. »Es ist nichts, was gegen Alina gerichtet ist. Ich mag sie sehr. Aber ich würde es gern dabei belassen, ja?«

Hochmeister Jockum sah sie etwas erstaunt an, dann zuckte er die Schultern.

Sie marschierten durch das Gangsystem, das vom Savalgorer Palast nach Torgard führte, jener uralten, geheimen Shabibsfestung, die Chast wiederentdeckt und zum Stützpunkt seiner Bruderschaft gemacht hatte. Torgard lag in unmittelbarer Nähe zum Palast – innerhalb eines weiteren Stützpfeilers, der eine Dreiviertelmeile entfernt draußen im Meer stand, vor den Hafenpforten von Savalgor. Es gab eine geheime unterseeische Verbindung zwischen Torgard und dem Savalgorer Palast.

Natürlich hatten sie nicht die Zugänge vom Palast aus benutzt, denn dort wurde Leandra inzwischen gesucht. Von dem weitläufigen Höhlensystem aus, das unterhalb von Savalgor verlief, gab es eine Menge weiterer Zugänge, die sie inzwischen kannten.

»Weiß man im Palast eigentlich etwas von Torgard?«, fragte der Hochmeister. »Von seiner Existenz und dass es diese Zugänge gibt?«

Leandra hob die Schultern. »Dem Rat haben wir nichts davon erzählt. Wir haben gar keine Gelegenheit erhalten, irgendwem zu berichten, was sich alles zugetragen hat. Sie haben nur darüber gesprochen, dass ein Ratsmitglied getötet wurde. Allerdings – es gibt viele Bruderschaftler, die entkamen, und wenn der Rat tatsächlich noch immer von alten Mitgliedern der Bruderschaft unterwandert ist, dann dürfte die Existenz von Torgard weithin bekannt sein.« Sie nickte. »Ich habe mir auch schon überlegt, ob es vielleicht ein geeigneter Ort für uns wäre, um untertauchen zu können.« Dann deutete sie auf eine Wasserlache vor ihnen im Gang. »Allerdings muss hier was getan werden, sonst ist das Untertauchen wörtlich zu nehmen!«

Sie gingen weiter und stellten fest, dass die Wasserlache immer tiefer wurde. Jockum ließ in der Luft ein *schwebendes Licht* aufflammen, das er weiter hinab in den Gang sandte.

»Das Pumpwerk«, sagte Leandra. »Seit unserem Überfall damals wird es nicht mehr betrieben. Jetzt laufen all diese Gänge langsam voll Wasser.«

Der Primas nickte. »Dann wird hier wohl niemand mehr sein.«

»Vielleicht ist es eine Möglichkeit, Torgard dennoch

zu vereinnahmen«, sagte Leandra. »Sozusagen mit einer Wasserbarriere zwischen uns und dem Palast.«

»Schön und gut«, sagte der Primas und deutete voraus. »Aber genau das ist nun auch die Schwierigkeit für uns. Wie kommen wir hinein? So viel Wasser – das könnte man nur mit mächtiger Magie zurückdrängen. Das Pumpwerk muss schon Dutzende Ellen tief unter Wasser stehen.«

»Es gibt noch eine Menge anderer Gänge, die weiter oben liegen«, erklärte Leandra und deutete hinauf. »Wenn wir nicht tagelang hier bleiben, kommen wir ungefährdet wieder zurück.«

Sie watete voran, kletterte dann auf einen trockenen Steg und deutete an einer Verzweigung schräg nach links oben. »Wir haben damals hier alles auf der Suche nach einem Durchschlupf in die abgetrennten Bereiche von Torgard durchforscht. Da drüben geht es in den Gang, der zu unserem Mauerdurchbruch führt. Ganz in der Nähe wurde auch Alinas Sohn Maric geboren.«

Dann aber zögerte sie, blieb stehen.

»Was ist, Leandra?«

Sie schluckte und stieß einen Seufzer aus. »Wenn wir dort entlanggehen, kommen wir an der Stelle vorbei, wo Vendar starb.«

Der Primas kam heran und legte ihr mitfühlend eine Hand auf die Schulter. »Du hast ihn sehr gemocht, mein Kind, nicht wahr?«

Sie blickte zu ihm auf, dankbar, dass er so viel Mitgefühl zeigte. »Ja, Hochmeister. Ich habe ihn sogar… ein bisschen geliebt.« Sie senkte den Kopf.

Er wartete eine Weile. »Gibt es noch einen anderen Weg?«

Leandra seufzte und schüttelte den Kopf. »Keinen, den ich kenne. Ansonsten müssten wir schwimmen.« Sie deutete auf die Wasserfläche innerhalb des Ganges, die sich in die Ferne erstreckte. »Ich weiß nicht einmal, ob wir durchkämen.«

Jockum hatte immer noch die Hand auf ihrer Schulter. Er hatte etwas Väterliches an sich, fast wie Munuel. Oder ihr eigener Vater. Es wurde Zeit, dass sie nach ihrer Familie schaute, daheim in Angadoor.

»Wir müssen hindurch«, sagte sie schließlich. »Vielleicht bin ich es Vendar schuldig, dass ich noch einmal dort vorbeigehe.«

Sie wandte sich um und schritt voraus. Der Hochmeister zögerte kurz, dann folgte er ihr. Das *schwebende Licht* draußen in dem zurückliegenden Gang erlosch und die Fackel war nun wieder ihre einzige Lichtquelle.

Leandra wandte sich in einen leicht aufwärts führenden Gang, hier wurde es wieder trocken. Sie kannte sich noch einigermaßen aus, es war kaum eine Woche her, dass sie hier in diesen dunklen Gängen nach einem Durchschlupf gesucht hatten. Ein süßlich-fauliger Geruch ließ vermuten, dass hier irgendwo noch eine vergessene Leiche liegen musste. Leandra hatte nicht die Nerven, jetzt in Erfahrung zu bringen, ob es sich vielleicht um einen der Ihren handelte. So grausam ihr das auch erschien, zog sie den Primas mit sich und beeilte sich, weiterzukommen.

Dann erreichten sie die Mauer. Sie hatten sie damals in stundenlanger Kleinarbeit und mit äußerster Anstrengung abgetragen – mithilfe von Muskelkraft und einem winzigen bisschen Magie, um unbemerkt in die abgetrennten und zugemauerten Bereiche der Festung von Torgard vordringen zu können. Von dort aus hatten sie Alina befreit. Noch immer standen hier die aufgestapelten Steinblöcke, die sie damals in der Art einer Falle aufgeschichtet hatten. Sie waren dazu gedacht gewesen, um sie auf dem Rückweg hinter sich einzureißen, damit sie ihre möglichen Verfolger abschütteln konnten.

Leandra erinnerte sich, dass dies überflüssig geworden war, nachdem sie selbst eine Kampfmagie zur Anwendung gebracht hatte. Eine Kampfmagie, an die sie lieber gar nicht zurückdenken mochte. Sie war faszinierend in ihrer Art gewesen und war ihr fabelhaft gelungen – aber sie war absolut tödlich für mehrere ihrer Verfolger und ein halbes Dutzend der Ghoul-Monstren gewesen. Töten machte ihr keinen Spaß. Sie wünschte sich, sie hätte niemals so etwas tun müssen.

»Es ist noch ein ganzes Stück bis hinauf in das neunte Stockwerk«, sagte Leandra. »Und dann müssen wir wahrscheinlich wieder ganz hinunter. Harnas sagte, das Skriptorium läge ganz unten.« Sie verzog den Mund. »Dumm. Wir hätten ihn mitnehmen sollen. Er kennt sich hier aus.«

»Das ist dieser Wachmann, der zu euch übergelaufen ist, nicht wahr? Ist er denn wieder gesund?«

Leandra hob die Schultern. »Harnas wurde schwer verletzt. Ich weiß nicht, wie es ihm geht.«

»Und… wenn wir hier irgendwo durchbrechen würden?«, fragte Jockum. »Hier gibt es doch überall zugemauerte Stellen!«

»Durchbrechen? Mit Magie?«

Der Primas hob die Schultern. »Warum nicht? Die Bruderschaft ist zerschlagen. Hier droht uns keine Gefahr mehr.«

Leandra holte tief Luft. Aus irgendeinem Grunde behagte ihr dieser Gedanke nicht. Sie waren damals unter Vermeidung jeglicher Magien bis hinauf ins neunte Stockwerk geschlichen. Die Gefahr, entdeckt zu werden, war einfach zu groß gewesen, und hätte man sie zu früh bemerkt, hätten sie Torgard vermutlich nicht lebend wieder verlassen. Hier hatte es Dutzende von fähigen Magiern gegeben – und auch diese schrecklichen Ghouls. Jetzt plötzlich mit brachialer Gewalt einen Durchgang nach Torgard aufzusprengen – in einer Art, die vor einer Woche noch ihren Tod bedeutet hätte –, kam Leandra irgendwie nicht richtig vor.

Sie musterte die Höhlenwände. Hier gab es überall Vorsprünge, Spalten, Seitengänge und tiefe Schächte, die ins Bodenlose führten. Die Kräfte mochten wissen, wie vor Urzeiten dieses unsägliche Labyrinth unterhalb von Savalgor, den Monolithen und in den Felspfeilern entstanden war. Es hatte etwas Bedrohliches. Man wusste nicht, was hinter der nächsten Biegung, in der nächsten Spalte lauerte. Doch dann dachte sie an die neun Stockwerke, die sie bis ganz nach oben hätten gehen müssen, und nicht zuletzt an die Stelle, an der Vendar umgekommen war und die sie nun vermeiden konnten.

»Es wäre eine ziemlich hochgradige Magie, oder?«, fragte sie. »Ich meine… die, mit der Ihr *durchbrechen* wollt? Wackelt da nicht der ganze Stützpfeiler?«

Der Primas lächelte. »Wir können es auch ganz unauffällig machen, mein Kind«, sagte er.

»Hm, also gut. Es ist ja wohl das Vernünftigste, was?«

Der Primas nickte ihr aufmunternd zu. »Allerdings. Wo ist nun so eine Mauer? Weißt du eine – hier in der Nähe?«

Leandra sah sich um, versuchte die Erinnerung zurückzugewinnen. Wenn sie sich nicht täuschte, dann waren sie noch ziemlich weit unten, in Höhe des ersten oder zweiten Stockwerks von insgesamt elf. Wenn sie nur wüsste, warum sie so unruhig war! Sie untersuchte angespannt das Trivocum, aber nichts war zu spüren. Hier gab es weder einen lebenden Ghoul noch einen Bruderschaftsmagier.

»Hier entlang«, sagte sie, winkte Jockum und schritt voran.

Nach einer Weile standen sie vor einer massiven, eingezogenen Mauer, die einen Gang unvermittelt enden ließ. »Hier«, sagte sie. »Dahinter müsste die Festung von Torgard liegen.«

Der Primas nickte und pochte mit dem Knöchel gegen die Mauersteine. »Hübsch dick«, stellte er fest.

»Tut Ihr mir einen Gefallen, Hochmeister?«

Er nickte noch einmal und lächelte schwach. »Ja, Leandra. So leise und unauffällig wie möglich, ich weiß!«

In diesem Augenblick brannte die Fackel ab; Leandra warf sie beiseite und erzeugte ihrerseits ein schwebendes Licht. Unaufgefordert trat sie zurück. Sie nahm Kontakt zum Trivocum auf, um zu sehen, wie der Primas des Cambrischen Ordens diese Sache anpacken würde.

Es musste ein Aurikel der fünften oder sechsten Stufe sein, stellte sie fest, als sie die Mächtigkeit der Erscheinung im Trivocum betrachtete. Keine schwache Magie also. Die Ränder des Aurikels leuchteten in hellem Gelb und ein kräftiger Strom an fast weißen stygischen Energien floss ins Diesseits. Mehr konnte sie im Trivocum nicht erkennen. Ihre Augen aber nahmen das Ergebnis wahr und das war mehr als beeindruckend.

Als hätte ein Handwerksmeister eine riesige Bohrspindel angesetzt, fraß sich ein unsichtbares Etwas in die Mauersteine hinein. In der Helligkeit des schwebenden Lichts sah sie, wie der Schutt und der Sand, der aus dem zügig größer werdenden Loch strömte, wie durch einen unsichtbaren Schlauch weit nach hinten fortgesogen wurde und dort in der Dunkelheit verschwand. Das Ganze erzeugte nicht mehr als ein mahlendes und zischendes Geräusch, nicht einmal übermäßig laut, und Leandra schüttelte fassungslos den Kopf. Was für eine Anfängerin sie doch war! Sie hatte ebenfalls schon einmal eine sechste Iteration gewirkt – aber dies hier, das war wahre Kunst der Magie! Sie hatte nur eine schwache Vorstellung davon, wie der

Hochmeister das anstellte. Ein paar der Bestandteile kamen ihr in den Sinn – ein Luftwirbel vielleicht, Instabilität, Druck – irgend so etwas, in einer aberwitzigen Kombination. Der Primas fräste mit einer Magie die Mauer förmlich hinfort und ließ den Schutt irgendwo in den Tiefen der Höhle verschwinden. In wenigen Minuten würde der Durchgang frei sein, so als hätte es dort niemals eine Mauer gegeben!

Leandra gab sich der Faszination über Hochmeister Jockums Magie hin und beobachtete abwechselnd das Trivocum und die schwindende Mauer. Sechs oder sieben Ellen vor ihnen entstand ein dunkles Loch, das rasch größer wurde, und keine Minute später war es so groß, dass sie beinahe aufrecht hätten hindurchspazieren können.

Der Primas setzte das Norikel, das Aurikel ploppte sauber zu und seine Magie erlosch. Dann stieß er einen lang gezogenen Seufzer aus. Leandra erkannte, dass ihn diese Magie trotz ihrer scheinbaren Leichtigkeit ein gutes Stück mentaler Kraft gekostet hatte.

Er nickte ihr lächelnd zu und wies in einer Art Verbeugung auf den Durchgang. »Bitte sehr«, sagte er.

Leandra lächelte zurück, schüttelte ungläubig noch einmal kurz den Kopf und schritt dann hindurch. Das schwebende Licht folgte ihr. Kurz darauf stand sie in einer weiten, dunklen Halle. Sie hatten tatsächlich einen zentralen Punkt im untersten Stockwerk von Torgard erwischt. Gleich darauf trat der Primas neben sie und sah sich um.

Es war nicht viel zu sehen, denn Leandras Licht war nicht allzu stark. Sie konzentrierte sich kurz und ließ es ordentlich aufflammen. Die Halle war groß, mit einer hohen Decke und Wänden aus Fels. Was sie außerdem noch erkennen konnte, war, wie ein Drakken aussah.

Denn die Halle war voll von ihnen.

19 ♦ Drakken

Faiona hatte sich für Minuten nicht gerührt, sah man einmal davon ab, dass sie noch immer zitterte. Sie starrte mit hoch erhobenem Hals zwischen den Baumwipfeln des niederen Waldes hervor, in den sie hineingekracht waren, und beobachtete den dunklen Nachthimmel.

Victor, der sich inzwischen hochgerappelt hatte, versuchte seinen rasenden Puls zu beruhigen. Er atmete langsam und tief und kauerte sich am Boden zusammen. Auch er starrte in den nächtlichen Himmel empor; die Baumwipfel hoben sich in der Dunkelheit kaum ab.

Dann sah er es.

Die Lichter waren von unten nicht sehr gut zu erkennen, aber dieses *Ding* streifte wirklich da oben umher. Als wäre es auf der Suche nach ihnen. Victor verkroch sich unwillkürlich unter einem Ast, und ein angstvoller Blick zu Faiona, die zwischen umgeknickten jungen Bäumen und Ästen halb seitlich auf dem Rücken lag, sagte ihm, dass man vielleicht von oben die Stelle erkennen konnte, wo sie in den Wald hineingebrochen waren. Einige der niedrigen Nadelbäume waren zerborsten und ein abgesplitterter Stumpf ragte unweit von Victor auf. Er fragte sich betroffen, ob sich Faiona an dem Stumpf verletzt haben mochte. Ihre Flanken hoben und senkten sich noch immer in stetigem Rhythmus. Ihr langer Hals war gerade nach oben gestreckt, und Victor empfand es als einen bedrückenden Anblick, dass ein so großes und starkes Wesen wie dieser Felsdrache eine so furchtbare Angst hatte. Unsicher spähte er wieder in den dunklen Himmel.

Was konnte das nur sein? Dass es ein Drache einer unbekannten Art von Og war, hatte er inzwischen verworfen. Drachen konnten nicht in der Luft stehen bleiben. Und sie leuchteten auch nicht, davon hatte er noch nie gehört.

Langsam kam ihm in den Sinn, dass diese Erscheinung mit den Drakken zu tun haben könnte. Ulfa hatte berichtet, dass sie auch von Drakken verfolgt würden – wiewohl sich Victor nicht vorstellen konnte, wie die Drakken sie *hier,* und dazu auch noch mitten in der Nacht, aufgespürt hatten. Wenn sie es aber tatsächlich waren, dann verfügten sie über beeindruckend weit entwickelte Geräte. Magie hatten sie ja angeblich keine. Ihm fehlte jegliche Vorstellung, wie man ohne Magie so ein Ding, was immer es auch war, in der Schwebe zu halten vermochte.

Aber es konnte ja nicht nur schweben, sondern auch fliegen. Und nun sah er sie wieder, diese fünf hellgrünen Lichter. Das Ding flog inzwischen deutlich tiefer, streifte ein Stück nördlich von hier in einer halben Meile Höhe über den Wald. Die Lichter mussten sich an der Unterseite befinden, denn er konnte sie immerzu sehen. Er erhob sich rasch, denn er sah, dass es in ein paar Augenblicken den Vordergrund eines Sonnenfensters durchqueren musste. Dahinter stand der Mond und warf schwache Helligkeit von oben auf die geschlossene Wolkendecke.

Victor erhaschte einen Blick auf das *Ding*.

Es sah ähnlich aus wie dieses riesige Etwas, das sie über der Ebene von Hammagor gesehen hatten. Es war flach, nicht ganz rund und besaß an der Seite, mit der es sich voranbewegte, einen tiefen Einschnitt, wie eine Bucht. Hinten hingegen erkannte Victor eine Verdickung.

Die *Drakken*!

Konnte das möglich sein? Dass dieses Ding den Drakken gehörte? Aber welchem Zweck diente es? Saßen sie vielleicht da drinnen, war das eine Art Fahrzeug? Chast hatte ja geglaubt, dass sie nicht aus dieser Welt stammten, dass sie von *außerhalb* kamen, aus dem Weltenall.

Da stellte sich die Frage, wie sie es geschafft hatten, die Entfernung zwischen ihrer Heimat und der Höhlenwelt zu überbrücken. Einen echten Begriff davon, *wie weit* das sein mochte, hatte er nicht, aber er ging davon aus, dass es *verdammt* weit war. Mindestens tausendmal die Entfernung zwischen Akrania und Og oder noch mehr. Und das durch das Weltenall – wo es keine Wege gab und angeblich völlige Leere herrschte. Jetzt, da Victor dieses fliegende *Ding* am Himmel erblickt hatte, kam ihm eine Erinnerung. Er hatte alte Geschichten gelesen, die von anderen Zeiten und anderen Welten berichteten, und darin wurden solche Dinger als Flug- oder Sternenschiffe bezeichnet. Er kroch zu Faiona.

Das müssen die Drakken sein!, flüsterte er durchs Trivocum. *Diese fremden Wesen. Sie haben Flugmaschinen und das muss eine davon sein!*

Flugmaschinen?, fragte Faiona verwirrt.

Ja. Ein Fahrzeug. Eine Art Behälter aus Metall, in den man sich reinsetzen kann und der dann fliegt. Du weißt doch, dass Ulfa sagte, dass sie uns ebenfalls verfolgen. Sie wollen uns den Pakt abjagen…

Aber wir haben den Pakt doch gar nicht!, warf Faiona ein.

Natürlich nicht. Aber sie wissen offenbar, dass wir auf der Suche nach dem Pakt sind. Und sie glauben vielleicht, wir hätten ihn gefunden! Roya und ich haben in der Nähe von Hammagor bereits so eine Flugmaschine gesehen. Aber da war mir die Idee noch nicht gekommen, dass das die Drakken sein könnten!

Faiona schwieg eine Weile. *Dann sind aber auch Roya und dieser Mann, der bei ihr ist, in Gefahr. Sie können nicht fort von Hammagor.*

Victor schluckte. Faiona hatte Recht. Nun dämmerte ihm endlich, *warum* dieses Ding über Hammagor hinweggeflogen war. Es suchte nach ihnen! Er überlegte scharf: Die Drakken fürchteten den Kryptus, deswegen waren sie auch bei Chast aufgetaucht. Jetzt, da Chast tot war und sie den Pakt noch immer nicht hatten, waren sie vielleicht Rasnors Spur gefolgt. Ob sie Hammagor bereits gefunden hatten? Der Kurs ihrer Flugmaschine, gute fünfzehn Meilen an Hammagor vorbei, sprach nicht unbedingt dafür. Sie schienen nicht einmal Sardins Turm als das erkannt zu haben, was er war. In seiner Angst um Roya versuchte sich Victor vor Augen zu halten, dass Hammagor ein so seltsames Bauwerk war, dass selbst er es vom Drachenrücken aus kaum erkannt hatte. Und den Turm hatten er und Roya von Hammagor aus ebenfalls nicht gesehen, obwohl er gewaltig war. Für ein fremdes Wesen, das die typischen Merkmale von Bauwerken dieser Welt nicht kannte, mochten sowohl Hammagor als auch Sardins Turm nahezu unsichtbar sein. Diese Betrachtung beruhigte ihn nicht sonderlich, aber sie bot ihm eine gewisse Hoffnung, dass Roya und Quendras noch unentdeckt waren.

Verdammt!, sagte Victor. *Wir müssen ihnen helfen! Quendras kann sich nicht wehren, er kämpft mit dieser Magie, und Roya kann ihn nicht einfach in irgendein Versteck schaffen. Sie darf ihn ja nicht mal berühren!*

Faiona wandte den Kopf. *Ich verstehe deine Sorge, Victor. Aber wir sind nicht weniger in Gefahr! Ich weiß nicht einmal, wie wir von hier fort kommen sollen!*

Kannst du von hier aus losfliegen?, fragte Victor.

Ja, lautete die zögerliche Antwort. *Ich kann wohl hoch genug springen, um aus den Bäumen herauszukommen.*

Dann lass uns von hier verschwinden! Wenn sie mit ihrem Flugding möglichst weit weg sind. Hier können wir nicht bleiben. Sobald es heller wird, sehen sie dieses Loch, das du gerissen hast…

Aber… wir könnten laufen! Ein Stück fort von hier…

Victor starrte seine Drachenfreundin betroffen an. Faiona schien einen Schock davongetragen zu haben, und sie glaubte wohl, dass sie verloren war, sollte sie noch einmal auf dieses Flugding treffen.

Plötzlich aber schien sich der Stolz in Faiona zu regen. *Laufen,* das war nun wirklich etwas, das einem Drachen überhaupt nicht lag. Sie sprang auf die Beine, mit einem Satz nur, und stand dann auf einem Fleck, von dem aus sie starten konnte. Ihren zwölf Ellen langen Hals vermochte sie hoch genug zu recken, um einen besseren Überblick zu erlangen als Victor.

Schnell, komm!, stieß sie hervor. *Dieses Drakkending ist im Augenblick nicht zu sehen!*

Victor zögerte nicht lange. Er setzte den Fuß auf die nach hinten gerichtete Kralle ihres linken Klauenfußes und sprang dann mit einem Satz auf den Schwingenansatz und von dort mit einem weiteren auf den Hornkamm. Sekunden später saß er auf Faionas Rücken und hatte seine gewohnten Haltepunkte gefunden.

»Los geht's«, rief er. »Aber wenn möglich nicht so wild wie vorhin!«

Faiona schien ihn zu erhören, denn ihr Sprung und ihr Start waren bemerkenswert sanft. Sie schaffte es tatsächlich mit einem einzigen Satz aus der kleinen, von ihnen selbst geschaffenen Lichtung hinaus bis über die Baumwipfel, wo sie nach ein paar kräftigen Schwingenschlägen gleich in einen niedrigen Gleitflug überging.

Victor sah sich um und suchte nach dem Drakken-Flugschiff. Der Mond war hinter dem Sonnenfenster im Norden aufgegangen und es war ein wenig heller geworden – was aber den Drakken ebenso nutzen mochte wie ihnen. Er sah sie jedoch nicht.

Faiona zischte knapp über den Baumwipfeln dahin. Sie waren wohl noch nicht weit ins Salmland vorgedrungen, ein paar Meilen erst, und es hatte nicht viel Sinn, so weit im Norden nach Lichtern Ausschau zu halten.

Wo fliegst du hin?, fragte Victor.

Nach Süden, erwiderte Faiona. *Vielleicht entkommen wir diesen Drakken und dann können wir nach einer Stadt Ausschau halten.*

Victor nickte – ja, das war sicher das Beste. In einer Stadt würden sie vor den Drakken am ehesten sicher sein. Er kannte diese Wesen nicht, wusste nicht, wozu sie imstande waren. Unruhig sah er sich um. Faiona flog nicht sehr schnell, wohl um noch ein paar Reserven zu haben, sollten die Drakken wiederkommen.

Halte dich an die Stützpfeiler!, empfahl er und deutete voraus. *Da können wir ihnen sicher leichter entkommen, wenn sie wieder auftauchen sollten!*

Faiona korrigierte leicht ihren Kurs und hielt auf eine breite Felsbarriere zu, in deren Vordergrund mehrere bizarre Pfeiler zum Felsenhimmel aufstrebten. Auch dort gab es ein mondbeschienenes Sonnenfenster über den Wolken und die Umrisse der Landschaft waren recht gut zu erkennen.

Dann waren die Drakken wieder da.

Victor sah sie weit voraus; fünf Lichter waren es, wie beim ersten Mal, aber er fragte sich, ob es nicht vielleicht ein zweites Flugschiff war. Es war ihm ein Rätsel, wie das erste so schnell dorthin gekommen sein könnte.

Faiona!, rief er aufgeregt und deutete nach vorn. *Da ist es wieder! Oder es ist sogar ein zweites!*

Faiona reagierte sofort. Sie ließ sich wieder nach links wegkippen und ging ganz tief hinunter, sodass sie nur noch knapp über den Baumwipfeln dahinflog. Dabei verschwand das Drakkenschiff hinter einem Hügelrücken und Victor atmete ein bisschen auf. Faiona gewann wieder an Geschwindigkeit und hielt auf einen nahen Stützpfeiler zu.

Inzwischen war die Nacht dank des Mondes, der sein fahles Licht von oben durch die Sonnenfenster auf die Wolkendecke schickte, vergleichsweise hell geworden. Je weiter sie vorankamen, desto klarer konnte Victor Eigenheiten der Landschaft erkennen. Unter ihnen erstreckte sich ein Tal in Richtung eines vor ihnen liegenden Stützpfeilers. Die Hügel rechts und links waren nur flach, da aber Faiona sehr tief dahinflog, boten sie ihnen für den Augenblick einen Sichtschutz vor dem Flugschiff. Victor hoffte, dass das genügen würde.

Der dunkle Wald rauschte unter ihnen dahin und Victor warf angstvolle Blicke nach rechts auf den Hügelrücken. Er wusste nicht, ob es ihnen gelingen konnte, diesem Drakkending wirklich davonzufliegen, oder ob ihre Chance eher darin lag, ein gutes Versteck zu finden.

Das Ende des Tales näherte sich und dann war das Schiff wieder da. Und nicht nur eines, sondern gleich drei. Sie waren, hübsch über den halben Himmel verteilt, direkt vor ihnen aufgetaucht.

Victor schrie vor Schreck auf und wusste im selben Augenblick, dass er sich mit aller Kraft festhalten musste, denn Faiona würde das Äußerste wagen.

Was sie aber tatsächlich tat, damit hatte er überhaupt nicht gerechnet.

Drachen besaßen eine natürliche Begabung zur Magie, von der die meisten Menschen nichts ahnten. Die Legende, dass diese Tiere einen so heißen Atem besäßen, dass sie Feuer spucken könnten, hatte wohl ihren Ursprung darin. Die Drachen wussten sehr gut, welch verheerende Waffe sie für den äußersten Notfall besaßen, nur machten sie nie Gebrauch davon. Weder im Kampf gegeneinander noch gegen einen ihrer Feinde, die es in dieser Welt eigentlich gar nicht gab – sah man einmal von den wenigen, seltenen Drachenarten ab, die es auf ihre Artgenossen abgesehen hatten. Victor wusste nicht, ob ein Drache seine Magie gegen einen Vertreter der eigenen Art anwenden würde, wenn er in Lebensgefahr geriet. Gegen eine Bedrohung wie die Drakken jedoch würde er es tun.

Dass nun Faiona so plötzlich und entschlossen handelte, erschreckte ihn. Seit dem Kampf in Unifar war schon so viel Zeit vergangen, dass er gar nicht mehr daran gedacht hatte, wie sich Drachen zu wehren verstanden.

Plötzlich entstand ein grellweiße Wolke vor Faiona. Sie war wie ein dichter Nebel, der unter hohem Druck ausgestoßen wurde, und schoss auf das mittlere der Drakkenschiffe zu. Im selben Augenblick ließ sich Faiona wieder nach links wegkippen. Victor konnte die Flugbahn der Wolke mitverfolgen. Sie leuchtete grell im Dunkeln, als wäre sie von innen heraus erhellt.

Er hörte ein Aufjaulen, als das Drakkenschiff ausweichen wollte, aber da war es schon zu spät: Mit einem Fauchen und einem dumpfen Geräusch fuhr Faionas grellweiße Feuerwolke in den vorderen Teil und Victor konnte das Schiff nun zum ersten Mal genauer erkennen. Es war, wie er schon zuvor gesehen hatte, eine lang gestreckte Scheibe, vorn mit einem tiefen Einschnitt, in dem sich eine große Beule mit glatter Oberfläche befand. Rechts und links davon waren die Ränder der Scheibe ganz flach, nur in der Mitte besaß das Ding offenbar eine größere Masse, die sich nach hinten hin allmählich verdickte. Victor konnte nicht alles erkennen, dazu war die Zeit zu kurz, ehe Faiona ganz abgetaucht war. Er hatte nur noch den Eindruck gehabt, dass das Ding aus grauem Metall bestand und eine unregelmäßige Oberfläche mit Vorsprüngen, Beulen und Auswüchsen besaß.

Dann war Faiona schon seitlich weg. Victor bekam gar nicht mehr mit, was ihre Magie anrichtete. Er hörte nur ein lautes Knirschen und ein plötzliches Verflachen des jaulenden Tones.

Dafür heulten die anderen beiden Drakken-Flugschiffe auf; besonders laut war dasjenige zu vernehmen, unter dem Faiona gerade hindurchschoss. Aus den Augenwinkeln bekam Victor mit, dass es ebenfalls nach links wegkippte – Faionas Flugmanöver nicht unähnlich. Und dann geschah das, was Victor befürchtet hatte: Das Ding war bewaffnet und eröffnete das Feuer auf sie.

Faiona hatte längst wieder die Richtung gewechselt, als seltsam wabernde, grau leuchtende Bälle von etwa der Größe eines kleinen Fasses an ihnen vorbeischossen – zum Glück weit genug entfernt. Wie an einer Perlenschnur waren sie aufgereiht und flogen nicht allzu schnell, sodass Faiona ihnen bei höchstmöglicher Geschwindigkeit vielleicht sogar hätte entkommen können. Die Wirkung dieser Geschosse war allerdings verheerend. Einige schlugen krachend unter ihnen in den Wald ein. Augenblicklich flammte es orangerot auf und Sekunden später stand der gesamte Wald in hellen Flammen.

Wieder flog Faiona ein gewagtes Manöver, stieg steil in den Himmel hinauf und entging dadurch einer Serie von Geschossen, die von dem anderen Drakkenschiff stammten. Dann sah Victor das dritte wieder, sein Vorderteil stand in Flammen.

Das entlockte ihm ein wütendes Siegesgebrüll. Er leistete es sich, Faionas Hornkamm kurz mit einer Hand loszulassen und die Faust in Richtung des Gegners zu ballen. Das in seltsam weißen Flammen stehende Drakkenschiff krachte und knisterte und sank dabei langsam nach unten. Das verschaffte ihnen wenigstens eine kleine Chance.

Es war ein historischer Augenblick, wie Leandra später dachte.

Zum ersten Mal bekam jemand anderes als Chast diese Drakken zu Gesicht – sah man einmal von den zufälligen Begegnungen ab, in denen Alina und zwei, drei andere einen Blick auf sie erhascht hatten, bevor Chast sie mit seiner Magie buchstäblich zu Brei zerquetscht hatte.

Nein, sie waren kein Hirngespinst, keine Erfindung einer hysterischen Alina oder eines durchgedrehten Chast, der mit ihrer angeblichen Existenz seine bösen Taten rechtfertigen wollte. Nein, sie waren hier, sie waren aus Fleisch und Blut und sie waren einfach unbeschreiblich grässlich.

Leandras Herz pochte in wildem Stakkato und sie fühlte sich unfähig zu handeln. Sie und Hochmeister Jockum standen inmitten eines Kreises von zwanzig oder mehr dieser Wesen. Sie waren groß, mehr als mannshoch, wirkten feingliedrig und beweglich, und sie steckten fast alle in seltsam schimmernden Rüstungen, die sie teilweise bedeckten – obwohl sie ohnehin schon eine Menge an natürlichem Körperschutz zu besitzen schienen. Ihre Haut war schimmernd und schuppig und ging stellenweise in scharfkantige Knochengrate über: an den Füßen, den Knien, den Ellbogen und den Schultern im Besonderen, aber auch an den Hüften, dem Kopf und den Handgelenken. Manche der Drakken waren schwarzgrün, andere schwarzblau; dann entdeckte Leandra ein übergroßes Exemplar, das wesentlich massiger wirkte als die anderen. Seine Schuppen und Panzer schienen eher schwärzlich dunkelrot gefärbt zu sein. Die Körperform dieser Wesen erweckte den unangenehmen Eindruck einer Kriegerrasse, die es gewohnt war, schnell und unerbittlich zuzuschlagen.

Das Schlimmste an diesen Wesen aber waren ihre abstoßenden, uralten Echsengesichter und ihr Geruch. Sie hatten übergroße Tränensäcke unter ihren geschlitzten Augen, ihre Wangen hingen wie Lappen herab und ihre schmallippigen Münder wiesen in den Winkeln missgestimmt nach unten. Es waren die Gesichter hässlicher alter Männer, die mit Missgunst und Verachtung auf den Rest der Welt herabsahen und die wahrlich nichts Freundliches im Sinn hatten. Ihre Gesichter glänzten von irgendeiner Feuchtigkeit und Leandra fragte sich, ob es dies war, das da so stank: nach altem Urin, Fäulnis und Verwesung.

Für eine ganze Weile standen sie und Hochmeister Jockum erstarrt und angespannt da, während ihre Blicke durch die Halle schweiften. Etliche der Drakken hielten längliche Geräte in den Händen, und es war klar, dass es sich dabei um Waffen handelte.

Leandras Gedanken rasten. Chast hatte ihnen bewiesen, dass man sie mittels Magie bezwingen konnte... Welchen Grund sollte es für die Drakken geben, sie und Jockum nicht sicherheitshalber auf der Stelle umzubringen? Ging man von dieser Annahme aus, dann wurde es höchste Zeit, dass sie etwas unternahmen. Ansonsten hatten sie vermutlich nur noch wenige Sekunden zu leben.

Dann blitzte in Leandra eine Idee auf, eine verwegene Idee, die nicht recht zu Ende gedacht war, aber sie erschien ihr aussichtsreich. Blitzschnell richtete sie sich auf, stemmte die linke Hand in die Hüfte und hob die Rechte zu einer Art Gruß. »Wir wollen euren Anführer sprechen«, rief sie laut und vernehmlich in die Halle.

Das war natürlich ein Schuss ins Blaue, aber Leandra war klar geworden, dass die Drakken ihre Sprache verstehen mussten – Alina hatte erzählt, wie Chast mit diesen Wesen gestritten hatte. Während sie spürte, wie Hochmeister Jockum neben ihr erschauerte, bemühte sie sich um Haltung und Beherrschung. Sie versuchte so zu wirken, als hätte sie durchaus gewusst, dass die Fremden hier anzutreffen waren, so als wären Hochmeister Jockum und sie absichtsvoll hierher vorgestoßen, um sie zu finden. Es vergingen Sekunden, dann trat der riesige Drakken mit den rötlich schwarzen Schuppen ein paar Schritte vor.

Sein Gang erschien federleicht, seine Bewegungen zielgenau und kontrolliert; er wirkte wie ein durchtrainierter Kämpfer, der jeden Augenblick zu tödlicher Aktion explodieren konnte. Leandra war versucht, ein paar Schritte zurückzuweichen, als das Wesen auf sie zukam. Aber sie zwang sich dazu vorzugeben, dass sie wüsste, mit wem sie es hier zu tun hatte.

Der Drakken blieb fünf Schritte vor ihr und dem Primas stehen – was etwa zehn von Leandras Schritten entsprach.

»Wer bist du?«, ertönte seine Stimme. Leandra war erstaunt, wie gut moduliert und exakt ausgesprochen die Worte waren. Dennoch schwang auch eine bestürzende Kälte in seiner Stimme mit, eine Kälte, die signalisierte, dass dieses Wesen weder sich selbst noch irgendwem anderen auch nur das kleinste bisschen an Gefühlen entgegenbrachte. Es war, als spräche da eine Maschine, die nur ein einziges Ziel kannte und rücksichtslos den Weg dorthin verfolgte, was immer auch geschehen mochte.

Leandra überlegte, auf welche Weise sie dem Wesen entgegentreten sollte. Vielleicht war es besser, Unterwürfigkeit zu zeigen, denn Respektlosigkeit war offenbar das, was Chast ihnen hatte angedeihen lassen. Das würden sie sicher nicht schätzten.

»Bist du hier der Anführer?« Sie blickte auf die bewegungslosen Drakken, die angriffsbereit dastanden. Aus den Augenwinkeln registrierte sie, dass bei einigen der Wesen winzige Lichter aufglühten – an den Waffen, der Rüstung oder am Gürtel. Das flaue Gefühl in ihrem Magen wurde schlimmer.

Der Drakken erwiderte nichts, sie hatte allenfalls den Eindruck, als würde er noch sprungbereiter dastehen als zuvor. Sie tastete nach dem Trivocum und erkannte, dass der Primas bereits ein mächtiges Aurikel kontrollierte; welcher Art es war, konnte sie nicht bestimmen. Sie hoffte nur, dass es eine Verteidigungsmagie war, und zwar möglichst eine, die einem Vulkanausbruch standhielt. Sie bezweifelte, dass sie irgendetwas anderes noch retten konnte, falls sie auch nur einen winzigen Fehler beging.

Sie fragte sich, wie es wäre, mit diesen Drakken einfach zu reden, um zu erfahren, was sie wollten, und sich dann mit ihnen zu einigen. Alina hatte gesagt, sie wollten die Magie. Aber als Leandra den Gesichtsausdruck dieses Wesens maß, das vor ihr stand, sank ihr der Mut.

»Wir…«, begann sie zögernd und deutete auf Jockum und sich selbst, »wir kommen, um mit euch zu verhandeln. Wir wissen, dass Chast tot ist. Der, mit dem ihr zuvor verhandelt habt.«

»Ja, ihr habt ihn selbst getötet«, antwortete das Wesen. »Du warst dabei, dieser Mann dort nicht. Du bist die Adeptin Leandra.«

Leandra schluckte hart. Ein Anflug von Panik stieg in ihr auf. Wenn dieser Drakken das alles wusste (woher eigentlich so plötzlich?), dann konnte sie ihm nun unmöglich die Rolle vorspielen, die sie im Sinn gehabt hatte: dass sie die Nachfolgerin von Chast wäre und nun an seiner Stelle stünde.

Plötzlich trat Hochmeister Jockum vor.

Leandra sah, wie der Drakken seinen Kopf wandte

und sich ein kaum wahrnehmbares Lichterspiel in seinem Gesicht spiegelte; es schien aus einem Gerät zu stammen, das in einem metallischen Halsring befestigt war. Der Drakken schien einen kurzen Blick darauf zu werfen, dann fixierte er wieder den Primas.

»Du hast Recht, fremdes Wesen«, sagte der Hochmeister mit fester Stimme. »Wir sind die, die Chast besiegt haben, und wir hatten eine Menge guter Gründe dafür.« Er wirkte wie der alterfahrene, weise Mann, der er war, aber Leandra hegte Zweifel, dass der Drakken ihm auch nur einen Funken Respekt zollte.

»Wir wissen auch«, fuhr Jockum fort, »dass Chast einen Pakt mit euch hatte, aber wir wissen nicht, welchen Inhalts er war. Und das würden wir gern erfahren. Es betrifft uns ja wohl – uns Menschen, die wir in der Höhlenwelt leben, oder nicht?«

Wieder war kurz das Lichterspiel auf dem Drakkengesicht zu sehen, und wäre seine Miene nicht voll von abgrundtiefer Verächtlichkeit und Arroganz gewesen, hätte Leandra ein wenig Hoffnung geschöpft – denn Jockums Frage war nur recht und billig.

»Vielleicht können wir uns ja einigen«, fügte Jockum hinzu.

Der Drakken blieb stumm, während eins ums andere Mal das schwache Lichterspiel in seinem Gesicht erschien. Leandra hatte irgendwie den Eindruck, als erhielte der Drakken Ratschläge oder Anweisungen über das seltsame Ding vor seinem Kinn.

»Du bist Jockum, der Hohepriester des Magierordens«, stellte der Drakken mit Blick auf sein Gerät fest. Leandra nickte sich selbst zu – sie hatte Recht gehabt.

Der Primas lächelte schwach. »Nicht Hohepriester – nur Hochmeister. Wir sind keine Kirche.«

»Demnach musst du über große Mengen an Wissen verfügen. Über die… *Magie*.«

Jockum zögerte kurz und blickte zu Leandra. »Ihr

wollt die Magie – das haben wir uns schon gedacht«, antwortete er und sah wieder zu dem Drakken. »Aber warum mit Gewalt? Ich kann hier nur für mich sprechen… aber ich glaube nicht, dass es jemals einen Menschen in unserer Welt gab, der der Auffassung war, die Magie sei unser Eigentum. Dass wir sie nicht teilen können. Magie ist hilfreich und gut. Sie kann helfen, Kranke zu heilen, Probleme zu lösen…«, seine Stimme wurde flach. »Nun – und sie kann auch… vernichten«, fügte er noch hinzu und nickte – langsam und verstehend.

Der Drakken erwiderte nichts.

Leandra hatte nicht das Gefühl, dass sich die Lage entspannte. Im Gegenteil. Jetzt war zumindest klar, dass sie die Magie in den Dienst von Kampf und Vernichtung stellen wollten, und da sie zweifellos wussten, dass weder Leandra noch Jockum Menschen waren, die das befürworten würden, war es nur noch eine Frage von Augenblicken, bis die Drakken sie töten würden. Leandra spürte das überdeutlich. Hier war keine Neugier, kein Interesse, keine Vision und kein Vielleicht im Spiel. Es gab nur kalte Berechnung.

Ein Blick ins Trivocum sagte ihr, dass Jockum immer noch das mächtige Aurikel kontrollierte, aber sie wusste, dass er ein friedliebender Mensch war und dass er nicht schnell genug reagieren würde.

Sie schloss die Augen und ließ sich für zwei Sekunden ins Bodenlose treiben. In einen schwarzen Abgrund des Nichts, eine Sphäre, in der sie sämtliche Kontakte zu ihrer Welt aufgab. Nur ein einziges Ziel hatte sie jetzt vor Augen, nämlich innerhalb allerkürzester Zeit so viel Konzentration anzusammeln und so viel mentale Energie herbeizuholen, dass es ihr gelingen würde, ein Aurikel der achten Stufe zu öffnen.

Sie wusste, dass das lebensgefährlich war – nein, es würde sogar mit Sicherheit tödlich für sie enden, wenn es misslang. Aber sie schätzte die Waffen dieser Wesen als so gefährlich ein, dass sie wohl nur noch eine magische Verteidigung der höchstmöglichen Stufe retten konnte.

Ihr Geist schöpfte eine riesige Masse an Energie, wobei natürlich ihr schwebendes Licht, das sie bislang kontrolliert hatte, erlosch – ein nützlicher Nebeneffekt.

Einen Augenblick, nachdem die Halle mit den Drakken in plötzlicher Dunkelheit versank, öffnete sich vor ihrem *Inneren Auge* ein Aurikel von einer Größe, wie sie es erst einmal selbst gewirkt hatte. Ein Orkan von blendend hellen, stygischen Energien toste ins Diesseits. Sie erschrak regelrecht über diese Masse an stygischen Kräften – eine achte Iteration war schließlich nicht nur ›ein wenig mehr‹ als eine siebente, sondern glatt eine Verdopplung derselben. Aber Leandra war darauf vorbereitet. Einen Sekundenbruchteil später entstand eine Wand aus stygischen Energien rings um sie herum.

Es war ein Vorgang, der mit einem krachenden Donnerschlag einherging – und er geschah keine Sekunde zu früh. Im nächsten Augenblick schon wurde die Halle in blendendes Licht getaucht, als die Drakken ihre Waffen loswummern ließen. Zahllose nassgrau leuchtende, wabernde Bälle schienen sich aus ihnen zu lösen – und trafen mit schmatzenden Geräuschen auf die Schutzwand. Dort explodierten sie in einem Inferno von grell ockerfarbenen Entladungen – unter einem wahrhaft infernalischen Brüllen. Die Drakken, die Leandras Schutzwand zu nah standen, wurden selbst gepackt und auf unerklärliche Weise von der vernichtenden Kraft dieser Explosionen zerrüttet und gebeutelt, geschrumpft und zerrissen.

»Hochmeister«, schrie Leandra durch den tobenden Orkan hindurch. »Der *Rote*!«

Zum Glück reagierte der Primas schnell. Leandra

hatte mit ihrer Magie den Anführer der Drakken in ihrem Verteidigungskreis mit einschließen müssen – in der Kürze der Zeit war es nicht anders möglich gewesen. Glücklicherweise benötigte der Drakken einige Sekunden, um seiner Überraschung Herr zu werden. Er hob beide Arme – an denen Leandra Gegenstände erkannte, die Waffen sein mochten. Schon löste sich etwas aus einem dieser Dinger und pfiff an ihrem rechten Ohr vorbei, aber dann hob etwas den Drakken von den Füßen und katapultierte ihn wie ein Geschoss nach oben, wo er mit einem lauten Krachen in gut vierzig Schritt Höhe gegen die Decke der Halle schlug. Hochmeister Jockum holte den Drakken wieder herunter, ließ ihn aber außerhalb der Schutzwand zwischen seine Artgenossen fallen, was er wohl kaum überlebt haben mochte.

Die Drakkenwaffen spuckten umso mehr Feuer, aber Leandras Schutzwand hielt stand. Sie wich zurück, der Lärm in der Halle schwoll zu ohrenbetäubenden Ausmaßen an. In nur wenigen Sekunden war es ihnen gelungen, die Streitmacht der Drakken empfindlich zu verkleinern und ihren Angriff mit Wucht zurückzuschlagen. Aber das hemmte den Siegeswillen der fremden Wesen keineswegs. Die überlebenden Drakken hatten sich einige Schritte von der Schutzwand zurückgezogen und deckten diese weiterhin mit ihren seltsamen Geschossen ein.

Leandra, die noch immer ihr mächtiges Aurikel kontrollierte, spürte, wie diese magische Gewalt sie langsam erschöpfte. Sie würde diese Abwehrwand nicht lange aufrechterhalten können, eine Minute noch, vielleicht zwei. Allein, ohne einen Gefährten, hätte das ihr Ende bedeutet. Aber zum Glück war der Primas ja da.

»Hochmeister«, rief sie unter Anstrengung. »Ich halte die Wand nicht mehr lange! Ihr müsst mir helfen!«

Jockum nickte nur knapp, hob dann beide Hände ein wenig und ballte sie zu Fäusten. Ein plötzlicher Ruck lief durch seinen Körper, und gleich darauf wanden und krümmten sich die Drakken in der Halle wie unter einer tonnenschweren Last. Die Waffen schossen nicht mehr gezielt, manche verstummten, andere trafen die eigenen Reihen. Der Primas verstärkte den Druck noch, bis unter den Drakken regelrechtes Chaos herrschte.

»Zurück zum Durchgang«, rief er.

Leandra verstand. Sie mussten eine Sekunde erwischen, innerhalb derer die Drakken so durcheinander waren, dass sie keinen gezielten Schuss abgeben konnten, und dann durch den von ihnen geschaffenen Durchgang entwischen. Leandras Verteidigungswall war stark, aber er machte eine gezielte Gegenwehr des Primas schwierig.

Sie spürte, dass ihre Konzentration nachließ. Sie musste das Norikel setzen, solange sie noch die Kontrolle über ihre Magie besaß, sonst würde es tödlich für sie enden. Langsam zog sie sich in Richtung des Durchbruchs zurück.

Der Primas hielt den Druck auf die Drakken aufrecht, aber es schien eine komplizierte Sache zu sein, die Wirkung seiner Magie ließ zu wünschen übrig. Einzelne Drakken schienen sich schon wieder besser unter Kontrolle zu bekommen und ihre Schüsse wurden gezielter. Überdies hatte Leandra das Gefühl, dass immer mehr Drakken hinzuströmten. Je weiter sie zurückwichen, desto besser konnten sie den Schutzwall unter Feuer nehmen.

»Hochmeister«, schrie Leandra verzweifelt. »Es werden mehr!«

Er trat in ihre Nähe, ein bisschen abwesend, auf seine Magie konzentriert. »Geh so weit du kannst bis zum Durchgang«, rief er durch den Lärm. »Ich setze dann mein Norikel und zähle auf drei. Dann setzt du deines und verschwindest durch den Durchgang. Ich versuche sie im selben Augenblick durcheinander zu wirbeln und folge dir dann. Halte dich bereit. Es dürfte gleich darauf weitergehen! Bist du so weit?«

»Ja«, keuchte sie. Sie spürte, dass es mit ihren mentalen Kräften rapide abwärts ging. Sie blickte sich kurz um, tappte dann, so schnell sie konnte, rückwärts auf den Durchgang zu. Zusammen mit ihrer Magie konnte sie dort nicht hindurch, dazu hätte die stygische Wand in den Felsen eindringen müssen und das war nicht möglich. Sie würde sieben, acht Schritte vor dem Durchgang das Norikel setzen müssen.

Noch immer schossen die Drakken erbarmungslos auf den Schutzwall, so als ahnten sie bereits, dass Leandra ihre Magie nicht mehr lange halten konnte.

»Es geht los!«, rief der Primas. »Eins«, zählte er. Im selben Augenblick schien er seinen Druck auf die Drakken noch einmal mit einer gewaltigen Kraftanstrengung zu verstärken.

»Zwei!« Der Druck wurde noch stärker. Einzelne Drakken kippten um, die meisten Schüsse gingen kreuz und quer in die Luft. Plötzlich aber endete der Druck vollständig, was eine abermalige Verwirrung stiftete.

Leandra dachte, dass sie nun innerhalb von Augenblicken das Norikel setzen müsste, sonst war es aus mit ihr. Aber die ›Drei‹ kam nicht. Mit flatternden Augenlidern und einen Gefühl im Kopf, als würde er mit Knüppeln durchgewalkt, sah sie nach dem Primas. Er schien Kraft für seine Druckwelle zu sammeln, er brauchte diese Zeit. Seine Magie musste zeitgenau kommen und sämtliche Drakken für Sekunden außer Gefecht setzen.

Sie versuchte Luft zu holen, schloss die Augen, konzentrierte sich mit einer übermäßigen Anstrengung auf ihre Magie und hielt dabei das Norikel bereit – sie konnte sich nicht erinnern, jemals in ihrem Leben geistig unter solch mörderischem Druck gestanden zu haben.

»Drei!«, hallte dann endlich der Ruf des Hochmeisters durch den Lärm der Halle.

Augenblicklich setzte sie das Norikel, so sauber es nur ging. Sie löste sich sofort danach aus dem Trivocum, mit der irrigen Hoffnung, sie könnte sich unter den aufbrandenden Energien hinwegducken, falls ihr Norikel versagt hatte.

Aber es kam nichts, das Norikel hatte funktioniert. Stattdessen spürte sie die heftige Erschütterung im Trivocum, als der Hochmeister seine Druckwelle ausstieß und damit sämtliche Drakken von den Füßen zu holen hoffte.

Leandra hatte überhaupt keine Orientierung mehr, sank völlig ausgelaugt auf die Knie und keuchte nur noch. Ihr hallte durchs Hirn, dass sie hinaus aus der Halle musste, aber sie wusste nicht einmal mehr, in welcher Richtung der Durchbruch lag. Sie hörte, wie mehrere von ihnen – es mochten inzwischen an die fünfzig sein – zu Boden oder gegen die Hallenwände geworfen wurden, aber sie selbst hatte weder die Kraft noch die Orientierung, sich aufzurichten und aus der Halle zu fliehen. Ihr Schädel dröhnte wie ein riesiger Tempelgong.

Im nächsten Augenblick wurde sie hochgerissen. Ehe sie sich recht besinnen konnte, war sie schon ein paar Schritte gelaufen, wurde sich dann aber darüber klar, dass der Primas sie irgendwie mit sich zog. Sie stieß schmerzhaft mit dem Kopf gegen eine Felskante, zuckte jammernd zurück, spürte gleich darauf eine Entladung knapp oberhalb an der Felswand und Energiefinger, die heiß und sengend nach ihr züngelten. Das machte sie wieder wacher.

Der Hochmeister stieß sie in den Durchgang hinein und sie spürte mit ausgebreiteten Armen rechts und links eine Wand. Mit einem Aufheulen stolperte sie weiter, zehn, zwölf Schritte, wusste nicht, wohin es ging, fiel dann der Länge nach auf den Boden, wälzte sich, um Atem ringend, auf den Rücken und blieb mit protestierenden Lungen liegen. Sie hoffte, wünschte, betete, dass sie zehn Sekunden zum Verschnaufen haben würde – im Augenblick war sie mehr tot als lebendig.

Sie bekam ihre zehn Sekunden.

Sie bemühte sich tief und gleichmäßig Luft zu holen, und noch bevor sie wieder einigermaßen bei sich war, richtete sie sich mühsam auf, denn sie wusste, dass sie gebraucht wurde.

Der Lärm aus der Halle war nicht abgerissen. Irgendwo dort vorn musste noch immer der Primas einen tödlichen Kampf gegen die Verfolger ausfechten, nicht zuletzt, im ihr ein paar Atemzüge Pause zu verschaffen. Sie sah ihn, wie er rückwärts in ihre Richtung taumelte. Er schien noch unverletzt, hatte aber offenbar die gleichen Probleme wie sie: zu viel hochgradige Magie in zu kurzer Zeit. Dazu kam, dass er ein alter Mann war.

Leandra hatte kaum wieder ein wenig Kraft geschöpft. Sie benötigte einen guten Einfall, und zwar schnell. Noch während sie sich umsah, kam ihr etwas Waghalsiges in den Sinn, es war nur die Frage, ob sie genügend Kräfte aufbringen konnte, dass es klappte.

Sie rappelte sich auf, stapfte schwerfällig zu Jockum, der schwankend im Durchgang stand und die Schüsse der Drakken mit irgendetwas abfing. Sie packte ihn von hinten, zog ihn mit sich, lief rückwärts, so viele Schritte es nur ging, während sie darauf hoffte, dass der Primas seine Abwehrmagie noch weiterhin wirken konnte. Sie ließ nicht nach, stapfte immer weiter rückwärts, bis sie schon tief im Gang stand, fünfunddreißig oder vierzig Schritte von der Halle entfernt. Noch immer peitschten die Energiebälle der Drakken in ihre Richtung, zerplatzten an der Schutzwand, die der Primas hartnäckig, obwohl inzwischen dem Zusammenbruch nahe, aufrechterhielt. Das gab Leandra die Zeit, die sie benötigte.

Sie ließ sich einfach nach hinten fallen, riss den Primas mit sich und landete unter einem Felsüberhang, den sie sich vor Sekunden als Schutz ausgesucht hatte. Abermals ließ sie sich in ihr schwarzes Loch der vollkommenen Konzentration sinken. Es gab eine Magie, die sie inzwischen gut kannte, deren Wirkung sie bestens einschätzen konnte. Es war die Gleiche, mit der sie sich aus der Röhre befreit hatte. Nun wandte sie sie in der sechsten Stufe an, was ungefähr eine Vervierfachung der Wirkung bedeuten musste. Lieber hätte sie eine siebte Iteration gewirkt, aber dazu fühlte sie sich im Augenblick außerstande.

Sie setzte mit aller Entschlossenheit das Aurikel, stieß eine heftige Lanze der auflösenden Kraft in den Höhlengang hinein, der zur Halle führte, und setzte sofort das Norikel. Die magische Verwebung schnappte förmlich zu, kaum dass sie aufgebaut war. Als Antwort durchdrang ein sekundenlanges Knirschen den umliegenden Fels, so als ob man einen spröden Eisklumpen in warmes Wasser warf.

»Das Norikel, Hochmeister, das Norikel«, keuchte sie.

Der Primas war kaum noch bei Besinnung, aber er schien zu begreifen. Mit seiner viele Jahrzehnte langen Erfahrung in der Magie gelang es ihm selbst in diesem Zustand noch, das Norikel zu setzen, ohne sich damit in Lebensgefahr zu bringen – eine achte Iteration mochte das gewesen sein, was er die ganze Zeit aufrechterhalten hatte. Und das reichte allemal, einen Magier umzubringen, wenn er die Kontrolle über seine Magie verlor.

Leandra stöhnte leise auf, als sie sah, dass erste Schüsse der Drakken in den Gang durchschlugen. Aber sie lagen unter dem schützenden Vorsprung, ein wenig außerhalb der direkten Feuerlinie, sodass die Geschosse rechts oberhalb von ihnen vorbeizischten. Es wurden mehr und Leandra sah, dass es höchste Zeit wurde, ihr Werk zu vollenden. Hoffentlich klappte es so, wie sie es sich vorstellte.

Als die ersten Drakken mit seltsam pfeifenden und zischenden Lauten in den Gang gestürmt kamen, schoss Leandra eine letzte Magie ab – mitten in die spröde Decke des von ihr vorbereiteten Ganges. Es war ein kleiner, träger Energieblitz, nur eine dritte Iteration, er leuchtete kaum und schien sich langsam wie ein Wurm voranzubewegen. Aber es war eine Erdmagie, von der Leandra wusste, dass sie sich weit fortpflanzte, es war in winziger Form das, woraus die mächtigen Schwingungen eines Erdbebens bestanden.

Die Magie funktionierte. Der träge Blitz schob sich in das spröde Felsgestein der Gangdecke, sprengte sie auf und Augenblicke später rumpelten Tonnen von haltlosem Gestein in den Gang herab. Eine Staubwolke stob auf und augenblicklich war es finster – aber Leandra und der Primas lagen sicher unter ihrem Felsvorsprung.

Leandra setzte ihr Norikel und ließ sich keuchend zurücksinken.

Sie hoffte, dass die Magie auf der ganzen Länge des Tunnels gewirkt hatte, sodass er jetzt wirklich verschüttet war. Kaum anzunehmen, dass die Drakken mit einfachem Waffeneinsatz den Tunnel so schnell wieder frei bekamen, sie mussten ja auch den Schutt irgendwie beiseite räumen. Leandra hoffte, sie würden ein paar Minuten Zeit bekommen, um wieder zu Kräften zu kommen.

Sie wand sich unter dem Primas hervor, der leise ächzte und halb besinnungslos zu sein schien. Ermattet ließ sie sich neben ihm niedersinken und schloss die Augen.

Ihre innere Unruhe und die Geräusche, die die Drakken machten, trieben Leandra und den Primas schon bald darauf weiter. Die Drakken schienen zu versuchen, den verschütteten Tunnel mit ihren Waffen direkt an der Stelle zu durchstoßen, wo die Trümmer am dichtesten lagen. Vielleicht ahnten sie nicht, dass der Tunnel auf ganzer Länge eingestürzt war. Sie würden es erst wissen, wenn sie ganz hindurch waren. Und das konnte zum Glück etwas dauern.

Während sie das Zischen, Wummern und Poltern auf der anderen Seite vernahm, stemmte sich Leandra hoch. Der Primas saß offenbar schon wieder aufrecht und flüsterte ihren Namen.

»Ich bin hier«, stöhnte sie leise. »Und ich bin tot.«

»Keine Zeit fürs Totsein«, gab er zurück. »Hast du dir das Trivocum angesehen? Hier ist jemand. Ein Magier. Diese Kreaturen haben einen Verbündeten. Jemanden von uns!«

Ein leiser Schrecken überkam Leandra. Sie tastete nach dem Trivocum und erkannte nach kurzem Suchen dort tatsächlich die Aura eines Magiers. Jemand untersuchte die nähere Umgebung nach der Anwesenheit von Lebewesen oder Magiern.

»Keine Magie wirken«, warnte der Primas flüsternd. »Ich weiß nicht, wer das ist, aber er würde uns sofort finden. Wir müssen fort von hier!«

Leandras Herz begann wieder zu pochen. Allzu bald – das jedenfalls schien das Schicksal beschlossen zu haben – würden sie keine Verschnaufpause bekommen. Dann fiel ihr etwas ein.

Einen Augenblick später flammte ein schwaches *lo-*

kales Licht über ihnen auf, und nach den ersten Sekunden, in denen sich ihre Augen wieder an die Helligkeit gewöhnen mussten, sah sie in seinem Schein das entsetzte Gesicht des Primas.

»Leandra! Bist du von Sinnen?«, zischte der Hochmeister. »Mach das sofort wieder aus!«

Sie schüttelte den Kopf und leistete sich ein schwaches Lächeln. »Seht Ihr denn etwas im Trivocum, Hochmeister?«

An Jockums Gesichtsausdruck erkannte sie, wie er sich ans Trivocum herantastete. Und dann zeigte sein Gesicht ein maßloses Erstaunen. »Aber… was… wie…?«, keuchte er.

Sie beugte sich vor und fasste den würdigen alten Herrn mit ernster Miene an der Hand. Ihre Geste sollte beschwichtigend wirken, dennoch waren ihre geflüsterten Worte sachlich und bestimmt. »Ihr seid von einer Armee von Kodexbrechern umgeben, Hochmeister«, sagte sie. »Meister Fujima, Munuel, ich und eine Menge anderer Magier… Es gibt viele Wege in der Magie. Ich weiß, als Primas müsst Ihr über die Einhaltung des Kodex wachen. Aber findet Euch lieber damit ab. Die Elementarmagie wird schon seit langer Zeit und von vielen, vielen Magiern gedehnt und gebeugt.« Sie machte eine kurze Pause und studierte Jockums Gesicht. Es war von Ernst und zornigem Unwillen gekennzeichnet.

Leandra fuhr dennoch fort. »Dass Ihr mein Aurikel im Trivocum nicht sehen könnt«, flüsterte sie, »liegt an einem Trick, den ich von Meister Fujima gelernt habe. Ich erkläre es Euch später. Aber dieser fremde Magier, der nach uns sucht, wird es ebenfalls nicht sehen können. Und wir brauchen Licht! Sonst schlagen wir uns hier, an den Felsen, die Köpfe wund.«

Der Primas erwiderte nichts, er starrte Leandra nur streng an. Dann betrachtete er prüfend Leandras *loka-*

les Licht. Mit finsterer Miene nickte er. Alles Weitere schien er tatsächlich auf später zu verschieben. Leandra atmete innerlich auf.

Sie ließ ihr Licht noch ein wenig aufflammen. Nur ein paar Schritt entfernt, in dem verschütteten Tunnel, türmten sich Schutt und riesige Gesteinsbrocken. Sie nahm die Hand des Primas und zog ihn in die andere Richtung mit sich fort.

Das *lokale Licht* folgte ihnen dicht über ihren Köpfen. Trotz allem war Leandra nicht ganz wohl dabei. Es hieß zwar, dass sie aus einer Entfernung von mehr als zehn oder fünfzehn Schritt nicht zu sehen waren – aber man konnte sich schließlich nie selbst davon überzeugen. Hier, bei ihnen, war es hell, und ihr Verstand sagte ihr, dass man sie deshalb auch würde sehen können. Etwas befangen bewegte sie sich weiter, den Primas mit sich ziehend. Bald darauf hatten sie den Gang durchquert und den stetigen, verhaltenen Lärm der Drakken hinter sich gelassen.

»Der Magier«, sagte der Primas leise. »Ich glaube, wir sind ihm näher gekommen!«

Bei dieser Nachricht blieb sie betroffen stehen und ließ ihr *lokales Licht* erlöschen. Sie horchte in die Dunkelheit. Außer dem leiser gewordenen Gewummere der Drakken war nichts zu hören. Dafür aber sah sie im Trivocum, dass der Hochmeister Recht hatte.

»Denkt Ihr, er ist hier? In den Katakomben? Vielleicht ist es ein Freund?«

»Aber *wer* denn?«, flüsterte der Primas. »Es gibt nur ein paar, die überhaupt wissen, dass wir hier sind. Wenn die uns finden wollten, müssten sie uns nur eine kurze Botschaft schicken! Nein, Leandra, hier ist einer heimlich unterwegs. *Der* steht nicht auf unserer Seite!«

In diesen Höhlen war Vendar gestorben, waren sie von den Ghouls überfallen worden und hier war Meister Fujima beinahe getötet worden. Ein ungutes Gefühl beschlich sie. Waren die Ghouls wirklich alle tot? Und wer war dieser fremde Magier? War er wirklich ein Verbündeter der Drakken? Kam er allein? Oder mit einer Drakken-Streitmacht?

»Verdammt«, zischte sie. »Wir müssen hier weg!«

»Er hält sich weiter unten auf«, sagte der Primas. »Dort, wo wir herkommen.«

Leandra wusste, dass Jockums magische Sinne wesentlich weiter entwickelt waren als die ihren. »Sind Drakken bei ihm?«, fragte sie.

»Wenn ich das herausfinden wollte, müsste ich das Gleiche tun, was er jetzt tut – eine Magie wirken. Dann aber findet er uns sofort!«

»Und er ist wirklich *dort unten*? Können wir nicht zurück?«

»Wir würden ihm direkt in die Arme laufen. Je näher wir ihm sind, desto leichter kann er uns entdecken.«

Leandra konzentrierte sich kurz und ließ das *lokale Licht* erneut aufflammen, wenn auch nur in der ersten Iteration; es beleuchtete ihre Umgebung kaum stärker als eine Kerze. Wieder nahm sie den Primas an der Hand.

»Dann müssen wir hinauf«, sagte sie und eilte los.

20 ♦ Drachen

»Ich hab ein ungutes Gefühl, Hochmeister«, flüsterte Leandra bedrückt.

»Wieso? Bisher hat doch alles geklappt!«

Sie nickte. »Ja, bis hierher.« Sie spähte voller schlechter Vorahnungen durch den Mauerdurchbruch im neunten Stockwerk – Meister Fujimas Werk während der Befreiung Alinas. Bis jetzt waren sie den Verfolgern und dem fremden Magier entkommen, wahrscheinlich hatten sie sogar ein Stück Vorsprung gewonnen.

»Darum geht es gar nicht«, fuhr sie fort. »Ich hab ein schlechtes Gefühl, was diese Drakken angeht. Sie haben auf uns geschossen, kaum dass wir ihnen das Gefühl vermittelt hatten, nicht ganz glücklich mit ihren Vorstellungen zu sein. Aber eigentlich könnte man doch sagen, dass wir beide, Ihr und ich, ernstzunehmende Gesprächspartner für sie sein müssten. Sie haben sogar gewusst, wer wir sind!«

»Worauf willst du hinaus?«

Sie atmete angespannt aus. »Ich meine… wenn sie schon auf *uns* sofort das Feuer eröffnen, mit wem würden sie dann überhaupt noch reden?«

Der Primas kniff die Augenlider zusammen und fixierte sie scharf. »Du meinst, es ist ohnehin schon alles zu spät?«

Sie hob die Schultern.

»Es gibt immerhin noch diesen Pakt«, wandte er ein. »Den scheinen sie zu fürchten. Anders kann ich es mir nicht erklären, dass sie hier in Torgard herumschnüffeln. Sie wollen ihn finden!«

Leandra schüttelte den Kopf. »Kann ich mir nicht denken. Wäre er hier je gewesen, dann hätte das bedeutet, dass er sich in Chasts Händen befunden hätte. Er hätte ihn zweifellos benutzt, um die Drakken zu verjagen – oder nicht? Also *kann* er nicht hier sein. So weit können diese Bestien sicher denken.«

»Nun gut«, brummte der Primas. »Dann werden sie hier das Gleiche suchen wie wir – einen Hinweis, wo er zu finden ist. Um ihn zu kriegen und sicherzugehen, dass er niemandem von uns in die Hände fällt.«

Sie nickte. »Genau. Und deswegen hab ich so ein schlechtes Gefühl.« Sie deutete durch das offene Loch in der Mauer, in den dunklen Gang des neunten Stockwerks, der dahinter lag.

»Sie sind dort drin. Somit ist es uns völlig unmöglich, da reinzuspazieren und ebenfalls nach diesem Hinweis zu suchen. Nur Victor weiß, wo der Pakt versteckt sein könnte, und wenn wir Victor nicht sehr bald finden, dann werden *sie* es tun. Aber wie sollen wir ihn finden, wenn wir dort nicht hineinkönnen – um nach diesem Hinweis zu suchen?«

Der Primas betrachtete nun auch den Mauerdurchbruch, der im schwachen Schein von Leandras *lokalem Licht* lag. Sie waren schon einmal durch solch eine Mauer mitten in ein Drakkennest gestolpert, und nichts garantierte ihnen, dass es dieses Mal nicht ebenso sein würde.

»Sie werden auf jeden schießen, der ihnen irgendwie gefährlich werden könnte. Ich würde sagen, wir haben vorhin ein wahnsinniges Glück gehabt. Wenn sie uns noch mal erwischen, dann ist es aus mit uns!«

Der Primas starrte Leandra an. »Und was sollen wir nun tun?«

Sie kam sich vor, als würde sie das Urteil über die Welt sprechen müssen. Nach ihrem Gefühl hatte sich innerhalb der letzten Stunden das Henkerseil um den

Hals der Höhlenwelt verdammt weit zugezogen. Am Morgen noch waren die Drakken nur eine seltsame, schwer vorstellbare Bedrohung gewesen – etwas, das man bloß vom Hörensagen kannte und das noch weit entfernt war. Inzwischen aber waren sie hier, diese fremden Kreaturen, und Leandra zweifelte nicht daran, dass sie Mittel und Wege hatten, das zu kriegen, was sie haben wollten.

»Wir sollten da nicht hineingehen«, sagte sie und schüttelte mit Bestimmtheit den Kopf. »Alina hat gesagt, dass sie einfach in Torgard auftauchen konnten, mitten in Chasts Arbeitsraum oder in seinem Schlafzimmer. Sie sind bestimmt nicht unten durch die Gänge gekommen, so wie wir. Ich wette, sie sind auch hier oben. Ganz besonders hier oben! Das hier ist der Bereich, in dem Chast und andere führende Leute gelebt haben.«

Instinktiv trat der Primas einen Schritt von dem Mauerdurchbruch zurück. Er deutete in die andere Richtung. »Aber wohin sollen wir gehen? Da unten warten die Drakken auf uns – und dieser fremde Magier. Und hier oben warten sie auch…«

Plötzlich sah er, dass Leandra Tränen in den Augen hatte.

»Mein Kind«, sagte er erschüttert und trat zu ihr.

Sie beherrschte sich nur mühsam. »Vor kurzem dachte ich noch, ich würde immer gewinnen«, sagte sie und ihre Stimme zitterte leise. »Aber irgendwann verlässt einen das Glück dann doch, nicht wahr? Ich… ich weiß nicht mehr, was wir tun sollen!«

Der Primas sah sie betroffen an. Er selbst hatte Leandra einmal zur Heldin erhoben, zur Legende, da sie unüberwindlich gewirkt hatte. Im Augenblick aber war ihr hübsches Gesicht von Angst gezeichnet, und er wusste, dass das keine vorübergehende Schwäche von ihr war. Sie verfügte über ausreichend

Verstand zu erkennen, wann eine Situation hoffnungslos wurde.

Aber er war kein Mann, der aufgab. Auch dann nicht, wenn alles aussichtslos erschien. Er wäre sonst nicht so lange Primas des größten Magierordens von Akrania gewesen. Leandra hatte der Mut verlassen – und jetzt war es an ihm, ihr wieder Halt zu geben.

Er holte tief Luft und blickte sich dann scharfen Auges um.

»Nun, hier gibt es Gänge genug«, stellte er fest. »Gehen wir noch weiter hinauf. Vielleicht finden wir einen Ausweg. Oder ein Versteck!« Diesmal nahm *er* Leandra an der Hand und eilte voran. Sie schniefte und ließ sich führen, offensichtlich dankbar, dass er jetzt die Verantwortung übernommen hatte.

Auch Leandras *lokales Licht* hatte er übernommen, in der ersten Iteration – einer Stufe, deren Wellenschlag im Trivocum er mit seiner Erfahrung und Kunst bei null halten konnte. Die zweite Stufe konnte er getrost vergessen, solange er Leandras Trick nicht kannte.

Sie eilten durch diese seltsame, zu Fels erstarrte Traumwelt. Je höher sie gelangten, desto steiler wurden die Anstiege, desto häufiger mussten sie klettern. Er spürte noch immer die Gegenwart des fremden Magiers, und er hätte viel darum gegeben zu wissen, wer das war. Der Mann (oder die Frau?) schien sich keine große Mühe zu geben, seine Gegenwart zu verbergen. Das bedeutete, dass er sich seiner Sache sicher war, Leandra und ihn, den Primas, zuletzt doch noch zu erwischen.

Aber Hochmeister Jockum hatte noch einen Trumpf in der Tasche. Niemand, der ihn nicht genauestens kannte, traute ihm die hohen magischen Fähigkeiten zu, über die er tatsächlich verfügte. In seiner Position war Magie nicht wirklich gefragt; er war Diplomat, Unterhändler und Repräsentant – ein Mann, dessen

Fähigkeiten in der Organisation und der Führungsarbeit lagen. Genau genommen hatte er höchstens alle vier Wochen einmal einen Anlass, eine Magie zu wirken. Und wenn, dann ging es allenfalls um das Entfachen eines Kaminfeuers oder eine ähnlich gewöhnliche Tätigkeit. So gesehen bekam fast nie jemand eine Kostprobe seines Könnens mit.

Aber er hatte einer Magie Chasts widerstanden – damals, bei dem Kampf um Savalgor, als der Hohe Meister der Bruderschaft unvermittelt in der Stadt aufgetaucht war, um die Auslieferung von Leandra zu verlangen. Niemand hatte das so recht mitbekommen, was Jockum da vollbracht hatte; Chast galt zu dieser Zeit als der wohl mächtigste Magier in der ganzen Welt. Und er, Jockum, hatte Chasts Magie eingedämmt und am eigentlichen Ausbruch gehindert. Das hatte ihm wieder einmal bestätigt, dass in ihm noch immer die alten Kräfte schlummerten; jene Kräfte, mit denen er damals, zusammen mit Munuel und Ötzli, gegen den Dämon von Hegmafor gekämpft hatte. Auch der Kampf gegen die Drakken, den sie vor zwei Stunden ausgefochten hatten, war nicht eben einfach gewesen. Erstaunlich allerdings, was dieses einundzwanzigjährige Mädchen da vollbracht hatte – das musste eine siebte oder gar achte Iteration gewesen sein! So gesehen müsste sie, wenn sie sein Alter erreichte, noch weit mächtiger sein als er. Munuel hatte Recht gehabt: Sie war wirklich eine ganz außergewöhnliche junge Frau und besaß eine seltene Begabung.

Er fasste ihre kleine, zarte Hand fester, und es machte ihn plötzlich stolz, nun doch noch einmal die Führung übernommen zu haben – hatte sie doch zuvor *ihn* geführt wie einen Greis.

Er zog sie mit sich fort, mit sicherem Schritt voranschreitend, immer höher hinauf, immer weiter in die unbekannten Höhlen vordringend. Wer auch immer dieser Magier sein mochte, der sie da verfolgte, er sollte besser umkehren, solange es noch Zeit war. Aus einer Begegnung mit ihm, dem Primas des Cambrischen Ordens, würde er nicht als Sieger hervorgehen. Plötzlich blieb er stehen. »Riechst du das?«, fragte er.

Er hörte, wie Leandra leise schnüffelte. »Ja«, sagte sie langsam. »Ich kenne das irgendwoher…«

»Riecht wie in einem… Stall. Einem Mulloohstall«, sagte er. »Das riecht nach Kot!«

»Kot«, echote Leandra.

»Ja doch! Riechst du das denn nicht?«

»Doch«, sagte Leandra zaghaft. »Aber… wie sollen denn Mulloohs hierher kommen?«

»Ha«, rief der Primas leise aus. »Kein Mulloohkot… Drachenkot!«

»Drachenkot?«

»Richtig, mein Kind, Drachenkot! Das habe ich oft genug gerochen. Ich bin in einem Dorf im Westen aufgewachsen, ganz in der Nähe eines Stützpfeilers. Dort oben – an dem Pfeiler, meine ich – lebte eine ganze Kolonie von Sturmdrachen. Wir hatten als Kinder unseren Spaß daran, nach den dicksten Fladen Ausschau zu halten, die aus vier oder fünf Meilen Höhe zu uns herunter in die Tiefe platschten. Das tat immer Schläge! Weißt du, wie groß Sturmdrachen sind? Was die Burschen ablassen, wenn sie mal… müssen?«

In Leandras verweintem Gesicht war ein Anflug von Lächeln zu erkennen. Sie schüttelte den Kopf.

»Sooolche Scheißeklumpen waren das! Hm… Verzeihung«, fügte er leise hinzu. »Also… das hat ordentlich gerummst, sag ich dir! Wir haben uns immer überlegt, wie wir unseren Dorfbötcher dazu kriegen könnten, sich da drunter zu stellen. Er war nämlich ein Kinderhasser.«

Leandra nickte. Sie wischte sich mit dem Handrücken den Rest ihrer Tränen weg. »Aber… wie soll uns das helfen?«, fragte sie. »Drachenkot…«

»Ja, verstehst du denn nicht? Hier oben muss eine Drachensippe sein! Oder eine Kolonie!«

Leandra starrte ihn an und er wunderte sich, dass sie nicht ein bisschen schneller begriff.

»Ihr meint…?«

Er hob die Arme. »Du selbst hast mir erzählt, dass du die Drachensprache erlernt hast. Von diesem Sippenältesten…, Makal…«

»Meakeiok.«

»Ja, richtig. Also, wenn an deiner Geschichte nur ein Fünkchen Wahrheit ist, dann müsstest du doch Kontakt mit einem Drachen aufnehmen können, oder? Könnte uns denn ein Drache nicht von hier wegbringen?«

Leandra hatte nicht mehr damit gerechnet, dass sie noch irgendeinen Ausweg hatten. »Ja«, sagte sie zögernd. »Also… das ginge vielleicht. Ich meine, die Drachen sind meine Freunde!«

Jockum nahm sie wieder an der Hand. »Komm, wir wollen uns beeilen!«

Sie liefen weiter, immer der Schärfe des Geruchs folgend, und erreichten bald einen Punkt, an dem sie wieder vor einem zugemauerten Gangende standen.

»Ist eigentlich klar«, jammerte Leandra. »Auch hier oben wird alles zugemauert sein. Sonst hätte ja jemand über *diesen* Weg nach Torgrad eindringen können!«

Jockum nahm sie bei den Schultern und schüttelte sie leicht. »Leandra! Was, beim Felsenhimmel, ist los mit dir? So kenne ich dir gar nicht! Wo ist dein Mut, deine Hartnäckigkeit, dein Überlebenswille?«

Sie stand nur mutlos da und schon wieder liefen Tränen über ihre Wangen.

»Geruch kann keine Mauern durchdringen«, sagte der Primas. »Also *muss* es hier irgendwo ein Loch geben! Was ist nun mit deinem magischen Trick – mit dem du Magien wirken kannst wie Meister Fujima, ohne das Trivocum zu berühren? Wie auch immer du das machst...«

Leandra ächzte. »Entschuldigung, Hochmeister... ich weiß nicht, was mit mir ist, ich...« Sie schniefte. »Vielleicht hab ich mir in dieser Röhre die Nerven ruiniert...!«

Er hätte sie gern in die Arme genommen und sie getröstet, aber er wusste auch, dass sie das nicht weiterbringen würde. Er musste sie fordern und das aus ihr herausholen, was in ihr steckte. »Los jetzt«, befahl er. »Ich bin dein Ordensoberhaupt! Und wenn das überhaupt noch was wert ist, befehle ich dir jetzt, diese Wand da aufzubrechen – mit deinem magischen Trick. Wer weiß, wie lange wir noch brauchen, um den Durchlass zu finden, durch den der Geruch kommt – also machen wir es jetzt hier und gleich!«

»Ich... ich soll die Wand da durchbrechen?«

»Jawohl«, antwortete er barsch. »Und am besten hörst du auch gleich mit deiner lächerlichen Heulerei auf!« Er merkte, wie sich Leandra versteifte. Diese Schmähung schien ihren Stolz anzukratzen. Gut, dass er noch vorhanden war.

»Ich weiß gar nicht, wie ich das hinkriegen soll«, sagte sie unschlüssig. »So wie Ihr es gemacht habt, Hochmeister. Irgendwie muss ich den Schutt ja auch hier wegbekommen...«

»Eine Luftmagie. Sechste Stufe, nicht unähnlich deinem Wall aus stygischer Engerie, mit dem du uns die Drakken vom Leib gehalten hast. Du brauchst allerdings einen dreifach kombinierten Schlüssel... kannst du so etwas?«

Sie nickte.

Er stutzte. Eben hatte er eigentlich, ohne sich dessen bewusst zu sein, etwas Unmögliches von ihr verlangt.

Eine so junge Magierin konnte mit einem *dreifachen* Schlüssel umgehen? Unglaublich! Er schüttelte den Kopf. Obwohl er zu gern gewusst hätte, wo und vor allem *wie* sie das mit so jungen Jahren hatte lernen können, verschob er die Frage auf später.

»Gut«, fuhr er fort. »Der Erste ist ein *Ras*-Schlüssel auf der Achse Luft-Erde, sechste Stufe wie gesagt. Damit verdichtest du die Luft. Achte darauf, dass du Energien durchleitest, sie dürfen nicht zu früh ins Stygium zurück. Das ist schwierig, wegen des Wirbels, der gleichzeitig auch noch ein Sog sein muss. Den Wirbel bekommst du mit einer, na …?«

Sie nickte. »Ja, ja. Wassermagie. Wahrscheinlich *Hoxa*.«

Er nickte befriedigt und ertappte sich dabei, hier eine Lehrstunde abhalten zu wollen. »Stimmt«, fuhr er eilig fort. »Ein *Hoxa*-Schlüssel – und dann noch den Sog nach hinten. Das ist ebenfalls eine Wassermagie …«

»*Heet*.«

Er nickte langsam. »Ja, allerdings. *Heet*. Du scheinst ja wirklich alles zu wissen.«

Sie schniefte, wirkte verlegen, schien aber langsam neuen Mut zu fassen. »Graue Theorie. Ich hab so was noch nie gemacht. Glaubt Ihr, ich schaffe das?«

Der Primas starrte den Gang hinab – dorthin, wo bald ihre Verfolger auftauchen würden. Jedenfalls dann, wenn es ihnen nicht gelang, völlig unauffällig zu bleiben. »Du *musst*«, sagte er. »Aber du wirst eine Weile brauchen. Und wenn sie uns zu früh entdecken …«

Leandra verstand. Sie wandte sich um, starrte kurz die Mauer an, die im Schein von Hochmeister Jockums Licht lag, und schloss die Augen. Jockum, der langsam unruhig wurde, registrierte, dass sie auf geradezu niedliche Weise ihre Fäuste ballte – eine Geste, die ihm so mädchenhaft und unreif erschien, dass er den Kopf schüttelte.

Im nächsten Augenblick musste er mit einem raschen Schritt beiseite treten, denn schon entstand der heftige Luftwirbel, dessen Zentrum sich knirschend in die Mauer hineinfraß und Staub, Sand und Steinchen fortschleuderte – in einem kreisrunden Wirbel, der nach hinten in die Dunkelheit strebte.

Abermals kopfschüttelnd betrachtete er Leandras Magie. Er sah schon, dass sie nicht annähernd so sauber wie die seine war – Leandra fehlte es an Übung. Der Wirbel trudelte hin und her, Staub wallte auf und Schutt wurde in alle Richtungen fortgeschleudert, aber dennoch – dass sie das, aus dem Stegreif, überhaupt zustande brachte, grenzte an ein Wunder. Jetzt, nachdem sie ihm von dem Kodexbruch so vieler Magier erzählt hatte und er Zeuge ihrer Fähigkeiten wurde, erwachte plötzlich eine uralte, lange nicht mehr verspürte Neugierde in ihm. Er konzentrierte sich darauf, dass das Aurikel seines Lokalen Lichts sauber und unbemerkbar blieb, und beobachtete Leandra, die, scheinbar ohne ein eigenes Aurikel gesetzt zu haben, nun in beachtlicher Geschwindigkeit den zugemauerten Durchgang durchbrach. Er hätte wirklich gern gewusst, wie sie das machte.

»Die Aura das Magiers wird wieder stärker«, sagte er leise.

Leandra nickte nur knapp, ließ aber in ihrer Konzentration nicht nach. Knirschend stob der Strudel aus Gestein und Sand nach hinten davon, und wenn der fremde Magier und mit ihm wahrscheinlich auch die Drakken schon allzu nahe waren, dann bestand die Gefahr, dass sie das Geräusch hörten.

Dann fiel Jockum plötzlich die Frage ein, was die Drachen tun würden, wenn Leandra mit ihrer Magie plötzlich zu ihnen durchbrach. Er schluckte. Drachen waren sehr scheue Tiere; die Chance, dass sie allesamt vor Schreck davonflogen, war beträchtlich. »Wenn du durch bist«, sagte er leise und ruhig, um ihre Konzentration nicht zu stören, »musst du sofort mit ihnen Kontakt aufnehmen. Sonst fliegen sie womöglich alle davon!«

Er sah, dass Leandra leise nickte, und blickte dann wachsam in die andere Richtung. Ganz weit hinten, wo der Gang nach mehreren Biegungen in der Ferne verschwand, glaubte er ein schwaches Licht gesehen zu haben. Wie von einer Lampe, die ihre Verfolger mit sich führen mochten.

Er wandte sich wieder um und sagte ruhig und leise: »Ich glaube, du musst dich beeilen, Leandra.« Am liebsten aber hätte er die Worte hinausgeschrien.

21 ♦ Wiedersehen

»Aber Leandra!«, keuchte der Primas. »Wie kann denn…?«

»Es war Tirao!«, fuhr Leandra ihn an und hätte ihm am liebsten den Mund verboten. Sie hatte Tiraos Aura und Stimme im Trivocum vernommen und jetzt galt nur noch eines für sie: Würde er schnell genug hier sein, dass sie mit seiner Hilfe zu fliehen vermochten?

Sie zerrte den Primas an der Robe mit sich und warf kurz einen Blick auf den frischen Mauerdurchbruch, durch den sie vor wenigen Minuten gestiegen waren. Sie hatten einen gewaltigen Hohlraum irgendwo im oberen Bereich von Torgard erreicht, der nach Süden hin in den freien Himmel hinausführte – einen Himmel von nächtlicher Dunkelheit. Weit draußen konnte man das Meer im Mondschein glitzern sehen, der sich durch das riesige Südliche Savalgorer Sonnenfenster zeigte. Verzweifelt suchte sie den Himmel ab.

Dann hörte sie plötzlich das charakteristische Flappen der Schwingen eines Drachen, der im Landeanflug war. Sie deutete auf die durchbrochene Mauer. »Ihr müsst den Durchgang dicht machen, Hochmeister!«, rief sie. Im nächsten Augenblick ließ sie ein *schwebendes Licht* entstehen, hell zwar, aber hoch droben in der Höhlung dieses Ortes, sodass Tirao bei seiner Landung nicht geblendet wurde. Kurz sah sie, wie das Licht von einer riesigen, rechteckigen Metallplatte reflektiert wurde, die dort oben schräg im Fels eingelassen war, und fragte sich, wozu sie wohl dienen mochte. Dann aber erblickte sie schon Tirao und hatte keine

Zeit mehr, sich um dieses eigenartige Ding zu kümmern. Sie trat zurück.

Tirao im Anflug – das war ein Anblick, der einen mit allen Wassern gewaschenen Krieger zu Tode erschrecken konnte. Auch Leandra lief ein heißer Schauer über den Rücken, als sie das mächtige Wesen auf sich zukommen sah. Dann stemmte sie sich auf genießerische Weise in den Wind, den Tirao beim Abbremsen mit seinen Schwingen aufbrausen ließ, und ergötzte sich an dem Gefühl, solch eine Naturgewalt wie diesen Drachen zum Freund zu haben.

Ja, mit einem Mal fühlte sie sich wieder ein wenig mächtiger – so wie früher, wenn sie das magische Schwert, die *Jambala,* in der Hand gehalten hatte oder auf Tiraos Rücken durch die Lüfte gebraust war. Nun, zweifellos war auch der Primas ein Freund, in dessen Gegenwart man sich mächtig fühlen konnte, denn trotz seines Alters war er gewiss einer der erfahrensten und stärksten Magier, die man im Lande finden konnte. Aber ganz so wie mit Tirao war es nicht.

Der Drache landete und das durchdringende Knirschen seiner mächtigen Krallen auf dem Felsboden ließ Leandra einen Schauer über den Rücken fahren. Sie wandte sich um. »Los, Hochmeister! Wir müssen uns beeilen!«

Leandra sah, dass der Primas den riesigen Drachen mit weit aufgerissenen Augen anstarrte und auf nichts anderes achtete. Noch immer waren im Durchgang keine Verfolger aufgetaucht – weder Drakken noch der Magier. Aber sie mochten nur noch Sekunden entfernt sein. Leandra biss wütend die Zähne aufeinander, eilte zu ihrem Ordensoberhaupt, packte ihn derb an der Robe und zerrte ihn mit sich.

Hochmeister Jockum schien ihre Grobheit gar nicht zu bemerken. Er starrte mit kugelrunden Augen und hängendem Unterkiefer den Drachen an, obgleich *er* es gewesen war, der die Idee aufgebracht hatte, mit einem Drachen von hier zu fliehen. Nun aber, da er offenbar zum ersten Mal in seinem Leben einem leibhaftigen Exemplar dieser Gattung direkt gegenüberstand, verlor er beinahe die Fassung. Sie fragte sich, ob der Hochmeister gewusst hatte, dass Sturmdrachen – jene Art, die sie hier eigentlich erwartet hatten – sogar *noch* größer waren als Felsdrachen wie Tirao.

Sie zerrte ihn weiter und hatte alle Mühe, den Primas auf den Rücken des Drachen zu bugsieren. »Der Drache riecht so komisch... und seine Haut ist ganz heiß!«, brachte er zögernd hervor, und das in einer Lage, da sie jeden Augenblick von ihren Verfolgern eingeholt werden konnten. Während Leandra dem Hochmeister noch einen sicheren Platz auf dem Drachenrücken verschaffte, sah sie aus dem Augenwinkel, dass es passiert war: sie waren da! In ebendiesen Sekunden drängten sich mehrere dieser hässlichen Drakken durch den Mauerdurchbruch. Leandra stieß einen Schrei aus. Kurz darauf waren die ersten von ihnen hindurch und erhoben ihre Waffen.

Plötzlich fuhr ein grellweißer Blitz auf sie herab, einer von der Sorte, mit denen Tirao in Unifar auf einen Streich ein halbes Dutzend Dunkelwesen in Fetzen zerrissen hatte. Die Drakken wurden durcheinandergewirbelt wie welkes Laub. Leandra hatte nie eine Befriedigung verspürt, wenn sie einen Gegner hatte sterben sehen, aber diese widerlichen Wesen standen jenseits ihres Mitgefühls. Sie waren zu fremd und zu böse. Als sie in Tiraos reinweißer stygischer Energie verglühten, empfand sie ein Gefühl des Triumphes.

Wir können los!, rief sie ihrem Drachenfreund zu. *Aber sei vorsichtig. Mein Begleiter ist ein alter Herr!*

Tirao spie zur Sicherheit noch eine zweite Wolke mächtiger stygischer Energien in den Mauerdurchbruch. Dann sprang er in Richtung der Felskante –

dorthin, wo es weit senkrecht nach unten ging –, und entfaltete die Schwingen. Augenblicke später ließ er sich fallen.

Es war ein überaus sanfter Start gewesen. Kurz darauf befanden sie sich schon in ruhigem Gleitflug. Ein paar jener seltsamen Drakkengeschosse bollerten über sie hinweg, gingen aber weit ins Leere. Tirao war so klug, zunächst eine abwärts weisende Bahn zu fliegen. Als die Verfolger die Felskante erreichten, um sie unter gezielten Beschuss zu nehmen, waren sie längst in der Dunkelheit verschwunden. Sie waren in Sicherheit.

Hochmeister Jockum saß vor Leandra und zitterte noch immer am ganzen Leib. Sie hielt ihn mit dem linken Arm umschlungen, während sie sich mit der rechten Hand an einer von Tiraos großen Hornzacken festhielt.

Der Drache zischte mit gehörigem Tempo durch die Nacht über Akrania und der Wind zerrte heftig an ihr und dem Primas. Sie hätte ihn mit ein paar Worten beruhigen können, aber sie war viel zu neugierig und wollte unbedingt mit ihrem Drachenfreund reden.

Tirao! Wo, bei den Kräften, kommst du her? Das ist ja... als hättest du genau gewusst, dass wir Hilfe brauchten!

Ich freue mich, dich wieder zu sehen, Leandra!, antwortete er ein wenig förmlicher, wie es die Art der Drachen war. *Ja, du hast Recht, ich wusste es. Ulfa hat mich hierher geschickt.*

Leandra lächelte verstehend. Ulfa – wer hätte es auch anders sein können? Der rätselhafte, kleine Baumdrache, der ihr damals das Leben gerettet hatte. Es war gut, sagte sie sich, für aussichtslose Situationen einen solchen Freund zu haben – so unheimlich einem das manchmal auch vorkommen mochte.

Mein Freund hier, das ist Hochmeister Jockum, der Primas des Cambrischen Ordens, erklärte sie Tirao wohlgelaunt. *Oder sagen wir lieber: der bald wieder im Amt befindliche Primas. Ich hoffe es jedenfalls.*

Tirao erwiderte nichts. Leandra fragte: *Wo fliegen wir denn nun hin? Bringst du uns zu Ulfa?*

Nein, Leandra. Ulfa ist wieder in Bor Akramoria. Wir fliegen nach Hammagor.

Hammagor? Was ist das?

Das ist der Ort, an dem sich dein Freund Victor aufhält…

Victor…? Es war fast ein Schrei, den Leandra ausstieß. *Du weißt, wo Victor ist?*

Ja, Leandra. Hammagor ist der Geburtsort von Sardin, eine uralte, verlassene Festung. Victor glaubte, dass er dort den Pakt finden könnte, und inzwischen hat uns Ulfa bestätigt, dass das stimmt.

Leandras Herz pochte mit einem Mal ganz wild. *Du meinst… das ist der Ort, wohin er floh, als er…?* Sie hielt aufgeregt inne und starrte den Hochmeister an, so als könnte er ihr die zahllosen Fragen beantworten, die ihr auf der Zunge brannten. Der Primas jedoch war ganz mit sich selbst beschäftigt, er bekam gar nicht mit, dass Leandra sich mit Tirao übers Trivocum unterhielt. Immerhin schien er sich langsam ein wenig zu beruhigen. Zögernd berührte er die mächtige zerfurchte Hornzacke, die aus Tiraos Drachenrücken vor ihm aufragte. Er murmelte Worte des Erstaunens, sah dann über die Schulter zu Leandra, die hinter ihm saß und ihn noch immer festhielt.

Sag, Tirao, stimmt es, dass sich Victor in die Bruderschaft eingeschlichen hatte? Unter dem Namen Valerian?

Der Drache glitt mit ruhigem Schwingenschlag durch die Nacht. *Ja,* bestätigte er. *So fand er den Hinweis auf Hammagor. Und dann ist er zusammen mit Roya dort hingeflogen.*

Du meinst… unsere *Roya?*

Ich weiß nicht, was du mit ›unsere‹ meinst, Leandra.

Leandra dachte kurz nach. Tirao konnte nicht wissen, welche Roya sie meinte; dass sie eine Roya kannte, mit der sie einst entführt worden war. *Ein junges Mädchen,* erklärte Leandra. *Zierlich, hübsch, mit schwarzen Haaren? Ist sie das?*

Ja, sie hat schwarze Haare, bestätigte Tirao.

Leandra wandte sich dem Hochmeister zu. »Es stimmt tatsächlich!«, rief sie ihm zu. »Victor und Roya haben sich in die Bruderschaft eingeschlichen…«

Der Primas deutete auf den Drachen und fragte unsicher: »Du… du sprichst mit ihm?«

Sie nickte eifrig. »Ja. Über das Trivocum. Tirao hat mir einiges erzählt. Zum Beispiel, dass er Victor und Roya nach Hammagor gebracht hat. Er sagt, das ist eine uralte Festung…«

»Er… *erzählt* dir etwas? Von Dingen… die *passiert* sind?«

Leandra warf die Arme in die Luft. »Aber ja! Wisst Ihr nicht, Hochmeister, dass die Drachen intelligente Wesen sind?«

Er hob die Schultern. »Ja, schon. Aber… *so* intelligent? Dass sie einem Geschichten erzählen können?«

»Natürlich!« Leandra schüttelte lächelnd den Kopf. Dinge, die für sie schon seit langem selbstverständlich waren, mochten das für andere Leute noch lange nicht sein. »Ich schlage vor, Hochmeister, Ihr hört mir und Tirao mal zu. Ihr werdet die Sprache zwar kaum verstehen, aber vielleicht bekommt Ihr ein wenig mit und könnt etwas lernen. Die Drachen sind sehr intelligent, mindestens so wie wir Menschen, und sie besitzen einen wahren Schatz an altem Wissen. Sie können auch Dinge spüren, die uns vollkommen verborgen sind!«

Der Primas schenkte ihr nur einen ratlosen, unentschlossenen Blick. Er war nicht mehr der Jüngste und hatte sein Leben lang zweifellos in der Vorstellung gelebt, dass die Drachen bestenfalls eine mäßig intelligente Art waren, die mit der Welt der Menschen nicht viel gemein hatten. Dies alles musste ein regelrechter Schock für ihn sein.

Leandra nahm wieder Kontakt mit Tirao auf. *Wie kommt es…,* fragte sie Tirao, *ich meine… hast* du *Victor und Roya zu diesem… Hammagor gebracht?*

Ja, antwortete er. *Ich und Faiona. Eine Freundin.*

Und? Haben sie den Pakt finden können?

Nein. Nicht, solange ich noch da war. Aber ich hoffe, dass sie es inzwischen geschafft haben. Hammagor ist riesig. Und es gibt dort eine Menge an möglichen Verstecken.

Leandra schnaufte. *Wir haben nicht mehr viel Zeit, Tirao,* erklärte sie. *Einer geheimen Botschaft zufolge, die wir erhalten haben, stehen die Drakken kurz davor, unsere Welt zu überfallen und sie gewaltsam zu unterjochen.*

Der Primas sah Leandra mit gerunzelter Stirn an. Dass sie und Tirao übers Trivocum miteinander sprachen, hatte er auf jeden Fall mitbekommen. Ob er jedoch auch nur ein Wort davon hatte verstehen können, wusste Leandra nicht. Aber sie beschloss, diese Angelegenheit auf später zu verschieben. Sie musste erst einmal ihre dringendsten Fragen loswerden.

Und Ulfa ist sicher, dass der Pakt dort ist? In diesem Hammagor?

Ich habe selbst nicht allzu viel davon mitbekommen, erwiderte Tirao. *Ulfa hat mich geschickt, um dich zu holen. Es ist besser, Victor oder er erklären es dir.*

Treffen wir Ulfa denn? Du hast gesagt, er sei in Bor Akramoria.

Tirao antwortete nicht gleich. *Ich denke, wir werden ihn bald sehen. Die Zeit drängt und wir müssen uns beeilen. Und da sind auch noch die Verfolger, die nach Hammagor unterwegs sind.*

Verfolger? Du meinst Chasts Leute? Sie schluckte. *Dann sind Roya und Victor ja immer noch in Gefahr!*

Das stimmt, sagte Tirao. *Deswegen müssen wir uns beeilen.*

Leandra schwieg betroffen.

Ich würde schneller fliegen, wenn ich könnte, sagte Tirao entschuldigend, *aber ich bin schon zwei Tage und zwei Nächte fast ohne Unterbrechung unterwegs. Ich bin müde und kann nicht mehr schneller.*

Leandra schnaufte. Ihre Freude über die Nachricht von Victors Verbleib verwandelte sich in Bestürzung. Sogar das Allerschlimmste war jetzt zu befürchten: dass Chasts Leute sie erreicht und gefangen genommen, ja am Ende gar getötet hatten. *Aber,* stieß sie hervor, *wo liegt überhaupt dieses Hammagor?*

Hammagor ist weit von hier, erwiderte Tirao. *Es liegt in der Hochebene von Noor – jenseits des Salmlandes und des Landbruchs. Ulfa sagte uns schon auf dem Flug dorthin, dass wir verfolgt würden. Auch von den fremden Wesen – den Drakken.*

Leandra stieß ein verzweifeltes Stöhnen aus. Urplötzlich fasste sie einen Entschluss. Sie konzentrierte sich mit aller Macht und stieß dann einen brachialen Hilferuf ins Trivocum – einen Schrei nach Ulfa.

Der Primas zuckte unter der plötzlichen Gewalt ihres Rufes zusammen. Die magische Grenzlinie zwischen dem Diesseits und dem Stygium fing ihre Botschaft auf wie ein stiller Teich, in den ein riesiger Felsbrocken stürzte. Ein gewaltiger Wellenschlag breitete sich in alle Richtungen aus. Es bestand durchaus eine Möglichkeit, dass Ulfa das vernahm – selbst wenn er sich in Bor Akramoria aufhielt, das fast tausend Meilen entfernt bei den gewaltigen Ishmarfällen lag.

Doch es kam keine Antwort.

Leandra spürte, wie der Drache schneller wurde, und sie fühlte sich schuldig, weil sie den armen Tirao, der schon sein Äußerstes gegeben hatte, abermals zu höchster Eile antrieb.

Tirao… hör auf!, bat sie ihn und spürte Tränen in den Augen. *Du bist müde! Ich will nicht, dass du…*

Dein Schrei hat mich wieder wach gemacht, sagte er trocken. *Außerdem müssen wir wirklich nach Victor und Roya sehen. Was, wenn wir ihnen hätten helfen können, nun aber zu spät kommen, bloß weil ich müde war?*

Leandra stöhnte leise.

»Ich... ich glaube, ich habe ein bisschen davon mitbekommen, worüber ihr geredet habt«, meldete sich der Primas unsicher zu Wort. »Die Sprache, die ihr gebraucht – nun, sie ähnelt hier und da einigen alten Sprachen, die ich früher einmal studiert habe. Hauptsächlich dem alten Anglaan.« Er betrachtete ihr Gesicht. »Er ist müde, nicht wahr? Und muss noch weit fliegen?«

Leandra nickte. »Ja, das stimmt.«

Er zögerte. »Nun... ich wüsste ein paar Magien, mit denen ich ihn ein wenig munterer und kräftiger machen könnte. Allerdings...«

Es schien fast ein bisschen grotesk, dass ein so kleiner Mensch ein so gewaltiges Wesen wie diesen Drachen zu stärken vermochte. Dennoch, Leandra wusste, dass dergleichen in Jockums Macht stand.

»Was... allerdings?«, fragte sie.

»Nun ja – nachher ist man dann umso müder. Weißt du nicht mehr – Munuel? Der hat dich doch damals nach einem wirklichen Teufelsritt aus diesem Totenzug gerettet. Da hat er auch so eine Magie angewandt, um sein Pferd zu beflügeln. Das Tier ist die achtzig Meilen in die südakranischen Hügel nur so dahingeflogen. Ich habe ihn damals wegreiten sehen, vom Ordenshaus. Ich glaube, sein Pferd ist beinahe so schnell galoppiert, wie Tirao im Augenblick fliegt.« Er schickte seinen Worten ein unsicheres Lächeln hinterher.

Leandra sah unwillkürlich nach unten, um Tiraos Geschwindigkeit abschätzen zu können. Das war natürlich unmöglich. Sie flogen durch die Nacht, und alles, was Leandra dort unten sehen konnte, war die schwarze Fläche eines riesigen Waldes. Zufällig waren es genau jene südakranischen Hügel, in denen sich dies alles vor ungefähr einem Jahr zugetragen hatte. Wie auch immer – ein Pferd würde kaum so schnell galoppieren können wie ein Drache flog.

»Man ist nachher umso müder?«

»Ja, natürlich. Ein Körper kann nicht aus dem Nichts heraus mehr Energie erzeugen, als es ihm unter normalen Umständen möglich wäre. Man kann ihn mit einer geschickten Magie dazu bringen, mehr zu leisten – nun ja, man kann alles Mögliche verbessern, was die Medizin uns lehrt. Das ist keine große Sache. Aber es kostet seinen Preis. Nachher.«

»Ist es schlimm?«, fragte sie leise, so als könnte Tirao lauschen. »Würde es seine Gesundheit angreifen?«

Der Primas schüttelte den Kopf. »Ich kann ja auf ihn achten«, schlug er vor. »Ich kann aufpassen, dass er sich nicht übernimmt. Das Einzige wäre… ich müsste ihn danach mit einer weiteren Magie in einen ruhigen Schlaf versetzen, und er müsste viel Zeit haben, um sich ausruhen zu können. Würde er diesen Schlaf nicht bekommen, so würde es ihm höchstwahrscheinlich schaden.«

»Wie lange?« Leandras Stimme klang immer entschlossener. »Wie lange müsste er schlafen?«

»Ich würde sagen, für etwa die gleiche Zeit, für die ich ihn stärke – und noch ein bisschen dazu. Ich weiß nicht, wie lange wir noch fliegen müssen.«

»Bis nach Noor. Tirao sagte, er hätte zwei Tage und zwei Nächte bis hierher gebraucht.«

Der Primas stieß einen leisen Pfiff aus. »Bis nach *Noor*? Beim Stygium, das ist verdammt weit!«

Sie zuckte nur die Achseln.

»Wir werden ebenso lange auf seinem Rücken bleiben müssen«, gab der Primas zu bedenken und zog sich die Jacke enger um die Schultern. Seine weißen

Haare flatterten im Wind. »Das wird ebenfalls nicht leicht.«

»Können wir es uns denn leisten, *zu lange* unterwegs zu sein?«, fragte sie bedrückt. »Wenn es stimmt, dass die Drakken kurz davor stehen, unsere Welt zu überfallen, werden wir es uns später nie verzeihen, dass wir nicht so schnell es nur ging nach Hammagor geflogen sind.«

Der Primas nickte und starrte in die Nacht hinaus. »Ja«, sagte er. »Ich fürchte, du hast Recht.«

Sie holte tief Luft, um Tirao den Vorschlag des Hochmeisters zu unterbreiten. Sie wusste, dass es dem Drachen nicht sonderlich gefallen würde.

Zuerst lehnte Tirao natürlich ab, Leandra hatte es eigentlich auch gar nicht anders erwartet. Sie selbst hätte so etwas auch nicht gern mit sich machen lassen. Zum Zeichen, dass Tirao es für überflüssig hielt, erhöhte er seine Geschwindigkeit abermals. Dann aber, nachdem eine halbe Stunde vergangen war, ließ er stark nach und ging tiefer. Leandra spürte den Kupfergeruch des Drachen, sah seine Flanken heftig pumpen und bemerkte auch, dass seine Schwingenschläge längst nicht mehr so weit ausgriffen. Tirao war, einfach ausgedrückt, völlig erledigt.

Entweder wir machen jetzt eine längere Rast, sagte er schließlich matt, *oder wir probieren die Magie deines Freundes doch.*

Du willst es wirklich machen?, fragte Leandra zögernd.

Ist er ein guter Magier? Wird er mir damit auch nicht schaden?

Leandra schüttelte heftig den Kopf. *Nein, ganz bestimmt nicht. Er ist einer der besten Magier, die es überhaupt gibt. Ich hatte schlimme Verletzungen und sah vor kurzem noch aus wie ein Stück rohes Fleisch. Er hat mich wieder vollständig hingekriegt. Du kannst ihm vertrauen.*

Tirao brauchte noch ein paar Sekunden, dann gab er sein Einverständnis.

Leandra seufzte erleichtert. »Er ist einverstanden, Hochmeister«, sagte sie und deutete auf Tirao. »Aber seid bitte vorsichtig, ja? Ich möchte nicht, dass ihm irgendetwas passiert!«

»Du kannst dich ganz auf mich verlassen, Leandra«, erwiderte der Primas väterlich.

Sie nickte und gab dann Tirao den Hinweis, dass Hochmeister Jockum jetzt anfangen würde.

Sie beobachtete das Trivocum, während der Hochmeister seine Magie wirkte, und bekam mit, wie sich die allgemeine Färbung von Tiraos Leib von einem dunklen, kraftlosen, teils ins Blaue verfärbten Rot in Sekunden in ein strahlendes und kräftiges Hellrot verwandelte. Sie konnte förmlich sehen, wie der Drache auflebte. Seine Lungen atmeten tiefer und sein gewaltiges Herz pumpte mit Macht. Sie fühlte einen heißen Schauer in ihrem eigenen Rückgrat, so als bliebe die Magie nicht allein auf den Drachen beschränkt. Tiraos Schwingenschlag wurde kräftiger und genauer, sein langer Hals reckte sich gerade nach vorn und sie gewannen wieder an Höhe. Die Geschwindigkeit nahm stetig zu.

Tirao war freilich zu stolz, um sich über die Klasse von Hochmeister Jockums Magie zu äußern. Doch es war zu spüren, dass es ihm Freude machte, so kraftvoll dahinschießen zu können. Leandra warnte ihn vor. *Freu dich nicht zu früh! Wenn wir da sind, wirst du zwei Tage lang schlafen wie ein Toter!*

Das tue ich gern, erwiderte er. *Es geht schließlich nicht nur um Victor und Roya. Faiona ist auch bei ihnen.*

Ötzli war wütend, furchtbar wütend.

Diese Leandra war ihm durch die Lappen gegangen, die Drakken hatten ihn kalt abgefertigt und gestern

Abend hatte er auch noch von Bruder Polmar erfahren müssen, dass Rasnor die Sache in Hammagor verpatzt hatte. Nun stand er wie ein Narr hier in diesem riesigen Hohlraum oben am Stützpfeiler von Torgard und sah in die Nacht hinaus. Seine hoffnungsvollen Pläne zerrannen ihm wie Sand zwischen den Fingern.

Als Leandra und der Primas vor seiner Nase mit dem Drachen in der Dunkelheit verschwunden waren, hatte ihn der *TaanMar*, Befehlshaber der Drakken, ziemlich grob am Arm herumgerissen. Die kalten Augen des Echsenwesens hatten zornig aufgeblitzt, als er Ötzli entgegengezischt hatte, dass er der Erste wäre, der sterben würde, wenn Leandra oder dieser Victor den Pakt tatsächlich fanden. Dann waren die Drakken ohne ein weiteres Wort abgerückt und hatten ihn einfach stehen lassen. Und nun fragte er sich, niedergeschlagen in die Nacht hinausstarrend, wie es nur möglich war, dass man immer und immer wieder ein solches Glück haben konnte wie diese Leandra. Es war einfach unfassbar.

Nach wie vor hielt er seine Idee für ziemlich klug, dass sie Leandra in Torgard erwartet hatten, denn sie musste das Gleiche tun wie er und die Drakken: in der alten Festung, Victors ehemaligem Arbeitsplatz, nach Hinweisen suchen, wohin er geflogen sein könnte. Und es war eine verfluchte Ungerechtigkeit dieses widerlichen *TaanMar*, dass er nun ihm, Ötzli, die Schuld in die Schuhe schob. Schließlich waren es die Drakken mit ihrer angeblich so gewaltigen Macht gewesen, die Leandra und den Primas hatten entwischen lassen.

Von Rasnor hatte Ötzli dem Drakkenanführer nichts erzählt – das war der einzige Trumpf, den er noch besaß. Aber nach wie vor weigerte sich Rasnor zu sagen, wo er sich überhaupt aufhielt. Er hatte eine wirre Geschichte von einem Verrat innerhalb seiner Gruppe erzählt, von einem Magier, der zu Victor übergelaufen war und der dann alle vier Kampfmagier der Bruderschaft getötet hatte. Rasnor hätte dann zwar ihn getötet, aber er wäre so verletzt worden, dass er hätte fliehen müssen. Ob das stimmte, wusste Ötzli nicht. Nach dem, was er gehört hatte, war Rasnor kein außergewöhnlicher Magier, und ob er jemanden besiegen konnte, der seinerseits *vier* Kampfmagier überwunden hatte – das klang schon sehr abenteuerlich. Immerhin wusste Ötzli jetzt ein wenig mehr über das, was sich in Hammagor ereignet hatte.

Rasnor hatte trotz des Fehlschlags behauptet, er würde den Pakt sehr bald in Händen halten. Und er hatte Polmar darauf eingeschworen, sich bei seiner Rückkunft in Savalgor loyal zu verhalten. Dass Polmar ihm, Ötzli, dies mitgeteilt hatte, sprach dafür, dass er diesem Rasnor nicht allzu viel zutraute. Er würde aufpassen müssen, wie sich die Angelegenheit entwickelte und ob Rasnors Berichten zu trauen war.

Ötzli schnaufte. Es war ein phantastischer Ausblick von hier oben, aus bestimmt anderthalb oder zwei Meilen Höhe. Schwach glitzerten unzählige kleine Wellen im Licht der Sterne, das durch die großen Sonnenfenster über dem Meer fiel. Mit plötzlich aufkommender Wehmut dachte er, dass es mit dieser Schönheit bald ein für alle Mal vorbei sein könnte.

Irgendwer musste Leandra hier erwartet haben, jemand mit einem Drachen, und all dies deutete darauf hin, dass die Gruppe derjenigen, die den Drakken Widerstand leisten wollten, nicht so klein war, wie er angenommen hatte. Dieser Victor hatte Hammagor entdeckt, sogar Rasnor war dort, und möglicherweise wusste Leandra nun ebenfalls, wo es sich befand. Mit ihr war der Primas geflohen, hinter dem die Reste des Cambrischen Ordens standen. Und wer weiß, fragte sich Ötzli, wer sonst noch alles? Da war diese Alina, eine bezaubernde junge Frau – das musste er zugeben –, die vielleicht sogar das Zeug zu einer Shaba hatte. Und all die anderen, angefangen mit *Jacaire*, oder Jacko, wie er in Wahrheit hieß, der wohl einer der wichtigsten Leute in der Savalgorer Unterwelt war… Seine Freundin, die blonde Hellami, war zweifellos ein weiteres Verbindungsglied zu noch mehr unbekannten Drakken-Widerständlern. Und dann waren da noch sein alter Freund Meister Fujima und Gildenmeister Xarbas.

Was, wenn es dieser Gruppe tatsächlich gelang, den Pakt zu finden, den Kryptus zu entschlüsseln und ihn zur Anwendung zu bringen? Wenn es ihnen wahrhaftig gelang, die Drakken aus der Höhlenwelt zu vertreiben? Dann würden die Drakken, dessen war sich Ötzli gewiss, das Undenkbare tun: Sie würden die Höhlenwelt vernichten.

Ötzlis Moral drohte unter der Last der Drohungen und der Aussichtslosigkeit der eigenen Lage zu zerbrechen. Niedergeschlagen wandte er sich um und schlich davon. Auf dem langen Weg hinab durch die endlosen Gänge von Torgard spielte er mehrfach mit dem Gedanken, einfach aufzugeben. Er könnte jetzt vielleicht noch einigermaßen ungeschoren davonkommen, wenn er schnell die Stadt verließ, irgendwo weit hinaus aufs Land ging, nach Tharul oder Soligor, und sich dort unerkannt zurückzog. Natürlich nur vorausgesetzt, der Kryptus würde nie ausgelöst. Wenn er sich unauffällig verhielt, würde er vielleicht seinen Lebensabend einigermaßen unbehelligt verbringen können – er war längst nicht mehr der Jüngste. Selbst wenn die Drakken tatsächlich die Welt überfielen und unterjochten, würden sie vielleicht nicht so schnell bis in die hintersten Winkel des Landes vordringen.

Aber irgendwie war diese Vorstellung auch dumm. Es würde Kollaborateure, Verräter und Kopfgeldjäger geben. Und niemand konnte wissen, welche Möglichkeiten die Drakken besaßen, ihn dennoch aufzuspüren. Er verfügte zwar über mächtige Magie, doch sie zu benutzen bedeutete Spuren zu hinterlassen – deutlich sichtbare Spuren. Er würde nie wieder seine Magie einsetzen können, ohne auf sich aufmerksam zu machen. Er würde leben müssen wie ein Kapitän, der sein Schiff nicht aus dem Hafen steuern durfte. Eine grässliche Aussicht.

Und außerdem regte sich da noch sein Stolz.

Die Vorstellung, seinen letzten Lebensabschnitt irgendwo unerkannt im Hinterland zu verbringen, ständig darauf bedacht, dass man ihn nicht entdeckte, schweigend und tatenlos dabei zusehend, wie seine Welt von diesen widerlichen Bestien terrorisiert wurde – das war ein unerträglicher Gedanke. Und ganz besonders widerwärtig war ihm, dass *er* der größte Verlierer von allen sein würde. Er hatte dann nur noch eine einzige Möglichkeit – nämlich die, in den Untergrund zu gehen. Und dort würde er diese dreimal verfluchte *Leandra* und ihr Pack wiedertreffen! Nein, das war ihm unmöglich. Ihr würde er sich noch viel weniger unterordnen können als den Drakken!

Ein *schwebendes Licht* folgte ihm über dem Kopf, als er über Geröll, Stufen und Absätze durch die Felsengänge von Torgard hinabschritt. Eine Zeit lang kaute er auf dem bitteren Geschmack dieser Vorstellungen herum, aber währenddessen wuchs auch seine Entschlossenheit, nicht aufzugeben. Er versuchte abzumessen, was als Nächstes geschehen würde.

Wenn Victor den Pakt tatsächlich fand oder ihn bereits besaß, was würde dann kommen? Den Kryptus konnte er keinesfalls auslösen – nein, dazu war nur ein mächtiger Magier in der Lage, und es bedurfte sicher auch eines solchen, um die zweifellos komplizierten Strukturen des Kryptus zu ertasten und zu verstehen. Nein, das würde Victor nicht gelingen.

Wenn also Victor – oder vielleicht sogar Rasnor – es schaffte, an den Pakt zu kommen, dann musste er sich damit an irgendeinen Ort begeben, wo es genügend Wissen und Fachleute gab, um das Problem des Kryptus lösen zu können.

Ötzli blieb stehen.

Ja, das war die Lösung! Wer auch immer den Pakt hatte – er *musste* mit ihm zurück nach Savalgor kommen! Nur hier gab es die Fachleute und das Wissen, den Kryptus zu entschlüsseln! Möglicherweise, überlegte Ötzli, auch in Hegmafor, aber dorthin konnten weder Victor noch Rasnor gehen. Beide hatten dort keine Verbündeten.

In Savalgor hingegen konnten sowohl Victor als auch Rasnor darauf hoffen, Hilfe zu bekommen. Dann schüttelte Ötzli den Kopf. Nein, er ging besser *nur* von Victor aus. Nach allem, was er über Rasnor wusste, war der Kerl kein besonders heller Kopf – ganz im Gegensatz zu Victor. Und der bekam jetzt wahrscheinlich auch noch Hilfe von Leandra.

Ötzli holte Luft. Ja, diese kleine Chance gab es noch. Wenn er sich darauf einstellte, dass Victor und Leandra, oder seinetwegen auch Rasnor, in Kürze hier wieder auftauchten, und zwar *mit* dem Pakt, dann würde Ötzli seinen Plan – seine Rettungstat – vielleicht doch noch verwirklichen können. Er würde ihnen eine Falle stellen, ihnen das Dokument abjagen und den Drakken übergeben!

Mit Hilfe von Polmar würde er Rasnor als Informationsquelle benutzen. Wenn dieser zurück nach Savalgor kam, ob er den Pakt hatte oder nicht, würde er es schon sagen. Er hatte ja Polmar auf Loyalität eingeschworen. Ötzli dachte scharf nach, ob er irgendein wichtiges Detail übersehen hatte, aber es fiel ihm keines ein. Mit Hilfe des Glatzkopfes und den Resten der Bruderschaft würde er die Falle vorbereiten (und diesmal wirklich an *alles* denken!), und mit Hilfe von Polmar würde er erfahren, wann und mit wem der Pakt hier einträfe!

Sein Herz pochte dumpf. Er wusste durchaus, dass alles schief gehen konnte, aber dennoch – sein Plan schien ihm einigermaßen Erfolg versprechend. Er konnte in Savalgor schalten und walten wie er wollte; im Augenblick besaß er die Mittel, die ganze Stadt zu einer einzigen Falle für seine Widersacher zu machen. Ja, das würde er tun!

22 ♦ Faionas Tod

Es wurde Tag, und Tirao, der mit bemerkenswerter Spritzigkeit durch die Lüfte in Richtung Westen schnitt, berichtete Leandra und Hochmeister Jockum, was alles geschehen war, seit Faiona mit Victor und Roya von Torgard aus gestartet war, um nach Hammagor zu gelangen.

Der Primas fand Gelegenheit, die Sprache der Drachen zu studieren. Sie war, wie er schon festgestellt hatte, einigen alten Sprachen der Menschen und besonders dem antiken *Anglaan* ähnlich, das für viele als die Ursprache der Höhlenwelt galt. Er als Gelehrter hatte diese Sprache selbstverständlich erlernt, und so war es ihm möglich, Tiraos Worte wenigstens ansatzweise zu verstehen.

Am Vormittag schon überflogen sie die Blaue Ishmar bei Tulanbaar und am späten Nachmittag ihren Schwesterfluss, die Rote Ishmar, jenseits von Mittelweg. Der Flug war für Leandra und den Primas anstrengend, denn die kaum veränderbare Sitzposition und der ewig zerrende Wind waren auf Dauer alles andere als angenehm. Besonders für den hochbetagten Primas.

Aber Leandra signalisierte immer wieder, dass sie weiter mussten. Sie konnte ihre Angst und Unruhe nicht ablegen. Der Primas versuchte ständig neue Gründe zu finden, um ihr Hoffnung zu machen, dass Roya und vor allem Victor nichts passiert war.

Als die Sonne unterging, überflogen sie die Gegend von Hegmafor, was der Primas mit Interesse verfolgte.

Er erzählte Leandra allein zum Zeitvertreib noch einmal die alte Geschichte, wie er zusammen mit Ötzli, Munuel und einem gewaltigen Heer aus Magiern und Soldaten vor dreißig Jahren gegen einen furchtbaren Dämon gekämpft hatte, der sich in der alten Abtei eingenistet hatte.

Hegmafor war, wie sie jetzt wussten, seit damals nie wieder richtig von diesen dunklen Mächten frei geworden. Im Laufe der letzten Jahre musste es eine der Hochburgen der Bruderschaft von Yoor gewesen sein. Jetzt, seit Chast tot und die Bruderschaft aus Savalgor vertrieben war, mochten sich in Hegmafor noch immer Bruderschaftler tummeln, und die Kräfte wussten, ob sich nicht längst einer zum Nachfolger Chasts aufschwang, um das Land erneut der Bedrohung durch die Rohe Magie und die abgründigen Ziele der Bruderschaft auszusetzen.

Wir kommen sehr schnell voran, sagte Leandra bei Anbruch der Nacht pflichtschuldig zu Tirao. *Möchtest du nicht lieber eine Pause machen?*

Ich glaube, ich kann noch bis morgen durchhalten, sagte Tirao. *Im Augenblick fühle ich mich sehr gut. Vielleicht schaffe ich es sogar bis morgen zur Mittagszeit. Wenn ihr es auch könnt. Mit etwas Glück sind wir dann schon in Hammagor.*

Obwohl es genau das war, was Leandra hören wollte, sah sie den Primas unsicher an. »Das ist eine Strecke, für die man normalerweise vier Tage braucht«, sagte sie. »Wenn man tagsüber fliegt und nachts rastet. Aber nur knapp zwei Tage? Ich weiß nicht – wird das nicht gefährlich für ihn?«

Hochmeister Jockum wandte müde den Kopf. »Tirao schafft das schon«, sagte er. »Er ist jung und stark.« Dann seufzte er. »Aber ich…? Ich weiß nicht, ob ich noch so viel Kraft habe.«

Seine weißen Haare flatterten im Wind. Er hatte sich

hinter der Hornzacke klein gemacht, aber seine Sitzposition war nicht gerade bequem.

»Ich werde Tirao bitten, möglichst ruhig und gleichmäßig zu fliegen, Hochmeister«, sagte sie. »Dann könnt Ihr Euch hier ein wenig auf den Rücken legen und ich halte Euch fest. Würde das gehen?«

Der Primas nickte dankbar. »Ja. Ich denke, das wäre eine wirkliche Erleichterung.«

Leandra tat wie angekündigt, und bald darauf hatte sich Hochmeister Jockum in eine entspanntere Lage bugsiert. Er lehnte mit dem Rücken in Flugrichtung an seiner Hornzacke und schaffte es sogar, die Augen zu schließen und ein wenig zu dösen. Leandra saß schräg hinter ihm und behielt ihn im Auge. Tiraos Rücken war breit genug, dass keine unmittelbare Gefahr bestand hinunterzurutschen.

Leandra selbst ging es auch nicht besonders gut. Sie war ebenfalls müde und der Wind machte ihr zu schaffen. Er war nicht so kühl wie in der letzten Nacht, und sie half sich immer wieder mit ein wenig Magie, indem sie den Luftstrom an ihnen vorbeileitete oder sie in eine kleine Aura der Wärme hüllte, aber dies höhlte sie gleichzeitig immer mehr aus. Tirao sagte ihr, dass er über das Salmland und nicht über das Ramakorum fliegen wollte, denn dort müsste er zu hoch hinauf und es würde empfindlich kalt werden.

Als bald darauf die südlichen Vorberge des Ramakorums in Sicht kamen, schwenkte er leicht ab und ging wieder tiefer. Leandra rollte sich zusammen, umklammerte mit der rechten Hand den Hosengürtel des inzwischen schlafenden Hochmeisters und fiel dann selbst in einen leichten Schlummer.

Den ganzen Tag über hielten sie sich im Wald versteckt.

Victor hatte keine große Mühe, Faiona dazu zu überreden, denn sie schien von dem Anblick und der Gegenwart der Drakkenschiffe bis ins Mark erschüttert zu sein. Für sie war ein übermächtiger Gegner in ihr ureigenstes Medium eingedrungen – ein Gegner, der nun die Hoheit über ihre Welt innehatte. Die Drachen waren nicht länger die Beherrscher der Lüfte.

Nach ihrer glücklichen Flucht vor den Drakken waren sie in einem hügeligen Waldstück gelandet und hatten sich in einer kleinen Schlucht unter einem weiten Felsüberhang versteckt. Darunter war so viel Platz, dass Faiona sogar einen Eilstart hätte durchführen können. Der Boden war eben und bestand fast nur aus Sand; ein breiter, flacher Blach gluckerte unter dem Überhang dahin. Es war ein geradezu idyllisch abgeschiedener Ort, den sie da gefunden hatten, und sogar Faiona fühlte sich einigermaßen sicher. Sie hatten sich darauf geeinigt, erst dann weiterzufliegen, wenn die Dämmerung das Land in Schatten getaucht hatte. Es belastete sie allerdings sehr, dass Quendras weiterhin leiden musste und dass er am Ende sterben würde, weil sie ihm keine Hilfe bringen konnten. Und Roya natürlich – vielleicht war sie nun ganz allein in Hammagor.

Sie verbrachten den Tag mit langen Gesprächen und Victor erfuhr einiges über das Leben und die Geschichte der Drachen. Aber er hörte oft nur mit halbem Ohr zu und verließ immer wieder den Überhang, um freie Sicht auf den Himmel zu haben. Das Wetter war schön und die Luft war klar und warm – es war einer der wenigen Tage, an denen man schemenhaft die Struktur des Felsenhimmels sehen konnte, der naturgemäß in ewigem Schatten lag und durch den Dunst in der Luft kaum jemals richtig zu erkennen war. In der Nähe der Sonnenfenster wurde seine Struktur von der Helligkeit überstrahlt, und es gab auch etliche wolkige Tage, an denen man ohnehin nichts erkennen konnte.

Aber es war nicht der Felsenhimmel, für den Victor sich heute interessierte, sondern die Drakken. Sein Blick führte fast senkrecht nach oben, da er sich auf dem Grund einer Schlucht befand. Nur ein einziges Mal erblickte er eines der Schiffe über dem Gipfelkamm rechts über ihnen. Zweimal kletterte er aus der Schlucht heraus und verschaffte sich einen besseren Überblick. Was er sah, ließ ihm den Mut gehörig sinken. Zeitweise waren es fünf dieser seltsamen fliegenden Dinger, die er gleichzeitig im Blickfeld hatte, und es war keine Frage, dass sie nach ihnen suchten. Er beeilte sich jedes Mal, wieder in die Sicherheit der Schlucht hinabzusteigen, wenn sich eines der Schiffe ihm irgendwie zu nähern schien. Es war ein Glück, dass sie ein so gutes Versteck gefunden hatten.

Sie überlegten, ob es angesichts der vielen Drakkenschiffe überhaupt noch Sinn hatte, nach Hilfe zu suchen. Victor sorgte sich mehr und mehr um Roya. Faiona schlug vor, dies heute Abend, wenn es dunkel wurde, zu entscheiden. Vielleicht waren die Drakken dann ja schon aus dieser Gegend abgezogen, weil sie dachten, er und Faiona wären entkommen und längst woanders. Zögernd willigte Victor ein. Wenn es irgend möglich war, mussten sie versuchen, etwas für Quendras zu tun.

Während des langen Wartens beschäftigte sich Victor, allerdings von der gleichen Unruhe wie Faiona erfüllt, mit dem seltsamen Buch, das er aus Sardins Turm mitgenommen hatte. Wieder betrachtete er das rätselhafte, dreifach gefaltete Blatt mit den bunten Bildern, der kleinen Landkarte und den ihm unbekannten Schiftzeichen.

Leandra hat mit mir einmal darüber gesprochen, wandte er sich an Faiona, *dass die Menschen vielleicht früher auf der Oberfläche der Höhlenwelt gelebt hätten.*

Auf der Oberfläche? Welche Oberfläche? Wie meinst du das?

Victor hob den Kopf und betrachtete den Felsüberhang. *Na, so wie dort,* sagte er und deutete hinauf. *Da ist eine Felsendecke über uns. Aber noch weiter oben ist sie irgendwo zu Ende und darüber liegt freier Himmel. Die Oberfläche. Unsere Welt ist doch eine Kugel im All und die muss eine Oberfläche haben!*

Faiona gab sich erstaunt. *Wie kommst du auf so etwas?*, wollte sie wissen.

Er hob das Blatt in ihre Richtung. *Hier. Das habe ich in Sardins Turm gefunden,* erklärte er. *Bilder. Aus einer Welt ohne Felsenhimmel und ohne Stützpfeiler.*

Faiona nahm das Blatt in Augenschein, während Victor es hochhielt. Aber er sah schon, dass sie Schwierigkeiten haben würde. Ihre Augen lagen mehr seitlich am Schädel und sie konnte den Blick beider Augen sicher nicht auf das Blatt fokussieren.

Das ist sehr klein, sagte sie. *Ich fürchte, meine Augen sind nicht für so kleine Dinge gemacht. Ich kann nur … eine Insel erkennen. Und blauen Himmel. So blau ist unser Himmel nicht.*

Victor nickte nachdenklich. *Hast du dir mal überlegt, wie es eigentlich kommt, dass wir uns alle so gewiss darüber sind, dass die Welt rund ist, eine Kugel, und dass von außen die Sonne durch die Sonnenfenster hereinscheint? Ich meine … es war doch nie jemand draußen, oder? Im All? Dort müsste man doch hin, um das sehen zu können. Und auch, dass die Sonne ein runder Feuerball ist und dass unsere Welt um sie kreist.* Er legte eine kurze, nachdenkliche Pause ein. *Weißt du, Faiona, ich habe viel gelesen. Aber meines Wissens gab es noch nie geteilte Meinungen über dieses Thema.* Er zuckte die Schultern. *Woher wissen wir das so genau?*

Faiona schwieg und blickte ihn nachdenklich an.

Wie ist es mit euch Drachen? Glaubt ihr das auch? Habt ihr auch so ein Bild von unserer Welt?

Victor spürte eine zögernde Zustimmung von ihr,

wohl so etwas wie ein unsicheres Nicken. *Ja,* meinte sie, *wir sehen das auch so. Ich habe mir nur nie Gedanken darüber gemacht.*

Victor nickte. *Ja, ich dachte es mir schon, diese Auffassung gilt überall in der Höhlenwelt. Allein schon der Name sagt es:* Höhlenwelt! *Wir wissen, nein, wir* wussten *schon immer, dass wir in riesigen* Höhlen *leben. Aber was ist denn eigentlich eine Höhle?*

Ich verstehe nicht, was du meinst.

Victor machte eine umfassende Geste. *Nun, eine Höhle ist… eine* Höhle*! Verstehst du? Ich meine… wie soll ich das erklären… also, wenn das Leben unterhalb einer Decke aus Felsen das Normale ist, warum sollte man diesem…* Normalen *dann den gleichen Namen geben wie einem Loch in der Erde?*

Fainoa sah ihn verwundert an.

Verstehst du nicht? Es wäre das Gleiche, als wenn man… Schwimmfisch *sagen würde! Jeder weiß, dass ein Fisch schwimmt, da muss man es nicht extra noch sagen. Warum also* Höhlenwelt *und nicht einfach* Welt*? Dass wir einen Felsenhimmel über dem Kopf haben, weiß jeder. Das muss man nicht extra noch hinzufügen.*

Faiona betrachtete ihn eine Weile nachdenklich, dann sagte sie: *Ich glaube, ich weiß, was du meinst. Nur jemand, der zuvor anderswo gelebt hat, würde unsere Welt* Höhlenwelt *nennen.*

Victor nickte. *Ganz genau.*

Und du meinst – das sind wir selbst? Wir haben früher auf der Oberfläche gelebt, sind dann in die Höhlen hinabgegangen und haben diese… nun ja, diese neue *Welt dann* Höhlenwelt *genannt?*

Klingt doch nicht verkehrt, oder?

Faiona schwieg eine Weile. *Aber wann soll das gewesen sein? Das muss unglaublich lange her sein!*

Victor hob einen Zeigefinger. *Es gibt eine erstaunliche Tatsache, die fast jedem Gelehrten dieser Welt bekannt ist,* sagte er. *Sie besteht darin, dass unsere Geschichtsschreibung irgendwo plötzlich beginnt. Der Zeitpunkt ist nicht genau bekannt. Er muss etwa zwei- bis dreitausend Jahre vor dem Dunklen Zeitalter liegen. Zu dieser Zeit beginnen unsere Aufzeichnungen. Sie sind nur spärlich – aber seltsamerweise in einer voll entwickelten Schriftkunst und offenbar auch von gebildeten Leuten vorgenommen. Das ist doch seltsam, oder? Wenn man damals schon gut schreiben konnte und großes Wissen über die Welt besaß, warum hat man sich dann erst zu jenem Zeitpunkt entschlossen, etwas niederzuschreiben? Ich würde meinen, man hätte das schon tun müssen,* während *man die Schrift erfand und* während *man etwas über die Welt lernte!*

Du meinst, dass man zu dieser Zeit, vor… nun, etwa vier- oder fünftausend Jahren, erst die Höhlenwelt betrat? Die Menschen und die Drachen?, hakte Faiona nach.

Und alle anderen auch. Könnte doch sein, oder? Das würde erklären, warum unsere Geschichtsschreibung nicht weiter zurückreicht. Und warum wir so viele Dinge über die Welt wissen, die wir eigentlich gar nicht wissen können.

Wieder schwieg Faiona eine Weile. *Wir Drachen werden sehr alt, weißt du? Viel, viel älter als ihr Menschen. Nach eurer Rechnung werden wir über achthundert Jahre alt. Mein Urgroßvater, so sagte mir meine Mutter, hat das Dunkle Zeitalter selbst noch miterlebt. Als ganz junger Drache.*

Was willst du damit sagen?, meinte Victor.

Nun ja, wenn wir wirklich erst seit, sagen wir, fünftausend Jahren hier sind, dann sind für uns Drachen, im Gegensatz zu euch, seither erst zehn oder zwölf Generationen vergangen. Das ist nicht viel. Wir hätten es unmöglich vergessen, wenn wir zu jener Zeit erst in diese Welt gekommen wären.

Victor holte Luft. *Vielleicht seid ihr schon länger hier? Länger als wir Menschen?*

Faiona sah ihn lange an. Lange und nachdenklich, wie er glaubte. *Ja, das wäre vielleicht möglich.*

Sie versanken beide in Schweigen, denn dieser Gedanke war sowohl Ehrfurcht gebietend als auch eine blanke Vermutung. Gab es in der Vergangenheit dieser Welt etwa ein großes Rätsel? Und wenn ja, warum stellte erst jetzt jemand die entsprechende Frage? Victor hob das gefaltete Blatt und betrachtete den blauen Himmel über der Insel. Nun ja, dachte er, er war ja sicher auch einer der Ersten, der so etwas wie dies hier in den Händen hielt. So unscheinbar und klein dieses gefaltete Blatt auch sein mochte, das er da gefunden hatte, so gewaltig war die Frage, die es aufwarf.

Faiona rollte sich zusammen und schloss die Augen; Victor konnte sich des Eindrucks nicht erwehren, dass sie so etwas wie einen *Traum der Erinnerung* suchte. Schließlich lehnte auch er sich zurück und versuchte, noch ein wenig zu schlafen. Heute Abend, wenn sie versuchen würden weiterzufliegen, würde es möglicherweise sehr gefährlich und turbulent werden, und da half es sicher, frisch zu sein.

Kurz bevor die Dämmerung in die Dunkelheit der anbrechenden Nacht überging, verließen sie ihr Versteck. Victor hatte abermals den Hügelkamm erklommen, während Faiona am Grund der Schlucht, aber außerhalb des Felsüberhangs wartete. Als er oben war, konnte er nirgends ein Drakkenschiff sehen und gab ihr das verabredete Zeichen. Sie entfaltete ihre Schwingen, erhob sich in die Luft und holte ihn auf dem Hügelkamm ab.

Wohin?, fragte Victor.

Lass mich eine Runde drehen, erwiderte sie. *Wenn es hier tatsächlich keine Drakken mehr gibt, dann werden wir versuchen, jemanden zu finden, der eurem Freund helfen kann. Und mit Glück schaffen wir es bis morgen früh zurück nach Hammagor. Ich bin gut ausgeruht.*

Faiona flog zunächst eine kleine Schleife über die

Hügel der näheren Umgebung, weitete dann den Kreis aus und flog schließlich zwischen den Stützpfeilern hindurch. Es war in der Tat kein Drakkenschiff mehr zu sehen.

Nach Südwesten, Faiona, sagte Victor. *Ich glaube, wir befinden uns in der Nähe des Meeres. Irgendwie riecht die Luft salzig. Das müsste der Meerbusen von Maribor sein. Mit Glück finden wir Maribor im Südwesten. Dort muss es ein Ordenshaus der Cambrier oder Phygrier geben.*

Faiona tat ihm ihr Einverständnis kund und legte sich dann schräg in die Luft, um die angegebene Richtung einzuschlagen. Sie ging höher und schoss an der majestätischen grauen Felswand eines Pfeilers vorbei.

Und dann waren die Drakken wieder da.

Victor merkte es an dem Ruck, der durch Faionas Körper ging; instinktiv krallte er sich an ihrer furchigen Hornzacke fest. *Verdammt, sind sie wieder da?*, rief er ihr zu.

Drei!, hieß es nur. *Halt dich gut fest!*

Sie stieß einen sengenden Strahl ihrer weißen, magischen Energie aus und kippte nach links weg. Mit ihren Schwingen fing sie voll den Gegenwind auf und ließ sich weit von ihrem bisherigen Kurs davontragen. Victor ächzte und rang nach Luft, als er heftig gegen ihren Rücken gepresst wurde. Er glaube förmlich, heißes Kupfer auf der Zunge zu schmecken.

Er sah, dass sie wieder auf einen Felspfeiler zuhielten, und kurz darauf zischten die wabernden Energiebälle der Drakken an ihnen vorbei – die Bestien hatten das Feuer eröffnet. Irgendeinem Instinkt folgend, flog Faiona Haken schlagend durch die Lüfte – fast wie ein Hase, der über ein Feld floh – und das ließ sie eins ums andere Mal dem Feuer der Drakken entkommen. Für Victor wurde es der teuflischste Ritt seines Lebens. Nur mit äußerster Mühe schaffte er es, sich festzuhalten. Er betete zu den Kräften, dass sie bald entkamen, denn er war sicher, dass die Drakken noch mit ganz anderen Tricks aufzuwarten hatten.

Genau das geschah auch. Nachdem Faiona abermals einen wilden Schlenker geflogen war, schoss unter ihnen ein giftgrüner Lichtstrahl vorbei, der unweit von ihnen in die nahe Felswand des Stützpfeilers einschlug. Es tat einen ohrenbetäubenden Schlag und sie wurden von einer heftigen Druckwelle aus der Flugbahn geschleudert; ein scharfer Regen von kleinen Steinchen prasselte auf sie hinab. Victor brüllte auf; er wünschte sich, irgendwie in den Kampf eingreifen zu können. Aber da war nichts – er konnte sich nur auf Faionas Rücken festklammern und zusehen, dass er die Sache heil überstand.

Faiona quietschte auf, als sie die Druckwelle erwischte, blieb aber trotzdem einigermaßen auf Kurs. Instinktiv hielt sie sich an die Felswand des vor ihnen aufragenden Stützpfeilers, raste zuerst in flachem Winkel aufwärts, bis ihre Geschwindigkeit bedrohlich abnahm, und ließ sich dann plötzlich fallen. Immer wieder krachten Schüsse in die Felswand, aber sie blieben unversehrt.

Faiona!, schrie Victor durch das Trivocum. *Du musst wieder in einen Wald hinein!*

Faiona antwortete nicht. In einer wilden Folge von halsbrecherischen Flugmanövern versuchte sie, die Verfolger abzuschütteln. Victor erkannte, dass sie auf lange Sicht keine Chance hatten. Die Drakkenschiffe waren weitaus schneller.

Plötzlich schoss Faiona steil von der Felswand weg, ließ sich wieder durchsacken und steuerte, während sie fiel, genau in die Richtung eines der Drakkenschiffe. Victor holte rasselnd Luft, als er sah, was sie vorhatte. Da kam auch schon eine Reihe der wabernden Bälle auf sie zugeschossen und Faiona kippte wieder mit unerhörter Schnelligkeit aus der Flugbahn –

diesmal seitlich nach rechts oben. Victor wurde von den auftretenden Kräften in ihren Hornkamm gepresst, dass er nur so ächzte – aber Faiona entkam.

Nun erst erkannte er, dass Faiona bereits wieder eine ihrer Magien gewirkt hatte, aber diesmal schoss der weiß glühende Nebel weit an dem Drakkenschiff vorbei. Faiona konnte nicht anders, als eine weit nach außen führende Kurve zu fliegen; hätte sie wieder in Richtung des Drakkenschiffes gesteuert, wäre sie ein leichtes Ziel geworden.

Victor suchte nach dem dritten Drakkenschiff, denn Faiona hatte von dreien gesprochen; er selbst hatte bisher nur zwei zu Gesicht bekommen. Aber vielleicht hatte sie bereits eines außer Gefecht gesetzt, gleich zu Beginn des Kampfes, als sie ihre Magie ausgestoßen hatte. Abermals entgingen sie einem dieser giftgrünen, zischenden Blitze, und Victor sah, dass das zweite Drakkenschiff in ihre Richtung schwenkte. An eine Fortsetzung des Angriffs war nicht zu denken.

Faiona!, rief Victor durchs Trivocum. *Siehst du die Höhle da oben?* Er deutete steil hinauf an den Stützpfeiler, wo er eine Öffnung entdeckt hatte – ein großes, etwa dreieckiges Loch, das sich zwischen dem gigantischen Hauptpfeiler und einer kaum kleineren, seitlich wegführenden Strebe öffnete. Victor wusste, dass solche Verstrebungen manchmal verästelt waren, er hatte schon öfter aus der Ferne Felspfeiler erblickt, die ein bizarres Labyrinth unter dem Felsenhimmel entfalteten – ein Ort, wo sich mit Vorliebe Sippen oder ganze Kolonien der Drachen ansiedelten.

Faiona konnte seinen deutenden Arm natürlich nicht sehen, aber sie schien dennoch zu verstehen, was er meinte. Victor ächzte leise, als ihm klar wurde, wie weit diese Öffnung noch von ihnen entfernt war – mindestens zweieinhalb Höhenmeilen, wenn nicht mehr. Obwohl es dort vielleicht eine Möglichkeit gab, sich zu verstecken, war sie in dieser Situation unerreichbar fern.

Halt dich fest, hieß es kurz darauf wieder. Victor dachte sich, dass es gleich ziemlich schlimm werden würde, wenn sie ihn sogar darauf hinwies. Und schon ging es los.

Faiona ließ sich erneut fallen, hielt ihre Schwingen nur ganz wenig abgespreizt, sodass sie im Fallen eine flache Kurve beschrieb und wieder eine mörderische Geschwindigkeit aufnahm. Der Wind heulte über Victor hinweg. Aus den Augenwinkeln nahm er wahr, dass sie sich dem Fuß des Pfeilers näherten, möglicherweise in einem neuen Geschwindigkeitsrekord.

Gib Acht!, kam es von Faiona – ihre Stimme klang zögerlich und angstvoll und Victor machte sich auf das Schlimmste gefasst. Im nächsten Augenblick dachte er, dass ihm das Rückgrat durchbrechen würde. Faiona hatte ihre Abwärtskurve in einen extremen Steigwinkel verwandelt, sodass sie fast senkrecht in die Höhe schossen. Sie hatte dabei ihre Schwingen völlig angelegt und Victor hörte abermals ihre Knochen krachen – vielleicht waren es auch seine eigenen.

Als Nächstes stieg ihm der Magen in die Kehle, denn die rasende Aufwärtsbewegung verlor rapide an Kraft. Kurz bevor sie in der Luft stillstanden, entfaltete Faiona ihre Schwingen und stieg mit kräftigen Schlägen weiter empor. Victor wagte einen Blick nach unten und sah, dass sie mit einem Mal ein gutes Stück Höhe gewonnen hatten. Die Drakkenschiffe konnte er im Moment nicht ausmachen. Faiona wiederholte das Manöver, wobei sie der Rundung um den Stützpfeiler folgte. Wieder nahm sie in einem rasenden Abwärtsflug soviel Geschwindigkeit auf, dass Victor schlecht wurde, stellte sich dann in den Wind und schoss fast senkrecht in die Höhe. Victor fiel von einer Übelkeit in die nächste. Ganz oben dann verwendete sie ihre während des

Gleitflugs und des Aufstiegs zurückgewonnenen Kräfte, um so nahe an die Öffnung heranzukommen, wie es nur irgend möglich war. In diesen Sekunden hielt Victor angstvoll nach den Drakkenschiffen Ausschau. Erst als Faiona zum dritten Mal zu ihrem fliegerischen Kunststück ansetzte, sah er wieder eines. Es folgte ihnen um die Rundung des Stützpfeilers, und er konnte erkennen, dass es aus seinem hinteren Teil etwas Glühendes ausstieß – was es war, konnte er nicht sagen.

Faiona war bereits wieder am Abtauchen und flog entlang der Felswand des Pfeilers, die sich neben ihr hinwegkrümmte. So brachte sie ständig die Felswand zwischen sich und den Verfolger.

Victor schlug das Herz bis zum Hals. Ein Blick zum Felsenhimmel sagte ihm, dass Faiona mindestens noch einen weiteren Steigflug dieser Art hinlegen musste, um weit genug nach oben zu kommen. Dort würde sie vielleicht landen können. Victor wusste, dass Drachen in der Lage waren, mit dem Fels eines Pfeilers fast unsichtbar zu verschmelzen. Dazu aber mussten sie Zeit haben – doch in ihrer Situation war an so etwas nicht zu denken.

Mehrere Schüsse zischten an ihnen vorbei. Es war fast unglaublich, dass sie bisher noch nicht getroffen worden waren, was ihren sicheren Tod bedeutet hätte. Faiona wurde wieder schneller und das verfolgende Drakkenschiff geriet hinter der Wandkrümmung des Pfeilers außer Sicht. Neue Hoffnung keimte in ihm auf; bald würde sie wieder in den Steigflug übergehen und bei diesem Manöver konnte ihnen das Drakkenschiff gewiss nicht folgen. Es war einfach zu groß und zu schwer. Vielleicht waren sie danach schon hoch genug, um durch die Öffnung fliegen zu können…

Plötzlich war das zweite Drakkenschiff da. Es tauchte direkt vor ihnen auf und eröffnete das Feuer.

Faiona reagierte sofort. Sie war schon schnell genug, um wieder aufwärts zu fliegen, und stellte augenblicklich die Schwingen in den Wind. Im selben Augenblick stieß sie eine ihrer sengenden Energiewolken aus – diesmal eine wesentlich größere als zuvor. Es war wirklich ein gelungenes Manöver. Die grellweiße Wolke zischte auf das Drakkenschiff zu, während Faiona schon wieder aufwärts schoss.

Und wäre da nicht dieser eine, verirrte Feuerball gewesen, der ausgerechnet nach oben in Faionas Flugbahn hineintrudelte, wäre alles in bester Ordnung gewesen. Sie wären auf einen Schlag bis nach oben durchgerutscht, hätten wahrscheinlich das eine Drakkenschiff abgehängt, während das andere ohnehin nichts mehr hätte ausrichten können – es ging soeben unter Faionas wohl gezielter, unerhört starker Magie in Flammen auf.

Faiona, die steil nach oben schoss, hatte keine Chance mehr auszuweichen. Sie raste mitten in die fassgroße, fahl glimmende Energiekugel hinein, wurde von ihr voll an Brust und Bauch getroffen, und eine gnadenlos sengende Feuerwolke schloss sich für Momente um ihren Körper.

Victor, der noch immer auf ihrem Rücken hing, als wäre er dort festgewachsen, bekam nicht allzu viel ab, aber er merkte sofort, dass es Faiona übel erwischt hatte. Sie raste noch immer in die Höhe, aber sie war plötzlich seltsam leblos, ihr Körper schien unter ihm erschlafft – er hatte sogar das Gefühl, als wären mit einem Schlag ihre drachentypische Hitze und ihr durchdringender Kupfergeruch erloschen. Das konnte nur eines bedeuten.

Innerhalb von wenigen Augenblicken brach über ihm eine derartig betäubende Woge von Schmerz zusammen, dass er überhaupt nicht begriff, dass dies auch *sein* Todesurteil war. Er brüllte verzweifelt ihren

Namen hinaus in die Nacht, richtete sich auf ihrem Rücken auf und schrie, rüttelte, während die Geschwindigkeit rapide nachließ, verzweifelt an ihrem Hornkamm, um das letzte Fünkchen Leben, das noch in ihr war, retten zu wollen. Als ihm klar wurde, dass er wohl ebenfalls sterben würde, wusste er, dass es genau das war, was er wollte: mit ihr sterben.

Er wollte Faiona nicht überleben; schon damals, auf ihrem Flug nach Hammagor, hatte er begriffen, dass er einfach nicht mit dem Verlust lieb gewonnener Freunde umgehen konnte – damals, als er geglaubt hatte, Tirao wäre von dem Malachista umgebracht worden.

Der Schmerz war so furchtbar, dass er glaubte, verrückt werden zu müssen. Es mangelte ihm an innerer Stärke, etwas dergleichen verkraften zu können. Vielleicht waren es die zwei Tage und Nächte damals in der Todeszelle der Festung von Tulanbaar gewesen, die ihn dieser Fähigkeit beraubt hatten; diese Tage und Nächte, in denen er zusammengekauert in einer dunklen Ecke seiner Zelle gesessen hatte und nichts hatte tun können, als dem eigenen, unausweichlichen Tod ins Auge zu blicken, zu dem ihn der Festungsherr zu Unrecht verurteilt hatte. Die Sekunden waren dahingetropft, zäher noch als klebriger Teig, und seine Gedanken hatten verzweifelt nach einem Ausweg geschrien. Diese Tage waren die schlimmsten in seinem Leben gewesen, und es mochte sein, dass er sich dabei irgendeinen Teil seiner inneren Stärke ruiniert hatte – den Teil, der dafür zuständig war, solche seelischen Schmerzen verkraften zu können.

Leandra hatte ihn damals aus der Todeszelle gerettet, einfach nur, weil es ihrem Gerechtigkeitsempfinden widersprach, dass ein Unschuldiger sterben musste. Sie hatte ihn gar nicht gekannt. Sie hatte einfach nur Mitleid empfunden, als sie ihn in seiner Todeszelle erblickt hatte, wissend, dass man ihn zu Unrecht verurteilt hatte. Zu jenem Zeitpunkt hatte sie eigentlich ganz andere, wichtigere Dinge zu tun gehabt, als irgendeinem Verurteilten das Leben zu retten, aber das war Leandras große Qualität: Sie war sehr, sehr menschlich und war es immer geblieben – egal, was sie danach alles an schrecklichen Dingen durchgemacht hatte. Seit dieser Zeit liebte er sie.

Tränen schossen ihm in die Augen und er ließ sich wieder nieder, umklammerte weinend Faionas Hornkamm und wünschte sich, dass es schnell gehen mochte, dass er zusammen mit ihr in die Tiefe stürzte, um irgendwo dort unten auf den Felsen zu zerschellen.

Aber dann geschah das kleine Wunder.

Es war leider nur ein kleines, das allein *ihm* das Leben rettete. Um auch Faionas Leben zu bewahren, hätte es eines großen Wunders bedurft, aber das schien das Schicksal ihr nicht gewähren zu wollen.

Als Faiona den höchsten Punkt ihrer Flugkurve erreicht hatte, entfaltete sie plötzlich ihre Schwingen – nicht sehr kräftig zwar, aber immerhin stark genug, um sie beide noch ein kleines Stück hinaufzutragen. Dann erreichten sie einen Felssims, den das Schicksal für diesen Augenblick hier eingerichtet zu haben schien, und mit letzter Kraft schwang sich Faiona dorthin und klatschte seitlich auf die felsige Kante. Victor wurde von ihrem Rücken geschleudert. Er überschlug sich und knallte gegen die hintere Wand des zehn oder zwölf Schritt breiten Simses. Sofort versuchte er, sich trotz des Schwindels wieder aufzurichten. Er taumelte zurück zu der Kante, an der Faiona mit erschlafftem Körper lag, und fiel vor ihr auf die Knie.

Ihr gesamter Brustkorb war nur noch rohes, verkohltes Fleisch, und er fragte sich verzweifelt, wie sie es mit dieser Verletzung bis hierher hatte schaffen können. Dann aber sah er ihre Augen, die stumpf und matt wirkten und deren Blick am Erlöschen war.

»Faiona…!«, rief er weinend und streckte seine Hand nach ihr aus, als hätte er ihr damit noch helfen können.

Er empfing einen letzten Gedanken von ihr, bevor ihr Blick brach – es war mehr ein Bild als Worte –, sie bat ihn darum, Tirao zu sagen, wie sehr sie ihn liebte. Victor spürte einen neuen, verzweifelten Tränenschub kommen und schloss die Augen. So bekam er den Moment gar nicht mit, als Faiona nach hinten abrutschte – andernfalls hätte er vielleicht sogar ernstlich versucht, den riesigen Drachen, der viele Dutzend Mal so schwer war wie er, festzuhalten.

Als er die Augen kurz darauf wieder öffnete, war sie schon so weit abgerutscht, dass er sie nicht einmal mehr hätte erreichen können. Wieder schrie er verzweifelt ihren Namen, schoss in die Höhe und stürzte zur Kante vor – nur um sie in der dunklen Tiefe verschwinden zu sehen.

Trotz seiner Verzweiflung funktionierte sein Selbsterhaltungstrieb noch. Erschrocken trat er einen Schritt zurück. Von Faiona war schon nichts mehr zu sehen.

Dann erstrahlte weit unten, in vielen Meilen Entfernung, ein plötzliches Feuer. Etliche Sekunden später drang ein dumpfes Grollen herauf. Eines der Drakkenschiffe war brennend in den Wald gestürzt und offenbar explodiert. Victor empfand das zwar nicht als Trost, aber es tat ihm dennoch unendlich gut, die Mörder seiner Drachenfreundin sterben zu sehen.

Victor hob in ohnmächtigem Zorn die Faust und richtete sie gegen das brennende Wrack dort in der Tiefe. *Das werdet ihr büßen, ihr Bestien!,* schrie er hinab.

Dann sank er zusammen, verbarg das Gesicht in den Händen und verfiel in hilfloses Schluchzen. Dass er hier oben, in viereinhalb Meilen Höhe allein und verloren auf einem schmalen Felssims saß und wahrscheinlich verhungern und verdursten würde, daran dachte er überhaupt nicht.

Tirao erlebte den Moment des Todes seiner geliebten Faiona auf schmerzlichste Weise mit. Schon seit Wochen, seit er wieder in diese Geschichte verwickelt worden war, rumorte ein ungutes Gefühl in seinen Eingeweiden.

Vor einem Jahr war es Meakeiok gewesen, sein Urahn und Sippenältester, der sein Leben gegeben hatte, und Tirao hatte damals schon gespürt, dass Meakeiok gewiss nicht das letzte Opfer gewesen war. Er hatte sich selbst als das wahrscheinlich nächste Opfer angesehen, und irgendetwas in seinen uralten Instinkten sträubte sich dagegen, ausgerechnet für *diese Menschen* sterben zu müssen. Sie hatten den Drachen bis heute nie etwas wirklich Gutes angetan. Im Gegenteil.

Durch Menschenhand war Ulfa, der Urdrache, vor zweitausend Jahren getötet worden; die Menschen hatten immer wieder versucht, Macht über die Drachen zu erlangen und sie in ihre Dienste zu zwingen. Manche Sonnendrachen stellten sich heute noch freiwillig in die Dienste der Drachenmeister, aus alter Verbundenheit zu den Menschen, und es erging ihnen dabei nicht einmal schlecht. Obwohl die Menschen heute nichts mehr davon wussten, dass die Drachen eine überaus intelligente Art waren. Ja, sie waren den Menschen sogar in vielen Bereichen überlegen – in der Art des gemeinschaftlichen Zusammenlebens, in moralischen Fragen, in der Philosophie und anderem mehr. Einst hatte es sogar eine gemeinsame Sprache von Menschen und Drachen gegeben. Aber die Menschen hatten sie vergessen.

Nun, zum ersten Mal seit dem Dunklen Zeitalter vor zweitausend Jahren, hatte sich eine Veränderung ergeben – und die ging auf Leandra zurück. Leandra war die Art Mensch, die ein Drache als Freund akzeptieren würde. Sie besaß hohe moralische Werte und ging nie leichtfertig mit dem Leben, der Gesundheit oder auch den Gefühlen anderer um. Sie war bereit zu lernen und war sich selbst gegenüber kritisch eingestellt. Sie hatte auch ihre Fehler – ihre Ungeduld, ihr heißes Temperament, ihre zuweilen übersteigerte Neugierde, aber das waren Dinge, die man ihr leicht nachsehen konnte. Mit Leandra konnte man reden, ohne Überheblichkeit oder Respektlosigkeit zu spüren, und Tirao war sicher, dass sie ebenso ihr Leben für das seine gäbe, wie er es umgekehrt tun würde. Leandra war seine Freundin.

Schon damals, als sie sich zum ersten Mal begegnet waren – auf der weiten Ebene hinter Tharul, als die Drachen den Menschen zu Hilfe kamen –, hatte sich sofort eine seltsame Anziehungskraft zwischen ihnen beiden entwickelt. Tirao war noch jung, etwa wie Leandra, obwohl er schon sehr viel länger lebte. Auf ihre Weise passten sie gut zusammen; er gewissermaßen als ein feuriger, junger Bursche und sie als eine ebensolche junge Frau – nur eben von völlig unterschiedlicher Rasse. Aber das machte nichts. Tirao wusste, dass Leandra Victor liebte, dem auch er große Freundschaft entgegenbrachte. Und Victor wiederum verstand sich mit Faiona und Faiona war seine, Tiraos Geliebte.

Dies alles waren Gedanken, die Tirao schon seit Wochen beschäftigten, diese starke Verflechtung der Gefühle, und er dachte auch an das Grauen, das über sie alle kommen würde, sollte einem aus ihrer Gruppe etwas zustoßen.

In dem Augenblick, da er den Tod von Faiona spürte, flog er durch die stille Dunkelheit über Westakrania und hatte nichts Besonderes im Sinn. Außer vielleicht, dass er sich mit einem dumpfen Gefühl in seinem empfindsamen Bauch herumplagte. Als dann dieses seltsame, bedrückende Signal durch unnennbare Sphären zu ihm eilte, traf es ihn wie ein Faustschlag.

Ein schmerzendes Zucken lief durch seinen mächtigen Leib; für Sekunden hielt er mit seinem Flügelschlag inne. Unsicher lauschte er dem verhallenden Echo seiner Empfindung, aber die Botschaft wurde klarer und klarer: Faiona war von ihm gegangen. Für immer.

Er stieß einen klagenden Schrei in die Nacht hinaus, weigerte sich, mit den Flügeln zu schlagen, und musste sich dann in seinem Schmerz in höchstem Maße zusammenreißen, um nicht zu vergessen, dass er zwei Freunde auf dem Rücken trug, für deren Leben er verantwortlich war.

Er ermahnte sich, brauchte Zeit, um sich von diesem entsetzlichen, schwarzen Abgrund der Trauer abzuwenden, der sich vor ihm auftat. Aber dann, als es ihm endlich gelungen war, erklangen die alten Lehren in seinem Kopf; Lehren, die ihm Meakeiok und sein Großvater eingepflanzt hatten. Der Tod Faionas wurde plötzlich zu einer Erkenntnis.

Ein ahnungsloser Beobachter hätte vielleicht glauben mögen, dass einem Drachen der Tod seiner Lebensgefährtin nicht allzu viel bedeutete. Dieser Beobachter wäre allerdings sehr erstaunt gewesen, wenn er mitbekommen hätte, dass Drachen zu einer Regung fähig waren, die man sonst nur von verzweifelten Menschen kannte: Weinen. Tirao vergoss während seines Fluges, dessen Ziel er für etliche Minuten vergaß, bittere Tränen. Es waren Tränen der Trauer und des Verlustes. Zum Glück aber keine der verzweifelten Frage nach dem *Warum*.

Tirao wusste um die Unerbittlichkeit des Schicksals und das ihm zugrunde liegende Prinzip der Zufälligkeit, deswegen verschwendete er keine Zeit auf die zermürbende Frage nach dem *Warum*. Das ›Schicksal‹ war nichts anderes als die mystifizierte Verdrehung des ›Zufalls‹. Der Denkfehler, das wusste Tirao, da Meakeiok es ihm einst erklärt hatte, lag darin, dass der Zufall gemeinhin als etwas Wertloses, als ein Stück unvermeidlichen Abfalls des Laufs der Dinge verstanden wurde. Nutzte er einem, nannte man ihn *Glück*, schadete er, hieß man ihn *Pech*. Das waren gemeinhin die Eigenschaften, die zu jenem seltsamen Wesen namens *Schicksal* hinführten. Dass jemand aus purem ›Zufall‹ etwas Schlechtes (oder etwas Gutes) widerfuhr, nahm dem Zufall als solchem seinen Wert. Sah man aber den Zufall als einen unverzichtbaren, wichtigen und wertvollen Bestandteil des Lebens, dann bedurfte es der Krücke des ›Schicksals‹ nicht mehr, das nichts anderes bedeuten wollte, als dass der ›Zufall‹ gar nicht zufällig war, sondern dass er von einer wissenden Macht gesteuert war.

Nein, Tirao brauchte diese Krücke nicht. Er begriff den Lauf der Welt auf eine andere Weise als die Menschen, und er schätzte sich glücklich, dass er all seine Gefühle und seine innere Kraft für die Trauer und den Schmerz um seine verlorene Liebe hergeben konnte und sich nicht mit der hässlichen und dummen Frage nach dem ›Warum‹ herumplagen musste.

Er weinte während seines Fluges Tränen und es waren heiße und leidenschaftliche Tränen. Erinnerungen spulten sich in seinem Kopf ab, Erinnerungen aus langen Jahren der Freundschaft mit Faiona. Er hatte sie schon gekannt und geliebt, als Leandra noch nicht einmal geboren war. Und eben weil diese Liebe schon so lange andauerte, würde ihm der Schmerz umso länger bleiben. Vielleicht würde er Leandra davon erzählen, sie war seine Freundin. Freunde waren dazu da, einem durch schwere Zeiten zu helfen.

So flog er weiter – in die Tiefe der Nacht hinein.

23 ♦ Himmelsfeuer

Später hätte Victor nicht mehr sagen können, welche Verzweiflung ihn für so lange Stunden an seinen Platz genagelt hatte – die Verzweiflung über Faionas Tod oder die über sein eigenes Schicksal.

Wenige Schritte vor ihm ging es viereinhalb Meilen senkrecht in die Tiefe, und ihm war klar, dass es einfach nicht möglich war, dort hinunterzuklettern. Nicht für einen geübten Kletterer mit Seil und Haken und schon gar nicht für ihn. Es handelte sich um eine fast senkrechte Felswand, die weit oben noch ein Stück überhing. Er hätte es keine zwanzig Ellen dort hinunter geschafft.

Er konnte dem allen ein schnelles Ende setzen, indem er einfach sprang. Es hieß ja, dass man noch während des Sturzes das Bewusstsein verlöre. Er würde hier oben nicht jämmerlich verdursten müssen – wenn es unerträglich wurde, dann stand ihm der Weg in die Tiefe jederzeit offen.

Aber ein gut Teil seiner Qual war der Gedanke an Faiona, seine tapfere Gefährtin, die ihm in vielen Dingen so weit voraus gewesen war. Er zermürbte sich mit Vorwürfen; vielleicht wären sie besser zurückgeflogen oder hätten gewartet – so lange, bis die Drakken irgendwann ihre Suche aufgegeben hätten, selbst wenn es Tage gedauert hätte. Bis dahin aber wäre Quendras sicher tot gewesen, sagte er sich niedergeschlagen und schüttelte, wohl zum hundertsten Male, in dumpfer Verzweiflung den Kopf.

Er starrte mit leeren Blicken in die dunkle Tiefe hinab, wo noch immer, ein ganzes Stück entfernt, das Drakkenschiff im Wald brannte. Von den beiden anderen Schiffen hatte er nichts mehr gesehen. In der Ferne waren die Konturen zweier Pfeiler auszumachen und etwas nördlich stand unbewegt und geheimnisvoll die nachtgraue Fläche eines großen, ovalen Sonnenfensters im Himmel. Der Mond war längst weitergezogen und Sterne waren durch dieses Fenster nicht sonderlich gut zu sehen. Bei manchen anderen Sonnenfenstern war das besser.

Dann dachte er an Leandra und versuchte zu akzeptieren, dass er sie nun doch niemals mehr wieder sehen würde. Natürlich hatte er vor, hier oben noch nach irgendeinem Ausweg zu suchen – vielleicht hatte ja ein Engel irgendwo den Eingang zu einer Höhle versteckt, von der aus eine gut vier Meilen lange Wendeltreppe nach unten führte. Er lachte bitter auf. Nein, so etwas würde er hier nicht finden, und die Wahrscheinlichkeit, dass er auf etwas anderes stieß, das ihm helfen konnte, war so winzig, dass sie eigentlich gar nicht vorhanden war. Was sollte es an diesem wohl verlassensten Flecken der Welt schon geben? Er rollte sich auf dem harten Stein zusammen und versuchte zu schlafen. Irgendwann trieb er davon, in ein Reich unruhiger Träume.

Es verstrichen Stunden, aber dann kamen sie wieder.

Victor erwachte von dem seltsamen Heulen, das ihre Schiffe entwickelten, wenn sie Fahrt aufnahmen. Es war nur leise zu hören, aber es war ein fremder Laut in dieser Welt und für Victors Gehör war es ein Alarmsignal erster Güte. Erschrocken fuhr er hoch und spähte in die Dunkelheit. Das Grau des Sonnenfensters über ihm war ein wenig heller geworden, das Dämmerlicht kündigte einen neuen Tag an. Womöglich den letzten in seinem Leben.

Er sprang auf, als er die Lichter der Schiffe nahen sah – weit unterhalb von ihm, noch in der Dunkelheit der Tiefe, aber stetig an Höhe gewinnend. Es waren starke Lichter, mit denen sie Teile der Felswand in gleißende Helligkeit tauchten. Es gab keinen Zweifel – sie waren auf der Suche nach ihm, und sie würden nicht mit ihm reden, sondern ihn töten wollen. Sie vermuteten wahrscheinlich, dass er im Besitz des Paktes war, und wollten ihn endgültig vernichten.

Das Erste, was Victor verspürte, war wilder Zorn darüber, dass sie ihn hier oben nicht in seinem Schmerz und seiner Trauer in Ruhe lassen konnten. Dann aber lachte er bitter auf. Sie mussten die tote Faiona gefunden und dabei seine Leiche vermisst haben – und wahrscheinlich auch den Pakt. Sie würden beides auch noch kriegen wollen.

Allein das Wissen, dass die Drakken diesen Pakt tatsächlich so sehr fürchteten, war mehr als Gold wert. Und Victor erkannte plötzlich, dass er dieses Wissen retten musste, um es an andere weiterzugeben. Ein neuer, unverhoffter und verbissener Überlebenswille keimte in ihm auf.

Es waren zwei Drakkenschiffe, eines davon an der vorderen Hälfte stark geschwärzt. Victor hoffte, dass Faiona ihm mit ihrer Magie möglichst großen Schaden zugefügt hatte. Das dritte Schiff war abgestürzt und im Wald explodiert – ein weiterer Hinweis, den Victor retten und weitertragen sollte. So wie es Chast offenbar gelungen war, mehrere schwer bewaffnete Drakken zu töten, waren auch ihre mächtigen Flugschiffe durchaus verletzlich. Victor wusste nicht, welcher Iterationsstufe eine solche Drachenmagie entsprach, aber es war sicher eine enorme magische Gewalt. Diese Drakkenschiffe sahen nicht eben zerbrechlich aus.

Die beiden Flugschiffe kamen höher, und ihm wurde klar, dass sie ihn schon bald erreicht haben würden.

Wenn sie ihn erspähten, würden sie nicht lange fragen, sondern einfach ihre Waffen ein paarmal auf den Sims abfeuern, auf dem er wie auf einem Präsentierteller saß. Das würde genügen.

Die Morgendämmerung schritt langsam voran, und wiewohl es noch ziemlich dunkel war, konnte er die Form und einige Einzelheiten des Felssimses erkennen. Er musste versuchen, von hier zu verschwinden. Probehalber eilte er ein Stück nach rechts, nahm dort die Kante des Simses in Augenschein und tat dann das Gleiche auf der linken Seite. Letztere schien ihm aussichtsreicher zu sein. Die Kante führte in dieser Richtung ein wenig aufwärts und behielt wenigstens noch für ein paar Dutzend Schritte eine gewisse Breite bei, sodass er darauf entlanggehen konnte. Langsam stieg Panik in ihm auf. Sein Selbsterhaltungstrieb funktionierte durchaus noch; er wollte wieder *leben,* und wenn es nur deswegen war, um irgendjemandem sagen zu können, was die Drakken fürchteten und womit man sie besiegen konnte. Doch wie er von hier oben fliehen sollte, wusste er nicht.

Victor erkannte, dass der Sims leicht aufwärts weiterführte; er hatte nicht einmal an der breitesten Stelle gesessen. Ein Blick nach unten zeigte ihm, dass eines der Drakkenschiffe nicht mehr weit war. Stolpernd und keuchend kletterte er weiter; der Sims durfte einfach nicht enden, sonst war er tot.

Mit einem Mal tauchte direkt rechts neben ihm eine gewaltige, matt dunkelgraue Rundung aus der Tiefe auf. Victor schrie und warf sich zu Boden. Er rollte sich instinktiv zur Felswand hin und versuchte sich in der Ritze an der Innenwand des Simses zu verkriechen, dort, wo die mächtigen Schichten des Gesteins aufeinander lagen und die Witterung ihre Spuren im Fels hinterlassen hatten.

Es funktionierte. Wenigstens für den Augenblick.

Es war noch früher Morgen und das fahle Grau der Dämmerung ließ ihn, wie er in der Ritze steckte, mit dem Fels verschmelzen. Das massige Drakkenschiff schwebte neben ihm nach oben, keinen halben Steinwurf entfernt, und kurz darauf hörte er schon das typische Aufheulen. Er lag mit wummerndem Herzen am Boden und die Panik drohte ihn aus seinem Versteck zu treiben und davonrennen zu lassen. Doch wohin? Mit letzter Kraft zwang er sich dort auszuharren, wo er wenigstens noch den Hauch einer Chance hatte, übersehen zu werden.

Obwohl er kaum einen klaren Gedanken fassen konnte, wunderte er sich, *wie groß* das Drakkenschiff tatsächlich war. Es mochte gute siebzig Schritt lang sein, vielleicht mehr. Seine Höhe konnte er noch nicht abschätzen, denn es war noch nicht vollständig aus der Tiefe in sein Blickfeld gestiegen. Das Metall, aus dem es bestand, wirkte alt und zerfressen – wie das eines uralten Relikts, das Jahrtausende auf dem Meeresboden gelegen hatte, um jetzt wieder aufzutauchen und Angst und Schrecken zu verbreiten. Victor konnte Vorsprünge, Ausbuchtungen und anderen Dinge erkennen, die seine Oberfläche in eine kalte, groteske Landschaft ihm unbekannter Zweckbestimmung machten. Es gab Röhren, Rippen, runde und ovale Ausbeulungen und flache Kästen, die auf der Hülle befestigt waren, und Victor wusste, dass die meisten davon irgendwie mit dem Ziel zusammenhingen, zu zerstören und zu töten.

Dann sah er, dass mit jeder Elle, die das Ding nach oben stieg, von unten Helligkeit heraufkam. Er stöhnte auf, als ihm klar wurde, dass er in wenigen Sekunden mitten in dem Lichtstrahl liegen würde, mit dem das Drakkenschiff die Felswand absuchte.

In Panik wand er sich aus der Ritze, sprang auf und rannte den Felssims entlang.

Im letzten Augenblick noch erwischte ihn ein Teil des Lichtstrahls. Kurz darauf ertönte ein monströs lautes Zischen; eine grelle orangefarbene Salve aus irgendeiner Drakkenwaffe fuhr hinter ihm in die Felswand.

Victor fühlte eine mörderische Hitzewelle, die ihn nach vorn drückte – er stolperte und wäre beinahe über die Kante ins Nichts gestürzt. Die Felswand hinter ihm zerbarst und er bekam einmal mehr einen schmerzhaften Schauer von Gesteinssplittern ab, der ihn nur deswegen noch einigermaßen heil ließ, weil er in diesem Augenblick schon wieder am Boden lag. Er hörte sogar, wie dickere Brocken gegen die Metallhülle des Drakkenschiffes prasselten. Erst jetzt wurde ihm klar, wie nah das Schiff eigentlich war. Er blickte auf und dachte, dass er mit der Hand danach hätte greifen können.

Aber das war vielleicht auch eine kleine Chance. Das riesige Schiff konnte nicht allzu gut kämpfen, wenn es so nah war. Der Schuss auf ihn war schlecht gezielt gewesen. Er sprang wieder auf und rannte vorwärts.

Wieder zischte ein Schuss vorbei, aber der verfehlte ihn noch viel weiter, er traf beinahe dieselbe Stelle wie der erste. Victor rannte nur, er rannte um sein Leben, obwohl er keine Vorstellung hatte, wie er auf Dauer entkommen sollte. Für Momente kämpfte er mit dem Impuls, einfach in die Tiefe zu springen – nicht um zu sterben, sondern um zu entkommen. Schließlich war er so weit um den Sims gerannt, sodass er ins Blickfeld des vorderen Endes des Drakkenschiffes kam, und dort sah er etwas, das ihm das Blut in den Adern gefrieren ließ.

Es war eine blassblaue, von innen her erleuchtete Kuppel, offenbar aus so etwas wie Glas bestehend – und dahinter hockten und standen ein halbes Dutzend albtraumhafter Wesen. Zwei oder drei deuteten mit ihren dürren Armen auf ihn und andere nickten mit ihren hässlichen Echsenköpfen. Victor wusste sofort, dass sie das waren – die *Drakken*. Zum ersten Mal erblickte er nun selbst welche. Sie waren erschreckend und widerwärtig.

In diesem kurzen Augenblick schossen ihm verschiedene Dinge durch den Kopf.

Erstens konnten sie ihn nun, wenn er weiterlief, direkt beobachten. Wie sie ihn vorher ausgemacht hatten, wusste er nicht, wahrscheinlich mithilfe ihrer überlegenen technischen Mittel. Von einem Gegner allerdings direkt gesehen zu werden, das verschlechterte die Lage des Fliehenden, so jedenfalls empfand es Victor. Der nächste Gedanke war, dass er seinen einzigen Vorteil zunichte machte, wenn er nun weiterrannte: die Nähe. Blieb er dem Drakkenschiff so nahe er konnte, hatte er eine geringe Chance, außerhalb der Reichweite seiner Waffen zu bleiben. Und schließlich: Er wusste nicht, wie weit der Sims noch führte, ob er nicht plötzlich zu Ende war.

Also kehrte er um.

Er bremste ab und rannte sofort in die Richtung zurück, aus der er gekommen war. Unmittelbar danach hörte er das typische Aufjaulen – diesmal aber sehr nah und sehr laut. Abermals löste sich von irgendwo ein grell orangefarbener Schuss, fuhr aber weit oberhalb von ihm in die Felswand. Victor, der nur noch rannte, bekam kaum etwas davon mit. Er sah, wie das Schiff in Bewegung geriet, es schien herumschwenken zu wollen. Dann geschah etwas, womit er nicht gerechnet hätte: Das Schiff stieß gegen die Felswand.

Es hing in der Luft wie an einem riesigen Seil, schlingerte und versuchte sich herumzudrehen. Mit der Vorderseite, dort wo sich die blaue Kuppel mit den Drakken befand, bollerte es an die Felswand – unbeholfen, wie ein Schiff in der Hafendünung gegen die Pier schlägt, wenn es schlecht festgemacht ist.

Hinter ihm, wo das Schiff gegen die Felswand schlug, wurde ein Teil des Simses abgesprengt. Victor geriet nun wieder in den Bereich des hellen Lichtstrahls hinein, aber das war schon egal. Er wusste, dass die Drakken nicht gut schießen konnten, solange sie so nah waren. Aber das würden sie wohl auch selbst sehr bald feststellen, und es war sicher nur noch eine Frage der Zeit, bis sie sich von dem Sims entfernten, um ihn unter Beschuss zu nehmen. Sie wussten, wo er war, und sein Ende näherte sich unausweichlich.

Dann aber ging alles ganz schnell.

Er musste gar nicht mehr nachdenken. Als er aus dem grellen Lichtkegel herauskam, sah er, dass der Zusammenstoß des vorderen Teils des Schiffes mit der Felswand eine Gegenbewegung hervorgerufen hatte, sodass sich jetzt der hintere Teil des Schiffes der Wand bedrohlich näherte. Er konnte förmlich schon das hohle *Boooong!* hören, das ertönen würde, wenn das Schiff gegen den Pfeiler prallte. Und ebenso hatte er schon den Sims vor Augen, wie er bei dem Zusammenprall bersten und absplittern würde.

Seine Reflexe übernahmen das Kommando. Als die hintere Seite des Drakkenschiffes in seine Richtung schwang, sprang er über den zweifellos gleich abberstenden Teil des Simses hinweg, und noch bevor er das dröhnende Geräusch des Rumpfes vernahm, der gegen die Felswand schlug, hatte er schon wieder Boden unter den Füßen: er war auf der Hülle des Drakkenschiffs gelandet. Eine lebensgefährliche Sekunde kämpfte er um seine Balance, als das Schiff gegen die Felswand stieß, erzitterte und zurückprallte. Dann hatte er sein Gleichgewicht wiedergefunden und schob sich augenblicklich in einen Einschnitt zwischen zwei Ausbuchtungen, die sich auf der Außenseite befanden.

Er kauerte sich nieder, krallte sich irgendwo fest und verhielt sich absolut still.

Das Herz schlug ihm bis zum Hals. Mit einem beherzten Satz, den man nicht einmal als schlau, sondern fast nur als einen glücklichen Reflex bezeichnen musste, hatte er seine Überlebenschancen verhundertfacht – was immer nun kommen mochte. Auf dem Sims wäre er getötet worden, das stand außer Frage.

Schon wieder rasten seine Gedanken. Würde er sich hier oben halten können, wenn das Schiff Fahrt aufnahm? Wie schnell würde es fliegen? Würde er überhaupt noch *atmen* können? Er hatte mit Faiona einen wirklich schnellen Flug erlebt, und er wusste, dass man dabei zusehen musste, wie man Luft bekam! Dass so ein Drakkenschiff noch viel schneller fliegen konnte, daran zweifelte er nicht.

Und wohin würde es fliegen? Würde es mitten in einem Nest der Drakken landen, wo man ihn dann nur noch herunterzerren und umbringen musste? Oder würden ihn diese schrecklichen Wesen doch noch hier, auf der Hülle ihres Schiffes, aufstöbern? Vielleicht kamen sie durch eine Luke heraus, packten ihn und warfen ihn einfach in die Tiefe.

Er atmete schwer und klammerte sich fest.

Langsam gewann das Schiff wieder Abstand zur Felswand des Stützpfeilers. Die Morgendämmerung war noch immer nicht sehr weit fortgeschritten und die Wand ragte vor ihm grau und gewaltig auf.

Als sie schließlich eine Viertelmeile Abstand gewonnen hatten, begann das Feuer.

Victor keuchte entsetzt auf, als direkt über ihm eine Waffe losbrüllte. Eine Serie von grauen, wabernden Bällen löste sich aus einer kurzen, fetten Metallröhre und schoss auf die Wand zu. Die knisternde Energie, die in diesen Bällen steckte, ließ ihm die Haare zu Berge stehen; ein scharfer Geruch breitete sich aus und es knatterte und pfiff nur so um ihn herum. Kopflos sprang er aus seiner Deckung und hastete über den Mittelwulst des Schiffes zu einer anderen Nische, die weiter abseits der Waffenmündung lag.

Dann sah er, was geschah: Hätte er sich in diesem Augenblick noch auf dem Sims befunden, dann wäre es endgültig und unwiderruflich aus mit ihm gewesen. Das Drakkenschiff deckte die Felswand mit Feuer ein. Das zweite Schiff schwebte etwas weiter hinten und unterhalb des ersten. Es schoss nicht – Victor überlegte, ob Faiona vielleicht die Waffen des Schiffes mit ihrer Magie beschädigt hatte.

Dafür aber war die Wirkung der Waffen des Schiffes, auf dem er saß, umso schlimmer. Der Felssims platzte unter einer Serie von Schüssen vom Felspfeiler weg und die Drakken bestrichen mit ihren grauen Bällen und den orangegelben und grünen Energieblitzen den Sims in seiner ganzen Breite. Und das war ein ganzes Stück, wie Victor nun sah. Er hätte noch für viele hundert Schritt fliehen können, denn der Sims zog sich weit um die Rundung des Pfeilers herum. Der gesamte Pfeiler bestand aus aufeinander ruhenden, flachen Platten – eigentlich eine typische Struktur, in der viele Berge und Pfeiler aufgebaut waren. Er hatte sie schon oft gesehen, ohne einen besonderen Gedanken daran zu verschwenden. Hundert oder hundertfünfzig Ellen tiefer gab es einen weiteren Sims dieser Art und noch weiter oben auch; der gesamte Pfeiler sah so aus.

Das Drakkenschiff bewegte sich nun nach Süden. Es bestrich den Sims auf einer Länge von mehreren hundert Schritt mit massivem Feuer. Das Spektakel aus greller Helligkeit und dem Dröhnen der Explosionen war beängstigend und atemberaubend zugleich. Die Waffen schwenkten tiefer, um auch den darunter liegenden Sims unter Beschuss zu nehmen. Es war bestürzend, wie gründlich die Drakken zu Werke gingen, und gleichermaßen grotesk, dass er, das Opfer, unerkannt auf der Außenhülle des Schiffes saß und diesem vernichtenden Feuerwerk zusehen konnte.

Dann nahm das zweite Drakkenschiff Fahrt auf und verschwand Richtung Westen. Obwohl sich das jaulende Geräusch anders als zuvor anhörte und das Schiff in seinem Flugverhalten längst nicht mehr so geschmeidig wirkte, erzielte es doch binnen kurzem eine Geschwindigkeit, die Victor aufstöhnen ließ. Würde sein Schiff ebenfalls mit einer derartigen Geschwindigkeit davonrasen, so sah es übel für ihn aus.

Angstvoll warf er einen Blick in die Tiefe, aber da war kein zufällig hervorstehender Felsvorsprung, auf den er sich hätte retten können – das Schiff befand sich jetzt viel zu weit abseits der Felswand. Außerdem wäre er dann wieder in seiner alten, hoffnungslosen Lage gewesen, und da mochte ihm ein Flug mit dem Drakkenschiff vielleicht doch eine bessere Überlebenschance lassen.

Kurz darauf verstummten die Waffen. Die knisternde Spannung in der Luft verschwand, der scharfe Geruch ließ nach, wurde davongeweht. Die Maschinen im Inneren sprangen an und das Schiff trieb einige hundert Schritt nach links.

Gleich darauf ging das Gebrüll der Waffen abermals los. Die Drakken nahmen einen neuen Teil der Felswand unter Beschuss, und das konnte nur bedeuten, dass die Waffen des anderen Schiffes tatsächlich kaputt waren – es hätte sonst sicher bei diesem Feuer mitgeholfen. Victor überlegte verzweifelt, was er tun sollte. Er richtete sich auf, kroch geduckt weiter nach oben, auf die flache Oberseite des Schiffes. Wenn er schon mitfliegen musste, dann fand er vielleicht eine Stelle, wo er sich vor dem Wind schützen und sich besser festhalten konnte.

Inzwischen fiel frühes Licht durch das Sonnenfenster über ihm und er konnte die Oberfläche des Drakkenschiffes einigermaßen gut erkennen. Er heißer Schauer lief ihm über den Rücken, als er plötzlich merkte, dass der Boden unter ihm wärmer wurde; es erinnerte ihn an die Hitze der Drachenrücken. Vielleicht erzeugte solch ein Drakkenschiff Wärme, wenn es schnell flog. An den wummernden Geräuschen hörte er, dass die Drakken noch immer damit beschäftigt waren, die Felswand mit aller Gründlichkeit zu beschießen. Es krachte, zischte und blitzte nur so. Vermutlich blieben ihm nur noch ein, zwei Minuten.

Er versuchte, die Kräfte zu ermessen, die bei einem solchen Flug auftraten. Die Geschwindigkeit, die Kraft des Windes, die Kälte, die Abkühlung des Metalls im Wind – einfach alles, was ihm in den Sinn kam. Er wollte sich einen Platz auf dem Rücken des Schiffes suchen, an dem er eine Chance hatte. Unruhig huschten seine Blicke über all die Ausbuchtungen und Vorsprünge, die es hier gab. An manchen Stellen war die Außenhaut des Schiffes warm. Er hoffte nur, dass die Hitze während des Fluges nicht so weit in die Höhe schnellte, dass er gekocht würde.

Schließlich glaubte er, einen Platz in einem tiefen Einschnitt zwischen zwei riesigen Wülsten gefunden zu haben: Die Stelle war durch einen abgeschrägten metallischen Vorsprung windgeschützt, bot ein paar Griffe zum Festhalten, und in einer länglichen Vertiefung, in die er sich hineinlegen konnte, schien es warm zu sein. Notfalls konnte er dort vielleicht sogar herausklettern und sich weiter vorn hinter den Vorsprung kauern.

Eilig übersprang er ein Hindernis und wollte sich eben in sein hoffnungsvolles Versteck fallen lassen, als er plötzlich etwas sah.

Leandra schlief nicht fest, dazu war sie sich der Gefahr zu sehr bewusst. Sie wachte häufig auf, kontrollierte ihre und auch Jockums Position und gab Tirao kurze

Hinweise oder fragte ihn, wie es ihm ging. So blieb es die ganze Nacht hindurch.

Als schließlich der Morgen graute, merkte sie, dass der Primas wach war, sie zu sich herangezogen hatte und sie halb in seinen Armen hielt, wie ein kleines Kind. Sie musste die letzten ein, zwei Stunden tief geschlafen haben.

»Der Drache ist ein wahrer Flugkünstler«, stellte der Primas fest. »Ich habe mich tatsächlich ein wenig erholen können!«

Leandra fühlte sich wie gerädert, aber trotzdem besser als noch in der Nacht. Sie richtete sich auf und spähte in den Wind.

»He«, rief sie und deutete in die milchige Ferne. »Ist das der Landbruch? Der ist ja riesig!«

Guten Morgen, Leandra, lautete Tiraos Gruß. *Ja, das ist er. Wir erreichen bald die Hochebene von Noor. Noch fünf oder sechs Stunden, dann sind wir in Hammagor.*

Seine Stimme klang müde, obwohl er noch immer überdurchschnittlich schnell zu fliegen schien. Leandra spürte irgendetwas.

Du klingst nicht sehr glücklich, Tirao. Was ist los?

Eine Pause entstand. Leandra lauschte ein wenig ins Trivocum und bemerkte die Anwesenheit des Hochmeisters. Er hörte mit, aber vermutlich verstand er nicht viel.

Tirao – was ist denn?

Es dauerte eine ganze Weile, ehe er antwortete. *Ich staune, dass du so empfindsam bist,* antwortete der Drache. *Ich habe nur wenige Sätze zu dir gesagt.*

Leandras Verwirrung wuchs. Sie spürte plötzlich, dass eine sehr, sehr schlechte Nachricht auf sie wartete. Ihre Gedanken flogen zu Victor, eine plötzliche Angst keimte in ihr auf, dass ihm etwas passiert war.

Faiona ist tot, sagte Tirao schließlich. *Ich… ich habe es gespürt. Heute Nacht. Kurz nachdem ihr eingeschlafen wart.*

Eine eisige Kralle griff nach Leandras Kehle. *Sie ist…* tot?

Wieder antwortete Tirao nicht, aber es gab auch nicht viel zu sagen. Leandra blickte betroffen zu Hochmeister Jockum; er nickte kaum merklich – zum Zeichen, dass er verstanden hatte.

Bist du sicher?, fragte sie zögernd. *Ich meine…*

Tiraos Antwort kam sofort. *Wir Drachen können so etwas spüren,* sagte er. Damit war alles klar.

Leandra fühlte sich schuldig. Ganz plötzlich und mit jeder Faser ihres Körpers – schuldig. *Wir hätten euch Drachen nie da mit hineinziehen dürfen,* sagte sie tonlos und voller Trauer.

Tiraos Antwort klang ein wenig zynisch. *Mach dir keine Vorwürfe, Leandra. Wir haben das selbst entschieden. Und wir würden uns eine solche Entscheidung niemals von euch vorschreiben lassen. Das weißt du.*

Sie hätte Tirao am liebsten in den Arm genommen, wenn das irgendwie möglich gewesen wäre. *Es tut mir Leid,* brachte sie nach einer Weile hervor.

Sein leises, spöttisch klingendes Auflachen traf sie wie ein heißer Blitz. *Das sind genau die Worte, die du damals zu Ulfa gesagt hast,* erwiderte er.

Erst kurz darauf wurde ihr klar, dass Tirao es nicht als Spott gemeint haben konnte. Als sie diese Worte damals in Bor Akramoria ausgesprochen hatte, in diesem eiskalten Regensturm, in dem sie nackt dem rächenden Geist des Urdrachen Ulfa gegenübergestanden hatte, war sie sicher gewesen, dass sie gleich würde sterben müssen. Doch der Geist des Urdrachen hatte ihren Beweis vollkommener Demut und Aufrichtigkeit akzeptiert und war verschwunden. Es hatte ihnen allen das Leben gerettet.

In dieser Art musste auch Tirao ihre Worte verstanden haben. Sie hatte das Richtige getan. Unhörbar atmete sie auf.

War sie von deiner Sippe?, fragte sie befangen. *Habe ich sie damals… kennen gelernt?*

Nein, Leandra, antwortete Tirao. *Sie stammt aus einer anderen Sippe. Sie lebte viel weiter im Süden.*

Du hast sie sehr geliebt, nicht wahr?

Ich tue es noch, erwiderte er.

Für eine Weile senkte sich Schweigen über ihren stillen Flug. Der Wind rauschte an ihnen vorbei; sie flogen tief und es war nicht allzu kalt – sah man einmal von der Kälte ab, die von ihren Seelen Besitz ergriffen hatte. Jedes einzelne Opfer, das dieser Kampf bisher gefordert hatte, tat Leandra in der Seele weh, und sie hatte sich schon einmal gefragt, wie viel sie noch aushalten konnte, ehe sie aufgab. Aber sie wusste auch, dass jedes Opfer vollkommen sinnlos gewesen wäre, wenn sie es tatsächlich täte.

Sie schnaufte. Das waren die Worte, mit denen Meister Fujima ihr damals über den Tod ihres Gefährten Vendar hatte hinweghelfen wollen – und sie hätte ihn dafür am liebsten mit Fäusten bearbeitet. Dennoch, diese Wahrheit war so alt, so bitter und so wahr wie der Krieg selbst.

Ich würde dich am liebsten in die Arme nehmen und trösten, sagte sie zu Tirao und kam sich wegen dieser Äußerung ein bisschen dumm vor. Aber sie spürte eine Welle dankbarer Wärme, die von Tirao kam, und sie war froh, dass ihre Worte vielleicht tatsächlich Trost für ihn bedeuteten.

Dann dämmerte ihr plötzlich ein neuer Schrecken. Wenn Faiona tot war, mochte das bedeuten, dass auch Victor und Roya etwas zugestoßen war. Sie hatte Tirao nicht gefragt, *wie* Faiona umgekommen war. Victor und Roya waren von Chasts Leuten verfolgt worden. Die Wahrscheinlichkeit, dass Faiona in einem Kampf umgekommen war, war groß – und mit ihr Victor und Roya. Die eisige Klaue packte wieder zu.

Leandra schluckte. Sie hatte Skrupel, Tirao nach der Art des Todes von Faiona zu fragen. Vielleicht wusste er das auch gar nicht. Befangen flüsterte sie dem Hochmeister ihre Befürchtung zu.

»Wir müssen so schnell wie möglich nach Hammagor«, flüsterte er und drehte sich besorgt nach Tirao um. »Er wird langsam müde. Ich hoffe nur, dass wir nicht kämpfen müssen, wenn wir ankommen. Dann stünden unser aller Chancen sehr schlecht.«

So flogen sie weiter, lange Zeit schweigend. Leandra, deren schlechte Vorahnungen langsam vernichtende Ausmaße annahmen, starrte mit tauben Blicken in die Tiefe hinab. Sie beobachtete die gewaltige Wand des Landbruches, die sich stetig näherte, dachte dabei aber an ganz andere Dinge. Wenn sie Pech hatten, war es längst zu spät.

Hältst du es noch durch, Tirao?, fragte sie besorgt.

Ja, sagte der Drache tapfer. *Ich hoffe nur, dass ich wirklich schlafen kann, wenn wir erst dort sind.*

Auch er schien durchaus verstanden zu haben, welche drängenden Fragen noch offen waren. Aber Spekulationen halfen ihnen nicht weiter. Sie konnten nur hoffen.

Leandra betrachtete die riesige Felswand des Landbruchs, die fünf, sechs Meilen vor ihnen aufragte. Soweit sie wusste, war sie über vierhundert Meilen lang; sie zog sich vom äußersten nordwestlichen Eck des Salmlandes bis weit nach Osten, entlang des Ramakorums, und endete erst tief im Lande Kambrum, nordöstlich von Turliss. Hier, im Salmland, wo sie sich gerade befinden mussten, war sie eine gute Meile hoch – und dahinter lag das dunkle, sagenumwobene Land von Noor. Im Morgengrauen wirkte die felsige Landschaft finster und abweisend. Leandra spürte gleich, dass es ein Land war, das bestens zu dem Scheusal Sardin passte, dem Begründer der Bruderschaft, der anscheinend hier geboren und aufgewachsen war.

Leandra lehnte sich neben dem Primas an die Hornzacke, leistete es sich sogar, sich wenig an ihn zu schmiegen, zog die Knie an und starrte schwermütig in die Luft hinaus. Er legte den Arm um ihre Schultern. Tränen sammelten sich in ihren Augen.

Plötzlich sah sie etwas.

Es war sehr weit entfernt – ein schwaches Aufleuchten in der Morgendämmerung. Irgendwie kam ihr das seltsam vor und sie richtete sich auf. Dann sah sie es wieder – es war nicht mehr als ein kurzer, punktförmiger Moment der Helligkeit in weiter Ferne. Wie ein Blitz in großer Höhe. Sie dachte zuerst an ein fernes Gewitter, aber sie hatte noch nie gehört, dass ein solches in dieser großen Höhe stattgefunden hätte.

»Hochmeister«, sagte sie und deutete darauf. »Was ist das da?«

24 ♦ Drachenzorn

Victor stand vor der flachen Einbuchtung auf der Oberseite des Drakkenschiffes und starrte hinauf in die graue Morgendämmerung. Er wusste, dass er nicht mehr viel Zeit hatte, denn das Feuer der Drakken würde bald enden, und wenn er sich bis dahin nicht an seinen sicheren Platz zurückgezogen hatte, war sein Leben verspielt.

Es war nur ein kleiner Fleck, den er vor dem inzwischen zu einer gewissen Helligkeit erstrahlten Sonnenfenster entdeckt hatte; ein kleiner, fast dreieckiger Fleck, irgendwie unbeweglich wirkend und doch lebendig. Es hätte auch etwas sein können, das sich *im* Sonnenfenster befand – eine Verunreinigung, die man bisweilen in der Morgen- oder Abenddämmerung erkennen konnte und die tagsüber von der Helligkeit des Sonnenfensters überstrahlt wurde. Aber er wusste instinktiv, dass es etwas anderes war. Er kannte diese Umrisse, hatte sie inzwischen schon oft genug erblickt, und in diesem Augenblick durchfuhr ihn ein heißer Stich.

Er lauschte ins Trivocum, und wiewohl er eine plötzliche, flehentliche Hoffnung empfand, war seine Sorge ebenso groß, wenn es tatsächlich das war, was er glaubte – ein Drache.

Er wusste gar nicht, wie er auf die Idee kam, dass ihm ausgerechnet dieser Drache dort helfen würde – aber er beherrschte ja die Drachensprache! Und über diese geringe Entfernung, höchstens eineinhalb Meilen, würde er es sogar schaffen, Kontakt mit ihm aufzunehmen. Nach allem, was er über Drachen wusste, würde er ihn hier nicht sterben lassen. Drachen besaßen hohe moralische Werte. Und dass er, Victor, seine Sprache beherrschte, machte ihn in den Augen dieses Drachen sicher zu einem Verbündeten.

Drache!, rief er ins Trivocum. *Hörst du mich? Ich brauche deine Hilfe…!*

Victor? Wo bist du?

Victor glaubte, die Knie würden ihm nachgeben. Es war Tirao! Seine Stimme erkannte er sofort. Wie aber kam er hierher? Er müsste doch in Savalgor sein!

Tirao!, rief er. *Ich bin hier… auf diesem Drakkenschiff. Sie suchen mich…*

Tiraos Stimme, die ihm antwortete, klang entschlossen und voller Selbstvertrauen. *Warte! Ich bin gleich bei dir!*

Schon erkannte Victor, dass sich der Drache in seine Richtung in Bewegung setzte. Es war ein Wunder, ein vollkommenes Wunder, was hier geschah. Es sah tatsächlich so aus, als würde er doch noch mit dem Leben davonkommen… aber dann fiel ihm Faiona ein.

Warte, Tirao!, schrie er plötzlich ins Trivocum hinaus. *Es ist viel zu gefährlich! Diese Drakken… sie haben furchtbare Waffen. Faiona… sie ist…*

Victor!, donnerte es durchs Trivocum. *Wo bist du?*

Hier… auf diesem Drakkenschiff… oben drauf! Komm nicht! Es wird auf dich schießen. Sie… sie haben Faiona…!

Ich weiß, Victor!, hieß es und Tiraos Stimme war fest und entschlossen. *Faiona ist tot. Aber wir werden dich nicht umkommen lassen…*

Wir…?, fragte Victor verwirrt.

Leandra ist bei mir… und Hochmeister Jockum.

Leandra war hier! Das war fast ein Stück zu viel an dramatischen Ereignissen, die ihm innerhalb kürzester Zeit widerfuhren. Zu allem Überfluss verdoppelte, nein, *verdreifachte* sich nun die Sorge, die er empfand!

Tirao! Bleib weg… Sie werden euch töten!

Aber wo willst du denn hin, Victor? Wir kommen!

Victor sackte nun doch zusammen und Tränen schossen ihm in die Augen. Es war Leandras Stimme gewesen, die er eben gehört hatte. Bei den Kräften, er hatte sie seit fast einem Jahr nicht mehr gesehen! Und er hatte sich vor Sehnsucht fast verzehrt.

Dann war der Drache auch schon ein gutes Stück heran und Victor stand mit plötzlicher Entschlossenheit wieder auf. Er ballte die Fäuste, dass seine Knöchel nur so knackten. Verdammt! Wenn Tirao oder Leandra auch nur das kleinste bisschen geschah, würde er jeden Drakken in der Höhlenwelt mit eigenen Händen totschlagen, das schwor er! Seine plötzliche Wut war so gewaltig wie der Berg der Gefühle, die sich in ihm aufgetürmt hatten, seit er und Roya in Hammagor angekommen waren. Doch Victor bekam keine Zeit mehr, weiter nachzudenken, denn schon im nächsten Augenblick überschlugen sich die Ereignisse.

Während Tirao rasch näher kam, verstummte plötzlich das Feuer der Drakkenwaffen. Victor fühlte sich mit einem Mal, als steckte er in klebrigem Brei. Das Gefühl war erstickend und lähmend – so als läge eine tonnenschwere Last auf seinen Schultern. Das ganze Drakkenschiff schien erstarrt zu sein, die Vibrationen auf seiner Oberfläche hatten sich in zähes Gerüttel verwandelt, das jaulende Geräusch sackte in ein unirdisches, tiefes Grollen ab, und Victor stellte entsetzt fest, dass das Schiff sank – und zwar ziemlich rapide.

Aber da war Tirao schon heran. Als er mit mächtigen Flügelschlägen zur Landung mitten auf dem flachen Oberteil des Drakkenschiffes ansetzte, hörte die seltsame Erscheinung plötzlich auf. Augenblicklich schoss das Schiff wieder in die Höhe, und Tirao hatte seine liebe Not, seine Landung noch so hinzubekommen, dass er nicht auf die Oberfläche des Schiffes krachte.

Victor wurde von dem heftigen Luftstrom des Schwingenschlages umgeworfen. Er rappelte sich sofort wieder hoch, wusste, dass er jetzt schnell sein musste.

Er rannte auf Tirao zu, der mit schlagenden Flügeln das Gleichgewicht zu wahren versuchte. Er hüpfte auf einen großen metallenen Block und von dort auf den Ansatz der noch immer heftig auf und ab schlagenden linken Schwinge des Drachen. In dieser Sekunde erblickte er zwei hoch aufgerichtete Gestalten zwischen den Hornzacken auf Tiraos Rücken. Er glitt ab, rutschte nach unten und landete hart auf der Hülle des Drakkenschiffes. Er sprang ein zweites Mal hoch und streckte seine Hand nach einer anderen aus, die sich ihm entgegenreckte. Dass es Leandras Hand war, merkte er erst kurz darauf, und dieser Augenblick brannte sich auf geheimnisvolle Weise in seinem Gehirn fest. Er sollte diese Berührung nie wieder vergessen.

Dann war er auf dem Drachenrücken, sah vor sich einen freien Platz zwischen zwei Hornzacken, hechtete bäuchlings dorthin und spürte schon im nächsten Augenblick den heftigen Andruck, der entstand, wenn ein Drache in die Luft schnellte und mit gewaltigen Schwingenschlägen an Höhe gewann.

»Nicht so weit«, ächzte er. »Sie werden schießen…!«

Im nächsten Augenblick nahm er eine mörderische Feuerwolke wahr, die unter ihm aufblühte. Tiraos nächste grellweiße Energielanze bekam er aus den Augenwinkeln mit. Unter ihm brach die Hölle los. Tirao spie eine weißglühende Energiewolke nach der anderen aus, und die Kraft, mit der er das tat, war beängstigend. Die Energie, die vor seinem geöffneten Maul entstand, die aber, wie Victor wusste, aus seinem Geist stammte, ließ in unmittelbarer Umgebung alles knistern und knacken; Tiraos ledrige Haut wurde von einem Gespinst weiß-bläulicher Fäden überzogen, die auch ihn, Leandra und ihren Begleiter mit einschlossen. Es war eine fast unerträgliche Hitze und ein Gefühl, als wollte diese Energie sie allesamt auffressen und zu Asche verbrennen. Entsetzt sah Victor, dass um Tiraos Kopf herum die Luft regelrecht *loderte*, wenn es so etwas gab. Aber der Drache hörte nicht auf. Victor hatte Tirao bereits kämpfend erlebt, aber alles Vorherige war nichts gegen das, was er nun tat. Der Drache drehte völlig durch; er vereinte den Zorn eines ganzen Orkans in seinem Leib.

Dann war es zum Glück endlich vorbei. Tirao drehte ab.

Victor spürte, dass er heftig geschwitzt hatte. Seine Haut fühlte sich wund und fiebrig an, doch im kühlenden Flugwind verging das Gefühl zum Glück rasch wieder. Er stöhnte erleichtert auf. Als Tirao dann in einer engen Schleife abtauchte, trat sogar ein Lächeln auf Victors Gesicht. Ein solcher Zornesausbruch war eines Drachen, der seine getötete Geliebte rächen wollte, durchaus würdig.

Als sie tiefer kamen, sah er, wie das Drakkenschiff in einer blauweißen Glutwolke stand, aus der gelbrote Blitze herausschossen. Tirao umrundete das Schiff in einigem Abstand; es brannte in brüllendem Feuer. Es stand außer Frage, dass es dem Untergang geweiht war; Victor bezweifelte, dass auch nur noch ein einziger Drakken an Bord dieses Glutofens lebte.

Das Schiff schlingerte zur Seite und kippte dann weg, als hätte jemand mit einer Axt ein Halteseil gekappt. Immer schneller werdend, stürzte es in die Tiefe. Victor atmete keuchend und starrte dem Schiff fasziniert hinterher. Es war unglaublich, dass ein so mächtiges Kriegsgerät von einer vergleichsweise einfachen Drachenmagie derart vernichtend getroffen werden konnte. Kein Wunder, dass die Drakken die Magie haben wollten.

Noch lange bevor das Drakkenschiff in der Tiefe aufschlug, schoss seitlich ein knisternder Strom gelblich leuchtenden Nebels aus ihm heraus. Dann zerbarst die linke Flanke und ein großer, brennender Teil wurde nach oben weggesprengt. Er flog genau in ihre Richtung. Aber schon war Tirao aus der Flugbahn des Trümmerstücks heraus. Kurz darauf schlug das Schiff tief unten auf einem Geröllfeld am Fuße des Felspfeilers auf. Victor konnte sich nicht beherrschen und stieß ein wütendes Siegesgebrüll in die Morgendämmerung hinaus.

Dann sackte er auf seinem Platz zusammen und fuhr sich mit beiden Händen übers Gesicht. Das alles war fast zu viel für einen einzelnen Mann. Er atmete stoßweise und versuchte ruhiger zu werden. Wenn all die Schrecken und Überraschungen in diesem Tempo weitergingen, würde ihm irgendwann bald das Herz zerplatzen.

Dann spürte Victor eine Hand auf seiner Schulter und eine Welle der Wärme und Erleichterung durchflutete ihn. Er wandte sich um und blickte in Leandras lächelndes Gesicht.

Als ob er in den letzten Stunden nicht schon genug geweint hätte, brach nun ein Strom von Tränen aus ihm hervor, Tränen der Erleichterung und des Glücks. Leandras Antwort war ein einziges, warmes Lächeln. Obwohl dies einer der gefährlichsten und traurigsten Tage in seinem Leben war, so war es gleichzeitig wohl auch einer der glücklichsten.

Es war die höchste von Tiraos Hornzacken, die zwischen ihnen aufragte – um die anderthalb Ellen hoch und so massig, dass er sie mit beiden Armen kaum umschließen konnte. Aber das machte nichts. Er saß gegen die Flugrichtung des Drachen, mit dem Bauch gegen die Zacke gelehnt, und Leandra tat von ihrer

Seite her das Gleiche. Sie sah einfach wundervoll aus. Er dachte, dass er noch nie so etwas Schönes wie ihr Gesicht gesehen hatte. Der Wind zerrte an ihrem langen, rotbraunen Haar und ihre Augen sprühten vor Leben. Ihre Gesichter waren nur eine Handbreit voneinander entfernt und sie hielten sich an den Händen und küssten sich. Seine Tränen waren immer noch nicht ganz versiegt.

»Das ist übrigens Hochmeister Jockum«, sagte sie irgendwann leise und wies mit dem Kopf leicht nach hinten. »Der Primas des Cambrischen Ordens.«

Victor wurde sich seines Versäumnisses bewusst und reckte den Kopf. Hinter Leandra tauchte das väterlich lächelnde Gesicht eines alten Herrn auf. Zwischen ihm und Leandra ragte eine weitere Zacke des Hornkamms auf. Victor hatte schon oft von Hochmeister Jockum gehört, ihn bisher aber nie getroffen. Er ließ Leandra los und lächelte ihm verlegen zu. »Entschuldigt… äh, Hochmeister. Ich…«

Der Primas nickte freundlich. »Du bist also dieser berühmte Victor. Herzlich willkommen auf dem Flug nach Hammagor! Wie geht es dir?«

Er seufzte. »Es geht. Ich bin in Ordnung, nur…«

Jockums Gesicht wurde ernst. »Ich kannte Faiona leider nicht«, sagte er. »Es… es ist überhaupt das erste Mal für mich«, und er klopfte dabei leicht auf die Hornzacke vor sich, »dass ich einem Drachen so nah komme. Aber… nun, wie soll ich sagen? Ich bin sehr beeindruckt von diesen Wesen. Und ich mag sie. Es ist schrecklich, dass einer von ihnen sterben musste. Einer, der uns sehr nahe stand.«

Victor starrte für eine Weile ins Leere. Leandra hielt seine Hände und das half ihm – jetzt, wo er wieder an Faiona denken musste. Auch Leandra hatte Faiona nicht gekannt. »Sie hat ihr letztes bisschen Kraft darauf verwendet, mir das Leben zu retten«, sagte er betrübt.

»Es ist irgendwie seltsam, wenn ein so gewaltiges und großartiges Wesen sein Leben für einen wie mich hergibt. Ich… ich fühle mich… schuldig.«

Es lag weder in Leandras noch in Jockums Hand, Victor dieses Gefühl der Schuld zu nehmen. Das hätte nur Tirao vermocht, aber der Drache nahm nicht an den Unterhaltungen teil, die in der Menschensprache geführt wurden. So musste Victor selbst damit fertig werden und vielleicht darauf hoffen, dass Tirao irgendwann etwas sagte, das ihm Erleichterung verschaffte. Er würde ohnehin noch mit dem Drachen über Faiona reden müssen. Ihm sagen, wie es geschehen war. Victor warf einen Blick über die Schulter zum Kopf des Drachen und tastete sich dann ins Trivocum.

Wie geht es dir, Tirao?, fragte er unbeholfen.

Etwas besser, erwiderte der Drache knapp. *Ich bin froh, dass wir dich retten konnten. Und es tut mir Leid, dass ich euch vorhin so sehr… misshandelt habe. Als ich auf das Drakkenschiff losging.*

Ich kann deinen Zorn gut verstehen, sagte Victor. *Vielleicht war es auch recht so, dass wir von deiner Magie ein bisschen gebeutelt wurden. Damit wir nie vergessen, was ihr Drachen alles für uns tut. Faiona ist unseretwegen gestorben. Ich wünschte, ich könnte es irgendwie ungeschehen machen.*

Wie ist es passiert?, fragte Tirao.

Victor erzählte es ihm. Die ganze Geschichte, von dem Augenblick an, da sie auf das Drakkenschiff gestoßen waren. *Vielleicht habe ich eines Tages einmal die Chance, etwas Großes für dich oder für euch Drachen zu tun,* schloss er. *Etwas wirklich Wichtiges, auch wenn es unter Einsatz meines Lebens ist. Ich werde nicht zögern, das verspreche ich dir.*

Danke, Victor, sagte Tirao. *Es ist ein großer Trost zu wissen, dass wir Freunde sind, die füreinander einstehen.*

Damit war alles gesagt.

Es gab große Unterschiede zwischen den Menschen und den Drachen, und Victor hatte immer ein wenig Angst, irgendetwas zu sagen, was die Würde seines Drachenfreundes verletzen konnte. Die Drachen waren sehr empfindsam und achteten auf jedes Wort. Für den Moment schien es ihm gelungen zu sein, Tirao gegenüber seine Gefühle und seine Trauer in passender Weise zu äußern. Später, wenn sich der Schmerz ein wenig gelegt hatte, war genügend Zeit, mehr zu reden.

Victor war froh, als dieses Gespräch beendet war, und wandte sich wieder Leandra zu. Er studierte ihr Gesicht und wünschte sich, dass ihr Wiedersehen unbefangener hätte stattfinden können. An einem anderen Ort, frei von all der Gefahr, der Unruhe und den bohrenden Fragen, die über allem hingen. Er seufzte.

Sie fuhr ihm mit dem Zeigefinger über die Wange. »Ich… muss zugeben, dass ich neugierig bin«, sagte sie. »Du scheinst eine Menge durchgemacht zu haben.«

Er schnaufte und legte dann seinen Kopf auf Leandras andere Hand, die vor ihm auf der Hornzacke ruhte. »Kann man wohl sagen. Und ich bin todmüde.« Er hob wieder den Kopf. »Werdet ihr aber wahrscheinlich auch sein, oder? Tirao ist vor kaum vier Tagen von Hammagor aus losgeflogen. Wie kann es sein, dass ihr jetzt schon hier seid? Seid ihr ihm entgegengekommen?«

Leandra schüttelte den Kopf. »Nein. Er hat uns direkt in Savalgor abgeholt. Ist eine ziemlich verwirrende Geschichte. Aber… sag: Habt ihr den Pakt gefunden?«

»Du weißt von dem Pakt? Nein. Sardin rückt ihn nicht raus.«

Leandra versteifte sich. »Was…? *Sardin?*«

Victor schluckte, als ihm klar wurde, was er gerade gesagt hatte. Er hätte es ihr schonender beibringen sollen.

»Ich verstehe nicht…«, begann Leandra kopfschüttelnd. »Sardin? Was meinst du damit?«

Er spürte, wie sich sein Puls wieder beschleunigte. Er begann das Gefühl zu hassen. »Nun«, sagte er schwer und holte tief Luft, »Sardin ist in Hammagor.«

Ihre Augen spiegelten grenzenlose Verwirrung. »Sardin? In… *Hammagor*?«

»Ja.« Er deutete mit dem Daumen über die Schulter, in die Flugrichtung von Tirao, der auf die Festung in der Hochebene von Noor zuhielt. »Sardin hat den Pakt. Und er hockt da in seinem verfluchten Turm am anderen Ende des Tales.«

Leandra richtete sich auf, so als könnte sie jetzt schon ausmachen, wovon er sprach. »In seinem *Turm*?«, stammelte sie.

Er nickte. »Ja. Einige Meilen von Hammagor entfernt. Da steht ein Turm auf einem riesigen Pfeilerstumpf.« Er breitete die Arme aus. »Ein monströser Turm. Wir waren da.«

Sie starrte ihn noch immer verstört an. »Und… da war *Sardin*?«

»Ja, Leandra. Als eine Art Erscheinung. Der Turm muss so etwas wie der Ursprungsort der Quellen der Rohen Magie sein. Da hängt so ein seltsames Gebilde in der Dunkelheit… wie ein riesiger Strudel… mittendrin ist Sardin. Und er hat den Pakt.«

Hochmeister Jockum hatte sich vorgebeugt, hielt Leandras Schultern und starrte Victor an. »Sardin? Der Gründer der Bruderschaft? Derjenige, der den Pakt mit den Drakken abschloss?«, fragte er. »Aber – wie kann er noch leben?«

»Ob man das *leben* nennen kann, weiß ich nicht. Er behauptet, er wäre so eine Art… Gott. Ein Geistwesen. Er hat den Pakt, aber er will ihn nicht herausgeben. Jedenfalls nicht an mich oder Roya.« Er sah Leandra ernst an. »Er… nun, er will ihn nur *dir* geben.«

Leandra stieß ein Gurgeln aus. Sie erwiderte nichts. Offensichtlich hatte es ihr vollkommen die Sprache verschlagen.

Vier Stunden später mussten sie eine Pause einlegen. Tiraos Kräfte waren innerhalb einer Stunde fast vollständig versiegt. Er war plötzlich sehr viel tiefer gegangen, hatte erheblich an Geschwindigkeit verloren, bis er sich schließlich nur noch mit Mühe über die endlosen Geröllwüsten zwischen den Stützpfeilern dahingeschleppt hatte.

Der Primas hatte abgeraten, Tirao mit Hilfe von Magie noch einmal aufzumuntern. Er hatte sich bei seinem Wutausbruch gegen das Drakkenschiff über die Maßen verausgabt, das wurde ihnen nun erst klar. Der Primas riet, eine Pause von zwei oder drei Stunden einzulegen und danach den Rest des Weges mit Hilfe einer ganz leichten magischen Stärkung zu bewältigen. Alles andere würde sich womöglich nachteilig auf Tiraos Gesundheit auswirken.

Sie landeten an einem kleinen See, der insofern noch der freundlichste Fleck weit und breit war, als dass hier sogar einige dürre Golaabäumchen, Sträucher mit Beeren und ein paar Grashalme wuchsen. Bevor Tirao in einen erschöpften Schlaf sank, knackte er mit Heißhunger die wenigen Golaanüsse, die er hier fand. Als er schlief, nutzte Leandra die Pause, um ein Feuer zu entfachen und aus Wurzeln, Kräutern und Beeren so etwas wie eine dünne Suppe zu kochen. Als Gefäß nutzten sie die harte Schale einer Golaanuss, die Leandra vor Tirao in Sicherheit gebracht hatte. Irgendwas mussten sie schließlich auch essen, sie hatten allesamt mächtigen Hunger.

Die Suppe war herzlich dünn, schmeckte unbestimmbar und hinterließ bei keinem von ihnen ein Gefühl der Sättigung. Aber immerhin, sie war besser als nichts.

Wenn sie erst wieder in Hammagor waren, würde es etwas Richtiges zu essen geben. Victor dachte sehnsüchtig an den Inhalt der großen Kiste, die er kurz vor dem Abflug noch entdeckt hatte.

Als sie mit dem Essen fertig waren, fiel Victor das Büchlein und das gefaltete Blatt mit den Bildern ein. Leandra würde das sicher sehr interessieren. Er holte es hervor und zeigte es ihr. Auch der Primas wurde neugierig und Victor musste in allen Einzelheiten erzählen, wie er an diese beiden Gegenstände gelangt war.

»Eine Welt ohne Felsenhimmel«, sagte Leandra leise, als sie ehrfürchtig das Blatt mit den Abbildungen betrachtete. Der Primas saß auf der anderen Seite des Feuers und studierte angestrengt den Inhalt des Büchleins. Leandra blickte zum Himmel hinauf. »Ich habe mich mit Meister Fujima darüber unterhalten. Er hält diese Idee durchaus nicht für abwegig. Ich hatte schon immer die Vermutung, dass es dort oben etwas gibt.«

Der Primas warf ihr zweifelnde Blicke zu und widmete sich dann wieder dem Buch. Seine Blicke flogen über die Zeilen und sein Gesicht spiegelte ein Gemisch aus Neugier, Zweifel und Ungläubigkeit.

Leandra beobachtete ihn scharf. »Könnt Ihr das etwa *lesen*, Hochmeister?«, fragte sie erstaunt.

»Ich wundere mich selbst«, sagte er mürrisch. »Schon wieder dieses alte *Anglaan.* Es ähnelt der Sprache, in der Tirao sich mit euch unterhalten hat. Dies hier ist nicht ganz dasselbe, aber es gibt verwandte Elemente. Erstaunlich. Und das hast du in Sardins Turm gefunden, Victor?«

»Ja. Da gibt es noch mehr von diesem Zeug. In einer Truhe, wie ich schon erzählt habe. Sie steht bezeichnenderweise im Mittelpunkt dieses rätselhaften Labyrinths unten im Turm. Ich dachte zuerst, ich würde dort den Pakt finden, aber da ist er nicht, glaube ich.«

»*Glaubst* du?«

Victor schüttelte den Kopf. »Nein. Da bin ich mir ziemlich sicher. Ich habe zwar nicht die ganze Truhe durchsucht, aber irgendwie hätte das nicht gepasst. Nein, dieser Ort hat eine andere Bedeutung. Sardin hätte mich nicht so einfach dorthin gelassen, wenn der Pakt da versteckt gewesen wäre. Er wollte, dass *du* zu ihm kommst, Leandra.«

Der Primas nickte ernst.

»Und was steht nun da drin?«, fragte Leandra. Sie deutete auf das Büchlein, das der Primas noch immer unschlüssig in seinen Händen wendete.

Er zuckte mit den Schultern. »Ich habe ein paar Stellen überflogen und nur wenig davon verstanden. Man müsste diesen Text von einem wirklichen Fachmann übersetzen lassen.«

»Und was steht drin?«

Der Primas kratzte sich am Kinn. »Nun, soweit ich das begriffen habe, handelt es sich um… eine Geschichte, eine Erzählung. Eine Aufzeichnung, womöglich. Jemand beschreibt, wie eine Gruppe von Leuten – von *Menschen* offenbar – sich in eine Art… nun, verfallene unterirdische Stadt zurückzieht.« Er klappte das Büchlein wieder auf und blätterte darin herum. »Ich habe etwas über eine verlorene Welt gelesen, über Stürme und Trockenheit und über marodierende Horden, vor denen man floh. Zerstörung, Dürre, verdorbene Luft… und was weiß ich nicht noch alles.«

Leandra und Victor starrten den Primas an – voller Neugier und Überraschung.

»Hier«, sagte er. »Menschen… sie flohen. Äh… acht… achthundert Personen, wenn ich das richtig übersetze.«

Leandra und Victor erhoben sich, umrundeten das müde flackernde Feuerchen und ließen sich links und rechts neben dem Primas nieder. Der alte Magier fuhr mit dem Finger über die Zeilen, verharrte bei Wörtern, die er zu kennen glaubte, und erläuterte dabei, was er den Zeilen entnahm. »Eine Bibliothek«, sagte er. »Offenbar war es eine Bibliothek, wohin sie flohen. Unterirdisch, ja. Das hier muss *unterirdisch* heißen. Und dann… sie… sie verbargen den Eingang. Vor anderen. Damit man sie nicht finden konnte. Es… es muss eine Welt voller Schrecken gewesen sein, der sie entflohen.«

»Vielleicht das Dunkle Zeitalter?«, meinte Victor.

Der Primas zuckte die Schultern. »Möglich. Aber… das glaube ich eigentlich nicht. Anglaan ist viel älter. Es ist die Sprache, die in die Zeit des Beginns unserer Geschichtsschreibung fällt.« Er blickte auf und sah Victor forschend an. An seinem Nicken erkannte er, dass auch er mit dem Rätsel des sehr plötzlichen Beginns der Geschichtsschreibung der Höhlenwelt vertraut war.

»Ich verstehe«, sagte Victor.

Der Primas sah wieder in das Büchlein und blätterte weiter, brauchte eine Weile, ehe er das gefunden hatte, wonach er suchte. »Besonders wegen diesem hier«, sagte er und deutete auf eine weitere Textstelle. »Hier steht, dass… nun, es handelt sich offenbar um jene Gruppe, denn hier ist wieder von *achthundert* die Rede… hier also steht, dass man am dritten Tag eine… *Öffnung* erreichte. Offenbar nach einem Abstieg… aber ich bin nicht sicher. Aber hier taucht ein Wort auf…« Er zögerte, hob dann die Schultern. »Hm. Nun, ich würde sagen, es heißt… *Höhlenwelt*!«

Ein heißer Schauer durchzuckte Victor. »Genau über dieses Thema habe ich mit Faiona gesprochen!«, sagte er aufgeregt. Er erklärte Leandra und dem Primas noch einmal seine Theorie, die besagte, dass nur jemand, der von *anderswo* käme, diese Welt *Höhlenwelt* und nicht einfach nur *Welt* nennen würde.

»Aber wir sagen doch auch *Höhlenwelt*«, hielt Leandra dagegen. »Und wir *sind* von hier!«

Victor lächelte sie an. Es war das erste Mal, dass sich seine Prinzessin ein wenig begriffsstutzig zeigte. »Vollkommen richtig, mein Schatz«, sagte er freundlich. »Wir sagen es seit *damals*!«

Leandra zog kurz die Brauen in die Höhe und verzog den Mund in der Art eines Selbsttadels. »Du hast Recht, mein… *Schatz*«, erwiderte sie und nickte dann. »Das könnte… nun, es *würde* bedeuten, dass wir allesamt Nachfahren dieser Leute wären.«

Der Primas nahm Leandra das kleine, bebilderte Blatt aus der Hand. »Dies hier könnte die Welt sein«, sagte er bedächtig, »aus der diese Leute hierher kamen. Damals, vor etwa fünftausend Jahren.«

Victor verzog den Mund, als er die Bilder abermals betrachtete. »Sieht nicht unbedingt nach einer Welt aus, aus der man *fliehen* müsste.« Er zeigte auf die Insel, die friedlich im grünen Meer lag, während sich ein tiefblauer Himmel über sie spannte. Ein Himmel *ohne* Stützpfeiler.

Der Primas nickte. »Diese Bilder decken sich auch nicht mit dem, was in dem Büchlein geschrieben steht. Stürme, Trockenheit, verdorbene Luft…«

»Irgendein großes Geheimnis *gibt* es«, stellte Leandra fest. »Das ist allen Gelehrten seit langem klar!« Sie suchte in Jockums Gesicht nach einer Zustimmung.

Der Hochmeister nickte schließlich ein wenig widerwillig. Er wandte sich an Victor. »Du hast übrigens einen bemerkenswerten Denkansatz geliefert mit deiner Betrachtung über den Namen ›Höhlenwelt‹. Er erscheint mir nicht ungeschickt. Und diese Sache hier«, damit hielt er das Büchlein hoch, »wäre eine interessante Theorie. Ich werde, sobald wir wieder zurück in Savalgor sind, einen Fachmann mit der Übersetzung beauftragen. Dann werden wir sehen.«

Victor zog die Mundwinkel nach unten und hob die Achseln. »Am Ende werde ich noch berühmt«, meinte er.

Leandra lachte hell auf, erhob sich und umrundete den Hochmeister, um sich neben Victor zu setzen. »Wie berühmt willst du *noch* werden?«, fragte sie lächelnd und schmiegte sich an ihn. Er legte seufzend den Arm um ihre Schultern. »Du hast bereits Hammagor entdeckt, hast mit einem toten Gott geredet und nun die Ursprünge der Menschheit entdeckt…«

Er nickte und hob den Zeigefinger. »Nicht zu vergessen: die Bruderschaft! Dort bin ich inzwischen auch berühmt!«

»Ja. So berühmt, dass wir zusehen müssen, dich von ihnen für alle Zeiten fern zu halten. Sie würden dich auf der Stelle umbringen, solltest du ihnen in die Hände fallen.«

Er nickte. Leandras Nähe tat ihm unendlich gut. »Das haben wir gemeinsam, was? Wenn würden sie wohl zuerst aufknüpfen? Dich oder mich?«

Leandra sah ihn lange an. Ein Lächeln stand in ihrem Gesicht. »Du ahnst nicht, wie glücklich ich bin, dich wieder zu sehen«, flüsterte sie. »Wir lange waren wir getrennt?«

»Ein gutes Jahr«, antwortete er. »Ich habe erst vor ein paar Wochen erfahren, dass du noch lebst. Ich dachte, du hättest mich damals aus Angadoor fortgeschickt, damit ich nicht miterleben musste, wie du stirbst.«

Ihre Augen blitzten kurz auf, dann nickte sie. »Ja, stimmt. Aber dann hat Ulfa mich gerettet.«

»Ich weiß. Er hat es mir erzählt.«

Leandra rückte überrascht ein Stück von ihm ab. »Du kennst Ulfa? Als Baumdrachen?«

»Ja. Eines Tages stellten Tirao und… Faiona ihn uns vor. Mir und Roya. Seither hat er uns viel geholfen. Er hat auch Tirao nach Savalgor geschickt, damit er dich abholt. Was ja fabelhaft geklappt hat.«

Sie sahen sich eine Weile schweigend an. Dann fragte Victor: »Was willst du nun tun? Wirst du zu Sardin gehen? In seinen Turm?«

Sie seufzte schwer. »Was bleibt mir schon übrig?«

»Ich kann mir nicht denken, was er von dir will!«, sagte Victor und starrte missmutig ins Feuer.

»Glaubst du, er hat etwas vor? Will er mir etwas antun?«

Victor schüttelte den Kopf. »Den Eindruck hat er nicht gemacht. Eher den, als stünde er ein wenig… *über* solchen Dingen. Obwohl er andererseits nichts als ein dummer Bauer ist. Hochmütig, rachsüchtig und arrogant. Ich weiß nicht recht, was ich von ihm halten soll. Auf der einen Seite ist er imponierend und erstaunlich und auf der anderen Seite ein kleinkarierter Narr.«

»Ich werde es selbst herausfinden müssen«, meinte Leandra nachdenklich. »Ich hoffe nur, ich kriege dann auch wirklich den Pakt.«

25 ♦ Rasnor

Die kalte, graue Festung von Hammagor lag schweigend unter ihm in der Geröllwüste. Die Morgendämmerung brach eben an; schon seit vielen Stunden starrte Rasnor brütend hinab in die Dunkelheit und überlegte, was er tun sollte. Ob Quendras tot war? Hatte Victor den Pakt tatsächlich gefunden? Er wusste nicht ein noch aus. Leise fluchte er über sich selbst, über seine Angst, die ihn davon abhielt, einfach dort hineinzuspazieren und dieses verdammte Pack zur Hölle zu jagen! Seit zwei Tagen beobachtete er Hammagor jetzt schon, aber er brachte den Mut nicht auf, wirklich dorthin zu gehen. Was sollte ihm schon passieren? Er verfügte über mindestens eine Magie, vor der sie gehörigen Grund hatten zu zittern – ja, er hatte damit sogar Quendras gefällt, wenn nicht gar getötet!

Verdrossen starrte er zur Festung hinab und versuchte den Mut zu finden aufzubrechen.

Dann jedoch geschah etwas, womit er überhaupt nicht gerechnet hatte.

Irgendetwas schob sich in sein Blickfeld – ein Ding, das durch den Himmel schwebte, weit entfernt, viele Meilen hinter der Festung, und es war *riesig*! Viel größer als irgendetwas Fliegendes, das er je gesehen hatte. Rasnor stand erstaunt auf und trat an die felsige Kante seines Beobachtungsplatzes auf dem kleinen Tafelberg.

Was, bei allen Dämonen, war das? Ein graues Etwas, gewaltig groß, lang gestreckt und unendlich langsam dahingleitend! Unruhig sah er sich um, ob es in der

Nähe noch so etwas geben mochte, eine ihm unbekannte Drachenart vielleicht, die nur hier im Lande Noor vorkam – für unmöglich hielt er das nicht. Er und seine Leute hatten bereits mit einem Malachista Bekanntschaft gemacht, einer unglaublich gewaltigen und bösen Drachenbestie, die er bislang nur für Gerede gehalten hatte.

Verwirrt betrachtete er das Ding; es sah einem Drachen überhaupt nicht ähnlich. Es besaß keine Schwingen und war wohl noch ein ganzes Stück größer als ein Malachista. Sein Herz pochte dumpf und eine seltsame, unerklärliche Angst beschlich ihn. Er trat wieder von der Kante zurück. Von seinem Standort aus bis nach Hammagor waren es an die fünf Meilen, und von dort bis hin zu dem Ding, das eben aus dem Licht eines Sonnenfensters in den Schatten zwischen zwei Stützpfeilern glitt, wohl noch zehn Meilen. Bewegungslos starrte Rasnor ihm nach, bis es hinter den Pfeilern verschwand.

Eine ganze Weile stand er da, von einer seltsamen Furcht erfüllt, und starrte in die Ferne. Nein, es war offenbar wirklich fort, dieses *Ding*. Er atmete unwillkürlich auf.

Irgendetwas ließ ihn nun abermals zögern, das durchzuführen, wozu er sich gerade halbwegs durchgerungen hatte: hinab nach Hammagor zu gehen, um sich Gewissheit zu verschaffen. Vorgestern, am frühen Morgen, war jemand mit einem Drachen von Hammagor aufgebrochen, aber er wusste nicht, wer. Vielleicht war jetzt seine einzige Chance, noch etwas auszurichten. Wenn er in Erfahrung bringen konnte, ob Quendras überlebt hatte und ob er vielleicht derjenige auf dem Drachen gewesen war, dann konnte er sich einen neuen Plan zurechtlegen – oder sogar, mit ein wenig Glück, unmittelbar handeln. Er brauchte den Pakt, sonst waren all seine Pläne keinen Kupferfolint mehr wert.

Aber was, bei allen Höllen, war das nur für ein rätselhaftes Objekt dort am Himmel gewesen? So etwas hatte er noch nie gesehen. Er hatte Angst, dass dieses Etwas vielleicht wieder erscheinen könnte, gerade wenn er auf dem Rücken seines Drachen saß. Noch für Minuten stand er da, versuchte seine Angst niederzukämpfen und beobachtete mit scharfen Blicken die Gegend, wo das Ding verschwunden war. Endlich wurde er wieder ruhiger.

Rasch wandte er sich um und eilte zu seinem Drachen, der unweit von ihm auf dem blanken Fels des Tafelberges saß und taub in die Gegend starrte. Rasnor warf ihm übers Trivocum einen Befehl entgegen, sprang auf den rechten Schwingenansatz und kletterte in das Holzgestell auf dem Rücken des Tiers. Der Drache erwachte ein wenig aus seinem Dämmerzustand. Nachdem Rasnor sich mit den Lederschnüren festgemacht hatte, befahl er den Start.

Er hasste es. Noch mehr, als er diese verfluchte Drachenbestie hasste. Schneller, als ihm lieb war, ging der Drache tief in die Knie und warf sich dann mit einem gewaltigen Sprung in die Luft. Es knackte und krachte nur so – sowohl im Tragegestell als auch in Rasnors Knochen. Er stöhnte, richtete sich mühsam auf und warf, obwohl er auch das nicht mochte, einen Blick in die Tiefe. Der Tafelberg lag schon ein gutes Stück hinter ihnen; der Drache schwang sich mit klatschenden Flügelschlägen hoch in die Luft hinaus, erfüllte die stille, graue Morgendämmerung mit dem Wirbelwind seiner kraftvollen Bewegung. Rasnor befahl dem Tier, tiefer zu gehen und in langsamem Gleitflug an die Festung heranzufliegen. Er spürte den unterdrückten Widerwillen des Drachen, der sich gegen seine Befehle auflehnen wollte, aber für jedes einzelne Mal musste er Schmerz und Pein erleiden – Rasnor gab ihm, was er verdiente. Bald darauf glitt er wieder brav und ruhig durch Luft. Er verlor an Höhe und schoss bald knapp über das weite Geröllfeld vor der Festung dahin. Als Rasnor eine günstige Stelle entdeckte, befahl er dem Drachen zu landen.

Er kletterte vom Rücken des Tiers herab und befahl ihm, sich niederzulegen und nicht zu rühren. Auf geradezu hündische Weise gehorchte der mächtige Drache und Rasnor lachte höhnisch auf. Dann wandte er sich um und eilte durch die Morgendämmerung auf die Festung zu.

Bald darauf kauerte er hinter ein paar Felsen in Rufweite der Festung. Er hatte die letzte halbe Meile zu Fuß zurückgelegt und inzwischen schlug ihm das Herz bis zum Hals. Jetzt waren es nur noch hundert Schritt bis zur Festung und in seinem Magen rumorte es.

Nichts rührte sich. Mit aller Vorsicht verließ er sein Versteck; zum Glück war es noch so dämmerig, dass man ihn über eine größere Entfernung wohl kaum würde sehen können. Im Schutz der großen Mauer schlich er an die Festung heran und huschte dann durch das riesige, offene Tor in den Innenhof. Er sah sich gründlich um, drückte sich an den Mauern entlang und erreichte schließlich den Eingang zum Hauptgebäude. Die große Halle war verlassen. Wer auch immer sich noch in der Festung aufhielt, würde ein Stockwerk weiter oben sein. Nötigenfalls musste er die Treppe hinaufschleichen, aber seine Hoffnung bestand darin, aus der Ferne Stimmen zu vernehmen und daraus schließen zu können, wer von den dreien sich noch hier aufhielt. Dann würde er eine Entscheidung treffen, wie er weiterhin vorging.

Zum Glück war er vor den Fallen, die es hier gab, gewarnt. Quendras hatte sich sehr gut damit ausgekannt, immerhin etwas, wofür sich dieser miese Verräter als nützlich erwiesen hatte. Rasnor wusste von der gefährlichen Treppe, dem tödlich herabsausenden Lüster und dem Fallgruben-Mechanismus im Saal des steinernen Throns. Es waren typische Schutzmechanismen, welche die Bruderschaft in der einen oder anderen Form seit Anbeginn der Zeiten einsetzte. Quendras schien ein echter Fachmann für solche Dinge zu sein. Rasnor hatte widerwillig sogar ein wenig Bewunderung für das Wissen des Magisters empfunden. Im Nachhinein kam es ihm jedoch seltsam vor, dass Quendras nicht zugelassen hatte, dass einer oder mehrere seiner Begleiter Opfer dieser Fallen geworden waren. Auf diese Weise hätte er sich seiner zukünftigen Gegner ohne eigenes Zutun entledigen können. Nun ja, überlegte Rasnor – solche Fallen machten Lärm. Zu diesem Zeitpunkt hatte Quendras gewissermaßen ja noch zu ihnen gehört und sie hatten Victor und Roya überraschen wollen.

Abermals stieg Zorn in Rasnor auf, als er an diesen verfluchenswerten Verrat des Magisters dachte. Ausgerechnet Quendras! Rasnor hatte immer noch keine Vorstellung, was den verdammten Kerl dazu getrieben hatte! Er war die rechte Hand Chasts gewesen, und wiewohl Rasnor ihn nicht ausstehen konnte, hätte er es nie für möglich gehalten, dass ausgerechnet dieser Mann die Seiten wechseln würde! Aber vielleicht arbeitete er auch auf eigene Faust und hatte irgendetwas ganz Spezielles vor. Falls er überhaupt noch lebte!

Rasnor schlich vorsichtig zur Treppe, in der Gewissheit, dass er es in Kürze wissen würde. Sollte Victor mit dem Drachen aufgebrochen und Quendras tot sein, dann konnte Rasnor auf der Stelle reinen Tisch machen. Vor dieser kleinen Göre hatte er keine Angst. Obwohl es ihm fast ein bisschen Leid tun würde, sie zu töten. Sie war recht hübsch. Langsam erklomm er die Stufen, achtete auf jedes kleinste Geräusch, aber da war nichts – wie schon bei ihrem ersten Eindringen hier. Er wusste, was er zu tun hatte, falls ein Klicken erklang. Offenbar war der Mechanismus abgeschaltet.

Er langte am oberen Ende der Treppe an, verbarg sich hinter einer Wand und spitzte die Ohren. Zu seiner Enttäuschung war nichts zu hören.

Anfangs dachte er, sie schliefen noch, wollte aber kein Risiko eingehen. Über eine Stunde blieb er an seinem verborgenen Platz und lauschte in die Stille. Schließlich wurde ihm die Warterei einfach zu viel und er wagte sich aus seinem Versteck.

Seine Verblüffung war groß, als er niemanden vorfand. Überall lagen Schlafdecken, Kleider und sonstiges Gepäck herum, aber von Victor, Roya oder Quendras war keine Spur. Vorsichtig sah er sich überall um, suchte schließlich das gesamte Festungsgebäude ab, aber er fand niemanden. Ihm wurde zunehmend unheimlich. Er war sicher, nur eine Person auf einem Drachen davonfliegen gesehen zu haben. Hatte etwa Quendras den Pakt erbeutet, Victor und Roya getötet und verschwinden lassen und war dann, gestern schon, mit dem Drachen von hier abgehauen? Rasnor entdeckte den tiefen Schacht in den Hinterräumen und ihm wurde klar, dass man dort ohne weiteres ein paar Leichen würde verschwinden lassen können. Zumindest würden die Überreste von Teljas, Heron, Ommek und Petar dort unten liegen – es gab hier wohl keinen anderen Ort, der dafür in Frage kam.

Was nun? Rasnor überlegte, dass die noch hier liegenden Ausrüstungsgegenstände eigentlich darauf hindeuteten, dass jemand zurückzukehren gedachte. Aber wohin, bei allen Dämonen, waren sie verschwunden? Immer neue Möglichkeiten kamen Rasnor in den Sinn – Quendras war tot und Victor und Roya waren mit dem Pakt von hier fortgeflogen. Oder sie waren alle drei tot, Opfer der Monstren oder der Fallen, die laut Quendras den Pakt beschützten. Demnach war der Drache allein fortgeflogen. Oder zwei von ihnen suchten derzeit an irgendeinem verborgenen Ort nach dem Pakt, während der Dritte in Richtung eines unbekannten Ziels aufgebrochen war.

Rasnor kam zu keinem Schluss. Sein einziger Hinweis war das zurückgelassene Gepäck. Er stutzte. Nein, es gab noch eine weitere Möglichkeit! Nämlich die, dass *zwei* tot waren und der Dritte mit dem Drachen *geflohen* war! Ja, das musste es sein! *Tod und Flucht!* Sein Herz pochte dumpf. Stimmte seine Theorie, dann würde das bedeuten, dass der Pakt noch hier war! Aber wo? Er hatte sämtliche Winkel des Gebäudes abgesucht und rein gar nichts gefunden!

Als er schließlich, von einer gewissen Verzweiflung beseelt, sich daran machen wollte, das Gebäude noch einmal abzusuchen, hörte er etwas. Rasch kauerte er sich neben einem der Türdurchgänge im oberen Stockwerk nieder. Da waren… Stimmen. Ja, ohne Zweifel! Beinahe hätte er aufgeatmet. Er konnte nicht genau sagen, woher sie kamen, aber sie wurden eindeutig lauter. Schnell eilte er in Richtung der Treppe, die in die große Halle hinabführte, versteckte sich dort und lauschte.

Kurz darauf wusste er alles, was er wissen musste.

Es waren Quendras und Roya, die sich hier noch aufhielten, aber er hatte nicht mitbekommen, woher sie gekommen waren. Quendras schien es blendend zu gehen, er unterhielt sich angeregt mit dieser kleinen Schlampe! Verdammt! Schlechter hätte es nicht kommen können!

Er bezweifelte, dass er gegen Quendras würde bestehen können. Der Kerl war vor der Magie gewarnt, die Rasnor beherrschte, und er fühlte sich nicht sicher genug, um aus dem Hinterhalt gegen ihn *und* Roya zu kämpfen. Die Kleine beherrschte ja ebenfalls die Magie, wenn auch nur in geringem Maß. Aber dennoch – es waren zwei! Mit einem unangenehmen Gefühl im

Magen erinnerte sich Rasnor an die Situation, da er eine kleine Magie hatte wirken wollen und Quendras aufgeblickt hatte, kaum dass Rasnor sich ans Trivocum getastet hatte. Nein, er war einfach nicht schnell genug, um Quendras, diesen Scheißkerl von einem Meistermagier, überraschen zu können!

Rasnor fluchte leise und zog sich zurück. Er schlich die Treppe hinab, verließ das Gebäude und drückte sich in den Schatten unter der Festungsmauer, bis er Hammagor verlassen hatte. Kurz darauf hatte er seinen Drachen wieder erreicht, stieg auf seinen Rücken und befahl ihm, zurück zu dem kleinen Tafelberg zu fliegen. Abermals musste er einen Start über sich ergehen lassen und er hätte vor Zorn am liebsten aufgeschrien – vor Zorn über dieses verfluchte Drachenvieh, das sich garantiert einen Spaß daraus machte, ihn wie jedes Mal durchzubeuteln, und noch viel mehr über seine Ohnmacht, gegen Quendras und das Mädchen nichts ausrichten zu können. In seiner Wut quälte er den Drachen bis zu seiner Landung.

Schließlich saß er wieder auf seinem Beobachtungsplatz. Doch er hatte keine Vorstellung, was er nun tun sollte. Im Augenblick sah er nur einen Weg: Quendras und Roya den Pakt finden lassen, zu warten, bis Victor wieder da war, und dann die drei bis nach Savalgor zu verfolgen. Unterwegs konnte er dann mithilfe seiner Verbindung zu Polmar eine Falle für die drei aushecken. Eine Falle, die zuschnappte, sobald sie in Savalgor eintrafen.

Aber Rasnor war klug genug zu wissen, dass dieser Plan ziemlich schlecht war. Alles Mögliche konnte dazwischen kommen. Nein, verdammt! Ihm musste noch irgendetwas Besseres einfallen!

Am Abend erreichten sie Hammagor. Tirao hatte ganz zuletzt noch eine weitere kleine Pause einlegen müssen, etwa eine Flugstunde von Hammagor entfernt – er war völlig am Ende seiner Kräfte angelangt. Sie alle wussten, dass er ohne seinen Zornesausbruch gegen das Drakkenschiff vermutlich durchgehalten hätte. Aber niemand machte ihm Vorwürfe. Im Gegenteil, es war sein gutes Recht gewesen, seine geliebte Faiona zu rächen. Tirao schlief noch einmal für eine Stunde, dann flogen sie weiter.

Als am Abend endlich Hammagor in Sichtweite kam, kroch Tirao förmlich durch die Luft, bevor er äußerst unsanft landete. Tirao hätte keine Meile mehr durchgehalten. Er schleppte sich mit letzter Kraft an einen ruhigen Platz unter der Festungsmauer und rollte sich zusammen. Jockum beeilte sich, ihm zu folgen. Seiner Erfahrung nach würde Tirao nicht so leicht einschlafen können, so müde er auch sein mochte. Sein Körper war wahrscheinlich völlig durcheinander. Der Primas wollte dafür sorgen, dass es ihm so rasch wie möglich gelang, in einen heilsamen Schlaf zu fallen.

Victor nahm Leandra an der Hand und eilte in Richtung des Hauptgebäudes. Sie ließ sich mitziehen, blickte sich staunend um. Er beschrieb ihr, so viel er konnte, warnte sie vor dem tödlichen Hängelüster und vor der Treppe, als sie die Halle betraten. Als sie dort ankamen, stellte er jedoch fest, dass der gefährliche Mechanismus abgeschaltet war. »Sie hätte das eingeschaltet lassen sollen«, knurrte er missmutig. Er zog Leandra hinter sich her und stürmte die Treppe hinauf. Als sie oben ankamen, konnte er aufatmen: Roya und Quendras waren unversehrt.

Roya lief ihnen erleichtert entgegen. Quendras schlief in der Nähe eines kleinen Feuerchens, das Roya im Felsendom aus den klein gehackten Resten der Holzkiste entzündet hatte. Überall lagen Decken, Kleider und andere Dinge herum, die Roya aus dem Innenhof heraufgebracht hatte.

Roya fiel zuerst ihm und dann Leandra um den Hals – sie und Leandra hatten sich seit damals im *Roten Ochsen* in Savalgor nicht mehr gesehen. Roya warf Victor einen vielsagenden Seitenblick zu. Plötzlich wurde ihm klar, dass sich Leandra Fragen stellen musste – und Roya vielleicht auch. Er verspürte plötzlich das Bedürfnis herauszufinden, ob sie irgendeine Eifersucht gegen Leandra hegte. Er zog Leandra in seine Arme, küsste sie und beobachtete dabei, über ihre Schulter hinweg, ihre Freundin.

Roya grinste nur, streckte ihm die Zunge heraus und erging sich anschließend in einer Reihe von betont frechen Anspielungen über ihn und Leandra – dass er ihr seit Wochen die Ohren vollgeschluchzt hätte, wann er sie endlich wieder sehen könnte, und dass er sie, Roya, stets davongejagt hätte, wenn sie ihn hätte trösten wollen. Zur Bestätigung dessen hakte sie sich wieder bei ihm unter und drückte ihm einen schmatzenden Kuss auf die Wange. Erst jagte er sie davon, dann lachten sie alle drei. Die Anspannung der letzten Tage löste sich endlich.

Dann sahen sie nach Quendras. Er schlief noch immer, aber Roya versicherte ihnen, dass er wieder in Ordnung war, nur noch etwas geschwächt. Sie sagte – und Victor erkannte dabei eine gewisse Verlegenheit in ihren Gesichtszügen –, dass sie es mit Hilfe einer Magie geschafft hätte. Victor schnaufte. Ihn beschlich eine unangenehme Ahnung, *wessen* Magie das gewesen war, aber er schwieg. Er wollte das Thema *Sardin* möglichst noch bis morgen verschieben. Außerdem traf Roya kaum eine Schuld. Er war lange fortgeblieben.

Bei diesem Gedanken kam ihm der Grund dafür in den Sinn, und eine plötzliche Lähmung packte seine Schultern wie ein eiserner Griff. »Roya«, sagte er dumpf. »Ich muss dir etwas sagen …«

Mit schief gelegtem Kopf und erstarrter Miene sah sie ihn an. »Ist… etwas mit… *Faiona?*«, fragte sie leise.

Er holte tief Luft. »Sie ist tot«, sagte er.

Roya schloss die Augen, drehte sich um und hob die Hände vors Gesicht. Sofort traten Victor und Leandra zu ihr, nahmen sie in die Arme und flüsterten ihr tröstende Worte zu. Als sie aufblickte, war ihr Gesicht tränenüberströmt. »Tot?«, wimmerte sie. »Wirklich tot?«

Victor erklärte es ihr so sanft er nur konnte, und er fühlte sich dabei schmutzig und schuldig, denn *er* hatte überlebt. Royas Reaktion war unerwartet wie auch liebevoll: Sie nahm wiederum ihn in die Arme, weinend, denn er hatte nicht weniger eine wertvolle Freundin verloren als sie.

Als der Primas kurz darauf von Tirao zurückkehrte, wurde er Zeuge der bewegenden Szene. Roya wurde ihm vorgestellt und er drückte ihr sein Mitgefühl aus. Für Minuten wusste keiner, was er sagen oder tun sollte. Roya wollte zu Tirao, aber Jockum berichtete, dass der Drache schlief. »Wenn er zwei Tage oder auch länger ungestört bleibt, wird er es gut überstehen«, meinte er.

Noch unter Tränen führte Roya ihn zu Quendras. Während er den Puls des schlafenden Magisters der Bruderschaft fühlte, nahm Leandra Roya beiseite und bat sie, ihr dabei zu helfen, eine Mahlzeit herzurichten.

Bald saßen sie um das kleine Feuer herum und aßen. Roya kauerte mit trüben Blicken neben Victor. Er war bestürzt, wie sehr sie diese Nachricht getroffen hatte, wie tief die Freundschaft gewesen war, die sie zu Faiona empfunden hatte. Dann überspülte ihn selbst wieder die Trauer und es fiel ihm immer schwerer zu glauben, dass er ihre mächtige Erscheinung nie wieder erblicken würde. Die unglaubliche Lebenskraft, die ruhige Besonnenheit und die überlegenen, moralischen Werte, von denen sie erfüllt gewesen war, erschienen ihm plötzlich wie ein nicht wieder gutzumachender Verlust in dieser Welt.

Rasnor war verzweifelt. *Drei* Leute waren mit dem Drachen zurückgekommen, spätabends in der Dämmerung. Das hatte er mitbekommen, weil er seinen Beobachtungsposten an einen günstigeren Ort – hinab in die Ebene – verlegt hatte. Drei Leute mehr… Dadurch waren seine Chancen, sie zu überrumpeln, nahezu auf Null gesunken.

Er wusste nicht, wer die beiden anderen waren, die Victor mitgebracht hatte. Wo hatte er hier in dieser Gegend Verbündete auftreiben können? Nun, er war fast drei Tage lang fort gewesen, aber diese Zeit reichte trotzdem nicht, um bis nach Savalgor und zurück zu fliegen. Viel weiter als bis nach Kambrum konnte er nicht gekommen sein. Es mochte sein, dass ihm jemand entgegen geflogen war, aber soweit Rasnor wusste, gab es in der Elementarmagie keinen Trick, mit dem man sich über weitere Strecken verständigen konnte, so wie es ihm mit Hilfe seines Amuletts möglich war. Ein Signal – mit Macht ins Trivocum gestoßen, ja, das wäre vielleicht möglich gewesen, aber eine regelrechte Verständigung? Nein, das konnte die Elementarmagie nicht. Sie ging zu zögerlich mit den stygischen Kräften um, achtete stets darauf, dass keine unerwünschten Nebeneffekte auftraten.

Rasnor hatte in dem riesigen Geröllfeld, das Hammagor umgab, eine Stelle gefunden, an der die Felsbrocken teilweise hausgroß waren, und dort in den Nischen und Spalten zwischen den Klötzen seinen neuen Beobachtungsposten bezogen. Er war nur mehr etwas mehr als eine Meile von der Festung entfernt. Der Sturmdrache, zum Glück immer noch unter dem mentalen Block stehend, saß, brav wie ein Kätzchen, in der Deckung hinter einer Gruppe dieser Felsen. Er war schwach, hatte lange nichts mehr zu fressen bekommen, und Rasnor wusste nicht, wie er ihn füttern sollte. Vielleicht musste er mit ihm irgendeinen Ort aufsuchen, an dem es Wasser und Golaanüsse gab. Aber dafür war jetzt keine Zeit. Und Lust dazu hatte er auch keine. Mit angestrengten Blicken beobachtete er die Festung, die zunehmend in der Dunkelheit verschwand. Wieder kehrten seine Gedanken zu der Frage zurück, woher Victor diese beiden unbekannten Begleiter hatte holen können.

Vielleicht hatten sie sich schon vorher verabredet – und er war nur schnell aufgebrochen, um sie abzuholen? Dann mochte es sogar sein, dass diese sagenhafte Leandra jetzt hier war. Er hatte sie noch nie gesehen, nur die unglaublichsten Geschichten über sie gehört. Sie sollte schön sein, klug und als Magierin ein Naturtalent! In Rasnor regte sich Neugierde. Er hätte viel dafür gegeben, sie einmal sehen zu können. Als Mitglied der Bruderschaft litt er unter dem gleichen Mangel wie fast alle anderen Mönche: Frauen. Schöne Frauen. In den Erzählungen der Brüder nahmen sie einen schon fast mystischen Stellenwert ein. Nur die wenigsten von ihnen hatten je Gelegenheit erhalten, sich einer Frau nähern zu können. Diese Alina, einst unfreiwillige Gespielin von Chast, und nun aus der Bruderschaft befreit, ja, die hatte Rasnor öfter zu Gesicht bekommen, und nicht selten hatte er feuchte Träume von ihr geträumt – wie wohl viele andere Mönche auch. Es ging die Rede, dass sie die schönste Frau von ganz Akrania sein sollte, aber das konnte Rasnor nicht beurteilen. Es fehlten ihm die Vergleiche. Obwohl sie zweifellos unerhört gut aussehend war, erschien sie Rasnor ein wenig zu… kühl. Ja, das war das Wort. Sie hatte ihn nie richtig angesehen, kaum je mit ihm gesprochen und ihre Art erschien ihm seltsam verzweifelt und niedergeschlagen.

Ja, diese Leandra interessierte ihn besonders. Er entschied, dass es seinen Plänen nur nutzen konnte, wenn er abermals allen Mut zusammennahm und zur Festung schlich, um herauszufinden, wer nun alles Victors Gruppe angehörte. Offenbar hatten sie den Pakt noch immer nicht gefunden, sonst wären sie nicht mit so vielen Leuten hier angerückt.

Jetzt, im Schutz der anbrechenden Nacht, würde er vielleicht nahe genug an sie herankommen, um sie beobachten und belauschen zu können. Die Gelegenheit war günstig, er konnte an dem Licht, das schwach aus einigen Fensteröffnungen drang, erkennen, an welchem Ort innerhalb der Festung sie sich aufhielten. Wenn er erfuhr, wie weit sie mit dem Auffinden des Paktes waren, dann bekam er eine zusätzliche Trumpfkarte in die Hand. Und vielleicht, überlegte er, erfuhr er ja, wo sie ihn vermuteten! Dann würde er ihnen mit einer guten Portion Glück zuvorkommen können!

Er verließ seine Felsengruppe und eilte über das Geröllfeld in Richtung der Festung. Dass ihn hier draußen, außerhalb der Mauern, jemand entdeckte, war so gut wie ausgeschlossen. Es war schon zu dunkel, und sie waren zu wenige, um die Festungsmauern mit Wachen bemannen zu können.

Wenige Minuten später hatte er das riesige Portal erreicht, schlich hindurch und sah sich noch einmal einer Schrecksekunde gegenüber, als er entdeckte, dass drüben, auf der anderen Seite des Innenhofs, zusammengerollt der Felsdrache lag. Rasnor blieb wie angewurzelt stehen, starrte das Monstrum voller Angst an, beruhigte sich dann aber. Dass die Bestie ihren Kopf zu Boden gelegt hatte, war ein sicheres Zeichen dafür, dass sie schlief.

Mit pochendem Herzen schlich er weiter, ließ den Drachen dabei jedoch nicht aus den Augen. Kurz darauf betrat er die Halle – und atmete auf. Für Minuten stand er da, bis sein Puls sich beruhigt hatte, und überlegte, wie er diesmal vorgehen sollte. Dann plötzlich hörte er Stimmen. Schwaches Licht drang von dort oben, jenseits der Treppe, herab. Er sah sich noch einmal vorsichtig um, dann huschte er durch die Halle und betrat die Treppe.

Vorsichtig ging er Stufe um Stufe hinauf, den Blick auf den gelblichen Lichtschein geheftet, der durch den Gang oberhalb der Treppe zu ihm drang. Victor und seine Leute mussten sich in dem hohen Felsendom aufhalten, dem Ort, wo er, Rasnor, vor ein paar Tagen Roya überfallen hatte. An den Stimmen war zu hören, dass es tatsächlich mehr als nur drei sein mussten – da war eine, die er überhaupt nicht kannte, wie von einem alten Mann, und… ja!… eine weibliche, die ihm ebenfalls unbekannt war! Als das Wort *Leandra* zu ihm drang, offenbar von Victor ausgesprochen, erschauerte er. Daraufhin war wieder die unbekannte, weibliche Stimme zu hören, der ein helles Lachen folgte, und dann herrschte plötzlich Ruhe.

Rasnor verharrte. Er vernahm wieder Victors Stimme, die diesmal aber sehr sachlich, fast ernst klang, insgesamt war Rasnor jedoch zu weit entfernt, um genau verstehen zu können, was die einzelnen Personen sagten. Ein seltsames Wort schnappte er auf: *Drakkenschiff*. Er rätselte einen Augenblick, was das bedeuten könnte. Dann zuckte er alarmiert zusammen, als er einen plötzlichen Aufschrei hörte. Er wollte schon die Flucht ergreifen, dachte, man hätte ihn entdeckt, aber kurz darauf drang ein verzweifeltes Schluchzen zu ihm, jemand weinte… ja, das war Roya, da war er sicher. Zusammengekauert lauschte er.

Die Stimmen waren jetzt leiser als zuvor und Rasnor überlegte fieberhaft, was passiert sein könnte. Ein Streit? Eine schlimme Nachricht? Oder… vielleicht war einem von ihnen etwas zugestoßen? Er blieb still stehen und lauschte.

Für einige Zeit hörte er nichts, so sehr er auch die Ohren spitzte. Nachdem er Minuten völlig regungslos mitten auf der Treppe gestanden hatte, sagte er sich, dass er eine Entscheidung treffen *musste*. Er konnte nicht für alle Zeiten hier stehen bleiben.

Spontan entschloss er sich hinaufzueilen, um vielleicht doch noch mitzubekommen, was vorgefallen war. Vielleicht… Quendras? War er am Ende ganz plötzlich seinen Verwundungen erlegen? Rasnors Herz machte einen Satz, und er nahm nun zwei Stufen zugleich, um möglichst rasch oben anzukommen.

Klick.

Er fuhr zusammen und blieb wie festgenagelt stehen.

Entsetzt sah er hinab auf die Stufe, auf der er stand, und schlagartig wurde ihm klar, dass er die Stufen nicht mitgezählt hatte. Ein rascher Blick in die völlige Dunkelheit am Fuß der Treppe sagte ihm, dass er auch nicht mehr nachträglich würde zählen können. *Verdammt! Diese verfluchte Bande hatte den Mechanismus wieder eingeschaltet!*

Er wusste nicht einmal mehr, ob er zuletzt *zwei* Stufen genommen hatte oder nur *eine* – er konnte sich nur erinnern, zwei- oder dreimal *zwei* genommen zu haben. Er hatte die Treppe schon zu gut zwei Dritteln erstiegen und per Zufall mochte er jetzt schon mehrere gefährliche Stufen *übersprungen* haben. *Verdammt!* Er fluchte vor Panik in sich hinein. Die oberste Stufe schien ihm noch Meilen entfernt zu sein; er wusste, dass er sie erreichen musste, um den Mechanismus wieder außer Gang zu setzen.

Aber was würde überhaupt *geschehen*, wenn er ihn auslöste? Das hatte Quendras *nicht* gesagt! *Ich werde dir die Haut in Streifen abziehen, du Dreckskerl!*, brüllte Rasnor in Gedanken, schüttelte die Fäuste in Richtung seines Gegners Quendras und wünschte ihm dabei, dass es tatsächlich so sein möge, wie er eben noch gehofft hatte – dass er elend abgekratzt war, diese verfluchte Ratte! Inzwischen sorgte Rasnor sich weniger um die Tatsache, dass er den Inhalt des Gesprochenen dort oben nicht mehr mitbekam, sondern vielmehr darum, wie er heil wieder von dieser teuflischen Treppe herunterkam!

Schweiß bildete sich auf Rasnors Stirn, und er begann zu zittern, als er den Rückweg die Treppe hinab ins Auge fasste. Sollte er als erstes *eine* Stufe nehmen oder *zwei*? Plötzlich meinte er, dass die Stimmen verstummt waren, und er spähte voller Angst über die Schulter. Der Gipfel des Unglücks wäre erreicht, wenn er dort oben eine Reihe Zuschauer hätte, die ihn in seiner Lächerlichkeit beobachteten, während er hinabtappte.

Rasnor entschloss sich, eine Stufe zu nehmen. Und natürlich: Es *klickte*!

Schwer atmend verharrte er. Wie oft *durfte* es klicken? Er hätte diese Frage am liebsten hinaus in die Dunkelheit geschrien!

Dann kam ihm der rettende Gedanke. Wenn es auf dem Weg *hinauf* zweimal klick machen durfte, bevor man immer zwei Stufen übersteigen musste, dann galt das, aller Logik nach, auch für den Rückweg! Es hatte bereits zweimal geklickt: auf der letzten Stufe seines *Hinauf*wegs – dort hatte er sich dann umgedreht – und auf der ersten Stufe seines *Hinab*wegs – dort, wo er jetzt stand! Also *musste* die nächste Stufe stumm bleiben!

Mutig trat er einen Schritt abwärts – und ihm wurde schlecht vor Angst, als diese Stufe ebenfalls klickte! *Was, bei allen Höllen, war hier los?* Das konnte nicht sein! Verhielt es sich etwa beim Rückweg anders? Was hatte ihm Quendras, dieser Dreckskerl, alles verschwiegen?

Rasnor war völlig aufgelöst, Tränen liefen ihm über die Wangen. Er dachte an Magie, wusste aber keine, womit er gegen diesen vermaledeiten Treppenmechanismus hätte ankämpfen können, zumal er nicht einmal ahnte, was passieren würde, wenn er ihn auslöste. Er stieß ein verzweifeltes Heulen aus.

Dass gleich darauf dort oben die Stimmen tatsächlich verstummten, bekam sogar er mit.

Er schlug sich entsetzt die Hand vor den Mund und fuhr herum, um dem Unvermeidlichen entgegenzusehen. Gleich darauf vernahm er die Geräusche mehrerer schneller Schritte und dann waren sie da: drei Personen. Nur ihre Umrisse waren vor dem Licht des Ganges zu erkennen, aber an der Kopfform sah er, dass zwei Frauen darunter waren – ihre langen, über die Schulter fallenden Haare kennzeichneten sie. »He! Wer ist da?«, vernahm er wieder die weibliche Stimme, die er nicht kannte. *Leandra?!*

Roya erkannte er, sie war ein zierliches junges Ding und nach allem, was er über Frauen sagen konnte, ziemlich hübsch. Die andere jedoch *überragte* Roya um mehr als einen halben Kopf und ihre Gestalt wirkte wie von königlichem Wuchs. Sie hatte eine riesige, lockige Haarmähne, die ihr nach links über die Schulter fiel, während die andere frei war. Ihre Beine waren lang und schlank und sie bewegte sich auf eine Weise… Es konnte niemand anderes als Leandra sein.

Rasnor stockte der Atem. Ein lähmender Schauer durchströmte seinen Körper. Dann tauchte eine vierte Person auf, es war Victor, der eine Fackel trug. Er baute sich direkt neben dieser Frau auf.

Der Fackelschein fiel über ihr Gesicht und für Momente sah Rasnor etwas, was er noch nie zuvor erblickt hatte: *Sorge!* Sorge um ihn, der dort hilflos auf der Treppe stand… In diesem Augenblick wurden ihm zwei Dinge klar: Zum einen würde sie ihn kaum richtig sehen können, denn er stand ein gutes Stück unterhalb von ihr in der Dunkelheit, und zweitens kannte sie ihn nicht. Und trotzdem spiegelte ihr Gesicht Sorge um ihn, einen Unbekannten, einen fremden Mann, dessen Absichten sie nicht kannte und der – aber das konnte sie in diesem Augenblick nicht wissen – zu ihren ärgsten Feinden zählte.

Rasnors Knie wurden weich. Zumal dieses Gesicht so unglaublich und engelhaft schön war, dass er die plötzliche, absolute Gewissheit verspürte, dass es kein schöneres auf der ganzen Welt geben könne.

»Rasnor!«, hallte plötzlich ein heiserer Ruf durch die Halle.

Er zuckte unter der Wucht des Schreis zusammen und seine Augen hefteten sich auf Victor – auf dessen wutverzerrtes Gesicht, seine gebückte Haltung, wie zum Sprung bereit, und Rasnor wusste, dass ihn nur die verwünschte Treppe schützte, sonst wäre Victor jetzt wahrscheinlich mit wilden Sprüngen herabgerannt gekommen, um über ihn herzufallen. Und Leandra stand auf der Seite dieses widerlichen Kerls dort und keinesfalls auf seiner, auch wenn ihr Gesicht diese *Sorge* gezeigt hatte.

»Rasnor?«, hörte er sie leise fragen.

»Ja!«, knirschte Victor voller Zorn. »Der verfluchte Dreckskerl, den Chast uns hinterhergeschickt hat! Der *Erzquästor des Ordens von Yoor*!«

Der ätzende Spott, mit dem Victor seinen Titel ausgesprochen hatte, holte aus der Tiefe von Rasnors Gefühlen wieder den alten Hass herauf, den er für diesen Dreckskerl, der ihn mehrfach vor Chast gedemütigt hatte, empfand. Für einen Augenblick überlegte Rasnor, ob er seine Magie, mit der er Quendras gefällt hatte, losbrechen lassen sollte. Aber ihm war klar, dass er damit Leandra ebenfalls verletzen, wenn nicht gar töten würde.

Das konnte er nicht. Nein, unmöglich!

Seine Blicke glitten zurück zu ihrem Gesicht, noch immer von Victors Fackelschein erhellt, aber dann schreckte er zurück. Der Ausdruck der Sorge um ihn war gewichen, ein unbestimmtes Misstrauen hatte ihm Platz gemacht. Das Schlimmste daran war, dass dieser Stimmungswandel eine einzige Ursache hatte: das Vertrauen zu dem, was Victor sagte!

In diesem Augenblick verklärte sich die unsagbare Sehnsucht, die Rasnor bei Leandras Anblick verspürt hatte, in bittersauren Hass. *Wie konnte sie nur auf diesen Verräter hören?*

»Dein Hoher Meister ist tot, du Dreckskerl! Weißt du das nicht?«, rief Victor die Treppe herunter.

Rasnor stammelte etwas, brachte aber keinen vernünftigen Satz zustande.

»Hier! Leandra hat ihn getötet, mit eigener Hand!«

»Er ist gefährlich!«, hörte er jemanden sagen und erkannte, dass es Roya gewesen war. Diese kleine Hure, derentwegen Quendras übergelaufen war!

»Na? Hat er dich schon gevögelt, du Miststück?«, hörte er sich kreischen, in plötzlicher Wut, und erkannte zu spät, dass solche Worte Leandra eher gegen ihn aufbringen würden. »Ich meine…«, stammelte er entschuldigend.

Leandras Gesicht war abermals wie verwandelt. Es schien plötzlich hart, wie aus Stein gemeißelt, und dann schluckte er, als sie Victor die Fackel aus der Hand riss und direkt auf ihn zukam.

»Vorsicht Leandra!«, hörte er Victor rufen. »Die Treppe!«

Rasnors Sinne waren völlig auf die Frau gerichtet, die ihm eben entgegen kam, mit unglaublich geschmeidigen Schritten, so schön, dass es ihm in den Eingeweiden brannte wie Feuer. Sein Atmen war flach, fast schmerzhaft, und dann blieb sie auf der obersten

Stufe stehen und die Fackel beleuchtete ihr Gesicht und ihre ganze Gestalt.

»Du solltest gehen«, sagte sie zu ihm und irgendetwas blitzte gefährlich in ihren Augen auf. Rasnor zuckte zusammen, denn diese Art von leidenschaftlichem Feuer kannte er. Er kannte es von Chast her, von Momenten, in denen Chast wütend und zu allem entschlossen war, wiewohl es ihm lächerlich erschien, dass Leandra von seiner Art sein sollte. Nein, dieses Feuer, das in ihr brannte, musste das Gleiche sein, das ihr Gesicht zu einem so mitreißenden Ausdruck von Sorge fähig machte. Rasnor erlebte abermals einen Augenblick der vollkommenen Faszination.

»Hier ist kein Platz für dich«, fuhr sie fort und die Kälte in ihrer Stimme drang langsam zu ihm durch. »Dein Meister ist tot, deine Gefährten hast du verloren und deine Bruderschaft ist zerschlagen! Du hast hier nichts mehr zu suchen!«

»Aber...«

»Geh!«, fuhr sie ihn an und ihre kalte Miene füllte sich mit Abscheu und Hass. Irgendwas griff nach Rasnors Kehle. »Ich habe Kerle wie dich satt!«, rief sie. »Die ganze dreimal verfluchte Bruderschaft! Ihr bringt Unheil über die Welt, angefangen von eurem verdammten Sardin über Chast bis hin zu dir, du mieser Kriecher!«

Das Wort war wie ein Faustschlag. Rasnor wich einen Schritt zurück, auf die nächst tiefere Stufe. »Aber ich wollte doch nicht...«

»Du hast versucht, Roya zu töten!«, schrie sie ihn an. »Und Victor auch – mit einer Übermacht! Dabei wollten sie nur diesen vermaledeiten Pakt finden, um auch *deine* dreckige Haut vor den Drakken zu retten! Verschwinde, bevor ich mich vergesse!«

Plötzlich schwang Rasnors Stimmung um. So schön diese Frau auch war, das konnte er sich nicht von ihr bieten lassen. Auf gar keinen Fall! Seine Züge verzerrten sich zu einer wütenden Grimasse und in diesem Moment schwor er sich, dass er Leandra dafür strafen würde. Nein, *das* würde er ihr nicht verzeihen!

Auch dass sie diesem Victor hörig war, war absolut unverzeihlich! Er hasste sie nicht dafür, aber er würde sie lehren, wie falsch es war, was sie dachte! Ja, sagte er sich zähneknirschend, irgendetwas würde er finden, um sie eines Tages dafür zu strafen! Und dann würde sie ihren Fehler einsehen und würde ihm dafür dankbar sein!

»Wir sehen uns wieder!«, knirschte er, wandte sich um und rannte die Treppe hinab.

Er wusste, dass sein Abgang nicht ungefährlich war, obgleich sie auf die oberste Stufe getreten war. Aber dieses Wagnis musste er eingehen. Für eine Frau wie sie lohnte es sich zu sterben, dachte er grimmig, als er in die Dunkelheit entschwand und schließlich den untersten Treppenabsatz unversehrt erreichte. Lieber wollte er hier sterben, als jetzt wie ein Feigling vor ihr zu stehen. Und es erschien ihm wie ein Omen, dass er es bis nach unten schaffte.

Nun hatte er ein neues Ziel! Jawohl, ein neues Ziel, denn all seine Pläne bezüglich des Pakts waren dahin. Sie hatte Recht: Da waren keine Bruderschaft, kein Hoher Meister und keine Gefährten mehr, und seine Aussichten, ihnen jetzt noch den Pakt abzujagen, waren inzwischen gleich Null.

Es war genau so, wie er es sich gesagt hatte: Ein *besserer* Plan musste her, mit einem einfachen würde er keinen Erfolg haben. Aber diesen besseren Plan hatte er bereits. Ein kaltes, böses Lächeln überzog sein Gesicht, als er nach draußen eilte. Er dachte an dieses seltsame, fliegende Ding, das er über der Geröllwüste jenseits von Hammagor beobachtet hatte. Nun wusste er, was das Wort *Drakkenschiff* zu bedeuten hatte!

Quendras war noch immer nicht aufgewacht, er schlief ein Stück abseits der anderen; es schien ihm tatsächlich noch nicht sonderlich gut zu gehen. Der Primas erklärte schließlich, er habe auch *ihn* in tieferen Schlaf versetzt.

Das war Victor durchaus recht so. Im Augenblick war er gereizt und wusste nicht, was passieren würde, wenn er der *nächsten* verdächtigen Person gegenübertrat. Nach Rasnors Auftritt war ihm klar geworden, dass er eigentlich immer noch nichts über Quendras' wahre Motive wusste. Er hatte guten Grund, dem Magister der Bruderschaft mit gesundem Misstrauen zu begegnen, auch wenn er Roya und ihn gerettet hatte. Doch jetzt sehnte er sich nur noch danach, in Leandras Arme zu sinken und sehr, sehr lange zu schlafen.

Victor fühlte Skrupel, Roya allein zu lassen. Dann aber ergab es sich, dass der Primas leise auf sie einredete, sie beruhigte und sie zuletzt in den Arm nahm. Hochmeister Jockum konnte sehr väterlich sein, und das war genau das, was sie jetzt brauchte. Sie war sehr tapfer gewesen und hatte es nicht verdient, in dieser Nacht mit all ihren Gefühlen allein gelassen zu werden. Victor nahm sich eine Kerze und ein paar Decken und wünschte Roya und dem Primas verlegen eine gute Nacht.

Als er mit Leandra abzog, fiel ihm ein Stein vom Herzen. Alles hätte weitaus schlimmer verlaufen können. Ein durchdrehender Rasnor, ein Streit mit Quendras oder, schlimmer noch, eine Leandra, die auf Distanz zu ihm ging. Sie hatten sich lange nicht gesehen und waren nicht gerade als ein Paar auseinander gegangen. Aber Victors Befürchtungen zerstreuten sich. Sie suchte seine Nähe, berührte ihn so oft es ging und war so anschmiegsam, wie er es sich erträumt hatte.

Sie wollte seine Hand nicht loslassen, als er, auf der Suche nach einem guten Schlafplatz, den oberen Teil des Turms durchforschte. Als sie dann in einem kleinen Seitenraum ihr Nachtlager bereit machten, wich endlich die Anspannung von ihm. Eine ruhige, erholsame Nacht, ja, das war es, was er jetzt brauchte.

Sie breiteten den Rest der Decken auf dem Boden aus, dann zog sich Leandra ohne weitere Worte völlig aus und ließ sich auf dem Lager nieder. Victor stand nur da und sah ihr zu.

»Was ist?«, fragte sie, als sie aufrecht dasaß. »Ist es dir nicht recht?«

Victor lächelte. »Ich hatte vergessen, wie schön du bist«, sagte er.

Leandra zog die Knie an und schlang die Arme darum. Sie blickte erwartungsvoll zu ihm auf.

»Ich sag dir das als Mann, weißt du? Ich kenne mich mit Frauen aus!«

»Ach?«

Er nickte verbindlich und entledigte sich seiner Kleidung. Dann ließ er sich zu ihr nieder. »Roya… sie ist wirklich eine Schönheit. Deswegen zerbreche ich mir schon seit Wochen den Kopf, ein neues Wort für dich zu erfinden.«

»Weil ich noch schöner bin?«

»Genau.«

26 ♦ Kontakt

Am nächsten Morgen holten sie das nach, was sie in der Nacht nicht mehr geschafft hatten. Victor wachte davon auf, dass Leandra ihn küsste. Sie spielte das wilde Biest, kratzte und biss ihn und es machte ihm unendlich viel Spaß. Dabei genoss er es fast mehr, sie anzusehen, als sie zu spüren. Wenn sie sich aufrichtete, streifte ein schräger Sonnenstrahl ihren Körper; sie war einfach atemberaubend schön. Sie war ein wenig kräftiger als früher, ihre Brüste waren fest und rund. Zwischen ihnen befand sich eine feine Linie, die abwärts bis fast zu ihrem Bauchnabel reichte, und Victor bat sie stillzuhalten und fuhr mit dem Zeigefinger diese Linie nach. Sie hielt ganz still und beobachtete seinen Finger.

»Was sind das für rosige Stellen?«, fragte er.

Sie warf sich die Haare zurück und zählte die Stellen mit ihrem Zeigefinger ab. »Verletzungen«, sagte sie. »Von meiner Flucht aus dem Palastkerker. Der Primas hat mich geheilt.«

»Von deiner Flucht? Aus dem… *Palastkerker*?«, fragte er.

Sie nickte und tippte weiter auf die Stellen, bis sie ganz unten ankam. Dazu spreizte sie die Beine ziemlich weit, und wenn das keine Einladung war, dann wollte er ein Ziegenbock sein. Victor ächzte vor Verlangen. Da schob sie sich schon über ihn, und Victor erlebte endlich den Traum, den er ein ganzes Jahr lang geträumt hatte.

Erschöpft lagen die beiden Liebenden nebeneinander. Dann plötzlich schoss Leandra in die Höhe und begann sich übergangslos anzukleiden. »Der Pakt!«, sagte sie. »Ich will jetzt diesen Pakt haben!«

Victor setzte sich auf. »Mist«, ächzte er. »Ich habe gehofft, du hättest es vergessen.«

Sie sah ihn völlig ernst an. »Sardin ist hier, sagst du? Ich bin jetzt genau in der Stimmung, ihm eins auf die Schnauze zu hauen! Wo steckt er?«

Er musste auflachen. »In seinem Turm, auf der anderen Seite des Tals. Aber… er ist so was wie ein Gott, weißt du?«

»Ist mir egal. Ich hab ihn schon einmal besiegt! Vor dem hab ich keine Angst.«

Er schüttelte den Kopf, halb aus Unglauben, halb aus Bewunderung. »Wenn du mir ein paar Minuten gibst, dann komme ich mit. Ich habe Lust, dir zu helfen. Du ahnst nicht, wie sehr!«

Plötzlich lugte Roya herein. »Guten Morgen«, sagte sie.

Sie blickten beide auf.

»Ich hab so etwas wie ein Frühstück gemacht«, sagte Roya. »Kommt ihr?«

Leandra nickte ihr freundlich zu. »Ja, wir sind gleich da.«

Roya lächelte Victor an und deutete auf sein bestes Stück. »Zieh dir was an. Sonst erkältet er sich!« Dann war sie verschwunden.

Victor suchte, leider viel zu spät, nach etwas, womit er sich bedecken konnte. Leandra hielt die Hand vor den Mund und lachte.

Victor schnaufte. »Ich sag ja, sie ist ein kleines Biest!«

»*Das*… hast du nicht gesagt!«, belehrte sie ihn, ließ sich auf die Knie nieder und umarmte ihn. »Ihr müsst eine Menge Spaß gehabt haben, ihr zwei«, sagte sie freundlich. »Schade, dass ich nicht dabei war.«

Victor stand auf. »Sie ist frech!«, beschwerte er sich. »Verdammt frech. So was macht man doch nicht!«

Leandra warf ihm nur einen belustigten Blick zu und fuhr damit fort, sich anzuziehen. Als sie fertig waren, gingen sie Hand in Hand nach unten. Er nahm sich vor, Roya bei nächstbester Gelegenheit eins auszuwischen.

Roya hatte ein Frühstück bereitet, das alles weit in den Schatten stellte, was Victor seit seiner Zeit bei der Bruderschaft auf den Tisch bekommen hatte. Es war zwar kein Tisch da, sie mussten auf dem Boden essen, aber es gab wirklich alles, was man sich unter diesen Umständen wünschen konnte – sogar gerührte Babbueier. Roya meinte, dass Chast niemals hätte wissen dürfen, was seine Leute zu Lasten der Drachen, auf denen sie flogen, alles an Essbarem mitgeschleppt hatten. Es gab zwei Teesorten und sogar Jaffe, ein seltenes, schwarzes und sehr aromatisches Gebräu, das man aus einer gerösteten Bohnensorte machte, die nur auf Chjant wuchs. Außer Victor und Roya mochte das Zeug keiner trinken, aber Victor liebte es geradezu.

Für das notwendige Feuer zum Kochen hatte der Hochmeister per Magie gesorgt. Sie aßen Speck, Käse, Hartwurst, Rühreier und aufgebackenes Brot, tranken dazu Tee und Jaffe. Wenn ein Morgen so begann, verkündete Victor, dann konnte gar nichts schief gehen. Er schwor Roya ewige Treue und bat sie untertänigst um Vergebung für jegliches Ungemach. Sie verzieh ihm großmütig. Das Frühstück entwickelte sich zu jener Art von Beisammensein, bei dem kein einziges ernstes Wort mehr fällt. Selbst der würdige Primas machte mit.

Angelockt durch den Lärm und den Frohsinn kam Quendras zu ihnen. Er hatte sich von seinem Lager aufgerafft, und Roya sprang auf, um ihn zu stützen.

»Es geht schon«, sagte er. »Danke.« Sie half ihm, sich niederzusetzen, er nahm zwischen Leandra und ihr Platz. Victor saß ihm gegenüber. Die Stimmung hatte sich ein wenig abgekühlt.

Victor maß Quendras mit scharfen Blicken. »Guten Morgen«, sagte er. »Na, endlich aufgewacht?« Quendras lächelte matt. »Ja. Es war ein langer Schlaf.«

Victor nickte. »Das hier sind… Leandra… und Hochmeister Jockum. Der Primas des Cambrischen Ordens.«

Unsicher blickte Quendras die beiden Genannten an und nickte ihnen zu. Der Hochmeister brummte einen verhaltenen Gruß, Leandra nickte zurück. Roya war die Einzige im Kreis, die den hoch gewachsenen Quendras freundlich ansah. Er warf ihr ein kurzes, unsicheres Lächeln zu. Seine hellen Kleider waren staubig, sein Haar verfilzt und er hatte ein Bad nötig.

Nur zögernd nahmen die Anwesenden wieder ihr Frühstück auf. Die seltsame Stimmung wollte nicht recht weichen, es war zu spüren, dass an diesem Ort zwei Welten aufeinander trafen – die der Bruderschaft und die der Cambrier. Zwei bis aufs Blut verfeindete Seiten. Dass Quendras sie wirklich gewechselt hatte, musste er erst noch beweisen. Diese Forderung stand, greifbar wie in Stein gemeißelt, in der Luft.

»Wie geht es dir?«, wollte Victor wissen.

»Besser. Dank Roya.«

Victor warf ihr einen Blick zu; einen wissenden Blick, denn ihm war klar, dass sie es nicht allein geschafft hatte. Sardin musste ihr geholfen haben. Doch aus Gründen, die Victor selbst nicht gar klar waren, hieß er es nicht wirklich für gut. Er war zwar selbst bei Sardin gewesen, um dessen Hilfe zu erbitten, hatte sie aber nicht erhalten. Irgendetwas störte ihn daran, dass diese Hilfe nun doch gekommen war. Es ging nicht um Roya… nein… Victor nickte sich innerlich zu. Ja – es war die Tatsache der Bruderhilfe. Sardin hatte letztlich einem von seinen eigenen Leuten geholfen.

Victor spitzte nachdenklich die Lippen. Was bei dieser Hilfe wohl sonst noch geschehen war? Hatte Sardin etwa seinen alten Anhänger wieder auf seine Seite eingeschworen? Quendras zum Spion oder Saboteur der dunklen Seite gemacht? Es mochte sein, dass Sardin aus Royas Verzweiflung und ihrem Wunsch, Quendras zu helfen, einen Nutzen gezogen hatte. Vielleicht war sie nicht so aufmerksam und misstrauisch wie Victor gewesen, und Sardin hatte die Gelegenheit genutzt, sich Quendras wieder *zurechtzubiegen.* Victor nahm sich vor, den Magister sehr aufmerksam zu beobachten.

»Du hast uns gerettet«, stellte er trocken fest.

Quendras lächelte und hob beide Hände. »Nicht doch. Nicht so viel Dankbarkeit auf einmal!«

Victor verzog das Gesicht und spürte, wie Leandra ihn knuffte. Er schnaufte und widmete sich seinem Brot und seinem Tee. Es war ihm unmöglich, Quendras so übergangslos zu seinem Freund zu erklären. Es stimmte schon, ohne ihn würde er wahrscheinlich nicht mehr leben, aber er hatte einfach zu viele Erinnerungen an diesen stets grimmig dreinschauenden Magister, den ehemals vielleicht engsten Vertrauten von Chast. Er wandte sich Roya zu und deutete mit seinem butterbeschmierten Messer auf Quendras. »Du hast ihn… ganz allein wieder hingekriegt?«, fragte er. Die leichte Betonung, die er auf die Worte *ganz allein* legte, bekam Leandra nicht mit, Royas Augen hingegen blitzten kurz auf. Sie verstand durchaus, was er meinte.

»Ja. Ich fand eine Möglichkeit«, erwiderte sie.

Victor entschied nun doch, dass es besser war, den Deckel auf dem Topf zu lassen. Wenn er es schon nicht schaffte, freundlich zu Quendras zu sein, dann wollte er wenigstens zulassen, dass Roya es war. Sie kannte ihn weitaus besser als er, sie hatte für Monate eng mit ihm zusammengearbeitet.

»Du bist wirklich eine Künstlerin«, sagte Victor zu Roya und bemühte sich um einen anerkennenden Gesichtausdruck. »Ich freue mich, dass du ihn hast retten können.«

Roya schenkte ihm ein säuerliches Lächeln und sah dann wieder zu Quendras.

Quendras wirkte nicht sehr glücklich. Er schien plötzlich wieder Schmerzen zu haben, denn er hob die Hand zur Stirn und ächzte leise. Roya wandte sich ihm mit einem Laut des Bedauerns zu, und auch in Leandras und Jockums Gesicht war ein Anflug von Sorge zu erkennen. Victor belegte sein Brot mit einem Käsekeil und beobachtete die Szene aus den Augenwinkeln.

Quendras Schmerzen verflogen wieder. Er massierte sich kurz das Gesicht – und nun sah er sich um, als wäre ihm eben erst klar geworden, dass er hier bei ihnen saß. Er warf Roya einen unentschlossenen Blick zu und wandte dann den Kopf. Als Leandra, die im Schneidersitz neben ihm saß, in sein Blickfeld gelangte, klärten sich seine Züge. Er lächelte plötzlich.

»Du bist also diese berühmte Leandra«, sagte er.

Leandra verzog die Miene und seufzte. »Ja, ich bin Leandra. Aber vergiss bitte dieses *›berühmte‹*, ja?«

Quendras lächelte plötzlich breit, etwas, das Victor noch nie bei ihm gesehen hatte. »Du hast Chast getötet!«, stellte er fest.

Sie schüttelte den Kopf. »Nein. Ich war nur dabei. Hab ihn ein bisschen abgelenkt. Wirklich getötet hat ihn jemand anderer.«

Quendras' Gesicht zeigte so etwas wie echte Freude und Erleichterung. »Ich bin Quendras«, sagte er und streckte seine Hand aus. »Einer von den ganz bösen

Jungs aus der Bruderschaft. Und ich danke dir, dass du – oder wer auch immer deiner Freunde es war – dass ihr Chast erledigt habt.«

Leandras Miene spiegelte eine gewisse Befremdung. Dennoch streckte auch sie ihre Hand aus und sagte: »Nun, Chast war immerhin dein Meister. Du musst einer seiner wichtigsten …«

In dem Augenblick, da sich ihre Hände berührten, wurden beide wie von einem heftigen Schlag getroffen. Leandra stieß einen Schrei aus und kippte sofort nach hinten weg. Quendras heulte auf, schnellte hoch, fiel gleich darauf um und krümmte sich vor Schmerz am Boden.

Der Primas, Victor und Roya waren sofort aufgesprungen. Victor eilte zu Leandra und Roya zu Quendras, aber der Primas hob beide Hände und rief laut: »Halt! Berührt sie nicht! Wartet!«

Sie hielten inne, blickten fragend zu Hochmeister Jockum und dann voller Sorge zu Leandra und Quendras. Der Primas eilte zu Leandra und kniete sich über sie.

»Wartet!«, sagte er, hob beide Hände über sie und schloss die Augen. Er schien sich in Konzentration zu begeben und nach einigen Sekunden senkte er die Hände und berührte sie. Zuerst ihre Kleidung, dann ihre Hände und ihr Gesicht. Nichts geschah. Leandra rappelte sich stöhnend auf. Der Primas erhob sich und vollführte das Gleiche bei Quendras. Auch ihn, der sich mühsam wieder aufrichtete, konnte er berühren, ohne dass etwas geschah.

»Was war das?«, fragte Victor voller Unruhe.

Der Primas wandte sich Roya zu. »Es ist wieder gut. Aber sag, Mädchen: Wie hast du Quendras behandelt? Mit einer Magie?«

Sie nickte betroffen und sah Victor schuldbewusst an. »Es tut mir Leid. Du warst so lange weg und es ging ihm immer schlechter. Da bin ich zu Sardin gegangen und habe mir Rat geholt.« Victor sah sie streng an, dann seufzte er und streckte die Hände nach ihr aus. Dankbar floh sie in seine Arme. »Ich wusste mir nicht anders zu helfen. Ich hatte schreckliche Angst, dass er sterben würde.«

»Schon gut«, sagte Victor und drückte sie an sich. »Ich dachte es mir schon. Schließlich war ich ja selbst deswegen bei Sardin.«

Leandra saß wieder und hielt sich mit beiden Händen den Kopf. Quendras hatte sich auf die Knie erhoben und atmete langsam und tief ein und aus. Der Primas half ihm ganz auf die Füße und fragte: »Geht es wieder?«

Quendras nickte. »Ja, ist schon in Ordnung.«

Victor ließ Roya los, setzte sich neben Leandra und legte ihr den Arm um die Schulter. Keuchend lehnte sie sich an seine Seite. Dann kam Quendras auch zu ihr, wollte ihr zuerst schon tröstend die Hand auf die Schulter legen, zog sie dann aber zurück. »Es tut mir Leid, Leandra«, sagte er. »Ich habe nichts davon geahnt…«

Sie blickte zu ihm auf, musterte kurz seine erhobene Hand und nickte. »Es geht schon wieder.« Dann sah sie mit gequältem Gesichtsausdruck zu Hochmeister Jockum. »Was war das?«

Er zuckte die Achseln und schüttelte den Kopf. »Genau weiß ich das nicht. Victor erzählte mir kurz auf dem Flug, welche Art Magie Quendras abbekommen hatte.« Er schwieg kurz und dachte nach. »Nun, es passiert manchmal, dass sich gewisse Energien eine Weile halten. Dass sie sich erst später entladen. Irgend so etwas wird es gewesen sein. Vielleicht hat auch unsere junge Freundin hier… nun ja, diese Magie, oder was immer sie angewendet hat, nicht völlig sauber hinbekommen.«

Roya blickte schuldbewusst zu Boden. »Mach dir keine Gedanken, Kind«, sagte er freundlich. »Du hast ja nur das Beste gewollt. Und es ist vorüber. Ich habe sowohl Leandra als auch Quendras untersucht und konnte nichts feststellen.«

Sie sah dankbar zu ihm auf, aber eine kleine Träne war in ihrem linken Auge zu sehen. Der Primas deutete lächelnd auf Leandra und Quendras. »Wenn die beiden dir vergeben, dass sie diesen kleinen… *Wumms* abgekriegt haben – nun, dann dürfte die Sache erledigt sein.«

Leandra lächelte schon wieder. »Ist gut«, sagte sie. »Jetzt bin ich wenigstens wach.«

Roya sah Quendras schuldbewusst an, aber der hob beide Hände. »Ich habe keinen Grund, mich zu beklagen. Du hast mir das Leben gerettet. Das war nur eine kleine Erinnerung daran.« Er setzte sich ächzend und untersuchte dann demonstrativ das Frühstücksangebot. »Wach bin ich jetzt auch«, sagte er. »Und ich habe Hunger. Darf ich…?«

Roya eilte gleich los, suchte nach einem weiteren Becher und goss ihm Tee ein.

»Wie kommt es, dass du so plötzlich die Seiten gewechselt hast?«, wollte Leandra von Quendras wissen.

»So plötzlich war das gar nicht«, erwiderte er. »Schon seit langer Zeit war ich nicht sonderlich glücklich. Unter Chast hatten sich die Zustände in der Bruderschaft nicht gerade verbessert. Ich hatte es satt, immer nur im Geheimen zu leben, nie auf die Straße hinaus oder unter andere Leute zu kommen.« Er sah zu Roya, die neben ihm saß. »Ich kannte immer nur die strengen Regeln der Bruderschaft, das Dasein in dunklen Kellern und die nicht enden wollende Heimlichtuerei. Als Roya dann kam…«, er zögerte, bevor er weitersprach. »Nun, da hatte ich plötzlich das Gefühl, mein ganzes Leben am falschen Ort verbracht zu haben.«

Roya lächelte etwas verlegen.

»Als Chast euch dann Rasnor und diese Kampfmagier hinterherschickte«, fuhr Quendras an Roya und Victor gewandt fort, »wusste ich, dass ihr das nicht überleben würdet.« Er machte eine Pause, sah Victor dabei an.

»Dass du nicht *meinetwegen* mitgekommen bist«, sagte Victor, mit einem grimmigen Grinsen, »ist mir schon klar. Du wolltest Roya retten, nicht wahr?«

Quendras schluckte. Es war ihm irgendwie peinlich und er errötete leicht. Es war schon ein seltsamer Anblick: Dieser große, finstere Mann, dazu noch einer der mächtigsten Magier der Bruderschaft, geriet angesichts einer Gefühlsäußerung über ein junges Mädchen in Verlegenheit. Kein Grund zum Spott, mahnte sich Victor. Er wusste durchaus, wie es in der Bruderschaft zuging. »Wenn ich an deiner Stelle gewesen wäre«, sagte er, im Bemühen ein wenig freundlich zu sein, »hätte ich es vielleicht ebenso gemacht. Ich meine, wegen Roya.«

Quendras sah ihn verwundert an.

»Sie ist zwar meistens ziemlich frech«, erklärte er, »und sieht auch nicht besonders gut aus – aber sie macht kein schlechtes Frühstück!«

Roya nahm ein Stück Brot und warf es nach ihm. Victor ging in Deckung. Sie warf noch mehr und schimpfte lauthals, was für ein gemeiner Kerl er wäre, und bald lachten wieder alle.

Victor atmete innerlich auf. Sie standen gerade erst am Anfang des nächsten Problems, das sie zu lösen hatten: den Pakt von Sardin zu erhalten. Das mochte schwieriger werden, als ihnen lieb war.

Der Primas lenkte denn auch prompt das Gespräch auf den Pakt. Er bat Victor und Roya, ihm alles über das, was sie bisher in Hammagor entdeckt hatten, zu erzählen – und da gab es einiges, was noch zu berichten war.

Quendras verabschiedete sich überraschend. Er murmelte etwas von Herzrasen und dass er sich hinlegen wollte. Victor blickte ihm hinterher und fragte sich, ob Quendras wirklich schlecht geworden war oder ob er ihnen das Gefühl geben wollte, dass er weder ein Spion noch ein Attentäter oder Saboteur war.

Roya und Victor erzählten Jockum von allem, was sie in Hammagor entdeckt hatten. Nun erfuhr Roya auch von Victors seltsamem Fund in Sardins Turm und betrachtete verwundert das bunte, gefaltete Blatt und das Büchlein, das er ihr reichte. Leandra bekräftigte noch einmal ihre Absicht, jetzt gleich zu Sardin zu gehen. Niemand blickte dem mit großer Zuversicht entgegen, aber es war unvermeidlich. Sie einigten sich darauf, dass Victor und Leandra gehen sollten, während Roya bei Quendras blieb und der Primas sich um Tirao kümmerte.

»Was ist mit diesem Rasnor?«, fragte Roya. »Ob der noch mal wiederkommt?«

Leandras Blick verhärtete sich. »Soll er lieber nicht wagen! Das würde ihm schlecht bekommen!«

»Ja, aber du bist nicht da!«, gab Roya zu bedenken. »Und Quendras… er schläft. Ich weiß nicht, ob er schon wieder die Kraft hat, gegen Rasnor anzukommen.«

Der Primas hob die Arme. »Nun ja, ich will ja nicht behaupten, ich wäre ein großer Magier, aber…«

Leandra grinste plötzlich, rutschte zu Hochmeister Jockum und hakte sich fest bei ihm unter. »Genau«, sagte sie. »Unser bester Mann bleibt schließlich bei dir, Roya. Das hier ist der Primas des Cambrischen Ordens! Denkst du, der würde mit einem Rasnor nicht fertig werden? Ich würde eher sagen, kleine miese Burschen wie Rasnor frisst er zum Frühstück. Im Dutzend. Das ist kein Witz – ich habe ihn erlebt!«

Roya blickte zu Hochmeister Jockum auf, der für sie

bisher nichts als ein würdiger alter Herr mit einem hohen Titel gewesen war. Sie wusste, dass er Magier war, hatte aber offenbar keine Vorstellung entwickelt, von welchen Graden. Ihr Gesicht spiegelte neue Zuversicht.

Victor marschierte voran durch den langen unterirdischen Tunnel. Mehrere Schritte vor ihm schwebte ein von Leandra auf magischem Wege erzeugtes Licht unter der Tunneldecke. Während sie es anfangs sehr eilig gehabt hatte, Sardins Turm aufzusuchen, schien sie mit einem Mal gar nicht mehr so selbstsicher zu sein.

»Wie weit ist es noch?«, fragte sie von hinten. Der gepresste Hall ihrer Stimme verlor sich rasch in der Dunkelheit vor und hinter ihnen.

»Ich weiß nicht genau. Eine halbe Stunde vielleicht noch. Ich sagte ja, es sind ungefähr sechs oder sieben Meilen.«

Ihre Stimme klang angstvoll und wütend zugleich. »Ein sieben Meilen langer Tunnel. Was für eine beschissene Idee!«

»Vielleicht gar nicht so beschissen«, warf er ein. »Hätte Roya den ganzen Spuk nicht aufgedeckt, hätten wir uns niemals getraut, ganz hindurch zu gehen. Wahrscheinlich hätten wir schon nach hundert Schritt die Nerven verloren.«

Sie holte geräuschvoll Luft. »Kann ich gut verstehen«, murmelte sie.

»Es ist nicht weiter schlimm«, versuchte er sie zu beruhigen. »Sardins Gesicht schwebt da nur in der Dunkelheit. Er scheint gar kein Interesse zu haben, sich irgendwie zu manifestieren. Wie bei Limlora, verstehst du?«

»Es ist nicht Sardin, der mir Angst macht«, sagte sie leise. »Jedenfalls jetzt noch nicht. Es ist dieser Tunnel.«

»Der Tunnel?«, fragte er.

»Ja, ich habe gerade erst ein Erlebnis mit einem Tunnel hinter mir.«

Victor hätte gern wissen wollen, um was es sich handelte, aber ihre Laune war reichlich übel. Er vertröstete sich auf später und sie liefen schweigend weiter. Schließlich erreichten sie die Stelle, an der die Treppe begann, und Victor verlangsamte seinen Schritt. Er deutete nach oben. »Nun hast du's bald hinter dir. Hier geht's aufwärts. Nicht mehr lange und wir sind wieder an der frischen Luft.«

Leandra drängte sich an ihm vorbei und stieg ungeduldig die felsigen Stufen hinauf, immer gleich zwei auf einmal nehmend.

»Langsam«, rief er ihr hinterher. »Die Treppe ist lang!«

Sie achtete nicht auf ihn. Dann war sie ihm plötzlich schon ein gutes Stück voraus und er beschleunigte seinen Schritt, aber außer dem schwachen Schein ihres Lichtes, der noch zu ihm herabdrang, bekam er nichts mehr von ihr zu sehen – so schnell er auch die Stufen hinaufhastete. Seine Beine begannen zu schmerzen und er keuchte, wollte aber nicht allein in der Dunkelheit zurückbleiben. Er zwang sich, Schritt zu halten, rief ein paarmal nach ihr, aber sie antwortete nicht. Nach einer rasenden Viertelstunde sah er endlich Tageslicht über sich, und als er aus dem Felsentunnel auf den breiten Sims des Turmes hinausstolperte, pochte das Blut in seinen Schläfen und Ohren. Seine Beine waren nahe daran, unter ihm nachzugeben.

»Verdammt«, keuchte Leandra, die zwei Schritt vor ihm schwer atmend auf dem Boden saß und sich gegen die Mauer des Turmes gelehnt hatte. Schweißbäche liefen über ihr Gesicht herab. »Tut mir Leid – ich hab einfach Angst bekommen.« Sie zuckte entschuldigend mit den Schultern. »Für die Rückreise müssen wir uns

Tirao holen.« Sie deutete kopfschüttelnd in den dunklen Tunneleingang. »Ich glaube nicht, dass ich mich noch einmal da runter traue.«

Victor ließ sich neben ihr auf den Hintern fallen und legte seine Hand auf die ihre. »Ich bin doch ein Held«, sagte er zwischen keuchenden Atemzügen. »Ich beschütze dich einfach. Was meinst du?«

Sie nickte schnaufend. »Wunderbar.«

»Wir können Tirao nicht einfach wecken«, erklärte er. »Der Primas sagte, er müsse mindestens zwei Tage schlafen. Zweitens kann er hier gar nicht landen. Ich hab es schon mit Faiona probiert. Es ist zu gefährlich.«

Leandra seufzte nur und lehnte sich an ihn.

Er sagte ebenfalls nichts, blieb einfach sitzen. Er mochte es, einfach nur neben ihr zu sitzen und ihre Nähe zu spüren. Nach einer Weile richtete sie sich wieder auf, wischte sich die Schweißreste von der Stirn und blickte die gewaltige Mauer hinauf.

»Das ist ein *Turm*?«, fragte sie.

Er nickte. »Das Ding ist riesig. Die Mauer muss über sechzig Ellen dick sein. Trotzdem kann man ihn von Hammagor aus überhaupt nicht sehen. Er verschmilzt mit der Landschaft.«

Er deutete hinab auf das rötlich graue Land, wo sich im dumpfen Licht des Tages von Noor die Festung in den Schatten des nahen Felspfeilers duckte.

»Das ist doch völlig verrückt, hier so ein Bauwerk hinzusetzen!«, sagte sie kopfschüttelnd und deutete auf Hammagor. »Das nächste Dorf ist zwei- oder dreihundert Meilen entfernt. Hier gibt es nichts, keinen Baum, keinen Strauch, kein jagdbares Wild und nicht mal ein Kornfeld oder einen Bach. Wer je hier gelebt hat, muss völlig verrückt gewesen sein!«

»Oder er *wollte* diese Abgeschiedenheit«, meinte Victor. »Zum Beispiel, um sich ungestört mit den abartigsten Formen der Magie beschäftigen zu können. Magieformen, die äußerst wirkungsvoll, aber auch sehr gefährlich sind. Und bei denen man keine Zuschauer gebrauchen kann.«

Sie nickte. »Ja, es ist wirklich gut versteckt«, sagte sie. »Kein Wunder, dass es so lange verschollen war.«

Victor gab sich dem inzwischen schon ein wenig vertrauten Anblick dieser fremdartigen Welt hin. Auf eine gewisse Weise war sie faszinierend – fast vollkommen in ihrer dunklen Abgeschiedenheit und Bedrohlichkeit. Die Hochebene von Noor war das, was man aus ihr machte, was ein Mensch, der hier lebte, ihr eingab. Noor und Hammagor waren ein Hort des Bösen, wenn sich einer wie Sardin hier niederließ und seine finstere Magie wirken ließ. Unbesiedelt war es einfach nur ein raues, unwirtliches Land, auf seine Weise packend und vielleicht sogar ein wenig inspirierend. Er als Dichter und Musiker konnte das fühlen. Ein Land des Guten und der Freunde würde Noor freilich niemals sein – kein Mensch, der Wohltätiges im Sinn hatte, würde sich je hier niederlassen. Dazu war es zu abgeschieden, zu karg und zu lebensfeindlich. In dieser Felswelt wuchs nichts außer Flechten und ein paar verkrüppelten Büschen; man hätte nirgends auch nur eine Hand voll Getreidesaat zum Wachsen bringen können.

Leandra starrte gebannt hinab, wandte nun aber wieder die Blicke dem Turm zu. »Bist du sicher, dass es Sardin ist?«, fragte sie. »Ich meine… wir haben nie sein wahres Gesicht gesehen. Nur das von Limlora.«

Er schüttelte den Kopf. »Sardin erkennst du sofort!«, erklärte er. »Außerdem haben wir ja mit ihm geredet. Dass es Sardin ist, daran besteht kein Zweifel.«

Plötzlich spürte er, dass sie Angst hatte. Der Tunnel war eine Sache für sich gewesen. Solange sie ihre Not mit der Enge und der Länge dieser unterirdischen Röhre gehabt hatte, waren die Gedanken an Sardin in weiter Ferne gewesen. Nun aber, da sie ihr Ziel erreicht hatten, handelte es sich nur noch um eine kurze Zeit, bis sie einen ihrer ärgsten Feinde wiedertraf. Einen Mann, den sie selbst *getötet* hatte.

Victor nahm wieder ihre Hand. »Ich weiß gar nicht«, sagte er, »woher du so viel Mut nimmst. Er ist dein schlimmster Feind. Ich würde mir in die Hose machen, wenn ich zu ihm müsste.«

Sie schnaufte. »Du hast mir gesagt, dass er mich nicht wirklich als Feindin sieht. Nur Chast, der ihn betrogen hat. Und dass er mir den Pakt geben würde.«

Er starrte auf das Land hinaus. »Ja, das hat er gesagt. Er ist wirklich seltsam. Wie ein verbitterter Gott. Man könnte direkt Mitleid mit ihm haben.«

Mitleid?, war plötzlich eine Stimme zu hören. *Nein, Mitleid hat er nun wirklich nicht verdient.*

Victor und Leandra zuckten erschrocken zusammen.

Im nächsten Augenblick schon sahen sie etwas Kleines heranflattern, das unweit von ihnen auf der Kante des Sims landete.

»Ulfa!«, entfuhr es ihnen zugleich.

Der kleine Baumdrache rollte sich zusammen und brachte sich in eine drachentypische Position: den Hals s-förmig hochgereckt, den langen Schwanz um seinen Sitzplatz zusammengerollt und die Beine eingeknickt. Er blinzelte leicht. Irgendetwas hatten diese Drachen mit Katzen gemein.

Leandra starrte Ulfa an. *Du hast nie zu mir gesprochen, sagte sie. Ich wusste gar nicht, dass du es kannst!*

Es war nicht an der Zeit, erwiderte Ulfa. *Es hätte mehr Verwirrung gestiftet als geholfen.*

Wieder sah Leandra fragend zu Victor auf, der neben ihr kniete.

»Wie ich schon sagte: Er kam eines Tages mit den Drachen zurück«, erklärte Victor und deutete auf Ulfa. »Auf unserem Flug hierher.«

Leandra blickte wieder zu Ulfa. *Du hast mir das Leben gerettet,* sagte sie sanft. *Und auch das von Hellami. Ich habe dir nie gedankt.*

Es wird dich kaum freuen zu hören, dass das zweckbestimmt war, Leandra, erwiderte Ulfa. *So sehr ich dich auch mag – diese Rettung hätte nie stattgefunden, wäre dein Tod nicht ein tragischer Rückschlag für unsere Welt gewesen. Und das gilt auch für Hellami.*

Leandras Miene verfinsterte sich und sie starrte Ulfa missmutig an.

Eine solche Lebensrettung, wie sie euch widerfuhr, kommt einem Sterblichen nicht zu, beharrte Ulfa. *Das gilt noch stärker für Hellami. Ich habe damit empfindliche Grenzen überschritten und das mag sich vielleicht einmal böse rächen. Aber zu diesem Zeitpunkt ging es nicht anders.*

Leandra richtete sich auf. *Was soll das alles bedeuten?,* fragte sie ärgerlich.

Sieh dich vor, Leandra!, warnte Ulfa. *Es steht dir nicht zu, mich zu maßregeln! Mein wichtigster Daseinszweck besteht darin, diese Welt zu beschützen. Dein Leben ist diesem Zweck untergeordnet!*

Tatsächlich?, rief sie wütend aus. *Ich muss also gehorchen, wenn die Welt mich braucht? Selbst über den Tod hinaus?*

Ich kenne deine Haltung, Leandra, erwiderte Ulfa, schon wieder etwas milder gestimmt. *Das ist der Grund, warum du so wichtig bist. Du willst keine Heldin, keine Legende sein, zu der dich Hochmeister Jockum einmal erheben wollte. Du tust dies alles nur, weil du Ungerechtigkeit hasst und weil du den Menschen, die du liebst, helfen willst. Du strebst nicht nach Macht und auch nicht nach Rache. Das sind zwei entscheidende Voraussetzungen für die Aufgabe, die du zu erfüllen hast.*

Leandra war noch lange nicht besänftigt. Sie verschränkte die Arme vor der Brust. *Wie sich das schon wieder anhört: die Aufgabe, die du zu erfüllen hast!,* äffte sie nach. *Ich habe keine Lust, Aufgaben zu erfüllen! Nicht deine und auch nicht die von Sardin!*

Diesmal war es so etwas wie ein Lächeln, das von Ulfa kam. *Das,* sagte er, *ist die dritte wichtige Voraussetzung. Unbeugsamkeit.*

Leandra stöhnte. *Verstehst du nicht, was ich meine, Ulfa?,* fragte sie und breitete hilfesuchend die Arme aus. *Ich habe keine Lust, mich für die Zwecke anderer einspannen zu lassen! Ich will keine Heldin sein und ich will keine Aufgaben erfüllen. Ich will nur mein Leben leben.* Sie machte eine kurze Pause. *Und auch sterben, wenn es sein muss. Es ist schließlich mein Tod. Er gehört mir!*

Victor, der schweigend dasaß und zuhörte, nickte unmerklich. Das war Leandra, wie sie leibte und lebte. Ihr eigener Herr, unbeugsam, aufrichtig und leidenschaftlich. Er war gespannt, wie sich diese Unterhaltung entwickeln würde.

Du wirst es dir gefallen lassen müssen, dich manchmal höheren Aufgaben unterzuordnen, erwiderte Ulfa kühl. *Es gibt Dinge, die wichtiger sind als dein Wille und dein Recht.*

So? Und was sind das für Aufgaben? Muss ich jetzt da hinein gehen und Sardin seinen Pakt entreißen? Ihn wieder einmal vernichten? Und nachher die Drakken verjagen? Das ist lächerlich! Das kann ich gar nicht!

Ulfas Stimme klang abermals versöhnlich und milde. *Es gibt keine Aufgaben in dem Sinn, wie du es dir vorstellst, Leandra. Nichts, was ich oder sonst jemand dir auftragen würde oder wollte. Du trägst alles in dir selbst. Es sind deine freien Entscheidungen. Tu, was du willst. Das Bemerkenswerte daran ist, dass es richtig sein wird, wie du dich entscheidest.*

Leandra verzog das Gesicht. Auch diese Aussage missfiel ihr.

Verstehst du nicht?, fragte Ulfa. *Genau das ist der Grund, warum du so wichtig bist! Du bist ein Mensch, der das im Herzen trägt, was diese Welt braucht. Du bist auf-*

richtig, beugst dich keiner Unterdrückung, hilfst denen, die Hilfe verdient haben. Du handelst nicht aus Machtgelüsten oder anderen niederen Beweggründen. Wenn du es nicht bist, die für die wichtigen Dinge dieser Welt einsteht, dann ist es niemand. Keine Welt hat das Überleben verdient, wenn es in ihr nicht mindestens eine Person gibt, welche diese Tugenden in sich vereint und sie verteidigt.

Ach, Mist!, sagte Leandra und winkte wütend ab. Victor schluckte betroffen ob ihrer groben Reaktion. *Willst du mich zu einer Göttin machen?,* fuhr sie fort. *Zu einer Unfehlbaren? Zur einer Ansammlung aller guten Eigenschaften, die ein Mensch haben kann? Ich habe mir vor Angst in die Hosen gemacht. Ich habe Freunde im Stich gelassen. Ich habe rumgevögelt und mich voll laufen lassen, als Hellami in diesen Grotten hockte und verzweifelt auf mich wartete. Leute sind durch meine Schuld umgekommen. Ich bin eitel und gebe allen möglichen Verlockungen nach. Ich bin nicht die, die du für deine Aufgaben brauchst!«*

»Warte, Leandra!«, sagte Victor und hob die Hand. Er kroch ein Stück nach vorn und legte ihr die Hand auf die Schulter. Unwillig ließ sie es geschehen.

»Das ist es nicht«, sagte er ruhig. »Ich glaube, ich habe verstanden, was Ulfa meint. Du bist eine der Personen, die zufällig da waren, als es begann. In unserer Welt mag es tausende geben, die ebenso gut und wichtig sein könnten wie du. Hab ich nicht Recht, Ulfa?« Er blickte zu dem kleinen Drachen, der ihm ein Gefühl der Zustimmung zusandte, und wandte sich wieder Leandra zu. »Du bist nicht die Einzige, die von Ulfa gerettet wurde. Er hat, so wie ich es verstanden habe, Hellami ebenfalls gerettet. Sogar mich und Roya. Er hat immer wieder eingegriffen, wenn es darum ging, *uns* vor dem Tod zu bewahren. *Wir* sind wichtig, und unter uns bist zufällig *du* die Person, mit der alles angefangen hat. Ebenso gut hätte von Beginn an eine Gruppe anderer Menschen in diese Geschichte verwickelt werden können. Eine andere Leandra, ein anderer Victor. Was bin ich schon?« Er hob fragend die Schultern. »Ich bin ein nur irgendein unbedeutender Mann. Ich beherrsche nicht mal Magie. Ich habe mindestens ebenso viele Fehler gemacht wie du oder Roya oder sonst jemand. Aber wir hatten damals den Mut, gegen die Bruderschaft aufzustehen, und wir haben es auch geschafft. Nun sind wir so tief in diese Geschichte verwickelt, dass es wohl schlimm ausgehen würde, wenn es uns nicht mehr gäbe. Uns kann *jetzt* keiner mehr ersetzen.«

Leandra hatte leicht den Kopf gewandt und sah ihn an. Abwehr und Unmut standen in ihrem Blick, aber nicht mehr in dem Maße wie noch zuvor, als Ulfa ihr ihren *Daseinszweck* zu erklären versucht hatte. Victor schöpfte Hoffnung.

»Die Gefahr ist noch nicht beseitigt«, fuhr er fort und ließ ihre Schulter wieder los. »Aber sag mir: Wer sollte jetzt unsere Rolle übernehmen? Ein paar Leute aus dem nächsten Dorf? Vielleicht gibt es dort ein paar, die ebenso aufrichtig sind wie wir – aber kennen sie all die Zusammenhänge? Haben sie je gegen einen Chast gekämpft oder könnten sie gegen die Tücke eines Sardin bestehen?« Er seufzte. »Ich glaube, das ist der Grund, warum Ulfa – oder sagen wir besser: die *Welt* – uns braucht. Wir sind zufällige Helden, wir sind zufällig in diese Geschichte hineingeraten und wir haben uns zufällig als… sagen wir: tauglich erwiesen. Mag sein, dass es andere gäbe, die das alles noch viel besser gemacht hätten als wir. Aber es ist wohl müßig, diese anderen jetzt herbeibeschwören zu wollen. Sie sind nicht da. Wir können sie uns nicht aus dem Nichts zusammenbasteln – damit wir unsere Ruhe haben und nach Hause gehen können.«

Leandra holte langsam Luft. Der Ausdruck des Widerstands war aus ihrem Gesicht gewichen, als sie ihn anblickte. Er glaubte sogar, dass sie ihn jetzt am liebsten umarmt hätte, aber sie tat es wegen Ulfa nicht.

Victor hat vollkommen Recht, sagte Ulfa dann. *Ich kann dem nichts mehr hinzufügen. Außer vielleicht – um es noch einmal zu bekräftigen: Du bist nicht einzigartig, Leandra. Es würde dich auch sehr stören, wenn du es wärest, so wie ich dich verstanden habe. Es ist nur so: Du bist einzigartig geworden. Wie auch Victor, Roya, Hellami oder Jacko. Und der Primas Jockum, Meister Fujima und all die anderen, die mit dir gekämpft haben. Ihr seid nicht mehr wegzudenken. Niemand anderes ist jetzt da, der das zu Ende führen könnte, was ihr begonnen habt. Es mag sein, dass ihr scheitert. Dann ist es, wie es ist. Aber da mein Daseinszweck der Schutz dieser Welt ist, werde ich immer wieder alles in meiner Macht Stehende tun, um eure Chancen zu wahren, es doch noch zu schaffen. Nicht mehr, aber auch nicht weniger.*

Bist du denn … ein Gott?, fragte Leandra matt.

Ja und nein, antwortete Ulfa. *In dem Sinn, wie ihr Sterblichen einen Gott versteht, vielleicht ja. Aber im göttlichen Sinn … nein. Ich bin nur ein Überbleibsel aus der Vergangenheit dieser Welt, das eine gewisse Seite der beteiligten Parteien vertritt. Und, was du vielleicht wissen solltest: Ich bin alles andere als allmächtig.*

Victor seufzte. *Dann bist du wie Sardin.*

Ulfas Antwort kam langsam und bedächtig. *Ja. Das ist richtig. Ich bin sein Gegenstück. Dabei aber nicht einmal … sein wirklicher Feind. Wir essen vom gleichen Teller. Aber wir essen nicht dasselbe. Es gibt Dinge, die uns verbinden, und andere, die uns trennen.*

Leandras Wut war verpufft. Nun lehnte sie sich doch an Victor, schien seltsam erschöpft und traurig. *Und welche sind das?,* wollte sie wissen.

Es gibt Spielregeln zwischen uns, die ich nicht außer Acht lassen kann, erklärte er. *Ich habe schon mehrfach Grenzen überschritten. Wenn ich das zu häufig tue, gewinnt Sardin das Übergewicht. Deswegen kann ich euch auch nur wenig über ihn sagen. Er hat selbst einmal eine gewaltige Grenze überschritten, das war, als er die Hände nach der Unsterblichkeit ausstreckte. Es gelang ihm, aber im gleichen Moment rief er auch mich ins Leben. Seitdem versuche ich, ihn im Zaum zu halten. Und er will mich loswerden. Sein Wunsch nach Unsterblichkeit wurde ihm nicht auf die Weise erfüllt, wie er es sich erhofft hatte. Und nun hat er gewisse Dinge im Sinn, um sein Problem zu lösen. Mehr kann ich euch nicht sagen, ohne wieder einmal die Spielregeln zu verletzen. Es wäre nur zu eurem Nachteil. Aber eines noch: Den gleichen Schritt wie Sardin zu tun war auch Chasts Triebfeder. Chast war nichts als ein von einer Idee besessener Mann. Er war klug, ja sogar brillant. Du hast ihn kennen gelernt, Victor. Nun ist er tot. Gescheitert an der Überheblichkeit seiner Wünsche. Ich kann euch nur warnen, niemals das anzustreben, was euch nicht zusteht. Aber… nun, eigentlich habe ich da auch keine Befürchtungen. Doch achtet auf die anderen! Nicht jeder mag sich so demütig und bescheiden verhalten wie ihr.*

Wen meinst du?, fragte Leandra besorgt, während in Victors Kopf der Gedanke an Quendras aufblitzte.

Niemand im Besonderen, sagte Ulfa. *Ich möchte, dass ihr wachsam seid. Vergesst nie – ich bin zwar ein geistig übergeordnetes Wesen, aber ich bin weder allmächtig noch allwissend. Ich habe selbst schon viele Fehler begangen. Ich kann euch nur manchmal Hinweise geben oder versuchen, etwas zu bewirken, wenn ich Gefahren nahen sehe. Tirao nach Savalgor zu schicken war keine große Tat – nichts, was gewaltige Allmacht oder Allwissenheit vorausgesetzt hätte. Verlasst euch also nicht darauf, dass ich immer und in jedem Fall zur Stelle bin und alle Probleme löse. Und vor allem: dass ich alles richtig mache!*

Leandra und Victor saßen schweigend da. Ulfas Offenbarungen waren eher verwirrend als aufschlussreich. Aber er beschrieb er sich ja auch als ein von Fehlern behaftetes Wesen. Das erleichterte es Leandra, ihre Rolle anzunehmen, in der sie ebenfalls Schwächen zeigen durfte. Sie war demnach eine fehlerhafte Zufallsheldin. Diesen Titel konnte sie schon leichter schlucken als den der *Legende*, den ihr der Hochmeister einst anheften wollte. Ein Fehler seinerseits. Sie lächelte in sich hinein. Alle machten Fehler. Wie schön.

Der eigentliche Grund, aus dem ich hier bin, ist aber, euch zu warnen, sagte Ulfa.

Uns warnen?

Ja. Vor Sardin. Während ich das Eintreten bestimmter Ereignisse oft gut voraussagen kann, zählen sein Handeln und seine Gedanken zu den Dingen, die mir fast völlig verschlossen sind. Allein mit meinem Gefühl kann ich versuchen zu ergründen, was er im Sinn hat. Und dieses Gefühl warnt mich jetzt. Sardin plant etwas. Seid auf der Hut vor ihm, vor seinen Tricks und Machenschaften. Er hat nicht euer Scheitern im Sinn – aber auch nicht euer Heil. Ihm geht es ausschließlich um seine eigenen Pläne.

Victor nickte. *Ja. Bei aller Bescheidenheit: Das war mir vollkommen klar!*

Leandra stöhnte. *Du meinst, wir sollen ihn meiden?*

Ja. Eigentlich wäre es das Beste.

Aber… wir brauchen den Pakt!

Ich weiß. Und deswegen müsst ihr dennoch zu ihm. Aber gebt Acht, dass ihr ihm keine Zugeständnisse macht. Lasst euch auf keinen Handel mit ihm ein, sonst wird allein er den Vorteil davontragen! Ich weiß nicht, was er sich davon erwartet, dich zu sehen, Leandra, und ich glaube auch, dass er die Drakken hier haben will, obwohl mir der Grund dafür ebenfalls verschlossen ist. Ich fürchte um die Freiheit unserer Welt, denn Sardin wird auf sie keine Rücksicht nehmen, wenn es darum geht, seine Pläne zu verwirklichen.

Damit entfaltete Ulfa seine Schwingen. *Mehr kann ich euch im Augenblick nicht sagen. Versucht, nach eurem Herzen zu handeln. Dann werdet ihr das Richtige tun.*

Er sprang in die Luft, wie Drachen es beim Start zu tun pflegten, und schoss in die Höhe. Augenblicke später schon war er aus ihrem Blickfeld verschwunden.

Leandra ließ sich wieder zusammensinken. Sie schmiegte sich seufzend an Victor.

»Weißt du, was ich am meisten an dir liebe?«, fragte er.

»Sag jetzt nicht, meine Fehler!«

»Doch. Genau das, mein Herz«, erwiderte er und küsste sie auf die Stirn.

27 ♦ Relikte

Sardins Turm war eine Enttäuschung. Denn er war nicht da.

Als Leandra die riesige dunkle Weite, die sich im Inneren des Turmes auftat, zum ersten Mal erblickte, wurde ihr ein bisschen übel. Wie schon Victor und Roya zuvor stand sie auf einer kleinen Rampe im Nichts, und vor ihr drehte sich in der unnennbaren Ferne im Innern des Turmes jenes seltsame, milchige Gebilde, in dessen Mitte Sardins Gesicht erschienen war. Es hing dort wie eine Spirale aus leuchtendem Nebel, die sich träge bewegte; kleine leuchtende Punkte umschwirrten sie, und sie schien in eine Ferne zu führen, die sich niemand vorzustellen vermochte.

Diese unendliche Weite, die etwas Bedrückendes und Verlorenes an sich hatte, machte Leandras Magen zu schaffen. Sie hatte schon einmal eine solche Weite erlebt – damals, auf der Flucht, als sie auf der Ebene des Trivocums in den großen Wagen des Totenzuges eingedrungen war, in dem ein so seltsam violettes Licht pulsiert hatte. Ein Licht, das sie inzwischen gut kannte. Auch dieser Strudel wies im Trivocum jene violette Färbung auf; sie war machtvoller und deutlicher ausgeprägt, als Leandra es je zuvor erblickt hatte.

Aber dennoch – sie schien auf das im Raum schwebende Gebilde beschränkt zu sein. Sie waberte nicht nach außen, sondern hielt sich an ihrem Platz. Das war beruhigend. Leandra hatte schon die grässlichsten Dinge in Zusammenhang mit dieser violetten Färbung gesehen. Diesmal jedoch schien kein neues Unheil unmittelbar aus dem Strudel hervorbrechen zu wollen.

»Wo steckt er?«, flüsterte sie. »Da drin?«

Victor nickte. »Dort haben wir sein Gesicht gesehen.«

Sie warteten eine Weile, starrten erwartungsvoll in das monströse Gebilde, aber der Gründer der Bruderschaft von Yoor zeigte sich nicht.

»Vielleicht hat er uns nicht bemerkt?«, meinte Leandra.

Victor zog die Stirn kraus. »Kann ich mir nicht denken. Ich meine, er beklagt sich doch über… Langeweile. Und dies ist erst das zweite Mal in zweitausend Jahren, dass er Besuch bekommt.«

Leandra zuckte die Schultern und beobachtete weiterhin das im Nichts kreisende Gebilde, das Victor so treffend als ›Mahlstrom‹ bezeichnet hatte.

»Meinst du, ich sollte mal…«

»Was?«, fragte Leandra.

»Es klingt vielleicht komisch, aber… nun, ihn *rufen*?«

Sie sah ihn an, als hielte sie ihn für nicht mehr ganz gescheit, und sagte dann aber: »Ja, warum nicht?«

Victor richtete sich auf. »Sardin?«, rief er in die Dunkelheit. »Wir sind hier! *Leandra* ist hier!«

Nichts geschah. Sie warteten eine Weile, dann rief Victor noch einmal.

»Ob ihm etwas zugestoßen ist, dem Ärmsten?«, meinte Leandra.

Diesmal war es an Victor, Leandra so anzusehen, als wäre sie nicht mehr bei Trost.

Sie hob die Schultern. »Vielleicht ist er auf der Treppe ausgerutscht? Oder er hat sich in den Finger geschnitten?« Sie wirkte nicht gerade froh mit ihren albernen Worten und seufzte. »Ich weiß, ich sollte ernster sein.«

Victor brummte etwas und sah wieder in den Mahlstrom.

»Weißt du was?«, fragte sie leise. »Ich bin eigentlich ziemlich froh, dass er nicht da ist. Auch, wenn wir den Pakt jetzt nicht haben.«

»Wir brauchen ihn aber!«

»Ja – ich weiß«, erwiderte sie und ihre Stimme klang nicht glücklich.

»Es macht keinen Sinn!«, murmelte Victor. »Erst will er, dass wir dich von weit her holen, und dann ist er plötzlich verschwunden! Was soll das?« Er spürte, dass sich seine Reizbarkeit steigerte. Er wollte, wie Leandra auch, am liebsten so schnell wie möglich von hier verschwinden, aber *mit* dem Pakt! Unschlüssig blickte er wieder hinab in die Dunkelheit, wo sich langsam die Konturen des Labyrinths aus der Dunkelheit schälten. Er deutete hinab.

»Siehst du das dort unten?«, fragte er. »Dort habe ich das Buch und dieses Blatt mit der Insel gefunden. In einem quadratischen Bau, genau dort unten, am tiefsten Punkt in der Mitte.«

Leandra starrte angestrengt hinab und nickte dann. »Ja, jetzt sehe ich etwas. Es ist kaum zu erkennen. Ist es dieses Labyrinth, von dem du erzählt hast?«

»Ja. Lauter winzige schmale Brückchen, Treppen und Stege. So komisch verschachtelt, dass du manchmal nicht weißt, wo oben und unten ist, ob du liegst oder stehst. Und dazwischen geht's in die Tiefe. Schwarz und finster. Es würde mich nicht wundern, wenn man niemals unten ankäme, falls man hineinfällt.«

Sie starrte ihn verwirrt an. »Und wie kommt man dort hinunter? In das Labyrinth, meine ich?«

Victor deutete nach links zur inneren Wand des Turms, die sehr bald mit der völligen Dunkelheit verschmolz. »Dort ist ein Sims, der an der Innenwand entlang führt. Nach ungefähr zweihundertfünfzig Schritt führt eine Treppe hinab.«

Leandra blickte wieder hinauf zu der nebligen Spirale, in der sich immer noch kein Sardin zeigte. Sie seufzte und sah dann wieder in die Dunkelheit hinab. »Warum bist du so sicher«, wollte sie wissen, »dass dort unten der Pakt *nicht* ist? Vielleicht ist er zwischen all den Papieren versteckt?«

Er hob die Schultern. »Also… irgendwie hätte das einfach nicht gepasst. Sardin sagte ja, dass er ihn nur *dir* geben wollte. Da hätte er mich doch nicht zufällig den Pakt finden lassen, oder?«

Sie sah ihn stirnrunzelnd an. »Wahrscheinlich hast du Recht. Aber dennoch…«

»Du möchtest noch mal nachsehen gehen?«

»Ja, warum nicht? Was bleibt uns übrig?« Sie deutete in die Höhe. »Er zeigt sich uns nicht. Außerdem… interessieren mich diese Bücher und Schriftrollen, von denen du erzählt hast.«

Er nickte. »In Ordnung. Vielleicht ärgert es ihn ja, dass wir in seinen Sachen herumwühlen, und er zeigt sich. Kannst du nicht mit Magie ein bisschen Aufsehen erregen?«

Er grinste sie schief an und sie grinste zurück. Die Idee war vielleicht nicht ganz abwegig, aber dennoch irgendwie absurd. »Komm«, sagte er und streckte seine Hand nach der ihren aus. »Gehen wir los. Irgendwie muss jetzt endlich was passieren. Ich bin schon seit Tagen in diesem verdammten Hammagor und habe noch nichts erreicht!«

Leandra nahm seine Hand und ließ sich von ihm führen. Als sie auf magischem Weg ein Licht entfachen wollte, um den gefährlichen Weg über den Sims und hinab in das Labyrinth zu erhellen, stellte sie fest, dass das Trivocum so kalt und grau war wie im Verlieskeller des Palastes. Erschrocken blieb sie stehen.

»Was ist?«

»Das Trivocum!«, keuchte sie. »Es ist tot! Kalt und grau!«

Victor lenkte seine Konzentration auf sein Inneres Auge und tastete nach dem Trivocum, bis er es sah. »Ich…«, stammelte er.

»So etwas habe ich schon mal erlebt«, sagte sie voller Bestürzung. »Im Verlieskeller des Palastes. Dort ist das Trivocum genauso kalt und grau.« Sie atmete ein paarmal tief durch und sah sich dabei verunsichert um. »Es wurde versiegelt, damit man auch Magier dort einsperren konnte.«

»Ich wusste gar nicht, dass so etwas geht!«, erwiderte er.

»Ich auch nicht. Aber Sardin scheint diese Kunst jedenfalls zu beherrschen.«

»Komm mal mit!«, sagte er. Er hielt noch immer ihre Hand und zog sie mit sich in Richtung des Eingangs zum Turm. »Merkst du was?«, fragte er. »Die Farbe ändert sich. Je weiter man in Richtung des Ausgangs kommt.«

Sie nickte. »Ja, du hast Recht«, sagte sie. »Wie kann das sein?«

Er hob die Schultern. »Weiß ich nicht. Hier war früher so eine Art magisches Tor. Roya hat es mit ihrer Magie geöffnet. Und als wir dann drin waren… na ja. Diese stygische Energie, die Sardins Mahlstrom erfüllte, konnten wir deutlich wahrnehmen. Überdeutlich! Doch heute ist sie verschwunden.«

Sie starrten in die Dunkelheit. »Man könnte meinen, Sardin habe diesen Ort verlassen«, sagte Victor. »Er sprach davon, dass dies hier nur… ein Fenster sei. Ein Fenster, durch das man… einen kurzen Blick in die wahren Quellen der Existenz werfen könne. Aber man würde es doch nicht begreifen.«

Leandra verzog den Mund. »Wie auch immer, heute ist dieses Fenster zu.«

»Ich möchte wissen, wo Sardin ist. Ulfa hat uns vor seinen Machenschaften gewarnt.«

»Ich bin dafür«, sagte sie entschlossen, »dass wir ihn ab jetzt einfach ignorieren. Er hat mich hierher holen lassen und nun ist er fort. Offenbar braucht er mich nicht mehr. Aber der Pakt muss noch hier sein!«

»Was macht dich so sicher?«

»Sardin! Sein unergründliches Verhalten. Er ist aus irgendeinem Grund verschwunden, aber bestimmt nicht deswegen, weil er uns den Pakt nicht geben will. Das ergäbe keinen Sinn. Er könnte erscheinen und sich einfach weigern, ihn herauszurücken. Wahrscheinlich würde er das sogar genießen.«

Victor starrte sie unschlüssig an.

»Wenn er nicht auftaucht«, fuhr Leandra fort, »muss das einen anderen Grund haben. Aber ich bin sicher, er hat den Pakt zurückgelassen. Damit wir wenigstens *ihn* finden können.«

»So ganz verstehe ich nicht, was du meinst«, sagte Victor.

Leandra winkte ab. »Komm, wir gehen da jetzt runter. Irgendwas müssen wir tun. Oder willst du einfach wieder zurückgehen?«

Er schüttelte den Kopf. »Nein. Natürlich nicht.« Wieder nahm er sie an der Hand und zog sie mit sich. Sie hielten sich nun schon so lange im Dunkeln auf, dass sie den Sims verhältnismäßig gut erkennen konnten. Nach den angekündigten zweihundertfünfzig Schritt erreichten sie die Treppe.

»Verdammt!«, ächzte Leandra. »Dass sie *so* schmal ist, hast du mir nicht gesagt!«

Er nickte. »Jetzt weiß ich auch, warum Sardin fort ist. Und mit ihm das Trivocum – falls das einen Zusammenhang hat.«

»Du meinst, damit ich hier keine Magie wirken kann? Um uns da runter zu helfen?«

»Ja. Das würde doch zu Sardin passen, oder nicht?

Uns den Pakt hier zu lassen, sich aber daran zu ergötzen, wie schwer wir uns tun, ihn zu kriegen.«

»Du kennst ihn besser als ich. Würde er das tun? Und riskieren, dass wir dabei umkommen und der Pakt nie gefunden wird?«

Victor winkte ab. »Ich weiß es auch nicht. Ich gehe voraus. Folge mir einfach – so schwer ist es nicht.«

Er betrat die Treppe. Nachdem er bereits einmal den ganzen Weg gegangen und heil zurückgekommen war, fand er es diesmal nicht so schwer. Mit ausgebreiteten Armen balancierte er die Stufen hinab, während sich Leandra dicht hinter ihm hielt. Sie erreichten wohlbehalten den ersten Absatz und hatten längst nicht so lange gebraucht wie Victor bei seinem ersten Versuch.

»Hier! Die Wachsstriche sind noch da, die ich hingemacht habe!« Er deutete auf den Boden, wo an einer Stelle ein schwacher Glanz zu erkennen war. Er wandte sich nach links und ging weiter. Leandra folgte ihm klaglos. Auf seine Frage hin erklärte sie, dass ihr so etwas zehnmal lieber sei als jeder Tunnel. Als sie bald darauf eine kleine Rast einlegten, erzählte sie ihm von dem Tunnel, durch den sie und Yo geflohen waren, und schilderte ihre Not und Angst so eindringlich, dass es Victor eiskalt den Rücken herunterlief.

Sie machten sich auf den letzten Teil des Weges und erreichten schließlich unbeschadet den flachen, viereckigen Bau in der Mitte des Labyrinths. »Verdammt«, fluchte Victor, als sie vor dem dunkeln Viereck des Treppenabgangs standen. »Diesmal habe ich keine Kerze dabei. Und ohne Magie… ist es dort unten stockfinster!«

Leandra schwieg eine Weile, dann nickte sie ihm zu. »Es geht wieder. Nur schwach zwar, aber für ein Licht wird es reichen.« Sie schnaubte. »Ist mir neu, dass es sogar Zwischenstufen gibt!« Augenblicke später flammte ein kleiner, gleißender Punkt über ihnen auf, der die Umgebung in fahles Licht tauchte. Victor atmete auf.

Er ging voran, tastete sich über die engen und schmalen Stufen nach unten und erreichte den Raum mit der Truhe. Leandra war kurz nach ihm da. Es hätte ihn keinesfalls gewundert, wenn die Truhe dieses Mal nicht da gewesen wäre. In Sardins Welt musste man mit allem rechnen. Aber sie hatten Glück, alles war wie zuvor. Leandra untersuchte staunend die spiegelbildliche und verkleinerte Welt des Labyrinths, die es hier anstelle einer normalen Decke gab und Victor kniete sich neben die Truhe. Sie stand noch immer offen.

»Hier, sieh nur! Noch mehr von diesem alten Zeugs!«

Leandra kniete sich neben ihn. Ja, tatsächlich. Da waren noch ganze Stapel von Schriftwerk, das schon auf den ersten Blick äußerst fremdartig aussah. Rollen, dicke, vielfach gefaltete Blätter, Bücher mit dünnen, seltsam glänzenden Buchdeckeln, auf denen sich Bilder befanden, die völlig fremdartige Dinge zeigten. Leandra stieß einen leisen Pfiff aus, als sie einige der Bücher ins Licht ihrer Magie hob.

»Sieh nur«, sagte sie, »Pferde! Aber…« Verwundert studierte sie die Abbildung. Mehrere Pferde liefen nebeneinander ganz augenscheinlich um die Wette, und zwar auf einer Art Straße mit dunklem weichem Boden, möglicherweise einem Morast. Links sah man eine Tribüne, auf der hunderte… von Menschen standen! Und ein Dach war darüber, und über dem Dach schwebte etwas in der Luft. Es sah aus wie eine Blase aus schimmerndem Metall, aber da waren keine Schwingen – wie bei dem Drakkenschiff… Leandra wusste nicht, was das sein mochte. Neben der Tribüne standen mehrere eckige Wagen, groß und klein, in verschiedenen Farben, mit kleinen Rädern, aber ohne Zugtiere. Auf dem oberen Drittel des Bildes befanden sich elf dicke, weiße Buchstaben, aber sie konnte sie nicht lesen. Leandra legte das Buch kopfschüttelnd beiseite und nahm ein anderes zur Hand.

Auf seiner Oberfläche war etwas anderes abgebildet. Es handelte sich eher um eine Zeichnung, aber mit unglaublich sauberen, genauen Strichen gemalt. Es war möglicherweise so etwas wie der Bauplan einer Maschine, Leandra hatte etwas Ähnliches schon einmal in einem Buch gesehen – ein Abbild einer Getreidemühle, das ihre Funktionsweise darstellte. Dies hier aber war unendlich viel komplizierter. Verwirrt flogen ihre Augen über zahllose Einzelheiten. Die Genauigkeit und Vielschichtigkeit dieser Arbeit faszinierte sie. Die Beschriftung des Buches war sehr viel länger und abermals unlesbar für sie. Als sie das Buch aufschlug, fand sie endlos lange Texte und weitere Abbildungen, teils in Farbe auf glänzenden Seiten, teils nur gezeichnet.

Dann spürte sie etwas, das ihr die ganze Zeit schon aufgefallen war, und sie tastete nach dem Trivocum. Ja, sie konnte eine schwache Aura ausmachen, die von diesen Büchern und Schriftwerken ausging, ganz so wie bei Victors Büchlein und dem gefalteten Blatt. Es steckte eine Magie in diesen Sachen, eine äußert schwache, aber sehr dauerhafte Magie, deren Struktur ihr fremd war. Es lag auf der Hand, dass sie der Haltbarmachung des Papiers diente. Es musste uralt sein, wenn ihre Vermutungen zutrafen – viele tausend Jahre. Gewöhnliches Papier wäre längst zerfallen. Vorsichtig legte Leandra das Buch beiseite.

Ein drittes Objekt, das sie nun herausholte, ließ sie fast vor Ehrfurcht erstarren. Es war eine Landkarte, eine offenbar riesig große Landkarte, vielfach gefaltet. Mit äußerster Vorsicht klappte sie zwei der Lagen auf; das Papier knisterte und knackte, während winzige Staubwölkchen aufflogen. Sie hielt inne. Trotz aller Magie, die in dem Papier stecken mochte, war hier ein Fachmann wie Meister Zerbus vom Cambrischen

Orden vonnöten. Wenn sie weitermachte, würde diese Landkarte nur einmal geöffnet werden und dann nie wieder.

Sie betrachtete fasziniert die bunte Abbildung von Wegen, Ortschaften und Flüssen. Auch Karten wie diese hatte sie schon gesehen, allerdings von bedeutend geringerer Kunstfertigkeit und Genauigkeit. Diese hier zeigte Unmengen von Ortschaften und Straßen, sie musste ein riesiges Land wiedergeben. Leandra faltete die Karte vorsichtig wieder zusammen und legte auch sie beiseite. Als Nächstes förderte sie ein kleines Kästchen aus unbekanntem Material zutage, das einen Deckel besaß. Als sie es öffnete, fand sie neun kleine Fächer vor, in denen glasartige Würfel von der Größe einer Fingerspitze lagen. Sie besaßen ein paar Rillen, das war aber schon alles. Welchem Zweck diese Würfel dienten, konnte sie nicht sagen.

Dann fand sie ein einzelnes Blatt, das ein Kind mit einem Kätzchen zeigte. Ein kleines, dunkelhaariges Mädchen, mit Schleifen im langen Haar, niedlich den Betrachter anlächelnd und ein kleines, braun-weißes Kätzchen an die Brust gedrückt. Das Mädchen saß... nun, im Nichts, alles um sie herum war weiß, nur zum oberen Bildrand hin wurde das Weiß ein wenig grauer. Leandra schüttelte verwundert den Kopf. Das Bild war von solcher Schärfe, dass es einfach nicht gemalt sein konnte. »Victor, schau mal«, sagte sie, »ich...«

Sie blickte auf. »Victor...?«

Er war nicht da. Ein plötzlicher Schreck fuhr durch ihre Glieder; sie hatte nicht auf ihn geachtet, als sie die Truhe durchsuchte. Verstört blickte sie sich um, aber der Raum war bis auf sie und die Truhe leer. Er würde doch nicht fortgegangen sein, ohne ihr etwas zu sagen!

Sie sprang auf und eilte zum Ausgang, lief die Treppenstufen hinauf – und stand in völliger Dunkelheit da. Erst einen Augenblick später folgte ihr der glühende Funke, den sie auf magischem Wege entfacht hatte. Doch kein Victor war zu sehen. Voller Unruhe setzte sie das Norikel, ließ den Funken verlöschen, betrachtete kurz das Trivocum, das in matten Rottönen vor ihrem Inneren Auge lag, und öffnete ein Aurikel der sechsten Iterationsstufe. Normalerweise hätte dies genügt, um nachts ganz Angadoor zu erhellen. Aber hier fiel das Ergebnis viel bescheidener aus. »Victor!«, rief sie.

Keine Antwort.

Um sie herum war ein gespenstisches Reich entstanden, eine geheimnisvolle, halbkugelförmige Welt, die um sie herum bis in die Höhe des Simses anstieg, mit zahllosen Stegen, Treppen, Absätzen, Brückchen und anderen Wegen. Leandra schnappte vor Schreck nach Luft. Sie hatte *gewusst,* dass es hier so aussah, aber diese wirre Architektur im Licht zu betrachten war eine ganz andere Sache.

Ihr wurde flau im Magen, Panik beschlich sie. Wo, bei den Kräften, steckte Victor? War es ein Trick Sardins, der sie durcheinander bringen wollte? Sie prüfte das Trivocum, sah nach dem Mahlstrom, aber der lag so leblos und grau da wie zuvor. Offenbar war der Gründer der Bruderschaft nicht zurückgekehrt. Noch zweimal rief sie Victors Namen, aber er antwortete nicht. Tränen der Angst stiegen in ihre Augen. Wieder und wieder rief sie seinen Namen, ließ dann das Licht verebben und wandte sich um, um noch einmal unten in dem Raum nachzusehen.

Als sie unten ankam, lief sie ihm direkt in die Arme.

»Victor!«, keuchte sie.

Er nahm sie in die Arme, drückte sie an sich. »Entschuldige, Leandra. Es tut mir so Leid. Hast du dir Sorgen gemacht?«

»Verdammt, wo warst du?«

Er löste sich von ihr und grinste sie breit an. »Ich habe was ganz Verrücktes entdeckt. Komm mit!«

Sie schluckte und ließ sich von ihm an der Hand nehmen. Victor zog sie mit sich, blieb dann aber stehen. »Stimmt was nicht?«, fragte er.

Leandra hielt sich den Kopf. »Mir ist plötzlich… ganz seltsam«, sagte sie und ließ sich in die Hocke sinken. Victor kniete sich besorgt zu ihr, noch immer ihre Hand haltend. »Hast du etwas Schlechtes gegessen?«, fragte er.

Sie schüttelte den Kopf. »Nichts anderes als du.«

Sie schloss die Augen, atmete ein paarmal tief durch. »Es geht schon wieder«, sagte sie dann.

»Bist du sicher?«, fragte er besorgt.

Sie nickte. »Vielleicht sind das nur Nachwirkungen. Von dem Blitz, der mich und Quendras getroffen hat.«

Victor sah nicht sehr glücklich aus. Er studierte mit sorgenvoller Miene ihr Gesicht. Aber sie schien sich schon wieder besser zu fühlen. »Nun zeig schon. Was hast du Verrücktes entdeckt?«

Victor setzte ein Lächeln auf und zog sie mit sich in Richtung des Torbogens, der sich am anderen Ende des Raumes befand. Eines *zugemauerten* Torbogens. Leandra hatte ihn zuvor bereits registriert, aber nicht weiter über ihn nachgedacht.

»Schau mal hier«, sagte er und streckte lächelnd seine Hand durch die Mauersteine. *Durch* die Mauersteine! Leandra stieß einen überraschten Laut aus.

»Los, mach dein Licht aus und komm mit!«

»Aber… warte, Victor! Ich…«

»Keine Angst. Nun komm schon!«

Widerstrebend folgte sie seiner Bitte und schloss das Aurikel. Einen Augenblick später standen sie in der Dunkelheit. Dann wurde sie vorwärts gezogen. Augenblicke später herrschte Zwielicht um sie herum, und Victor zog sie, maßlos erstaunt, wie sie war, an der

Hand durch den Raum. Sie schritten an mehreren dunklen Durchgängen vorbei, die nach rechts und links führten. Dann erreichten sie ein großes Tor mit zwei geöffneten steinernen Türflügeln. Victor hielt sie noch immer an der Hand und zog sie hindurch. Sie hatten einen weiteren Raum erreicht, der nach einem Dutzend Schritten in eine Treppe mündete. Mit wachsender Verwirrung drehte sie sich um die eigene Achse.

»Sag mal... sind wir hier nicht...«

»Genau!«, sagte Victor und breitete die Arme aus. »Willkommen in Hammagor! Komm mit!«

Er nahm sie an der Hand und führte sie durch das offene Tor zurück in den dunklen Raum, in dem sie die anderen Durchgänge gesehen hatte. Am hinteren Ende versperrte ihnen ein zugemauerter Torbogen den Weg.

Als Victor durch die dunklen Mauersteine unterhalb des Torbogens hindurchmarschierte, als bestünden sie aus Luft, stieß Leandra einen leisen Schrei aus. Dann war sie selbst schon hindurch, von Victor an der Hand mit sich gezogen, und stand da in völliger Dunkelheit.

»Los, mach ein Licht an!«, forderte er sie auf.

Sie tat abermals wie ihr geheißen und rief dann: »Das ist ja...«

»Haha. Eine Abkürzung. Wirklich verblüffend, was? Ich habe gar nicht gewusst, dass man mit Magie so etwas anstellen kann. Ein Schritt, und schon hast du sechs oder sieben Meilen hinter dich gebracht! Kein Wunder! Sardin, oder wer auch immer, wird keine Lust gehabt haben, ständig diesen ewig langen Tunnel zu benutzen, wenn er in seinen Turm wollte.«

»Das... das ist ja...!«, keuchte Leandra.

»So etwas gibt es meines Wissens in der Elementarmagie nicht«, erklärte Victor. »Nun wissen wir endlich, wie Chast aus Unifar fliehen konnte – damals, als wir im Tempel von Yoor gegen ihn und seine Leute kämpften und die Katakomben einbrachen! In der Rohen

Magie scheint es Methoden zu geben, mit denen man innerhalb eines Augenblicks an einen anderen Ort gelangen kann.« Er pochte mit der Faust gegen den steinernen Bogen des Tores. »So eine Magie muss hier drin stecken.«

Leandra streckte die Hand nach dem kalten Stein aus und streckte dann probehalber eine Hand *durch* die Mauersteine im Torbogen. Sie verschwand bis zum Handgelenk. »Ich spüre nichts«, sagte sie fasziniert.

»Noch viel interessanter ist«, sagte Victor und nahm sie wieder an der Hand, »wohin die anderen Durchgänge führen!« Er zog sie abermals mit sich, und Augenblicke später standen sie wieder in dem dunklen Raum in Hammagor, von dem aus die anderen Durchgänge abzweigten.

Er deutete durch die offene, zweiflügelige Tür. »Übrigens: Da draußen gleich links beginnt unser Tunnel zum Turm. Dies hier ist der Raum, dessen Tür Roya und ich von außen nicht aufbekamen.«

Sie starrte ihn an. »Und? Wie hast du es… diesmal geschafft?«

Er hob die Schultern. »Einfach nur aufgedrückt. Von innen. Es ging ganz leicht.«

Sie deutete auf die anderen Durchgänge, es waren sechs. Drei führten nach links und drei nach rechts, und alle waren zugemauert, wie auch der erste. »Und die da? Wo führen die hin?«

»Ich bin durch diesen hier schon durch«, sagte Victor und deutete auf den Durchgang gleich rechts neben jenem, der zu Sardins Turm führte.

»Du bist *hindurch*? Du meinst… vorhin, als du fort warst? Und wo führte er hin?«

Victor holte Luft. »In einen weiteren Raum mit acht Ausgängen. Er sah genauso aus wie dieser hier. Aber mir war gleich klar, dass es gefährlich werden kann. Ich bin direkt wieder zurückgetreten.«

»Uh«, machte Leandra. »Vielleicht ist *dies* das eigentliche Labyrinth?«

»Da wette ich. Und wer weiß, wie weitläufig es ist – und wo es hinführt!«

Leandra sah ihn an. »Zum Pakt?«

Victor hob die Schultern. »Das wäre wenigstens was! Was meinst du?«

Leandra ließ seine Hand los und trat zu dem Durchgang. Als sie die Hand ausstreckte, verschwand sie abermals einfach in der Wand. Leandra spürte dabei überhaupt nichts.

»Was für ein Licht gab es da?«, fragte sie und deutete auf die Mauer vor sich. »In diesem Raum dort?«

»Das habe ich mich auch schon gefragt. Ich habe keine Lichtquelle und kein Fenster gesehen. Trotzdem war es hell… na ja, sagen wir: dämmrig.«

»Und ansonsten sah er genauso aus wie dieser hier?«

Victor blickte sich um. »Ja. Nur, dass alle acht Durchgänge gleich waren. Ein Portal wie dieses hier gab es nicht.« Er deutete auf den Durchgang, der zur Treppe in die Festung führte.

Leandra stieß einen Laut aus. »Huh – das muss ich erst einmal verdauen!« Sie trat von dem Durchgang zurück und suchte wieder nach seiner Hand. Sie drehte sich und betrachtete noch einmal alle anderen Durchgänge. »Das ist nicht leicht«, sagte sie, »ich meine, falls der nächste Durchgang in einen weiteren Raum führt, der genauso aussieht und so weiter. Wie soll man da die Orientierung behalten? Kann sein, dass man nie wieder zum Ausgangspunkt zurückfindet.«

Victor nickte. »Ja. Etwa so habe ich es mir ausgemalt. Lauter Räume, einer wie der andere. Irgendwo ist vielleicht ein Geheimnis versteckt, aber du weißt nie, ob du je alle Durchgänge benutzt hast. Und du kannst auf ewig verloren gehen.«

Leandra schnaufte. »Wir sollten zu Roya gehen«, stellte sie fest.

»Zu Roya?«

»Nun, du sagtest doch, dass sie so klug ist. Dass sie so gut wie alle Fallen hier entdeckt hat.«

Victor studierte Leandras Gesicht. »Du hast Recht«, sagte er. »Vielleicht fällt ihr etwas ein.«

Sie verließen den Raum, wandten sich die Treppe hinauf und waren bald darauf wieder bei ihren Gefährten. Hochmeister Jockum kam ihnen entgegen.

»Leandra, Victor! Ich habe mir schon Sorgen gemacht. Habt ihr… wart ihr in dem Turm?«

»Ja. Aber Sardin war nicht da. Wir können uns keinen Reim darauf machen.«

»Er war nicht da?« Der Hochmeister legte die Stirn in Falten. »Und der Pakt?«

Sie hoben beide die Achseln. »Bis jetzt noch kein Erfolg«, sagte Victor. Er deutete zurück zur Treppe. »Aber wir haben dort unten etwas entdeckt. So etwas wie ein Labyrinth. Bis jetzt vielleicht der vielversprechendste Ort, den Pakt zu finden. Auch ohne Sardin.«

Jockum blickte in die angegebene Richtung.

»Es hat etwas mit Magie zu tun«, erklärte Leandra. »Allerdings eine Art, die ich nicht verstehe. Sie versetzt einen an andere Orte.« Sie erklärte dem Hochmeister die Art des Labyrinths und erzählte ihm auch, was sie in Sardins Turm vorgefunden hatten. Für den Primas war das alles ebenso fremd wie für Leandra und Victor.

»Es klingt gefährlich«, stellte er fest. »Lauter Räume mit acht Ausgängen… das… nun, das ergibt schon nach kurzer Zeit eine riesige Zahl von Möglichkeiten.« Er rechnete kurz nach und hob dann die Handflächen nach oben. »Das sind nach dem dritten Raum schon über fünfhundert!«

Leandra schluckte. Sie hatte geahnt, dass es kompliziert werden würde, aber dass es *so* viele Möglichkeiten gab, verblüffte sie. »Die Künste der Mathematik waren nie meine Stärke«, gab sie zu.

Der Hochmeister winkte ab. »Wie auch immer, es ist sehr gefährlich. Wer weiß, wie viele dieser Räume es dort gibt! Ich fürchte, wir würden den, der sich dort hineinwagt, niemals wieder sehen!«

»Es gibt einen Trick«, war eine Stimme aus dem Hintergrund zu hören.

Sie wandten sich um und erblickten Quendras. Er gesellte sich zu ihnen und auch Roya kam herbei. Victor fand, dass Quendras ein wenig erholter aussah.

»Es scheint dir besser zu gehen«, sagte Victor, merkte aber gleich, dass seine Bemerkung eher wie ein Vorwurf geklungen hatte. »Ich meine… das ist gut. Es freut mich.«

Quendras grinste ihn säuerlich an. »Seltsam, was?«, sagte er zu Victor. »Dass wir uns jetzt hier wieder sehen und beide auf der *anderen* Seite stehen. Wir waren einmal Bruderschaftler, du und ich. Aber mögen tust du mich offenbar immer noch nicht.«

Victor winkte ab und sah, ein wenig verlegen, in Richtung der Treppe, die hinab in den Portalraum führte. »Ach, das bildest du dir nur ein«, sagte er. »Ich habe ganz andere Sorgen.«

Quendras richtete sich auf. »Vielleicht kann ich helfen«, sagte er.

»So? Wie denn?«

»Indem ich dir sage, wie man mit so einem Labyrinth umgeht.«

Leandra zog die Stirn kraus. »Woher willst du so etwas wissen? Solche Labyrinthe gibt es nicht an jeder Ecke!«

»Also gut«, sagte Quendras. »Ihr vertraut mir nicht. Vielleicht bin ich selbst schuld. Ich werde euch beweisen, dass ich auf eurer Seite stehe. Wo ist dieses Labyrinth?«

Victor deutete hinab in Richtung der Treppe. Quendras nickte, sah sich kurz um und las ein paar Steinchen auf, die hier und dort auf dem Boden lagen. Dann ging er die Treppe hinab.

Victor und die anderen folgten ihm. Vor dem Durchgang, den Victor bereits durchschritten hatte, blieben sie stehen. »Diesen hier habe ich schon ausprobiert«, sagte Victor. »Er führt in einen weiteren Raum mit acht Torbögen. Wenn man durch den gleichen Durchgang wieder zurückgeht, kommt man hier wieder heraus.«

»Ich weiß«, sagte Quendras und schritt hindurch. Plötzlich standen sie allein da und sahen sich erstaunt an.

»*Woher* weiß er das?«, zischte Victor Leandra zu.

Sie zuckte ratlos die Achseln.

»Ich gehe mit ihm!«, sagte Roya entschlossen und machte einen Schritt nach vorn.

»Halt, warte!«, sagte Victor und streckte die Hand nach ihr aus.

Sie warf ihm nur einen finsteren Blick zu, trat gleich darauf durch den zugemauerten Torbogen und war schon verschwunden.

Victor blickte Leandra mit gerunzelter Stirn an. »Sieht ganz so als, als wäre *ich* nun der Schurke. Darf ich eigentlich auch ein paar Fehler machen?«

»Nein, du nicht«, sagte Leandra und schüttelte mit schiefem Lächeln den Kopf.

Er schnaubte. »Habe ich schon befürchtet. Na gut. Dann warte hier, mit Hochmeister Jockum. Vielleicht kommen Quendras und ich ja als Freunde zurück.«

Leandra machte große Augen und deutete auf den Durchgang. »Du willst auch da hinein?«

Er nickte entschlossen und trat vor den Torbogen. »Ja. Mich interessiert, wie er das hinbekommen will. Und… woher er es weiß!«

28 ♦ Labyrinth

Als Victor den ersten Raum des Labyrinths betrat, fand er ihn leer vor. Niemand war da, keine Roya und kein Quendras. Er schluckte. Die beiden hatten nicht hatten wissen können, dass er ihnen folgen würde, und mussten schon weitergegangen sein.

Aber wohin?

Unruhig sah er sich um, dann fiel ihm ein, dass Quendras ein paar Steinchen aufgelesen hatte. Er suchte danach, fand aber keines, und bald schon erschien es ihm widersinnig, dass Quendras mit ein *paar* Steinchen den Weg markieren wollte. Seine Unruhe wuchs. Er hatte sich bereits ein paar Schritte in den Raum hinein bewegt und mit einem plötzlichen Schreck fuhr er herum. War es wirklich dieser Durchgang gewesen, durch den er hereingekommen war?

»Verdammt!«, ächzte er, als sein Blick genau *zwischen* zwei Durchgänge fiel. War es der *linke* oder der *rechte* gewesen?

»Quendras!«, rief er. »Quendras, Roya! Wo seid ihr?«

Er wusste, dass er keine Antwort erhalten würde, so laut er auch schrie.

Victor zwang sich, ruhig zu bleiben. Er glaubte, dass es der rechte der beiden Durchgänge gewesen war, ja – er war sogar ziemlich sicher. Er würde jetzt einfach dort hindurch gehen, und schnurstracks umkehren, wenn er nicht sofort vor Leandra und dem Hochmeister stand. Musste er tatsächlich umkehren, dann würde er gleich darauf den linken Durchgang nehmen, und spätestens dann wäre alles wieder in Ordnung. *Hoffte er.*

Er atmete tief durch und trat, mit den Händen voran, durch den steinernen Torbogen, der augenscheinlich zugemauert war. Wie bisher bot ihm die steinerne Wand keinerlei Widerstand und einen Augenblick später war er schon hindurch.

Verdammt!

Er war in einen Raum angekommen, der dem vorherigen bis aufs Haar glich, aber hier gab es keine Leandra, keinen Hochmeister und auch keinen Treppenaufgang in die Festung von Hammagor! Sein Herz pochte dumpf. Er wollte sofort wieder umkehren, als ihm einfiel, dass nichts schief gehen konnte, solange er sich nicht von der Stelle rührte. Er würde sich einen Augenblick umsehen und dann den Raum wieder verlassen. Danach würde er durch den *linken* Durchgang wieder zu Leandra und Hochmeister Jockum finden. Für den Augenblick beruhigte sich sein Herzschlag wieder. Er wusste genau, welcher Weg ihn wieder in Sicherheit bringen würde. Er war genau hinter ihm. Also blieb er einfach stehen und sah sich um.

Dieser Raum wies, wie er schon festgestellt hatte, abermals jene acht steinernen Torbögen auf, die scheinbar zugemauert waren. Er maß etwa zehn Schritt im Durchmesser und war leicht oval geformt. Es herrschte dämmriges Licht, aber eine Quelle, aus der es stammte, war nicht festzustellen. Dann fiel Victor auf, dass die ovale Form des Raumes gewissermaßen die beiden Durchgänge hervorhob, die an den beiden entfernteren Enden des Ovals lagen. Waren sie womöglich die ›Schlüsselstellen‹ der Räume des Labyrinths? Aber… welcher Art waren sie?

Soweit er bisher festgestellt hatte, waren alle Durchgänge passierbar, nicht nur die beiden an den entfernten Enden. Dann sah er etwas vor dem rechten der beiden Durchgänge liegen. Ein kleines Objekt von metallischer Helligkeit...

Er machte ein paar Schritte darauf zu, bückte sich und noch in diesem Moment schnürte sich sein Brustkorb in der plötzlichen Gewissheit eines tödlichen Fehlers zusammen.

Er ächzte und fuhr herum – und sah ihn. *Seinen Ausgang.* Seinen Rückweg, seine Rettung, den Torbogen, durch den er hierher gekommen war. Er war es, er musste es sein, es konnte sich nur um diesen handeln! Wenn man die wenigen Schritte bedachte, die er gerade getan hatte, die Richtung, aus der er gekommen war, seine Drehung... Es konnte sich nur um *diesen einen* Durchgang handeln, den er gerade anstarrte!

Und dennoch wusste Victor, und diese Gewissheit brannte sich wie eine heiße Nadel der Ohnmacht in sein Hirn, dass er es *nicht* sein würde!

Einem verzweifelten Bedürfnis folgend, ließ er sich trotz seines tödlichen Schocks auf den Hintern fallen, *seinen* Ausgang um keinen Preis aus dem Blick lassend, und robbte rückwärts weiter, während er nach dem Ding tastete, das er entdeckt hatte. Ein vernunftwidriger Gedanke verleitete ihn zu der Hoffnung, dass jener Gegenstand, den er in diesem Augenblick ertastete und fest in die linke Faust schloss, die Antwort auf das Geheimnis dieses verfluchten Labyrinths bergen mochte. Er leistete sich nicht einmal, den Gegenstand kurz zu betrachten. Sofort stand er auf und *warf* sich förmlich durch den Durchgang hindurch. Immerhin, so stellte er erleichtert fest, war der Durchgang noch offen, er kam irgendwo an, in einem Raum, der genauso aussah wie vermutlich Dutzende andere, die es hier gab; ach was, sagte er sich, hunderte... *tausende*!... und ließ sich, ohne weiter nachzudenken, sofort in den Durchgang *rechts* von sich fallen. Wenn *die Kräfte* nur noch einen Hauch von Erbarmen mit ihm hatten, würde er jetzt Leandra vor die Füße kugeln, und es war ihm vollkommen egal, wie lächerlich er wirken würde, wenn ihn dies nur zurück in die Freiheit führte.

Allein schon an dem Licht, das in seine Augenwinkel fiel, merkte er, dass er verloren hatte.

Er sprang auf die Füße. Kein Durchgang mit einer Treppe war zu sehen und auch niemand von seinen Freunden. Er drehte sich einmal im Kreis, in der Hoffnung, irgendetwas zu erblicken, das ihm einen Hinweis geben mochte. Aber da war nichts.

Er stieß die angehaltene Luft aus und ließ sich verzweifelt wieder zu Boden sinken. Er war wie ein dummer Junge – und dabei noch *wissentlich* – mitten in die Falle getappt, die der Erbauer des Labyrinths ihm gestellt hatte! Wenn er gute Arbeit geleistet hatte – und daran zweifelte Victor nicht –, so würde ihm genau das widerfahren, wofür das Labyrinth gedacht war: ihn hoffnungslos in die Irre zu treiben und ihn nie wieder loszulassen. An irgendeinem Ort würde er zusammenbrechen, nach Tagen verzweifelter Suche, ausgedörrt, kraftlos und verdurstend, und sein Körper würde hier verfaulen. Er würde Leandra niemals wiedersehen.

Einen Augenblick später aber schoss er schon wieder in die Höhe, denn plötzlich war ihm klar geworden, dass dieses Labyrinth fünfhundert Ausgänge haben mochte, oder seinetwegen auch fünftausend oder gar *fünfzigtausend,* dass es aber nur wenige Sekunden dauerte, einen davon zu benutzen! Das erleichterte ihn schlagartig. Ein Tag hatte – er rechnete schnell nach – 86400 Sekunden, und selbst wenn dieser vermaledeite Irrgarten *hunderttausend* Durchgänge besaß, würde er sie alle in weniger als… zwei Tagen durchschreiten können!

Wenn ich keinen doppelt benutze, sagte er sich.

Sein Überlebenswille war neu erwacht. Er fasste bewusst einen anderen Ausgang ins Auge als jenen, durch den er gekommen war (konnte er jemals sicher sein, welchen er gerade benutzt hatte?), und schritt hindurch.

Ein weiterer Raum mit acht Durchgängen. Nichts Besonderes gab es hier, also ging er gleich weiter.

Wieder ein solcher Raum, danach noch einer. Er zwang sich, seine Erwartungen zu vermindern, ruhig zu bleiben, und marschierte weiter. Nach einem runden Dutzend weiterer Räume stand er plötzlich am Beginn eines langen Ganges, der sich vor ihm in der Dunkelheit verlor. Er wagte sich ein paar Schritte voran. Dann, als er schon weiter bis zum anderen Ende des Ganges gehen wollte (das hoffentlich irgendwo kam), sagte er sich, dass er vielleicht doch versuchen sollte, irgendeine Methode in seine Suche zu bringen. Also entschied er sich, zunächst einmal alle *Gänge* auszulassen. Vielleicht führten sie an besondere Orte, und solange er keine Vorstellung von der Art dieses Labyrinths besaß, wäre es sicher gut, nicht sämtliche Wagnisse auf einmal einzugehen. Vielleicht gelang es ihm ja so, das Prinzip des Labyrinths zu ergründen.

Er drehte sich wieder um, ging ein paar Schritte zurück zu dem Torbogen, durch den er eben hier angekommen war… und stieß gegen die Wand.

Verwundert trat er zurück. Vor ihm lag der Durchgang, scheinbar zugemauert, wie alle anderen auch, aber diesmal… Er tastete mit der rechten Hand und fühlte solide Mauersteine!

Victor schnaufte. Hier schien sich etwas gegen ihn zu verschwören. Nichts lief so, wie er es erwartete. Aber egal, sagte er sich, so leicht war er nicht klein zu kriegen. Er drehte sich um und schritt mutig voran – in die Dunkelheit, in der sich der Gang in der Ferne verlor. Das Licht schien ihn zu begleiten, so als wäre er selbst die Quelle der dumpfen Helligkeit. Es dauerte nicht lange, da erreichte er das Ende des Ganges, und vor ihm tat sich ein neuerlicher, steinerner Torbogen auf. Auch er war zugemauert, und wenn sich diese Steine als ebenso solide erwiesen, dann saß er in der Falle.

Er tastete voran – und atmete erleichtert auf, als sich die Wand als durchlässig erwies. Einen Augenblick später war er schon hindurch.

Es handelte sich um einen der *Wächter,* das sah Victor gleich.

Das Monstrum ähnelte aufs Haar seinen Artgenossen, die sich zu jeweils neunt oben in den Arkaden auf dem Innenhof von Hammagor versammelt hatten: ein typischer, extrem kleiner Kopf mit schmalem Mund und winzigen Augenschlitzen, dazu der grotesk massige Körperbau, die gewaltigen Muskelstränge und eine Körpergröße, die auch einen Krieger wie Jacko in Angst und Schrecken versetzen dürfte.

Nur diesmal schien er lebendig zu sein.

Victor war bewegungslos stehen geblieben. Sein Herz pochte wild. Für den Augenblick tat die Kreatur nicht viel; Victor überlegte, ob es vielleicht an ihren winzigen Augen lag, durch die sie nicht viel sah. Er tastete mit der Hand nach hinten, stellte fest, dass die Wand hinter ihm nach wie vor durchlässig war. Er konnte sich also wieder in den Gang zurückziehen, wenn es gefährlich wurde. Vor ihm führten drei Stufen in den Raum hinab. Von hier gab es nur drei weitere Ausgänge – zusammen mit seinem waren es vier, jeder davon mit drei Treppenstufen davor. Und unten, in der Grube, die vielleicht fünfzehn Schritt im Durchmesser maß, stand das Monstrum, starrte an ihm vorbei ins Leere und schnaubte leise.

Wie in einem Märchen, dachte Victor. *Das kann eigentlich nur Sardin erfunden haben.*

Victor tastete sicherheitshalber noch einmal mit der

Hand nach hinten und vergewisserte sich seines Rückzugweges. »Sardin?«, sagte er leise. Das Monstrum reagierte, wie er vermutet hatte, nicht auf seine Stimme. »Sardin? Hörst du mich?«, wiederholte Victor, diesmal lauter. Auch darauf reagierte das Monstrum nicht. »Was kommt als Nächstes?«, rief er. »Noch ein paar deiner fallenden Hängelüster? Vielleicht Schlangengruben? Oder gar ein kichernder alter Mann, der mir Rätsel aufgibt?«

Natürlich erhielt er keine Antwort.

Plötzlich war er nicht mehr sicher, ob Sardin dies hier tatsächlich erbaut hatte. Hammagor musste eigentlich noch älter als der Gründer der Bruderschaft sein: soweit Victor wusste, war dieser Ort zum ersten Mal in Zusammenhang mit dem Fürsten von Noor erwähnt worden, Sardins Vater. Dieser grausame Herrscher hatte seine Ehefrau getötet, nachdem sie ihn betrogen hatte, und anschließend seinen eigenen Sohn Sardin, der Zeuge der Bluttat gewesen war, jahrelang wie einen Verbrecher hier in Hammagor in ein Gefängnis gesperrt. Sardin hatte, nach vielen Jahren, als er endlich freigekommen war, seinen Vater erschlagen, dessen Quellen der Rohen Magie an sich gerissen und dann die Bruderschaft gegründet.

Er sah sich prüfend im Raum um, in dem noch immer der *Wächter* leise schnaubend und fast bewegungslos dastand, wie ein blindes Monstrum, das in die Dunkelheit starrte, um sofort um sich zu schlagen, wenn es irgendein lebendes Wesen wahrnahm. Sardin war nicht in Hammagor geboren, aber er hatte hier sein Leben verbracht. Kein Wunder, dass dieser schreckliche Ort und sein grausamer Vater sein Gemüt verfinstert hatten.

Victor ertappte sich dabei, für einen Augenblick so etwas wie Bedauern für das Schicksal Sardins empfunden zu haben. Für das Schicksal dieses Mannes, der zu so etwas wie einem Gott geworden war, unsterblich, aber beileibe nicht allmächtig oder allwissend. Und der sich in der Sphäre der Unsterblichkeit offenbar tödlich langweilte und sich nun damit amüsierte, Unheil und Verdruss über die Welt zu bringen. Nein, entschied Victor, ein solches Verhalten wurde auch nicht durch die schlimmste persönliche Vergangenheit gerechtfertigt.

Der Wächter dort unten in der Grube fuhr plötzlich herum, so als hätte er aus der anderen Richtung etwas vernommen… und blieb wieder stehen, seltsam unbestimmt in seinen Handlungen. Nunmehr hatte er Victor den Rücken zugewandt. Irgendwie schien von diesem Biest keine allzu große Gefahr auszugehen. Jedenfalls nicht, solange Victor sich nicht bewegte.

Er holte Luft. Kurze Zeit hatte er erfolgreich verdrängt, dass er hier in einer teuflischen Falle saß – eingesperrt in einem unergründlichen und möglicherweise unendlich großen Labyrinth, in dem dieser Wächter wahrscheinlich nur den allerkleinsten Teil seiner Probleme ausmachte.

Diese Gänge ohne Umkehr und die Gruben mit den Wächtern (und wer wusste schon, was es hier noch für Überraschungen gab) würden sein Vorankommen gewaltig verlangsamen, wenn nicht gar völlig zum Stillstand bringen.

Er mahnte sich, das Problem mit Hilfe seines Verstandes anzugehen. Er hatte sich schon öfter mit Klugheit und Umsicht aus bedrohlichen Situationen retten können. Irgendein Prinzip musste hinter dem Aufbau dieses Labyrinths stehen. Was hatten die Erbauer mit all den Räumen und ihren acht zugemauerten Torbögen, mit den Gängen, den Gruben und den Wächtern im Sinn gehabt?

Er fragte sich, ob irgendwer *vor* Sardin einen Grund gehabt hätte, so etwas wie dieses Labyrinth zu errichten. Wenn ja, zu welchem Zweck? Um einmal so etwas wie einen Pakt darin verstecken zu können, falls fremde Wesen von den Sternen kämen, mit denen man übereinkommen musste?

Unsinn.

Niemand machte sich die Mühe, ein so kompliziertes Ding zu erbauen, wenn es keinen unmittelbaren Grund dafür gab. Das sprach dafür, dass Sardin tatsächlich der Erbauer war. Er hatte dieses Labyrinth errichtet, als er den Pakt erhalten und die Notwendigkeit gesehen hatte, ihn zu verbergen, möglicherweise über lange Zeit hinweg und ohne wirklich zu wissen, ob immer ausreichend viele Männer seiner Bruderschaft da sein würden, um den Pakt zu beschützen. Die Festung als solche mochte schon länger existiert haben, die Hinzufügungen jedoch – von der bedrohlichen Atmosphäre innerhalb der Festung über all die tödlichen Fallen bis hin zu dem langen Tunnel, dem Turm und nun diesem Labyrinth, *mussten* Sardins Werk sein.

Vorsichtig und sehr langsam stieg Victor die drei Treppenstufen in die Grube hinab, machte einen Schritt zur Seite und trat dann gleich wieder rückwärts in Richtung der Wand, um sich dagegen zu drücken. Der Wächter wandte ihm noch immer den Rücken zu. Langsam, Schritt für Schritt, bewegte sich Victor nach links auf den nächsten Durchgang zu. Plötzlich fuhr der Wächter mit einem grunzenden Laut herum und blieb genau mit dem Blick in Victors Richtung stehen.

Victor verharrte, wagte für Sekunden nicht einmal zu atmen.

Der Wächter stand nur da und schnaubte leise. Nach einer Minute, in der sein Herz wild pochte, wagte Victor, den Kopf ganz langsam zu wenden, um die Entfernung zum nächsten Durchgang abzumessen. Es waren noch etwa zehn Schritt. Und der Wächter war schnell, das konnte man allein schon an der Geschwindigkeit ermessen, mit der er herumgefahren war. Victor wusste, dass manche Raubtiere eine rein auf Angriff gerichtete Intelligenz besaßen. Sie konnten nur dann reagieren, wenn sich etwas fluchtartig bewegte. Langsame Bewegungen hingegen vermochten sie nicht wahrzunehmen. In der Hoffnung, dass dieses Monstrum in seinem grotesk winzigen Schädel nur eine Messerspitze voll Gehirn besaß, begann er, sich unendlich langsam weiter nach links zu schieben. Er schien Recht zu behalten. Der Wächter blieb, wo er war.

Nach einer Weile hatte Victor den Durchgang erreicht, schob sich langsam nach vorn, um dann rückwärts die drei Treppenstufen hinauf zu gehen. Er war nun wieder ein wenig aus dem unmittelbaren Blickfeld des Wächters heraus, der nach wie vor in die Richtung starrte, in der Victor zuvor an der Wand gestanden hatte. Endlich war er oben.

Als er mit der Hand nach hinten tasten wollte, um zu prüfen, ob der Torbogen auch wirklich durchlässig war, merkte er, dass er noch immer jenen Gegenstand in der Faust trug, den er ein paar Räume zuvor vom Boden aufgelesen hatte. Langsam hob er die Hand, um einen Blick darauf zu werfen.

Als er die Faust öffnete, ließ er das Ding mit einem entsetzten Aufschrei los. Es fiel mit einem metallischen Klimpern zu Boden, aber Victor hätte schwören mögen, dass er eine Sekunde zuvor noch einen *Finger* in der Hand gehalten hatte; einen abgetrennten menschlichen Finger, an dessen Rändern frisches Blut klebte.

Seine Bewegung machte den Wächter aufmerksam.

Das Monstrum, drei Stufen unterhalb von Victor stehend und dabei so groß wie er, fuhr mit einem Aufbrüllen herum. Der Blick seiner winzigen Augen richtete sich auf Victor. Dann stampfte es los.

Mit einem entsetzten Aufheulen warf sich Victor nach hinten, durch den rettenden Torbogen hindurch und kullerte schon einen Augenblick später wieder in einen dunklen Gang hinein. Er sprang auf und fuhr herum. Aus irgendeinem Grund war er davon ausgegangen, dass ihm der Wächter *nicht* durch einen der Torbögen hindurch folgen würde oder konnte – aber diese Annahme erwies sich als grundfalsch. Die riesige Bestie zwängte sich durch den Torbogen – und hätte der Wächter in diesem Augenblick die volle Orientierung besessen, hätte er Victor zweifellos mit einem einzigen Hieb zerfetzt.

Was Victor abbekam, war dennoch schlimm genug. Die Fäuste der Kreatur, wohl so groß wie ein kleiner Kürbis, hämmerten mit tödlicher Wucht drauflos und Victor wurde schmerzhaft am Oberschenkel getroffen und zurückgeschleudert.

Er heulte auf, ließ sich weiterrollen und sprang wieder auf die Füße; ein höllischer Schmerz zuckte seine rechte Seite hinauf. Humpelnd und vor Schmerzen wimmernd, rettete er sich den Gang hinab.

Hinter ihm stampfte mit wuchtigen Schritten und wütendem Brüllen das Monstrum durch den Gang. Nur weil die Bestie so riesig war und sich hindurchzwängen musste, war Victor im Augenblick schneller. Als er das Gangende erreichte, streckte er die Hand nach vorn – nicht wirklich sicher, ob der Torbogen vor ihm ihn hindurchließ. Dann aber war er schon im nächsten Raum. Er hastete sofort weiter. Wieder war er in einem Raum mit acht Torbögen angekommen und sprang gleich nach rechts. Aber noch bevor er den Durchgang passiert hatte, hörte er hinter sich schon den Wächter auftauchen. Kein Zweifel – diese Bestie war echt, war keine Illusion; allein der Schmerz in seinem rechten Oberschenkel erinnerte ihn daran.

Ohne anzuhalten stürmte er weiter, doch der Wächter folgte ihm gnadenlos. Victor keuchte und stöhnte vor Schmerz, als das nächste Gangende vor ihm auftauchte. Er spürte, dass er langsamer wurde; der Schmerz in seinem Bein breitete sich aus und die rasende Flucht kostete Kraft. Als ihm klar wurde, dass er sich wieder in einem *Gang* befand, keimte plötzlich eine vage Hoffnung in ihm auf. Dann war er durch den Torbogen hindurch… und er behielt Recht!

Sofort ließ er sich nach links fallen, landete hart auf dem Boden und der *Wächter*, der in der Mitte *dieses* Raumes stand, fuhr mit einem Grollen herum. Im nächsten Augenblick brach der andere Wächter, der ihn verfolgt hatte, durch den Torbogen in den Raum herein, verlor wegen einer unerwarteten Stufe das Gleichgewicht und polterte zu Boden; dabei riss er den Wächter dieses Raumes mit sich.

Es folgte ein brutaler Kampf, Wächter gegen Wächter.

Victor zog sich mit heftig wummerndem Herzen ganz an die Wand zurück, um nicht zufällig Opfer eines verirrten Hiebes oder Trittes zu werden. Die beiden Bestien bekämpften sich gegenseitig mit roher Gewalt; es gab kein Lauern, Berechnen oder Abwarten. Sie hieben nur mit ihren gewaltigen Fäusten aufeinander ein, und hätten sie größere Mäuler besessen, hätten sie sich gewiss auch gebissen.

Victor wähnte sich glücklich, als er seine Vermutung bestätigt sah, dass die grotesk winzigen Köpfe dieser Wesen kaum genügend Hirnmasse enthalten konnten, um ihnen so etwas wie ein Kampfverhalten abzuringen. Sie waren nichts als dumme Muskelkolosse und erkannten sich nicht einmal gegenseitig.

»Hast du nichts Besseres zu bieten, Sardin, du Allmächtiger?«, schrie Victor wütend hinauf in die Höhe des Raumes.

Natürlich erhielt er wieder keine Antwort, doch der Kampf in der Mitte des Raumes strebte seinem Höhepunkt entgegen. Das Gebrüll der beiden Bestien war ohrenbetäubend, und Victor vermutete, dass *sein* Wächter die Oberhand gewann. Dann fuhr ihm wie ein Blitz der Gedanke durchs Hirn, dass der Gewinner dieses Kampfes womöglich ihn verfolgen würde.

Sitzend drückte er sich an der Wand entlang in Richtung des nächsten Ausganges, aber er hatte noch nicht die Hälfte des Weges geschafft, als sich der Kampf in der Mitte des Raumes entschied. Einer der beiden Wächter, und Victor fühlte eine seltsam bizarre Anwandlung von Mitfiebern, da er sicher war, *sein* Wächter wäre siegreich, schlug dem anderen mit einem entsetzlichen Prankenhieb den Schädel in Stücke.

Im nächsten Augenblick schon verfluchte er sich selbst für diese Parteinahme. Denn es war die Frage, ob ihn der *andere* weiterverfolgt hätte. *Sein* Wächter hingegen wandte sich nach dem tödlichen Hieb sofort um und kam mit donnernden Schritten auf ihn zugestampft.

Victor stieß einen Schrei aus, sprang auf die Füße und stürzte auf den nächsten Torbogen zu. Um Haaresbreite gelang es ihm, sich hindurchzuwerfen, während sein Verfolger, das bekam er noch mit, wenig zielgerichtet gegen den Torbogen knallte und zurückgeworfen wurde. Victor reagierte schnell. Das Missgeschick seines Verfolgers verschaffte ihm vielleicht den entscheidenden Augenblick Vorsprung. Wieder in einem Gang angelangt, rannte er weiter, so schnell er konnte, und passierte den Durchgang am Gangende, noch ehe auf der anderen Seite der Wächter aufgetaucht war. Wieder erreichte er einen Raum mit acht Durchgängen und warf sich gleich nach rechts.

Doch er hatte Pech. In seiner Hast hatte er keine rechte Orientierung mehr und krachte ungeschützt mit dem Schädel und der rechten Schulter gegen den blanken Stein *zwischen* zwei Durchgängen. Er wurde zurück in den Raum geschleudert.

Victor stöhnte vor Schmerz auf und war für Momente nicht Herr der Lage. Diese wenigen Sekunden genügten seinem Verfolger aufzuschließen. Als er den Überblick wieder erlangte, stand das Monstrum turmhoch über ihm und holte zum tödlichen Schlag aus.

Er spürte den Hieb noch – ein vernichtender Schlag, der seinen gesamten Oberkörper erfasste und ihn quer durch den Raum schleuderte. Danach wurde alles schwarz um ihn herum. In seinem letzten Rest von Bewusstsein breitete sich die Gewissheit aus, dass es sich um die Schwärze des Todes handelte – diese endgültige, totale und nie mehr endende Schwärze, die alles verschluckte, jedes einzelne Stück der Existenz endgültig vernichtete, mochten es nun die Gefühle, das Wissen oder die Sinne sein. Alles wurde von diesem finsteren, undurchdringlichen Leichentuch überdeckt und verschluckt, und zuletzt, ganz zuletzt, musste es das *Ich* sein, das starb; dieses rätselhafte Etwas, das es einem Lebewesen erlaubte, sich selbst gewahr zu sein.

Victor hatte schon häufig darüber nachgedacht, was mit diesem Etwas wohl nach dem Tode passieren mochte. Das *Ich* war nach seinem Verständnis eine so überragende, einzigartige und dabei auch so unabhängige Errungenschaft des Geistes, dass es ihm schwer vorstellbar erschien, dass es einfach erlöschen konnte. Dass nichts übrig blieb davon; dass ein Wesen, das einige Dutzend Jahre dieses *Ich* in die Welt getragen und die Welt damit geprägt hatte, sich einfach so in nichts auflösen konnte. Irgendwie erschien ihm das nicht vorstellbar und auch nicht richtig. Er hatte versucht sich vorzustellen, dass dieses *Ich* irgendwie, nach dem Tod eines Menschen, frei durch den Raum schwebte, durch irgendeinen Äther, eine Sphäre der Transzendenz, und dort, frei von irgendwelchem Wissen, von Gefühlen, Sinnen oder sonstigen weltlichen Dingen, sich wieder einer neuen Existenz, die irgendwo im Kosmos entstand, anschloss. Dass ein neu entstehendes Wesen, vielleicht ein Kind im Mutterleib oder wenigstens irgendein Tier, dieses *Ich* an sich band, um damit eine neue Partnerschaft für ein Leben von Jahren, Jahrzehnten oder vielleicht sogar Jahrhunderten einzugehen.

Aber so weit, dass Victor eine endgültigen Gewissheit über diese Frage erlangte, kam es nicht. Das Schwarz verwandelte sich in Grau und dann in Licht, und als er wieder glaubte sehen zu können, erkannte er als Erstes die Form eines weiblichen Gesichts über sich.

Rasnor flog schon den ganzen Vormittag lang durch die Gegend – auf der Suche nach einem dieser fliegenden Riesendinger, in denen er die Drakken vermutete. Er war fest entschlossen, mit ihnen Kontakt aufzunehmen, und sie *waren hier*, das wusste er jetzt. Sie waren in der Luft, flogen in diesen gewaltigen, länglichen Gebilden – nichts anderes konnte das Wort *Drakkenschiff* bedeutet haben, das er aufgeschnappt hatte. Die Drakken kamen von jenseits dieser Welt, das hatte Chast schon gesagt, und irgendeine Art Fahrzeug benötigten sie für ihren Weg hierher. Er war bereit, jeden Betrag zu wetten, dass sie in den Schiffen saßen und Hammagor suchten.

Aber er fand keines. Stunden um Stunden kreiste er durch den Himmel über dem Land Noor, aber er hatte einfach kein Glück. Unterdessen wurde sein Drache schwächer und schwächer. Schließlich sah er ein, dass das Tier ihn nicht weiter befördern konnte, wenn er ihm kein Futter gönnte.

Zunächst erschien es ihm problematisch, den Drachen zur Futtersuche zu bewegen. Dann aber wurde ihm klar, dass er nur den mentalen Block lockern musste, damit das Biest der Sache nachging, die es am meisten plagte: Hunger!

Als er es tat, fühlte er den Hass des Drachen gegen

ihn aufbranden. Er beeilte sich, ihm zu zeigen, wer hier der Herr war. Das Tier schrie gepeinigt auf, als Rasnor mit seiner Magie den Block zuschraubte – ja, er glaubte sogar, einen Anflug von Dankbarkeit zu verspüren, als er ihn wieder lockerte. Langsam verstand er die Funktionsweise dieser Magie – und mit diesem Wissen stellte sich ein plötzliches Gefühl neu erlangter Macht ein. Ja – wenn er diese Macht klug nutzte, würde er von dem Drachen alles bekommen, was er haben wollte!

Dann begann er sogar mit ihm zu sprechen, baute darauf, dass der Drache wie ein Hund am Tonfall die Laune seines Herrn erkannte und sich lieber unterordnete, ehe er wegen seiner Ungehorsamkeit Schmerzen erleiden musste. Es funktionierte! Rasnor verlegte sich mit seinen Worten auf die Ebene des Trivocums, es hieß ja, Drachen besäßen, neben ihrer niederen Intelligenz, eine schwache, magische Begabung.

Jetzt gehörst du mir, du Bestie!, ließ er den Drachen wissen, und nach ein paar deutlichen Warnungen lockerte er den Block so weit, dass der Drache verstand – er durfte sich um sein leibliches Wohl kümmern. Obwohl das Tier inzwischen sehr, sehr schwach war, spürte Rasnor unter der Oberfläche seines erschöpften Körpers und Geistes immer noch diese lodernde Flamme des Widerstands, und irgendwie gefiel es ihm immer mehr, ein so mächtiges und willensstarkes Biest in seiner Gewalt zu haben. Und dann geschah auch noch etwas ganz Bemerkenswertes.

Der Sturmdrache hatte sich nach Süden gewandt, hin zu einem schmalen Einschnitt zwischen einer Gruppe von Felspfeilern. Rasnor sah schon von weitem, dass aus einem der Felspfeiler, einem sehr breiten, grauen Riesen, eine kleine Stafette von Wasserfällen hervorsprudelte. Das Wasser schoss aus kleinen, höhlenartigen Öffnungen in ein paar hundert Schritt Höhe und stürzte in die schattige Tiefe zwischen den Pfeilern; dort schien es Schluchten und tiefe Täler zu geben. Dann sah Rasnor, was der Drache dort wollte: Bäume und Büsche, klammerten sich an die Felsen und dort irgendwo musste der Drache Futter gewittert haben. Golaabäume, das war allgemein bekannt, wuchsen an Bächen, Flüssen und Seen.

Der Drache steuerte in die enge Passage zwischen den Stützpfeilern und es dauerte nicht lange, da sah Rasnor die Wasserfläche eines kleinen Sees zwischen den Wipfeln von Bäumen heraufscheinen. »Da«, rief er, »da kannst du landen!«, als er am Ufer des Sees eine kleine, sandige Fläche erblickte.

Als hätte der Drache seine Worte verstanden, legte er sich in eine Kurve, ging tiefer, und flog das kleine, freie Uferstück an, um darauf niederzugehen. Rasnor glaubte, einzelne Golaabäume zu erkennen, an denen mehrere dieser Riesennüsse hingen – groß wie Kürbisse. Doch kurz bevor der Drache niederging, entschloss er sich offenbar anders und startete durch. Er begann eine Schleife zu fliegen.

»Was ist denn los?«, rief Rasnor verblüfft. »Du landest doch *sonst* überall?« Er mahnte sich zur Geduld, vielleicht hatte der Drache einen falschen Aufwind oder etwas Ähnliches verspürt. Wieder flog der Drache die Stelle an, aber diesmal merkte Rasnor schon im Vorhinein, dass er nicht landen wollte. Er schoss nur über die freie Uferstelle hinweg und gewann wieder an Höhe.

»Verdammt, was hast du?«, rief er. Er wandte sich um, untersuchte den Uferstreifen, konnte dort aber nichts erkennen, was die Landung des Drachen hätte verhindern sollen. Abermals wartete er einen neuen Anflug des Drachen ab, aber wieder vergebens. Rasnor kam ein hässlicher Verdacht.

Dieses Biest wollte ihn ärgern! Jetzt, da der mentale

Block gelockert war, nutzte das Monstrum seine Freiheit aus, um Rasnor zu reizen, ja vielleicht hatte er sogar irgendeine Hinterlist vor, um ihm Schaden zuzufügen. Rasnors Laune wurde schlagartig schlechter.

»Du willst mich ärgern, ja?«, knirschte er leise. »Dann versuche es noch mal!«

Der Drache kreiste unschlüssig über dem Uferstück, ging dann ein wenig tiefer, aber als er wieder aufsteigen wollte, schraubte Rasnor den Block zu, stach dem Drachen eine Lanze stygischer Energie in die Kopf und das Tier schrie gepeinigt auf.

»Du hast dir den Falschen ausgesucht für dein verfluchtes Spiel!«, brüllte Rasnor. »Los, *lande*!«

Der Drache schien zu verstehen, denn er winkelte sogleich die Schwingen an und ging tiefer. Diesmal verharrte er rudernd über der freien Stelle, wollte aber dennoch nicht landen. Rasnor spürte, dass dieses Manöver den Drachen viel Kraft kostete, aber aus irgendeinem verdammten Grund wollte sein Dickschädel nicht aufgeben! Rasnors Wut nahm zu. In dem Augenblick, da er spürte, dass der Drache wieder in den Gleitflug übergehen wollte, um abzudrehen, zog er die Kraft seiner mentalen Gewalt abermals an. »Geh runter, du *Scheißvieh*!«, brüllte er, außer sich vor Zorn.

Abermals schrie der Drache verzweifelt auf, hielt sich mit Mühe in der Luft und versuchte, der Gewalt Rasnors zu widerstehen. Und dann geschah das Bemerkenswerte.

Als Rasnor, ziemlich unbedacht, wie er später zugeben musste, abermals seinen Druck verstärkte und der Drache beinahe die Kontrolle über sich verlor und abzustürzen drohte, brach plötzlich eine unglaubliche Kraft in dem Tier aus. Irgendetwas brandete aus seinem Inneren hoch und Rasnors Haare stellten sich auf, während der ganze Drache von einem beißenden Funkenflug umhüllt wurde. Dann richtete das Tier seinen langen Hals abwärts und eine grellweiße Feuerwolke schoss aus seinem Hals wie Erbrochenes. Es raste in das Waldstück neben der freien Uferstelle. Im nächsten Augenblick stieg eine Flammenwolke aus den Bäumen auf und ein unirdisches Brüllen ertönte – *von dort*!

Danach dauerte es keine fünf Sekunden mehr, bis sie unten waren. Der Drache hatte seine letzten Kräfte eingebüßt, taumelte abwärts, schaffte kaum noch eine vernünftige Landung und klappte, kaum dass er auf dem Boden war, kraftlos zusammen.

Rasnor wurde von seinem Rücken geschleudert, landete im Sand. Er hatte Glück, dass er nicht vom langen Hals und vom Schädel des Drachen erschlagen wurde, der nur eine Armlänge von ihm entfernt auf dem Sand aufschlug. Rasnor heulte vor Schreck, robbte auf allen vieren davon und blieb schwer atmend sitzen.

Und dann sah er es. Auf der anderen Seite, dort wo die Flammen in den Bäumen loderten, wand und wälzte sich irgendetwas im Feuer und stieß tierische Brülllaute aus – etwas *Großes* und *Starkes*! Rasnor stöhnte, bemühte sich, auf die Füße zu kommen, und trat so weit weg von dem Ding, wie er nur konnte. Es musste auch so etwas wie ein Drache sein oder eine monströse Schlange… Rasnor wusste es nicht. Das Tier dort in den Büschen war zwar ein gutes Stück kleiner als sein Drache, aber vielleicht hätte es ihm dennoch gefährlich werden können. Deswegen hatte er nicht landen wollen!

Die heftigen, peitschenden und sich windenden Bewegungen des Tieres erstarben langsam. Es brannte lichterloh und ein beißender und grässlich stinkender Qualm breitete sich über der Uferstreifen aus. Dann lag es still und nur noch die Flammen prasselten in den Ästen. Eine braune Qualmsäule erhob sich über dem See.

Rasnor betrachtete verwirrt den Drachen. Er lag mit

pumpenden Flanken im Sand, hatte den Kopf noch immer nicht erhoben und Rasnor sah nur, dass seine Augenlider flatterten und sein ganzer Kopf und Hals zitterte. Alarmiert tastete er nach Trivocum, untersuchte den mentalen Block und erkannte, dass er noch immer eng angezogen war. Augenblicklich löste er ihn. Ein Schauer fuhr durch den mächtigen Drachenleib und für Momente empfand Rasnor Schuldgefühle, dass er den Drachen so sehr gequält hatte.

Eine Stunde später saßen sie noch immer am gleichen Fleck.

Rasnor war es gelungen, das schwelende Feuer in den Bäumen zu ersticken. Zufrieden registrierte er, dass sich seine Fähigkeiten als Magier zunehmend verbesserten. Der Drache hatte sich leidlich erholt und schlief nun. Zuerst hatte er den halben Teich ausgesoffen und dann alles an Golaanüssen verschlungen, was hier zu finden war. Rasnor war unterdessen auf dem Uferstreifen umhergewandert, hatte das eklige Riesenschlangen-Tier in Augenschein genommen und sich im Stillen bei dem Drachen dafür bedankt, dass er sich dennoch nicht zu einer Landung hatte zwingen lassen. Das hätte übel ausgehen können.

Dass Drachen so eine Art Magie wirken konnten, hatte er nicht gewusst. Es war kein einfaches Feuer gewesen, das hatte Rasnor sofort gemerkt, kein Feuerodem, den man in Märchen und Legenden den Drachen nachsagte. Aber nun war klar, welchen Ursprung diese Legenden hatten. Und die Drachen schienen diese Fähigkeit nur widerwillig einzusetzen.

Rasnor sah unschlüssig zu dem verkohlten Kadaver – der Drache hätte ja schon beim ersten Anflug dieses Biest hier rösten können. Aber er hatte es nicht getan. Möglicherweise war das eine beachtliche Entdeckung! Damit wären die Drachen gleich ein doppelt so wertvoller Besitz – und *nur er* wusste es! Es gab wenige Drachen in der Höhlenwelt, die den Menschen dienten, zwei oder drei Dutzend vielleicht, die unter der Gewalt der Bruderschaft standen, mit mentalen Blocks im Hirn, und dann noch der eine, über den Leandra und ihre Leute verfügten. Er fragte sich, ob sie den Drachen ebenfalls mit so einem Block lenkten, wie er ihn benutzte. Es handelte sich um eine andere Drachenart, einen Felsdrachen, und vielleicht waren die etwas intelligenter als Sturmdrachen. Oder dümmer.

Die wichtigste Erkenntnis aber war: Er sollte dieses Geheimnis der Drachen für sich nutzen! Vielleicht konnte ihm das bei seinem zukünftigen Handel mit den Drakken helfen. Sie wollten ja die Magie! Gemessen daran, dass der Drache am Ende seiner Kräfte gewesen war, als er die Feuerwolke ausgestoßen hatte, war er vielleicht sogar zu einer erheblich größeren Gewalt in der Lage, wenn er frisch und ausgeruht war.

Rasnor setzte sich wieder hin. Er würde dem Drachen noch ein Stündchen Schlaf gönnen, dann mussten sie weiter. Er war fest entschlossen, heute noch ein Schiff dieser Drakken zu finden.

Um sich die Zeit zu vertreiben, holte er sein geheimes Buch aus dem Rucksack und studierte zum wiederholten Mal bestimmte Texte, die er noch nicht vollends verstanden hatte. Er wollte unbedingt einige wirkungsvolle Kampfmagien bereit haben – besonders diejenige, mit der er Quendras gefällt hatte, wollte er zur Perfektion bringen.

Nachdem er eine Weile gelesen hatte, spürte er plötzlich wieder sein Amulett. Polmar wollte Kontakt mit ihm aufnehmen.

Zögernd berührte Rasnor das Trivocum, wirkte aber nicht die entsprechende Magie. Er vernahm ein gewisses Echo, ging davon aus, dass es Polmar war. Rasnor überlegte, ob er antworten sollte. Ja, es wäre vielleicht klug, seine Rückkunft in Savalgor vorzubereiten. Selbst wenn noch nicht feststand, dass alles so funktionieren würde, wie er es sich erhoffte.

Er konzentrierte sich kurz, wirkte die Magie und gleich darauf sah er wieder Polmars schemenhaftes Gesicht im Rot des Trivocums.

Ja, Polmar. Wie stehen die Dinge in Savalgor?

Rasnor… bitte werde jetzt nicht wütend. Aber bei mir ist jemand, der sich mit dir besprechen will. Ich gebe ihm jetzt das Amulett.

Ein ziemlicher Schreck zuckte durch Rasnor. War es der *Neue*? Der geheimnisvolle Mann, der jetzt in Savalgor die Macht in der Bruderschaft übernommen hatte? Und wenn ja – was sollte er ihm sagen? Im Augenblick stand er mit vollkommen leeren Händen da. Wenn der andere das roch, würde er es mit Sicherheit ausnutzen. Fieberhaft überlegte Rasnor.

Rasnor… kannst du mich hören?, vernahm er die Worte des anderen.

Rasnor hatte befürchtet, jetzt auch das Gesicht des Fremden im Trivocum zu sehen, aber es blieb das Gesicht Polmars. Rasnor nickte. Ja, Polmar war es, der die Magie wirkte, und der Fremde würde im Hintergrund bleiben. Ein Schauer lief seinen Rücken bei der unangenehmen Erkenntnis herab, dass der Fremde *sein* Gesicht würde sehen können!

Ja, antwortete er, so scharf er konnte. *Wie kannst du es wagen, dich an meine Stelle zu drängen? Wenn ich wieder zurück bin, wird es dir übel ergehen…!*

Halt ein, Rasnor, vernahm er die Stimme aus Polmars unbewegtem Mund, sie klang besänftigend. *Ich bin auf deiner Seite. Ich schlage dir einen Handel vor.*

Einen Handel?, erwiderte Rasnor misstrauisch.

Ja. Wir brauchen einander. Ich sitze hier in Savalgor an den Hebeln, und daran wirst du nichts ändern können, so sehr du auch Polmar drohst. Aber du, du bist irgendwo dort draußen, weißt offenbar, wo sich Hammagor befindet und auch, wo der Pakt ist.

Das ist richtig, antwortete Rasnor befriedigt.

Gut, sagte der andere. *Solltest du den Pakt tatsächlich in die Hände bekommen, was nützt er dir dann?*

Nun, ich könnte den Kryptus aussprechen!

Ach, Rasnor. Mach dir doch nichts vor! Dem Kryptus liegt eine Geheimwissenschaft zugrunde, das haben wir hier in Savalgor herausgefunden. Niemand kann ihn aussprechen, nicht du und nicht ich. Vielleicht würde es eine Gruppe von Magiern höchster Grade innerhalb eines Monats schaffen, ihn zu entschlüsseln, aber alles andere wäre vergebens. Du warst Skriptor, du solltest das wissen.

Rasnor überlegte eine Weile. Vermutlich hatte es keinen Zweck, noch irgendwelche kuriosen Lügen oder Ausflüchte zusammenzuschustern. *Was für einen Handel schlägst du vor?*, fragte er.

Lass uns zusammenarbeiten. Besorge den Pakt, komm nach Savalgor und bring ihn mir. Im Gegenzug verspreche ich dir, dass du bei deiner Rückkunft eine mir gleichgestellte Position in der Bruderschaft haben wirst. Wir beide werden die Bruderschaft führen und damit das ganze Land.

Was hast du mit dem Pakt vor?

Das… musst du mir überlassen. Du musst mir vertrauen. Ich habe einen Weg gefunden, ihn zu unser aller Vorteil zu verwenden. Aber ich kann dir das nicht auf diesem Weg sagen. Du weißt selbst, dass andere mithören könnten.

Rasnor nickte missmutig. So ähnlich hatte er es sich vorgestellt. Dieser Kerl, wer immer er auch war, wollte ihm den Pakt abjagen, und zweifellos hatte er danach vor, ihn, Rasnor, zur Hölle zu schicken. Aber er war nicht so dumm, auf diese Sache hereinzufallen.

Und du versprichst mir eine dir gleichgestellte Position in der Bruderschaft?

Bei meiner Ehre! Allerdings musst du mir den Pakt aus-

händigen! Du musst ihn in die Hände bekommen und ihn hierher nach Savalgor bringen. Und zwar innerhalb der nächsten fünf Tage!

Innerhalb von fünf Tagen?, keuchte Rasnor. *Das ist unmöglich! Das ist nicht zu schaffen!*

Warum? Du bist doch magisch begabt! Sollten dieser Victor und seine Roya ein Problem für dich darstellen? Du sagtest doch, du hättest Quendras getötet! Bist du noch immer so verletzt, dass du gegen Victor und Roya nicht ankommst?

Rasnor schluckte. Wenn er jetzt den Schwanz einkniff, dann würde ihn dieser Fremde überhaupt nicht mehr ernst nehmen. Dann fiel es ihm ein. *Diese Leandra ist hier,* sagte er. *Und noch ein anderer…*

Leandra…? Es war beinahe ein Schrei aus Polmars unbewegtem Gesicht, der da durch das Trivocum zu ihm hallte. *Leandra ist in Hammagor?*

Dann dämmerte Rasnor, was er gerade offenbart hatte. Er hatte zugegeben, dass er niemals in der Lage sein würde, an den Pakt zu gelangen. Diese Leandra, die Chast getötet hatte, würde er niemals besiegen können, das wusste der Fremde dort in Savalgor so gut wie er. Und schon gar nicht, da in Wahrheit auch Quendras noch lebte.

Ja, gab Rasnor nach einer Weile zu. *Aber das macht nichts. Ich werde schon fertig mit ihr…*

Er hörte so etwas wie Gelächter über das Trivocum. Verzweifeltes, hysterisches Gelächter. *Mit Leandra willst du fertig werden?*, fragte der andere spöttisch. *Ha! Sie mag vielleicht keine Magierin von allzu großer Macht sein, aber sie ist wohl das gerissenste Weibsstück von hier bis Vulkanoor. Die verspeist dich zum Frühstück! Und der andere… von dem du sprachst… war das ein alter Mann?*

Die Stimme des anderen hatte einen völlig anderen Tonfall angenommen. Sie klang überdreht, hysterisch, wie irr.

Ja, antwortete Rasnor unsicher.

Ha! Weißt du, wer das ist?

Rasnor schnaufte. *Nein, verdammt! Das weiß ich nicht!*

Das ist der Primas des Cambrischen Ordens, Hochmeister Jockum! Ein Magier von solch hohen Graden, dass du nur davon träumen kannst, jemals ein Viertel seiner Kunstfertigkeit zu erreichen. Eine kurze Pause trat ein, und die Resignation, die bei dem anderen herrschte, glaubte Rasnor beinahe mit Händen greifen zu können. Ihm ging es nicht viel anders. *Vergiss unsere Abmachung, Rasnor. Den Pakt kriegst du niemals!*

Doch!, schrie Rasnor durch das Trivocum. *Ich werde ihn kriegen!*

Eine Weile war nichts zu hören und Rasnor machte sich schon auf weiteren Spott gefasst. Dann aber hörte er die Stimme des Fremden wieder und sie klang beruhigend, so wie zu Beginn. *Bleib ruhig, Rasnor,* sagte er. *Es ist ja nicht deine Schuld, dass du nicht der mächtigste Magier der Welt bist. Das bin ich auch nicht. Wir müssen anders verfahren.*

So? Und wie?

Eine kurze Pause entstand. *Beobachte sie! Verfolge sie und gib uns Bescheid, wenn sie Savalgor erreichen! Dann können wir sie hier erwarten. Ihnen eine Falle stellen.*

Mist! Diese Idee hatte Rasnor schon lange gefasst und er hätte Punkte machen können, hätte er sie als Erster geäußert. Der heutige Tag drohte gründlich zu missraten.

Ja, knirschte er. *Das wäre auch mein Vorschlag gewesen.*

Dann sind wir uns ja einig, stellte der andere fest. *Kann ich mich auf dich verlassen?*

Ja, wiederholte er, zwar ebenso wütend, aber er senkte seine Stimme. *Kann ich mich auch auf dich verlassen?*

Glaub mir, ich bin nicht sonderlich versessen darauf, diese Bruderschaft zu führen. Ich lasse mir gern die Hälfte der Arbeit von dir abnehmen!

Rasnor wusste, dass der andere ihn nach Strich und Faden belog. Sein Entschluss wuchs nur umso stärker, ihm eine Lektion zu erteilen. *Ich melde mich wieder, sobald ich etwas weiß,* sagte er und löste sich abrupt aus dem Trivocum.

Einige Minuten saß er da, mit einer Mischung aus Ärger und Nachdenklichkeit. Aber dann kam er zu dem Schluss, dass dies alles seine eigenen Pläne überhaupt nicht berührte, sofern er es schaffte, tatsächlich mit den Drakken Kontakt aufzunehmen. Er wusste nicht, was dieser Fremde mit dem Pakt vorhatte, er hingegen würde ihn den Drakken zugänglich machen.

Rasnor erhob sich von seinem Sitzplatz, ergriffen von neuem Willen, die Lage zu seinen Gunsten zu wenden. Ungeduldig befahl er dem Drachen aufzuwachen. Der Kopf des Tieres schoss in die Höhe und seine trüben Augen suchten Rasnor. Trotz des Blocks, den Rasnor inzwischen wieder verstärkt hatte, glaubte er schon wieder den alten Widerstand und den Hass des Tieres in seinen Augen aufflackern zu sehen.

»Los jetzt!«, befahl er. »Auf mit dir, du faules Vieh!«

Er lockerte den Block ein wenig und mit einem seltsamen Ruck durch den Leib erwachte der Sturmdrache aus seiner Trägheit. Rasnor nahm sich vor, ab jetzt doppelt vorsichtig zu sein. Er stieg auf das Tragegestell und zurrte seine Sachen fest. In seinem Kopf formte er das Bild des mentalen Befehls zum Start und leitete es dann über das Trivocum an den Drachen weiter – nicht ohne ihm zu signalisieren, dass er ab jetzt lieber etwas sanfter starten sollte. Das Tier erbebte, tappte vorwärts und erreichte schließlich eine Stelle auf dem flachen Sandboden, die gut zum Start geeignet war. Rasnor klammerte sich fest, ließ den Befehl los, und Augenblicke später ging das mächtige Tier in die Knie, reckte die Flügelspitzen in die Luft, um mit einem gewaltigen Sprung in den Himmel hinaufzuschnellen.

29 • Kraftprobe

Leandra!«, keuchte er, »Ich…«

»Roya!«, lautete die Antwort. »Deine geliebte Leandra ist nicht hier.«

In der Stimme schwang nicht zu überhörende Missbilligung mit, und Victor, dessen Blick nun langsam wieder klarer wurde, seufzte innerlich. Roya. Er hätte ihr gern etwas Freundliches gesagt, aber momentan war er noch zu sehr mit sich selbst beschäftigt. Er befand sich noch immer an Ort und Stelle, Quendras war auch da und ein paar Schritte entfernt lag regungslos die Gestalt des gefällten Riesen. Ein scharfer, atemnehmender Geruch in der Luft zeugte davon, dass er eine Magie zu schmecken bekommen hatte, wahrscheinlich eine von Quendras. Ein Glück, dass hier so etwas möglich war.

Victor richtete mühevoll den Oberkörper auf. »Ich… ich bin euch gefolgt, aber ihr wart schon weg«, keuchte er und fasste sich an den Kopf. Der linke Teil seines Brustkorbes und seine Schulter fühlten sich an wie mit Hämmern durchgewalkt und sein rechtes Bein und die dazugehörige Hüfte pochten in dumpfem Schmerz.

»Ich wollte gleich wieder zurück«, sagte er, »aber… irgendwie habe ich sofort die Orientierung verloren.« Er massierte sich das Bein. »Als ich durch den Torbogen ging…«

»Man muss rückwärts hindurch«, sagte Quendras.

Victor hob den Kopf. »Rückwärts…?«

»Ja, dann kommt man dort wieder heraus, wo man herkam.«

»Aber …?«

»Und wenn man nicht *gleich* wieder hindurchgeht«, erklärte Quendras, »wenn man zuvor einen Schritt macht, dann verschließt sich der Torbogen hinter einem so lange, bis man einen anderen genommen hat.«

Victors Kopf wurde wieder klarer. Er sah sich um, blickte zu den Torbögen und überlegte. Nach einer Weile fragte er: »Und wenn man *nicht* rückwärts wieder hindurchgeht? Wenn man sich vorher umdreht?«

»Dann führt der gleiche Torbogen an einen anderen Ort«, erklärte Roya.

Victor schnaufte und nickte dann langsam und verstehend. »Woher wisst ihr das alles?«, fragte er dann.

»Zählte zu meinen Studien«, antwortete Quendras knapp.

Victor musterte Quendras' Gesicht und erkannte eine kleine, wenn auch schadenfrohe Freundlichkeit in den Zügen des Magisters der Bruderschaft. Er hatte ihn nun zum zweiten Mal gerettet, und Victor fragte sich, ob es vielleicht an der Zeit war, seine Abwehrhaltung gegen ihn aufzugeben. Es mochte sein, dass Quendras tatsächlich einfach genug von der Bruderschaft gehabt hatte, von Chast, diesem Monstrum, und von all den finsteren Gesellen um sich herum. Victor warf Roya einen Seitenblick zu und fühlte Bedauern, dass es offenbar ihr *noch mehr* weh tat, wenn er Quendras abweisend behandelte.

Victor seufzte und bemühte sich, einen reumütigen Gesichtsausdruck aufzusetzen. »Ich möchte mich entschuldigen«, sagte er. »Bei euch beiden. Ich war gemein. Es tut mir Leid.«

Während sich Royas Gesichtsausdruck kaum veränderte, zeigten Quendras' Züge ein leises, befriedigtes Wohlwollen. Immerhin. Victor knuffte Roya von der Seite her und sagte: »Na?«

Sie machte eine ihrer typischen Gesten und stieß einen klagenden, aber doch versöhnlich klingenden Laut aus. Ihr winziges Lächeln umspielte nur ihren Mund, und er stellte fest, dass sich dabei nichtsdestotrotz ein paar nette Lachfältchen um ihre Mundwinkel zeigten.

Er stemmte sich ächzend auf die Füße und klopfte sich den Staub aus den Kleidern. In seinem Kopf aber kreisten Gedanken, die Quendras noch immer nicht so bedingungslos akzeptierten. Er wollte wachsam bleiben, dabei aber, so gut er konnte, Quendras und Roya seine abweisende Haltung ersparen.

»Danke für die Rettung«, sagte er. »Ich schulde dir was, Quendras«, Er deutete auf einen der Torbögen. »Seid ihr… *zufällig* hier hereingekommen? Ich meine… genau in dem Augenblick, als mir diese… Bestie den Garaus machen wollte?«

»Glück«, sagte Roya trocken und erhob sich. »Reines Glück.«

Victor nickte. »Und… wisst ihr auch wieder einen Weg hier raus?«

»Wir sind eigentlich gerade auf dem Weg noch tiefer hinein«, erklärte Quendras. »Du hast offenbar eine Abkürzung gefunden. Wenn auch eine ohne Rückweg.«

»Ohne Rückweg?« Er hob die Arme und drehte sich im Kreis. »Also… nun erkläre mir doch mal, wie ihr euch hier zurechtfindet!«

»Mit Zahlen«, sagte Quendras und deutete auf den Boden vor einem der Torbögen. Victor trat zu der Stelle, an der sich Quendras gerade niederkniete.

»Ich habe mit 101 angefangen. Immer dreistellige Zahlen, verstehst du? Sie reichen für dieses Labyrinth aus und wir müssen uns nie fragen, ob wir vielleicht eine Ziffer verwischt haben.«

Victor sah zu Boden und entdeckte dort eine in den Stein eingeritzte Zahl: 183. »Du meinst… dieses Labyrinth hat nicht mehr als, äh…« Er dachte kurz nach. »…als achthundertneunundneunzig Räume?«

»Viel weniger«, sagte Quendras und winkte ab. »Es sind wahrscheinlich nicht mehr als ein paar Dutzend, dazu ein paar Gänge und noch einige… *spezielle* Orte. Es ist die Zahl der möglichen Verzweigungen, die dieses Labyrinth so kompliziert macht.«

Victor spitzte die Lippen. »Und das ist… ein Teil deiner Studien, sagst du?«

Quendras nickte. »Ja. Du weißt ja, womit ich mich beschäftigt habe. Erforschung der Strukturen der Magie. Diese Labyrinthe sind eine alte Kunst der Bruderschaft. Recht interessant, wirklich!«

»Eine Kunst?«, fragte Victor leise auflachend.

Quendras lächelte milde. »Natürlich! Hast du etwa gedacht, wir wären eine Gruppe von Magiern, die sich immer nur neue Tricks ausdenkt, wie man seine Feinde am besten umbringen kann? Ha!«

Abgesehen davon, dass Quendras natürlich Recht hatte, wirkte der große Mann plötzlich ungewöhnlich gesprächig, jedenfalls für seine Verhältnisse. Er, den Victor früher in Torgard immer nur als einen finsteren, gefürchteten Mann erlebt hatte, schien mit einem Mal verspielt und hatte seinen finsteren Magister-Habitus zu einem beachtlichen Teil abgelegt. Victor kam zu der Auffassung, dass Quendras vielleicht gar kein so unleidlicher Kerl sein mochte, wenn er sich entschloss, so zu bleiben. Quendras besaß charakteristische Gesichtszüge und zusammen mit seiner festen, tiefen Stimme und seiner ruhigen, aber doch sehr beherrschenden Art verlieh ihm das eine seltsame Faszination.

Er hoffte, dass Quendras nicht am Ende doch nur ein Spion oder Verräter war. Er nickte sich insgeheim selber zu, während er Quendras' Züge studierte. »Und wie funktioniert nun dein System?«, fragte er und deutete auf die 183 am Boden.

»Nun ja«, begann Quendras, »ich markiere den ersten Torbogen, durch den ich komme, in Blickrichtung mit der Zahl 101 und den Durchgang, durch den ich den Raum verlasse, ebenfalls mit 101.«

»In Blickrichtung?«

Er nickte bestätigend. »Ich drehe mich *nicht* um, bevor ich die Zahl in den Boden ritze.« Er warf ein Steinchen hoch, das er in der Hand hielt. »So weiß ich später immer, in welcher Richtung ich kniete, als ich die Zahl einritzte.«

Victor sah ihn mit gerunzelter Stirn an.

»Auf diese Weise kann ich zuletzt genau denselben Weg wieder zurückgehen, egal, wie weit ich gegangen bin. Ich weiß den Weg und auch die Richtung.«

Victor dachte eine Weile nach, dann nickte er verstehend. »Was ist mit dem letzten Raum? Ich meine, dem *allerletzten*? Du sagtest doch, dass ein Torbogen woanders hinführt, wenn man sich umdreht und wieder hindurchgeht? Wie kommt man da wieder zurück?«

»Stimmt«, antwortete Quendras und ließ ein brummiges Lächeln hören. »Aber man könnte ja im letzten Raum wieder rückwärts durch den Torbogen gehen, und käme im vorherigen Raum wieder heraus…«

»Alle Torbögen funktionieren wieder normal, wenn man erst den Raum verlassen hat?«

Quendras nickte. »Ja. Du musst bedenken, dass sie zwangsläufig einem Muster folgen müssen. Und zwar einem sehr konkreten. Die Torbögen verschicken einen nicht wahllos zwischen den Räumen. Wäre das so, dann könnte man ein solches Labyrinth überhaupt nicht planen, geschweige denn bauen.«

Victor nickte. »Ja, das klingt logisch. Aber dennoch: Dein System hat einen Fehler. Was, wenn du tatsächlich im letzten Raum den Pakt finden solltest? Du kannst ihn nicht nehmen! Denn wenn du einen Schritt nach vorn tust, verschließt sich der Torbogen hinter dir!«

Quendras lächelte wieder. »Schlau beobachtet«, sagte er anerkennend. »Aber du hast ja damals schon deine Klugheit bewiesen.«

Victor nickte gönnerhaft. »Aber *du* kennst natürlich die Antwort!«

Quendras hob abwehrend die Hände. »Ja. Schließlich habe ich mich eine Weile mit diesen Labyrinthen beschäftigen müssen.«

Nun hob Victor einen Finger. »Augenblick! Ich weiß es!«

»Tatsächlich?«

»Ja«, antwortete er. »Man behandelt den letzten Raum zunächst so, als wäre dort nichts Besonderes. Setzt seine Markierungen... und wechselt in den *nächsten* Raum!«

»Stimmt!«, sagte Roya, plötzlich an der Unterhaltung interessiert und kniete sich zu ihnen. »Und *dort* passiert man dann den letzten Durchgang *rückwärts*. Schon ist man wieder in dem Raum, in dem der Pakt liegt. Dann nimmt man ihn und geht wieder ganz normal zurück...«

Quendras nickte. »Eine gute Idee. Trotzdem klappt das nicht. Aber das könnt ihr nicht wissen.«

Roya zog neugierig die Brauen hoch und legte lächelnd den Kopf schief, während sie Quendras fragend musterte. Wieder eine ihrer anmutigen Gesten. Victor fragte sich, ob Quendras sie als ebenso anziehend empfand wie er.

»Nun, die Sache ist die... ich habe mich gefragt, welchem Zweck die anderen Torbögen dienen sollten. In diesem Raum.«

»Und? Welchem Zweck dienen sie?«, fragte Victor.

»Es sind Fallen!«, sagte er mit kalter, drohender Stimme, ganz so, wie er früher als Magister der Bruderschaft von Yoor aufgetreten war. Ein leiser Schauer fuhr Victors Rückgrat hinab. »Es ergäbe keinen Sinn, wenn von dem letzten Raum aus irgendwelche Wege weiterführen würden. Wohin auch?« Quendras schnaufte. »Sie wurden dazu angelegt, demjenigen, dem es trotz allem gelingen sollte, den Pakt an sich zu bringen, eine Vielzahl von tödlichen Fallen zu stellen. Mit Sicherheit gibt es nur einen einzigen, sicheren Weg hinaus, und den muss derjenige, der den Raum betritt, kennen.«

»Das sind die Ergebnisse deiner Forschungen?«, fragte Victor ernst.

Quendras nickte mit steinernem Blick. »Ja. Ich habe andere alte Labyrinthe der Bruderschaft erforscht. Eines davon sogar begangen. In Laarbon.«

Victor schwieg eine Weile. »Also werden wir den Pakt nicht so leicht bekommen«, stellte er fest. »Wenn er wirklich hier ist.«

Quendras erhob sich und schüttelte den Kopf. »Er *ist* hier!«

»Ich wette«, sagte Roya, mädchenhaft lieb zu ihm aufblickend, »du kennst den richtigen Weg!«

Quendras brachte ein einigermaßen entspannt aussehendes Lächeln zustande. »Ja, stimmt«, sagte er. »Aber wir werden uns vorher noch… ein bisschen schlagen müssen.« Er deutete auf den toten Wächter, der noch immer regungslos an der gegenüberliegenden Wand lag.

Aus Gründen der Vorsicht einigten sie sich darauf, dass zunächst nur einer von ihnen durch einen der Torbögen ging und sofort rückwärts wieder zurückkam. Quendras und Roya hatten dies bereits zuvor schon so gemacht. Auf diese Weise war es möglich, einen raschen Blick in den folgenden Raum zu werfen, gleich wieder zu verschwinden und so die Gefahr, direkt in irgendeine Falle zu laufen, so gering wie möglich zu halten. Es fragte sich natürlich, ob es Durchgänge gab, die *tabu* waren; Durchgänge, hinter denen

Fallen lauerten, die sofort zuschnappten, sobald jemand hindurchging. Aber Quendras konnte das von seinen Studien her nicht bestätigen. Auf so etwas war er bisher noch nicht gestoßen, und er meinte, dies würde für jeden *erlaubten* Besucher ein zu hohes Risiko bedeuten.

So erforschten sie mit ihrer Methode das Labyrinth und für eine Weile passierte nichts Besonderes. Sie durchquerten einzelne Räume und zweimal einen Gang, der jedoch nur in einen zentralen Raum mit weiteren vier abzweigenden Gängen führte. Einmal fanden sie ein menschliches Knochengerippe, das möglicherweise schon seit Urzeiten hier lag. Victor bemächtigte sich des rostfleckigen Schwertes, das neben dem Toten lag. Wer mochte dieser Krieger gewesen sein und wie war er bis hierher gekommen? Das Schwert war nicht gerade ein Prachtstück, aber es war besser als nichts.

Sie erkundeten eine Reihe anderer Räume. Dann merkten sie anhand ihrer Markierungen, dass sich die Zahl der noch nicht durchschrittenen Durchgänge langsam verringerte. Quendras schien Recht zu behalten: dieses Labyrinth besaß offenbar weit weniger Räume als angenommen. Es kam inzwischen fast gar nicht mehr vor, dass sie einen Raum betraten, in dem sich noch keine von ihnen eingeritzte Zahl fand. Quendras legte sich schließlich auf die Zahl von 108 Räumen fest. Dazu kamen noch zwischen 32 und 48 Verbindungsgänge und wahrscheinlich zwölf zentrale Räume, in denen mit irgendwelchen Fallen oder Wächtern zu rechnen war. Einer davon musste der letzte Raum sein. Der Raum, in dem sie – *hoffentlich!* – den Pakt fanden.

Trotz all dem erwies es sich als unmöglich, den Weg durch das Labyrinth zu planen. Es gab kein System, das man hätte benutzen können, um auf dem kürzesten Weg zum Ziel zu gelangen. Man musste einfach probieren.

Für etwa drei Dutzend Durchschreitungen eines Torbogens blieben sie unbehelligt. Dann kam Roya durch einen Torbogen zurück und wandte sich ihnen zu. »Da steht ein Baum.«

»Ein Baum?«

»Ja. Irgendein Baum. Mit dünnen Ästen, ohne Blätter. Mitten im Raum. Und es ist warm dort.«

Victor und Quendras sahen sich an. »Sonst nichts?«

Roya schüttelte den Kopf. »Ich habe nichts gesehen. Aber ich war ja auch nur ganz kurz dort. Was sollen wir tun?«

»Ich werde mir das ansehen!«, sagte Victor. »Wartet hier.«

»Augenblick!« Quendras hielt ihn an der Schulter fest. »Das ist genau das, was wir vermeiden wollten, oder? Dass jemand von uns in einen Raum geht und die anderen zurückbleiben. Woher sollen wir wissen, was dir da drin passiert?«

»Gut«, sagte Victor. »Dann gehen wir gemeinsam durch. Kurz hintereinander. In Ordnung?«

Quendras und Roya nickten.

Victor nahm sein Schwert fester und schritt durch den Torbogen. Gleich darauf folgten ihm Quendras und dann Roya.

Sie erreichten einen vergleichsweise großen Raum, in dem es nur drei weitere Torbögen gab. Auch hier herrschte jenes gedämpfte Licht, das der Luft selbst zu entspringen schien. In der Mitte des Raumes gab es einen Flecken Erde, der mit einer Kante aus Steinen eingefasst war, und darin stand tatsächlich ein Baum, oder besser: ein großer, hoher Strauch mit kräftigen Ästen. Er reichte bis zur Decke hinauf. Er besaß keinerlei Blätter und das Holz seiner Ranken war schwarzbraun. Victor fragte sich, ob dieser Strauch überhaupt

Leben besaß oder ob er nicht schon seit zwei Jahrtausenden tot und versteinert war.

»Was ist das?«, flüsterte er. »Ein Lustgarten? Für müde Wanderer, um sich nach anstrengender Reise ein wenig auszuruhen?«

Roya schenkte ihm einen leicht vorwurfsvollen Blick, doch Quendras ließ den Baum nicht aus den Augen.

»Seht! Er bewegt sich!«, sagte er und deutete nach vorn.

Sie standen an die Wand gedrückt da und beobachteten, wie sich die Äste langsam zu bewegen begannen. Plötzlich ging alles ganz schnell.

Es schien, als würden die Äste mit einem Mal wachsen, in rasender Geschwindigkeit, und es dauerte nur Sekunden, bis sie ihr Ziel ausgemacht hatten – die drei Eindringlinge. Eine entsetzliche Erinnerung stob wie ein brennender Funkenregen durch Victor – so etwas hatte er schon einmal gesehen: bei dem Dämon damals in Unifar! Leandra war ihm beinahe zum Opfer gefallen. Er reagierte am schnellsten.

Kaum bewegten sich die Äste in ihre Richtung, brüllte er: »Raus hier!«, schwang sein Schwert und machte zwei Schritte auf die nach ihnen greifenden Ranken zu. Roya stieß einen Schrei aus. Wie Victor schon vermutet hatte, wuchsen in der gleichen Geschwindigkeit unzählige spitze Dornen aus den Ranken heraus. Noch während er in Panik wie irr mit dem Schwert um sich drosch, blitzte ihm noch eine Erinnerung durch den Kopf: ein Tag aus seiner Kindheit. Als kleiner Junge hatte er sich einmal so schlimm in einem Dornengewächs verfangen, dass er allein nicht mehr herausgekommen war. Seine Spielkameraden hatten die Erwachsenen aus dem Dorf holen müssen, die ihn in langwieriger und schmerzhafter Weise aus den Dornenranken hatten herausschneiden müssen.

Roya stieß hinter ihm einen weiteren Schrei aus, und

Quendras, der in plötzlichem Schreck nach links gelaufen war, wurde von einem Augenblick auf den anderen von einer wahren Welle aus wuchernden Ranken erfasst. Binnen Augenblicken war er von ihnen eingeschlossen. Er stieß ein ersticktes Gurgeln aus. Dann war Victor mit einem Mal klar, welch speziellen Sinn diese Falle hatte. *Magie!* Welche Magie sollte man hier anwenden, ohne sich selbst zu schaden? Weiter schlug er mit dem Schwert auf die Ranken ein. Seine Hiebe zeigten Wirkung, nur wuchs das Dornengestrüpp schneller, als er es hätte weghauen können.

Schon waren seine Beine in Dornenranken verstrickt und das teuflische Zeug wuchs mit rasender Geschwindigkeit an seinem Körper hoch. Zudem schien es auch noch heiß zu sein. Die Dornen stachen durch seine Kleider und er begann zu schreien. Nur noch Sekunden, dann war er bewegungsunfähig und sie würden hier alle drei sterben!

Links von ihm steckte Quendras bereits tief in einem riesigen Knäuel, er röchelte nur noch. Roya war hinter Victor, er konnte sie nicht sehen. Mit einer verzweifelten Kraftanstrengung versuchte er sein Schwert zu heben, um noch einmal zuzuschlagen, aber es steckte längst fest, zusammen mit seinem Arm. Er stieß ein hilfloses Keuchen aus. Sie hatten verloren.

Was für ein Irrsinn, einfach in dieses Labyrinth hineinzumarschieren und zu glauben, sie würden all die tödlichen Überraschungen, die hier lauerten, überwinden können.

Die Ranken schnürten sich immer fester um seine Beine und seinen Bauch; die Dornen und die glühende Hitze des Gewächses stachen in seine Haut. Als das Zeug seinem ungeschützten Hals und seinem Gesicht näher kam, schrie er in Todesangst auf. Links von ihm sackte Quendras um, völlig hilflos in ein riesiges Rankenbündel eingeschnürt. Wenn er nur Roya sehen könnte! War sie vielleicht entkommen? Hatte sie durch einen der Torbögen in Sicherheit springen können? Mit letzter Kraft schrie er ihren Namen.

»Victor!«, rief sie verzweifelt und er konnte sie noch immer nicht sehen. »Was soll ich tun?«

Er dachte an Feuer, um dieses monströse Gewächs einfach niederzubrennen, aber das wäre für sie alle tödlich ausgegangen. Sie würden hier gebraten werden.

»Eis!«, keuchte er, kaum wissend, wie ihm dieser Gedanke plötzlich gekommen war. »Versuch es… mit *Eis*!«

»Was?«, rief Roya. Ihre Stimme hörte sich weinerlich und verzweifelt an. Wahrscheinlich steckte auch sie schon bis zum Hals in diesem albtraumhaften Gestrüpp. Der nächste Augenblick war ein regelrechter Schock. Ein heulender Sturm fuhr durch den Raum und brachte klirrenden Frost. Die Kälte brannte auf der Haut wie Messerstiche und ein Stakkato von zahllosen knackenden Geräuschen wurde hörbar.

Eis! Instinktiv hatte er den richtigen Gedanken gehabt.

Er spürte, wie der Würgegriff der Ranken ein wenig nachließ, wie die Hitze in ihnen verebbte. Sein linker Arm war noch einigermaßen frei und er bewegte ihn. Es knackte und der Druck ließ nach. Er stieß ein Gurgeln aus, kniff die Augen zusammen, denn er hatte das Gefühl, dass ihm die Eiseskälte die Finger, die Lippen und die Ohren einfrieren wollte. »Bewegt euch!«, krächzte er unter Aufbietung aller Kräfte. »Bewegt euch, sonst erfrieren wir!«

Dann kam das Schlimmste. Er musste sich befreien und das war entsetzlich schmerzhaft. Vorsichtig bewegte er den linken Arm, aber die Dornen, die sich durch seine Kleidung gebohrt hatten, brannten in seiner Haut wie Feuer. Es war so schmerzhaft, dass er

Angst bekam, er würde es nicht schaffen. Hinter sich hörte er Roya röcheln, Quendras hingegen rührte sich gar nicht mehr.

In seiner Verzweiflung holte er so tief Luft, wie er nur konnte, stieß dann ein lang gezogenes, tief aus seiner Wut kommendes Brüllen aus und spannte all seine Muskeln an. In einem einzigen explosiven Augenblick tobte er sich aus dem Dickicht der Ranken frei. Um ihn herum barsten sie, fielen in tausend Stücken zu Boden.

Die Schmerzen waren fast unerträglich und die furchtbare Kälte schien ihm die Kräfte aus dem Leib saugen zu wollen. Er konnte sich wieder einigermaßen bewegen und sah, dass er sich beeilen musste, wenn er Roya und Quendras noch retten wollte. Nicht die Ranken würden sie töten, sondern in erster Linie die Kälte.

Mit einem abermaligen Aufbrüllen kämpfte er sich völlig frei. Durch seine heftigen Bewegungen hatte er seine Körperwärme wieder etwas mobilisiert und irgendein gnadenvoller Mechanismus ließ ihn die schrecklichen Schmerzen nicht spüren.

Er setzte sein Schwert ein, um die gefrorenen Ranken in unzählige Bruchteile zu zerschmettern. Roya hatte er zuerst frei, und als er sie in Sicherheit bringen wollte, musste er erst kurz überlegen. Er musste sie tragen – und zwar *vorwärts* durch den nächsten Torbogen; außerdem nur *einen* Schritt weit, andernfalls würde er nicht mehr hierher zurückkehren können. Dann wäre es um Quendras geschehen. Und er *musste* auch ihn retten – das war er ihm schuldig.

Er ließ sein Schwert fallen, packte Roya, wie ein Arbeiter einen schweren Mehlsack packte, marschierte zum nächsten Torbogen und stieß sie mit einem Ächzen hindurch. Sie verschwand, und mit allem, was dort drüben auf sie warten mochte, musste sie nun allein fertig werden. Für Quendras wurde die Zeit knapp.

Victor wandte sich um und hob sein Schwert wieder auf. Die Schweißperlen auf seiner Stirn gefroren in der Kälte dieses Raumes. Sie verwandelten sich in Reif, und als er mit der Hand durch seine Haare fuhr, knackte und knisterte es.

Sein letzter Akt war, den regungslosen Quendras aus seinem Rankengefängnis zu befreien. Er fühlte sich schwächer werden, als er mit seinem Schwert auf die Ranken einhackte. So eine unglaubliche Kälte hatte er noch nie erlebt. Aber es war offenbar die einzige Lösung gewesen. Die Ranken, von denen die meisten nicht dicker als ein kleiner Finger waren, schienen völlig eingefroren zu sein. Er fragte sich, warum sich sein eigener kleiner Finger noch immer lebendig anfühlte.

Endlich hatte er Quendras frei; das Gesicht seines Gefährten war fast völlig von Raureif überzogen. »Quendras!«, keuchte er. Er wischte dem Magier mit der vor Kälte brennenden Hand durchs Gesicht, aber Quendras zeigte keine Reaktion. Mit einem letzen Aufgebot aller Kräfte zerrte er ihn aus den restlichen Ranken, schleifte ihn über den Steinboden und ließ sich, den Magier mit sich ziehend, durch den Torbogen fallen, durch den er Roya gehievt hatte.

30 • Sprung ins Nichts

Die Schmerzen ließen auf wundersame Weise schnell nach. Victor stöhnte, schlug die Augen auf und sah über sich eine Felsendecke. Auch hier herrschte das übliche, schwache Licht, aber auch Ruhe und Sicherheit. Es war ziemlich warm hier. Vielleicht kam ihm das nach der grausamen Kälte des anderen Raumes nur so vor, aber es tat unendlich wohl.

Er lag auf irgendjemandes Bein, wahrscheinlich Royas, und Quendras lag halb über seinen eigenen. Er hob prüfend den linken Arm und stellte fest, dass die Schmerzen erträglich waren. Die Haut seiner Hand und seines Unterarms war von der Kälte nass und gerötet, und er sah eine Anzahl von kleinen und teils etwas größeren Riss- und Kratzwunden. Er hatte gedacht, dass es mehr sein würden. Es juckte und brannte, aber es war auszuhalten. Vielleicht würden die schlimmen Schmerzen später erst kommen, wenn es heilte. Er erinnerte sich, dass er damals, als Kind, wochenlang wie pockennarbig herumgelaufen war. Aber da hatte er eine kurze Hose und ein dünnes Hemd getragen. Er tastete nach seinem Gesicht; es schien verschont geblieben zu sein.

Hinter ihm stöhnte Roya und Quendras bewegte den Arm. Victor ächzte und versuchte sich aufzurichten. Er merkte, dass er noch zu schwach war, um das Gewicht von Quendras abzuwälzen, und ließ sich stöhnend wieder zurücksinken.

Dann sah er, wie sich die Decke über ihm bewegte.

Ein neuer Schreck durchzuckte ihn. Irgendetwas Schlimmes musste das bedeuten, denn *alles*, was sich hier bewegte, bedeutete Schlimmes.

Irgendetwas hatte ihn glauben lassen, dass sie erst einmal in Sicherheit sein würden, wenn sie aus dem Raum mit dem Dornengewächs heraus waren – aber das war wohl nur ein frommer Wunsch gewesen. Und dann wurde er wütend. Er dachte daran, dass derjenige, der dieses Labyrinth ersonnen hatte, es mit der Absicht getan hatte, seine Opfer so lange von einer Todesfalle in die nächste zu jagen, bis sie schließlich zur Strecke gebracht waren. Seine Wut verlieh ihm neue Kräfte.

Er wollte sich in die Höhe stemmen, aber als er die Hände auf den Boden stützte, merkte er, dass etwas nicht stimmte. Der Boden fühlte sich warm und glitschig an und er rutschte mit einer Hand gleich wieder ab. Mit einer weiteren Anstrengung befreite er sich von Quendras und richtete sich kniend auf. Sofort rutschte er wieder weg. Beinahe wäre er mit seinem ganzen Gewicht auf Roya gefallen, die gerade wieder zu sich kam. Und dann hatte er auch schon verstanden, was hier vor sich ging: sie rutschten! Der Boden war leicht abschüssig, ein Gang, wie es schien, und der Stein unter ihm war glatt, warm und glitschig.

Er kannte so etwas: von Felsen am Meer, in Gezeitentümpeln, wo er früher immer auf Krabbenfang gegangen war. Die Felsen um die Tümpel herum waren mit Moos bewachsen, auf dem man unvermeidbar den Halt verlor. Und sie saßen hier zu dritt auf einem glatten, abschüssigen Boden, der mit etwas Ähnlichem bedeckt war.

Er kniete, hatte die Hände auf den Boden gestützt und verfolgte mit, wie er ganz langsam, aber unaufhaltsam in Richtung des Gangendes rutschte. Nur mit Mühe vermochte er den Impuls zu unterdrücken, sich krabbelnd in die andere Richtung zu bewegen. Es wäre sinnlos gewesen. Auch Roya und Quendras, die sich eben aufzustützen versuchten, rutschten wie er langsam den Gang hinab.

»Was…?«, ächzte Quendras.

»Wir rutschen«, sagte Victor. »Auf einem teuflisch glatten Boden. Kein Halt weit und breit!«

Roya, leicht und geschmeidig wie sie war, hatte sich aufgesetzt und starrte verwirrt den Gang hinab, immer noch heftig atmend vom Schock und der Anstrengung, die kaum eine Minute zurücklagen. Sie versuchte instinktiv, sich dem Rutschen entgegenzustemmen, gab es aber bald auf. Dann tastete sie ihre Arme und ihr Gesicht ab und sah schließlich Victor voller Angst an.

Er seufzte mitleidsvoll. Sie hatte zahlreiche Kratz- und Stichwunden, auch in ihrem hübschen Gesicht gab es ein paar. Ihre Hände waren aufgekratzt und blutig. Eine Träne lief ihr über die linke Wange. Voller Mitleid beugte er sich vor und nahm sie in den Arm. »Es wird alles wieder gut!«, flüsterte er. »Wir werden bald hier raus sein!«

Er ließ sie wieder los und blickte zu Quendras, der mit steinerner Miene in den Tunnel sah. Die Schräge, auf der sie rutschten, war so gering, dass man sie mit dem Auge überhaupt nicht ermessen konnte, und deswegen war auch ihre Geschwindigkeit gering. Dass dieser glitschige Gang sie aber mitten in die nächste Todesgefahr würde rutschen lassen, war nur allzu klar.

»Könnt ihr das… irgendwie *aufhalten*? Das Rutschen?«, fragte Victor.

Quendras antwortete nicht gleich. »Wozu?«, fragte er tonlos und deutete mit dem Daumen über die Schulter in Richtung des Torbogens, durch den sie hierher gekommen waren. »Dieser Durchgang ist jetzt ohnehin zu!«

Victor nickte. »Aber es muss irgendeinen Grund haben, dass wir rutschen. Man will uns innerhalb einer bestimmten Zeitspanne irgendwohin befördern – unausweichlich!«

Quendras setzte sich auf. Das ernste Gesicht stand ihm vorzüglich, genauso hatte ihn Victor aus seiner Zeit bei der Bruderschaft in Erinnerung. »Eine Aneinanderreihung von tödlichen Fallen funktioniert dann am besten«, sagte er und deutete nach vorn, »wenn sie nicht irgendwie wahllos tödlich, sondern gut aufeinander abgestimmt sind. Das galt gewissermaßen als die Hohe Kunst des Labyrinthbaus.«

Victor verzog das Gesicht. »Eine *Kunst*, sagst du?«

»Ja«, antwortete Quendras. »So sahen es die Erbauer. Tod als eine makabre Kunstform, wenn du so willst.«

Roya wurde unruhiger. Sie saß am weitesten vorn und begann, von dort wegzukrabbeln. Victor sah zu Boden und fuhr mit der Hand über den glitschigen Fels. Das Rutschen war grotesk. Die Geschwindigkeit war auf unheimliche Weise langsam, aber es ging unaufhaltsam weiter. Sie veränderten kaum den Abstand zueinander – und bewegten sich jede Minute vielleicht vier oder fünf Schritt. Es gab kein Mittel dagegen. Alles hier war von dem glitschigen Schleim überdeckt. Victors Hosenboden und seine Knie waren bereits durchnässt und der schleimige Film hatte sich auch auf seinen Händen abgesetzt. Er rieb prüfend die Finger aneinander.

Roya hatte mühevoll die zwei Ellen Distanz zu ihm überwunden und keuchte vor Anstrengung. Er zog sie zu sich heran und schob sich selbst vor sie. Quendras streckte die Hand nach ihr aus; sie ergriff sie dankbar und zog sich weiter nach hinten. Victor blickte voraus, aber außer der Dunkelheit des Ganges war dort noch nichts zu sehen. Ihm wurde immer mulmiger zumute.

»Was würdest du tun, wenn du, nach dieser Dornenranke, in so einen Gang gerietest?«, fragte Quendras von hinten.

Victor war froh, dass Quendras, ebenso wie er, das Problem mit Logik anzugehen versuchte. Das gab ihm Mut. Blinde Panik half gar nichts. Er dachte nach. »Ich... ich würde wohl versuchen, mich zurück zu kämpfen. Dem Rutschen irgendwie zu widerstehen.« Er holte Luft und nickte. »Wahrscheinlich... so lange, bis ich völlig erledigt bin.«

»Stimmt. Und zuletzt würdest du, völlig entkräftet und voller Panik, *doch* durch den Torbogen dort vor uns rutschen.« Er deutete den Gang hinab. »Wahrscheinlich immer noch strampelnd und um Halt suchend.«

Victor grinste grimmig; noch war kein Torbogen zu sehen. Aber mit Sicherheit würde einer kommen. »Du meinst, wir sollten jetzt, da wir noch ein wenig Kraft haben, genau in diese Richtung rennen? So schnell wir können?«

»Ich tippe auf... nun, vielleicht so etwas wie eine Schnappfalle, die losgeht, wenn man direkt hinter dem Torbogen den Boden berührt«, sagte Quendras. »Irgendetwas in dieser Art. So seltsam es auch klingt – ein Labyrinth muss irgendwie begehbar sein. Diesen Pakt muss man ja auch kriegen können. Was, wenn die Leute, die das Labyrinth einst erbauten, ihn benötigten? Wie hätten sie ihn je wieder holen können, wenn hier alles vollkommen tödlich ist?«

Roya richtete sich auf. »Du meinst, es gibt für jede Falle einen Trick, wie man sie umgehen kann?«

»Es *muss* so sein!«, sagte Quendras voller Überzeugung. »Sonst wäre der Pakt auf ewig und alle Zeiten hier eingesperrt! Niemand, und auch nicht die Erbauer, hätten ihn je wieder an sich bringen können!«

»Ha!«, machte Victor. »Ich ziehe den Hut vor dir, großer Schwarzmagier! Also... wirklich eine Schnappfalle? Ein Brett voller Metallspitzen? Oder Klingen?«

Quendras schnaufte. Er hielt Roya im Arm und beide

starrten voller Angst in die Dunkelheit. »Ich weiß es nicht. Ich denke und hoffe nur, dass es irgendeine Falle ist, die man nur mit *Geschwindigkeit* überwinden kann. Eben genau mit dem, was man normalerweise mit Sicherheit *nicht* hat, wenn man dort am unteren Ende ankommt!«

Victor nickte. »Stimmt. Sonst hätten sie diese Rutschbahn abschüssiger gebaut! Sie ist gedacht, dass man *langsam* dort unten ankommt!«

»Wir werden sterben, wenn ihr Unrecht habt«, sagte Roya tonlos.

Betroffenes Schweigen kehrte ein.

Das Rutschen ging unaufhaltsam weiter und plötzlich wurde das Ende des Ganges sichtbar – und mit ihm der zu erwartende, zugemauerte Torbogen. Panik beschlich ihre Herzen.

Victor ging auf die Knie und deutete nach vorn. »Da! Seht!«

Roya und Quendras erkannten sofort, was er meinte. Der Gang verjüngte sich bis unmittelbar zum Torbogen hin, nirgends gab es eine Kante, an der man sich hätte festhalten können. Victor konnte sich förmlich sehen, wie er dort unten strampelnd und um sich schlagend, erschöpft und voller Panik langsam hindurchrutschte.

»Wir haben keine Möglichkeit, es auszuprobieren«, sagte Victor laut und stemmte sich vorsichtig balancierend auf die Füße. »Wir *müssen* es einfach wagen! Ich gehe zuerst!«

Damit erzwang er die Initiative. Würden sie jetzt noch zögern, dann gab es keine Möglichkeit mehr, die Geschwindigkeit zu erlangen, die womöglich notwendig war. Es galt, diese einzige, sinnvolle Chance zu nutzen.

Roya schoss in die Höhe, um Victor daran zu hindern, aber sie war zu weit weg von ihm. Er war schon unterwegs. Auch Quendras kam wackelig auf die Knie und starrte Victor hinterher.

Victor tappte zuerst vorsichtig voran, balancierte so gut er konnte und schlidderte mit rudernden Armen voran. Langsam wurde er schneller, und dann sahen sie, dass er nur noch ein halbes Dutzend Schritte bis zu dem Torbogen hatte. Sonderlich schnell war er noch nicht, aber er bemühte sich, Fahrt aufzunehmen.

»Victor!«, schrie Roya entsetzt und streckte die Arme nach ihm aus.

Doch Victor ließ sich nicht beirren. Er näherte sich einer Wand und versuchte, sich daran abzustoßen, um noch schneller zu werden. Kurz bevor er den Torbogen erreichte, durchfuhr ihn das entsetzliche Gefühl von Messerspitzen oder Klinken in seinem Leib, ebenso wie es ihm in wenigen Sekunden tatsächlich ergehen mochte. Augenblicke später war er hindurch.

Sie sahen noch, dass er sich abstieß, wie zu einem Sprung, dann war er verschwunden.

»O nein!«, wimmerte Roya. Ihre Stimme war vor Angst verzerrt. Sie kniete da, leicht balancierend, vor Schreck beinahe erstarrt und inzwischen gefährlich nahe an dem Torbogen.

Quendras kroch zu ihr und zog sie ebenfalls in die Höhe.

»Roya! Du musst los!«

Ihre Augen weiteten sich. »Nein…«, stammelte sie. »Nein… ich… ich kann das nicht!«

»Es ist deine einzige Chance!«, beschwor Quendras sie.

Roya starrte entsetzt auf den Durchgang. »Nein…«, wiederholte sie leise und schüttelte den Kopf. »Nein, ich…«

»Du bist schon durch über hundert solcher Torbögen gegangen!«, zischte er. »Warum, verdammt, dieses Mal nicht?« Er hatte sie an beiden Handgelenken gepackt und schüttelte sie. »Roya! Du *musst*!«

Sie schüttelte in einem Anfall von Verzweiflung den Kopf, Tränen schossen ihr aus den Augen. »Nein, Quendras! Bitte nicht! Ich kann nicht... ich...«

Quendras sah zu dem Torbogen, der unaufhaltsam näher kam. Es waren nur noch sieben oder acht Schritte bis dort; wenn sie noch ausreichend Geschwindigkeit für einen Sprung aufnehmen wollte, dann wurde es jetzt höchste Zeit.

»Roya!« Er brüllte ihr ins Gesicht. »Willst du denn *sterben*?«

»Ich... wir *werden* sterben, wenn wir da jetzt durchgehen!«, schrie sie zurück und warf sich ihm entgegen, um sich verzweifelt an ihn zu klammern.

Quendras ächzte, kämpfte um sein Gleichgewicht. Er leistete sich noch ein paar Sekunden des Zögerns. Über ein Jahr hatte er sich mit diesen Labyrinthen beschäftigt, es war gar nicht sein Auftrag gewesen, er hatte es aus rein persönlichem Interesse getan. Während dieser Zeit hatte er in geheimen Archiven der Bruderschaft einen Schatz an Schriftgut entdeckt, Dutzende von Büchern über Methoden und Ideen für den Bau von Labyrinthen. Und natürlich auch über Fallen und Verwirrungen, die es einem Eindringling unmöglich machen sollten hindurchzufinden, was auch immer das Labyrinth verbarg. Er konnte sich noch gut an all die verschiedenen Theorien erinnern. An die Ablenkungsprinzipien, an perspektivische Täuschungen, Türmechanismen, Spiegelfallen, ja sogar an Unterwasserverzweigungen oder an Hallen, in denen es galt, bestimmte Kurse einzuhalten, um durch eine Folge niedergedrückter Bodenplatten bestimmte Mechanismen auszulösen – oder eben *nicht* auszulösen. Es war – sah man einmal von der bitteren Bedrohung ab, in der er selbst nun steckte – wahrhaftig eine eigene Kunstform. Damals hatte ihn das sogar begeistert. Es gab Dutzende von unterschiedlichen Ansätzen und hunderte von verschiedenen Einzelheiten.

Nur eines war allen Labyrinthen gemein: Sie führten zu einem Ziel und dieses Ziel musste unter allen Umständen irgendwie erreichbar bleiben. Sonst war die Logik eines Labyrinths durchbrochen und man hätte sich nicht die Mühe des Baus einer so komplizierten Sache machen müssen. War man in der Lage, die Logik eines Labyrinths zu lesen, dann hatte man gute Chancen, es zu knacken. Nur ahnten die meisten Leute nichts von dieser Logik und waren befangen und überwältigt von der schlichten Bedrohung, die von einem Labyrinth ausging. Die Täuschung des Eindringlings war der entscheidende Punkt. Er fragte sich nur, wie weit die Erbauer *dieses* Labyrinths gegangen waren. Waren sie einen Schritt über die *normale* Täuschung hinausgegangen und hatten einzelne Schlüsselelemente, die zum Verstehen des Labyrinths führten, letztlich wieder ins Gegenteil verkehrt? Hatten sie darauf spekuliert, dass jemand in diesem Gang annehmen würde, man müsste ihn, entgegen dem offensichtlichen Zweck, *schnell* durchqueren und dann springen – und ihn dann genau deswegen wieder ins Gegenteil verkehrt? Nämlich andersherum, sodass man den Torbogen *doch wieder* langsam durchschreiten musste? Quendras entschied sich dagegen. Die Erbauer hatten nicht davon ausgehen können, dass dieses Labyrinth von einem Fachmann für solche Bauwerke durchschritten wurde. Das, was er zuvor mit Victor besprochen hatte, *musste* einfach zutreffen.

Roya klammerte sich noch immer an ihn und nun hatte er nur noch vier oder fünf Schritte bis zum Torbogen. Sie würde nicht freiwillig gehen, das spürte er, also entschied er sich zum Äußersten. Mit seiner überlegenen Muskelkraft löste er ihre Umklammerung und drehte das Mädchen vor sich herum, bis sie mit dem

Rücken zu ihm stand. Er packte sie von hinten am Kragen und am Hintern. Sie schrie auf, als sie merkte, was er vorhatte.

»Quendras! Was tust du?«, kreischte sie.

Er ließ ihr keine Zeit mehr. Mit seinem Körpergewicht hinter dem ihren, begann er vorwärts zu tappen und hatte kurz vor dem Durchgang etwa normales Schritttempo erreicht. »Spring!«, brüllte er und stieß sie, einen Schritt vom Durchgang entfernt, mit aller Kraft nach vorn. Vor Schreck stieß sie sich tatsächlich mit den Füßen noch etwas ab, und er hievte ihren Hintern so gut er konnte in die Höhe, sodass sie mit einem anständigen Satz in den Torbogen hineinsegelte. Hoffentlich weit genug hindurch, ohne dahinter den Boden zu berühren.

Von dem Schub, den er ihr verlieh, wurde er selbst etwas abgebremst und er schaffte es, sich seitlich rechts und links mit den Armen in den Durchgang zu stemmen. Er war ein großer Mann und besaß genügend Spannweite, sodass es ihm gelang.

Für Momente stand er mit pochendem Herzen da und war hin- und hergerissen zwischen dem tödlichen Druck der Situation und dem faszinierenden Gefühl ihres weichen Körpers, den er eben berührt hatte.

Vorsichtig stemmte er sich rückwärts vom Torbogen weg, um noch ein paar Schritte Anlauf nehmen zu können. Als er so weit hinten war, dass seine ausgebreiteten Arme keinen Halt mehr in dem sich erweiternden Gang fanden, ließ er los und bewegte sich nach vorn. Er wäre fast gestürzt, dann aber schlidderte er mit rudernden Armen und größer werdender Geschwindigkeit auf den Torbogen zu und sprang.

Am Nachmittag hatte Rasnor endlich Glück.

Sein Drache war wieder einigermaßen zu Kräften gekommen, und nachdem sie hartnäckig immer wieder die gleiche Gegend abgeflogen waren, entdeckte Rasnor am späten Nachmittag endlich das, was er den ganzen Tag lang gesucht hatte: eine große, graue Form im Himmel, ein schwebendes Objekt, das vor den Stützpfeilern vorüberzog.

Ein *Drakkenschiff*!

Obwohl Rasnor im gleichen Augenblick eine dunkle, unbestimmte Furcht verspürte, war die Erleichterung groß. Er war jetzt wirklich bereit, sein Leben zu riskieren, um all die schmachvollen Niederlagen wegzuwaschen, die er in der letzten Zeit hatte einstecken müssen – angefangen von der miesen Behandlung durch Quendras und die anderen Magier auf seinem Flug hierher über seine Niederlage bei dem Kampf gegen Victor und Roya und die Demütigung durch Leandra bis zu dem Spott dieses neuen Oberhauptes der Bruderschaft. Nein – für das alles würde er bittere Rache üben.

Inzwischen hatte sich der Drache dem Schiff ein Stück genähert. Es war groß, flach und lang gestreckt, mit zahllosen Vorsprüngen und Auswüchsen auf der Oberseite. Als Rasnor plötzlich spürte, dass das Tier unter ihm zu zittern begann und sein Drang, sich von dem fremden Objekt wegzubewegen, rapide zunahm, kam sein eigener Entschluss ins Wanken. Instinktiv gab er dem Verlangen des Drachen nach und steuerte ihn nach rechts – erst einmal wieder weg von dem Drakkenschiff. Sein Herz hatte dumpf zu pochen begonnen, und sein großartiger Plan, mit den Drakken seinen *eigenen Pakt* abschließen zu wollen, schrumpfte in Sekundenschnelle zu einem angsterfüllten, halb schon wieder verworfenen Wunsch zusammen.

Das Drakkenschiff *flog* nicht einmal, es verharrte an ein und derselben Stelle im Himmel – oberhalb eines kleinen Tales, das im Vordergrund eines knorrigen Stützpfeilers lag. Allein dieser Anblick konnte einem

Angst einjagen. Es war einfach riesig und Rasnor fehlte jede Vorstellung, wie man ein solches Ding im Himmel in der Schwebe halten konnte. So etwas deutete auf gewaltige Macht hin, und er fragte sich, was diese Wesen sich überhaupt von der Magie erhofften. Er bezweifelte, dass es in der Höhlenwelt eine Magie gab, die ein so riesiges Ding in der Luft hätte halten können.

Etliche Stützpfeiler befanden sich in der Nähe, es war beinahe wie ein kleiner Halbkreis, in dessen Schutz das Drakkenschiff im Himmel schwebte. Noch immer waren es ein paar Meilen bis hin zu ihm, aber nach kurzer Zeit schon hatte der Drache die direkte Sichtlinie zu dem Schiff wieder verlassen und war in den Schutz der Pfeiler weggetaucht. Als er sich wieder ein wenig sicherer fühlte, atmete er spürbar auf und flog längsseits der Pfeilergruppe entlang. Rasnor überlegte angestrengt, was er nun tun sollte.

Er wusste nur vom Hörensagen, wie sie aussehen sollten, die Drakken; groß, böse, mit Schwänzen und Hörnern und mächtigen Gebissen, die vor stinkendem Speichel nur so trieften. Und sie waren aggressiv, griffen sofort an und machten mit jedem, den sie für gefährlich hielten, kurzen Prozess. Das jedenfalls war es, was er gehört hatte. Aber wo kamen sie her? Wie hatten sie es geschafft, dieses riesige Schiff in die Höhlenwelt zu bekommen? Sie benötigten dafür eine gewaltige Öffnung, und ihm war nicht bekannt, dass es *überhaupt* eine Öffnung gab, die aus den Höhlen heraus zur Oberfläche der Welt führte. Die Menge der Ungewissheiten ließ ihm den Mut immer weiter sinken.

Während sie flogen, blickte er ständig nach links, wo zwischen den aufstrebenden Pfeilern immer wieder eine Sichtlinie frei wurde und hin und wieder die Rundung des Schiffes auftauchte. Rasnors Herz pochte weiterhin dumpf vor sich hin. Er beschloss, auf keinen Fall direkt zu ihnen zu fliegen. Nein, er würde das

Ding zuerst aus sicherer Entfernung beobachten und dann entscheiden, ob er es wirklich tun sollte. Im Augenblick war er sich seiner Sache überhaupt nicht mehr sicher.

Er sah sich um und erblickte eine halbe Meile höher eine jener Verästelungen, die viele Stützpfeiler in der Höhe besaßen. Sie lag mitten im Gewirr der Pfeilergruppe und bot vermutlich einen Landeplatz sowie einen guten Beobachtungspunkt. Mit Glück würde er das Drakkenschiff von dort aus gut sehen können. Er maß noch einmal mit Blicken den Abstand und die Sichtlinie zu dem Schiff und lenkte dann kurz entschlossen den Drachen hinauf.

Das Tier hatte wieder zu zittern begonnen, und Rasnor musste den Block verschärfen, um die Kontrolle über den Drachen zu behalten. Die Gewandtheit des Fluges ließ augenblicklich nach und Rasnor hatte Mühe, den Drachen an den von ihm ausgewählten Punkt zu steuern. Es war der Beginn einer Querverstrebung, mit allerlei Furchen, Rinnen und Einschnitten darin, aber offenbar befand sich ein Stück darüber eine recht große, ebene Fläche. Rasnor wollte versuchen, den Drachen auf einem dieser Einschnitte zu landen und dann weiter hinaufzuklettern. Von dort aus, so hoffte er, würde er das Schiff beobachten können.

Das Tier wand sich unter dem Zwang seines Willens, dann aber krallte es sich im richtigen Augenblick am Felsen des Landeplatzes fest und Rasnor verschärfte den Block abermals, um zu verhindern, dass der Drache von seiner Angst übermannt wurde und davonflog. Der Drache landete, legte seine Schwingen an und versank kurz darauf in völliger Abwesenheit. Rasnor atmete erleichtert auf und rutschte von seinem Rücken herunter.

Vor ihm lag eine fünfzehn Schritt hohe, senkrechte Wand, aber rechts entdeckte er eine verwitterte Schräge, mit deren Hilfe er dieses Hindernis überwinden konnte.

Vorsichtig machte er sich an den Aufstieg. Bis auf eine kleine, etwas schwierige Stelle traf er auf kein großes Hindernis. Wenige Minuten später stand er mit klopfendem Herzen am hinteren Ende eines Plateaus, das erstaunlicherweise gar nicht so klein war.

Es lag in etwa zweieinhalb Meilen Höhe, dort, wo die Seitenstrebe des Felspfeilers aus dem Hauptpfeiler abzweigte. Aus der Ferne mochte sie filigran aussehen, hier aber, wo er stand, war sie ein geradezu monströses Gebilde. Die Seitenstrebe mochte einen Durchmesser von einer drittel Meile oder mehr haben; hier hätten leicht drei Dutzend Drachen landen können. Sein Blick glitt hinab in das kleine Tal. Mitten zwischen ihnen, beunruhigend nah zu Rasnors Standort, schwebte das Drakkenschiff.

Es war wirklich gewaltig groß, und kaum eine halbe Meile entfernt. Rasnor duckte sich instinktiv nieder. Von hier oben sah es aus wie eine ovale Scheibe, die an einem Ende einen Einschnitt und am entgegengesetzten Ende eine Verdickung besaß. Dazwischen lagen allerlei seltsame Aufbauten, Kästen, Beulen und Verdickungen, deren Sinn Rasnor nicht einmal raten konnte. Rund um seine Mitte lief ein breiter Wulst. Das ganze Ding mochte an die hundertfünfzig Schritt lang sein, in der Breite vielleicht etwas weniger, und maß bestimmt achtzig oder neunzig Ellen in der Dicke. Unfassbar! Es besaß so viel Masse wie die gesamte Cambrische Basilika – und dabei *flog* es!

Und dann sah er etwas, das ihn vor Aufregung erzittern ließ.

Von Südosten her, aus der Richtung, in die das Tal weiterlief, kam ein weiteres Flugschiff heran. Es war viel kleiner, aber in der Form dem großen ähnlich. Es gewann ein wenig an Höhe, verlor Geschwindigkeit und schwebte von schräg oben zu dem großen Schiff herab. An dessen Seite, oberhalb des Mittelwulstes, entstand eine schmale und längliche Öffnung, und erst als sich das kleine Schiff dieser Öffnung näherte, erkannte Rasnor, wie sehr er sich in der Größe verschätzt hatte. Das kleine Schiff wurde im Vergleich zum großen immer kleiner, bis es schließlich auf dem Mittelwulst vor der länglichen Öffnung landete. Was Rasnor aber wirklich erstarren ließ, waren die Wesen, die auf der Oberseite des großen Schiffes erschienen waren.

Von hier aus erschienen sie nur winzig klein, aber Rasnor hatte gute Augen und er wusste, dass sie größer waren als er selbst. Sie besaßen in der Tat lange Schwänze, waren muskulös gebaut und bewegten sich unangenehm schnell. Nun gab es nicht mehr den geringsten Zweifel, dass es die Drakken waren!

Was danach geschah, konnte Rasnor nicht deuten. Es schien fast, als würden die Wesen dort etwas aus dem kleineren Schiff entladen. Neugierig schlich er nach vorn, die Deckung einer seitlichen Erhebung nutzend.

Ja, es schien tatsächlich, als luden die Drakken dort etwas ab. Was es war, konnte Rasnor nicht erkennen, er sah nur eckige Objekte von der Größe einer Kiste. Dann ergab sich eine seltsame, kurze Pause, in der alles auf der Oberfläche des Drakkenschiffes zu erstarren schien. Rasnor fragte sich erschrocken, ob man ihn vielleicht gesehen hatte; aber – nein, das war kaum möglich. Als einzelne Person würde er mit dem mächtigen Stützpfeiler verschmelzen, außerdem hielt er sich hinter einem Felsen verborgen. Dann offenbar war die Aktivität auf dem Rücken des großen Schiffes schon beendet, denn das kleine flog wieder ab. Es verschwand aus Rasnors Blicken in die Richtung, aus der es gekommen war. Die Drakken auf der Oberseite des großen Schiffes waren offenbar mit ihrem Werk noch nicht fertig. Ein seltsam großes Gerät erschien, in dem offenbar einer der Drakken steckte. Es war wie eine Vergrößerung seiner selbst, mit Gestängen anstelle seiner Arme und Beine. Das Ding hob die Kästen an einen bestimmten Ort, woraufhin sie in der Oberfläche des Schiffes versanken.

Bald würden die Drakken mit ihrer Aktion fertig sein. Rasnors Herz klopfte wild, denn dies war wohl die Gelegenheit, die er gesucht hatte. Es war nicht mehr als eine halbe Meile von hier bis zu dem Ort, wo sich diese Drakken aufhielten, und wenn er laut schrie, würden sie ihn vielleicht hören und er hatte Aussichten, dass sie ihn nicht sofort angriffen.

Einige Sekunden benötigte er noch, um wirklich Mut zu fassen. Dann lief er auf dem Stützpfeilerarm so weit nach vorn, wie er konnte, und schrie und winkte dabei.

Die Drakken reagierten sofort. Ihre Köpfe fuhren herum und Rasnor blieb mit bis zum Hals pochendem Herzen stehen. Er hob wieder die Arme. »Hier bin ich!«, schrie er. »Hallo!«

Die Drakken auf dem Rücken des Schiffes entwickelten hektische Aktivität. Einige verschwanden im Bauch des Flugschiffes, andere tauchten auf und trugen längliche Objekte bei sich. Wahrscheinlich Waffen.

Rasnor hob wieder die Arme, um ihnen seine friedliche Absicht zu signalisieren. Dann, es waren vielleicht zwei Minuten seit seinem ersten Signal vergangen, vernahm er plötzlich ein lauter werdendes, heulendes Geräusch. Kurz darauf tauchte aus der Tiefe vor ihm ein Objekt auf, es musste das kleinere Drakkenschiff sein, das eben erst davongeflogen war.

Voller Angst trat er zurück. Aus der Nähe betrachtet, war auch dieses Schiff riesig groß. Es hing summend vor ihm in der Luft – aus den Augenwinkeln nahm er wahr, wie der Drache hinter ihm entsetzt aus seiner Deckung floh; er hatte den mentalen Block offenbar mit seiner blanken Angst niedergekämpft. Mit rauschenden Flügelschlägen flog er davon.

Rasnor war allein. Allein mit den Drakken.

31 ♦ Der Pakt

Als Quendras aufschlug, zuckte ein furchtbarer Schmerz durch sein rechtes Schienbein, er fühlte Leere unter seinen Füßen und für einen schrecklichen Augenblick dachte er, er würde fallen, ohne überhaupt sehen zu können, wohin. Dann griffen Hände nach ihm, hielten ihn fest und strampelnd und ächzend fing er sich und rettete sich über eine Kante.

»Komm, komm!«, hörte er und wurde nach vorn gezerrt; in diesem Augenblick erst brandete der volle Schmerz in seinem Schienbein auf und trieb ihm das Wasser in die Augen. Ob die Folterer früherer Zeiten je daran gedacht hatten, ihre Opfer mit scharfen Schlägen gegen das Schienbein zu malträtieren? Er stöhnte vor Schmerz.

Noch während alle möglichen Gedanken durch sein Hirn schossen, fühlte er endlich wieder festen Boden unter sich. Voller Schreck und Verblüffung fuhr er hoch, sah Royas verzerrtes, tränenfeuchtes Gesicht und Victors erleichterte Züge. Als Nächstes kam eine Ohrfeige von Roya, sie schrie ihn an: »Du Mistkerl! Bist du völlig verrückt geworden?«

Aber dann lag sie ihm schon in den Armen, klammerte sich an ihn und heulte ihren Schmerz und ihren Schreck in seine braune Leinenweste hinein.

»Uff!«, sagte er und ließ sich zurücksinken.

Er starrte nach oben zur Decke. Dieser Raum war sehr viel höher als die bisherigen, höher und größer. Er stemmte sich hoch, tätschelte die noch immer schluchzende Roya und fragte sich, warum sie sich so an ihn klammerte. Nun ja, er hatte eine Ohrfeige kassiert, aber ihr dennoch das Leben gerettet.

Ächzend langte er nach seinem Schienbein, um die schmerzende Stelle zu massieren. Victor, der noch immer neben ihm kniete, nickte ihm zu. »Genial!«, sagte er. Dann zupfte er ihm seinen Kragen zurecht und klopfte ihm auf die Schulter. Quendras gelangte zu der Auffassung, dass er irgendetwas wirklich gut gemacht hatte. Er sah sich um.

Es war ein großer runder Raum mit einer kuppelförmigen Decke, und in seiner Mitte befand sich ein riesiger, etwa zwölf Schritt durchmessender Sockel, auf dem sie saßen. Rundherum klaffte ein tiefer Spalt, wohl an die zweieinhalb Schritt breit. Genau genommen waren der Sockel wie auch der Raum nicht rund, sondern zwölfeckig, und ebenso viele Torbögen gab es rundherum.

Quendras setzte sich auf und versuchte, die Tiefe des Spalts auszumachen. Der Spalt war nicht breit, nicht mehr als ein kleiner Sprung für einen Erwachsenen, aber dennoch breit genug, um in ihn hineinzufallen, wenn man *langsam* rutschend aus dem glitschigen Gang hier ankam.

»Er ist tief«, sagte Victor und deutete hinab. »Wahrscheinlich sind Spieße da unten aufgestellt. Oder rotierende Messer. Mit einer Rutsche direkt in die Küche.« Er grinste. »Wenn du da reinfällst, kommst du gleich frisch geschnetzelt im Kochtopf an.«

Quendras lächelte zurück. Die Erleichterung über ihre Rettung und der Stolz über die Richtigkeit seiner Vermutung hoben seine Laune.

Roya schniefte, richtete sich auf und wischte sich die Tränen aus den Augen. Ihr Gesichtsausdruck war irgendwo zwischen Freude und Weinen und sie sagte: »Ich wünschte, du hättest nicht so verdammt Recht gehabt mit allem. Ich hätte Lust, dir noch eine zu schmieren, du Grobian!«

Lächelnd deutete Quendras auf seine Wange. »Nur zu. Von dir lass ich mich gerne hauen!«

Sie zögerte, beugte sich dann zu ihm und hauchte ihm einen Kuss auf die Wange. Er starrte sie erstaunt an und hielt sich die Wange.

»Glotz mich nicht so an, blöder Kerl!«, sagte sie und streckte ihm kurz die Zunge raus. Sie deutete nach links. »Willst du deinen Pakt nicht haben?«

Quendras fuhr herum. In der Mitte des großen Sockels, auf dem sie saßen, stand ein weiterer, kleinerer Sockel, etwa hüfthoch. Er war rund und hatte etwa zwei Ellen Durchmesser. Etwas lag darauf.

Quendras machte förmlich einen Satz. Ungläubig schritt er darauf zu, während er sich noch immer die geküsste Wange hielt, als hätte er eine weitere Ohrfeige erhalten. Plötzlich tauchte Victor mit einer verrückten Grimasse neben dem Sockel auf und wies mit beiden Händen und großartiger Geste auf ein in Leder eingewickeltes, längliches rundes Ding. Ganz offensichtlich eine umhüllte Pergamentrolle.

»Euch gebührt die Ehre, großer Schwarzmagier!«, verkündete er.

Quendras verzog das Gesicht. »Ich bin kein Schwarzmagier«, sagte er leise. »Schwarze Magie ist ein Ammenmärchen. So etwas gibt es nicht.«

»Ist doch egal«, erwiderte Victor und winkte mit beiden Händen ab. »Dann halt *Roh-Magier.* Wie klingt denn das? Ist sie eigentlich wirklich so gefährlich, wie man sagt, diese Rohe Magie?«

»Zum Teufel mit der Magie!«, sagte Quendras und deutete auf die Lederrolle, als er den letzten Schritt zu dem Sockel getan hatte. »Ist das wirklich... der *Pakt*?«

Victor verzog das Gesicht und verschränkte die

Arme. »Wohl kaum. Wahrscheinlich nur ein Rezept für eine Suppe.«

Quendras holte Luft. Er betrachtete das Trivocum, aber dort war nur sehr wenig zu spüren. »Auf der magischen Ebene ist nicht viel zu erkennen«, sagte er. »Denkst du, man… kann ihn einfach so nehmen?«

Victor blickte zur Decke und maß dann den übrigen Raum. »Findest du nicht, dass es inzwischen genug Fallen waren?«

Quendras holte Luft und richtete sich auf. Er war wieder ernst. »Ich weiß nicht. Scheint, als wären wir schneller hier gelandet als geplant. Ich hatte mit noch mehr Schwierigkeiten gerechnet.«

Nun trat auch Roya von der anderen Seite her an den Sockel. Sie nickte in Richtung der Torbögen. »Die werden wohl noch kommen«, stellte sie fest. »Es sind zwölf Ausgänge hier. Welchen davon sollen wir für den Rückweg nehmen?«

Quendras folgte ihren Blicken. Sie hatte Recht. Das Problem bestand nicht nur darin, dass sie nicht wussten, welcher davon der richtige war, sondern auch, dass sie mit einem *Sprung* durch ihn hindurch mussten. Zwischen dem großen Sockel und den zwölf Durchgängen klaffte überall der zwei Schritt breite Spalt.

»Verdammt!«, sagte er.

Victor trat neben ihn. »Ich dachte, du wüsstest einen Trick für den letzten Raum?«

Quendras nickte. »Dachte ich auch. Aber nach meiner Rechnung hätten wir bei hundertvierundvierzig landen müssen. Sechsundneunzig Räume, sechsunddreißig Gänge und zwölf Zentralräume. Das war eines der wiederkehrenden alten Muster in den Labyrinthen der Bruderschaft. Die Zwölf ist der Schlüssel. Wenn dieses Prinzip zugrunde lag, konnte man auch den Zwölfer-Schlüssel im letzten Raum anwenden. Du zählst einfach ab. Von dem Durchgang aus, durch den du ankamst, egal, wie viele der Raum besitzt – zwölf Stück. Das wäre dann der sichere Rückweg.«

»Und warum nicht hier? Hier kann man doch auch Zwölf abzählen!«

Quendras schüttelte den Kopf. »Dann landet man genau bei dem, durch den man hereinkam. Unmöglich.«

Roya trat zu ihnen. »Warum unmöglich?«

Quendras holte Luft. »Nun, weil dies der einzige Durchgang ist, durch den sich einer, der nichts von Labyrinthen versteht, zu retten versuchen würde. Wenn hier *irgendwer* hereinkäme und nicht wüsste, wie ein solches Labyrinth funktioniert, würde er sich durch den Zugang zu retten versuchen, durch den er kam. Aber… nun, das hier ist sozusagen die letzte große Falle. Wenn dieser Durchgang die Rettung wäre, widerspräche das der Logik des Labyrinths.«

Roya stöhnte. »Eine blöde Logik!«

Quendras hob die Schultern. »Ja, ich weiß. Aber wenn eins sicher ist, dann ist es die Tatsache, dass der Durchgang, durch den wir kamen, tödlich für uns endet.«

»Außerdem müsste er *zu* sein!«, gab Victor zu bedenken. »Ist es nicht so? Wenn man nicht gleich wieder hindurchgeht, dann verschließt er sich, bis man einen anderen benutzt hat.«

Quendras starrte Victor an. »Ja, natürlich«, gab er dann zu. »Das hatte ich ganz vergessen.«

»Wie kommst du ausgerechnet auf die Zwölf?«, wollte Roya wissen. »Dass diesem Labyrinth die Zwölf zugrunde liegt?«

Quendras kratzte sich am Kinn. »Nun ja. Ich *glaube*, es ist die Zwölf. Sie passt zur Größe des Labyrinths. Ich habe bei den… nun, ungefähr zweihundert Durchgängen, durch die wir gegangen sind«, er deutete auf

Roya und sich, »mitgezählt. Die Gänge und die Zentralräume tauchten in einer Häufigkeit auf, die zur Zwölf passte. Wenn man sich das als eine Struktur vorstellt, dann…«

»Du *glaubst*, dass es die Zwölf ist?«, fragte Roya entgeistert.

Er glotzte sie an. »Ja!«

Sie stemmte ihre kleinen Fäuste in die Hüften. »Willst du uns etwa sagen, dass du uns aufgrund einer Annahme so tief hier hereingeführt hast? In diese Todesgefahren?«

»Nun, ich… immerhin haben wir es geschafft! Wir haben schließlich den Pakt, oder?«

»Ja! Aber wir müssen ihn doch erst noch hier herausschaffen! Das hattest du wohl in deiner *Annahme* nicht berücksichtigt!«

Victor verzog das Gesicht. Er hatte Roya schon erlebt, wenn sie wütend war. So bezaubernd sie auch war, so heftig konnte sie werden, wenn sie ärgerlich war. Jetzt bekam der arme Quendras einen Vorgeschmack auf ihre derbe Seite. Er trat einen Schritt zurück.

»Sieh mal«, sagte Quendras, um Verständnis ringend, »es ist eine Notsituation! Wir *brauchen* den Pakt! Ohne ihn werden uns die Drakken überrennen! Verstehst du das nicht?«

»Ja! Aber hast du uns unbedingt mitschleppen müssen?«, rief sie aufgebracht. »Bei dieser Gefahr? Wo du nur aufgrund einer *Annahme* hier bist?«

»Nun beruhige dich, Roya!«, wandte Victor ein. »*Mich* hat er nicht mitgeschleppt, ich bin aus freien Stücken nachgekommen!«

»Mir genügt es, dass er *mich* mitnahm!« Sie war wirklich wütend. »Ich meine, er hätte mir im ersten Raum, als ich ihm nachging, doch sagen können, wie gefährlich es hier drin ist und dass er nicht wirklich sicher ist, wie dieses Labyrinth aufgebaut ist!«

Victor verzog das Gesicht. Hatte sie etwa angenommen, in einem Labyrinth der Bruderschaft wäre es *ungefährlich?* Er studierte ihr hübsches, wütendes Gesicht mit der süßen kleinen Nase und kam zu dem Schluss, dass sie Quendras nur eins auswischen wollte. Roya war viel zu intelligent, um nicht zu begreifen, dass Quendras nicht daran schuld war, dass sie ihn begleitet hatte.

»Nun, ich *war* sicher!«, erklärte Quendras. Er hatte sich unmerklich versteift. »Ich habe diese Labyrinthe über ein Jahr lang studiert. Ich habe selbst welche erforscht. Ich…«

»Na, jetzt sehen wir ja, wie sicher du bist!«, rief sie. »Warum hast du mich nicht gewarnt?«

Er starrte sie ärgerlich an. »Ich habe mich gefreut, dass du als Einzige zu mir gehalten hast. Dass du mir vertrautest. Darin habe ich mich wohl getäuscht.«

Roya stieß einen spöttischen Laut aus.

Victor fühlte mit Quendras. Es wurde Zeit, dass dieser dumme Streit ein Ende fand. »Wie wäre es mit der Acht?«, schlug er vor. »Ich meine, all diese Räume hatten acht Durchgänge…«

Quendras schüttelte missmutig den Kopf. »Nein. Das glaube ich nicht.« Roya hatte sich demonstrativ abgewandt. »Acht – das ist zu knapp. Das widerspricht dem, was ich vorgefunden habe. Außerdem: Die Acht ist nicht so gut teilbar. Es muss möglichst viele Teiler geben, die sich nahtlos in die Struktur einfügen lassen. Die Zwölf hat die Sechs, die Vier und die Drei, während bei der Acht nur die Vier bleibt… die Zwei scheidet aus, sie ist zu klein. Bei der Acht müsste das Labyrinth entweder viel größer oder aber viel kleiner sein.«

Roya fuhr herum. »Was ist mit der Neun? Wir haben draußen in Hammagor ständig diese Wiederholung gehabt: siebenundzwanzig – neun – drei. Die Treppenstufen hoch zum Turm… sie ließen sich durch siebenundzwanzig teilen! Überall gab es neun Wächter…«

»Ja!«, rief Victor. »Das wäre möglich! Wie ist es mit der Neun, Quendras? Wir haben in ganz Hammagor immer wieder diese Zahlenreihe gefunden!«

Er dachte nach. »Nun ja, die Neun wäre schon besser. Das würde das Labyrinth bei einer einfachen Zahlenreihe schon vergrößern…«

»Ich wette, es ist die *Neun*!«, sagte Roya voller Überzeugung.

Die Möglichkeit lag in der Tat nahe, dass die geheimnisvollen Zahlen von Hammagor etwas zu sagen hatten. Er wandte sich um und wollte die Durchgänge abzählen. »Links oder rechts herum?«, fragte er Quendras.

»Links«, lautete die Antwort. »Labyrinthe laufen immer dem Körpergefühl des Menschen entgegen.«

Victor sah Quendras fragend an.

»Die meisten Leute haben rechts ihre starke Seite«, erklärte er.

Victor nickte, das schien plausibel. Quendras verstand etwas von Labyrinthen, das war offensichtlich. Schade, dass er mit der Zwölf Unrecht hatte. Er ging zu dem Torbogen, durch den sie gekommen waren. Er war leicht zu erkennen, denn unterhalb von ihm war die Wand, die in die Tiefe führte, von feuchtem Schleim und Moos bedeckt. Immerhin hatten sie diesen Anhaltspunkt. Er zählte ab, ging dabei links herum auf dem Sockel entlang und blieb vor dem neunten Torbogen stehen. Etwas mehr als zwei Schritte über den bodenlosen Spalt trennten ihn davon. Roya gesellte sich zu ihm.

»Schau mal«, sagte sie leise und deutete auf das Kopfstück des Torbogens. »Da sind überall Zeichen in den Kopfstücken. Ist das dort ein… *Turm*?«

Victor sah hinauf. Tatsächlich, ein Turm.

»Du meinst...?«

»Sardins Turm! Wenn man zu ihm will, muss man durch den Tunnel von Hammagor! Stimmt das nicht?«

»Oder durch diesen Torbogen«, wandte Victor ein.

»Aber der liegt doch ebenfalls in Hammagor!«, sagte Roya aufgeregt. »In dem Raum, in dem das Labyrinth beginnt.«

Victor starrte das Zeichen an, dann musterte er die anderen: eine Monsterfratze, die einem der Wächter ähnelte, ein seltsames Ding, das man für den eisernen Lüster der großen Halle hätte halten können, einen Felspfeiler, der in der Form dem ähnelte, der neben der Festung aufragte, und andere mehr. Über dem Durchgang, durch den sie gekommen waren, befand sich nur ein einfacher Stern. Victor ging zurück zu dem Durchgang mit dem Turm.

»Da ist was dran!«, sagte er. »Sardins Turm. Wer dort hin will, muss durch Hammagor!« Er blickte zu Quendras, der mit hängenden Schultern neben dem Sockel stand.

»Vielleicht sollten wir erst mal nachsehen«, sagte Victor, »ob dieses verdammte Ding dort überhaupt der *Pakt* ist!« Alle drei blickten auf die in dünnes Leder eingeschlagene Rolle und traten zu dem Sockel.

»Keine Falle mehr?«, fragte Victor.

Quendras schüttelte den Kopf. »Auf der magischen Ebene kann ich nichts wahrnehmen. Du, Roya?«

Sie schüttelte ebenfalls den Kopf.

»Augenblick mal«, sagte Victor. »Müsste dieser Pakt nicht... eine meilengroße Aura besitzen? Er enthält doch den *Kryptus*!«

»Meilengroß wird sie erst, wenn der Kryptus ausgelöst ist«, erklärte Quendras. »Für den Moment dürfte das spürbare Potenzial sehr gering sein. Und diese Lederhülle... nun, ich denke, sie soll selbst dieses geringe Potenzial noch verbergen. Auf magische Weise. Sonst wäre der Pakt für jeden Magier wie ein Leuchtfeuer, zu dem er leicht finden könnte.«

Victor musterte Quendras mit einem scharfen Blick. Der Bruderschaftsmagier bewies mit jedem Satz, den er äußerte, wie fundiert sein Wissen war.

»Also, dann… nehme ich ihn mal!«, sagte Victor, hielt die Hand griffbereit über der Lederrolle und sah Quendras und Roya fragend an.

Beide nickten und Victor griff zu.

Kaum hatte er das Objekt in der Hand, ertönte ein scharfes Knacken. Alle drei blickten erschrocken auf. Das Knacken schien von überall her gekommen zu sein und wenige Augenblicke später ertönte ein ebenso durchdringendes Geräusch – das Mahlen von Fels auf Fels.

»Oh, verflucht!«, rief Victor.

»Was ist das?«, schrie Roya angstvoll durch den Lärm.

Abermals ertönte ein scharfes Knacken, es fuhr allen dreien durch jeden einzelnen Knochen im Leib. Dann merkten sie es. Der Boden bewegte sich abwärts.

»Mist!«, schrie Victor. »Was tun wir jetzt?«

»Springen!«, lautete Royas Antwort. »Jetzt gleich. Wenn der Sockel erst mal tiefer ist, kommen wir nie mehr hier heraus!«

Sie wandte sich um und stellte sich vor den Durchgang mit dem Turm als Zeichen.

Victor schwindelte der Kopf. Rumpelnd sackte der Sockel tiefer, Handbreit um Handbreit, und sie hatten nur noch Sekunden Zeit. War es wirklich der Torbogen mit dem Turm? Sie hatten nur einen Versuch. Er überlegte verzweifelt, ob jeder von ihnen durch einen anderen springen sollte, in der Hoffnung, dass wenigstens *einer* von ihnen überlebte. Dann aber würden zwei von ihnen ganz sicher sterben. Und der einzige Überlebende musste auch derjenige sein, der den Pakt bei sich hatte! Er sah Quendras flehentlich an, aber der Magier war ebenso vor Schreck erstarrt wie er selbst.

Roya setzte sich in Bewegung.

Vielleicht schafft sie es ja, dachte Victor. Sein Blick fiel auf den Turm über dem Durchgang. Links herum – der Neunte. Hammagor. Das *musste* es sein! Und Quendras *musste* Unrecht haben. Nein, nicht die Zwölf! Die Zwölf war ohnehin blockiert…

Dann hatte er es.

»Roya!«, schrie er so laut er konnte. *»HALT!«*

Sie bremste ab und blieb mit rudernden Armen unmittelbar an der Kante des Abgrunds stehen. Er sprang zu ihr und zog sie zurück – gerade noch rechtzeitig. Das Mahlen des Felsens war ohrenbetäubend, der Durchgang auf der anderen Seite lag schon eine ganze Elle oberhalb des Sockels.

»Die Neun ist *falsch*!«, schrie er. »Folgt mir!«

Es war nur ein Gefühl, ein Gedanke, den er in der kurzen Zeit gar nicht hatte zu Ende denken können, aber er glaubte, dass er ihm irgendwie vertrauen müsse.

Er nahm Anlauf, rannte und sprang mit einem mächtigen Satz auf den *zwölften* Durchgang zu. Den, durch den sie gekommen waren und der nach allem, was die Prinzipien dieses Labyrinths lehrten, eine massive Wand aus Fels hätte sein müssen.

Victor überschlug sich, als er landete, und gleich hinter ihm purzelten Roya und Quendras herein.

Mit heftig schlagendem Herzen rappelte er sich auf und sah sich um – sie befanden sich offenbar in einem ganz gewöhnlichen Raum des Labyrinths. Keine Todesfalle, kein Monstrum, nur acht ganz normale Durchgänge.

Victor keuchte, versuchte, sein wild pumpendes Herz zu beruhigen. Roya und Quendras erhoben sich und sahen sich um. Dann blieb Roya stehen und deutete auf den Boden. »Da… seht!«, stammelte sie.

Victor und Quendras traten zu ihr und musterten die Stelle, auf die sie deutete. Sie lag knapp vor einem Durchgang und sie konnten, für sie auf dem Kopf stehend, eine in den Boden eingeritzte Zahl lesen: 101.

Victor stieß einen Schrei aus und stieß die Faust in die Luft. »Ich hatte Recht! Verdammt, ich hatte wirklich Recht!« Roya fiel ihm erleichtert um den Hals und Quendras umarmte sie beide.

Victor kämpfte sich frei. »Nein! *Du* hattest Recht! Du ganz allein, Quendras!«, rief er. »Es war tatsächlich die Zwölf!«

Roya sah zu Victor auf, wusste nicht recht, was er damit sagen wollte.

»Und du, mein kleines Biest«, sagte Victor, »solltest dich bei unserem großen Schwarzmagier entschuldigen!«

Roya zuckte nur die Schultern und sah Quendras an; man hätte ihren Blick herausfordernd nennen können. »Also gut«, sagte sie, »du hast meinetwegen Recht gehabt, aber trotzdem hättest du mich warnen können. Ich meine, bevor du mich in das Labyrinth mitnahmst.«

Quendras studierte ihr Gesicht, dann seufzte er. »Schon gut. Ich entschuldige mich.«

Es war ein seltsamer Anblick – ein so großer, beeindruckender Mann, nicht fern die Tage, dass man vor ihm erzittert war, und nun schien er von einem zierlichen Mädchen wie Roya beherrscht zu werden. Victor seufzte unhörbar. Wahrscheinlich wäre es ihm auch nicht anders ergangen. Roya wusste sehr genau ihre Fähigkeiten, ihre Reize und ihren Verstand einzusetzen. Sie musterte Quendras, wandte sich dann aber, ohne ihm geantwortet zu haben, Victor zu. »Wie bist du auf den zwölften Durchgang gekommen?«, wollte sie wissen.

Victor war kurz davor, sie zurechtzuweisen. So hatte er sie noch nie erlebt, so zurückweisend und nicht bereit zu verzeihen. Was war in sie gefahren? Victor warf einen kurzen Blick in Quendras' Gesicht, aber der Magister der Bruderschaft stand nur mit verdrossener Miene da und warf missmutige Seitenblicke auf Roya.

Victor beschloss, das Thema zu wechseln. »Später, Roya«, sagte er. »Das erzähle ich euch später.« Er hob die in Leder eingeschlagene Rolle, die er in der Hand hielt und drehte sie nach allen Seiten. »Wir sollten uns langsam davon überzeugen, ob das hier auch wirklich der *Pakt* ist!«

»Wenn er es nicht ist…«, fügte Roya leise hinzu, sagte aber nicht, was sie dann zu tun gedachte. Doch sie verlieh ihrer aller Sorge Ausdruck, er könnte es *nicht* sein.

Victor wickelte das Pergament aus der dünnen Lederhülle. Schon in dem Augenblick, als es zum Vorschein kam, traten Quendras und Roya unwillkürlich einen Schritt zurück. Victor blickte sie irritiert an, dann nickte er verstehend und versuchte, das Trivocum selbst zu ertasten. Er musste sich nicht lange bemühen. Augenblicke später schon schwappte ein bedrückendes Gefühl über ihn – ein Gefühl, das ihm vertraut war. Er kannte es aus Sardins Turm; es war der gleiche Eindruck, der auch von der riesigen Spirale ausgegangen war, die dort im Nichts hing. Ein schwarzes Loch im Diesseits, ein Tunnel, der irgendwohin, an einen namenlosen Ort führte; einen Ort, an dem andere Gesetze herrschten als hier in dieser Welt. Mit einem Mal wurde ihm die Tragweite des *Kryptus* bewusst. Diese Magie war ersonnen worden, um zu töten. Viele würden grausam sterben, wenn dieses monströse Konstrukt ausgesprochen wurde, und auch das

Wissen, dass sie keinen Menschen, sondern nur diese Drakkenbestien umbringen würde, hinterließ kein gutes Gefühl. Allein der Gedanke, dass die Drakken ebenfalls ein solches Dokument besaßen, war bestürzend.

»Verdammt«, flüsterte er. »Das ist *wahrhaftig* der Pakt!«

Quendras nahm ihm das Pergament aus der Hand und entrollte es. Es bestand aus sehr dickem Papier, gelb und grau vom Alter, und ließ sich nur widerstrebend entrollen. Die Schriftzeichen jedoch waren deutlich erkennbar. Es handelte sich um sehr kleine Buchstaben, mit akribisch sauberer Schrift niedergeschrieben, die meisten davon kannte Victor jedoch nicht. Unten auf dem Pergament befand sich ein kleiner Klecks violetten Siegelwachses. Dieses Ding strahlte etwas atemnehmend Bedrohliches aus.

»Kannst du… kannst du das lesen?«, fragte Victor den Magister.

Quendras schüttelte den Kopf. »Nicht so ohne weiteres. Aber ich werde es entziffern können. Wenn wir zurück sind, in Savalgor. Ich muss in meine Arbeitsräume zurück nach Torgard.«

»Ach ja.« Victor nickte. »Mit dir haben wir ja gleich einen Fachmann für solche Dinge.« Ein unguter Verdacht kehrte plötzlich in Victors Denken zurück. Wie kam es eigentlich, dass ausgerechnet ein Fachmann für Fallen, Labyrinthe und uralte magische Dokumente zu ihnen übergelaufen war? Er war bereit gewesen, Quendras als auf ihrer Seite stehend zu betrachten, ihm zu vertrauen. Und er war sogar geneigt, das weiterhin zu tun. Trotzdem kam ihm dieser Zufall etwas zu ungewöhnlich vor. Er überlegte, ob er Quendras geradenwegs danach fragen sollte. Vielleicht war ja auch Roya etwas seltsam vorgekommen und sie hatte ihn deshalb so abweisend behandelt. Nein, sagte sich Victor – nicht mit Quendras musste er reden, sondern zuerst mit Roya. Er musste in Erfahrung bringen, was sie zu ihrem seltsamen Verhalten bewog.

Quendras ließ die Schriftrolle wieder zuschnappen. Er nahm Victor das Leder aus der Hand und wickelte den Pakt sorgfältig darin ein. Kaum war er fertig, verebbte das bedrohliche Gefühl wieder. Er gab den Pakt Victor zurück.

Victor lächelte, wollte sich nichts anmerken lassen und wies Roya zuvorkommend auf den Durchgang mit der 101. »Nach Euch, Euer Lieblichkeit!«, sagte er.

Sie setzte ebenfalls wieder eine einigermaßen entspannte Miene auf und machte einen Knicks. »Inzwischen würde ich durch jeden Durchgang gehen, den du mir zeigst«, sagte sie und marschierte los. Dass sie das *du* ganz leicht betont hatte, war ihm nicht entgangen.

32 ♦ Ein neuer Pakt

Rasnor hatte gedacht, er würde schreckliche Angst haben, aber nach kurzer Zeit schon wurde das Gefühl der Faszination stärker. Die Drakken, die ihn abgeholt hatten, waren weniger erschreckend gewesen, als er befürchtet hatte – sie besaßen weder Hörner noch triefende Gebisse –, und sie griffen ihn auch nicht an.

Sie hatten ihn zu fünft umringt, mit Waffen auf ihn gezeigt und ihn dann wortlos an Bord ihres kleinen Flugschiffes kommandiert. Nachdem der erste Schreck verflogen war, beschlich ihn eine seltsame Faszination wegen ihres Aussehens – die Körpergröße, die muskulösen Glieder, scharfkantigen Gelenke und die präzisen, schnellen Bewegungen. Allein ihre hässlichen Gesichter mit den hündisch herabhängenden Wangen und den verächtlichen, schmallippigen Mündern befremdeten ihn. Doch ihr Körperbau sprach eine deutliche Sprache: sie waren reine Kampfmaschinen.

Natürlich machten sie ihm Angst, vor allem auch, weil er sich überhaupt nicht sicher sein konnte, ob sie ihn am Leben lassen würden. Möglicherweise gelang es ihm gar nicht, mit ihnen zu reden, und sie warfen ihn einfach aus ihrem Flugschiff in die Tiefe. Oder aber es gelang ihm nicht, sie von den Vorteilen zu überzeugen, die er ihnen zu bieten hatte, und sie beschlossen, dass es für sie einträglicher wäre, ihn zu foltern, um von ihm irgendwelche Dinge über die Höhlenwelt oder die Bruderschaft zu erfahren. Es gab unzählige Möglichkeiten und ihm wurde immer klarer, wie gefährlich das war, worauf er sich da gerade einließ. Rasnor hoffte inständig, dass sie einen vernünftigen Handel erkennen und ihm den entsprechenden Spielraum einräumen würden.

Nach und nach gewann seine Neugierde Oberhand. Rasnor sah sich vorsichtig um, nur aus den Augenwinkeln. Er befand sich in einem völlig weißen Raum, möglicherweise mit Wänden aus Metall. Rechts und links gab es je fünf große Fenster nebeneinander, zwei davon befanden sich in einer Art Tür, die man zur Seite hin aufschieben konnte. In dem Raum gab es zwölf Sitzgelegenheiten, je vier nebeneinander. Es handelte sich dabei um eine Art Schale mit einer Lehne, die nur zur einen Seite hin… ah, jetzt verstand er es! Sozusagen eine Einstiegsöffnung für den langen Echsenschwanz, den die Wesen besaßen. Er lächelte unsicher und zeigte auf einen der Sitze, aber man starrte ihn nur finster und wortlos an. Keiner der drei anwesenden Drakken fühlte sich veranlasst zurückzulächeln; es war fraglich, ob ihre Gesichter das überhaupt konnten. Im Gegenteil, sie schienen ihn nur umso schärfer zu beobachten. Rasnor verwarf missmutig die Idee, irgendwelche leeren Floskeln mit ihnen austauschen zu wollen.

Um ihn herum herrschte Ordnung und Durcheinander zugleich. Überall waren Apparaturen und Dinge angebracht, deren Bedeutung er nicht einmal erahnen konnte. Soweit er es überblickte, musste dieses Schiff noch einen dritten Raum besitzen, nämlich den für die Fracht.

Als er aus den Fenstern sah, stellte er überrascht fest, dass sie bereits flogen. Er hatte überhaupt nichts verspürt – wie etwa beim Start des Drachen. Er seufzte. Solch ein Start war tausendmal angenehmer als auf so einer fliegenden Bestie. Und doch flog das Schiff inzwischen ziemlich schnell, wie er mit einem Blick durch das Fenster feststellen konnte, und momentan auch in Schräglage. Mit geschlossenen Augen hätte er von all dem nicht das Geringste mitbekommen. Das große Schiff näherte sich schnell und sein Herzklopfen verstärkte sich wieder. Er hätte sich gewünscht, noch etwas Zeit zu haben, aber in diesem Augenblick setzte das kleine Schiff schon zur Landung an.

Rasnor beugte sich in Richtung der rechten Fensterreihe, um das Manöver zu beobachten. Irgendetwas im hinteren Teil des kleinen Schiffes heulte auf, dann balancierte es über dem großen Flugschiff und sank so langsam nieder, als hinge es an einem Seil, das langsam nachgelassen wurde.

Rasnors Mund stand vor Staunen offen. Alles funktionierte so reibungslos und dabei war alles von so gewaltigen Ausmaßen. Während er fasziniert und noch immer voller unbestimmter Furcht aus dem Fenster blickte, bekam er Gelegenheit, das große Drakkenschiff genauer zu betrachten. Es besaß eine graue, leicht gewölbte Oberfläche, die in regelmäßigen Abständen von Längs- und Quer-Rippen durchzogen war. Er maß die Größe noch einmal mit den Augen; ja, es war riesig – bestimmt 130 oder gar 150 Schritt in der Länge und vielleicht 90 oder 100 in der Breite. Rechts auf der Wölbung befand sich in riesenhaften, gelben Buchstaben ein Schriftzug, jedenfalls glaubte Rasnor, dass es einer war. In Savalgor gab es nur einen einzigen Ort, wo so ein riesiges Ding hätte landen können – auf dem großen Marktplatz vor den Toren des Palastes.

Das kleine Schiff sank an der Wölbung vorbei immer tiefer und setzte, diesmal mit vernehmbarer Erschütterung, auf dem Mittelwulst auf. Direkt in Rasnors Blickrichtung tat sich eine breite Öffnung ins Innere des großen Flugschiffes auf; das kleine Schiff hätte dort wohl leicht hineinfliegen können. Dann sah er ein weiteres dieser kleinen Schiffe, das links in einer Art Halle im Inneren des großen Schiffes stand.

Als das Schiff zur Ruhe gekommen war, glitt die Tür des kleinen Schiffes zur Seite. Die drei Drakken, die ihn bewachten, sprangen hinaus – in einer Geschwindigkeit, die Rasnor erschreckte. Ein Frösteln fuhr ihm den Rücken hinab und er verwarf seine Hoffnungen, jemals hier wieder herauszukommen, wenn die Drakken es nicht *wollten*. Seine Magie würde ihm dabei auch nicht helfen.

Augenblicke später sah er dann eine ganze Abteilung von bewaffneten Drakken im Laufschritt eintreffen. Sie kamen aus der Tiefe des Schiffs, steckten alle in grauschwarzen Panzern und wurden von einem etwas größeren Drakken angeführt, der in einen Panzer von schwärzlich roter Farbe gekleidet war. Ihre Schritte waren federnd und fast lautlos und die Präzision der Abteilung war atemberaubend. Rasnor hatte schon einmal eine Militärparade vor dem Palast gesehen, aber gegen diese Drakken hier wirkten die Soldaten der Höhlenwelt wie ein Haufen durcheinander irrender Marionetten. Rasnor stöhnte leise. Insgeheim faszinierte ihn die pure Kraft, die diese Wesen ausstrahlten, und er war geradezu gelähmt von der Idee, dass er möglicherweise in Kürze eine privilegierte Person sein würde, dem diese Macht zu Gebote stand.

Was ihn jedoch mit Angst erfüllte, war die Tatsache, dass diese Krieger seine Welt ohne Zweifel binnen kürzester Zeit würden überrennen können. Er versuchte sich vorzustellen, was wohl geschah, wenn eine Abteilung von beispielsweise vierundzwanzig bewaffneten und zu allem entschlossenen Drakken in ein durchschnittliches Dorf der Höhlenwelt eindringen würde. Vermutlich lebte nach einem Gemetzel von höchstens zehn Minuten kein einziger Mensch mehr, während die Drakken keinerlei Verlust auszuweisen hätten. Er schnaufte. Nun ja, falls sich ein fähiger Dorfmagier in der Nähe befände, würden sie ein oder zwei Tote zu beklagen haben. Aber nicht mehr.

Rasnor erkannte ein weiteres Wesen, und irgendwie wusste er gleich, dass man diese Bestie ebenfalls einen *Drakken* nennen musste, obwohl sie ganz anders aussah. Das Monstrum stand, in einen schwarz-silbernen Panzer gekleidet, bewegungslos neben dem riesigen, aufgeklappten Tor, durch die eben die Drakkenabteilung erschienen war. Es besaß vier Beine, war aber dennoch irgendwie als aufrecht stehend zu bezeichnen. Es schien auch vier Arme zu besitzen, die keine Hände, sondern *Zangen* aufwiesen, und der Kopf war nicht mehr als eine flache Halbkugel, eng an die massigen Schultern gedrückt. Mit winzigen Augen starrte das Wesen in die Gegend. Rasnor hatte den Eindruck, dass es sich bei dieser Kreatur um eine Art Wächter handeln musste, um einen hirnlosen Rammbock, der notfalls Häuser einreißen konnte.

Die Drakkenabteilung kam zum Stillstand. Auf einen kurzen, nicht sehr lauten Befehl hin löste sie sich in Windeseile auf. Wenige Sekunden später hatten sich die Soldaten in alle Richtungen verteilt, mit den Waffen im Anschlag, und spätestens jetzt wäre für jeden beliebigen Menschen der Höhlenwelt, ausgenommen vielleicht Chast, vollkommen aussichtslos gewesen, irgendeinen Fluchtversuch oder gar einen Angriff zu starten.

Sie winkten ihn mit ihren Waffen heraus und zögernd leistete er dem Befehl Folge. Gleich darauf stand er auf grau-metallenem Boden und sah mit neu aufkeimender Furcht dem Drakken im schwarz-roten Panzer entgegen, der auf ihn zukam.

Das Wesen war gute zwei Köpfe größer als er, schlank und von katzenhafter Geschmeidigkeit; sein Panzer schmiegte sich in vollkommener Weise an seinen Oberkörper. Drei Schritte vor ihm blieb der Drakken stehen. Nun nahm Rasnor etwas wahr, was er zuvor schon in abgeschwächter Form mitbekommen hatte – es war der Geruch dieser Wesen.

Kaum etwas anderes, so dachte er in diesem Augenblick, war besser geeignet, um zwischen zwei Kreaturen, egal welcher Art sie auch sein mochten, ein Gefühl von *besser* und *schlechter* aufzubringen. Und der Geruch, der diesem Drakken und all seinen Mit-Drakken anhaftete, machte sie schlicht und einfach zu den *schlechteren* Wesen. Niemand, dessen moralische und geistige Werte auch nur einen halben Kupferfolint wert waren, konnte so *widerlich* stinken!

»Ich bin *TaanSker*«, sagte das Wesen mit einer kalten, metallischen Stimme. »Was willst du?«

Rasnor war von dem Gestank des Drakken so angewidert, dass er nur mit Mühe vermeiden konnte, das Gesicht zu verziehen und den Drakken zurechtzuweisen, dass er ihn *so* nicht anzureden habe. Er antwortete nicht gleich. Die Gewissheit durchströmte ihn, dass Wesen, denen ein *solcher Geruch* anhaftete – ein Geruch nach Pisse, altem Dreck und der Fäulnis eines Morasts –, hier, in *seiner* Welt, niemals nach Belieben schalten und walten durften!

»Antworte!«, forderte der Drakken.

Rasnor wandte langsam den Kopf zu ihm und blitzte ihn an. »Ich will mit dem Höchsten unter euch reden«, sagte er. »Dem Allerhöchsten! Ich habe euch… etwas ganz Besonderes anzubieten. Doch ich *verlange*«, und er legte eine bedeutsame Pause ein, »mit eurem *Allerhöchsten* zu sprechen!«

Sein Vorstoß hatte gewirkt.

Der Drakken hatte ihn eine Weile wortlos angestarrt. Dann war er, unter schwerer Bewachung, abgeführt, für eine Weile in einem kleinen Raum untergebracht und anschließend wieder abgeholt worden. Man brachte ihn zurück zu dem Teil des Schiffes, in dem die kleinen Flugschiffe standen (Rasnor beschloss, sie wie in der Seefahrt *Beiboote* zu nennen), und dort wurde er mitsamt seiner schwer bewaffneten Zwanzig-Mann-Eskorte in ein größeres dieser Beiboote verfrachtet.

Ein leises Triumphgefühl beschlich ihn. Wenn man ihn mitsamt einer *so* hohen Bewachung in *so* ein Schiff setzte, hielt man ihn offenbar nicht für den Geringsten aller Menschen. Nun kam es nur noch darauf an, geschickt zu handeln. Alles Weitere würde sich fügen.

Das große Beiboot startete. Es war ein schnittiges, lang gestrecktes Ding, das irgendwie *gefährlich* aussah, und Rasnor begann trotz aller Furcht, Gefallen an der ganzen Sache zu finden. Seine vielleicht wichtigste Erkenntnis für den heutigen Tag war, dass er wirklich nichts mehr zu verlieren hatte. Jetzt nach Savalgor zurückkehren zu wollen, um dort noch irgendwas auszurichten, war geradezu lächerlich. Er hatte zwei mächtige Feinde: zum einen diesen geheimnisvollen neuen Anführer der Bruderschaft, gegen den er nichts tun konnte, solange er nicht den Pakt besaß, und zum anderen Leandra und ihre Leute, gegen die er trotz seiner abgründigen Magie nicht ankommen würde. Sie besaßen inzwischen möglicherweise den Pakt oder würden ihn in Kürze haben. Was sollte er da noch ausrichten? Er hätte sich bestenfalls in ein Loch verkriechen können, um nicht allzu viel abzubekommen, sobald es ernst wurde.

Wenn er nun aber den entsprechenden Mut aufbrachte, auch bis zum Äußersten zu gehen, konnte er seine aussichtslose Lage in einen grandiosen Sieg verwandeln. Und es gab noch etwas, wonach es ihn verlangte, aber das war nur ein kleines Nebenprodukt. Er musste geduldig sein.

Das Beiboot startete durch eine große Luke, die sich

in der Decke der Halle geöffnet hatte. Draußen war es schon dunkel. Offenbar hatte sich sein Aufenthalt in dem kleinen Raum länger hingezogen als vermutet. Er bemühte sich, sein kindliches Erstaunen für sich zu behalten. Am liebsten hätte er drauflos geplappert – über all die Wunder der Drakken –, aber dafür hätte er hier wohl keine Zuhörer gefunden. Als das Flugschiff Höhe gewonnen hatte, heulte in seinem hinteren Teil etwas auf und es schoss plötzlich los, diesmal mit gehöriger Geschwindigkeit.

Mit grimmiger Begeisterung verfolgte Rasnor, wie das Schiff zwischen den dunklen Schemen der Stützpfeiler hindurchflog, Höhe gewann und sich dann nach Süden wandte. Es war viel schneller als ein Drache, bestimmt vier- oder fünfmal so schnell, aber in seinem Inneren war es ruhig und vor allem: der ewige Wind zerrte nicht an einem.

Der Flug dauerte etwa drei Stunden. Rasnor verlor vollends die Orientierung, denn sie flogen, kaum dass die Nacht angebrochen war, wieder in eine Zone dämmrigen Lichts hinein – und es wurde immer *heller*! Es kostete ihn über eine Stunde, ehe er darauf kam, was hier geschah. Sie bewegten sich offenbar entgegen der Drehrichtung der Welt, und zwar so unerhört schnell, dass sie den Sonnenuntergang einholten und sogar *über*holten! Rasnor schüttelte fassungslos den Kopf. Was für eine Geschwindigkeit!

Schließlich erreichten sie eine ganz erstaunliche Insel, die im warmen Abendlicht lag. Sie bestand aus einer Gruppe von sieben Stützpfeilern und musste viele hundert Meilen, ach was, viele *tausend* Meilen östlich von Akrania liegen. Von einer solchen Insel hatte er noch nie zuvor gehört. Erst als sie näher kamen, konnte Rasnor die Größe der Pfeiler ermessen, und nun sah er es: Ein riesiges Drakkenschiff schwebte zwischen ihnen, wohl dreimal so groß wie jenes, in dem er sich gerade befand. Und er sah auch noch andere, kleinere Flugschiffe. Die Drakken waren anscheinend bereits in gewaltiger Stärke in die Höhlenwelt eingedrungen.

Plötzlich fühlte er sich doch nicht mehr so sicher, ob es ihm gelingen würde, hier den Einfluss zu gewinnen, den er sich erhoffte. Diese Streitmacht war riesenhaft und er war sicher, sie würde in jedem Fall siegreich sein. Als das Flugschiff in den Zwischenraum der riesigen Pfeilergruppe eindrang, stand er auf und trat an eines der Fenster. Unten, im tiefen Tal zwischen den Pfeilern, lag eine Art Stadt. Silbrig glänzende Kuppelbauten schimmerten im Abendlicht eines kleinen Sonnenfensters, das sich inmitten der Pfeilergruppe im Felsenhimmel befand. Dort unten konnte er Trupps von Drakkensoldaten erkennen, Fahrzeuge, auf dem Boden stehende Flugschiffe und überall diese silbrigen Kuppelbauten. Plötzlich wurde ihm auf unangenehme Weise klar, dass er hiermit einen Einblick in ihr wahrscheinlich größtes militärisches Geheimnis erhielt – und dass sie ihm dies gestatteten, konnte nur zwei mögliche Gründe haben: Entweder hielten sie ihn für einen wichtigen Verbündeten, was eher unwahrscheinlich war, oder aber sie rechneten ohnehin damit, ihn in Kürze zu beseitigen, wodurch es unwesentlich wurde, ob er ihr Geheimnis kannte oder nicht.

Rasnor wurde flau im Magen. Wenn er jetzt nicht den Mut aufbrachte, *alles* zu riskieren, war sein Leben verspielt. Er holte tief Luft und setzte sich, vermied es dabei, den Drakken um ihn herum Blicke zuzuwerfen. Das Flugschiff landete und die Drakkensoldaten sprangen heraus. Sie bildeten einen Kreis um ihn, mit den Waffen im Anschlag.

Er bekam kaum Zeit, sich umzusehen, und wurde gleich in einen Gebäudekomplex hineingeschleust. Aus der Nähe sahen die silbrigen Kuppeln so aus, als bestünden sie aus Papier; überall erblickte er metallene Gestänge, Rohrleitungen und große Aufbauten von Apparaturen oder Geräten, deren Zweck er nicht einmal erahnen konnte. Sie betraten eines der Gebäude – es war aus einem ausgesprochen dünnen, wenn auch festen Material gefertigt, war lichtundurchlässig und bewegte sich auch nicht im Wind.

Überall liefen Drakken umher; kein Einziger von ihnen wirkte so, als würde er sich auch nur im Geringsten fürchten, gegen Rasnor einen Zweikampf austragen zu müssen. Wieder sah er eine dieser vierbeinigen Kreaturen, die er *Wächter* getauft hatte, und noch eine andere, verrückte Mischung aus einem Wurm und einem Zwerg, die irgendwie nicht *drakkenhaft* wirkte. Dieses Wesen aber entschwand gleich wieder seinen Blicken. Er bekam dafür nun größere und stärkere Drakken zu sehen. Sie alle trugen Panzer in unterschiedlichen Farben. Die Grundfarbe war immer schwarz, die jeweils andere Farbe war nicht mehr als ein oberflächlicher Schimmer, ähnlich wie man es von manchen Insekten her kannte. Immer stärker drängte sich ihm der Eindruck auf, es hier nicht mit einer Gesellschaft freier Einzelpersonen zu tun zu haben, sondern mit einem äußerst straff und militärisch geordneten Gesamtsystem, in dem der Einzelne ein Nichts war und nur das Ganze zählte.

Endlich erreichten sie ihr Ziel. Vor Rasnor glitt eine Metalltür zur Seite. Dahinter lag ein seltsam lang gestreckter Raum, in dem es nichts als einen weißen, viereckigen Tisch gab. Man bedeutete ihm hineinzugehen. Rasnor nickte unsicher. Kaum hatte er die Schwelle übertreten, glitt die Tür hinter ihm wieder zu und er fuhr herum – aber da war es schon zu spät und er war allein hier eingeschlossen. Panik durchfuhr ihn: War dies der Ort, an dem sie ihn beseitigen wollen? Hier gab es keinen Drakkenanführer und auch sonst nichts, das auf eine Begegnung mit höheren Drakken hindeutete und…

Plötzlich begann über dem Tisch die Luft zu flimmern und es entstand ein ganz erstaunliches Abbild eines Drakken, der auf einem großen Stuhl mit Lehne saß. Rasnor erkannte gleich, dass es sich um keine echte, im Raum anwesende Person handelte, und das war auch erklärlich: Sie wussten schließlich nicht, ob Rasnor gefährlich war und es vielleicht auf ihren Anführer abgesehen hatte. Der Drakken war nur ein in der Luft schwebendes Abbild. Etwas Ähnliches hatte er schon einmal gesehen, aber es war Magie gewesen. Dies hier musste eine andere Art von Abbild sein.

Der Drakken selbst war ein beeindruckendes Exemplar. Er war hünenhaft groß, überragte selbst den Größten, den er bisher gesehen hatte, um Haupteslänge und trug einen schimmernden Panzer, dessen zweite Farbe ein rätselhaft schimmerndes Weiß war.

»Du bist Rasnor«, sagte der Drakken mit erstaunlich melodiöser Stimme. »Oberhaupt des von Chast gegründeten Ordens von Yoor.«

Der erste Schrecken darüber, dass der Drakken seinen Namen kannte, verwandelte sich in Erleichterung, dass *sein Titel* ebenfalls bekannt war. Als Oberhaupt von *irgendwas* hier auftreten zu können war weitaus besser, als ein Niemand zu sein.

»Das ist richtig«, erwiderte er, um innere Ruhe kämpfend. »Mein voller Titel lautet *Erzquästor.*«

»Was nicht den geringsten Unterschied macht«, erklärte der Drakken, diesmal eine Spur unfreundlicher. »Dein Herz schlägt zu schnell, dein Puls ist flach und… Schweiß steht auf deiner Stirn. Das deutet darauf hin, dass du weitaus weniger selbstsicher bist, als du zu sein vorgibst. Versuche nicht, mich mit dummen Tricks oder großen Titeln blenden zu wollen.«

Rasnor schluckte. Noch beeindruckender als die Erscheinung des Drakken war seine rasche, geschliffene Sprechweise. Man hätte annehmen können, dieses Wesen wäre in der Höhlenwelt, ja sogar im *Palast* aufgewachsen.

»Mein Name ist *YeohMaar* und ich bin der *uCuluu* dieses… nun, nennen wir es einen Verband. Sagt dir das etwas? Ein Verband?«

»Äh… ja, im militärischen Sinn…«, erwiderte Rasnor.

»Gut, *Erzquästor*.« Die Stimme des Drakken war kälter und kälter geworden. »Ich bin also, wie du, das Oberhaupt einer Streitmacht, nur mit dem Unterschied, dass ich eine Streitmacht *habe* und dass mein Oberster Anführer noch *am Leben* ist. Beides trifft auf dich nicht zu. Was also hast du mir anzubieten?«

Rasnors Knie wurden weich. Wenn er nicht wie ein Trottel dastehen wollte, dann musste er sich, verflucht noch mal, jetzt zusammenreißen. »Ich weiß, dass es so aussieht, als stünde ich mit leeren Händen da«, sagte Rasnor unter Aufbietung all seiner Disziplin und allen Mutes. »Aber ich habe dennoch etwas. Vielleicht sogar mehr, als Ihr glaubt… *uCuluu*.«

»Nun?«

»Ich weiß, wo sich *der Pakt* befindet.«

Der Oberdrakken schwieg einen Augenblick. »Und wo ist er?«

Rasnor ging nicht darauf ein. »Ich habe außerdem Einfluss in Savalgor. Wenn ich bestimmten Leuten glaubhaft machen kann, dass… nun, dass *die Drakken* hinter mir stehen, werde ich binnen kurzem die Macht über die Stadt erlangen.«

»Und was soll uns das nutzen?«, fragte der *uCuluu* im Plauderton. »Wir werden in Kürze Savalgor vernichten.«

Rasnor, dessen Herz bei dieser Nachricht aussetzte, zwang sich zur Ruhe. »Ich kann Euch, wenn ich die Macht über Savalgor erlangt habe, die Geheimnisse der Magie zugänglich machen. Und zwar die der Elementarmagie *und* der Rohen Magie.«

Nun schien der *uCuluu* einen Funken Interesse zu zeigen. »So? Gibt es da einen Unterschied?«

»Einen gewaltigen!«, versicherte Rasnor dem Drakkenanführer. »Darüber hinaus kenne ich persönlich einige ganz besondere Geheimnisse der Magie. Dinge, die Euch zweifellos sehr interessieren werden. Und Ihr werdet mit meiner Hilfe all diese Geheimnisse *ohne Widerstand* in Erfahrung bringen können – ich denke, Ihr wisst, was das bedeutet.«

Diesmal schwieg der Drakken.

»Weiterhin… kann ich Euch Macht über die Drachen geben. Ich kenne das Geheimnis, wie man sie beherrscht, und ich weiß noch etwas ganz Besonderes über sie.«

Diesmal richtete sich der Drakken ein wenig auf. »Du weißt, wie man sie beherrscht?«

»Ja. Und… nun, sie haben eine ganz spezielle Begabung, die Euch sehr nützlich sein könnte.«

»Du meinst ihre Magie? Diese weißen Feuerwolken?« Er winkte ab, erhob sich und umrundete einmal seinen Stuhl. »Die kennen wir schon.« Er dachte eine Weile nach und sah dann auf. »Dennoch: eine verheerende Waffe. Diese Drachen scheinen uns Probleme bereiten zu wollen. Und es gibt sie zu Hunderttausenden in eurer Welt. Über die Drachen gebieten zu können, um diese Magie zu nutzen… nun, das wäre interessant. Das würde uns ersparen, sie allesamt vernichten zu müssen. Sie könnten sich in der Tat als wertvoll erweisen.«

Rasnor überkam die Aufregung über einen bevorstehenden Sieg.

»Hast du noch etwas zu bieten?«, fragte der *uCuluu* herausfordernd.

Rasnor holte noch einmal Luft. »Ja. Meine… Ergebenheit. Und mein Wissen über die Höhlenwelt. Ich war früher Leitender Skriptor einer Bibliothek. Ich kann Euch vieles über die Höhlenwelt berichten, und wenn ich etwas nicht weiß, kann ich Euch den Weg zu jedwedem Wissen zeigen. Wenn Ihr mir ein wenig… Spielraum lasst, kann ich die Bruderschaft wieder zusammenbringen und sie zu eurem Verbündeten in dieser Welt machen. Das war doch eigentlich der Plan, nicht wahr? So wie der Pakt es vorsah.« Er räusperte sich. »Das würde Euch ersparen… sie zu vernichten.«

Rasnor war nicht sicher, ob es klug war, das zu erwähnen, aber er *musste* einfach Wagnisse eingehen. Der *uCuluu* betrachtete ihn für eine Weile. »Was willst du für deine Hilfe haben?«, fragte er schließlich.

Rasnor wusste, dass jetzt der entscheidende Punkt gekommen war. Zweifellos hatten die Drakken Möglichkeiten, alle gewünschten Informationen aus ihm herauszuholen. Jedenfalls dann, wenn er absurde Forderungen stellte. Deswegen schüttelte er den Kopf. »Nichts«, sagte er. »Ich will nichts. Nur ein wenig… *Rache.*«

Die Augen des *uCuluu* blitzten auf, und Rasnor wusste, dass er gewonnen hatte. Ein Motiv wie Rache würde ein Wesen wie er billigen.

33 ♦ Heimreise

»Ich will jetzt endlich wissen«, sagte Roya leise, »wie du auf den zwölften Durchgang gekommen bist!«

Victor, der eben ein wenig Proviant und ein paar Kerzen zusammengerafft hatte, ließ sich vor Royas Lager in den Schneidersitz fallen und zwinkerte ihr fröhlich zu. Etwas abseits saß Quendras, halb über ein kleines Feuer gebeugt, und nagte an etwas Essbarem. Der Primas schlief drüben bei der Treppe, während Leandra schon nach oben in den Turm verschwunden war. Sie hatte sich weitere Bücher aus Sardins Turm geholt und war völlig fasziniert von ihrem Fund.

Quendras' Gesicht war nichts Besonderes anzusehen, aber Victor wusste, das in ihm allerlei vor sich gehen musste. Er war ärgerlich auf Roya und sie war ärgerlich auf ihn, und Victor war schrecklich neugierig, was das alles sollte. Aber Royas warnender Gesichtsausdruck signalisierte ihm, lieber die Klappe zu halten.

»Es waren zwei Dinge«, erklärte er. »Nein, eigentlich drei. Zunächst einmal traute ich ihm…« Er deutete mit dem Daumen schräg über die Schulter auf Quendras und wandte sich ihm zu. »Obwohl du dieses verfluchte Labyrinth nur auf Verdacht betreten hattest – ich traute dir. Du bist viel zu klug und weißt zu viel über Labyrinthe, als dass du mit deiner Zwölf *so weit* daneben liegen konntest. Neun oder Acht – das sind schon gewaltige Unterschiede zur Zwölf, nicht wahr?«

Quendras zuckte mit den Schultern.

Roya schüttelte zweifelnd den Kopf. »Eigentlich hätte dieser zwölfte Durchgang doch *zu* sein müssen! Wenn man sich in diesem Labyrinth von einem Durchgang entfernt, dann verschließt er sich so lange, bis man einen anderen durchschritten hat!«

Victor lächelte. »Genau *das* ist der Grund! Jeder, der innerhalb des Labyrinths bis zu diesem Ort vorgedrungen ist, hätte das wissen müssen! Und genau aus diesem Grund machten die Erbauer diesen zwölften Durchgang zu dem, der in die Freiheit führt! Weil niemand riskieren würde, *dort* hineinzuspringen. Nach allem, was bisher in diesem Labyrinth galt, hätte er gegen eine feste Wand prallen müssen.«

»Wir müssen so schnell es geht nach Savalgor zurück«, mahnte Quendras. »Leandra sagte, die Zeit wird knapp. Die Drakken sind drauf und dran anzugreifen.«

»Kannst du denn den Kryptus entschlüsseln?«, fragte Roya.

»Ich hoffe es. Ich habe einiges vorbereitet. Und ich habe einen alten Freund, der mir helfen wird.«

»Du hast dich schon… darauf *vorbereitet*?«

Er zögerte, studierte ihre Gesichter. Dann nickte er. »Ja. Ich wusste schon seit einer Weile, was auf mich zukommen würde.«

Roya musterte ihn erstaunt. »Du wusstest es? Von wem? Diesem… Freund?«

»Ja, stimmt. Ihr… ihr werdet ihn bald kennen lernen. Sobald wir zurück sind.«

Victor und Roya tauschten Blicke. »Du willst uns nicht sagen, wer es ist?«, fragte Victor.

Quendras schüttelte den Kopf. »Ich habe es versprochen.«

Roya starrte ihn an und zuckte dann mit den Schultern. »Na gut«, sagte sie und lehnte sich wieder zurück. Sie sah alles andere als zufrieden mit dieser Antwort aus, aber sie verbarg ihre Gefühle.

»Was ist los?«, flüsterte er. »Was hast du gegen ihn?«

»Geht dich nichts an«, sagte sie, ein wenig bitter lächelnd. Sie wirkte nicht unfreundlich, aber auch nicht so, als wollte sie ihm ihr Herz ausschütten.

Victor schnaufte. Antwort auf seine drängendsten Fragen über Quendras würde er heute von Roya nicht erhalten und morgen wahrscheinlich auch nicht. Aber immerhin hatte Quendras das Geheimnis selbst schon ein bisschen gelüftet. Victor hoffte nur, dass diese Sache mit dem geheimnisvollen Freund in Savalgor keine Finte war. »Na, dann«, sagte er resigniert und erhob sich. »Schlaft gut, ihr beiden! Und schlagt euch nicht die Schädel ein!«

Roya gab einen missbilligenden Laut von sich und drehte sich auf ihrem Lager demonstrativ weg von ihm und Quendras. Victor sah Quendras an und zuckte ratlos mit den Schultern. Er ging zum Feuer, entzündete eine der Kerzen, winkte Quendras noch einmal kurz und stieg die Treppe hinauf.

Nach einer Weile erreichte er ihr Domizil. Leandra lag schon in ihre Decken eingewickelt und schlief. Er entkleidete sich und kroch unter die Decken. Er legte den Arm um sie und sie seufzte leise.

Victor war sich unschlüssig, wie es weitergehen würde. Sie hatten nun tatsächlich den Pakt, aber damit würden die Schwierigkeiten erst richtig beginnen. Die Drakken würden sie jagen – und da war auch noch Rasnor, der verdammte Mistkerl. Er wünschte sich, sie hätten ihm den Garaus gemacht. Victor umarmte Leandra fester und küsste sie sachte auf den Hinterkopf. Sie schlug die Augen auf, wandte sich um und sah ihn an. Sie drehte sich ganz herum, legte den Arm um ihn und schloss die Augen wieder. Victor seufzte. Ohne sie wäre ihm das alles längst schon zu viel geworden.

Nach einer Weile schlief er ein.

Sein Traum war aufwühlend und unruhig. All die

Schrecken des Labyrinths flogen durch seinen Kopf. Monstren verfolgten und zerfleischten ihn, Leandra war ebenfalls in diesem Labyrinth, auch Roya, Quendras, sogar Chast, Munuel, Tirao und Faiona. Alle flohen sie vor den Schrecknissen, und erst nach einer Weile wurde ihm klar, dass sie von den Drakken verfolgt wurden. Doch sie entkamen ihnen. Er wachte mehrmals auf und war glücklich, dass Leandra ihn noch immer festhielt. Als er abermals erwachte, dämmerte der Morgen und er fühlte sich ein wenig erholter. Die ganze Müdigkeit der letzten Tage steckte ihm jedoch noch immer tief in den Knochen.

Leandra war schon auf, sie kam gerade zurück und berichtete, dass Tirao immer noch schlief. Sie trug einen leidenden Gesichtsausdruck und er fragte, was denn wäre. Sie holte tief und gleichmäßig Luft und sagte, dass ihr wieder schlecht gewesen sei, aber es sei schon so gut wie vorbei. Er stand auf und nahm sie tröstend in die Arme.

Er hatte selbst leichte Kopfschmerzen und sein Rücken schmerzte vom harten Boden, aber er bemühte sich um einen zuversichtlichen und entspannten Gesichtsausdruck. Leandra zog ihn seufzend auf ihr Lager und befreite sich mit einer Hand von ihren Kleidern. Dann schliefen sie miteinander, schnell und atemlos. Es war ein heftiges, aber kurzes Vergnügen und irgendwie wollte es nicht recht zu diesem Morgen passen. Zuletzt klammerte sich Leandra regelrecht an ihn und er dachte, dass sie ihn mehr vermisst haben musste, als er je angenommen hätte.

Als sie aufstand, um sich anzukleiden, mied sie seinen Blick. Er zog sich ebenfalls an und fragte sich seltsam berührt, wie gut er sie eigentlich wirklich kannte. Sie hatten damals bei ihrem ersten gemeinsamen Abenteuer viel miteinander erlebt, aber sie waren Freunde, Gefährten und Kampfgenossen gewesen, bis zu der einen Nacht, da sie ihn verführt hatte. Es war eine Zeit voller außergewöhnlicher und verwirrender Ereignisse gewesen und eigentlich hatte es zwischen ihnen nur Leidenschaft, nicht aber wirkliche Liebe gegeben. Lieben hatte er sie erst gelernt, als er sie vermisst hatte, als er geglaubt hatte, sie wäre tot. Aber kannte er sie wirklich? Konnte er sich auf ihre Gefühle verlassen? Victors Herz pochte dumpf in der Angst, dass er vielleicht gar nicht der Richtige für sie war, dass er sie nicht halten und ihr wirklich das geben konnte, was sie brauchte und wollte.

Dann aber nahm sie ihn an der Hand, warf ihm ein Lächeln zu und zog ihn mit sich die Treppe hinab. Diesmal war Roya noch nicht wach; sie schlief unter Decken begraben und Victor betrachtete sie mit einem Lächeln. Sie lag da wie ein Kätzchen, so wunderschön und hinreißend, wie er sie kannte, und nichts von ihrer kratzbürstigen Laune des gestrigen Abends haftete ihr an. Quendras war schon wach und bereitete das Frühstück zu. Hochmeister Jockum kam gerade die Treppe herauf und gesellte sich zu ihnen. Er war er bei Tirao gewesen.

»Wie lange wird er noch schlafen?«, fragte Victor.

»Er ist schon wach«, erklärte der Primas. »Und er wirkt recht erholt, obwohl er noch vor sich hin döst. Wir haben kurioserweise Unterstützung bekommen.«

»Unterstützung?«

»Ja. Ein Sturmdrache ist gekommen. Offenbar ist er jedoch… nicht ganz bei sich. Könnte es sein, dass es sich um Rasnors Drachen handelt? Er hat ein Tragegestell auf dem Rücken.«

Victor wandte sich um und trat zu einer der Fensteröffnungen. »Wenn es der von Rasnor ist, dann bedeutet das, dass Rasnor tot ist. Und selbst wenn er noch lebt, dann tut er es nicht mehr lange. Von hier kommt er ohne einen Drachen niemals mehr weg. Er wird verhungern oder verdursten.«

Leandra und der Primas traten zu ihm. Victors Augen fanden den Drachen, er saß draußen, ein Stück vor der Festungsmauer mitten zwischen den Geröllbrocken der Ebene.

»Könnten wir nicht auch auf ihm zurück nach Savalgor fliegen?«, fragte Victor. »Wir sind immerhin fünf Personen – ich weiß gar nicht, ob Tirao allein so viel tragen kann.«

»Er bewegt sich fast nicht und starrt nur dumpf in die Gegend«, sagte der Primas. »Wahrscheinlich steht er unter dem Einfluss einer mentalen Blockierung. Ich weiß nicht, wie ich ihn daraus befreien soll.«

»Roya kann das vielleicht«, meinte Victor. »Sie hat so etwas schon mal gemacht. Auf dem Herflug, bei Faiona.«

»Roya?«, fragte der Primas und hob die Augenbrauen.

Victor erzählte ihm die Geschichte ihrer Reise nach Hammagor. Der Primas nickte verstehend. »Ihr jungen Frauen«, meinte er seufzend an Leandra gewandt, »scheint sehr viel begabter zu sein, als ich und viele andere im Orden immer dachten. Oder wahr haben wollten. Vielleicht hätte sich die Gilde seit alters her mehr auf Magierinnen stützen sollen.«

Leandra hob die Schultern. »Das kann ja noch werden«, sagte sie lächelnd.

Tirao hatte bereits einen ersten Rundflug absolviert, als sie nach ihm sahen. Leandra warf dem Hochmeister einen Seitenblick zu. Vermutlich hatte der alte Meistermagier ein wenig mehr als nur irgendeine kleine Magie gewirkt, um ihn munter zu machen. Tirao wirkte voll neuer Energie und schien es gar nicht erwarten zu können, dass sie aufbrachen. Die Nachricht, dass sie den Pakt tatsächlich gefunden hatten, beeindruckte ihn nicht sonderlich. Davon war er offenbar ausgegangen.

Roya hatte inzwischen nach dem Sturmdrachen gesehen, aber sie meinte, dass Tirao besser dabei sein sollte, wenn sie versuchte, seinen Block zu lösen. Es mochte sein, dass der Sturmdrache sonst einfach davonflog, und es war zu hoffen, dass er ihnen für die Rückreise half.

Tirao erhob sich kurz in die Luft und landete draußen vor der Festung, wo sein größerer Artgenosse wie ein harmloses, betäubtes Kätzchen irgendwo zwischen den Geröllbrocken saß und dumpf in die Gegend starrte. Er hatte es sich nicht einmal bequem gemacht – die Felsbrocken unter seinem Körper mussten ihm wehtun, so wie er dasaß. Roya empfand Mitleid mit dem mächtigen Tier.

Der Sturmdrache war noch ein wenig größer als Tirao und seine Haut besaß einen Stich ins Rötliche. Seine Schädelform war kantiger, dafür aber hatte er keinen nennenswerten Hornkamm auf dem Rücken, so wie die Felsdrachen. Das aus Holzteilen und Lederschnüren gefertigte Tragegestell hatte Roya inzwischen von seinem Rücken gelöst. Sie hatte mit dem Gedanken gespielt, es dort zu lassen, denn es würde ihnen für die Heimreise sicher nützen. Aber dann hatte sie sich auf die Würde dieser Tiere besonnen, die alles andere als Sklaven der Menschen waren. Man konnte sich auf dem Rücken von Sturmdrachen nur schlecht festhalten, aber sie wollte den Drachen vorher wenigstens *fragen,* ob er das Gestell tragen mochte.

Als Tirao und die anderen da waren, begann sie damit, den Block zu lösen. Mit ihrem *Inneren Auge* ertastete sie die feinen Verwebungen des mentalen Blocks, der über dem Hirn des Drachen lag, sondierte seine Struktur und begann ihn mit einer ganz einfachen Magie aufzulösen. Der Erfolg war durchschlagend. Es dauerte nur eine kurze Weile, dann zerplatzte der

Block förmlich unter der Kraft des in ihm gefangenen Geistes.

Der Drache blinzelte kurz, dann zuckte sein mächtiger Kopf in die Höhe und eine Sekunde später sprang er auf die Beine.

Die Menschen traten erschrocken zurück, nur Tirao blieb, wo er war. Sie konnten alle mitverfolgen, wie Tirao Kontakt zu seinem Artgenossen aufnahm, aber die Sprache, die er gebrauchte, blieb ihnen verschlossen. Allein an dem Ton, in dem der Sturmdrache antwortete, erkannten sie, dass er alles andere als erfreut war.

Sie verfolgten eine kurze, heftige Unterhaltung zwischen den Drachen mit, wobei sich die Stimme des Sturmdrachen immer mehr in wütendes Gebrüll verwandelte, während Tirao ihn zu beruhigen versuchte. Sie traten noch weiter zurück.

Dann aber ging der Sturmdrache kurz in die Knie und schnellte mit einem gewaltigen Sprung in die Luft hinaus. Sein Start war so heftig, dass er selbst den eines Felsdrachen übertraf – sowohl in der Sprunghöhe, der Entfesselung roher Kräfte als auch in der Schärfe des Windstoßes, den er erzeugte. Sie purzelten allesamt durcheinander. Dann war er weg.

Roya rappelte sich als Erste wieder auf.

Es tut mir Leid, Freunde, sagte Tirao bedauernd über das Trivocum. *Ich hatte Mühe, ihn davon abzuhalten, euch anzugreifen. So eine Magie –* Sklaverei *hat er es genannt – muss nicht nur entwürdigend, sondern auch sehr schmerzhaft sein. Schmerzhaft im Kopf.*

Victor nickte verstehend. *Klar,* sagte er. *Für den Drachen sind wir nichts als nur ein paar andere von der Rasse seiner Peiniger. Ich verstehe ihn.*

Aber… wirst du uns denn alle tragen können, Tirao?, fragte Leandra. *Uns fünf?*

Wir werden Hilfe holen, sagte er. *Am besten bei Faionas*

Sippe. Sie stammt aus dem Westteil des großen Gebirges, das ihr das Ramakorum nennt. Es ist nicht einmal allzu weit von hier entfernt. Wenn wir direkt nach Süden fliegen, übers Salmland hinweg und dann nach Südosten, können wir den Ort in weniger als zwei Tagen erreichen. So lange muss ich euch alle fünf tragen.

Es war kein sehr erfreulicher Vorschlag, den Tirao da machte; weder dass er sie allein tragen musste, noch dass sie Faionas Sippe aufsuchen würden. Die Nachricht ihres Todes zu überbringen, jetzt, da die Freundschaft zwischen Menschen und Drachen gerade erst wieder auflebte, war eine bedrückende Vorstellung. Dennoch: Sie waren es Faiona wie auch Tirao und den anderen Drachen schuldig.

Für die Reise wollten sie nur das Nötigste mitnehmen, um Tirao möglichst viel Gewicht zu ersparen. Quendras war es, der den Pakt bei sich trug, und Victor war nicht völlig wohl bei dem Gedanken. Das neuerliche Geheimnis um Quendras' unbekannten Freund in Savalgor hatte Victors alte Zweifel wieder aufleben lassen. Aber was den Pakt selbst anging – niemand sonst war erpicht darauf, dieses heikle Dokument bei sich tragen, nicht einmal Victor, wenn er ehrlich war. Auch Leandra nicht – sie hatte genug zu tragen. Sie war noch mal in Sardins Turm gewesen und hatte die Truhe durchstöbert. Nun trug sie einen Rucksack voller Schriftgut mit sich.

Gegen Mitte des Vormittags waren sie soweit. Sie erklommen die breite südliche Festungsmauer, auf der Tirao bereits wartete. Nachdem sich alle fünf auf seinem Rücken einen sicheren Platz gesucht hatten, breitete er die Schwingen aus und ließ sich in die Tiefe fallen. Seine Schwingen fingen den Wind und er gewann Höhe.

Geht es, Tirao?, fragte Leandra besorgt.

Ihr seid nicht gerade eine geringe Last, erwiderte er. *Ich werde aufatmen, wenn wir Faionas Sippe gefunden haben.*

Sie erreichten erst nach einiger Zeit die Höhe von etwa einer Meile – Tiraos Lieblingsflughöhe, wie Leandra wusste. Es war zu spüren, dass er arg zu schleppen hatte. Doch dann glitten sie schließlich in ruhigem Flug über das Land, über eine weite Ebene hinweg. Das Wetter war schön und die Luft versprach warm zu werden.

»Was ist mit den Drakken?«, fragte Victor nach einer Weile und sah sich besorgt um. »Wir könnten wieder welchen begegnen. Vielleicht suchen sie sogar nach uns.«

Der Primas nickte ernst. »Ja, allerdings. Wir haben eines ihrer Flugschiffe vernichtet.«

»Sogar zwei«, fügte Victor hinzu. »Faiona hat ebenfalls eins erwischt. Noch bevor sie starb.«

Bei der Erwähnung von Faionas Namen unterbrach Tirao für Augenblicke seinen Flügelschlag. Es war ihm anzumerken, dass er keineswegs abgeneigt war, das nächste halbe Dutzend Drakkenschiffe mit seiner Magie ins Stygium zu schicken. Dann aber drehte er ab, fort von der weiten Ebene, und schlug einen Kurs in Richtung der Berge im Osten ein, wo sich hohe Gipfel in den Himmel reckten und zahllose kleine und große Stützpfeiler zwischen ihnen aufragten.

Ihr habt Recht, sagte Tirao. *Wir müssen aufpassen. Aber dieser Weg wird länger dauern.*

»Es ist besser, wir gehen kein Risiko ein«, meinte der Primas. »Wir sitzen hier zu fünft auf seinem Rücken, da kann Tirao nicht fliegen, wie er will. Und wir haben den Pakt bei uns. Er muss unter allen Umständen sicher nach Savalgor gelangen!«

34 ♦ Dunkle Wolken

Die Sitzung hatte mit verschiedenen Wortmeldungen und Anträgen begonnen, dann aber wandte sich das Thema, wie erwartet, den Gefangenen zu, die im Palastkerker eingesperrt waren. Schon nach kurzer Zeit war der Hierokratische Rat höchst zerstritten.

»Ich sage, sie sind eine Gefahr!«, rief einer der Ratsmänner. »Sie untergraben unsere Macht – selbst jetzt, in diesem Augenblick! Lasst nur erst diese Leandra, die uns entflohen ist, wieder auftauchen. Dann wird es hier zu einem Aufstand kommen! Und das wird für jeden Einzelnen von uns gefährlich!«

»Wovor habt Ihr denn so große Angst?«, rief ein anderer der Prälaten. »Dass sie Beweise mitbringen könnte, dass einige Mitglieder unserer… *lichtvollen* Versammlung vielleicht eine dunkle Vergangenheit haben? In der Bruderschaft?«

»Sie ist aus dem Gefängnis entflohen!«, warf ein anderer ein. »Wo sie nach Recht und Gesetz eingesperrt war! Schließlich ist sie eine Mörderin – wie auch ihre Gefährten!«

»Da wir gerade von Mord reden!«, rief Primas Ulkan und stand auf. »Unser Bruder Fellmar ist nicht mehr unter uns!« Er machte eine gewichtige Pause und starrte finster in die Runde. »Wie Ihr alle wisst, fand man fand ihn heute Morgen in seiner Studierstube, gestorben an Herzversagen!«

»Ja«, rief Vandris. »Das wissen wir. Aber was soll das mit *Mord* zu tun haben?«

»Ich bin ein Medicus, wie Euch bekannt ist, und ich habe Fellmar erst vor zwei Tagen untersucht. Sein Herz schlug so kräftig, dass ich ihm sagte, er würde leicht noch hundert Jahre alt werden!«

»Was will das schon heißen!«, meinte ein anderer. »Wenn man alt wird…«

»Ein Herzversagen kündigt sich an!«, sagte Ulkan mit fester Stimme. »Das weiß jeder Novize der Medizin. Zwei Tage zuvor… das hätte ich gemerkt. Ich habe seinen Herzschlag abgehört!«

Niemand schien Ulkans Anklage sonderlich zu beeindrucken.

»Ich fand hingegen«, so erklärte Ulkan mit lauter werdender Stimme, »einen Essensrest auf seinem Schreibtisch, einen Teller Suppe, den ich zur Untersuchung mitnahm!«

Nun steigerte sich die Aufmerksamkeit doch ein wenig.

»Lorwurzel!«, sagte Ulkan. »Ich fand eine erhebliche Menge geriebene Lorwurzel in dem Suppenrest!«

»Lorwurzel ist ein Gewürz!«, wandte Ratsmitglied Zelko ein.

»Das ist richtig!«, sagte Ulkan mit anklagend leiser Stimme. »Es sei denn, man kocht die Lorwurzel zuvor in Salzwasser und reibt sie erst dann.« Er machte eine kurze Pause. »Fellmar war altersbedingt farbenblind. Er dürfte die bläuliche Färbung der geriebenen Wurzel nicht gesehen haben.«

»Aber…«

Ulkan hob die Hand. »Ich weiß – Lorwurzel ist als ein wirkungsvolles Heilmittel bekannt. Allerdings darf man sie nicht in der Art und der Menge eines Gewürzes gebrauchen. Dann gehört sie in einen Arzneischrank!«

»Wollt Ihr andeuten, Bruder Ulkan, dass Fellmar am Verzehr einer zu großen Menge gekochter Lorwurzel gestorben ist?«, fragte Altmeister Ötzli.

»Ich ziehe den Begriff *Farnenzis* vor«, sagte Ulkan. »Ein Mittel, um das Herz zu stärken, wie jeder Kräutermischer weiß. Wohlgemerkt: wenn man es in angemessener Menge verwendet – und am besten natürlich unter Aufsicht eines Medicus. Wird es jedoch von, sagen wir: einem alten Mann verzehrt, und zwar in einer Menge, mit der man beispielsweise eine Suppe würzt, dann kann es den Herzmuskel zu einem plötzlichen Krampf treiben!«

»Fellmar war bekannt dafür, dass er gern scharf aß. Und ausgiebig würzte«, sagte jemand leise und tonlos.

Gemurmel erhob sich; Ulkan zog es vor, seine Klagerede abzubrechen und sich wieder zu setzen. Dass er mit seiner Entdeckung nichts beweisen konnte, war jedem klar.

»Eine Teufelei!«, rief Vandris nach einer Weile. »Eine Teufelei dieser Leandra und ihrer Schergen!«

Ulkan schoss in die Höhe. *»Leandra?«*, rief er.

»Natürlich!«, rief Vandris zurück. »Wer sonst kann dahinterstecken? Sie will den Rat dezimieren! Zuerst hat sie Chast beseitigt, nun den armen alten Fellmar…«

»Das ist absurd!«, rief Ulkan in das aufbrausende Gerede hinein.

»Abstimmung«, rief Zelko, der offenbar immer zur Stelle war, wenn es galt, Vandris' Verleumdungen lautstark zu unterstützen. »Abstimmung! Ich fordere eine Abstimmung!«

»Eine Abstimmung?«, rief der dicke Prälat Oppen.

Nun erhob sich Cicon. »Ich sage, der Hierokratische Rat ist in Gefahr! Und mit ihm die Ordnung im ganzen Land. Niemand weiß, wo sich diese Leandra herumtreibt und was für mörderische Pläne sie gerade ausheckt.« Er machte eine kurze Pause und blickte wie ein Habicht in die Runde. »Ist es denn noch niemandem aufgefallen? Ratsherr Parenios fehlt heute ebenfalls!«

Betroffenes Schweigen breitete sich aus. »Ihr meint…?«, fragte jemand.

Zelko hob abwehrend die Hände. »Ich weiß gar nichts. Wollen wir hoffen, dass nichts Ungewöhnliches vorliegt. Allerdings… Parenios hat, so weit ich mich erinnern kann, noch nie unentschuldigt gefehlt!«

»Verrat!«, murmelte jemand.

»Wir stehen auf einer Liste«, keuchte Uddrich. »Wir allesamt!«

»Was nun?«, rief Oppen ärgerlich. »Worüber sollen wir abstimmen?«

»Wir müssen uns vor dieser Leandra und ihren Schergen schützen, und das geht nur, wenn wir ihr zuvorkommen! Ich beantrage eine Abstimmung… ob über die verbliebenen Gefangenen ein *Schuldurteil* gesprochen wird.«

»Ein Schuldurteil?«

»Ja. Und die Anklage lautet: Hochverrat!«

Mehrere Männer schossen in die Höhe. »Hochverrat? Darauf steht der *Tod*!«

»Richtig!« Diesmal war es Vandris, der Zelko zu Hilfe kam. »Die einzig angemessene Strafe für dieses Pack.«

»Wir sind überhaupt nicht abstimmungsfähig«, wandte Ötzli mit lauter Stimme ein. »Eines unserer Mitglieder fehlt – Bruder Parenios!«

Cicon stand wieder auf. »Ab er fehlt *unentschuldigt*!«, rief er. »Das macht dies…«

Lautes Pochen ertönte plötzlich an der Tür zum Sitzungssaal.

»Was ist denn?«, rief Ötzli über die Schulter.

Die Tür öffnete sich und ein Soldat kam hereingeeilt. Seine Augen suchten den Ratsvorsitzenden, dann eilte er zu Ötzli, beugte sich herab und flüsterte dem Altmeister etwas ins Ohr. Ötzli erhob sich abrupt, sein Gesichtsausdruck spiegelte einen gehörigen Schreck.

Sämtliches Gemurmel erstarb innerhalb von Sekunden.

»Ist das gewiss…?«, fragte Ötzli den Soldaten leise. Der Mann nickte und trat zurück.

Ötzli wandte sich der Versammlung zu und holte tief Luft. »Es scheint, als hätten wir den Namen des Teufels einmal zu oft genannt«, sagte er mit schwerer Stimme. »Bruder Parenios wurde soeben aufgefunden. Tot. Er…« Ötzli schluckte. »…war völlig verbrannt!«

Empörungsrufe wurden im Saal laut. Ulkan und Ötzli sahen sich mit vielsagenden Blicken an.

»Wir müssen sofort abstimmen!«, schrie Zelko. »Jeder von uns kann der Nächste sein!«

Angesichts der Bluttat wagte nicht einmal Ulkan einen Einwand, obwohl es ihm geradezu lächerlich erschien, dass diese Leandra für den Mord verantwortlich sein sollte. Ebenso wenig wie für den an Fellmar. Die Schuldigen, das wusste er, waren eher hier, in der Ratsversammlung, zu suchen.

Schon bauten die Ratsdiener das Gestell mit dem Vorhang und den Urnen auf. Inzwischen waren im Sitzungssaal einige Fackeln erloschen und der nur mehr schwach erleuchtete Saal hatte etwas Unheilschwangeres an sich – so mochte es vor vielen Jahrhunderten gewesen sein, in alten Zeiten, in denen weniger zimperlich in Fragen wie dieser verfahren worden war.

Einige waren im Saal, die die Wendung der Ereignisse insgeheim begrüßten, und einer unter ihnen nickte denn auch beifällig. Alles hatte sich genau nach Ötzlis Plan entwickelt. Zelko und Vandris hatten den Rat aufgewiegelt, während andere die *Drecksarbeit* erledigt hatten. Fellmar und Parenios. Und heute Nacht hatte sich auch noch Rasnor bei Polmar gemeldet und angekündigt, er werde bald nach Savalgor zurückkehren; Polmar solle sich bereithalten und zuverlässige Brüder finden, denn es stünden *große* Veränderungen bevor! Ha! Ötzli wusste genau, was das bedeutete. Rasnor hatte den Pakt *nicht*, sondern er verfolgte Victor und Leandra und hoffte zweifellos, ihnen das Ding noch abzujagen, bevor sie hier ankamen. Und Rasnor versuchte, Polmar auf seine Seite zu ziehen, um zuletzt doch noch als Sieger dazustehen!

Ötzli schüttelte den Kopf. Eine verrückte Vorstellung. Wie naiv Rasnor doch war. Polmar traute ihm keinen Schritt weit und meldete Ötzli alles. Und nun hatte Rasnor seinen wichtigsten Daseinszweck erfüllt: Er hatte ein Signal gegeben, wann mit Victor, Leandra und dem Hochmeister hier zu rechnen war. Frühestens in zwei, eher aber in drei Tagen. Hammagor lag sehr weit weg, das war Öltzi klar. Er hatte jetzt genügend Zeit, seine Falle gründlich vorzubereiten. Die Dinge entwickelten sich gut. Was nun den Rat anging, da musste er noch auf das Abstimmungsergebnis warten. Es war reine Formsache. Die Ratsmitglieder zogen sich für diese Art von Abstimmung die Kapuzen ihrer Roben über die Köpfe; sie würden sie aufbehalten, bis sich die Versammlung aufgelöst hatte. Alles ging schweigend vonstatten, keiner musste die Prozedur anleiten und das Ergebnis stand bald fest.

»Sechs Stimmen dafür, vier dagegen!«

Ein Raunen erhob sich.

»Und wie lautet das Urteil?«, fragte einer.

»Tod! Hinrichtung durch das Schwert. Ebenfalls sechs gegen vier!«

Mehrere Männer erhoben sich und verliehen ihrer Befriedigung Ausdruck. »Jawohl!«, hieß es. »Das ist das einzige Mittel, unser Anrecht auf die Machtausübung in diesem Land zu demonstrieren!«, und: »Nur so können wir die Ordnung wieder herstellen!«

Gegenstimmen erhoben sich keine. Ein dunkles Schweigen legte sich über die Anwesenden. Die Kapuzen über den Gesichtern in der dunklen Halle waren wie ein Symbol der Finsternis, die in den Herzen herrschte.

Man rief den Hauptmann der Gefängniswache, der kurz darauf den Saal betrat. Leise flüsternd wurde ihm das Abstimmungsergebnis mitgeteilt. Der Mann versteifte sich. Sein Gesichtsausdruck war in der Dunkelheit nicht zu erkennen, aber das war auch nicht notwendig. Keine Frage, dass dieser Moment schicksalhaft war. Alles würde sich ändern, ein dramatischer Umbruch stand bevor.

Er verließ den Saal mit dem Befehl, das Urteil in drei Tagen um Mitternacht zu vollstrecken. Ötzli bedauerte, dass es nicht eher möglich war, aber für Todesurteile, die selten genug vollstreckt wurden, gab es feste Regeln. Dennoch, dieses Urteil war, nachdem der Rat es beschlossen hatte, unumkehrbar. Nur eine ordentliche Shaba würde es mit ihren dreizehn Stimmen widerrufen können, aber Alina war keine Shaba. Außer dem Ratsvorsitzenden, der Gefängniswache und dem Vollstrecker würde es keine Zuschauer geben, man würde nur den Vollzug an den Thron melden. Da der Thron aber nicht besetzt war, würde Alina *irgendwann* davon erfahren.

Die Versammlung löste sich schweigend auf. Ötzli senkte den Kopf wie die anderen auch und verließ die Halle durch eine der kleinen Türen am anderen Ende des Sitzungssaals. Zwei andere benutzten mit ihm diesen Ausgang, aber man entfernte sich ohne ein Wort voneinander – in die Tiefen der verschachtelten Gänge und Korridore. Niemand wollte mit einem anderen gesehen werden, ein jeder war bestrebt, nach diesem Urteil unerkannt zu bleiben. Bald darauf war Ötzli wieder allein. Er wandte sich nach Südwesten in die Bereiche seiner geheimen Gänge, und als es dunkel um ihn herum wurde, ließ er ein schwaches magisches Licht aufflammen.

Als Rasnor mit einer Abteilung Drakken in Hammagor eindrang, ahnte er es bereits.

Der Drache war fort und es gab nicht das geringste Lebenszeichen irgendwelcher Personen, auch nicht auf der magischen Ebene. Er hatte nach seinen Verhandlungen den *YeohMaar* zur Eile gedrängt, aber sie waren offenbar nicht schnell genug gewesen. Noch in der Nacht waren sie von der *Säuleninsel* (so hatte Rasnor sie getauft) aufgebrochen, hatten dann aber, während des Rückflugs, genau den umgekehrten zeitlichen Effekt des Hinfluges erlebt. Deswegen erreichten sie Hammagor erst später am Vormittag, und Rasnor hatte ein ungutes Gefühl im Magen. Er verlangte, dass die Festung sofort von vier Seiten her eingekreist wurde, während drei Flugschiffe in der Nähe schwebten, um Leandra und ihre Leute abfangen zu können, sollten sie einen Fluchtversuch unternehmen.

Aber als er an der Spitze zweier Trupps durch das große Portal in die Festung eindrang, ohne irgendwo auch nur die Flügelspitze eines Drachen zu entdecken, wusste er, dass sie tatsächlich zu spät gekommen waren. Victor, Leandra und die anderen mussten den Pakt bereits gefunden haben. Warum sonst hätten sie Hammagor verlassen sollen?

Sie nahmen das Hauptgebäude ein und Rasnor eilte fiebrig die Treppe hinauf, diesmal peinlichst genau mitzählend und darauf achtend, ob irgendeine Stufe klickte. Aber sie blieben stumm – ein weiterer Hinweis auf die Richtigkeit seiner Annahme. Kurz darauf erreichte er den Felsendom, gefolgt von zwei Dutzend schwer bewaffneten Drakkensoldaten, aber hier war niemand mehr. Eine erloschene Feuerstelle, eine leere Kiste und einige sonstige Hinterlassenschaften, aber keine Leandra, kein Victor und auch niemand sonst.

Rasnor stieß innerlich einen verzweifelten Schrei aus. Er ballte die Fäuste, kniff die Augenlider zusammen und die Adern an seinem Hals und an den Schläfen traten hervor.

Verdammt, verdammt – das darf doch nicht sein!

Wie hatten sie es schaffen können, diese verdammte Brut, den Pakt ausgerechnet in den paar Stunden zu entdecken und dann von hier zu verschwinden, in denen er, Rasnor, noch nicht so weit war! Er keuchte leise und versuchte, seinen Zorn herunterzuschlucken. Diese Sache musste er, befahl er sich, als ganz persönliches Pech verbuchen. Was sein Versprechen gegenüber den Drakken anging, war er unschuldig, denn er hatte sein Möglichstes getan.

Rasnor wandte sich zu dem *LiinLar* um, dem großen Drakkenoffizier in schwarzbrauner Rüstung. »Sie sind fort«, stellte er mit mühsam beherrschter Stimme fest. »Sie haben den Pakt gefunden und sind auf dem Rückweg nach Savalgor!«

Der Drakkenoffizier zuckte mit seinen herabgezogenen Mundwinkeln und ließ für einen Augenblick eine Reihe kleiner, spitzer Zähne sehen. »Was schlagt Ihr vor?«, fragte er.

Trotz seiner inneren Aufgewühltheit nickte Rasnor zufrieden. Er hatte gegenüber dem *uCuluu* darauf bestanden, dass ihn alle Dienstgrade unterhalb dieser seltsamen *u*-Ränge respektvoll anzureden hatten. Dieser *Liin* hier bekleidete einen vergleichsweise hohen Rang, er war so etwas wie ein *Stabsoffizier*, wenn Rasnor das richtig verstanden hatte. Doch auch er stand nun in der Pflicht, ihn mit *Ihr* anzureden. Rasnor selbst hatte der Form halber nun den Rang eines *uCetu* inne. Darum hatte er mit aller Verbissenheit die halbe Nacht gekämpft – und dabei nicht wenig Spott des *uCuluu* ertragen müssen. Aber der Oberste Drakken hatte ihm schließlich widerwillig dieses Privileg eingeräumt. Rasnor besaß keinerlei Befehlsgewalt, außer vielleicht einem niedrigen Rang wie einem *Jaak* gegenüber, was einem Soldaten auf allerunterster Ebene entsprach. Ein solcher würde ihm *vielleicht* gehorchen, hatte der *uCuluu* gespottet. Dennoch: Rasnor hatte erreicht, dass man seine Wünsche oder Forderungen erwog und dass ihn diese Echsen nicht mehr mit *du* ansprachen.

»Wir müssen Flugschiffe losschicken«, forderte Rasnor scharf. »Sie können von hier aus nur Richtung Süden oder Osten geflogen sein. In allen anderen Richtungen liegen hohe Berge!«

Der Drakken musterte ihn einen Augenblick, dann nickte er bestätigend. »Korrekt.«

»Ihnen darf nichts geschehen«, fügte Rasnor warnend hinzu. »Den Drachen müsst ihr einfangen und die Leute müssen vorerst am Leben bleiben! Ich brauche sie – hast du das verstanden, *LiinTar*?«

Der Drakken schüttelte den Kopf. Rasnor fragte sich, woher diese Wesen solche menschlichen Verhaltensweisen wie Nicken und Kopfschütteln hatten. »Mein Befehl lautet«, erwiderte der Drakken mit seiner knarrenden Stimme, »diese Wesen zu vernichten, wenn sie sich der Gefangennahme widersetzen. Sie verfügen über mächtige Magie, besonders der Drache. Er hat uns bereits Verluste zugefügt!«

Rasnor holte Luft. Stabsoffizier oder nicht, dieser Trottel schien keinen Grips zu besitzen. »Du willst doch den Pakt, oder?«, fragte er und stemmte die Fäuste in die Hüften.

»Selbstverständlich«, erwiderte der *LiinTar*.

»Dann wäre es doch auch klug nachzusehen, ob sie ihn haben, oder? Wenn ihr sie einfach vom Himmel schießt, dann kann man womöglich nachher nicht einmal mehr einen Überrest von diesem Papier finden. Wie wollt ihr dann wissen, ob der Pakt wirklich zerstört ist?«

»Ihr habt gesagt, dass sie ihn haben«, antwortete der Drakken.

Rasnor hätte am liebsten aufgeschrien. Er wusste, dass er jetzt besser nicht zugab, dass er es nur *annahm, hoffte, vermutete,* dass Leandra und ihre Freunde den Pakt wirklich gefunden hatten, denn so eine Aussage würde dieser Stumpfkopf womöglich als ein Nein auslegen. Wie sollte man einem Wesen, das offenbar nur nach *ja* oder *nein* unterschied, beibringen, dass man eine Sache *ahnen* konnte und dass diese Ahnung eine sehr, sehr hohe Wahrscheinlichkeit besaß? Er suchte verzweifelt nach Worten. »Ich bestehe darauf, überprüfen zu können«, fuhr er den Drakken an, »ob sie den Pakt wirklich besitzen!«

»Also seid Ihr nicht sicher, dass sie ihn haben«, wollte der *LiinTar* wissen.

Rasnor war kurz davor, die Beherrschung zu verlieren. »Doch, das bin ich«, rief er. »Trotzdem will ich es überprüfen!« Er deutete mit dem Finger auf die mächtige Drakkenbrust. Das Wesen war fast zwei Köpfe größer als er. »Wenn *das* schief geht, *LiinTar* – wenn ich nicht persönlich überprüfen kann, ob sie den Pakt haben oder hatten, werde ich *dich* dafür verantwortlich machen, verstehst du? Außerdem habe ich das Versprechen des *uCuluu,* dass Leandra am Leben bleibt und mir ausgeliefert wird!«

Damit wandte er sich ab. Innerlich kochte er, und wäre diese Sache nicht so heikel gewesen und hätte er nicht den drängenden Wunsch verspürt, Leandra in seine Hände zu bekommen, dann hätte er sich gewünscht, dass der *LiinTar* es versaute. Das würde ihm, Rasnor, vor dem *uCuluu* einen gewaltigen Aufstieg verschaffen. Er fragte sich, ob echte Vernunft und Intelligenz bei diesen Wesen erst ab den *u*-Rängen einsetzten. Während der *uCuluu* durchaus wie ein vernunftbegabtes Wesen wirkte, hatte Rasnor schon auf dem Flug hierher bemerkt, dass dieser *Liin* nichts als ein stumpfsinniger Befehlsempfänger war.

Er marschierte weiter, hörte, wie der Drakkenoffizier hinter ihm Befehle ausstieß und die nachgerückten Soldaten ausschwärmten. Als er das Gebäude verließ, dröhnte hinter ihm heftiger Lärm durch die Halle und er wandte sich erschrocken um. Einer der Drakkensoldaten war von der Hängelüster-Falle erschlagen worden. Rasnor lachte, während er sich wieder abwandte, böse in sich hinein.

Vier Stunden nach der Ratsversammlung traf sich Ötzli mit Zelko, Vandris und Cicon am kleinen Wasserfall. Es waren nur ein paar Fackeln aufgestellt, ansonsten war niemand hier.

»Ich bin zufrieden mit euch«, sagte er. »Die Sache mit dem Todesurteil ist wunschgemäß verlaufen. Bald sind wir die wichtigsten Anführer unserer Gegenspieler los. Den Rat haben wir nun im Griff und damit auch die Stadtwache. Ich komme gerade von Oberst Kaeljar, dem Kommandanten. Er steht zwar nicht gerade auf unserer Seite, aber ich sagte ihm, dass ich die Mehrheit des Rates repräsentiere.«

Zelko, Vandris und Cicon sahen sich unschlüssig an.

»Damit er uns wirklich gehorcht, fehlt noch *eine* wichtige Sache«, deutete Ötzli an, darauf wartend, dass die drei von selbst darauf kamen.

»Die… *Shaba*?«, flüsterte Vandris.

Ötzli nickte kaum merklich. »Eine *Shaba* ist sie nicht. Zum Glück. Und wir sollten dafür sorgen, dass sie es auch niemals wird.«

Zelko, der Zögerlichste von allen, setzte ein gezwungenes Lächeln auf und winkte ab. »Ach, da habe ich keine Angst. Den Kindsvater findet sie nie. Und da wir jetzt das Übergewicht im Rat haben…«

»*Das* meinte ich nicht«, sagte Ötzli scharf.

Vandris trat plötzlich mit entschlossenem Gesichtsausdruck vor. »*Ich* mache das«, sagte er. »Ich werde mich um einen... zuverlässigen und fähigen Mann für diese Sache kümmern. Wann soll es geschehen?«

Ötzli lächelte zufrieden. Vandris war entschlossen und klug. Auf ihn würde er sich verlassen können. »So bald wie möglich«, antwortete er. »Auf jeden Fall innerhalb der nächsten Tage. Sie hat einen gewissen Einfluss im Palast; einige Leute stehen auf ihrer Seite. Sie ist, nun... *beliebt*.« Er hatte das Wort mit einer gewissen Verächtlichkeit ausgesprochen, und es hinterließ gleichzeitig auch einen bitteren Nachgeschmack auf seiner Zunge. *Beliebt* – so etwas hätte eigentlich für *ihn* gelten sollen, nachdem er sich ein Leben lang um das Wohlergehen des Landes und seiner Bürger bemüht hatte. Aber er hatte weder Ruhm noch Zuneigung abbekommen. Nun musste er *diesen* Weg gehen. Sogar seinen alten Freund Meister Fujima würde er hinrichten lassen müssen. Ein Jammer.

»Sie wird von dem Todesurteil erfahren, aber sie wird nichts mehr dagegen unternehmen können«, fuhr er fort. »Dennoch – da sie nicht dumm ist, wird sie diese Sache ausnutzen, um ihren Einfluss zu steigern. Viele werden dem Todesurteil widersprechen und sie könnte all diese Leute auf ihre Seite bringen. Das dürfen wir nicht zulassen. Unsere Stunde ist *jetzt* gekommen!«

Alle drei nickten, besonders Zelko. Dieser Zauderer bemühte sich offenbar, den Anschluss nicht zu verlieren. Es sollte Ötzli so weit recht sein.

»Drei Tage«, versprach Vandris mit Bestimmtheit. »Innerhalb von drei Tagen wird es geschehen!«

Und dann war es plötzlich, als legte sich ein dunkler Schatten über die vier Personen. Sie wussten, was der Tod der Thronanwärterin bedeutete. Dass Parenios und der alte Fellmar umgebracht worden waren, mochte noch als ›einfacher politischer Mord‹ durchgehen. Alina zu töten bedeutete Umsturz. Und es würde noch schlimmer kommen. Waren erst Victor und Leandra wieder hier, und mit ihnen der Pakt, würden sich die Machtverhältnisse im Land radikal verändern. Einige hoch verdiente Personen würden sterben müssen. Und dem Volk standen tief greifende Änderungen bevor.

Ötzli seufzte verdrossen. Was geschehen würde, wenn tatsächlich niemand den Pakt fand oder wenn sie zu spät hier eintrafen, daran wollte er lieber gar nicht denken.

»Gut, Vandris«, sagte Ötzli, »du hast deine Aufgabe. Ihr beiden, Zelko und Cicon, kümmert euch um die Bruderschaft. Ich will, dass ihr alle verbliebenen Mitglieder zusammenholt – jeden, der noch irgendwo und irgendwie in Reichweite ist. Schwört diese Leute auf den Umsturz ein. Sie sollen sich bereithalten. Sobald die Hinrichtung stattgefunden hat und diese… Alina nicht mehr unter uns ist, werden wir zuschlagen. Dann wird die Stadtwache dem Rat gehorchen *müssen*, denn es ist niemand sonst mehr da, dem sie noch gehorchen *könnte*. Mit der Palastgarde verhält es sich ähnlich. Wir werden sofort nach Alinas Tod das Kriegsrecht über die Stadt verhängen, und ich werde dafür sorgen, dass die *Duuma* wieder eingesetzt wird. Die *Duuma* – das sind wir!«

Die Augen der drei Männer begannen zu leuchten.

»Aber die Drakken – was tun wir mit den Drakken?«, wollte Zelko wissen.

»Die Drakken lasst meine Sorge sein. Dieses Problem ist so gut wie gelöst, es ist sozusagen das geringste von allen. Seht nur zu, dass ihr die Dinge so vorbereitet, wie wir sie vereinbart haben. Wir treffen uns in den kommenden Tagen jeden Morgen und jeden Abend jeweils zur Dämmerstunde hier. Ich will Berichte von euch hören. Wenn wir jetzt klug und umsichtig handeln, sind wir in wenigen Tagen die Sieger! Und zwar auf der gesamten Linie!«

Nun war Zuversicht in den Gesichtern von Vandris, Zelko und Cicon zu lesen und Ötzli schenkte ihnen zusätzlich ein aufmunterndes Lächeln. Dann schickte er sie los; bereitwillig verschwanden sie in verschiedenen Richtungen in der Dunkelheit. Er wandte sich um und marschierte selbst los – hinauf ins Hafenviertel, um den Glatzkopf zu treffen. Er wünschte, er würde ebenfalls die Zuversicht der drei verspüren. Diese eine Sache nämlich, die er als sein *geringstes Problem* bezeichnet hatte, war in Wahrheit sein größtes. Er wusste, dass Leandra bald in Savalgor eintreffen würde – zusammen mit Jockum und Victor. Und sie würden auf Drachen kommen und den Pakt bei sich haben.

Eigentlich dürfte es für eine gut vorbereitete Gruppe nicht allzu schwierig sein, Leandra und ihre Leute abzufangen. Ein paar Männer außerhalb der Stadt, die den Himmel beobachteten, ein paar Trupps mit fähigen Magiern, die sich an den möglichen Anlaufpunkten des Gegners aufhielten, noch ein paar Vorkehrungen mehr – und sie müssten in die Falle gehen.

Aber so leicht war es diesmal nicht. Wenn man einmal betrachtete, welche *Unmöglichkeiten* diese Leute, und besonders Leandra, bisher bewältigt hatten, dann war äußerste Vorsicht geboten. Leandra war alles andere als dumm und sie würde nicht wie eine Blinde nach Savalgor tappen.

Aber er hatte einen Plan. Einen Plan, wie ihn vor ihm noch keiner gehabt hatte, nicht einmal Chast. Ötzli, ein alterfahrener und hoch gebildeter Mann, hatte das Leandra-Problem auf eine ganz neue Art und Weise angepackt. Er hatte das getan, was ein Gelehrter tun würde: Er hatte das Phänomen Leandra studiert. Wie die Strukturen einer komplizierten Magie, die er verstehen wollte. Nichts anderes war sie nämlich, diese Leandra: eine komplizierte Magie.

Es waren nicht nur Magien, die sie wirken konnte,

nein – sie selbst war eine Magie. Es gelang ihr offenbar, ihre Umgebung – und es war faszinierend, das musste Ötzli zugeben – allein mit der Kraft ihrer Persönlichkeit in Bann zu schlagen. Alle, die ihr nahe kamen, wurden von dieser Magie mitgerissen, und er selbst, Ötzli, hatte sich gegen diese Aura nur zur Wehr setzen können, indem er sich mit Gewalt verweigerte. Wer Leandra nicht liebte, der musste sie hassen.

Sobald Ötzli dies verstanden hatte, war es nur noch ein kleiner Schritt zu seinem Plan, und diesen kleinen Schritt hatte sogar sein alter Freund Jockum für ihn getan, der inzwischen leider auf der falschen Seite stand. Jockum hatte ihm noch vor kurzem erzählt, wie Leandra sich selbst empfand. Sie hasste es, als Heldin angesehen zu werden, als glorifizierte Person mit sagenumwobenen Eigenschaften. Nein, sie wollte eigentlich immer nur ein einfaches Mädchen sein, und das Wichtigste waren ihr ihre Freundschaften. Sie war der Auffassung, dass sie ohne ihre Freunde *ein Nichts* war.

Als Ötzli dies gehört hatte, war ihm plötzlich alles klar geworden. Ohne Munuel hätte sie niemals die drei stygischen Artefakte gefunden und ohne die Hilfe anderer hätte sie auch niemals einen Sardin besiegt. Ohne diesen Jacko mit seiner kleinen blonden Freundin wäre selbst Chast noch am Leben und ohne Jockum wäre Leandra niemals aus Torgard fortgekommen. Es war eine ganze Schar von Leuten gewesen, die Alina befreit hatte, nicht Leandra allein, und Hammagor hatte sie ebenfalls nicht gefunden, das war dieser Victor gewesen.

Der große Fehler all ihrer Gegner war offenbar der gewesen, sie nie als das zu sehen, was sie eigentlich war: ein Bindeglied. Sie hielt die Gruppe der Aufständischen zusammen, verband sie zu dieser Einheit, die scheinbar jedes Problem zu lösen imstande war. Allein das war sie – eine Magierin des Zusammenhalts!

Chast, dieser Dummkopf, hatte nur *sie* als seine Gegnerin gesehen! Aber in Wahrheit war es die Gemeinsamkeit ihrer Leute gewesen, an der er gescheitert war. Ötzli hatte sich berichten lassen, wie Chast umgekommen war. Leandra hatte den geringsten Anteil an seinem Tod gehabt. Meister Fujima, Gildenmeister Xarbas, eine weitere Magierin *und* sie waren es gewesen, die der urzeitlichen magischen Gewalt Chasts für Augenblicke hatten standhalten können. *Jacko* hatte ihn getötet, mit Hilfe dieser Hellami und ihres seltsamen Schwertes!

Als Ötzli den wahren Mechanismus entdeckt hatte, wusste er mit einem Mal, was er zu tun hatte: Er musste Leandras Gruppe zerstören. Er musste die einzelnen Mitglieder voneinander trennen, und wenn der Zusammenhalt gebrochen war, hatte er es nur noch mit einem einzelnen, mäßig begabten jungen Mädchen zu tun, das gegen ihn, den Altmeister, keine Chance hatte.

Zunächst hatte er ihren Rückhalt im Rat zerstört, indem er Fellmar und Parenios beseitigen ließ. In drei Tagen würden vier ihrer wichtigsten Freunde unwiderruflich sterben: Jacko, Hellami, Meister Fujima und Xarbas. Ötzli war entschlossen, jetzt keine Gnade mehr walten zu lassen.

Anschließend (oder schon vorher) war Alina an der Reihe. Und nun würde er zum Glatzkopf gehen und mit ihm zusammen einen Plan ausarbeiten, wie er die Ankunft von Leandra abpassen konnte, um anschließend ihre Gruppe zu zerstören. Er würde jeden Einzelnen in eine Falle locken. Auch sein alter Freund Jockum würde ihm zum Opfer fallen, aber das war ebenfalls nicht zu ändern.

Alles musste zudem jetzt schnell gehen. Er hatte von jetzt an nur noch sechs Tage, innerhalb derer er den Drakken den Pakt übergeben konnte.

Während er auf dem Weg ins Hafenviertel die unterirdischen Gänge durcheilte, war ihm alles andere als wohl zumute, denn das Gelingen seines Plans empfand er alles andere als sicher. Aber er musste es versuchen. Der *TaanMar* hatte ihm damals, in Torgard, angedroht, er würde als Erster sterben, wenn Leandra oder Victor den Pakt noch fanden. Und das war ernst zu nehmen. Würde Ötzlis Plan fehlschlagen, dann gab es immerhin noch eine Sache, die er tun konnte: Leandra persönlich zu töten. Und das würde er tun, so viel stand fest. Gegen ihn kam sie nicht an.

35 ♦ Ramakorum

Tirao hatte die Berge erreicht und flog schon seit vielen Stunden an ihrem westlichen Rand entlang nach Süden.

Die Gipfel schwangen sich fast ansatzlos und kühn dem Felsenhimmel entgegen, in rötlichem Grau und manchmal ockerbraun, durchsetzt von mächtigen Stützpfeilern, die bisweilen weit auseinander standen und sich andernorts zu Gruppen oder ganzen Barrieren zusammengefunden hatten. Es war eine ideale Gegend für einen Flugdrachen, um sich ungesehen bewegen zu können. Allerdings kostete ein Weg durch die Berge viel Kraft, zudem noch mit fünf Personen auf dem Rücken. Es war inzwischen später Nachmittag und Leandra glaubte schon Anzeichen der Ermüdung bei Tirao zu erkennen.

»Wir sollten bald an ein Nachtlager denken, Hochmeister«, flüsterte sie dem Primas zu. »Tirao ist nicht mehr allzu frisch, und wenn ausgerechnet jetzt ein Drakkenschiff kommen sollte…«

Als hätte sie auf dieses Stichwort gewartet, deutete Roya plötzlich nach rechts und rief: »Da! Seht!«

Sie fuhren alle herum und entdeckten, glücklicherweise in erheblicher Entfernung, ein fliegendes Ding, das eben im Licht eines Sonnenfensters aufblitzte. Gleich dahinter kam noch eines. Tirao ging sofort tiefer und nahm Geschwindigkeit auf. Der Wind heulte ihnen um die Ohren und bang starrten sie in Richtung der beiden lang gestreckten Ovale, die in vielleicht fünfzehn Meilen Entfernung am anderen Ende der Ebene vorüberzogen.

Tirao wurde immer schneller und schoss bald wieder mit Höchstgeschwindigkeit über die Ebene hinweg – in weniger als einer Viertelmeile Höhe. Nach einigen rasenden Minuten erreichte er den Schutz der wilden Gebirgslandschaft des jäh aufsteigenden Ramakorums mit seinen zahllosen Tälern, Gipfeln, Schluchten und Felspfeilern. Er schwenkte in einer Schleife in den Verlauf eines Tales ein und folgte ihm, wobei er wieder an Höhe gewann.

Unter normalen Umständen hätten sie alle diese wahrhaft staunenswerte Gegend mit offenen Mündern betrachtet. Im Moment aber suchten die sechs Augenpaare angstvoll die Umgebung ab. Für atemnehmende Minuten kurvte Tirao in aberwitziger Geschwindigkeit durch eine wilde, bizarre Welt sich aneinanderreihender Schluchten und Täler, und Leandra wünschte sich, sie könnte diesen irrsinnigen Flug unbelastet genießen. Die Sicherheit, mit der Tirao durch die Schluchten schoss und plötzlich aufkommende Hindernisse umflog, war ein Erlebnis, das man wahrlich genießen konnte – wenn auch mit heftig pochendem Puls.

»Gut zu wissen«, keuchte der Primas, »dass Tirao das beherrscht. Aber für den Augenblick reicht es mir!«

Es war kälter hier in den Bergen, aber ungleich schöner als in der Ebene. Noch immer befanden sie sich im Lande Noor, aber diese Bergwelt war einfach atemberaubend. Keiner von ihnen hatte je etwas dergleichen gesehen. Senkrechte Felsflanken ragten Meilen in die Höhe, überhängende Wände tauchten unendlich tiefe Täler in ewigen Schatten und an vielen Stellen rauschten Wasserfälle in die Tiefe, manche davon so tief ins Nichts, dass sich das Wasser in Nebel auflöste, ehe es irgendwo ankam. Grün gab es hier nur wenig, ganz unten in den Tälern vielleicht mehr; ansonsten herrschten Grau- und Brauntöne vor, und auf manchen Gipfeln, ganz hoch droben, ruhte eine weiße Kappe aus Schnee.

Leandra deutete voraus auf ein Sonnenfenster, durch das hellgoldenes Licht schräg in die Welt hereinfiel und einige mächtige Bergflanken beleuchtete. *Es wird bald Abend,* sagte sie zu Tirao. *Willst du nicht bald eine Pause machen?*

Ich fliege noch, bis die Dämmerung einsetzt, erwiderte der Drache. *Aber das ist nicht mehr lange.*

Leandra nickte. Die Sorge über einen möglichen Angriff der Drakken bedrückte sie. Victor erriet ihre Gedanken. »Wenn uns die Drakken angreifen, *bevor* wir den Kryptus entschlüsselt haben, ändert das nichts daran, dass wir sie verjagen werden, wenn wir so weit sind. Auch wenn sie bis dahin schon *sonst was* angerichtet haben!«

»Ja. Aber es wäre gut, wenn es gar nicht so weit käme. Ich wette, diese Bestien haben wenig Skrupel, auf einen Schlag eine Stadt wie ganz Savalgor auszulöschen.«

Victor nickte ernst. Schweigend flogen sie der Dämmerung entgegen. Tirao ging nun zwar immer höher, aber der Schutz der Täler, die sie verließen, wurde zunehmend durch den Schutz der Dunkelheit ersetzt.

Dann schließlich, als sie nur noch die Konturen der Berge unter sich erkennen konnten und es schon deutlich kühler geworden war, kündigte Tirao an, dass er landen wollte. Er fand hoch oben an einem Berghang ein kleines Plateau, auf dem er im allerletzten Licht des Tages niederging.

Die Nacht blieb ruhig und vergleichsweise warm.

Auf dem Plateau herrschte Windstille und Tirao war bei ihnen geblieben, um im Notfall rasch mit ihnen starten zu können. Der Primas meinte, es wäre gut, wenn jemand Wache hielte; er wollte die erste Schicht übernehmen. Roya verzog sich irgendwo hin ans nördliche Ende des Plateaus, während sich Leandra und

Victor nach Süden trollten. Quendras blieb beim Primas und die beiden unterhielten sich leise bis tief in die Nacht. Ein Feuer wagten sie nicht zu entzünden.

Leandra zog Victor ziemlich weit mit sich, an den südlichen Rand des Plateaus, wo sie hinter ein paar Felsen einen ungestörten Platz fanden. Aufgrund seiner bisherigen Erfahrung mit Frauen hatte Victor geglaubt, dass es die Männer waren, die den ersten Schritt machten, wenn es um die Befriedigung ihrer Lust ging, aber wieder einmal war es Leandra, die ihn haben wollte. Er empfand es als ungewöhnlich, dass sie in dieser Hinsicht so fordernd war, so etwas hatte er von ihr eigentlich nicht erwartet. Leandra war ihm bisher wie eine Frau erschienen, die ihre körperlichen Reize ganz bewusst und wohldosiert einsetzte. Aber diese Gedanken schwanden schon bald aus seinem Kopf, als sie sich an ihm zu schaffen machte.

Sie schliefen miteinander, bemühten sich, dabei so leise wie möglich zu sein, denn hier gab es keine schützenden Wände, die hätten verbergen können, was sie taten. Nach einer Weile aber war es Victor egal. Zuletzt verhielt sich Leandra wiederum seltsam. Sie klammerte sich an ihn, als hätte sie Angst, ihn loszulassen, und als seine Wange die ihre berührte, spürte er Tränen. Er war unentschlossen, sie zu fragen, was mit ihr war. Aber er entschied sich dagegen. Leandra hatte ihm schon in den vergangenen Tagen nicht antworten wollen. Er streichelte sie sanft und erwiderte ihre Umarmung, und genau das schien es zu sein, was sie brauchte. Schließlich schliefen sie beide ein.

Irgendwann tief in der Nacht weckte ihn Quendras und bat ihn müde, die dritte und letzte Wache zu übernehmen. Victor gähnte, stand leise auf und kleidete sich an. Sie waren übereingekommen, dass Wacheschieben Männerarbeit war und dass sie Roya und Leandra schlafen lassen wollten. Und Tirao natürlich auch. Der würde morgen wieder ein hartes Stück Arbeit zu leisten haben.

Als Victor allein war, schlenderte er zum Rand des Plateaus und starrte auf die dunkeln Konturen der Bergwelt. Zuerst bedauerte er es, kein wohliges Lagerfeuer in der Nähe zu haben, dann aber war er froh, denn es hätte das überblendet, was er sah.

Die riesigen Felswände, Gipfel und Stützpfeiler, die ihn umgaben und deren Umrisse er recht gut erkennen konnte, waren in ihrem Schweigen vollkommen. Gewaltig und unverrückbar standen sie hier seit unvordenklichen Zeiten. Unwillkürlich überkamen ihn Gedanken über die Zeit. Über die Ewigkeiten, nach denen diese Berge hier noch genauso wie heute dastehen würden und nach denen er, Leandra und alle anderen längst vergessen sein würden.

Er hatte einmal darüber nachgedacht, ob die Felsen noch da sein würden, wenn es niemanden mehr gab, der sie ansehen konnte. In tausend Jahren vielleicht oder gar in einer *Million* – zugegebenermaßen eine Zahl, mit der er nicht viel anfangen konnte. Die Felsen waren tot und ohne Leben, sie würden nur einfach *da* sein. Aber wenn es niemanden mehr gab, der sie ansehen und irgendetwas dabei empfinden konnte, dann war es eigentlich egal, ob sie tatsächlich noch existierten oder nicht. Man hätte sagen können, dass die Felsen in dem Augenblick zu bestehen aufhörten, da der letzte mögliche Betrachter starb.

Victor lächelte unwillkürlich. Er mochte solche verrückten Gedanken. Solche Momente, in denen man die Muße hatte, sich mit den fernsten und abwegigsten Ideen zu beschäftigen; mit Ideen, die tagsüber, in der realen Welt, keinen vernünftigen Sinn ergaben. Aber nachts, wo er mit sich und der Welt ganz allein war, brachten sie ihm eine ganz besondere Ruhe. Er spürte, dass die Welt aus so viel mehr bestand als nur dem eigenen kleinen *Ich* und den alltäglichen Sorgen. Dass die Welt etwas wirklich Großes und Gewaltiges war und dass Ehrfurcht eigentlich ein schönes Gefühl war.

So saß er noch Stunden da, starrte in die Dunkelheit hinaus und dachte einfach nur nach. Vielerlei ging ihm durch den Kopf, aber er versuchte dabei, die Gedanken an die Drakken, die Bruderschaft und all die Gefahren zu meiden. Er wollte über schöne Dinge nachdenken. Über Leandra, die Schönheit dieser Welt und über Tirao, dessen mächtige Kontur sich unweit von ihm abzeichnete, mit langsam sich hebenden und senkenden Flanken. Quendras schnarchte leise, von Roya war nicht der leiseste Mucks zu vernehmen. Die Ruhe und der Frieden dieser Stunden taten ihm gut.

Als die Morgendämmerung kam und die ersten rotgoldenen Lichtstrahlen durch die Sonnenfenster auf die Bergwelt fielen, ergab sich ein Spiel aus Licht und Schatten, das ihn zu wieder neuen Gedanken verleitete. Früher, als er noch ein Vagabund gewesen war – war er das nicht heute noch? –, hatte er mitunter Geschichten und Gedichte geschrieben. Jetzt verspürte er große Lust, wieder nach Papier und Federkiel zu greifen. Er beobachtete die schrägen Sonnenstrahlen, die über die schneebedeckten Gipfel fielen und dann immer weiter zu ihm herabkrochen. Als sich seine Freunde unter ihren Decken zu regen begannen und Tirao den Kopf hob, hatte er das großartige Gefühl, während der Stunden seiner Wache etwas zutiefst Befriedigendes erlebt zu haben.

Irgendwann tappte Quendras heran und ließ sich neben ihm nieder. »Schön, was?«, sagte er und nickte in Richtung des tiefen Tales, das sich in warmen Farben vor ihnen auftat.

Victor lächelte und nickte zurück. Richtig, Quendras musste Ähnliches heute Nacht erlebt haben. Der knurrige Bruderschaftler, der überraschenderweise doch eine

Seele zu besitzen schien, hatte sich in den letzten Tagen als recht umgänglich erwiesen. Doch Victor war sich noch immer nicht ganz sicher über ihn.

»Denkst du wirklich, du wirst den Kryptus entschlüsseln können?«, fragte er leise.

Quendras nickte. »Ja, ich denke schon. Kannst du ein Geheimnis für dich behalten?«

»Ein Geheimnis?«

»Kannst du?«, fragte Quendras fordernd.

Victor zuckte die Schultern. »Ich glaube schon.«

»Auch vor Leandra und allen anderen?«

Victor rückte herum. »Nun machst du's aber spannend«, sagte er. »Also gut, ich verspreche es. Was ist denn?«

Quendras studierte ihn für eine Weile. »Munuel«, sagte er dann.

Victor richtete sich unwillkürlich auf und ein heißer Schauer fuhr seinen Rücken hinab. Quendras brauchte gar nicht weiterzureden. Victor wusste sofort, was das bedeutete.

»Er lebt!«, sagte er leise. »Munuel lebt! Hab ich Recht?«

Quendras nickte.

»Verdammt will ich sein!«, stieß er hervor. Am liebsten wäre er aufgesprungen und hätte diese Nachricht, so unglaublich sie auch war, in das riesige Tal hinab geschrien. Munuel! Sein alter Kampfgenosse, mit dem er damals nach Unifar gezogen war. Leandras Meister und Mentor. Und wohl einer der mächtigsten Magier, die es gab. Ein Freund, wie man ihn nur selten im Leben traf. Victor verspürte Lust, die ganze Geschichte, die ihm Quendras nun erzählen würde, selbst zu erraten. »Munuel hat Unifar *doch* überlebt!«, flüsterte er. »Wenn Chast dort herausgekommen ist, warum nicht auch Munuel?«

Wieder nickte Quendras.

»Und er hat mit dir Kontakt aufgenommen. *Er* ist der Freund, von dem du erzählt hast! Der *gewisse* Dinge vorbereitet hat!«

Quendras lachte leise auf. »Ja. Stimmt.«

»Ha, Leandra wird Luftsprünge machen, wenn sie das erfährt!«

Quendras legte einen Finger auf den Mund und hob den anderen Zeigefinger auch noch. »Niemand darf es erfahren! Noch nicht. Ich habe es Munuel versprechen müssen!«

Victor hob kopfschüttelnd die Arme. »Aber warum erzählst du es dann *mir*?«

Quendras schnaufte und starrte Victor ernst an. »Weil du mir noch immer misstraust.«

Victor musterte Quendras nachdenklich und bohrte dabei mit seiner Zunge in der Wange. »Gut«, sagte er. »Ich will auch ehrlich sein. Du hast Recht.«

Quendras nickte. »Dachte ich mir.«

»Dann willst du also Klarheit zwischen uns schaffen?«

»Es könnte heikel werden in der nächsten Zeit. Vielleicht müssen wir kämpfen. Ich möchte nicht plötzlich dein Messer am Hals haben, nur weil du glaubst, ich wollte *dir* etwas tun.«

»Ein kluger Gedanke«, gab Victor zu. »Also fangen wir an. Woher kennst ausgerechnet *du* Munuel?«

»Ulfa«, sagte Quendras nur.

Victor holte tief Luft. Natürlich: Ulfa! Wer sonst?

»Munuel ist Jerik«, sagte Quendras. »Royas Einsiedlermagier, der sie ausgebildet hat, im Wald nördlich von Minoor. Eine Sache, die von langer Hand vorbereitet war. Munuel wusste, dass Chast den Kampf in Unifar überlebt hatte, und er war auch der Erste, der von den Drakken wusste. Er war auf Bücher und Schriftwerk gestoßen und hatte schon vor vielen Jahren die ersten Hinweise auf den Pakt entdeckt.«

»Aber… wie entkam er aus Unifar? Die Katakomben stürzten vollständig ein!«

»Nicht vollständig«, erklärte Quendras. »Aber er wurde dort unten eingeschlossen. Chasts Magie, die den Einsturz herbeiführte, hatte ihn erblinden lassen. Für Wochen irrte er allein durch die Gänge und Höhlen.«

»Er ist erblindet?« Victor nickte. »Ja… Roya sagte, dass Jerik blind sei.«

»Ulfa befreite ihn aus den Höhlen. Ihr habt Ulfa damals in Bor Akramoria wiedererweckt, und seither versucht er, Sardins Machenschaften entgegenzuwirken. Er ist Sardins Gegenspieler.«

»Ja, das hat er uns selbst gesagt. Mir und Roya.«

Quendras blickte sich um. Der Morgen war noch früh und alle anderen schliefen. »Munuel hatte in der Dunkelheit gelernt«, fuhr Quendras wieder etwas leiser fort, »mit Hilfe seiner magischen Sinne über das Trivocum zu ›sehen‹. Als Ulfa ihm einen Weg aus den Katakomben zeigte und er wieder frei war, beschlossen sie, etwas zu unternehmen. Nicht in erster Linie gegen Chast – nein, es ging um den Pakt. Ulfa bestätigte Munuels Verdacht. Er wusste von den fremden Wesen. Sie setzten sich zum Ziel, den Pakt zu finden.«

Victor nickte nachdenklich. »Aber… was hat das Ganze mit dir zu tun? Wie kamst du ins Spiel?«

Quendras richtete sich auf. Beide wussten, dass dies der Augenblick war, in dem sich entschied, ob Victor diese Geschichte glauben würde oder nicht. »Nun, was denkst du, hätten sie mit dem Pakt tun können, hätten sie ihn je gefunden?«

Victor brauchte nicht lange, um zu begreifen. Er nickte. »Nichts. Es sei denn, sie hätten jemanden gehabt, der sich… nun ja, mit der Theorie der Rohen Magie gut auskannte.«

Quendras kniff ein Auge zusammen und hob die Schultern; er signalisierte Victor, dass diese Antwort nicht ganz zufriedenstellend war.

Victor nickte abermals. »Du hast Recht. Das hätte wohl nicht genügt. Sie brauchten... den bestmöglichen Fachmann für Rohe Magie.« Er lachte leise auf. »Und Chast stand ihnen wohl kaum zur Verfügung. Ich nehme an, die nächste Wahl warst du.«

»Ja. So könnte man es ausdrücken.«

Victor studierte lange Zeit Quendras' Gesicht. »Das ist einleuchtend. Allerdings auch ziemlich wagemutig – direkt auf Chasts rechte Hand zuzugehen! Woher nahmen sie auch nur den *Funken* einer Hoffnung, dass du zustimmen könntest?«

Quendras lachte leise auf. »Das war nicht schwer. Ulfa selbst hat mich... rekrutiert!«

Nun verstand Victor. Ja, natürlich – wieder einmal Ulfa! Man musste ein Herz aus Stein und eine Seele aus kaltem Stahl haben, wollte man sich dem Zauber des kleinen Baumdrachen entziehen. Ulfa würde wohl jeden Menschen dieser Welt für seine Belange gewinnen können. Einmal abgesehen von Chast vielleicht.

»Und Roya?«

Quendras antwortete nicht gleich. »Roya? Nun, sie kam erst später ins Spiel. Es stellte sich heraus, dass es äußerst schwierig war, mit mir überhaupt Kontakt zu halten. Zu dieser Zeit gingen wir nach Torgard. Selbst für Ulfa gab es kaum eine Möglichkeit, mit mir in Verbindung zu treten. Er hätte es mit Magie tun müssen und das war in Torgard so gut wie unmöglich.«

»Aber warum bist du nicht gleich bei Ulfa und Munuel geblieben?«

»Jemand musste bei der Bruderschaft sein. Zu dieser Zeit wussten nicht einmal Munuel oder Ulfa, wo Hammagor lag. Es hätte auf Veldoor oder in Chjant sein können. Nur innerhalb der Bruderschaft gab es

Hoffnung, das herauszufinden. Deswegen brauchten sie mich als… Spion.«

Victor lachte leise auf. »Unfassbar. Ausgerechnet du! *Das* hätte mal Chast erfahren sollen – vermutlich hätte ihn vorzeitig der Schlag getroffen! Hätte uns viel Ärger erspart.«

»Ja, vermutlich.«

»Aber was hat das mit Roya zu tun?«

»Nun, sie wurde von Munuel darin ausgebildet, unbemerkt über das Trivocum – oder besser, *durch das Stygium* – Nachrichten zu übermitteln. Er benötigte jemanden, der sich innerhalb der Bruderschaft aufhielt, Kontakt zu mir besaß und ihm mitteilen konnte, was sich dort tat oder was *ich* herausgefunden hatte. Ulfa sagte mir, dass sie kommen würde. Allerdings wusste ich nicht, dass sie…« Er unterbrach sich.

Ein Grinsen überzog Victors Gesicht. »Ha! Dass sie so ein süßes Mädchen ist! Richtig?«

Quendras seufzte nur.

»Haha!«, machte Victor und klatschte sich leise aufs Knie. »Jetzt verstehe ich endlich. Du bist in sie verliebt!«

Quendras winkte ab. »Nun ja, *verliebt* nicht gerade. Aber…«

Victor betrachtete grinsend Quendras' Gesichtszüge, die etwas durcheinander geraten waren. Was Quendras auch immer für Roya empfand, er konnte es gut nachvollziehen. Sie war ein außergewöhnliches Mädchen, bildschön, über die Maßen klug und voller Witz und sprühender Lebenskraft. Er winkte großmütig ab. »Mach dir nichts draus. Ich war selbst drauf und ran, mich in sie zu verlieben!«

Quendras erwiderte nichts, aber sein Blick sagte viel. Er lag irgendwo zwischen plötzlicher Eifersucht, Erstaunen und peinlicher Berührtheit. Victor wollte Quendras die Verlegenheit ersparen und fragte: »Dann hat Munuel sie ausgebildet? Aber… wie kam er auf Roya? Und wie wollte er ausgerechnet *ein Mädchen* in die Bruderschaft einschleusen?«

»Tja, klingt komisch, was? Aber die Gründe waren durchaus vielversprechend. Zunächst einmal war Roya unbedingt vertrauenswürdig, und zweitens hatte sie ein gewaltiges Motiv, das Wagnis einzugehen.«

»Ja, ich verstehe. Die Bruderschaft hat ihre Schwester auf dem Gewissen. Sie sagte mir, dass das ihr Grund gewesen war, sich in die Bruderschaft einzuschleichen: Rache. Genau wie ich. Ich wollte Leandra rächen. Zu der Zeit dachte ich, sie wäre tot.«

»Stimmt. Und das Vorhaben, *ein Mädchen* einzuschleusen, ist weniger dumm als du glaubst. In der Bruderschaft gibt es keine Frauen. Nur ein paar Huren, und die sind durch Magie gefügig gemacht und in Torgard eingesperrt, zum Vergnügen der höheren Brüder. Die Mädchen, die Guldor uns verkaufte.«

»Du meinst, dass die Bruderschaftler in Wahrheit froh waren, mal eine *normale* Frau zu Gesicht zu bekommen?«

»Ganz genau. Und dazu noch eine wie Roya. Nur musste es einen echten Grund geben, sie aufzunehmen. Und den hatte sie. Sie konnte etwas, das *wir nicht* konnten und das uns interessierte. Ich muss sagen, der Plan von Munuel und Ulfa war gut. Sehr gut sogar. Es klappte so, wie es gedacht war. Aber nur eine Zeit lang.«

»So? Was geschah dann?«

Quendras setzte eine finstere Miene auf. »Na, dann kamst *du*! Du warst ein verdammter Störenfried, verstehst du? Kamst plötzlich auf Ideen, die nur allzu zutreffend waren und von denen eigentlich niemand hätte erfahren dürfen!«

Victor machte große Augen.

»All das mit der Magie, die die Drakken von uns

haben wollten, mit dem Kryptus... und dann hast du sogar behauptet, du könntest in Hegmafor herausfinden, wo der Pakt versteckt liegt. Unfassbar! Hätte ich dich zu jener Zeit irgendwie unbemerkt beseitigen können – ich hätte es getan, glaub mir!«

Victor klatschte leise in die Hände und konnte sich vor Vergnügen kaum halten. »Du hättest mich beseitigt – wirklich? Ha, unglaublich!«

Quendras nickte finster. »Ja. Besonders, als du dann Roya zugeteilt bekamst. Ich hätte dich in der Luft zerreißen können! Ich... ich hatte solche Angst um sie... und plötzlich war sie fort, war nur noch bei dir! Für mich warst du damals der Feind Nummer eins. Ich hielt dich für einen treuen Diener von Chast. Ich fürchtete, dass du den Pakt finden und ihn Chast aushändigen könntest. Als du dann verkündet hast, nach Hegmafor fliegen zu wollen, und zwar *mit Roya,* wäre ich fast durchgedreht!«

Victor schüttelte unverständig den Kopf. »Aber sie stand doch auf deiner Seite! Du hättest ihr doch nur sagen müssen...« Victor zog die Stirn kraus. »Augenblick mal. Jetzt verstehe ich gar nichts mehr! Roya erfuhr von mir schon sehr bald, dass ich kein echter Bruderschaftler war und mich dort eingeschlichen hatte. Somit standen wir doch auf einer Seite! Hat sie dir denn nicht von mir erzählt?«

Quendras lachte auf und winkte ab. Seine Geste wirkte ein wenig verzweifelt. Er blickte sich zuerst um und sprach dann sehr viel leiser weiter. »Verdammt! Hätte ich doch nur von dir *gewusst!* Aber... Roya weiß bis heute nicht, wer ich wirklich bin! Sie hat keine Ahnung, dass ich Munuel und Ulfa kenne und schon lange auf ihrer Seite stehe!«

»Waas?«

Quendras schüttelte den Kopf. »Sie weiß auch nicht, dass Jerik Munuel ist. Roya weiß so gut wie gar nichts.

Munuel, oder besser Jerik, beeinflusste sie zwar in dem Sinne, dass sie tatsächlich nach Savalgor ging, um sich in die Bruderschaft einzuschleichen, aber sie tat es dennoch hauptsächlich aus freien Stücken. Sie wusste nicht, dass ihre eigentliche Aufgabe darin liegen sollte, *mit mir zusammen* dort zu spionieren. Es war viel zu gefährlich. Sie ist… na ja…«

Victors Ärger über diese haarsträubende Manipulation verwandelte sich schlagartig in Betroffenheit, als er den Grund verstand. »Ja. Nur ein junges Mädchen. Sie wäre Chast völlig ausgeliefert gewesen!«

Quendras atmete auf. »Gut, dass du das richtig verstehst. Sie ist wirklich sehr tapfer und mutig… aber sie ist kein *Krieger*. Bei ihrer Aufnahme in die Bruderschaft wurde sie regelrecht auseinandergenommen. Ich war selbst dabei. Aber sie trug nur ihre ganz persönliche Racheabsicht im Herzen. Wäre sie von Munuel in alles eingeweiht worden…«, er schüttelte den Kopf. »Bei allen Dämonen, sie hätte jemandem verdächtig vorkommen können! Weißt du, was das bedeutet hätte?«

Victor hob die Schultern. »Folter…?«

»Ganz genau. Das hätte sie unmöglich ausgehalten. Sie hätte alles verraten und unser gesamter Plan wäre aufgeflogen. Das konnte Munuel unmöglich riskieren.«

Victor schnaufte. Ein Stück Wut fühlte er trotz all der Erklärungen dennoch in sich. »Schön ist es trotzdem nicht«, sagte er. »Ihr habt sie benutzt! Und einer gewaltigen Gefahr ausgesetzt – ohne das Risiko mit ihr zu teilen. Wäre sie erwischt worden, wäre euch nichts geschehen.«

»Ich weiß«, sagte Quendras verdrossen. »Es war ein dreckiges Spiel. Und jetzt, nachdem ich sie kennen gelernt habe, würde ich das um keinen Preis der Welt wiederholen. Damals war sie leider nur eine Unbekannte für mich – bis ich sie zum ersten Mal sah. Und ich war ein verfluchter Bruderschaftler.«

Die bittere Selbstkritik, die in diesen Worten mitschwang, gereichte Quendras zur Ehre. Schlimm genug, was sie getan hatten, aber wenn man dieses Mädchen erst einmal kannte, sollte es einem völlig unmöglich sein, sie für so etwas einzuspannen. Mit einem Zähneknirschen fragte sich Victor, wie Munuel das hatte über sich bringen können. Es hatte wichtige, ja sogar *sehr wichtige* Gründe für solch einen Plan gegeben, aber ob sie dennoch *ausreichend* waren, stand infrage. Victor nahm sich vor, Munuel eben das vorzuwerfen, und zwar in aller Schärfe.

»Also schickte er sie erst einmal los, ohne dass sie von ihrer eigentlichen Aufgabe etwas wusste«, stellte Victor fest.

»Wie gesagt: Er schickte sie nicht, sie ging freiwillig. Sie wollte ihre Schwester rächen. Sie stand die ganze Zeit in Kontakt mit ihm, hat ihm verschiedene Dinge über die Bruderschaft mitgeteilt, aber die eigentliche Aufgabe, davon hätte *ich* ihr erzählen sollen – später.«

»Und… warum hast du es ihr nie gesagt?«

Quendras winkte wieder ab. »So weit kam es nie. Ich schaffte es sogar, sie mir zuteilen zu lassen, so wie wir es geplant hatten. Wir arbeiteten unter dem Deckmantel zusammen, dass ich versuchen sollte, ihre erstaunliche Begabung zu erforschen, mit der sie unbemerkt über das Trivocum Kontakt aufnehmen konnte. Das klappte gut – niemand schöpfte Verdacht.«

»Ja, aber warum hast du ihr dann nichts erzählt? Von Munuel, Jerik, Ulfa und dem allen?«

Quendras hob die Arme. »Es war *mein* Fehler! Ich hatte mir gedacht: Wenn es so weit ist, dann sage ich es Roya einfach und die Sache stimmt. Aber so leicht war das nicht.«

»Wie meinst du das?«

»Nun überleg doch mal! Du bist ein junges Mädchen, fast wehrlos und hast dich irgendwo eingeschlichen.

Ständig hast du Angst, dass dich jemand erwischt und dass du dann umgebracht wirst. Hinter jeder Ecke lauert ein Feind. Und besonders verdächtig sind natürlich die Leute, die freundlich zu dir sind. Je freundlicher, desto verdächtiger. Und plötzlich kommt der finstere Quendras und erzählt dir eine vollkommen irre Geschichte von einem Pakt, den Drakken und einer wilden Verschwörung. Würdest du ihm glauben?«

Victor dachte kurz nach, dann schüttelte er den Kopf. »Nein. Natürlich nicht. Ich würde denken, der Kerl hat mich erkannt, und Chast hat ihm befohlen, mich auszutricksen!«

Quendras seufzte. »Genau. Also schob ich die Sache so lange vor mir her, bis ich wenigstens irgendeinen Erfolg vorzuweisen hatte. Irgendeine Information über den Pakt, die sie an Jerik weiterleiten konnte. Das wäre ihr möglicherweise schon etwas glaubwürdiger vorgekommen. Ach verdammt, ich wusste zu dieser Zeit überhaupt nicht, wie ich es anstellen sollte. Und ich bekam immer mehr Angst um sie. Sie hätte sich vielleicht verraten, wenn ich sie in diesen Zwiespalt gestürzt hätte. Ich dachte, je weniger sie weiß, desto sicherer ist sie.«

Victor zuckte die Achseln und seufzte dann. »Ich schätze, du hast genau das Richtige getan.«

»*Jetzt* erweist es sich als richtig! Aber damals bin ich fast verrückt geworden vor Sorge um sie. Es war ein verdammt verworrenes Spiel, das da ablief. Ein Wunder, dass wir heute hier sitzen und den Pakt haben.«

Victor sah wieder hinüber zu der Stelle, wo Roya noch friedlich unter ihren Decken schlummerte. Er konnte Quendras inzwischen gut verstehen. Roya gehörte zu den außergewöhnlichsten Menschen, die er je kennen gelernt hatte, und er spürte einen unangenehmen Druck auf der Brust, als er daran dachte, wie oft sie schon mit einem Bein im Grab gestanden hatte. Er liebte sie auf eine Weise, und der Gedanke, dass ihr etwas hätte passieren können, war ihm unerträglich.

»Und dann kamst du«, fuhr Quendras fort. »Chast zog sie von mir ab und unterstellte sie dir. Ich sah sie überhaupt nicht mehr, und sie wusste nicht einmal, dass ich ihr Freund war. Als die Nachricht kam, dass sie mit dir nach Hegmafor fliegen würde, hasste ich dich regelrecht.«

»Haha, wirklich? Bin ich so grässlich?«

Diesmal grinste Quendras. »Darauf kannst du wetten! Damals habe ich an einer Magie herumprobiert, mit der ich dir die Haut in Streifen abziehen und dich gleichzeitig rösten konnte!«

»Da muss der Augenblick, da du erfahren hast, dass ich ein Verräter war, ja eine unglaubliche Erleichterung für dich gewesen sein«, sagte Victor mit einem schrägen Lächeln.

»Allerdings. Ich hatte zwar noch Angst um sie, aber ich wusste immerhin, dass sie nun auf der richtigen Seite war.«

Victor grinste ihn an. »Ich hab sie geküsst!«

»Was?«

»Ja. Und fast jede Nacht ist sie in meinen Armen eingeschlafen!«

Quendras' Gesichtsausdruck verwandelte sich ob dieser Anspielung in Missmut. Er winkte ab. »Verkohl mich nicht. Was sollte ein Mädchen wie sie mit einem… wie *mir*?«

Victor boxte ihn ziemlich deftig auf den Oberarm. »He, großer Schwarzmagier! Gib nicht so schnell auf. Dass sie dich derzeit schneidet, ist der beste Beweis dafür, dass sie dich mag.«

Quendras ging nicht darauf ein. »Bleiben wir dabei: Ich trage die Verantwortung für sie und mache mir einfach nur Sorgen!«

Victor studierte Quendras' Gesicht. Es war schwer

zu deuten, was er wirklich für Roya empfand und was er sich selbst zutraute. Victor beschloss, das Thema zu wechseln. »Wie ging es dann weiter?«, fragte er.

Quendras holte tief Luft. »Nun, dann kam Rasnor ins Spiel.« Er legte eine kurze nachdenkliche Pause ein. »Dabei fällt mir ein: *Den* konnte ich noch weniger ausstehen als dich!«

»Danke für die Blumen. Was war mit Rasnor?«

»Chast schickte ihn los, um euch zu verfolgen. Da sah ich meine Chance.«

»Du hast ihn gebeten, Rasnor begleiten zu dürfen?«

»Ja. Mein Glück war, dass Chast mir vertraute, Rasnor jedoch nicht.« Sein Gesichtsausdruck wurde grimmig. »Auf der Reise nach Hammagor tat ich nichts anderes, als mich wieder mit alten Kampfmagien zu beschäftigen, die ich mal gelernt hatte. Ich wusste, dass es zu einem Kampf kommen würde, wenn ich mich erst auf eure Seite schlug. Aber ich wollte Roya da rausholen. Um jeden Preis.«

Victor schlug Quendras freundschaftlich auf die Schulter. »Verdammt, ich bin froh und stolz auf dich. Tut mir wirklich Leid, dass ich dich anfangs so schlecht behandelt habe.«

Quendras blickte nur verdrossen zu Boden.

»Komm«, sagte Victor munter und erhob sich. »Wir müssen weiter. Und…« Er blieb stehen.

Quendras blickte auf. »Hm?«

»Also… ich…« Victor war verlegen, aber er wollte es dennoch sagen. Er reichte Quendras die Hand und zog ihn hoch. »Nun, ab heute zählst du zu meinen Freunden, wenn ich das mal so sagen darf. Begraben wir das Misstrauen!«

Quendras nahm seine Hand und nickte. Dann machten sie sich daran, ihre Gefährten aufzuwecken und den Aufbruch vorzubereiten.

36 ♦ Faionas Sippe

Noch bevor die volle Helligkeit des Morgens über die Berge gekommen war, flogen sie schon wieder Richtung Süden. Tirao wirkte frisch und ausgeruht; er hatte sich, während sie auf dem kleinen Plateau frühstückten, auf Nahrungssuche begeben.

Nun strich er wieder in munterer Flugmanier durch die engen Täler des Ramakorums, schoss zwischen Stützpfeilern hindurch, über Sättel und Kämme hinweg und an monumentalen Felswänden entlang. Eigenartig an dieser Gegend war, dass es hier fast nirgends einen einsamen Baum oder Strauch gab. Es war wie eine Welt, die zu blankem Stein erstarrt war.

Je weiter sie nach Süden gelangten, desto höher wagte Tirao zu fliegen, denn nirgends sahen sie Drakkenschiffe. Nicht einmal andere Drachen begegneten ihnen, und Tirao meinte, sie würden sehr viel schneller vorankommen, wenn er nicht ständig tief in den Tälern fliegen musste.

Gegen Mittag wurden die Sonnenfenster größer und das südliche Ende des Landes Noor kündigte sich an. Nun wurde es langsam heller. Irgendwo Richtung Westen, wahrscheinlich nicht allzu weit entfernt, musste der Landbruch verlaufen. Erstes Grün von Bäumen oder Sträuchern zeigte sich, und ein kleines Tal, über das sie hinwegflogen, konnte sogar einen schmalen, mit Gras bewachsenen Uferstreifen an einem kleinen Fluss vorweisen.

»Wie weit ist es noch?«, wollte Leandra wissen.

Langsam ging sie dazu über, offen mit Tirao zu reden, sodass auch die anderen ihre Frage hören und im Trivocum auf seine Antwort lauschen konnten.

Wir werden bald da sein, antwortete der Drache. *Am frühen Nachmittag. Allerdings…*

»Ja«, sagte Leandra traurig. »Wir werden ihnen von Faionas Tod berichten müssen.«

Nun, das ahnen oder wissen sie bereits. Aber wir haben die Pflicht zu sagen, wie es geschah. Und dass sie für… euch *starb. Für Victor.*

Victor fühlte einen dicken Kloß in der Kehle. Schweigend flogen sie weiter. Die Berge unter ihnen wurden weitläufiger, die Täler grüner und die Gipfel strebten nicht mehr so weit hinauf wie in Noor. Das Licht, das hier wieder durch die Sonnenfenster flutete, machte die Welt schöner, lebendiger – aber auch gefährlicher. Hier konnten sie sich nicht mehr so gut in den tiefen Tälern verbergen, aber trotzdem blieben sie unbehelligt, kein Drakkenschiff tauchte auf. Seit sie gestern in den Schutz des Ramakorums geflohen waren, hatten sie keines mehr erblickt. Schließlich kündigte Tirao an, dass sie ihr Ziel erreicht hatten.

Vor ihnen lag ein großer, grauer Stützpfeiler, und sie konnten schon von weitem sehen, dass er von Höhlen durchzogen sein musste. Hier und da gab es schräge oder längliche Spalten in der Struktur des Felsens, die irgendwohin in die Dunkelheit führten. Und dann sahen sie die Drachen – es waren viele, sehr viele sogar. Faionas Sippe musste wesentlich größer sein als Tiraos. Es dauerte nicht lange, da kamen ihnen Drachen entgegen, darunter eine ganze Meute wild umhertobender Jungtiere. Sie waren viel kleiner als die erwachsenen Drachen und ihre ledrige Haut war dunkelgrau. Binnen kurzem waren Leandra und ihre Freunde von einem beachtlichen Empfangskomitee umringt, dessen Mitglieder sie neugierig beäugten.

Wenige Minuten später landete Tirao auf einem breiten Felssims unterhalb einer Seitenstrebe. Hier gab es im verwitterten Fels auch mehrere dunkle Spalten, die tief in den Stützpfeiler hineinführten.

Die Begegnung mit den Menschen war ganz offensichtlich ein einschneidendes Erlebnis im Leben von Faionas Sippe, denn das Trivocum war voller Aktivitäten. Die Tiere sprachen miteinander, und Leandra wunderte sich zuerst, dass sie nichts verstehen konnte. Dann endlich wurde ihr klar, dass die wenigen Drachen, die sie bisher gekannt hatte, stets nur die alte, gemeinsame Sprache der Drachen und Menschen gesprochen hatten, niemals jedoch die wahre Drachensprache.

Geduldig wartete sie, was geschehen würde.

Die Felsdrachen von Faionas Sippe besaßen eine etwas andere Färbung als Tiraos weiter im Norden lebende Art. Ihre Haut war heller und hatte einen grünlichen, teils rötlichen Schimmer. Ihre Erscheinung wirkte nicht ganz so elegant wie die Tiraos, da sie breiter und muskulöser gebaut waren, aber sie waren sehr kraftvolle und geschickte Flieger, was Leandra hier überall beobachten konnte. Dann entdeckte sie, dass es die weiblichen Drachen waren, die jenen rötlichen Schimmer besaßen – es war das erste Mal, dass sie auffällige Unterschiede zwischen den Geschlechtern bemerkte. Victor bestätigte ihr, dass auch Faiona den Hauch dieser Färbung besessen hatte.

Schließlich hatte sich die erste Aufregung gelegt. Einige Drachen saßen neugierig auf dem Felssims und beäugten sie. Unter den Jungtieren herrschte ein ständiges Kommen und Gehen; sie landeten auf dem Felssims, nur um gleich wieder davonzufliegen. Das Leben in einer solchen Drachensippe war staunenswert.

Langsam formte sich eine Gruppe aus älteren Drachen um sie herum, und Leandra versuchte zu erspüren, was sie fühlten; ob sie neugierig und erwartungsvoll oder eher misstrauisch waren. Tirao nahm das Gespräch auf. Er bediente sich der alten Sprache, sodass Leandra verstehen konnte, was er sagte. Die Drachen antworteten ihm sogar in dieser Sprache – Leandra empfand es als eine außerordentlich freundliche Geste den Menschen gegenüber.

Die traurige Nachricht von Faionas Tod war ein Schock für die Drachensippe. Der eine oder andere Drache berichtete, dass er bereits eine Ahnung gehabt hatte. Der Augenblick ihres Todes war durch eine unnennbare Sphäre gehallt, wo er auch bis zu Tirao vorgedrungen war. Er allein hatte gewusst, dass sich Faiona an einem gefährlichen Ort und in einer gefährlichen Situation befunden hatte, und er allein war in der Lage gewesen, dieses Signal richtig zu verstehen. Er war seit Jahren ihr Freund und Geliebter gewesen und hatte sie gekannt wie kein anderer. Nun, da auch Faionas Sippe die Gewissheit über ihr Schicksal erlangte, verwandelte sich die ausgelassene Stimmung in der Kolonie hoch droben an dem Felspfeiler in dumpfe Trauer.

Tiraos anschließende Bitte um Hilfe war deswegen umso schwieriger. Die Felsdrachen berieten eine ganze Stunde, aber schließlich gelang es Leandra und Tirao, sie von der Dringlichkeit ihrer Mission zu überzeugen. Es ging um ihr aller Schicksal.

Nerolaan, der Sippenälteste, sandte vier junge Drachen zu benachbarten Sippen, um die Nachrichten weiterzugeben. Ein Schauer fuhr Leandras Rücken herab, als ihr klar wurde, dass etwas ganz Großes geschah: Die seit zweitausend Jahren getrennte Verbindung zwischen den Menschen und den Drachen lebte wieder auf. Von echter Freundschaft zu reden wollte sie noch nicht wagen, dennoch, es geschah etwas.

Schon vor einem Jahr hatten die Menschen und die Drachen gemeinsam gegen eine Bedrohung gekämpft, und nun, da die Drakken davor standen, die Welt zu überfallen, rückten sie noch enger zusammen – die beiden größten und wichtigsten Rassen der Höhlenwelt.

Vor nicht allzu langer Zeit glaubte Leandra den wesentlichen Unterschied zwischen diesen beiden Rassen entdeckt zu haben und auch den Grund dafür, dass die alte Freundschaft einst in die Brüche gegangen und nie wieder aufgelebt war. Es lag in dem Phänomen, dass der Mensch ein anderer wurde, wenn er in großer Zahl auftrat. Das war bei den Drachen nicht so. Als Einzelwesen waren Menschen wie auch Drachen durchaus liebenswerte Geschöpfe. Sie besaßen moralische Werte, hegten gute Absichten und waren zu Freundschaft, Liebe und anderen Tugenden fähig. Während dies auf die gesamte Rasse der Drachen zutraf, war es bei den Menschen nicht so. Wurden die Menschen zahlreicher, dann gerieten die Massen in Bewegung und es kam zu Unruhen. Oft genug war es bestürzend, zu welch schrecklichen Taten Gruppen von Menschen in der Lage waren. Die Kriege der Vergangenheit hatten dies gezeigt. Als Masse waren die Menschen ein grausiger, blutrünstiger und gnadenloser Moloch, und es war die Frage, ob sie von den Drakken, den fremden Echsenwesen, in dieser Kunst allzu weit übertrumpft werden konnten.

Leandra hoffte es. Nein, sie hoffte nicht, dass die Drakken *noch* schlimmer waren, sondern dass die Menschen weniger schlimm waren, als sie es befürchtete. Es war kein angenehmes Gefühl, einer Rasse anzugehören, die brutal, kaltblütig und böse war, auch wenn man sich zu den *Guten* zählen konnte.

Die Drachen von Faionas Sippe hingegen erwiesen sich als sehr höfliche und verantwortungsvolle Freunde. Sie versprachen schließlich zu helfen, und Victor geriet in maßloses Staunen, als viele Drachen ihm ihr Mitgefühl ausdrückten, dass er Faiona verloren hatte. Sie betrachteten Faiona als seine ganz persönliche Freundin und trauerten mit ihm um ihren Tod. Befangen bedankte sich Victor.

Es wurde Nachmittag und Leandra drängte darauf, wieder aufzubrechen. Sie erklärte den Drachen, dass ein Gerücht besagte, die fremden Wesen könnten bald mit ihren Flugschiffen die Höhlenwelt angreifen. Während sie noch darüber sprachen, kehrten zwei junge Drachen von ihren Meldeflügen zu zwei benachbarten Sippen zurück. Sie brachten schlechte Nachrichten mit.

Es wurden bereits Flugschiffe gesichtet, erklärte einer der jungen Drachen. *Vom Norden und über das Meer kommen sie.*

Und es sind viele, fügte der andere hinzu. *Lanhaian und Oelhad erzählten, dass sie von einem Schiff verfolgt wurden, aber sie konnten es in den Bergen abschütteln. Und zwei Junge werden vermisst!*

Diese Nachricht war alarmierend.

»Wir müssen los!«, forderte Leandra. »Wenn sie aus dem Norden und übers Meer kommen, dann haben wir Glück im Unglück. Wir müssen nach Südosten.«

Gut, entschied Nerolaan. *Dann lasst uns sofort aufbrechen. Wir werden euch in einer großen Gruppe begleiten. Euer Pakt scheint unsere einzige Hoffnung gegen diese Fremden zu sein, und wir müssen dafür sorgen, dass er sicher in eure Hauptstadt gelangt.*

Leandra atmete auf. Sie war während der langen Unterhaltung immer nervöser geworden. Nerolaan wählte eine Gruppe von siebzehn erwachsenen Felsdrachen aus. Das war eine beruhigend große Streitmacht, und wenn Tirao, wie auch Faiona, allein mit einem Schiff fertig geworden war, dann würden die Drakken schon mit einer ganzen Flotte anrücken müssen, um sie besiegen zu können.

Bald darauf brachen sie auf. Jeder der fünf Menschen flog auf einem eigenen Drachen, sodass keiner von ihnen schwer zu tragen hatte und sie auf diese Weise auch schneller voran kamen. Tirao trug vorerst niemanden, er hatte eine Pause mehr als verdient. Aber er ließ es sich nicht nehmen, mit Nerolaan, der selbst mitflog, die Drachengruppe anzuführen.

Es war auffällig, wie sehr sich Roya zu den Drachen hingezogen fühlte. Sie flog auf dem Rücken eines Drachenmädchens namens Majana. Sie war schon ausgewachsen, doch noch jung und von eher zierlicher Gestalt. Sie war, wie man schnell erkennen konnte, sehr temperamentvoll wie auch voller Wärme und Neugier. Roya und sie passten gut zusammen. Während die übrigen vier Menschen eher froh waren, wenn der Flug nicht allzu lange dauerte, konnte Roya offenbar gar nicht genug bekommen. Aber dass Roya die Drachen auf besondere Weise mochte, hatte sich ja schon damals abgezeichnet, als sie Faiona gerettet hatte.

Sie flogen Richtung Osten direkt in die Berge hinein, denn die hohen Gipfel boten den besten Schutz. Und sie kamen wirklich schnell voran; noch bevor die Nacht hereinbrach, sahen sie in der Ferne am Horizont den Hauptkamm des Ramakorums auftauchen. Immer wieder hatten einzelne Drachen die Gruppe verlassen, um nahe Drachensippen aufzusuchen und ihnen die Neuigkeiten mitzuteilen. Sie schlossen dann aber schnell wieder auf.

Leandra bekam langsam das Gefühl, dass sie etwas wirklich Mächtiges in Gang gesetzt hatten.

Es wurde dunkler und sie beschlossen, die hohen Gipfel heute nicht mehr zu überfliegen, es war einfach zu gefährlich. Sie mussten bis auf sechs oder sieben Meilen hinauf und dort war es kalt. Wenn einer von ihnen müde würde, fänden sie womöglich in der Dunkelheit keinen tauglichen Landeplatz.

Nerolaan sandte ein paar seiner Artgenossen aus und bald darauf kam einer von ihnen mit der Nachricht zurück, dass er einen guten Platz für ein Nachtlager gefunden hätte. An einem Stützpfeiler gab es einen breiten Sims und an einer Stelle sogar einen Spalt, der in die Tiefe des Felsens führte und gut geschützt lag. Nerolaan war einverstanden und die gesamte Sippe vollführte einen Schwenk nach Norden. Eine Viertelstunde später landeten sie in etwa drei Meilen Höhe an einem seltsam schiefen Stützpfeiler. Doch sie mussten leider feststellen, dass der Spalt im Felsen für die Menschen zum Schlafen nicht sonderlich geeignet war. Der Boden war abschüssig, uneben und feucht, und ganz hinten plätscherte ein kleines Rinnsal entlang. Sie entschieden sich, draußen auf dem breiten Felssims zu nächtigen. Auch manche der Drachen ließen sich dort nieder, andere klammerten sich in drachentypischer Weise in die senkrechten Felswände und verschmolzen fast vollständig mit ihnen, um in dieser Stellung die Nacht zu verbringen. Tirao meinte, dass sie morgen sehr früh aufbrechen und mit Glück übermorgen am Abend Savalgor erreichen würden.

Es war tief in der Nacht, als Leandra aufwachte.

Sie lag halb über Victor und spürte seine warme Haut. Sie erinnerte sich, dass sie wieder miteinander geschlafen hatten, so leise, wie es nur möglich gewesen war, denn um sie herum waren lauter Drachen. Victor hatte deswegen Hemmungen gehabt, aber Leandra peinigte ein übergroßes Bedürfnis, ihm so nahe wie möglich zu sein. Denn es würde nicht mehr lange so sein.

Sie seufzte elend und hob den Kopf. Um sie herum war alles ruhig. Sie betrachtete die Umrisse der schlafenden Drachen; es war eine zutiefst friedvolle Szene und sie fühlte sich beschützt und sicher.

Und doch war eine seltsame Unruhe in ihr. Wie eine innere Stimme, sie die warnen wollte.

Sie richtete sich langsam auf und starrte in die Nacht. Es war sehr dunkel, der Felsenhimmel schien wolkenverhangen zu sein, denn nirgends drang Sternenlicht durch ein Sonnenfenster herab. Das Gefühl, dass etwas nicht stimmte, verstärkte sich. Es war fast wie eine Stimme in ihrem Kopf, die ihr eine Warnung zuflüsterte. Irritiert legte sie beide Handflächen an die Schläfen. Ganz schwach sah sie ein Stück entfernt den Umriss von Quendras, der offenbar Wache hielt. Er bewegte sich, war also nicht eingeschlafen, aber er schien nichts zu bemerken. Leandra wagte kaum zu atmen und starrte mit weit aufgerissenen Augen in die Nacht hinaus.

Dann sah sie es.

Für einen winzigen Augenblick riss irgendwo die Wolkendecke auf und Sternenlicht fiel durch ein Sonnenfenster in die Welt. Es genügte, um eine Anzahl ovaler Formen am Himmel vor ihnen sichtbar zu machen. Und sie waren nah, sehr nah.

»Wacht auf!«, schrie sie und sprang auf. »Die Drakken! Die Drakken sind da!«

Ruckartig schossen die Köpfe mehrerer Drachen in die Höhe; Quendras fuhr in die Höhe und starrte sie für Sekunden verblüfft an. Sie rüttelte Victor wach, der ein erschrecktes Gurgeln ausstieß, und rannte dann nach rechts, wo Roya und der Primas schliefen.

Noch bevor sie die beiden erreichte, ging es los.

Grelle Feuerstrahlen schossen durch den Himmel. Die heißen Energiebündel der Drakkenwaffen fauchten in die Felswand über ihnen und lösten eine wahre Gesteinslawine aus.

Doch Augenblicke später schon stoben die ersten

Drachen in den Himmel hinaus. Sie schossen in halsbrecherischen Flugmanövern durch den Himmel und stürzten sich todesmutig ins Gefecht. Roya war rasch auf den Beinen, im Gegensatz zu Leandra trug sie immerhin Unterwäsche. Gemeinsam zerrten sie den Primas in die Höhe, der offenbar völlig schlaftrunken war.

Einen Augenblick später pfiff irgendein grell leuchtendes, blaues Etwas unmittelbar über ihre Köpfe hinweg und krachte fünf Schritt hinter und über ihnen in die Felswand. Eine heiße Druckwelle erfasste Leandra und schleuderte sie nach vorn.

Sie kugelte über den harten Felsboden und blieb benommen liegen. Als sie wieder zu sich kam, stieß sie ein entsetztes Aufheulen aus, denn sie war kaum zwei Ellen von der Kante des Simses entfernt – eine Winzigkeit mehr und sie wäre eine Meile in die Tiefe gestürzt.

Leandra! Schnell!, hörte sie und ihr Kopf fuhr herum. Ein monströser grauer Schatten sprang auf sie zu, während um sie herum ein wahres Inferno aus Lärm, Energieblitzen, Magien und durch die Luft schießenden Drachenleibern herrschte. Sie erkannte Tirao und kämpfte sich auf die Füße.

Sie hatte keine Zeit mehr gefunden, irgendetwas anzuziehen, und es kam ihr verrückt vor, völlig nackt auf den Drachenrücken zu springen, aber ihr blieb nichts anderes übrig. Ein grellorange pulsierender Feuerball zischte heran und sie duckte sich entsetzt, obwohl er ein gutes Stück links und oberhalb von ihr vorbeiging. Mit einem panikerfüllten Satz rettete sie sich auf Tiraos Schwinge. Von dort kroch sie auf seinen Rücken und krallte sich so fest sie nur konnte.

Dann erlebte sie einen Start der besonderen Art. Tirao warf sich mit einem gewaltigen Sprung nach schräg vorn, über zwanzig Schritt weit, und wich damit einer Reihe von wabernden, nassgrauen Energiebällen aus. Doch er entfaltete seine Schwingen nicht, sondern ließ sich wie ein Stein in die Tiefe fallen. Das war ihr Glück, denn keine Sekunde später krachte eine Feuersalve in den Fels über ihnen.

Tirao blieb nichts weiter übrig, als sich immer weiter fallen zu lassen. Langsam, mit wachsender Entfernung, ließ das Feuer auf sie nach. Leandra hielt sich krampfhaft fest, sie hatte panische Angst, den Halt zu verlieren. Tirao breitete die Schwingen wieder aus und fing sich. In einer langen Kurve zischte er in die Waagrechte und schoss dann wieder in die Höhe. Der Wind toste um sie herum, aber Leandra musste sich keine Gedanken darum machen, dass es ihr ohne Kleider zu kalt werden könnte: Tirao glühte förmlich unter ihr und selbst in dem scharfen Wind konnte sie seinen durchdringenden Geruch nach heißem Kupfer wahrnehmen. Die unbändige Hitze des Drachenrückens an ihren Schenkeln wirkte beinahe erotisierend und ein seltsam euphorisches Gefühl durchbrauste sie. Sie blickte über die Schulter hinauf und hätte beinahe einen Jubelschrei ausgestoßen, als sie sah, dass dort oben mehrere Drakkenschiffe in hellen Flammen standen. Diese verfluchten Echsenwesen hatten die Drachen gründlich unterschätzt!

Doch dann blieb ihr der Jubel im Halse stecken.

Ihr Blick hatte eine gewaltige graue Form gestreift, ein riesiges Schiff, das abseits des Spektakels in der Luft schwebte und auf das Tirao geradenwegs zuschoss. Im nächsten Augenblick sah sie schon etwas aufblitzen.

»Tirao! Pass auf!«, schrie sie.

Kurz bevor der Energiestrahl ihre Flugbahn kreuzte, kippte Tirao in einem halsbrecherischen Flugmanöver nach links unten aus seinem Kurs.

Und Leandra flog geradeaus weiter.

Sie schrie entsetzt auf. Der Drachenrücken unter ihr

war nicht mehr da. Einen Augenblick später schoss sie durch eine Sphäre brennender Luft hindurch, die so entsetzlich heiß war, dass sie für Sekundenbruchteile dachte, das wäre das Ende.

Dann war sie hindurch und lebte aus irgendeinem unbegreiflichen Grund noch immer, aber jetzt ging es abwärts. Sie schrie vor Entsetzen und Verzweiflung – es war gut eine Meile bis dort hinab, bis sie irgendwo auf einem Felshang aufschlug. Sie würde sterben! Nun war ihr Abenteuer unwiderruflich zu Ende.

Dann schoss etwas an ihr vorbei und plötzlich spürte sie wieder Tiraos typische Drachenhitze – ganz in der Nähe. Er stürzte mit gleicher Geschwindigkeit wie sie in die Tiefe.

Mit einem Keuchen versuchte sie sich in der Luft herumzuwinden. Die Hornzacken des Drachenrückens kamen immer näher und sie kämpfte verzweifelt darum, sich so zu drehen, dass sie zufassen konnte. Plötzlich hatte sie eine der furchigen Kanten des Zackenkamms in der Hand. Sie strampelte und kämpfte sich um die eigene Achse. Tirao fing unterdessen seine Flugbahn immer mehr ab, während sich Leandra in einen Zwischenraum seines Hornkamms presste. Beinahe ging ihr dabei die Luft aus, aber sie schaffte es. Eine atemlose Minute später saß sie wieder richtig herum auf ihrem Platz. Ihr Herz raste und ihre Haut fühlte sich an, als würde sie glühen.

Bist du in Ordnung, Leandra?, fragte Tirao.

»Nein, ich...«, ächzte sie wie betäubt.

Du musst! Tiraos Stimme war mächtig und voller Dringlichkeit. *Der Kampf ist noch nicht vorüber!*

Sie keuchte, sah auf, versuchte sich zu orientieren. Tirao glitt eben in eine enge Kurve und sie wurde abermals an seinen Hornkamm gepresst, dass ihre Gelenke nur so knackten. Sie schloss die Augen, pumpte mehrmals tief und langsam Luft in ihre Lungen und versuchte sich klar zu machen, dass sie in wenigen Sekunden wieder voll da sein musste. Sie war Magierin und *musste* in diesem Kampf mithelfen.

Dann war Tirao schon wieder zurück am Ort des Geschehens. Er wich mehreren Salven aus einem Drakkenschiff aus und stieß dann eine brüllende Flammenwolke aus, die Leandra einmal mehr denken ließ, sie würde gebraten werden. Die Flammenwolke stieß mit solcher Gewalt in das Drakkenschiff, dass es erbebte. Das ganze Ding fing sofort Feuer und sackte nach unten.

Leandra erkannte, dass es ein verhältnismäßig kleines Schiff war. Alle Drakkenschiffe, die von den Drachen in Brand gesetzt und vernichtet wurden, waren *klein*.

Ihr Kopf fuhr herum und sie erblickte wieder das große Schiff.

Es stieg langsam aus der Tiefe auf. Bei aller magischen Gewalt, zu der die Drachen fähig waren – dieses Ding war einfach *zu* groß, als dass sie es hätten vernichten können. Sie sah, dass sich auf seiner Oberfläche einzelne Objekte bewegten. Es fiel ihr nicht schwer zu erraten, dass es sich um Waffen handelte. Es war nur noch eine Frage von Sekunden, bis das Schiff eine gewaltige Salve nach oben abschießen würde, die alles vernichtete. Die Drachen, womöglich auch die letzten eigenen Schiffe, Leandras Freunde – und den *Pakt*!

Nein! Das durfte nicht sein!

Aus ihrem verzweifelten inneren Aufschrei heraus entwickelte sich plötzlich ein äußert seltsames Gefühl. Es war wie ein Schwindel, und gleichzeitig brandete eine kolossale Hitze in ihr auf, größer noch als die Tiraos, vulkanisch geradezu. Leandra stieß ein entsetztes Röcheln aus, sie fühlte sich, als würde sie sich innerhalb von Sekunden in ein riesiges Fass voller Sprengpulver verwandeln. Die lähmende und befremdliche Gewissheit stieg in ihr auf, dass sie allein in der Lage war, dieses Drakkenschiff zu vernichten.

Das körperliche Gefühl dabei war entsetzlich. Es war wie würgendes Gift, das sie erbrechen wollte; wie ein ekelhafter Auswurf der allerschlimmsten Sorte, der nach einer durchsoffenen Nacht den Körper beutelte und üble Ausdünstungen verursachte. Sie fühlte sich wie das dreckigste Stück Abfall, das nichts dringender brauchte als eine vollkommene innerliche und äußere Reinigung – sie musste dieses *Etwas* loswerden. Was war das nur? Er grenzte ans Unerträgliche.

»Tirao!«, krächzte sie. »Näher. Näher an das große Schiff!«

Tirao zögerte, dann hielt er auf das große Drakkenschiff zu. *Das wirst du nicht schaffen, Leandra,* sagte er dumpf. *Es ist riesig!*

Aber da geschah es schon.

Es war in der Tat wie ein Erbrechen, ein groteskes Auskotzen einer unglaublichen magischen Gewalt, die sich aus Dingen zusammensetzte, die sie selbst nicht kannte. Sie setzte kein Aurikel, tastete nicht nach den Trivocum, benutzte nicht ihr Inneres Auge. Es war eine hässliche Magie, geradezu eine magische Dreckbrühe, die sie da ausstieß, und während sie es tat, fühlte sie sich, als müsste ihr Körper platzen.

Dann war das Zeug aus ihr heraus, waberte wie ein Hitzeflirren über heißem Stein auf das Drakkenschiff zu und hüllte es ein. Sie schnappte nach Luft und fühlte sich schon Augenblicke später von einer unglaublichen Last befreit.

Das Drakkenschiff indes löste sich auf, dampfend, wie in scharfe Säure getaucht. Es blitzte, funkte, krachte und knirschte und das riesige Ding zerfiel in tausend knisternde Einzelteile.

»Ich... Tirao...«, stöhnte sie.

Der Drache schwebte in der Luft, mit den Schwingen rudernd, sah dem sterbenden Drakkenschiff hinterher und sagte nichts.

»Bei den Kräften… ich… ich weiß nicht, was das war«, keuchte sie. »Bitte glaub mir. Ich weiß es wirklich nicht…«

Schon gut, Leandra, sagte Tirao. Es war ihm anzumerken, dass er ebenso wie sie gespürt hatte, dass diese Magie von einer Art gewesen war, die man nur noch als roh, primitiv, gefährlich und hässlich bezeichnen konnte. *Roh,* echote es in Leandras Kopf und ihre Verwirrung stieg nur noch mehr.

Es scheint, als hättest du uns damit gerettet, sagte Tirao. Er ließ sich nach unten sinken, nahm dabei Fahrt auf und glitt dann in einer Aufwärtskurve hinauf zu ihrem Lagerplatz am Stützpfeiler. Der Kampf dort oben schien ebenfalls vorbei zu sein.

»Tirao…?«

Ja, Leandra?

Sie suchte nach Worten, war noch immer von dem Entsetzen um die eigene Tat gebeutelt. »Bitte… ich bitte dich, erzähl niemandem davon. Ich muss erst herausfinden, was das war.«

Mach dir keine Sorgen. Ich behalte es für mich.

Sie flogen weiter und nach kurzer Zeit erreichten sie den Sims. Es waren nur noch drei der kleinen Drakkenschiffe da, sie trudelten brennend in der Luft, und es war klar, dass sie zu keiner Gegenwehr mehr fähig waren. Binnen kurzem würden sie abstürzen. Ein Dutzend Drachen umkreiste sie wachsam.

Tirao landete und Leandra ließ sich erschöpft von seinem Rücken gleiten. Roya kam ihr entgegengerannt. Sie hatte eine Decke dabei.

Leandra ließ sich auf den Hintern fallen und schlang die Arme um den Leib. Roya kniete sich zu ihr und warf ihr die Decke um die Schultern. Ihr Gesicht war voller Begeisterung.

»Wir haben keinen einzigen Drachen verloren!«, sagte sie jubelnd und umarmte Leandra. »Ein paar kleine Verletzungen, sonst nichts. Und auch uns ist nichts passiert! Nur dem Primas ist ein bisschen schummrig geworden. Victor kümmert sich um ihn.« Roya küsste die noch immer halb betäubte Leandra schmatzend auf die Wange. »Diese verfluchten Drakken! Das hätten sie nie gedacht! Ha!«

Leandra schloss die Augen und ließ die Stirn auf die Knie sinken. Kein einziger Drache tot! Und auch sonst keine Verluste. Was für ein unglaubliches Glück.

Quendras kam zögernd aus dem Hintergrund. Da Leandra nur mit der Decke bekleidet war, kniete er sich in respektvoller Entfernung zu ihr nieder. »Geht es dir gut?«, fragte er.

Sie nickte matt.

Er lächelte schwach und deutete mit dem Daumen über die Schulter. »Ich habe Victor schon gesagt, dass du lebend zurück bist.«

Sie holte Luft. »Wie geht es ihm? Ist er in Ordnung?«

»Ja, ja, ihm fehlt nichts. Aber der Hochmeister hatte einen Schwächeanfall. Doch offenbar nur, weil er so heftig geweckt wurde. Es geht ihm schon wieder besser.«

»Könntest du mir etwas zum Anziehen holen?«, bat sie ihn.

»Ja, natürlich.« Er erhob sich und eilte davon.

Als er weg war, grinste Roya. »He! Du hättest dich sehen sollen!«, sagte sie leise. »Wie du splitternackt auf den Drachen gesprungen und mit ihm auf und davon bist! Hui! Wirklich klasse!«

Leandra lachte leise. »Verdammt, ich bin völlig erledigt.«

»Wird schon wieder«, versicherte ihr Roya. Leandra

musterte sie und versuchte herauszufinden, ob sie etwas von dieser grauenhaften Magie mitbekommen hatte. Aber da war nichts.

Kurz darauf kam Victor, er hatte es übernommen, ihr die Kleider zu bringen. Leandra stand auf und ließ sich von ihm in den Arm nehmen.

»Wie geht es dem Primas?«, fragte sie.

»Wieder ganz gut. Er schläft.«

»Wir haben gewonnen«, stellte sie seufzend fest. »Und keinem von euch ist etwas geschehen. Du ahnst nicht, wie glücklich ich darüber bin.«

»Das kam mir vor wie ein geplanter Überfall«, meinte Victor. »Woher wussten die Drakken, dass wir bei Faionas Sippe waren? Drachensippen, die nachts an Felspfeilern schlafen, gibt es überall.«

»Ich weiß es nicht«, sagte Leandra matt. »Ich will jetzt nur noch schlafen. Ich fühle mich furchtbar.«

Victor schüttelte den Kopf. »Das solltest du verschieben. Wir müssen fort von hier!«

Sie starrte ihn betroffen an. Sein Gesicht war im Feuerschein des letzten Drakkenschiffs, das brennend einen Steinwurf abseits in der Luft taumelte, gut zu erkennen.

»Sie wissen, wo wir sind!«, sagte er. »Mit Sicherheit war dies nur ein Trupp Angreifer – du kannst darauf wetten, dass die Nächsten bald kommen!«

Leandra wandte sich um und beobachtete das brennende Schiff, das noch immer von etlichen wütenden Drachen umkreist wurde. Es trudelte zur Seite und sackte dann rapide nach unten weg. Augenblicke später war es in der Tiefe verschwunden. Das Licht auf dem Felssims verlosch.

Leandra suchte Victors Augen, schmiegte sich dann Schutz suchend an ihn. Als kurz darauf der dumpfe Knall des aufschlagenden Drakkenschiffes zu ihnen heraufhallte, seufzte sie. »Du hast Recht. Wir müssen fort. Aber ob die Drachen in so einer dunklen Nacht fliegen wollen?«

»Sie können es und sie werden es«, meinte Victor zuversichtlich.

Als Victor sich umwenden wollte, hielt Leandra ihn fest und klammerte sich an ihn. Tränen liefen ihr die Wangen hinab. *Victor, mein Lieber,* dachte sie verzweifelt. *Wie lange werde ich dich noch haben?*

37 ♦ Umweg

Leandra fühlte sich zu Tode erschöpft, sie sehnte sich nach jemandem, an dem sie sich festklammern konnte. Victor war mit Packen beschäftigt. Als Roya sich ihr näherte und sie ihr munteres Gesicht erblickte, lächelte sie verwirrt.

»Was ist?«, fragte Roya.

Leandra war verlegen. »Weißt du eigentlich, wie hübsch du bist?«, fragte sie. »Wie ein Engel.«

Roya starrte sie verständnislos an. »Spinnst du jetzt?«

Leandra wurde rot und blickte zur Seite. »Entschuldige«, sagte sie. »Ich wollte dich nicht…«

Roya rückte näher zu ihr und sah sie belustigt an. »Findest du wirklich?«

Leandra blickte auf, suchte in Royas Gesicht nach Spott, fand aber keinen. »Ja.«

Roya sah zu Victor, der mit Quendras und dem Primas zusammenstand und redete. Ein kleines Licht schwebte über ihnen. »*Ihn* solltest du hübsch finden, nicht mich!«

Leandra zuckte die Schultern. »So hab ich es nicht gemeint…«, hob sie an, aber dann verstummte sie. Die Unterhaltung wurde ihr peinlich. Sie blickte zu Boden, Roya hingegen rückte näher und legte ihr den Arm um die Schulter. »Was ist mit dir?«, flüsterte sie. »Seit zwei Tagen bist ganz seltsam. Du hängst an Victor wie eine Klette, bist abwesend und völlig durcheinander. Victor sagt, dass dir öfter schlecht wird…« Sie studierte Leandras Gesicht. »Bist du etwa schwanger?«

Leandra schnappte nach Luft. Verschreckt sah sie zu Victor, aber der stand zu weit abseits, um etwas davon mitbekommen zu haben. *Hoffte sie.* »Das hat er erzählt?«, fragte sie.

Roya schenkte ihr ein Lächeln. »Er erzählt mir viel, weißt du? Mach dir nichts draus. Gestern hat er mir offiziell eine Liebeserklärung gemacht.«

Leandra starrte Roya unschlüssig an. »Eine Liebeserklärung?«

Roya lachte leise auf und drückte Leandra an sich. »Bist du etwa eifersüchtig?«

»Ich?«

Roya winkte ab. »Das spar dir mal lieber. Victor und ich, wir verstehen uns einfach fabelhaft. Aber eher wie Geschwister, verstehst du? Ich hoffe, das macht dir nichts aus. Ich fühle mich gar nicht so schlecht als seine kleine Schwester.«

Leandra seufzte und nickte. »Ist schon gut«, meinte sie, schüttelte resigniert den Kopf und wandte den Blick zu Boden. »Nein, Roya. Schwanger bin ich ganz sicher nicht. Aber trotzdem – irgendwas ist mit mir. Ich weiß aber nicht, was.«

Roya drückte sie abermals. »Wenn wir in Savalgor sind, gehst du zu einem guten Heiler, ja? Ich mache mir Sorgen um dich.«

Leandra nickte matt. »Ja, das werde ich.«

»Ist dir wieder übel?«

»Nein, es geht schon. Komm, lass uns aufstehen. Wir müssen endlich aufbrechen.«

Mit Royas Hilfe stemmte sie sich in die Höhe. *Ja, es stimmt,* dachte sie. *Ich fühle mich wie eine Kranke.*

»Kommt, ihr Mädchen«, sagte der Hochmeister und winkte sie zu sich. »Wir besprechen gerade einen kleinen Umweg.«

»Einen Umweg?« Leandra und Roya traten zu den Männern.

Nerolaan, dessen mächtige Gestalt ein paar Schritte abseits ruhte, senkte seinen massigen Schädel.

Die Drakken werden uns weiter verfolgen, meinte er. *Wir müssen jederzeit mit ihnen rechnen und bis nach Savalgor ist es noch weit.*

»Ja«, pflichtete der Primas bei. »Wenn es uns nicht gelingt, sie abzuschütteln, könnte das fatal für uns enden. Wir dürfen nicht darauf setzen, noch einmal ein solches Glück wie gerade eben zu haben.«

»Aber wie wollen wir sie loswerden? Sie haben uns heute Nacht gefunden, obwohl wir nicht mitbekommen haben, dass sie uns verfolgt haben.«

Es gibt einen unterirdischen Fluss, erklärte Nerolaan. *Er liegt ein Stück nördlich von hier, aber wir könnten ihn schnell erreichen. Noch bis zum Morgengrauen. Wir wissen, dass er unter den großen Gipfeln des Gebirges hindurchführt und erst weit drüben im Osten wieder hervortritt.*

Roya pfiff leise durch die Zähne. »Und den können wir wirklich nehmen? Keine engen Stellen und so?«

Nein, Roya, versicherte Nerolaan. *Es sind schon mehrere von unserer Sippe hindurchgeflogen. Wir kennen diesen Fluss gut. Seinem unterirdischen Verlauf zu folgen gilt – oder galt – sozusagen als Mut- und Geschicklichkeitsprobe. Jedenfalls bei den jungen Drachen.*

Eine unüberhörbare Missbilligung schwang in Nerolaans Stimme mit. Sie war zweifellos an seine Artgenossen gerichtet, die seine Rede mithörten.

»So, wie du es ausdrückst, scheint es nicht ungefährlich zu sein«, warf Leandra ein. »Können wir denn wirklich…?«

Bevor wir uns missverstehen, Leandra, unterbrach Nerolaan sie, *wir Drachen werden nicht mitkommen. Wir lösen die Gruppe auf, überfliegen das Gebirge an verschiedenen Stellen und treffen uns mit euch im Osten wieder, dort, wo der Fluss wieder austritt.*

Leandra stieß einen Laut aus. »Aber… wir haben kein Boot!«

»Wir werden uns eins bauen, Leandra«, sagte der Primas. »Kein Boot, sondern ein Floß! Ich halte diese Idee für wirklich gut. Wir müssen nur eine Stelle finden, wo Babbu-Rohr wächst, aber da bin ich zuversichtlich. Laut Nerolaan gibt es entlang des Flusslaufs Sandbänke – da werden wir etwas finden. Es ist lange her, aber ich weiß noch, wie man sich daraus ein taugliches Floß baut. Als Kinder haben wir das gemacht. Damit können wir uns den ganzen Rest des Tages und die Nacht hindurch den Fluss entlang treiben lassen. Er mündet, wenn ich das richtig verstanden habe, etwa hundert Meilen nördlich von Hegmafor in die Ishmar. Ich würde sagen, wir sollten bis morgen früh auf der anderen Seite wieder heraus sein.«

Leandra war noch nicht überzeugt. »Auch wenn alles klappt – wir werden eine Menge Zeit verlieren!«

Der Primas nickte ernst. »Die Alternative wäre, einen weiteren Angriff der Drakken zu riskieren. Und ich glaube, das dürfen wir auf keinen Fall. Wir haben sie diesmal geschlagen, und das wird sie lehren, uns das nächste Mal mit anderen Mitteln anzugreifen.«

Victor schüttelte mit finsterer Miene den Kopf. »Der Hochmeister hat Recht. Einen weiteren Angriff dürfen wir keinesfalls riskieren. So dumm sind die Drakken sicher nicht, dass sie uns noch einmal eine Chance lassen. Wir würden alle sterben.«

Leandra schnaufte. »Und der Fluss? Ist das nicht gefährlich?«

Es ist an manchen Stellen sehr eng, räumte Nerolaan ein. *Deswegen galt dies ja auch als* Mut*probe! Jedoch nur für einen Drachen. Man kann nirgends landen. Und es ist dunkel, sodass man sich mit Magie behelfen muss. Aber für ein* Floß *ist es bestimmt machbar.*

Roya grinste. »Es klingt so, als würdest du diesen Fluss ebenfalls gut kennen, Nerolaan.«

Leandra hatte auch schon so eine Ahnung gehabt, aber sie hätte nicht gewagt, sie auszusprechen. Sie verzog das Gesicht in Erwartung einer scharfen Bemerkung, aber der Drache reagierte nach kurzem Zögern mit Milde.

Ich war auch mal jung, gab Nerolaan zu und so etwas wie ein Seufzen klang durchs Trivocum. *Jung und dumm. Es ist sehr gefährlich, dort hindurchzufliegen, denn es gibt keine Landemöglichkeit. Wenn man die Orientierung verliert, muss man sich ins Wasser fallen lassen. Und kein Drache kann aus dem Wasser heraus starten.*

»Es sind schon welche von euch ertrunken?«

Nicht viele, Roya, aber dennoch. Es sind nicht nur die Jungen unserer Sippe. Jedes Jahr werden auf der anderen Seite ein oder zwei von denen angespült, die es dennoch gewagt haben.

Roya und Leandra ließen einen Laut des Bedauerns hören, während Quendras schwieg. Aber Leandra spürte auch, dass ein solches Verhalten zu den jungen Drachen passte. Es waren Wesen voll sprühender Lebenskraft, die zu großartigen Leistungen in der Lage waren, und es erschien ihr fast ein wenig grotesk, dass diese Wesen zeitlebens kein Wagnis eingehen sollten – und sei es nur, um ihren ungestümen Mut und ihr Fluggeschick zu beweisen. Sie behielt ihre Gedanken jedoch für sich.

»Wir sollten nicht mehr lange warten«, meinte sie und blickte in die Nacht hinaus. »Wenn das Ganze klappen soll, dann dürfen die Drakken nicht mitbekommen, was wir vorhaben!«

Rasnor kochte vor Wut.

»Ihr habt einfach auf sie gefeuert?«, brüllte er den *LiinCaal* an. Er war der Drakkenoffizier, dem es in der

Nacht lobenswerterweise gelungen war, die Flüchtigen zu finden.

Der Drakken funkelte ihn mit ebenso großer Wut an. »Unsere Sensoren haben über fünfzehn Drachen in der näheren Umgebung geortet!«

Rasnor wusste nicht, was *Sensoren* waren und was *orten* bedeutete, aber das war ihm auch egal. Er griff sich an den Kopf. »Du dachtest wohl, da braucht man nur *schießen*, was? Idiot!«

Über dem seltsamen Sockel rechts neben ihm erschien das typische Flimmern, das eine Übertragung ankündigte. Rasnor fuhr herum, als er die Umrisse des *uCuluu* in der Luft entstehen sah. Er wusste, dass er vollständig aus der Haut fahren würde, wenn sich der Oberste Drakken ebenfalls auf die Seite seines Idioten-Offiziers stellte.

Der *uCuluu* raunte dem *LiinCaal* einen Befehl zu, und der Offizier erstattete in einer Sprache Bericht, die Rasnor fremd war. Es dauerte nicht lange.

»Der *LiinCaal* hat die Gruppe dieser Leandra angreifen lassen, Erzquästor. Was ist daran falsch?«, fragte der *uCuluu* dann.

Rasnor schnaubte. »Was daran falsch ist, *YeohMaar?* Liegt das nicht auf der Hand?«

Der Oberste Drakken zögerte und nickte dann. »Er hat seine gesamte Einheit verloren.«

»Und sich selbst nur mit Mühe in einem kleinen Beiboot retten können! Sagt das nicht alles über die Gefährlichkeit dieser Leandra und ihrer Leute?«

»Ja. Das trifft zu.«

Rasnor hob einen Finger. »Ich habe Euch vorgewarnt, *YeohMaar!* Ich habe es in aller Deutlichkeit gesagt.«

Der Oberste Drakken nickte.

»Dass dieser… Trottel hier seine Einheit verloren hat«, sagte Rasnor mit einem verächtlichen Seitenblick auf den Offizier an seiner Seite, »tut mir ehrlich gesagt, nicht besonders weh. Was viel schlimmer ist: Er hätte Erfolg haben können. Aus purem Zufall!«

Der *uCuluu* studierte Rasnors Gesicht. »Und das wäre nicht gut gewesen?«

»Nein, verdammt! Ich…«

»Mäßige dich!«, zischte die Stimme des *uCuluu* durch den Raum.

Rasnor schnaufte und lockerte die geballten Fäuste. »Sie hätten alle getötet werden können! Ihr habt mir versprochen, dass ich Leandra unverletzt in die Hände bekomme!«

Der *uCuluu* verzog das Gesicht. »Ich weiß nicht, ob ich das noch befürworten kann«, sagte er. »Sie scheint derart gefährlich zu sein, dass es mir äußerst riskant vorkommt, sie gefangen zu nehmen. Sie könnte jederzeit ein Inferno losbrechen lassen!«

»Das könnte ich auch!«, rief Rasnor. »Dennoch…« Abermals mahnte er sich zur Ruhe und sprach leiser weiter. »Deswegen brauche ich ja auch alle anderen, *YeohMaar!* Wir müssen diesen Victor und die kleine Roya als Geiseln nehmen. An einen anderen Ort bringen und mit Hilfe der Drohung, die Geiseln zu töten, die Magier innerhalb der Gruppe dazu zwingen, still zu halten. Wir können sie zwingen, keine Magien zu wirken.«

»Eine schwierige und riskante Sache.«

»Aber Ihr habt es mir zugesagt!«

Wieder schwieg der *YeohMaar* eine Weile. »Was sollen wir tun? Diese Leute so weit in die Enge zu treiben, dass sie sich ergeben?«

»Vor allem *mich* informieren, sobald sie wieder gefunden werden! Und niemand darf schießen, ehe ich nicht dort bin. Sie sind langsam, *YeohMaar!* Viel langsamer als Eure Schiffe. Wir können sie leicht eine Weile verfolgen und eine günstige Gelegenheit abwarten!

Und dann schießen wir nicht, sondern wir tricksen sie aus! Wenn Ihr sie mit Euren Feuerkanonen verbrennt, werdet Ihr nachher nicht wissen, ob sie den Pakt hatten oder nicht.«

»Du sagtest, dass es fraglich sei, ob man ein magisches Ding wie diesen Pakt überhaupt mit Feuer vernichten kann.«

»Ja, das sagte ich – aber ich *weiß* es nicht! Wollt Ihr es darauf ankommen lassen? Ihr müsstet zuletzt die ganze Welt in Schutt und Asche legen, um sicher zu gehen, dass der Kryptus niemals ausgelöst werden kann!«

Abermals dachte der *uCuluu* nach. »Gut. Du sollst deinen Willen haben, Erzquästor. Ich…«

Rasnor verzog das Gesicht. »Erspart mir diesen Titel, *uCuluu*. Er kommt mir vor wie ein dummer Spott.«

Der *YeohMaar* nickte. »Wie du willst. Ich befehle allen Offizieren unterhalb der *u*-Ränge, auf deine Weisungen zu hören! Aber das gilt nur für *diese* Sache. Glaube nicht, dass ich dich meinen Verband kommandieren ließe!«

»Ja, natürlich.«

»Und ich rate dir, deine Sache gut zu machen! Ich werde dich nur so lange stützen, wie du mir nützt. Wirst du zu einer Belastung, werde ich dir nur kurze Zeit gewähren, das abzustellen. Gelingt es dir nicht, bist du tot.«

Rasnor biss die Zähne aufeinander. Der *uCuluu* tat besser daran, ihm in einem solchen Augenblick, sollte er je kommen, nicht zu nahe zu sein. Sonst würde er ihn, und nicht nur ihn, *mit* in die Hölle nehmen!

Das Bild des *uCuluu* verblasste und Rasnor wandte sich wieder dem *LiinCaan* zu. »Hast du gehört, Blödmann?«, fuhr er ihn an. »*Ich* habe jetzt hier das Kommando! Und ich will augenblicklich dorthin, wo ihr sie zuletzt gesehen habt!«

Wortlos wandte sich der Drakkenoffizier um und trat zu seinen Artgenossen, die vor einer gewaltigen Wand von unbegreiflichen Geräten saßen. An dem leichten Ruck merkte Rasnor, dass das Drakkenschiff Fahrt aufnahm.

Im Morgengrauen erreichten die Drachen den unterirdischen Fluss. Der nächtliche Flug über die Berge war aufregend und gefährlich zugleich gewesen; es war ein beinahe berauschendes Gefühl, durch die Nacht zu gleiten und nichts als gigantische Umrisse zu sehen, die einen umgaben. Gleichzeitig aber war da die Angst, wieder auf Drakken zu treffen, und die Gewissheit darüber, dass man diesmal vermutlich nicht so leicht davonkommen würde. Aber sie hatten Glück – sie waren früh genug geflohen und offenbar hatten die Drakken sie nicht mehr aufspüren können.

Der Fluss, der sich im sandigen Grund einer tiefen und breiten Schlucht dahinschlängelte, bot zahlreiche Stellen, an denen Babbu wuchs. Sie suchten sich eine aus, an der die Drachen auf einem flachen Uferstreifen gut landen konnten. Hier war noch nichts davon zu sehen, dass der Fluss bald unter den Bergen verschwinden würde, er wirkte nur wie ein riesiger See von hellgrüner Färbung, der zwischen monumentalen Felswänden eingeschlossen war und sich irgendwohin, Richtung Osten, in einer schmaler werdenden Schlucht verlor. Das Wasser schien ruhig, aber wenn man genau hinsah, erkannte man seine stetige Strömung, die nach Osten zog.

Außer Tirao und Royas neuer Freundin Majana stiegen die Drachen gleich wieder in die Höhe und verschwanden in den unterschiedlichsten Richtungen. Keine zwei blieben zusammen. Man hatte sich mit dem Versprechen verabschiedet, sich morgen am Vormittag auf der anderen Seite vom Hauptkamm des Ramakorums wieder zu treffen. Ob dieses Zeitmaß genau einzuhalten war, erschien fraglich, aber mit Tirao waren es achtzehn Drachen, und sie würden sicher keine Probleme haben, den Flusslauf auf der anderen Seite der Berge notfalls abzusuchen.

Der Primas schätzte die unterirdische Strecke, die sie zurückzulegen hatten, auf fünfzig bis hundert Meilen. Genauer war das nicht zu sagen. Wenn sie mit dem Floß in der Stunde zwischen fünf und zehn Meilen weit trieben, dann waren sie spätestens nach zwanzig Stunden wieder heraus.

Insgesamt klang alles sehr gut durchdacht, und wenn es so klappte wie geplant, dann mussten die Drakken ihre Spur wirklich vollkommen verlieren. Dass ein Drakkenschiff dort unten in den unterirdischen Flusslauf hineinfliegen konnte, hielt Nerolaan für ausgeschlossen. Es war viel zu groß. Und wenn sie sich beeilten, würde kein Drakken je erfahren, wohin sie überhaupt verschwunden waren.

Victor und Quendras machten sich sofort ans Fällen der Babburohre; aus der Hinterlassenschaft von Rasnors Leuten waren ihnen ein paar Waffen und Werkzeuge hinterblieben, mit denen sie das bewerkstelligen konnten. Das Babburohr wuchs im seichten Uferwasser doppelt mannshoch und bestand aus kräftigen Röhren von etwa der Dicke eines Handgelenks. Es brauchte nur ein paar beherzte Schläge, um eines davon zu fällen, und Victor und Quendras machten sich mit Eifer ans Werk. Schon nach Minuten konnten Leandra und Roya damit beginnen, die einzelnen Rohre mit Messern von ihren Blättern zu befreien und mit Fasern zusammenzubinden, die sie ebenfalls aus den Babbu-Rohren gewannen. Der Primas schabte sie mit einem Messer herunter. Er leitete die Arbeit fachkundig an und das Floß nahm überraschend schnell Gestalt an.

Nach einer halben Stunde hatten sie schon ein

Grundgerüst beisammen und neue Zuversicht machte sich unter ihnen breit, dass es klappen würde. Währenddessen kreisten Tirao und Majana hoch in der Luft und hielten nach Drakkenschiffen Ausschau. Der Primas hatte ein Feuer entfacht und kochte den Saft aus den klebrigen Samen der Babburohre heraus, den sie nutzen konnten, um dem Rohrgeflecht mehr Halt zu geben und die Fasern an den Verbindungsstellen zu verkleben. Sobald das Zeug abkühlte, erstarrte es zu einer zähen Masse, die zudem auch wasserfest war.

Trotzdem arbeiteten sie zweieinhalb Stunden in fieberhafter Eile, ehe der Primas das Floß als schwimmtüchtig bezeichnete. Nach der ersten Arbeitsstunde hatte er darauf bestanden, es noch einmal auseinander zu nehmen, um es neu und besser aufzubauen. Victor und Quendras hatten inzwischen genügend Rohre geschnitten, und während Victor neue Samen suchte, beschäftigte sich Quendras mit dem Auskochen. Die beiden Drachen flogen unablässig Schleifen über der Schlucht, stießen in verschiedene Richtungen vor und hielten dabei Verbindung zu Roya. Sie war die Beste von ihnen in Sachen Verständigung über das Trivocum. Sie hatten vereinbart, dass sie sich alle sofort verstecken sollten, falls die Drachen etwas sahen. Aber wieder hatten sie Glück und blieben ungestört.

Endlich war das Floß fertig. Es sah nun wirklich solide aus und schwamm bereits Vertrauen erweckend sicher auf dem Wasser. Der Primas erklärte, dass es verteufelt gefährlich wäre, sollte es sich auf halber Strecke auflösen, und so nahmen sie sicherheitshalber einen dicken Strunk Babbufasern und einen vollen Topf ausgekochten Saft mit.

Das Floß war recht groß – etwa sieben Schritt lang und vier breit. Zuletzt hatten sich Victor und Quendras noch um einen kleinen Mast nebst Querstange gekümmert, an den sie ihre Schlafdecken hängten, denn ein sanfter Wind blies über das Wasser in Richtung Osten; den konnten sie ausnutzen. Dann wateten sie ins Wasser, stemmten sich auf das Floß und die Reise ging los.

Tirao war sehr besorgt und er und Majana flogen noch für mehr als zwei Stunden Kreise über ihnen. Ständig berichteten sie Roya, wenn sie glaubten, etwas gesehen zu haben, aber jedes Mal erwiesen sich ihre Befürchtungen als unbegründet. Während dieser Zeit glitt das Floß ruhig durch das grüne Wasser immer weiter in die Tiefe der Schlucht hinein, und bald waren die Felswände links und rechts so immens hoch, dass sie den Himmel nur noch als einen schmalen, hellen Steifen weit, weit oben wahrnehmen konnten. Es wurde dunkler und dunkler und sie nahmen an, dass sie nun bald in die unterirdische Grotte eintreten würden. Nach Nerolaans Beschreibung gab es mehrere schwierige Stellen, jedenfalls für einen Drachen, an denen er nur ein paar Ellen über der Wasseroberfläche und unter den Felsen hindurchschießen musste, und die Stellen, an denen ein Drache sich ausruhen oder sie ihr Floß festmachen konnten, waren rar. Dort, wo es im Flussverlauf wirklich gefährlich wurde, gab es keine einzige davon.

Noch einmal trieben sie in einen breiten Abschnitt des Flusses, wo sich der Himmel öffnete, und sahen Tirao wieder. Majana schien schon fort zu sein. Tirao teilte Roya mit, dass der dunkle Teil bald beginnen würde. Bald darauf wurde die Schlucht schmaler und schmaler, das Licht schwand und sie fuhren in den tintenschwarzen Schlund einer riesigen Höhle hinein. Ein letztes Lebenszeichen kam noch von Tirao, ein Abschied und ein Wunsch des Glücks, dann war auch er fort.

38 ♦ Tunnelfahrt

Victor legte den Arm um Royas Schultern und küsste sie auf die Schläfe. »Jetzt musst du's zugeben, mein Schatz!«, sagte er lächelnd. »Einmal kommt für jeden die Stunde der Wahrheit!«

Die drei anderen sahen sie erstaunt an und Leandra fragte: »Zugeben? Was denn?«

Roya blickte verlegen nach unten auf die kreuz und quer verwobenen Babbu-Rohre, auf denen sie im Schneidersitz saß.

»Nur Mut!«, sagte Victor und knuffte sie leicht.

»Was ist denn los?«, fragte Leandra.

Roya ließ einen langen Seufzer hören. »Ich… ich kann kein Licht machen.«

Leandra, der Primas und Quendras sahen sich verwundert an. »Du kannst kein… was?«, fragte Quendras.

Roya warf eine kleine Faser ins Wasser und sagte: »Kein Licht. Ich hab's nicht gelernt. Tut mir Leid.«

Leandra lachte auf. »Du bist aber *dran*!«, sagte sie.

»Ich weiß!«

Einen Augenblick später wurde es schlagartig dunkel um sie herum und man hörte Leandra nur noch kichern. Der Fluss rauschte leise dahin, ansonsten gab es hier nur kalte, tiefe Dunkelheit. Leandra tastete nach Victors Hand.

»He!«, rief Roya aus. »Das ist ungerecht!«

»Lerne es!«, entgegnete Leandra vergnügt.

»Aber wie? Ich weiß es einfach nicht!«

»Du kennst keinen Schlüssel der Erdmagie für Licht? Oder einen der Luftmagie?«

»Keine Ahnung. Erdmagie, Luftmagie, das sagt mir nichts.«

Nun meldete sich der Primas mit sonorer Stimme. Sie klang tadelnd. »Sieh an. Ich dachte es mir schon. *Noch* eine Kodexbrecherin!«

»Ich habe ihn nie gebrochen, denn ich kenne ihn gar nicht, Hochmeister«, erwiderte Roya leise.

Ein Licht flammte über ihnen auf, es war nur schwach. »Wer war dein Lehrer, Mädchen?«

»Jerik«, antwortete sie.

»Jerik? Nie gehört? Wo lebt er?«

»Er ist ein Einsiedler und lebt nördlich von Minoor, mitten im Wald. Bei einem See.«

Der Primas räusperte sich. »Wenn wir diese Sache durchgestanden haben, werde ich etwas gegen derlei Umtriebe unternehmen!«, kündigte er an. »Der Cambrische Orden wurde nicht umsonst gegründet. Wir haben einen Kodex der Elementarmagie und an den hat sich jeder Magier im Land zu halten!«

Für eine Weile herrschte betroffenes Schweigen auf dem Floß. Dann meldete sich Leandra zu Wort. »Glaubt Ihr nicht, Hochmeister Jockum, dass wir uns demnächst ein wenig… nun, umstellen müssten?«

»Wie meinst du das, Leandra?«

»Nun, wenn wir dies alles einigermaßen unbeschadet überstehen sollten, werden wir uns mit einigen neuen Dingen abfinden müssen. Ich hab euch ja schon erzählt, dass sowohl Munuel als auch Meister Fujima und ich den Kodex gebrochen haben. Roya hat von diesem Jerik offenbar eine Magie erlernt, die völlig jenseits der Elementarmagie liegt. Und Quendras verwendet sogar die *Rohe Magie*. Ihr seid von lauter Leuten umgeben, die sich nicht mehr an den Kodex halten.«

Jockums Miene spiegelte Unmut und Ärger. »Worauf willst du hinaus, Leandra?«, fragte er streng. »Willst du etwa den Kodex abschaffen?«

»Er müsste zumindest überarbeitet werden. Viele Dinge sind nicht mehr zeitgemäß.«

Der Primas wurde ärgerlich. »Und *du* willst das entscheiden, Kind? Du bist kaum über zwanzig!«

»Ganz Unrecht hat sie nicht, Hochmeister«, sagte Quendras. »Ich selbst beschäftige mich seit über acht Jahren mit der Kultivierung der Rohen Magie. Dieser Name ist einfach überkommen. Er ist zweitausend Jahre alt. Die heutige Rohe Magie ist wohl nicht so diszipliniert wie die Elementarmagie, aber auf gar keinen Fall so gefährlich, wie sie noch immer von den Cambriern hingestellt wird. Jedenfalls nicht dann, wenn man sich an gewisse Regeln hält.«

»Aha! Regeln!«, sagte der Primas.

»Ja, warum nicht? Das heißt aber nicht, dass allein die Regeln des Kodex gültig sein müssen. Dieser... *Kodex* muss weiter gefasst werden, neue Formen beinhalten und wichtige Regeln für *alle* Magieformen zusammenfassen. Ich weiß beispielsweise über Royas Magie, dass sie mit weitaus geringeren stygischen Kräften arbeitet, in mancherlei Hinsicht aber viel wirkungsvoller ist, weil sie sich sehr komplexer Verwebungen bedient. Möglicherweise ist das der Grund, warum Roya damit kein Licht erzeugen kann. Sie sollte dies vielleicht mit Elementarmagie tun. Weil ihre Methode dafür keine günstigen Voraussetzungen bietet.«

Der Primas brummte nur etwas.

»Allein um die Magie geht es mir gar nicht«, ergriff Leandra wieder das Wort. »Es gibt auch viele andere Dinge, um die wir uns kümmern müssen. Da sind die Drakken, und selbst wenn wir sie mit Hilfe des Kryptus besiegen oder vertreiben können, glaube ich nicht, dass wir für alle Zeiten Ruhe vor ihnen haben werden. Dann gibt es noch das Geheimnis unserer Herkunft.«

Sie klopfte auf den Rucksack, der neben ihr lag. »Nach dem, was ich aus diesen Schriften herausgelesen habe, müssen wir uns wirklich mit der Frage beschäftigen, woher wir stammen. Es erscheint mir immer wahrscheinlicher, dass wir tatsächlich Nachfahren von Menschen sind, die einst auf der Oberfläche dieser Welt lebten. Und wir besitzen vermutlich auch eine gemeinsame Vergangenheit mit den Drachen.«

»Mit den Drachen?«, fragte Victor.

Sie nickte. »Ja, ich habe in den Büchern einige Andeutungen entdeckt. Leider ist mein Anglaan viel zu schlecht; Ihr habt mir bisher nur ein paar Begriffe beibringen können, Hochmeister. Aber ich wette, dass wir noch auf ziemlich verwirrende Sachen stoßen werden. Warum scheint es außerhalb unserer Welt nirgendwo Magie zu geben? Wo stammen die Drakken her? Und die Drachen? Ich habe das Gefühl, als hätten wir uns vor langer Zeit in diese Höhlen verkrochen und uns verboten, über uns oder die Welt nachzudenken. Mit Hilfe der Magie ist alles so schön bequem. Man kann sich, wenn es schwierig wird, immer helfen und die Magie scheint alles zu erklären.« Sie machte eine kurze Pause. »Ich glaube, wir stehen am Beginn einer Zeit, in der sich alles ändern wird«, schloss sie.

»Mit Pech werden wir in Kürze alle tot sein«, erwiderte der Primas missmutig.

»Seht ihr? Das ist genau das, worauf ich hinaus will«, erklärte Leandra. »Ich glaube, wir sollten in dem Bewusstsein, dass alles in Wahrheit ganz anders ist, an die Sache herangehen. Wenn wir die Drakken mit dem Kodex in der Hand bekämpfen wollen, verzichten wir vielleicht auf die stärkste Waffe, die wir haben. Genau genommen könnten wir dann nicht einmal den Kryptus auslösen. Er entstammt der Rohen Magie.«

Der Primas warf die Arme in die Luft. »Leandra! Damit stellst du unsere gesamten Werte auf den Kopf!

Alles, was wir an Regeln haben! Woran sollen wir uns dann noch halten, woran orientieren?«

»Ich weiß es nicht, Hochmeister. Wir müssen Neues schaffen. Wir treiben«, und damit hob sie die Arme, »im Dunkeln. Mit einem kleinen Licht über dem Kopf. Um uns herum liegt eine riesige Welt, die wir nicht sehen können. Weil wir nur so ein kleines Licht haben. Wir müssen es heller machen und uns umsehen!«

Sie richtete den Blick hinauf und mit einem Mal flammte weit oben, unter der Decke dieser riesigen Kaverne, ein helles Licht auf. Victor wusste gleich, dass es von Leandra stammte. Und im selben Augenblick sahen sie alle eine erstaunliche Welt von gewaltigen Tropfsteinen. Sie glitzerten im Licht und besaßen erstaunlich viele Farben. Victor legte den Arm um Leandras Schultern und traf die gleiche Feststellung, die Roya schon am Morgen getroffen hatte: Leandra hatte sich verändert. Irgendetwas war mit ihr geschehen und er wusste nicht, was.

Das Floß hielt gut und die Fahrt ging zügig weiter, da ein sanfter Luftstrom durch die Kavernen zog. Zum Glück brachte er zusätzlich ein wenig Wärme mit sich, sonst wäre es unangenehm kalt geworden. Leider aber gab es eine andere Kälte – eine ungute Stimmung, die nicht recht von ihnen weichen wollte. Sie waren einfach zu nahe beisammen, konnten keinen anderen Dingen nachgehen oder sich, wenigstens für ein paar Stunden, aus den Augen verlieren.

Leandra hatte ihr helles Licht wieder verlöschen lassen und kam schließlich auf die Idee, Roya eine Methode aus der Elementarmagie zu erklären, mit der sie ein Licht machen konnte. Die ersten Versuche waren kläglich, da Roya tatsächlich diese Magieform überhaupt nicht kannte. *Munuel* hatte ihr offenbar etwas ganz anderes beigebracht.

Endlich gab es etwas Abwechslung, als der Fluss sich durch ein paar enge Stellen wand und das Wasser rauer wurde. Dann wurden sie überrascht, als ein Drache, weißes Feuer ausstoßend, über sie hinwegschoss. In der nächsten größeren Höhlung sahen sie ihn wieder, er kreiste über ihren Köpfen.

»Es ist ein Jungtier«, sagte Leandra aufgeregt und deutete in die Höhe. »Offenbar gerade bei einer Mutprobe!«

Der Drache glühte in weißem Feuer, flog noch ein, zwei Kreise über ihnen, während er sie neugierig beäugte. Leandra versuchte, Kontakt mit ihm aufzunehmen, aber er antwortete nicht. Augenblicke später schoss er davon.

»Jetzt verstehe ich«, sagte Roya. »Langsam fliegen – das geht hier unten nicht. Sie müssen im Eiltempo durch, sich den Weg selber beleuchten und auch ihre Sicht übers Trivocum nutzen. Das ist sicher gefährlich.«

Sie nickten alle, während sie in die Richtung blickten, in die der Drache verschwunden war. Seit etwa zehn oder zwölf Stunden trieben sie nun den unterirdischen Fluss entlang und ihr Verlangen nach dem Tageslicht wuchs.

»Es dürfte draußen jetzt ohnehin Abend oder Nacht sein«, erklärte der Primas auf Royas Frage hin, wie lange sie noch brauchen würde. »Hab Geduld, mein Kind. Der Drache hat uns gezeigt, dass der Weg passierbar ist, also hab keine Angst, dass uns irgendetwas aufhalten könnte.«

Eine Stunde später wurden Jockums Worte aufs Schrecklichste ins Gegenteil verkehrt. Sie erreichten eine Passage, wo der Fluss durch drei sehr flache Höhlen strömte – die Höhlendecke hing so tief herunter, dass ihr kleiner Mast beinahe oben anstieß. Als sie die dritte Höhle passierten, stieß Roya einen Schrei aus und deutete nach oben.

Fünf Augenpaare hefteten sich auf eine Stelle über ihnen, an der Stein abgesprengt war und Blut klebte. Es glitzerte noch im Licht, war also frisch.

Einige Minuten später fanden sie ihn.

Der junge Drache, offenbar ein Feuerdrache, was man an der schwach gelb-roten Färbung seiner Haut erkannte, lag im flachen Wasser einer winzigen Sandbank in der nächsten großen Höhlung.

»Er lebt noch!«, rief Roya.

Das Floß trieb an ihn heran und nun sahen sie, dass sich seine Flanken hoben und senkten. Sein Kopf und sein Hals waren blutverschmiert, seine Schwingen und sein Körper lagen halb im Wasser. Mit Mühe hatte er seinen Kopf so drehen können, dass er noch Luft holen konnte, denn die Sandbank war nur sehr klein und flach. Er würde einmal ein stattlicher Bursche werden, größer noch als Tirao, sofern er jemals hier wieder herauskam. Aber seine Chancen standen denkbar schlecht.

»Wir müssen ihm helfen!«, rief Roya und sprang ins Wasser.

Victor sprang ihr sofort hinterher und hielt sie fest. »Vorsicht, Roya«, sagte er. »Ein verletztes Tier ist unberechenbar!«

»Ja, ja, schon gut«, erwiderte sie und wand sich aus seinem Griff. »Außerdem ist er kein *Tier*!« Sie watete weiter, blieb aber zu Victors Erleichterung zunächst in sicherem Abstand. Sie umrundete ihn, bis sie auf der Seite seines Kopfes war. Sie spürten alle, wie Roya versuchte, Kontakt zu ihm aufzunehmen.

Victor watete zurück zum Floß und hielt es fest. Er stand bis zum Bauch im Wasser. »Wenn es irgendwer schafft, mit ihm zu reden«, flüsterte er Leandra zu, »dann ist es Roya.«

Er behielt Recht. Er beobachtete das Trivocum und empfand sogar eine gewisse Wehmut, als er mitbekam, wie unglaublich sanft sie mit dem Trivocum umzugehen verstand und mit dem Drachen redete. Er war bei Bewusstsein, aber er war schwach und dem Tode nahe.

Leandra ließ sich ebenfalls ins Wasser gleiten und näherte sich dem Drachen vorsichtig, während sie ihm beruhigende Gedanken zuströmen ließ. Victor umrundete das Floß.

»Sie werden den Drachen retten wollen«, flüsterte er Jockum und Quendras zu.

»Das befürchte ich auch«, gab der Primas missmutig zurück.

Victor strafte ihn mit einem vorwurfsvollen Blick. »Ich weiß, dass es schwierig oder gar unmöglich ist, aber…«

»Was?« Die Augen des Hochmeisters funkelten. Er war immer noch verstimmt.

»Bei allem Respekt, Hochmeister!«, zischte Victor, in dem plötzlicher Ärger hoch schäumte. »Ich warne Euch: Versucht nicht, sie daran zu hindern! Faiona hat ihr Leben für mich gegeben, und ohne die Drachen hätten wir nicht den *Hauch* einer Aussicht, unsere Aufgabe zu lösen!«

Der Primas starrte Victor mit nicht weniger Unmut in den Zügen an. Victor sah, dass er *noch mehr* Ärger machen musste, aber das fiel ihm nicht schwer. »Wenn Ihr versucht, diesen Rettungsversuch zu verhindern, dann werde ich *verdammt* ärgerlich! Dann werdet Ihr mich stinkwütend erleben, auch wenn Ihr der Primas von sonst was seid!«

Hochmeister Jockum richtete sich auf, starrte Victor voller Verblüffung an. Es war ihm anzusehen, dass seit einem halben Jahrhundert niemand mehr so mit ihm geredet hatte. Verwirrt sah er zu Quendras, aber der Magister nickte nur und legte dem alten Mann beruhigend eine Hand auf die Schulter. »Er hat Recht, Hochmeister«, sagte er leise. »Ich weiß zwar nicht, wie wir den Drachen retten sollen, *aber* ... bitte versucht nicht, sie an dem Versuch zu hindern!«

Der Primas sog scharf die Luft ein und Leandra wie auch Roya hörten das. Ihre Köpfe fuhren herum und es war ihnen anzusehen, dass sie augenblicklich verstanden, worum es ging.

Quendras wagte einen mutigen Vorstoß. Er ließ sich ins Wasser gleiten und watete zu Roya. Etwa drei Schritt von dem verletzten Drachen entfernt, ging er in die Knie und betrachtete den Schädel des Feuerdrachen. »Wie geht es ihm?«, fragte er leise.

Roya warf einen verwirrten Blick zu Victor und dem Hochmeister, sah dann, dass Victor ihr aufmunternd zunickte. Sie blickte wieder zu Quendras, der neben ihr kniete, und ihre Züge entspannten sich. »Nicht gut«, sagte sie. »Der Primas müsste herkommen. Er könnte wohl am besten beurteilen, ob der Drache sich den Hals oder den Schädel gebrochen hat.«

»Vergiss den Primas für einen Augenblick«, erwiderte Quendras und sah sie an. »Ich verstehe mich auch ein wenig auf die Heilkunst. Glaubst du, du bekommst ihn so weit, dass er zulässt, dass ich ihn berühre?«

»Ich will es versuchen«, meinte sie und wandte sich dem Drachen zu.

Leandra kniete auf der anderen Seite. »Seine rechte Schwinge ist gebrochen«, sagte sie. »Hier, der vordere Knochen. Zweimal.«

Nach einer Weile blickte Roya auf. »Er beherrscht die alte Sprache nicht«, sagte sie leise zu Quendras. »Vielleicht lernt man die erst als erwachsener Drache – oder Feuerdrachen kennen sie nicht. Ich habe in Bildern mit ihm gesprochen. Er ist sehr schwach. Ich schätze, er kann sich ohnehin kaum bewegen.«

»Was sollen wir tun?«, fragte Quendras.

Roya sog Luft ein, wie um Mut zu schöpfen. »Ich werde mal zu ihm krabbeln«, sagte sie. Sie ließ sich auf alle viere nieder und kroch ganz langsam auf den Drachen zu. Seine Augenlider waren geöffnet, sein Maul auch, und jeder konnte die scharfen Zähne sehen, mit denen er ein Mädchen wie Roya innerhalb einer Sekunde hätte zerreißen können.

»Pass auf, Roya!«, rief Victor mit verhaltener Stimme aus dem Hintergrund.

Roya antwortete nicht, sie kroch nur langsam weiter. Jeder von ihnen bekam mit, wie sie beruhigend auf den Drachen einwirkte. Das, was von dem Drachen zurückkam, war verhaltene Angst, aber hauptsächlich Bilder seines Elends und seiner Angst, hier sterben zu müssen.

Dann war sie bei ihm. Mit sehr ruhigen Bewegungen berührte sie ihn an seinem schlanken, knochigen Fang. Überall war Blut. »Der Kiefer scheint gebrochen zu sein und das Maul ist voller Blut«, sagte sie leise nach hinten. »Am Schädel selbst sehe ich keine Wunden und kein Blut.«

»Bei einem Schädelbruch blutet man häufig aus den Ohren«, sagte Quendras. »Falls das für Drachen auch gilt.«

»Ich glaube, du kannst kommen«, sagte Roya zu Quendras. »Sieh es dir selbst an. Aber bewege dich langsam. Ich versuche ihn zu beruhigen.«

Quendras ließ sich auf alle viere nieder und kroch zu dem Drachen. Leandra war schon auf der anderen Seite an ihn herangekommen und legte ihre Hand auf die mächtige Drachenbrust. »Sein Herz schlägt schnell«, sagte sie leise. »Und nicht sehr kräftig.«

Quendras betrachtete den Kopf von allen Seiten, dann den Hals. »Hier sieht er in Ordnung aus«, meinte er. »Wenn es wirklich nur der Kiefer und die Schwinge sind, dann können wir ihn vielleicht retten.«

»Er wird sterben«, entfuhr es plötzlich dem Primas. »Wir können hier doch nicht…«

Victor und Quendras fuhren zugleich herum. Böse Blicke trafen ihn. »Wir hatten etwas abgemacht!«, knurrte Victor.

»*Gar nichts* hatten wir abgemacht!«, brauste der Primas auf, auf dem Floß balancierend. »Das ist doch Irrsinn! Was sollen wir denn für das Tier tun? Er ist schon halb tot!«

Roya kroch ein paar Schritte von dem Drachen weg und stand auf. »Ihr könnt alle von hier verschwinden, wenn ihr wollt. *Mich* braucht ihr ja nicht mehr für euren Pakt und die Drakken.« Sie stemmte die Hände in die Hüften. »*Ich* jedenfalls bleibe hier und helfe ihm! *Haut nur ab* – ich komme schon irgendwie durch!«

Victor ließ sich sofort ins Wasser rutschen, eilte zu Roya und nahm sie in die Arme. Sie sträubte sich, ließ es aber unmutig geschehen. »Niemand wird von hier verschwinden, Roya. Beruhige dich.« Dann wandte er sich um und deutete auf den Drachen. »Das Floß ist groß genug für ihn. Er ist ja bloß eine halbe Portion. Und weit kann es auch nicht mehr sein, bis wir wieder aus dem Tunnel herauskommen!«

»Groß genug?«, rief der Primas. »Ja, vielleicht für ihn allein, obwohl es dann fast untergehen wird! Aber was ist mit uns?«

»Wir…?« Victor sah, dass der Primas Recht hatte, und sah sich Hilfe suchend um.

Leandra stand auf. »Dann schwimmen wir eben«, sagte sie. »Wir halten uns am Floß fest und lassen uns treiben. Es kann nicht mehr allzu weit sein, bis der Flusslauf endet!«

»Vielleicht kann noch einer von uns auf dem Floß sitzen«, fügte Quendras hinzu. »Dann können wir uns abwechseln. Außerdem sind vier Magier unter uns. Das sollte doch zu schaffen sein, oder?«

Der Primas war wütend und winkte ab. Er ließ sich wieder auf das Floß niedersinken, das inzwischen ein Stück abgetrieben war. »Ihr seid ja verrückt! Alle miteinander!«, murrte er.

Leandra und Victor grinsten sich grimmig an, und Victor fuhr ein warmer Schauer über den Rücken, als er sah, wie Roya Quendras einen dankbaren Blick zuwarf. Er wandte sich um, um das Floß wieder einzufangen.

Dann machten sie sich ans Werk. Leandra forderte vom Primas, dass er sich um ausreichend Licht kümmern sollte, während Quendras den Herzschlag des Drachen stabil halten sollte. Unwirsch mischte sich der Primas ein.

»Fort mit euch!«, knurrte er und ließ sich ins Wasser nieder. »*Ich* werde auf die Verfassung des Tieres achten. Sonst muss ich mir nachher euer Gemaule noch länger anhören!«

Der Primas watete heran, während sich die anderen vielsagend zugrinsten.

Leandra kletterte auf das Floß und baute Segel und Mast ab. Sie beschlossen, den Drachen zu betäuben und mit Seilen und den Babbustangen seine gebrochene Schwinge an den Körper zu binden. Sie mussten sich ausgiebig mit Magie behelfen, um den Drachen dazu entsprechend drehen und heben zu können.

Der entscheidende Moment kam, als sie ihn auf das Floß bugsieren mussten. Leandra hatte früher schon mehrfach miterlebt, wie Munuel Levitationsmagien gewirkt hatte. So etwas zählte zu dem, was ein Dorfmagier zu beherrschen hatte, wenn es galt, bauliche Probleme oder Ähnliches in der Dorfgemeinschaft zu bewältigen. Aber sie selbst hatte es noch nie getan und wusste, dass es zu dem Schwierigsten zählte, was ein Magier zu bewerkstelligen hatte. Der Primas und Quendras übernahmen diese Aufgabe. Es war ein faszinierender Anblick, wie etwas, das so groß und schwer war wie dieser Jungdrache, sich einfach in die Luft emporhob. Der Drache besaß sicher schon eine Spannweite von zehn oder zwölf Schritt und seine Körperlänge betrug, mit ausgestrecktem Hals und Schwanz, wohl fast ebenso viel. Er war schon ein stattlicher Bursche. Als der Drache zwei Ellen hoch in der Luft hing, schoben sie das Floß unter ihn und die beiden Magier ließen den Drachen vorsichtig herab. Zugleich zogen sie das Floß wieder ins tiefere Wasser, und als der Drache mit seinem ganzen Gewicht darauf lag, blieb seine Oberfläche noch ein kleines Stück über dem Wasser. Jubel brach unter ihnen aus.

»Los jetzt«, sagte der Primas, immer noch nicht ganz zufrieden. »Wir wollen los. Wir haben über eine Stunde verloren.«

Sie machten es wie vereinbart – sie hielten sich ringsum am Floß fest und ließen sich im Wasserstrom treiben. Es war nicht gerade warm, aber es war auszuhalten. Victor schlug bald vor, dass der Primas probieren sollte, auf das Floß zu klettern. Das war ihm sehr unangenehm, und sie mussten ihm eindringlich versichern, dass sie seinen Aufstand längst vergessen hatten und dass er, als alter Mann, nun wirklich aus dem kalten Wasser heraus sollte. Schließlich ließ er sich überreden.

Nach einer halben Stunde bestand er darauf, dass jemand anderes hinauf sollte, und Roya verließ das Wasser. Sie überraschte die anderen wieder einmal, denn mithilfe ihrer erstaunlichen Begabung gelang es ihr, das Wasser rund um das Floß ein wenig aufzuwärmen. Sogar der Primas brummte anerkennend.

Leandra achtete ständig auf den Drachen. Sie hatten seinen langen Hals zurückbiegen müssen, damit der Kopf auf dem Floß ruhen konnte, während der gesamte Schwanz und ein kleines Stück des Hinterteils des Tieres im Wasser hingen. Ihre Mühen wurden insofern belohnt, dass sich laut Quendras des Zustand des Drachen gleichbleibend hielt. Er war noch immer betäubt und schlief.

Es dauerte noch fünf oder sechs Stunden, ehe sie aus dem unterirdischen Flusslauf herauskamen. Die Morgendämmerung war bereits angebrochen, als der Tunnel endlich in einer schmalen Schlucht endete und sie weit oben einen Streifen Himmel erblickten. Sie atmeten gewaltig auf, denn es war zuletzt doch sehr anstrengend gewesen; keiner der Magier hatte noch die Kraft gehabt, das Wasser zu erwärmen, und sie waren durchgefroren bis ins Mark. Aber der Drache lebte.

Die Felsdrachen von Faionas Sippe fanden sie schon bald. Über der ersten etwas breiteren Stelle im Fluss sahen sie zwei Drachen kreisen, einer von ihnen war Tirao. Dort befand sich auch eine breite Ufersandbank und sie beeilten sich, dorthin zu kommen. Erschöpft sanken sie auf den trockenen Sand und kurz darauf landeten Tirao und sein Artgenosse bei ihnen.

Es dauerte nur noch Minuten, dann waren alle anderen Drachen da – mehr als die Hälfte von ihnen kreisten in der Luft, denn es gab keinen ausreichenden Landeplatz für alle.

Das mit Abstand erhebendste Ereignis war die Reaktion von Faionas Sippe auf die Rettung des Feuerdrachen. Keiner der fünf hatte daran gedacht, dass es ihnen diese Rettungstat Anerkennung einbringen mochte. Aber die Drachen waren geradezu fassungslos, dass die Menschen dies getan hatten. Selbst der Primas, der nach all der Kälte noch immer nicht von seinem Hader abgelassen hatte, äußerte seine Erleichterung. »Es war eigentlich keine große Sache«, erklärte er Tirao. »Ein bisschen Magie und ein paar Stunden Wassertreten – dafür haben wir einen von euch retten können. Aber…

nun, ich fürchte«, bekannte er, »dass sich der Drache hauptsächlich bei Roya bedanken muss. Sie hätte ihn um nichts in der Welt dort sterben lassen.«

Der junge Feuerdrache war wieder zu sich gekommen und hatte matt den Kopf erhoben. Sechs oder sieben Felsdrachen, die eigentlich nur entfernte Verwandte von ihm waren, hatten ihn umringt und das Trivocum war voller Aktivität.

»Ich werde ein paar Tage hier bleiben«, eröffnete ihnen Roya.

Vier Köpfe fuhren zu ihr herum.

»Ja, ihr habt richtig gehört«, erklärte sie. »Jemand muss sich um ihn kümmern. Sein Kiefer ist gebrochen, er könnte nicht einmal Golaanüsse aufknacken. Selbst wenn andere Drachen ihm Futter holen. Und jemand muss aufpassen, dass der gebrochene Knochen seiner Schwinge schnell und gut wieder zusammenwächst. Mit ein bisschen Magie kann das in ein paar Tagen schon wieder in Ordnung sein.«

»Aber Roya…«, sagte Quendras irritiert. »Du kannst doch nicht allein hier zurückbleiben! Wie willst du denn wieder von hier fortkommen?«

»Tirao wird bei mir bleiben«, sagte sie und deutete auf den Drachen, der unweit im Ufersand saß und zu ihnen herüberblickte. »Und Majana auch. Ich habe es mit ihnen schon besprochen. Ihr fliegt mit Nerolaan und den anderen nach Savalgor, und Tirao, Majana und ich bleiben hier. Einer der Drachen bleibt immer hier bei mir und dem Feuerdrachen, der andere kann Futter suchen – und so weiter. Später treffen wir uns dann wieder. Was hätte es genützt, dem jungen Drachen das Leben zu retten, wenn wir ihn jetzt hier verhungern lassen?«

Für Augenblicke herrschte Schweigen, auch unter den Drachen.

»Du hast Recht, Roya«, sagte Leandra und beugte

sich zu dem verletzten Feuerdrachen nieder. Sie berührte seinen massigen Schädel. »Wenn du allein zurechtkommst, solltest du uns später folgen. Wir brauchen dich... jetzt ohnehin nicht mehr!« Sie blickte auf und warf ihr ein Lächeln zu. Roya verstand. Der Drache hatte ihre Hilfe jetzt nötiger und in Savalgor konnte sie im Augenblick kaum etwas tun. Es ging jetzt darum, den Pakt zu entschlüsseln und die Drakken zurückzuschlagen. Was Royas Sicherheit anging, so hatte Leandra durchaus Vertrauen zu Tirao und auch zu Royas neuer Freundin Majana.

Victor verabschiedete sich besonders herzlich von Roya, umarmte sie und drohte ihr alles Mögliche an, wenn sie nicht auf sich aufpasste. Sogar Quendras bekam einen Kuss auf die Wange. Dann brachen die vier auf nach Savalgor.

39 ♦ Thronfolge

Die Drachen hatten die Berge östlich des Hauptkamms bereits intensiv abgesucht, aber nirgends auch nur den Schatten eines Drakkenschiffs entdeckt. Ihre List schien funktioniert zu haben – und sie hatten unterwegs auch noch das Leben eines Drachen gerettet. Leandra und ihre drei Begleiter strotzten geradezu vor Zuversicht.

Sie wählten für den Flug einen Kurs, der nach Norden über den Marschenforst auswich, um den Drakken möglichst bis zuletzt aus dem Weg gehen zu können. Niemand wusste, wie hoch die Gefahr war, dass sie vor Savalgor von ihnen erwartet wurden.

Nerolaan sandte in wechselnder Reihenfolge einzelne Drachen seiner Sippe aus, um den Weg auszuspähen. Sie flogen niedrig und blieben stets in der Nähe von Stützpfeilern, die sie im Notfall als Deckung nutzen konnten. Die Drakken suchten vermutlich nach einer großen Drachengruppe auf dem Weg nach Savalgor und würden einzeln fliegende Drachen ignorieren. Sollten die Späher Drakkenschiffe entdecken, würden sie Nerolaan über das Trivocum warnen.

»Sie müssen Möglichkeiten haben, sich über große Entfernungen hinweg zu verständigen«, meinte Victor, während er unablässig den Horizont absuchte. »So wie wir über das Trivocum. Wie könnten sie sonst ihre Schiffe zu einem gemeinsamen Ziel lenken?«

Leandra wusste auch keine Antwort. Sie flogen gemeinsam auf Tiraos Rücken, Leandra hatte darauf bestanden. Es war nicht mehr weit bis Savalgor, Leandra rechnete damit, morgen gegen Abend Savalgor zu erreichen. Bis dahin hatte sie mit Victor noch etwas zu besprechen, das sie schon seit Tagen vor sich herschob. Sie musste es noch *vor* Savalgor tun.

Der Nachmittag verstrich, aber sie fand einfach nicht den Mut, damit herauszurücken. Sie spürte, dass Victor durchaus ahnte, dass sie eine Last mit sich herumtrug, aber er drängte sie nicht.

Der Flug war zermürbend. Sie brüteten dumpf vor sich hin, rechneten dabei den ganzen Tag lang mit einer Drakkensichtung, aber nichts geschah. Es wurde Abend und dunkler, und sie schauten sich nach einem Platz für die Nachtruhe um. Nerolaan schlug einen ganz besonderen Stützpfeiler vor. Es war ein weithin bekannter Pfeiler, auch unter den Menschen. Er stand etwa zwanzig Meilen nördlich von Lakkamor unmittelbar neben der Blauen Ishmar und war berühmt wegen seiner enormen Größe und den mächtigen Verästelungen, die er in der Höhe entfaltete. Dort wirkte er wie ein Baum, der etliche dicke Äste nach oben in den Felsenhimmel reckte. Einige der Streben waren meilendick, andere jedoch beinahe filigran zu nennen. Der Pfeiler besaß, so schätzte Victor, einen Umfang von guten fünfzehn Meilen.

Nerolaan, der den Pfeiler schon mehrmals besucht hatte, erklärte, dass es unzählige Verstecke gab und eine verwandte Sippe dort lebte. Die meisten der Öffnungen und Höhlungen waren zu klein, als dass ein Drakkenschiff, jedenfalls ein *größeres*, hindurchgepasst hätte. Aus Erfahrung wussten sie inzwischen, dass die Schiffe auf engem Raum den Flugkünsten eines Drachen weit unterlegen waren. Die Drakken würden sie dort oben schon mit einer ganzen Armee von kleinen Schiffen angreifen müssen, um eine Aussicht auf Erfolg zu haben. Aber selbst das war fraglich, denn es gab dort Höhlen in großer Zahl, in denen sie sich verstecken konnten, und vor allem: ein Dutzend anderer Drachensippen.

Sie trafen denn auch auf zwei große Sippen Sturmdrachen, mehrere Feuerdrachen-Familien, die in kleineren Gruppen weiter unten am Pfeiler lebten, und sechs weitere Felsdrachensippen. Keiner der Artgenossen kam auf die Idee, den Besuchern den Aufenthalt verweigern zu wollen. Die dort lebenden Drachen wurden über die Gefahr informiert, und man einigte sich schon bald darauf, gemeinsam zu wachen, und zwar in großem Umkreis. Insgesamt gab es in dieser Nacht in und um den Pfeiler mindestens vierhundert Drachen und es war ein beruhigendes Gefühl für die menschlichen Besucher. Sie suchten sich hoch droben an einer versteckten Stelle einen Platz und achteten darauf, für den Notfall gute Fluchtwege zu haben.

Schließlich schwand das Tageslicht und das muntere Drachenleben am Stützpfeiler machte einer wohltuenden Ruhe Platz. Die Sonnenfenster sandten nur noch warmes, orangefarbenes Licht in die Welt herab, und wiewohl die Stimmung wundervoll entspannend und romantisch hätte sein können, fühlte Leandra eine der schlimmsten Stunden ihres Lebens nahen.

Sie saß noch eine gute Stunde allein an einer Felskante, während Victor bei Quendras und dem Primas war und mit ihnen irgendetwas besprach. Leandra hatte darum gebeten, allein sein zu dürfen. Unterhalb von ihr ging es gute fünf Meilen senkrecht in die Tiefe und dieser Abgrund spiegelte ihre Stimmung vortrefflich wider.

Schließlich kam Victor zu ihr, er hatte Quendras bei sich. »Der Primas ist dabei, eine Suppe zu kochen«, sagte er gut gelaunt. »Ich würde mich an deiner Stelle beeilen. Es ist so ziemlich das Letzte, was wir noch haben. Und ich habe Hunger wie ein Drache.«

Leandra nickte und erhob sich.

»Haben wir eigentlich Roya genügend Essbares dagelassen?«, fragte Quendras. Leandra lachte leise auf und legte ihm die Hand auf die breite Brust. »Wie wär's? Willst du nicht mit einem der Drachen hinfliegen und ihr einen Teller Suppe bringen?«

Er nickte. »Keine schlechte Idee.«

Nach dem Essen, bei dem Leandra in augenfällig trübseliger Stimmung so gut wie nichts zu sich genommen hatte, konnte sie gar nicht schnell genug der Gesellschaft der anderen entfliehen. Sie nahm sich eine der Kerzen und verschwand. Victor fand sie kurz darauf an dem alten Platz, direkt an der felsigen Kante des unermesslichen Abgrunds. Die Kerze hatte sie nicht angezündet, sie starrte nur in die Nacht hinaus. Er setzte sich wortlos neben sie.

Weit unten lag eine dunkle Wolkendecke über dem Land, doch hier oben wurde die Nacht vom Sternenmeer über einem riesigen Sonnenfenster im Südwesten erhellt. Er konnte die Konturen anderer Pfeiler in der Ferne erkennen; das Bild hatte etwas seltsam Ewiges und Unverrückbares an sich. Victor empfand das wie ein Omen. Er wusste, dass er jetzt etwas erfahren würde, das ähnlich dunkel und unverrückbar war.

Er berührte vorsichtig ihre Hand. »Was stimmt nicht mit dir, mein Schatz?«, fragte er sanft. »Je näher wir Savalgor kommen, desto unglücklicher wirst du. Beinahe… verzweifelt.«

Sie starrte unverwandt auf das Wolkenmeer in der Tiefe, aber die Nacht war hell genug, um die Tränen auf ihren Wangen glitzern zu sehen. Er hob die Hand, fuhr mit dem Zeigefinger über die Träne auf ihrer rechten Wange und wischte sie fort. Sie schien immer noch nicht antworten zu wollen.

»Ich will dir nicht wehtun, Leandra«, sagte er, »aber ich spüre, dass du Kummer hast. Großen Kummer.«

Sie blickte ihn kurz an. Unsägliches Elend spiegelte sich in ihren Zügen.

»Sonst sind es doch wir Männer«, fuhr er fort, »die von euch Frauen ständig etwas wollen. Mit euch schlafen und so, du weißt schon. Bei uns beiden aber… ich meine…«

Sie wandte den Kopf beschämt zur Seite. Mehr Tränen flossen.

»Nicht, dass es mir keinen Spaß machen würde«, sagte er rasch, »im Gegenteil. Es ist wunderschön mit dir, wirklich. Aber trotzdem – ich wundere mich ein wenig, weißt du? Es war jedes Mal…« Er hob ratlos die Schultern. Leandra sah wieder weg, in die dunkle Ferne. »Nun, es hatte irgendwas… Verzweifeltes. Und nachher wolltest du mich nie loslassen. So als…« Er unterbrach sich und sah sie unglücklich an. »So als wäre es das letzte Mal. Du hast danach fast immer geweint.«

Wieder blickte sie kurz zu ihm – es war eine Maske, die er da sah. Ihr Gesicht war so hübsch wie eh und je, mit den Augen und dem Mund, die er mehr liebte als alles andere, aber dennoch war es eine Maske. Dahinter verbarg sich etwas und es erschreckte ihn – jetzt, da er es so deutlich sah.

»Leandra! Was ist denn? Ich…«

Er griff nach ihrer Hand, aber sie entzog sich ihm und wandte sich ab. Er wartete. Es war traurig, sie so verzweifelt weinen zu sehen, aber sie war selbst in dieser Verfassung unglaublich schön. Er liebte sie für ihre Empfindsamkeit und Gefühlswärme, dafür, dass sie auch ihre schwachen Seiten hatte. Nichts hätte er in diesem Augenblick lieber getan, als sie tröstend in die Arme zu nehmen und sie zu küssen. Aber sie würde es nicht wollen, das spürte er.

Es dauerte ein ganze Weile, bis sie so weit war. Sie blickte ihn wieder an, diesmal fest und gefasst.

»Du hast Recht«, sagte sie dann und bemühte sich, ihm fest in die Augen zu sehen. »Es ist... nun, wir können nicht zusammen bleiben. Wie müssen uns trennen. Kaum, dass es begonnen hat.« Sie seufzte hilflos und sah ihn an, als läge es in niemandes Macht, dagegen etwas zu unternehmen.

Victor versteifte sich. Es kam ihm völlig irre vor, was sie da sagte, dennoch hatte er etwas in dieser Art erwartet.

»Macht dir das gar nichts aus?«, fragte sie, als sie sein Gesicht studierte.

»Wir müssen uns trennen?«, fragte er ruhig. »Warum? Habe ich etwas falsch gemacht? Oder... liebst du einen anderen?« Seine Stimme war flach und tonlos. Innerlich war er nahe daran zu zerspringen.

Sie merkte, mit welcher Mühe er sich beherrschte. Dass er Schmerzen litt – ebenso wie sie –, schien sie irgendwie zu versöhnen.

»Ich liebe dich«, sagte er. »Und wenn ich nicht völlig verrückt geworden bin, dann liebst du mich doch auch, oder? Was auf der Welt soll uns da auseinander bringen?«

»Die... Pflicht«, antwortete sie.

»Die *Pflicht*?« Er glaubte, nicht richtig verstanden zu haben.

Sie nickte jedoch, langsam und bedrückt, und starrte wieder hinaus in die Nacht. »Wir sind in Gefahr. Du weißt das – du hast es am eigenen Leib erlebt.«

»Die Drakken?«, fragte er verwirrt. »Du meinst...?«

Sie schüttelte den Kopf. »Die Bruderschaft«, sagte sie nur.

Er richtete sich auf und warf die Arme in die Luft. »Die Bruderschaft?«, rief er aus. »Das kann doch nicht dein Ernst sein! Ich *weiß*, dass es gefährlich ist! Aber was, bei den Kräften, hat das mit uns zu tun? Hast du etwa Angst, dass einer von uns sterben könnte?

Glaubst du, dass es weniger wehtun wird, wenn wir uns vorher trennen?«

Ihr Lächeln war voller Wärme, aber dennoch betrübt und unglücklich. »Sollte ich wirklich sterben müssen, wüsste ich nicht, wo es mir lieber wäre als in deinen Armen. Aber…«, sie schüttelte den Kopf. »Nein, du missverstehst mich. Es geht um etwas ganz anderes. Es… es wird dir nicht gefallen.«

Er stöhnte leise. »Nun sag schon!«

»Du bist Vater«, eröffnete sie ihm. »Du hast einen kleinen Jungen – er heißt Maric.«

Binnen eines Augenblicks saß Victor stocksteif da, seine Augen waren groß und rund, sein Mund stand vor Überraschung offen. »Du hast…«, rief er aus, »aber…« Dann schüttelte er fassungslos den Kopf. »Aber… wo ist er? Du kannst ihn doch nicht… ist ihm etwas passiert?«

Leandra starrte ihn verwirrt an, dann aber verstand sie, was er meinte. Sie schüttelte den Kopf. »Nein. Ich bin nicht die Mutter. Ich wünschte, ich wäre es.«

Nun erhob er sich ganz, setzte sich auf die Knie. Er schien nahe daran, die Beherrschung zu verlieren. »Du bist *nicht* die Mutter…?«

»Nein. Alina ist es. Du hast mit ihr einen Sohn.«

Bei einer anderen Gelegenheit wäre sein fassungsloser Gesichtsausdruck vielleicht zum Lachen gewesen. Nicht aber jetzt und hier. »Alina? du meinst… *die* Alina, die du befreit hast?«

Sie nickte. »Ja. Die Erbin des Shabibsthrons. Sie ist die Mutter deines Sohnes.«

Plötzlich lächelte er. Zuerst verwirrt, dann immer breiter und entspannt. »Ein Irrtum«, verkündete er und seine Miene erhellte sich von Sekunde zu Sekunde. »Eine Falschmeldung, ein Gerücht! Ich kenne sie nicht mal. Hab sie nur einmal gesehen – damals in Unifar, als Sardin starb und Chast sie entführte.«

Leandra sah ihn nur an, ihre Blicke schienen ihm sagen zu wollen, dass sie es besser wusste. Victor wurde wieder nervös.

»Nun hör mal!«, brauste er auf. »Du glaubst doch wohl nicht etwa, dass ich…?«

Sie schüttelte den Kopf und hob abwehrend die Hand. Sie lächelte schwach. »Nein, deine Seitensprünge kenne ich. Soweit man sie überhaupt so nennen kann.«

Er schluckte. »Meine… Seitensprünge?«

Sie nickte lächelnd. »Ja. Mit Hellami. Aber darum geht es nicht.« Sie holte Luft und setzte sich dann auf.

»Mit Hellami…?«, fragte er betroffen. »Das… das weißt du?«

»Ja. Aber es macht mir nichts aus. Zu der Zeit hast du wahrscheinlich geglaubt, ich wäre tot…«

Er blickte schuldbewusst zu Boden. »Ich hatte es gar nicht vor, weißt du? Es ist einfach passiert. Hellami wusste nicht, wer ich bin… und wir haben uns nur ein paarmal geküsst…«

Sie winkte ab und seufzte. »Vergiss es. Ich war dir selbst einmal untreu. Außerdem kenne ich Hellamis Reize. Bin ihnen auch mal erlegen…«

Er machte ein erstauntes Gesicht.

Wieder lächelte sie schwach. Jedes kleine Lächeln tat ihm auf eine verzweifelte Weise gut, denn er spürte, dass sie ihn einfach liebte, und er vertraute darauf, dass diese Tatsache letztlich doch alles retten würde. Egal, was da kam, und sei es auch diese groteske Geschichte mit der angeblichen Vaterschaft von Alinas Kind.

»Aber jetzt geht es um Alina«, fuhr sie fort. »Und um ihren Sohn Maric. Du musst zurück nach Savalgor… dich zur Vaterschaft bekennen. Du musst Alina heiraten, denn nur so kann sie Shaba werden. Ohne Alina auf dem Thron wird alles nur noch schlimmer werden, ganz egal, was die Drakken tun. Überall sind noch Leute von der Bruderschaft in hohen Ämtern, sogar der Rat ist von ihnen durchsetzt. Solange Alina nicht auf dem Thron sitzt, können diese Kerle nach Belieben das Land terrorisieren. Nach einem Erlass des Hierokratischen Rates wird sie erst dann Shaba werden, wenn sie den Vater ihres Kindes vorgewiesen und geehelicht hat. Und gerade jetzt, wo die Gefahr durch die Drakken so groß ist, sind wir ihnen und der Bruderschaft umso mehr ausgeliefert. Das Land *muss* wieder geeint werden!«

»He!«, rief Victor aufgebracht dazwischen. »Ich *bin*, verdammt noch mal, nicht der Vater dieses Kindes!«

»Doch«, sagte Leandra leise. »Das bist du!«

Nun wurde Victor wütend. »Was soll das?«, rief er. »Braucht ihr einen, der den Ersatzvater spielt, damit sie auf den Thron kann?« Er schüttelte heftig den Kopf und fuchtelte mit dem Zeigefinger in der Luft herum. »Das vergiss mal ganz schnell! Da mach ich nicht mit. Ich liebe *dich* – nicht diese Alina. Warum, bei allen Höllen, habt ihr euch ausgerechnet mich dafür ausgesucht? Hätte es nicht irgendein dahergelaufener Bauernlümmel tun können? Ich wette, es gibt Tausende, die sich alle Finger danach lecken würden, den Ehemann der Shaba zu spielen. Wahrscheinlich könnte er den Rest seines Lebens in Saus und Braus verbringen, selbst wenn er sonst nichts zu melden hätte! Soweit ich mich erinnere, sieht diese Alina nicht einmal schlecht aus.«

Leandra lachte leise auf. »Ich würde was dafür geben, auch nur halb so schön zu sein wie sie.«

Victor glotzte sie nur an.

Sie griff nach seiner Hand. Wie immer erlag er der Macht ihrer Berührung. »Du hast Recht«, sagte sie. »Es gibt mit Sicherheit Tausende, die Alina lieber heute als morgen heiraten würden. Chast zum Beispiel, er war einer von ihnen. Aber ihm ging es nur um Macht. Was

Alina angeht – abgesehen von ihrer Schönheit ist sie auch noch klug, mutig und sehr…«, Leandra lächelte verkniffen, »nun – sehr, sehr nett.«

Er verzog angewidert das Gesicht. »Was hast du vor? Willst du sie mir schmackhaft machen?«

»Nein, Victor, das ist es nicht. Ich meine… es würde gar nichts helfen, irgendeinen Bauernlümmel zu nehmen. Jeder befähigte Magier könnte leicht nachweisen, dass er nicht wirklich der Vater von Maric ist. Wir brauchen den *echten* Vater.«

Victor kicherte wie irr. »Den echten? Aber… das bin doch nicht *ich*! Ich verstehe das nicht… Chast müsste der Vater sein! Alina war die ganze Zeit seine Gefangene…« Nun ging Victor etwas auf. Er starrte nachdenklich in die Luft. »Ah! Jetzt kapiere ich das erst! Das war Chasts eigentlicher Plan! Ich glaube, es gibt ein altes akranisches Gesetz, nach dem ein Mann das Recht auf die Heirat mit der Frau besitzt, die sein Kind zur Welt gebracht hat!«

Leandra nickte. »Ja. Das stimmt.«

»Sehr gerissen! Er hat sie vergewaltigt und wollte sie auf diese Weise zur Heirat zwingen!«

Leandra bejahte abermals.

»Gut und schön – wozu braucht ihr dann mich? Ich bin nicht Marics Vater! Was ein Magier, wie du sagst, jederzeit bestätigen kann. Chast hat sie offenbar…«, er verzog bedauernd das Gesicht, »…nun, er hat sie wohl leider…«

»Ja, Victor«, erwiderte Leandra sanft, »nur ist ihm sein Vorhaben nicht geglückt. Als er sie nahm – das war übrigens unter Zuhilfenahme eines magischen Duftöls, um sie gefügig zu machen –, da war Alina bereits schwanger.«

Victor brauchte ein paar Sekunden, dann lächelte er breit. »Haha. Und jetzt willst du mir zweifellos weismachen: von mir!«

»Richtig.« Leandra antwortete sachlich und mit einem Gesichtsausdruck des Bedauerns.

Victors Lächeln schwand. Dann setzte er ein schräges Grinsen auf und sagte: »Also gut – letzter Versuch: Ich kannte sie vor Chast gar nicht. Habe sie nie gesehen, habe sie nie geküsst – und schon gar nicht mit ihr geschlafen. Ich schwöre es.« Er zeigte ihr beide Handflächen, um seine Unschuld zu signalisieren. Sein Grinsen geriet zunehmend zu einer Grimasse der Unsicherheit. »Obwohl ich langsam befürchte, das mich das auch nicht mehr retten wird«, fügte er noch hinzu.

Leandra holte Luft. »Alina wusste, was ihr bevorstand«, erklärte sie. »Dass Chast sie mit Hilfe dieses Duftöls betäuben und gefügig machen wollte, um sie zu schwängern. Sie stahl etwas von dem Öl«, fuhr Leandra mit schwerer Stimme fort. »Das war damals, im Tempel von Yoor, unterhalb von Unifar. Sie hatte in einem Verlies einen Gefangenen entdeckt, dem sie sich einfach hingeben wollte. Sie war völlig verzweifelt. Sie spielte mit dem Gedanken, sich selbst zu töten, aber… nun ja, diese Fähigkeit ist nicht jedem gegeben. Doch sie wollte keinesfalls von Chast schwanger werden. Als sie den Gefangenen entdeckte, war sie sicher, dass er nicht auf Seiten der Bruderschaft von Yoor stand – sonst wäre er wohl nicht eingekerkert gewesen.«

Leandra blickte Victor forschend an. Nach einer Weile nickte er langsam und verstehend. »Dieser Gefangene – das war dann wohl ich«, sagte er tonlos.

Sie nickte wieder. Er blickte sie kalt und ernst an.

»Sie hat mich also – jedenfalls scheint ihr das zu glauben – mit diesem… seltsamen Duftöl betäubt, und dann…«

»Nicht nur betäubt«, warf Leandra ein. »Dieses Zeug macht einen auch… wie soll ich sagen… *willig*. Das war die Natur dieses Duftöls. Verstehst du?«

Er nickte. »Ja, sehr gut. Bisher dachte ich, dass man

Männer gar nicht vergewaltigen könnte. Aber es geht scheinbar doch.«

»Du fühlst dich vergewaltigt?«

»Natürlich tue ich das!« Victor schnaufte. »Aber… was macht euch so sicher, dass ausgerechnet ich dieser Gefangene war? Vielleicht gab es dort unten noch ein Dutzend anderer!«

Leandra winkte ab. »Vergiss dieses ›euch‹. Alina weiß noch nichts von dir.«

Victor stieß einen ungläubigen Laut aus. »Das wird ja immer verrückter! Also gut: Was macht *dich* so sicher, dass ich es war?«

»Du warst splitternackt, als ich dich in deinem Verlies fand. Erinnerst du dich?«

Er nickte. »Ja. Mit gutem Grund! Ich war tropfnass. Hatte meine Kleider ausgezogen, um sie trocknen zu lassen, und hatte mich unter das Stroh verkrochen, das da lag.«

Leandra nickte bekräftigend. »Alina sagte mir, dass sie das erst auf die Idee brachte – als sie dich so daliegen sah.«

Victor ächzte ungläubig und hob hilflos die Arme.

»Sie wanderte durch die dunklen Gänge von Unifar«, fuhr Leandra mit ihrem Bericht fort. »Verzweifelt und auf der Suche nach einer Fluchtmöglichkeit oder irgendeiner Idee, wie sie der Vergewaltigung entkommen könnte. Chast hatte sogar die Tage ihrer Fruchtbarkeit ausspioniert und sie wusste, dass er sie in Kürze mit Gewalt nehmen würde. Dann entdeckte sie dich zufällig in deinem Verlies. Sah dich durch das kleine Fensterchen, dort oben in der Mauer, erinnerst du dich?«

»Ja – aber… sicher hatten doch auch *andere* Verliese solche Fensterchen! Und dass ich nichts anhatte – nun, ich lag doch unter dem Stroh! Wie soll sie das gesehen haben?«

»Sie *hat* es gesehen!«, erklärte Leandra mit Bestimmtheit. »Aber trotzdem – das ist es nicht, was mich so sicher macht. Es ist der Geruch.«

»Der Geruch?«

Sie nickte. »Ja. So ein süßer Duft. Ich roch ihn sofort, als ich in dein Verlies kam. Ich hab mich gleich in deine Arme geworfen und gar nicht gemerkt, dass du überhaupt nichts anhattest.«

»Ein Geruch? Was für ein Geruch? Daran kann ich mich nicht erinnern.«

»Das Duftöl. Du warst ihm ausgesetzt«, sagte sie. »Nach einer Weile riecht man so etwas nicht mehr, das weißt du auch. Aber es war da, ich bin ganz sicher. Alina hat das Duftöl in diesem Raum benutzt. Auch Chast hat es gerochen, als er kurz danach hereinkam und uns erwischte. Er sah dich nackt und verspottete uns, er dachte, wir hätten uns geliebt, weißt du nicht mehr?« Sie schüttelte leise den Kopf. »Eine idiotische Idee – in so einer Situation!«

Victor erwiderte nichts. Er starrte nur zu Boden.

Lange Zeit herrschte Schweigen.

»Es stimmt«, sagte er nach einer Weile und nickte matt. »Ich erinnere mich, dass Chast so etwas sagte. Außerdem… ich hatte da so einen Traum.«

»Einen Traum?«

Er nickte niedergeschlagen. »Verdammt – ich sollte es gar nicht zugeben. Ich habe nicht mehr daran gedacht, seit damals. Aber jetzt… fällt er mir wieder ein.«

»Du meinst… du träumtest ihn damals… in diesem Verlies?«

»Ja. Ich träumte von dir. Dass ich mit dir… schlief.« Er hob entschuldigend die Schultern. »Dann plötzlich hobst du den Kopf, und ich sah, dass es gar nicht du warst. Ich erschrak zu Tode, weil ich den Traum für eine von Chasts Teufeleien hielt – aber dann sah ich für einen Augenblick das fremde Gesicht.«

»Es war Alinas Gesicht, nicht wahr?«, fragte Leandra.

Er hob wieder die Schultern. »Kann ich nicht sagen. Es war ein sehr flüchtiger Eindruck und ich sah Alina später nur noch einmal ganz kurz – in einer Situation, in der sie Todesängste ausstand. Da habe ich mir ihre Gesichtszüge nicht eingeprägt.«

Leandra sah ihn voller Bedauern an.

»Wenn es allerdings stimmt, was du über sie sagst…«

»Was denn?«

»Nun, dass sie so schön ist. Das Mädchen, dessen Gesicht ich in dem Traum sah, war… wie soll ich sagen…«

Leandra nickte schwer und starrte zu Boden. Minutenlanges Schweigen senkte sich über sie. Victor starrte dumpf zu Boden, Leandra beobachtete ihn aus den Augenwinkeln.

»Also bin ich wirklich Vater?«, sagte er nach einer Weile. »Ist das nicht völlig verrückt? Ich kann gar nichts dafür und nun muss ich heiraten. Eine Wildfremde! Und die Frau, die ich wirklich liebe…«

»Du *musst* es nicht…«

Victors Gesicht fuhr hoch wie das eines Habichts. »Du hast vollkommen Recht!«, sagte er leise. »Ich *muss* es gar nicht!« Er richtete sich auf, plötzlich wieder sehr selbstbewusst. »Verdammt!«, rief er. »Wer will mich dazu zwingen? Ich bleibe einfach bei dir! Sie hat gar kein Recht auf mich!«

»Victor!«, mahnte sie ihn sanft.

»Was?«

»Victor – die Bruderschaft hat das Land in der Hand! Wenn jetzt die Drakken kommen, und sie stehen kurz davor, dann gibt es in dieser Welt nichts, aber auch gar nichts, womit wir uns gegen sie wehren könnten! Nur ein völlig zerrissenes Volk. Hast du dir mal auszumalen versucht, wie unsere Welt nach ein paar Wochen oder Monaten aussehen würde?«

Victor hob die Schultern. »Und… wie?«

Leandra schüttelte tadelnd den Kopf. »Du selbst warst es, der die Theorie von der… nun, sagen wir, *sanften Erbeutung* der Magie aufgestellt hat. Man kann einem vollkommen unterdrückten Volk seine Geheimnisse kaum entreißen, besonders, wenn es sich dabei um etwas handelt, das ja eigentlich ein *Trumpf* ist – eine Waffe gegen die Unterdrückung! Die Drakken würden Ewigkeiten benötigen, um brauchbare Ergebnisse zu erzielen. Glaubst du etwa, so ein Echsenvieh könnte einfach eines unserer Bücher lesen und dann eine Magie wirken?«

Victor lachte spöttisch auf. »Nein, ganz sicher nicht.«

»Und? Was würden sie also tun?«

Victor brauchte eine Weile, ehe er begriff. »Du meinst, sie benötigen nach wie vor Verbündete? Irgendwelche Leute, die ihnen helfen?«

»Genau!« sagte Leandra. »Und gibt es irgendwen, der williger als die Bruderschaft wäre? Die Drakken haben noch immer ihre Ausfertigung des Pakts und damit ein sehr wirkungsvolles Druckmittel gegen die gesamte Bruderschaft. Ich habe diese Dreckskerle erlebt, sie haben keinerlei Skrupel! Der halbe Hierokratische Rat besteht aus ihnen und sie haben damit die Macht über Akrania! Weißt du, was passiert, wenn die Drakken diese Leute zur Zusammenarbeit zwingen?« Sie lachte heiser auf. »Ich wette alles darum, dass ganz genau *das* passieren wird! Es ist die einzig sinnvolle Lösung – für die Drakken!«

Victor atmete tief ein und aus. Er spürte wirkliche Ehrfurcht vor Leandra, ganz abgesehen von seiner Liebe zu ihr. Sie war nicht nur sehr klug, sondern auch weit vorausschauend. Eine Fähigkeit, die sie eigentlich für eine sehr hohe und verantwortungsvolle Aufgabe vorbestimmte. Der Frage schoss ihm durch den Kopf, ob nicht vielleicht *sie* die beste nur denkbare Shaba für Akrania wäre.

»Das sind die Gedanken von Alina«, erklärte Leandra. »Sie hat mich erst darauf gebracht. Wir haben überlegt, was zu tun wäre, wenn die Drakken tatsächlich angreifen.« Sie sah Victor direkt in die Augen und nickte entschlossen. »Glaub mir – sie ist die Richtige für dieses Land und wir müssen sie auf den Thron bringen! Sie hätte die Macht, den Rat aufzulösen und die Bruderschaft endgültig zu zerschlagen – und das *muss* geschehen, bevor die Drakken angreifen!« Sie sah wieder in die Ferne hinaus. »Aber ich glaube nicht, dass Quendras diesen Pakt so schnell entschlüsseln kann. Und nach allem, was wir erlebt haben, sind die Drakken bereit zuzuschlagen. Sie scheinen zu wissen, dass wir den Pakt haben, und sie werden nicht zulassen, dass wir die Zeit bekommen, den Kryptus zu entschlüsseln.«

Nun fuhr es Victor eiskalt den Rücken herunter. Leandra hatte vollkommen Recht: Die Drakken *mussten* jetzt handeln.

»Verdammt«, sagte er mit dünner Stimme. »Glaubst du wirklich, dass sie so bald angreifen?«

Leandra wandte ihm den Kopf zu. »Ich würde sagen, wir können von Glück reden, wenn Savalgor noch steht, sollten wir morgen dort ankommen. Falls wir es *überhaupt* bis dorthin schaffen!«

Victor wurde flau im Magen.

Lesen Sie weiter in:

HARALD EVERS: Das magische Siegel